ANNE JACOBS

ALS

HILKE MÜLLER

Die Tochter des Gerbers

W0182404

Anne Jacobs
als
Hilke Müller

Die Tochter des Gerbers

Roman

blanvalet

Sollte diese Publikation Links auf Webseiten Dritter enthalten, so übernehmen wir für deren Inhalte keine Haftung, da wir uns diese nicht zu eigen machen, sondern lediglich auf deren Stand zum Zeitpunkt der Erstveröffentlichung verweisen.

FSC www.fsc.org MIX Papier aus verantwortungsvollen Quellen FSC® C014496

Klimaneutral* Druckprodukt ClimatePartner.com/14044-1912-1001

Penguin Random House Verlagsgruppe FSC® N001967

1. Auflage
Copyright dieser Ausgabe © 2022 by Blanvalet
in der Penguin Random House Verlagsgruppe GmbH,
Neumarkter Straße 28, 81673 München
Copyright der Originalausgabe © 2011 by Blanvalet
in der Penguin Random House Verlagsgruppe GmbH,
Neumarkter Str. 28, 81673 München
Redaktion: Kristina Lake-Zapp
Umschlaggestaltung und -motiv: : © Johannes Wiebel | punchdesign, unter Verwendung von Motiven von stock.adobe.com (Valery Rokhin; mathisprod, JackF; Ruud Morijn) und Shutterstock.com (NaughtyNut; design36; Mark Carrel; Anna Krivitskaya; PhuchayHYBRID)
LH · Herstellung: DM
Satz: Buch-Werkstatt GmbH, Bad Aibling
Druck und Bindung: GGP Media GmbH, Pößneck
Printed in Germany
ISBN: 978-3-7341-1122-8

www.blanvalet.de

Herbst 1025

Über Nacht hatte der Teufel seinen kalten Atemhauch auf das Land geblasen, so dass die Gräser gefroren und die Zweige an Büschen und Bäumen zu kristallenem Gespinst geworden waren. Immer noch tobten sich die Dämonen am Himmel aus, trieben die Wolken wie ein Rudel grauer Wölfe zum Horizont und mischten winzige, spitze Eisnadeln in den Wind, um Mensch und Tier zu plagen.

Ein einsames Gespann folgte dem holprigen Weg, der durch Waldstücke, Wiesen und Äcker zur Stadt Falaise führte. Weiße Atemwolken flatterten aus den Nüstern der Stute. Die beiden jungen Menschen, die vorn auf dem beladenen Karren hockten, hatten sich dicht aneinandergedrängt und die wollenen Mäntel fest um sich gezogen.

»Da schau, Arlette!«

Die Stimme des Jungen klang rau und kippte vor Aufregung. Mit ausgestrecktem Arm wies er auf den nahen Wald, wobei sich sein Mantel öffnete und der eisige Wind für einen Moment Gelegenheit hatte, unter den groben Stoff zu fahren.

Ein Raubvogel hatte sich von einer Eiche am Waldrand gelöst, stieß mit wenigen, kräftigen Flügelschlägen herab und strich dann wie ein schwarzer Schatten über das gefrorene Gras. Sein Flug war rasch und gleichmäßig – der Jäger hatte sein Opfer genau im Blick.

»Ein Habicht«, flüsterte Walter seiner Schwester zu. »Schau, wie der Hase flitzt! Gleich hat er ihn.«

Der Räuber schwebte so dicht über der Wiese, dass seine gezackten Flügelenden fast die Spitzen der Gräser berührten. Eine Windböe zerrte an seinem Federkleid, riss seinen Körper für einen Moment empor und zwang ihn, erneut auf Pirschflug zu gehen.

»Verdammt! Er hat ihn verfehlt!«, rief Walter enttäuscht und stellte sich trotz des Geruckels in dem fahrenden Karren auf.

Der Hase flüchtete in wilder Panik quer über die Wiese, narrte seinen Verfolger mit mehreren Haken, doch kurz bevor er ein rettendes Holundergebüsch erreichte, hatte der Raubvogel ihn eingeholt und stieß auf ihn herab. Hase und Vogel bildeten für einen Augenblick ein zappelndes Knäuel, man hörte einen schrillen, klagenden Schmerzenslaut, dazu das pfeifende Kreischen des Vogels.

»Er ist noch zu unerfahren!«, murmelte Arlette sachverständig. »Er wird den Hasen nicht halten können.«

Tatsächlich gelang es dem verzweifelten Tier, sich aus den Klauen des Angreifers zu befreien. Eine leuchtend rote Blutspur zog sich im Zickzack über den Raureif und verlor sich am Waldrand. Der Raubvogel schien wenig Lust auf die Verfolgung zu haben, denn er blieb mit offenem Schnabel am Boden hocken. Er zuckte nervös das gesträubte Federkleid, dann flatterte er auf, um sich auf den unteren Ästen eines Apfelbaums von der missglückten Jagd zu erholen.

»Hast du gesehen?«, rief Walter aufgeregt. »Er hat einen Riemen am Fuß.«

»Hmm«, machte seine Schwester und zog an den Zügeln. Die Stute gehorchte nur widerwillig; mit gesenktem Kopf blieb sie stehen, schüttelte den Eisregen aus der Mähne und schnaubte. Hinten auf dem Karren lagen drei frisch abgezogene Rinderhäute, deren Aasgeruch eine Menge Krähen anlockte. Walter musste die Ladung immer wieder mit einem Stecken verteidigen, und auch jetzt waren die ungebetenen Begleiter in der Nähe, lauerten auf dem Weg und in den Bäumen mit gierigen Augen auf die lockende Fracht.

Das Geschwisterpaar saß schweigend nebeneinander, beide dachten das Gleiche. Im bereiften Geäst saß der Habicht, einem dunklen Schattenriss gleich, mit seinem gesträubten Gefieder größer, als er eigentlich war. Deutlich sah man den ledernen Riemen, der von seinem rechten Fuß herunterbaumelte.

»Der ist irgendwo abgehauen …«, murmelte Walter fast unhörbar.

Arlette nickte. Ein solches Tier war einiges wert, man konnte es auf dem Markt anbieten und einen guten Preis damit erzielen. Allerdings musste man höllisch aufpassen, beim Einfangen des Vogels nicht erwischt zu werden. Ganz besonders jetzt, da überall im Land Berittene und ihre Knechte unterwegs waren, denn Herzog Richard sammelte sein Heer, um gegen Chalon zu ziehen.

»Dort drüben im Wald könnten die Jäger sein«, warnte das Mädchen.

Walter schob die Filzkappe aus der Stirn und betrachtete aufmerksam den Waldrand. Schwarze, knorrige Stämme, aus denen nackte, gefrorene Äste staken, standen dort wie eine Reihe alter, weißhaariger Krieger.

»Ach was! Wer will bei dieser Kälte schon jagen! Ich hole ihn herunter, und wir wickeln ihn in deinen Mantel.«

»Aber mach rasch!«

Sie beobachtete, wie er durch das gefrorene Gras zum Apfelbaum hinüberstapfte – ein langbeiniger Storch, der durch einen Teich stelzte. Walter war hoch aufgeschossen in diesem Herbst, der Gewandrock aus braunem Tuch, den die Mutter erst im Sommer für ihn genäht hatte, war zur kurz geworden, und an die Beinlinge hatte Arlette jeweils ein ordentliches Stück Stoff anfügen müssen. Wenn der Wind den Rock hochwehte, sah man die angeflickten Stellen an Walters dünnen Oberschenkeln, was ihm ziemlich peinlich war. Genauso peinlich wie die große Nase, die sozusagen über Nacht in seinem Knabengesicht gewachsen war und die für ein seltsames Ungleichgewicht in seinen noch kindlichen Zügen sorgte.

Der Habicht schien sich nicht weiter an dem Jungen zu stören. Sicher gehörte er einem der Ritter des Grafen Robert, dem jüngeren Sohn des Herzogs. Arlette hatte Robert nur wenige Male im Vorüberreiten gesehen; er war noch jung, aber groß gewachsen, das Gesicht war ihr blass erschienen, die Augen ein wenig vorstehend. Die Leute nannten ihn »Lautmund« und wussten zu berichten, dass er viel schwatzte, aber sein Wort nicht hielt. Auch ging die Rede, dass er viel Geld für kostbare Waffen und Gerätschaften ausgäbe. Falls der Habicht Robert Lautmund gehörte, war er ganz sicher ein wertvolles Tier.

Arlette ließ den Blick noch einmal prüfend über den Wald schweifen, der unter dem unruhigen Himmel seltsam starr wirkte. Kaum ein Zweiglein regte sich im Wind, kein aufflatternder Vogel zeigte an, dass die Jäger dort umherstreiften. Sie band die Zügel der Stute fest und stieg vom Karren, hob das lange Kleid bis zu den Waden hoch und lief zu Walter hinüber.

»Ich mache dir die Leiter, dann kannst du den Ast dort oben erreichen.«

Walter verschmähte die ineinander verschränkten Hände seiner Schwester, suchte sich einen niedrigen Ast und hangelte sich daran in die Höhe. Raureif rieselte auf ihn herab, er blinzelte, doch als er endlich rittlings auf einem breiten Ast hockte, war der weitere Aufstieg ein Kinderspiel. Langsam näherte er sich dem Vogel, der ihn völlig ohne Angst mit gelben Augen musterte. Er war schön und edel, dieser gefiederte Jäger, sandfarben, mit schwarzen Einsprengseln am Bauch, der Rücken dunkler, die dicht befiederten Beine sehr hell und buschig. Es war Walters sehnlichster Wunsch, ein solches Tier zu besitzen, und er zwang sich mühsam zur Ruhe, um die Gelegenheit nicht im letzten Augenblick zu verpatzen.

»Runter! Schnell!«

Der Junge war zu vertieft, um den Sinn der Warnung zu erfassen. Er sah nur, dass der Habicht den Kopf ruckartig drehte und sich anschickte, die Flügel zu öffnen. Wie von selbst schoss seine Hand nach vorn und packte den Riemen. Triumphierend hielt er das Lederband zwischen den Fingern, der Habicht flatterte wild mit den Flügeln, riss ihm fast den Arm ab, so dass er sich mit der freien Hand im Gezweig festklammern musste.

»Ich hab ihn!«, jubelte er.

Dann erst entdeckte er die dunkle Silhouette, die am Waldrand aufgetaucht war. Ein heißer Schreck durchfuhr ihn.

Ein Jäger! Ein kräftiger Kerl im hellblauen, geschlitzten Reiterkleid, das wie ein Kettenpanzer leuchtete, die Beinlinge bunt gestreift und abgefüttert gegen die Kälte. Eine Armbrust hing an seinem Sattel, daneben zwei tote Hasen. Andere Männer folgten ihm, und gleich darauf sprangen mehrere große, braune Hunde aus dem Wald, die lederne Halsbänder mit kleinen Ringen für die Leinen daran trugen.

»Dort drüben auf dem Baum!«, schallte es zu ihnen herüber. Die Hufe der Pferde zogen eine dunkle Spur über die Wiese, als die Jäger herbeisprengten; es waren vier, dann fünf, dann immer mehr Reiter, die Hunde hetzten ihnen voraus, und Arlette war im Nu von der kläffenden Meute umgeben.

Sie hatte vor, den Herren zu erklären, ihr Bruder habe den Habicht gefangen, um ihn zur Burg zu bringen, doch im allgemeinen Tumult war es unmöglich, auch nur ein einziges Wort zu verstehen.

»Heda, lass den Habicht los!«

»Nein, halt ihn fest!«

»Runter mit dir, Bauernlümmel!«

Einer der Reiter fasste nach den langen Beinen des Knaben, es knackte im Gezweig, und im gleichen Augenblick, als Walter wie ein reifer Apfel zu Boden fiel, erhob sich der Habicht mit kraftvollen Flügelschlägen in die Lüfte, begleitet von Flüchen und Gelächter. Einige der Reiter gaben ihren Pferden die Sporen und sprengten dem Habicht nach, andere stiegen aus dem Sattel und näherten sich dem Geschwisterpaar.

»Bleib liegen!«, zischte Arlette ihrem Bruder zu. »Beweg dich nicht! Wenn sie dich für verletzt halten, kommen wir vielleicht davon.«

Walter schien nichts gehört zu haben, denn er richtete sich zum Sitzen auf. Er spürte kaum Schmerz, nur sein Kopf dröhnte, und die Stimme des Jägers klang seltsam dumpf in seinen Ohren.

»Einen Habicht klauen, was? In den Sack stecken und wegtragen, wie?«

Seine Worte klangen drohend, der Auftakt zu einem Strafgericht. Der Sprecher war ein mittelgroßer, blonder Kerl, nicht viel älter als Walter selbst, doch weitaus kräftiger und ganz offensichtlich im Umgang mit Pferd und Waffen geübt. Die Kälte hatte sein bartloses Gesicht gerötet, das rund und flach war wie Brotfladen mit einer kleinen, leicht aufgeworfenen Nase darin.

Zwei andere waren ihm gefolgt, beide schmale Knaben, ganz sicher junge Knappen, die dem Älteren zu gehorchen hatten – man konnte schon am boshaften Ausdruck ihrer Gesichter erkennen, dass sie Gelegenheit suchten, ungestraft ihr Mütchen zu kühlen.

»Pfui, wie das stinkt!«, sagte der eine und hielt sich die Nase zu.

»Gerber sind das. Die pissen alle in das gleiche Loch und gerben damit ihre Häute.«

Gelächter folgte. Arlette lehnte gegen den Baumstamm und starrte die drei jungen Kerle mit schmalen Augen an. Die Kinder des Gerbers Fulbert wurden oft gehänselt, und sie hatten es ihren Alterskameraden nicht selten in harten Hieben heimgezahlt. Jetzt aber lagen die Dinge anders, denn diese jungen Burschen waren nicht ihresgleichen, sondern adelige Knappen …

»Weißt du nicht, dass ein solcher Vogel Herrengut ist, du dreckiger Aasschaber? Wir könnten dich an diesem Apfelbaum aufhängen, wenn wir wollten!«

Der blonde Knappe wollte Walter am Kittel fassen, doch unversehens warf sich Arlette vor ihren Bruder.

»Lasst ihn in Ruhe!«, keifte sie den Burschen an. »Ihr solltet uns dankbar sein – wir wollten den Habicht für euch einfangen und zur Burg bringen!«

Der Knappe zog mürrisch die stumpfe Nase hoch und schien unschlüssig zu sein. Zwar spürte er die auffordernden Blicke seiner beiden jungen Kameraden im Rücken, doch er wusste auch, dass sein Herr es nicht liebte, wenn seine Knappen sich herumprügelten. Schon gar nicht mit solchen Bauernlümmeln und auf keinen Fall mit einem Mädchen. Schon wollte er sich abwenden, da keifte sie weiter.

»Hohle Schwätzer seid ihr! Ihr habt gar kein Recht, jemanden zu strafen! Wir sind Freie und gehören unter das Gericht des Grafen Robert.«

Er biss sich auf die Lippen. So wie sie sich jetzt aufspielte, war es schwer, der Herausforderung zu widerstehen.

»Das Gericht wird dir die Diebeshand abhacken lassen«, drohte er mit verbissener Miene. »Die rechte, damit du dich nie wieder an fremdem Eigentum vergreifst.«

Einer der beiden Knaben hinter seinem Rücken stieß ein kurzes Lachen aus.

»Wozu so viel Aufwand? Ein paar Ohrfeigen genügen!«

»Wenn ihr mich anfasst, kratze ich euch die Augen aus!«, kreischte das Mädchen.

Höhnisches Gelächter war die Antwort – einer der jungen Knappen wagte jetzt tatsächlich, sie am Ärmel zu fassen. Gleich darauf schrie er auf, denn Arlette hatte ihm in den Finger gebissen.

»Verdammtes Biest! Schnappt zu wie eine Ratte.«

»Auf sie!«

Sie war zu weit gegangen – zu dritt drangen die Burschen auf sie ein, stießen sie mit dem Rücken gegen den Stamm und hielten ihre Hände fest. Sie trat mit den Füßen und spuckte den Blonden an, doch sie handelte sich nur ein paar kräftige Ohrfeigen ein.

»Jetzt schauen wir mal, was du unter deinem Kleid verbirgst, zänkische Hexe …«, sagte einer der jungen Knappen mit höhnischem Lachen.

Im gleichen Moment kippte er vornüber, denn Walter hatte ihm die Beine weggerissen. Ein wildes Getümmel brach aus, kämpfende Gestalten wälzten sich im Schnee, brüllten, kreischten, rissen sich an den Haaren und gebrauchten die Fäuste.

»Was ist hier los?«

Die tiefe Männerstimme fuhr den Streitenden heftig durch die Glieder. Gleich darauf griffen harte Fäuste in die Menge, packten zwei der Kampfhähne, als wären sie erlegte Hasen, und zogen sie auf die Beine.

»Habt ihr das bei mir gelernt? Euch mit Bauern zu prügeln?«

»Verzeihen Sie, Herr Gilbert«, keuchte der Knappe, und sein Gesicht nahm einen zerknirschten Ausdruck an. »Diese beiden Gerber haben versucht, den Habicht zu stehlen.«

Arlette rappelte sich hoch und wischte sich das Blut vom Kinn, das von ihrer aufgeplatzten Lippe tropfte.

»Mein Bruder und ich haben den Habicht einfangen und in der Burg abgeben wollen«, wehrte sie sich mutig. »Aber diese Dummköpfe haben Walter vom Baum gestoßen, und da hat er den Riemen losgelassen.«

Herr Gilbert gab seine Knappen frei, nicht ohne ihnen einen strafenden Stoß in den Rücken zu versetzen. Sein Blick ruhte jetzt neugierig auf dem Mädchen.

»Nenn mir deinen Namen!«

»Arlette …«

Arlette musterte den Mann unsicher. Sie hatte ihn noch nie zuvor gesehen, doch schon an Kleidung und Haltung war zu erkennen, dass er ein Ritter war. Er war mittelgroß, hellbraunes, lockiges Haar sah unter seiner Lederkappe hervor und sein blauer Mantel, den er über dem grünen Rock trug, war mit teurem Marderfell besetzt. Obgleich er noch jung war, hatten sich rechts und links seines Mundes zwei senkrechte Falten in die Wangen eingegraben. Dazu fehlte ihm ein Teil der linken Augenbraue, die er vermutlich in einem Kampf eingebüßt hatte; die Narbe war gut verheilt und kaum sichtbar, dennoch verlieh dieser Mangel seinem Gesicht etwas Unwägbares.

Er starrte sie immer noch an, maß sie von oben bis unten mit durchdringenden Blicken, so dass sie große Mühe hatte, ihre aufsteigende Furcht zu verbergen. Wollte er sie tatsächlich vor das Gericht des Grafen schleppen? Für den Diebstahl eines kostbaren Jagdfalken konnte man leicht mehr als nur die rechte Hand verlieren. Doch dann lächelte er, und sein Gesicht erschien ihr auf einmal angenehmer, fast liebenswürdig, was sie Hoffnung schöpfen ließ.

»Setz den Burschen auf dein Pferd, Lambert«, befahl er seinem Knappen. »Wir nehmen ihn mit zur Burg.«

Sie hatte sich getäuscht – es war nichts Liebenswürdiges an diesem Mann, er war grausam und hinterhältig.

»Nein!«, rief Arlette entsetzt. »Lasst ihn hier und nehmt mich mit. Es war meine Idee. Walter kann nichts dafür, er ist doch noch ein Kind ...«

»Was für eine fürsorgliche Schwester du bist«, bemerkte der Ritter lächelnd und fasste sie hart am Arm, als sie versuchte, sich zwischen Lambert und ihren kleinen Bruder zu drängen.

Er musste einige Kraft aufbringen, um sie festzuhalten. Was für ein Mädchen! Kämpfte mit Zähnen und Klauen gegen einen erwachsenen Mann, stieß mit den Füßen gegen seine guten Jagdstiefel und wollte ihm sogar in die Finger beißen. »Nun los doch! Worauf wartet ihr?«, rief er seinen Knappen zu.

Walter wehrte sich nach Kräften, verlor die Schuhe und einen seiner Beinlinge, als er versuchte, mit den Füßen zu treten. Dann traf ihn ein kräftiger Schlag im Genick, und er wurde wie ein lebloser Sack auf den Rücken eines der Pferde gezerrt. Der Ritter hielt Arlettes Arm fest umklammert, bis sich die Reiter entfernt hatten, dann betrachtete er wohlgefällig seine Beute.

»Hör zu, kleine Gerberin«, sagte er mit veränderter Stimme. »Wenn du deinem Bruder helfen willst, dann musst du jetzt fügsam sein. Kannst du das?«

Arlette ahnte, wovon er sprach. Er war nicht der Erste, der

sie voller Begehren anstarrte. Die meisten Männer taten das, und ihre Mutter hatte ihr deshalb schon Vorwürfe gemacht, als sei es ihre Schuld, dass sie hübsch war. Wenn sie fügsam war … Sie musste fügsam sein, denn es ging um ihren kleinen Bruder. Es war ein Handel – ihre Fügsamkeit gegen Walters Freiheit. Was aber, wenn er sie belog?

»Schwören Sie mir, dass Sie Walter nichts zuleide tun werden!«

»Ich verspreche es.«

»Sie sollen es schwören! Bei unserem Herrn Jesus Christus und allen Heiligen.«

Er begann zu lachen, ihre Dickköpfigkeit bereitete ihm Vergnügen. Gleich darauf unternahm sie einen überraschenden Versuch, sich aus seinem Griff zu befreien, doch er hatte nichts anderes erwartet und packte sie am Haar.

»Du wirst dir wehtun, meine Schöne.«

Er drängte seinen Körper dicht an ihren und atmete den erregenden Duft ihrer jungen Weiblichkeit ein. Allerdings gemischt mit einem strengen Gerbgeruch – verflucht, man hätte das Mädel vorher baden sollen!

»Schwören Sie!«, beharrte sie.

Er war jetzt so verrückt nach ihr, dass ihm gleich war, was er redete. Mit geübter Hand raffte er ihr Kleid und zog es mitsamt dem Hemd in die Höhe. Seine Hände glitten über ihre bloße Haut, hoben die Stoffe weiter hinauf bis zu ihren Schultern. Was er zu sehen bekam, brachte sein Blut in Wallung.

»Ich schwöre …«, hörte er sich flüstern.

Er hatte Mühe, die Brouche rasch genug beiseitezuschieben – sein Glied war steinhart und drängte hinaus. Eigentlich schade, die Kleine war es wert, dass man sich Zeit für sie nahm. Doch es war verdammt kalt, und jedes Mal, wenn er zwischen ihre Beine stieß, zitterte der Stamm des Apfelbaumes, und Raureif rieselte auf sie beide herab. Zu Anfang war es harte Arbeit, denn sie war tatsächlich noch Jungfrau.

Als er sich erleichtert hatte, ließ er ihr Kleid wieder herabfallen und schob seine Brouche zurecht. Sie hatte keinen einzigen Laut, nicht einmal ein leises Wimmern, von sich gegeben, doch jetzt bemerkte er, dass sie ihn aus halb geöffneten Augen anstarrte.

»Hör zu, Arlette«, murmelte er, während er an seinem Beinkleid fingerte und dann den weiten, knielangen Gewandrock ordnete. »Ich halte mein Versprechen: Deinem Bruder wird nichts geschehen. Aber ich stelle eine Bedingung.«

Sie zog die Oberlippe hoch, ihre Miene war feindselig.

»Du wirst Stillschweigen über unsere kleine Begegnung bewahren. Tust du es nicht, werde ich euch beide wegen Diebstahls anklagen.«

»Gehen Sie zum Teufel!«, zischte sie.

Er gab ihr eine Ohrfeige, die sie reglos hinnahm. Immerhin schien seine Drohung gewirkt zu haben, denn sie schwieg, blitzte ihn nur wütend aus zusammengekniffenen Augen an. Zorn stieg in ihm hoch, als er auf sein Pferd stieg und davonritt. Für eine Gerbertochter nahm sie sich allerhand heraus. Jetzt, da sein Drang befriedigt war, ärgerte er sich gewaltig über ihre Frechheit. Es gab Frauen, die ihre Seligkeit und das ewige Leben dafür gegeben hätten, die Kraft seiner Lenden spüren zu dürfen. Frauen, die nicht nach fauligen Häuten stanken wie diese da.

* * *

Noch bevor Arlette die Stadt erreichte, kam ihr Walter entgegen, er ging merkwürdig gekrümmt und wäre fast auf einer überfrorenen Pfütze ausgeglitten. Als er näher kam, erschrak sie. Sein Gesicht war voller Blut und die linke Wange dicht unter dem Auge angeschwollen. Mühsam kletterte er zu ihr auf den Karren, und das Grinsen, das sie beruhigen sollte, glich eher einer schmerzlichen Grimasse.

»Der Herr ist gekommen, und sie mussten mich vor dem Burgtor freilassen«, berichtete er, als habe er einen Sieg errungen.

Der Ritter hatte also Wort gehalten – nun, sie hatte ja auch dafür bezahlt. Es hatte sehr wehgetan, immer noch peinigte sie ziehender Schmerz zwischen den Beinen, und es fühlte sich feucht an, als blute sie.

»Hat dich jemand gesehen?«

Walter schüttelte den Kopf. Die Torwächter waren mit den einreitenden Rittern und ihren Begleitern beschäftigt gewesen – es waren viele, die sich für den nahenden Heerzug hier in Falaise sammelten. Niemand hatte auf ihn geachtet.

»Gut«, murmelte Arlette.

Beide waren sich darüber klar, dass die Eltern nichts erfahren durften. Sie würden die Risse und Schrammen damit erklären, dass die Dorfkinder sie gehänselt hätten und Streit ausgebrochen sei.

Als der Wald den Blick auf den braunen, zerklüfteten Burgfels und die darunter liegende Stadt freigab, begann die Stute, die ihren Stall witterte, rascher zu laufen. Der Weg führte an gepflügten, frostübersponnenen Ackerstücken vorbei, dazwischen lagen Weiden mit niedrigen, roh zusammengezimmerten Unterständen für Kühe und Schafe. Der scharfe Geruch der Holzfeuer wehte ihnen entgegen. Aus den strohgedeckten Hütten und Häusern hinter der Stadtbefestigung zogen zahllose dünne Rauchfäden schräg in den dunklen Himmel hinauf; auch oben auf dem Fels, hinter den zinnenbesetzten Mauern der Burg, schienen etliche Feuerstellen in Betrieb zu sein.

Kurz vor dem Stadttor, als schon die beiden Wächter nach ihnen spähten, drehte Walter Arlette den Kopf zu und wagte die Frage zu stellen, die ihn die ganze Zeit über beunruhigte.

»Was hat er mit dir gemacht, Arlette?«

Die Züge der Schwester blieben unbewegt.

»Nichts.«

Er wusste, dass sie log. Dumpfe, hilflose Wut überkam ihn. Diese hochnäsigen Burschen hätten ihn nicht überwältigt, wenn Osbern bei ihnen gewesen wäre. Aber Osbern hätte auch niemals versucht, einen Habicht zu fangen, dazu war er zu besonnen, der ältere Bruder.

Dicht vor der Stadt bog ihr Weg nach links ab und folgte

dem Bachlauf, der in kleinen Windungen durch die Wiesen zu den Gerberhöfen floss. Sie lagen außerhalb der Stadtbefestigung, damit die Einwohner nicht durch die üblen Gerüche und stinkenden Abwässer belästigt wurden. Das Gerberhandwerk gedieh in der Nähe der Eichenwälder und kleinen Wasserläufe vortrefflich, Sättel und Riemen, Schuhwerk und Wämse, auch die feine Bespannung von Buchdeckeln – alles wurde aus dem Leder aus Falaise gefertigt.

Der Hof des Gerbers Fulbert war nicht weit vom Stadttor gelegen und einer der größten. Ein fester Zaun umfriedete das Anwesen, nicht ganz so hoch wie die Palisaden der Stadtbefestigung, aber doch so, dass ein Mann den Kopf recken musste, um auf die andere Seite zu sehen. Das Wohnhaus war ein einstöckiger, lang gezogener Bau, dessen Holz mit den Jahren fast schwarz geworden war; das Dach war hoch und mit Strohbündeln gedeckt. Mehrere Nebengebäude dienten als Stallungen, Trockenräume und Werkstatt, ein breiter Unterstand mit hölzernen Schindeln schützte die Lohegruben vor Regen. Dort standen auch die beiden Schabebäume – kräftige, glatte Stämme, über die die nassen Häute gezogen wurden, damit der Gerber die anhaftenden, fauligen Fleischreste mit dem gebogenen Scherdegen entfernen konnte. Walter hasste diese Arbeit, sie war nicht nur eklig, sondern auch heikel, denn man durfte auf keinen Fall zu tief in die Haut hineinschneiden. Der Vierzehnjährige hatte schon eine zweijährige Lehrzeit und damit auch eine Unzahl von Maulschellen hinter sich, denn der Vater konnte sehr zornig werden, wenn eine gute Haut durch Unachtsamkeit verdorben wurde. Ein brauchbarer Gerber war trotz alledem nicht aus Walter geworden.

Sie hatten Glück, denn nur der alte Knecht Bertlin stand draußen an einem Schabebaum, ihr zweiter Knecht Nicholas war nirgends zu entdecken. Bertlin war so in seine Arbeit vertieft, dass er nur kurz den Kopf hob und dann weiter mit dem Messer über die Ochsenhaut kratzte. Was er von der Haut herunterschabte, lag um die Arbeitsstelle herum am Boden, eine Schar hungriger Vögel stritt lautstark um die besten Beutestücke. Aus der Werkstatt waren leises Zischen und dumpfe Schläge zu vernehmen, und als die Geschwister näher kamen, sahen sie Nicholas, Osbern und den Vater, die die fertigen, getrockneten Häute weich klopften und schmirgelten.

Die beiden spannten die Stute aus, und während Arlette das Tier im Stall versorgte, machte sich Walter daran, die neu erworbenen Häute in die Remise zu schleppen, wo der Vater sie zunächst begutachten und danach in die Wassergrube legen würde, damit sie sich vollsaugten und geschmeidig wurden. Es gab viel Arbeit zurzeit, und es würde noch mehr werden, denn die Bauern schlachteten jetzt das Vieh, das sie nicht mehr durch den Winter füttern wollten. Fulbert hatte schon daran gedacht, einen weiteren Knecht in Lohn zu nehmen; er konnte es sich leisten, das Handwerk brachte gutes Geld.

Arlette war mit klopfendem Herzen ins Wohnhaus getreten, doch zu ihrer Erleichterung war die Mutter nicht allein. Bertrada, die Frau des Händlers Renier, saß bei ihr auf einem Hocker, die Frauen tranken Cidre und aßen kleine Küchlein, die die Mutter aus Nüssen und Gerstenmehl gebacken hatte.

»Endlich kommst du! Wir haben einen lieben Gast, Arlette!«

Das Mädchen begrüßte die Händlersfrau mit einem artigen Kopfnicken und erntete ein süßliches Lächeln. Die dürre Bertrada war eitel, kleidete sich stets in bunte Gewänder und liebte silberne Ohrgehänge, die ihr Mann in Mantes und Paris gegen normannische Tuche, Leder und Cidre eintauschte. Renier war der reichste Händler der Stadt, doch in seinem Haus geschah nur, was Bertrada anordnete.

»Schau doch, wie rosig ihre Wangen sind«, schwatzte die Händlerin. »Setz dich zu uns, Mädchen, wir haben gerade von dir geredet.«

Arlette spürte, wie ihr schwindelig wurde, und sie zog sich rasch einen Hocker herbei. Der Schmerz zwischen ihren Beinen schien immer heftiger zu werden – sie musste sich zusammennehmen, um ein freundliches Gesicht zu machen.

Wenn sie sich doch nur auf dem Lager ausstrecken könnte, um ein wenig zur Ruhe zu kommen!

Zum Glück schienen die Frauen nicht weiter auf sie zu achten, denn Arlettes Mutter klagte über das schlimme Wetter und den bevorstehenden Kriegszug. Es konnte nicht Gottes Wille sein, dass die Normannen nach Burgund zogen, um Hugo von Chalon zu bekriegen – hätte der Herr sonst diese bittere Kälte geschickt?

»Aber Hugo hat den Schwiegersohn unseres Herzogs gefangen gesetzt, Doda«, widersprach Bertrada. »Das kann Richard der Gute nicht auf sich sitzen lassen. Zumal seine Tochter, die Gräfin Adelheid von Burgund, vor Kummer ganz außer sich ist, weil ihr Ehemann so schimpflich im Kerker schmachtet …«

»Seine eigene Schuld! Hätte Rainald von Burgund sich nicht auf den Streit mit Hugo eingelassen, säße er jetzt nicht im Kerker.«

Bertrada verzog das Gesicht und lächelte hochmütig, wie es ihre Art war, wenn sie eine andere Meinung hatte, es jedoch nicht für nötig hielt, deswegen zu streiten. Stattdessen begann sie jetzt, die neuesten Nachrichten aus der Stadt zu verbreiten, um Doda, die vor den Toren der Stadt wohnte, mit ihrem Wissen zu beeindrucken.

»Es heißt, unser guter Herzog sei krank und das Heer würde von seinem Sohn Richard Kühlauge angeführt. Er ist gestern Abend auf der Burg angekommen, der junge Thronfolger. Was für ein edler Ritter! Hochgewachsen und schlank wie eine Gerte, und seine Augen glänzen wie Edelsteine. Auch waren seine Getreuen heute in unserem Laden, um die Schwertklingen und Dolche anzusehen, die Renier aus Burgund mitgebracht hat. Sie haben auch Kräutersäckchen gekauft, die vor Verwundungen schützen und den Kämpfern Mut geben.«

Doda nickte eifrig, streifte die Tochter mit aufmerksamen Blicken und bot Bertrada Küchlein an. Arlettes Mutter war füllig, nach Walters Geburt hatte sich ihr Bauch nicht mehr zurückgebildet. Sie trug das Haar unter dem Tuch streng zurückgebunden, ihre einst straffen Wangen waren während der letzten Monate herabgesunken. Heute wirkte Doda ungewöhnlich heiter, denn anstatt sich über den schlimmen Lauf der Zeiten zu beklagen, wie es sonst ihre Gewohnheit war, begann sie nun, die Vorzüge ihrer Tochter anzupreisen.

»Sie kommt ganz nach dem Vater, mein Mädel. Kauft schon allein die Häute in den Dörfern und lässt sich nicht übers Ohr hauen. Allzeit fröhlich und fleißig ist sie, tut alle Arbeit im Haus, seit meine Beine mir Sorgen machen …«

Arlette klangen die Ohren von so viel Lob, das sie von der strengen Mutter nicht gewohnt war und das ihr ausgerechnet heute wie blanker Hohn erschien.

»Freilich«, meinte Bertrada, die ein Küchlein kaute, dass die Nüsse zwischen ihren Zähnen knackten. »Ich sehe sie doch alle Woche auf dem Markt und weiß, wie sie handeln kann. Auch mein Eudo lobt sie jeden Tag und mag gar nicht aufhören, von Arlette zu reden …«

Arlette wurde heiß. Der Kopf begann ihr zu kreisen. Es war schon lange die Rede von einer Heirat zwischen ihr und Eudo, die Mutter hatte seit Jahren darauf hingearbeitet, denn Eudo war der einzige Sohn und Erbe des reichen Händlers Renier. Märchenhafte Schätze stapelten sich in Reniers großen Lagerhäusern in der Stadt: Tuche aus Friesland und England, Waffen und Geschmeide aus Burgund, kostbare Seide und honigfarbiger Wachs in dicken Kugeln.

»Nun, ich denke, wir werden uns einig werden«, hörte sie Dodas Stimme. »Wir sind keine armen Leute, und Arlette bringt nicht nur ihre Arbeitskraft mit in die Ehe. Es wird mich allerdings einige Mühe kosten, meinen Mann zu überzeugen, denn Fulbert mag seine einzige Tochter nur ungern aus dem Haus geben.«

Bertrada, die nun merkte, dass der Handel eröffnet war, warf ihre Trümpfe in die Waagschale.

»Einen harten Willen hat das Mädel zuweilen, und ihr Mundwerk ist ein wenig unbeherrscht …«, nörgelte sie.

»Das Wort einer klugen Frau hat noch keinem Mann geschadet«, gab Doda zurück.

»Sie muss lernen, sich zu fügen.«

»Das wird sie ganz gewiss, wenn du sie wie eine Tochter aufnimmst …«

»Was bringt sie denn mit? Schließlich hast du noch zwei Söhne, die auch Ansprüche haben …«

Arlette sah von einer zur anderen und begriff, dass man dabei war, um ihre Mitgift zu feilschen. Es wurde also ernst, noch in diesem Jahr würde sie Eudos Ehefrau werden – eine glänzende Heirat für die Tochter eines Gerbers. Sie mochte den schweigsamen, schüchternen Eudo, er war zwar wenig ansehnlich und auch nicht sehr groß, doch er hatte ein sanftes Gemüt und würde sie gut behandeln.

»Schau, wie dem Mädel die Augen übergehen!«, bemerkte Bertrada mit einem Lachen.

Auch Doda hatte die Aufregung der Tochter bemerkt. Sie war verständlich, doch sie störte sie bei der Verhandlung, denn Bertrada würde Arlettes naive Freude für sich zu nutzen wissen.

»Geh in die Scheune und hole frische Streu, Arlette!«, befahl Doda streng. »Du brauchst dich dabei nicht zu beeilen.«

Das Mädchen begriff und erhob sich langsam. Ihr Herz hämmerte, und sie hatte Mühe, ohne zu schwanken die Tür zu erreichen. Draußen erfasste der eisige Wind ihr Kleid und riss daran, doch sie spürte weder die Kälte noch den ziehenden Schmerz in ihrem Unterleib, vielmehr war ihr seltsam leicht, als trüge der Wind sie über den Hof zur Scheune hinüber.

Es musste ein Glückstag sein, denn was die Eltern so lange erhofft hatten, war nun eingetreten. Auch heute Früh hatte sie Glück gehabt, sie hatte Walter vor Kerker und Strafe bewahrt, und die Geschichte mit dem Habicht war ihr Geheimnis geblieben. Nicht auszudenken, wenn man sie beide des Diebstahls angeklagt hätte – dann wäre es mit der geplanten Hochzeit vorbei gewesen.

Die Scheunentür ließ sich nur schwer öffnen, da der Wind

dagegenstand. Drinnen war es dämmrig. Der Geruch von Moder und Stroh stieg ihr in die Nase, ein paar Mäuse huschten mit hohem Pfeifen davon. Sie wartete, bis sich ihre Augen an das Halbdunkel gewöhnt hatten, dann fasste sie einen geflochtenen Korb und wollte eben die Leiter zum Zwischenboden hinaufsteigen, als das Holz über ihr leise knackte.

»Arlette?«

Walters dünne Beine erschienen in der Luke, er trug jetzt Osberns alte Schuhe und die abgelegten, löchrigen Beinlinge des Bruders. Langsam stieg er die Leiter hinunter. Als sie sein Gesicht sehen konnte, atmete sie auf. Er hatte das Blut abgewaschen, so dass nur noch die Schwellung unter dem Auge und ein paar Kratzer geblieben waren. Auch sein Grinsen war zurückgekehrt.

»Ich habe eine Neuigkeit«, platzte Arlette heraus.

»Ich auch«, gab er zurück. »Aber sag du zuerst.«

Natürlich war er der Meinung, dass seine Nachricht die großartigere war, deshalb wollte er sie aufheben. Dass er sich da nur nicht täuschte!

»Ich werde bald heiraten, Walter. Die Mutter verhandelt gerade mit Bertrada – du wirst noch dieses Jahr Eudos Schwager werden!«

Walter starrte sie an, als habe er nicht verstanden. Dann fuhr er langsam mit der Hand durch sein zerwühltes, dunkles Haar und zog einen Strohhalm heraus.

»Du musst nicht traurig sein«, fuhr sie eifrig fort. »Wir werden uns oft sehen. Vielleicht nimmt Eudo dich sogar in sein Geschäft auf, das würde dir sicher besser gefallen, als am Schabebaum zu stehen.«

In den Augen ihres kleinen Bruders lag ein schmerzlicher Ausdruck, den sie nicht deuten konnte. Es schien, als wolle er davonlaufen, doch er tat es nicht, sondern fasste ihre Hand.

»Was redest du da, Arlette?«, flüsterte er. »Du kannst Eudo nicht heiraten. Weißt du nicht, was Gunhild geschehen ist, der Frau des Walkers Ernost?«

Der Walker hatte seine junge Ehefrau noch in der Hochzeitsnacht mit Stockschlägen aus dem Haus gejagt, denn Gunhild war keine Jungfrau mehr gewesen, als sie sich zu ihm gelegt hatte.

Arlette bewegte sich nicht, eine eisige Starre kroch ihr die Beine hinauf in den ganzen Körper. Walter war fast noch ein Kind, doch er hatte die Wahrheit gesagt: Sie konnte nicht heiraten. Sie würde niemals heiraten können, denn was der Ritter ihr genommen hatte, war für immer verloren.

Mitleidig strich ihr der Bruder über die Wange.

»Mach dir keine Sorgen, Arlette«, murmelte er mit rauer Stimme. »Wenn ich einmal eine Frau nehme, dann wirst du bei uns leben, und es wird dir gut gehen. Bis dahin bleibst du eben hier auf dem Hof, die Eltern werden schon für dich sorgen.«

Er bekam keine Antwort, und es war, als habe Arlette seine tröstenden Worte gar nicht gehört. Ungeduldig rüttelte er sie an der Schulter.

»Komm die Leiter herauf – ich zeige dir jetzt meine Überraschung. Du wirst Augen machen.«

Er musste sie ziehen, sonst hätte sie kein Glied geregt. Oben auf dem Zwischenboden pfiff der Wind durch eine schmale Fensteröffnung an der Giebelseite und wirbelte Strohhalme und Taubenmist auf. Arlette musste husten, ihre Augen tränten vor Staub.

»Ich habe gesehen, wie er ins Fenster geflogen ist, und bin rasch hinaufgestiegen …«

Sie blinzelte, dann entdeckte sie den Habicht. Völlig zerzaust hockte er auf einem Balken, an den Walter den Riemen gebunden hatte, und versuchte, hin und wieder aufzuflattern.

»Gott hat ihn uns geschickt«, flüsterte Walter aufgeregt. »Er gehört jetzt mir – der Ritter wird ihn niemals zurückbekommen. Das wird seine Strafe sein für das, was er dir angetan hat.«

Arlette starrte mit brennenden Augen auf den gefangenen

Vogel. Sie spürte, wie Gelächter in ihr aufstieg, ein grelles, hartes Lachen, das eher einem Schluchzen glich und ihren Körper schüttelte wie ein Fieber.

»Hör auf damit«, flüsterte Walter erschrocken. »Wenn der Vater uns hört!«

Doch seine Schwester konnte nicht gegen die irrsinnige Heiterkeit an; sie schlug die Hände vor den Mund, wandte sich ab und lehnte sich zitternd und bebend gegen einen der Dachbalken. Hilflos stand der Junge daneben und fürchtete schon, Arlette habe plötzlich den Verstand verloren, als sie endlich zu reden anfing.

»Strafe ...«, stieß sie hervor. »Strafe hat er weiß Gott verdient ...«

* * *

Der Weg zur Burg führte durch ein Waldstück und stieg dann in engen Windungen den Fels hinauf. Reiter und Fußvolk kamen dem Mädchen entgegen, Knechte plagten sich mit störrischen Maultieren, die mit unförmigen Lasten beladen waren – die Kämpfer, die sich in Falaise gesammelt hatten, zogen nun weiter nach Rouen. Die Pferde setzten ihre Hufe mit Bedacht, denn über den steilen Pfad floss das Wasser in kleinen Rinnsalen bergab, und das Gestein war glitschig.

Arlette war außer Atem, ihr Herz hämmerte, doch Zorn und Verzweiflung trieben sie voran. Ihr war Unrecht geschehen, und sie würde nicht darüber schweigen. Ungeduldig versuchte sie, sich an den entgegenkommenden Reitern vorbeizuschieben, wurde mit Schimpfworten bedacht und wäre fast unter die Hufe eines Pferdes geraten.

Sie würde niemals heiraten können. Alle Hoffnungen ihrer Eltern waren zerstört, sie würde ihr Leben lang von der Gnade ihrer Brüder abhängig sein, niemals eigene Kinder haben, niemals Herrin eines Hauses sein. Was der Ritter ihr genommen hatte, war mehr als nur ihre Unschuld: Er hatte ihr alle Hoffnungen geraubt und sie zur Bettlerin gemacht. Dafür sollte er einstehen, auch wenn er ein hoher Herr war und sie nur die Tochter eines Gerbers.

»He, Mädchen!«, rief eine Männerstimme dicht neben ihr. »Was willst du für den Habicht haben? Ich kaufe ihn dir ab!«

Sie sah zu dem Reiter hoch, der sein Pferd trotz des steilen Pfades gezügelt hatte. Es war ein dünner, blasshäutiger Kerl, der in dem viel zu weiten Kettenhemd eine lächerliche Figur abgab. Das Auffälligste an ihm war sein rotes Haar, das ihm in dichten Strähnen in die Stirn hing und fast die Augen verdeckte. Er schien sich verspätet zu haben, denn während der größte Teil der Ritter bereits die Burg verließ, ritt er der Menge entgegen zum Burgtor hinauf.

»Er gehört mir nicht.«

Der Ritter zuckte bedauernd die Schultern und trieb sein Pferd an ihr vorüber. Arlette brauchte einen Augenblick, um den aufgeregt flatternden Vogel zu beruhigen. Sie hatte gewartet, bis Walter vom Vater in die Werkstatt gerufen wurde, und sich dann einen Lappen um den Arm gewickelt, um sich vor den scharfen Krallen des Tieres zu schützen. Der schöne Jäger stieg freiwillig auf ihre Hand und ließ sich sogar ohne Flügelschlagen die Leiter hinuntertragen.

Der Habicht war der Beweis. Sie würde ihn auf die Burg bringen, so wie sie es gesagt hatte. Sie, Arlette, war schuldlos, sie war keine Diebin. Also musste sie auch nicht schweigen, wie ihr Peiniger befohlen hatte. Sie würde den Mund auftun und Gerechtigkeit verlangen.

Als sie endlich das massige, aus dicken Quadern gemauerte Burgtor erreichte, erschien es ihr wie ein dunkles Loch, das unaufhörlich Reiter und beladene Maultiere ausspuckte. Zwei Wächter in langen, aus Lederplatten gefertigten Schutzhemden waren neben dem Tor postiert – Knechte mit bärtigen Gesichtern, die gelangweilt mit verschränkten Armen auf das Gewimmel sahen. Der eine hatte sogar seinen kurzen Spieß gegen die Mauer gelehnt, denn es war kaum möglich, alle durchreitenden Herren nach Namen und Anliegen zu fragen. Das Mädchen mit dem Habicht allerdings erregte die Aufmerksamkeit der beiden.

»Was willst du mit dem Vogel?«

»Er ist einem Ritter entflogen, und ich habe ihn eingefangen.«

Die beiden musterten sowohl Arlette als auch den schönen Habicht mit begehrlichen Blicken, und das Mädchen ahnte, was sich in ihren Köpfen abspielte.

»Was für ein Ritter? Wie ist sein Name?«

»Das weiß ich nicht«, log sie. »Aber ich kenne sein Gesicht ganz genau. Es ist ein wertvoller Vogel – der Herr wird froh sein, ihn zurückzubekommen.«

»Gib den Habicht her«, sagte der eine und streckte die Hand aus. »Wir werden den Besitzer schon finden.«

Sie hatte Glück, denn der Habicht verstand die ausgestreckte Hand als Angriff. Er legte das Federkleid eng an den Körper, streckte den Hals vor und versuchte, den Gegner mit dem Schnabel zu hacken. Der Mann fluchte und zog seine Hand zurück.

»Na geh schon mit deinem Satansbraten. Und sieh zu, dass du zeitig aus der Burg verschwindest, das Tor wird bald geschlossen.«

Sie war noch nie in ihrem Leben in der Burg gewesen, doch ihr Triumph, es bis hierhin geschafft zu haben, verflüchtigte sich rasch, als sie das Gewimmel von Mensch und Tier auf dem weiten Platz der Vorburg sah. Wie sollte sie den Ritter in diesem Durcheinander finden? Falls er überhaupt noch auf der Burg war.

Eingeschüchtert drückte sie sich gegen die Wand eines Holzhauses, wurde aber gleich wieder aufgeschreckt, weil einige Knappen, mit Bündeln und Mänteln beladen, laut schwatzend aus dem niedrigen Eingang stürmten.Neben ihr versuchten zwei Knechte in schlammbespritzten Kitteln, Säcke auf ein widerspenstiges Maultier zu packen; eine Magd eilte mit einem Kübel voller Unrat so dicht an ihr vorüber, dass der Habicht erschrocken zu flattern begann.

Verwirrt sah sie sich um und überlegte, an wen sie sich wenden könnte. Auf keinen Fall an die beiden hochnäsig aussehenden Knappen, die gerade ein Pferd für ihren Herrn sattelten. Auch nicht an die Ritter, die bereits aufgesessen waren und ihren Knechten lauthals Befehle zuriefen. Sonderlich kampfbereit schauten diese Herren nicht aus. Zwar hatten alle das Schwert an der Seite hängen, doch die wenigsten trugen Kettenhemd und Helm, die Lanzen und Banner waren vorerst den Knappen überlassen worden, und die mandelförmigen Schilde hatte man auf die Maultiere gebunden. Vermutlich legten die Streiter die schwere Wehr erst an, wenn sie im Feindesland waren und der Kampf unmittelbar bevorstand.

Sie entschied sich, eine Magd anzusprechen, die sich erschöpft auf einen Stein gesetzt hatte und mit der Hand den Schweiß vom Gesicht wischte.

»Ist der Herr Gilbert noch in der Burg?«

Die Magd vernahm die Frage erst, als Arlette sie wiederholte, denn eben war ein prall gefüllter Sack von einem Karren in den Matsch gerutscht, und der Besitzer brüllte fluchend seine Knechte an.

»Was für ein Gilbert?«, fragte die Magd. Sie war jung, hatte grobe Züge und kleine, dunkle Augen. Das Haar, das unter dem Tuch hervorsah, war fast schwarz. Wahrscheinlich waren ihre Eltern halb freie Bauern, die das Mädchen auf die Burg gegeben hatten.

»Es laufen Dutzende von Rittern hier herum, die diesen Namen tragen«, fügte sie missmutig hinzu. »Weißt du nicht, woher er ist, dein Herr Gilbert?«

Arlette sank der Mut. Sie wusste nur, dass sie ihn ganz sicher wiedererkennen würde.

Die Magd starrte in das Gewimmel und schnaubte durch die Nase.

»Gilbert, Robert, Guillaume und wie sie alle heißen. Ich wünschte, die Kerle wären alle beim Teufel. Gesoffen und gefressen haben sie, und keine von uns hat in der Nacht ihre

Ruhe gehabt. Ich könnte umfallen vor Müdigkeit – aber solange die nicht alle wieder davongeritten sind, gibt's kein Ausruhen für uns.«

Mitleidig sah Arlette auf das erschöpfte Gesicht des Mädchens, und plötzlich ging ihr auf, dass niemand etwas Besonderes dabei fand, wenn ein Ritter sich über eine Magd oder eine Bäuerin hermachte.

»Er ist ein vornehmer Herr und trägt einen blauen Mantel, der mit Marderfell besetzt ist«, erklärte Arlette schüchtern.

»Die großen Herren sind alle da drinnen.«

Die Magd wies mit der Hand über das Gewühl hinweg zur Hauptburg hinüber. Dort auf dem Fels erhob sich der hohe Wohnturm, der durch zusätzliche starke Mauern gesichert war. Zum Wohnturm gelangte man nur über eine hölzerne Brücke, die jederzeit eingezogen werden konnte. Leute liefen dort hin und her, schleppten Bündel und Körbe, stießen gegeneinander, und wenn ein Ritter auf dem schmalen Steg auftauchte, wichen die Knechte und Mägde trotz ihrer Lasten zur Seite, um ihm Platz zu machen. Es würde nicht einfach sein, in den Wohnturm zu gelangen, und noch schwieriger würde es werden, Herrn Gilbert dort zu finden. In der Stadt wurde erzählt, dass es im Turm viele Stockwerke, Gänge und Treppen gab, so dass er im Inneren einem Ameisenhaufen glich.

Sie sann noch darüber nach, was sie tun sollte, als plötzlich ein Schieben und Drängen auf der Vorburg entstand: Hunde kläfften, Reiter versuchten, ihre Pferde zurückzuhalten, ein Maultier stemmte sich mit den Vorderhufen in den aufgeweichten Boden und brüllte eigensinnig, als sein Besitzer es am Zaumzeug aus dem Weg ziehen wollte.

»Nimm das verdammte Vieh da weg, oder ich helfe mit dem Spieß nach!«

Arlette reckte den Hals, um die Ursache des Aufruhrs zu erfahren. Pferde wurden durch die Vorburg geführt, edle, starke Tiere mit glänzendem Fell, Sättel und Zaumzeug bunt verziert und von bester Qualität. Arlettes Unruhe stieg, ihre Finger umkrampften das lederne Band, mit dem sie den Habicht hielt. Wem gehörten diese prächtigen Rosse?

Die Frage löste sich bald, denn auf der hölzernen Brücke waren jetzt blitzende Kettenhemden zu sehen. Fünf Männer stapften über den schmalen Steg, vier davon waren mit Kettenpanzer und spitzem Helm gerüstet, der fünfte trug noch den grünen Rock, darüber den kurzen, blauen Mantel mit Pelzbesatz. Sie erkannte ihn sofort, und obgleich sie gekommen war, um ihn zu suchen, erfasste sie jetzt namenlose Furcht. Wie kam sie dazu, diesen adeligen Herrn anzureden, der an der Seite des mächtigen Heerführers ging? Was konnte sie sich davon erhoffen?

»Macht Platz für Richard Kühlauge, unseren Heerführer! Er reitet nach Rouen, wo sich die Truppen sammeln.«

Inzwischen hatten die adeligen Ritter ihre Pferde bestiegen, und man hörte die Knechte des Herzogs fluchen und schelten ob ihrer schwierigen Aufgabe, die Menschen zusammenzudrängen und für ihre Herren eine Gasse bis zum Tor zu schaffen. Kinder jammerten, Weiber kreischten, ein Hund jaulte, doch als die hohen Herren nun langsam zum Burgtor ritten, überdeckte der laute Jubel alle anderen Geräusche.

»Es lebe Richard Kühlauge!«

»Er wird Rainald von Burgund befreien!«

»Hugo von Chalon wird noch bitter bereuen, die normannischen Ritter herausgefordert zu haben!«

»Nieder mit Chalon!«

Ein vierschrötiger Knecht schob sich brutal durch die Umstehenden nach vorn, und Arlette wurde, ohne es zu wollen, von seiner Bewegung mitgezogen. Der Jubel steigerte sich. Einige Knappen waren auf die Karren geklettert, um so den besseren Ausblick zu haben, schwenkten Kappen oder bunte Wimpel und brüllten, so laut sie es vermochten.

Da war er. Richard Kühlauge, der junge Thronfolger. Er hatte den Helm abgenommen, um besser erkannt zu werden, darunter kam sein glattes, blondes Haar zum Vorschein, das er sorgfältig in die Stirn gekämmt trug. Sein langer, blauer Mantel wurde über der rechten Schulter von einer glänzenden Fibel zusammengehalten und war mit bunten Stickereien geschmückt. Die Miene des jungen Mannes zeigte allergrößte Befriedigung, denn es war das erste Mal, dass er das herzogliche Heer anführte.

Auch Arlette wurde jetzt von der allgemeinen Begeisterung mitgerissen, sie schrie laut und hielt den wild mit den Flügeln schlagenden Habicht in die Höhe. Sie kannte Richard Kühlauge, hatte ihn im letzten Jahr am Gerichtstag an der Seite seines Vaters, des Herzogs, gesehen. Der Herzog war ein gerechter Richter, das wussten alle. Jeder konnte seinen Fall vortragen, hatten die Leute gesagt.

Hatte jemand sie gestoßen? Arlette taumelte nach vorn, mitten in die Gasse, und wäre um ein Haar von den Hufen des ersten Reiters gestreift worden.

»Aus dem Weg, verdammt!«, brüllte jemand und packte sie am Arm, um sie zur Seite zu reißen. Da flatterte auch schon der herzogliche Mantel dicht vor ihren Augen, und sie griff danach. Richard Kühlauge war gezwungen, sein Pferd zu zügeln, sonst hätte sie ihm den Mantel von den Schultern gerissen.

»Schafft sie fort!«, hörte sie seine zornige Stimme.

Das Pferd tänzelte auf der Stelle, grobe Hände griffen nach ihr, doch sie ließ den Mantel nicht los.

»Nein!«, rief sie verzweifelt. »Ich habe eine Klage, und Sie müssen mich anhören, Herr!«

Der junge Heerführer presste wütend die Lippen zusammen und gab den Knechten einen Wink, das Mädchen freizugeben. Es war nicht angetan, sie einfach fortzujagen, nicht jetzt, da er sich gerade im Wohlwollen der Menschen sonnte.

»Es ist kein Gerichtstag! Heb dir deine Klage auf, bis die Zeit dazu gekommen ist.«

Doch Arlette ließ sich nicht fortschicken.

»Ich klage diesen Ritter an«, schrie sie und wies mit ausgestrecktem Arm auf den Mann im grünen Rock. »Herr Gilbert hat mir Gewalt angetan!«

Verblüffung machte sich in den vorderen Reihen breit – die weiter hinten Stehenden hatten nur wenig mitbekommen, dazu war der Lärm zu groß.

»Was hat sie gesagt?«

»Sie will Klage führen, die Irrsinnige.«

»Klage? Gegen wen?«

»Gegen den Grafen Gilbert von Brionne!«

Gelächter erhob sich. Richards Züge versteinerten. Was für eine namenlose Dreistigkeit von diesem Weib! Eine Handwerkertochter, der Kleidung nach zu urteilen, wagte es, einen Adelsmann anzuklagen!

»Wie ist dein Name?«, fragte er streng.

»Arlette. Ich bin die Tochter von Fulbert, dem Gerber …«

»Und der Habicht auf deiner Hand?«

»Er gehört dem Herrn Gilbert …«

Ein winziger Wink genügte, und einer der Knappen nahm ihr den Habicht vom Arm, löste den Riemen und trug den Vogel davon.

»Ich verlange, dass Herr Gilbert bestraft wird, Herr. Sie haben die Macht dazu, Sie sind ein gerechter Richter und Herr über unser Land …«

Sie war hartnäckig, diese braunhaarige Hexe. Was für eine Frechheit, einen seiner Begleiter öffentlich anzuklagen. Richard hätte dem Mädchen gern einen festen Fußtritt verpasst, doch er war gezwungen, sich großmütig und gerecht zu zeigen. Nicht nur wegen der Menschen, die mit offenen Mündern auf ihn und das Mädchen glotzten – auch deshalb, weil er ein schlechtes Omen für den anstehenden Kriegszug fürchtete.

»Der Fall gehört unter das Kirchengericht – geh zum Pfarrer, er wird dich anhören«, teilte er ihr mit.

»Aber Sie sind mächtiger als der Pfarrer, Herr …«

»Hast du nicht gehört?«

Mit einem festen Ruck entriss er ihr den Mantelzipfel und stieß seinem Pferd die Sporen in den Bauch. Die Reiter sprengten an ihr vorüber, Schlamm spritzte ihr ins Gesicht, ein Pferdeschweif peitschte über ihr Kleid. Dann schloss sich die Menge um sie. Knechte feixten und warfen ihr zotige Worte zu, Mägde lachten grell und schadenfroh, ein Knappe schnitt Grimassen und fasste sich höhnisch zwischen die Beine.

* * *

Grimald schob die Schüssel von sich und spülte den Mund mit einem Schluck gewässertem Cidre. Er hatte drei Löffelchen von den in Essig gekochten Linsen zu sich genommen, dazu ein paar Bissen Brot. Den gesottenen Fisch hatte er nicht angerührt, ebenso wenig den Gerstenbrei. Dennoch blähte sich sein Magen jetzt und rumorte so laut, dass er erschrak und hastig aufstand, um einige Schritte auf und ab zu gehen. Er hatte schon mehrmals darüber nachgedacht, ob dieses Getöse in seinem Bauch nicht von teuflischen Dämonen stammte, die Besitz von seinem Leib ergriffen hatten, weil er sich der Sünde der Völlerei ergab. Der Teufel lauerte in vielerlei Gestalt, um sich der Seele des Menschen zu bemächtigen. Nun – Gott sei's gedankt – brach bald die Fastenzeit an, die er streng einzuhalten pflegte. Falls es tatsächlich Dämonen waren, die in seinem Gedärm hausten, dann würden sie durch das strenge Fasten gewiss vertrieben werden.

Er trat zur Fensteröffnung, um den Laden ein wenig weiter aufzuschieben und nach draußen zu sehen. Die Zeit der Vesper nahte, ein paar alte Frauen, die Enkelkinder im Schlepptau, standen bereits vor der Kirche St. Laurent und schwatzten. Bald würden auch die anderen kommen, die Männer zuletzt, dafür waren sie meist die Ersten, die davonliefen, kaum dass die Messe geendet hatte. Er hatte schon oft bemerkt, dass die Männer ihn wenig schätzten, ja sogar über ihn spotteten, und es verletzte ihn sehr, war er doch schüchtern und hatte Angst vor den selbstbewusssten Händlern und Handwerkern aus Falaise.

Grimald war nicht gern Priester. Er war mit sechzehn Jahren zur Ausbildung ins Kloster Fécamp gegeben worden, dort hatte der Geist der neuen Frömmigkeit, den Wilhelm von Volpiano aus Dijon in die Normandie getragen hatte, den lang aufgeschossenen, dürren Knaben mit großer Macht erfasst. Ein heiliger Mann wollte er sein oder zumindest ein gelehrter Mönch, der in den vielen heiligen und profanen Büchern des Klosters lesen und mit seinen Brüdern darüber diskutieren durfte. Doch Grimald hatte keinen so guten Kopf wie die anderen, mit Mühe bestand er die Ausbildung, erhielt die Priesterweihe, und nun wirkte er bereits seit drei Jahren an der Kirche St. Laurent in Falaise.

Es war eine harte Aufgabe, die der Herr ihm gestellt hatte, denn das Volk in der Stadt war voller Sünde und wollte sich nur schwer bekehren lassen. Vor allem die Sünde der Gier beherrschte die Menschen, sie schacherten und rafften den Reichtum, schmückten ihre Häuser und Weiber, doch die Almosen und Gaben an die Kirche flossen nur spärlich. Schlimmer jedoch war die Sünde der Wollust. Wie oft kam ihm zu Ohren, dass verheiratete Leute am heiligen Sonntag, während der Fastenzeit und – dem Herrn sei's geklagt – sogar an den kirchlichen Feiertagen miteinander verkehrt hatten, was die Kirche streng verboten hatte. Am allerschlimmsten aber waren jene Sünden, die den Weibern anhafteten, die seit Anbeginn der Welt Gefäße des Teufels waren. Nach heidnischem Brauch trieben viele von ihnen bösen Zauber und mischten ihren Männern heimlich unreine Säfte in die Mahlzeit, um sie zur Unzucht zu verführen, ihre Kraft zu lähmen oder sie sogar zu töten.

Der Vorhang wurde zurückgeschlagen, und die gebeugte Gestalt einer Magd erschien. Sie war alt und der zahnlose Mund eingefallen, das weiße Tuch, das sie um den Kopf gebunden hatte, war ihr tief in die Stirn gerutscht und berührte fast die Augenbrauen.

»Herr, Sie haben nicht einmal von dem Fisch gekostet«, jammerte sie. »Es kann nicht Gottes Wille sein, dass Sie sich zu Tode fasten.«

»Wer den Leib vernachlässigt, wird dafür den Geist des Herrn gewinnen«, erwiderte Grimald unverdrossen.

Er hätte lieber hundert Tage gefastet, als einen Fisch anzurühren. Es hieß, es gäbe Frauen, die ein solches Geschöpf in ihre weibliche Öffnung schöben und ihn einen ganzen Tag mit sich herumtrügen, um dann daraus eine teuflische Speise zuzubereiten.

Die Magd seufzte und begann, die Holzschüsseln ineinanderzustellen.

»Draußen ist ein Mädchen, das Sie sprechen will, Herr.«

»Was für ein Mädchen?«

»Ich glaube, es ist Arlette, die Tochter von Fulbert, dem Gerber.«

Grimald furchte die Stirn, die Nachricht gefiel ihm nicht. Er kannte Arlette, sie war Dodas Tochter, doch leider glich sie der gottesfürchtigen Mutter wenig. Das Mädchen war hochmütig, neigte zum Spott und lachte häufig. Zudem trug sie die Verlockung der Sünde in sich, denn sie war schön von Angesicht.

»Schick sie rein«, sagte er grämlich.

Er schob den Fensterladen weit auf, es war später Nachmittag, und das Licht nahm bereits ab, dann setzte er sich wieder auf seinen Schemel und ordnete sorgfältig die Falten seines langen Gewandes, damit seine dürren Beine sich nicht darunter abzeichneten.

Er sah eine glatte Frauenhand, die den Vorhang fasste, um ihn beiseitezuziehen. Ganz gegen ihre sonstige, lebhafte Art trat das Mädchen zögernd in den abgeteilten Raum, in dem der Priester saß, und verneigte sich mit gesenkten Augen, wie es der Brauch war.

»Nun?«, richtete er ungeduldig das Wort an sie. »Was führt dich hierher? Mach es kurz, ich habe wenig Zeit.«

Das Licht fiel direkt auf ihre Gestalt, ihr Anblick bereitete ihm Unbehagen. Ihr Haar war offen und vom Wind zerzaust, ihre Wangen waren gerötet. Sie atmete heftig, als sei sie eine Strecke in raschem Tempo gelaufen.

»Gelobt sei Jesus Christus, unser Herr«, sagte sie mit heiserer Stimme.

»In Ewigkeit – Amen. Also was ist?«

Sie hob den Blick zu ihm, und er erschrak vor dem trotzigen, wilden Ausdruck in ihren Augen.

»Ich bitte Sie, mir beizustehen, Herr.«

»Gott ist auf der Seite der Schwachen und derer, die in Not sind. Aber nicht auf der Seite der Hochmütigen und Stolzen. Also rede.«

Sie zögerte, spürte die Welle der Abneigung, die ihr von diesem Mann entgegenschlug, doch er war der Vertreter der Kirche hier in Falaise, und sie war entschlossen, ihr Anliegen durchzufechten.

»Ein Mann hat mir Gewalt angetan, Herr. Und ich will, dass er seine Strafe erhält.«

Sie hatte laut gesprochen, starrte ihn schamlos dabei an, stellte eine Forderung, als habe er ihr zu gehorchen. Grimald erschrak zutiefst. Was für ein Hochmut! Sie bat nicht etwa, fiel nicht auf die Knie und flehte ihn als Priester um seinen Beistand an – nein, sie wollte!

»Mäßige dich, Arlette«, sagte er, um Fassung bemüht.

»Vergeben Sie mir, Herr. Ich bin unglücklich und verzweifelt, denn man hat mir bitteres Unrecht getan.«

Er wagte es, den Blick wieder zu ihr zu heben, und erzitterte. Das schräge Licht der Abendsonne ließ die Haut an ihrem Hals wie weiße Seide schimmern, und ihre Lippen erschienen ihm wie eine frische, blutige Wunde.

»Ich habe vor Richard Kühlauge Klage geführt«, schwatzte sie weiter und schob mit einer raschen Handbewegung das lange Haar zurück. »Doch er sagte mir, er könne diesen Fall nicht richten, da er Sache der Kirche sei.«

Was log sie ihm da vor? Sie wollte vor Richard Kühlauge Klage geführt haben? Das konnte doch gar nicht sein, es war kein Gerichtstag, und der junge Heerführer hatte anderes zu tun. Zudem kümmerte sich das herzogliche Gericht nur dann um Fälle von Vergewaltigung, wenn sie unter adeligen Leuten geschehen war und es darum ging, eine lange, blutige Fehde zu verhindern. Er kam zu der Überzeugung, dass Arlette irgendeine Hinterlist im Schilde führte.

»Die Kirche straft die Sünden des Fleisches – doch sie weiß auch Lüge und Wahrheit zu unterscheiden, und sie erkennt die Verleumder«, erklärte er und sah rasch zum Fenster hinüber in der Hoffnung, der Glöckner möge mit dem Läuten beginnen. Doch nichts war zu hören außer dem Schwatzen der Frauen, die noch in kleinen Grüppchen vor der Kirche standen.

»Ich schwöre bei Gott dem Herrn, dass ich die Wahrheit spreche«, rief sie so laut, dass er am liebsten aufgestanden wäre, um das Fenster zu schließen. Doch er tat es nicht, denn dann würde er so dicht an ihr vorbeigehen müssen, dass er womöglich ihr Gewand streifte.

»Wen also beschuldigst du?«, flüsterte er.

»Die Leute nennen ihn Gilbert von Brionne!«

Er musste zweimal schlucken, bevor er sprechen konnte.

»Den ... Grafen?«

»Vor Gott sind alle Menschen gleich – waren das nicht Ihre Worte, Herr?«

Er hatte sich nicht getäuscht – dieses Mädchen quoll über vor Hochmut und Stolz. Einen Grafen wollte sie anklagen! Noch dazu einen Mann, der mit dem Herzog verwandt war – wenn auch über eine illegitime Linie. Gilbert von Brionne war der Sohn eines Bastards, den der Vater Richards des Guten mit einer Kebse gezeugt hatte. Was im herzoglichen Hause – dem Herrn sei's geklagt – keine Seltenheit war.

»Er hat mich gezwungen, Herr. Ich werde niemals heiraten können, denn ich bin nun keine Jungfrau mehr ...«, rief sie aufgeregt. »Ich will, dass er seine Strafe erhält!«

Grimald wurde schwindelig. Es war bekannt, dass der Graf Gilbert ein sündhafter Mann war, der mit allerlei Weibern Unzucht trieb. Aber wie kam sie dazu, ihn, den Priester, aufzufordern, einen Adeligen zu bestrafen? Sollte sie doch beim Bischof in Sées klagen und ihn damit in Ruhe lassen! Schon wollte er ihr in aller Freundlichkeit raten, ihren Fall dem Bischof vorzutragen, da kam ihm der Gedanke, dass er sich damit am Ende selbst in Gefahr brachte. Falls es dem Bischof in den Sinn käme, den Grafen zu ermahnen, würde der Herr von Brionne seinen Zorn an ihm, Grimald, auslassen. Er begann zu schwitzen, wischte sich mit dem Ärmel über die Stirn und suchte verzweifelt nach einem Ausweg aus dieser Klemme.

Wie konnte sie es nur wagen, ihre Schande öffentlich hinauszuschreien und gar eine Bestrafung zu fordern? Wenn überhaupt, dann wäre das Sache ihres Vaters gewesen, der dafür verantwortlich war, dass seine Tochter eine ehrbare Jungfrau blieb. Er wagte einen weiteren, raschen Blick auf das Mädchen und sah seine Vermutung bestätigt: Sie glühte förmlich, und aus ihren Augen sprühten Zorn und Hoffart. Erschrocken kam ihm der Gedanke, dass aus diesem schönen Weib möglicherweise ein boshafter Dämon sprach.

»Gelobt sei unser Herr Jesus Christus, der Herr über Menschen und Geister ist«, sagte er ängstlich.

Sie starrte zu ihm hinüber und versuchte, den Ausdruck seines Gesichts zu deuten, doch es war inzwischen so dämmrig geworden, dass die hageren Züge des Priesters zu einem länglich ovalen Fleck verschwommen waren.

»Wie meinen Sie das, Herr?«, fragte sie beklommen.

»Bist du ganz sicher, Arlette, dass du nicht selbst der Sünde teilhaftig bist?«

»Ich, Herr …?«

Die Glocke, die die Gläubigen zur Vesper rief, begann jetzt zu läuten, und Grimald spürte, wie der Klang ihn ermutigte. Es war ein Zeichen – seine Vermutung war richtig. Dieses Mädchen war von einem heidnischen Dämon besessen, der Lügen in ihren Mund legte und ihn, den Priester, versuchen wollte.

»Du kamst hierher zu mir mit offenem Haar, und deine Rede war stolz, Arlette«, predigte er und erhob sich von seinem Sitz, um beeindruckender zu wirken. »Nur selten schlägst du die Augen nieder, und deine Blicke sind herausfordernd. Die Sünde der Wollust wohnt in dir selbst, Arlette, und sie ist ebenso verdammenswert wie jene des Ritters …«

»Das ist nicht wahr!«, rief sie aufgeregt dazwischen. »Ich habe nichts getan … Er ist über mich hergefallen und hat mich mit dem Rücken gegen den Apfelbaum gestoßen …«

Sie war am Ende ihrer Kraft und begann zu schluchzen. Warum wollte ihr denn niemand helfen, wo sie doch im Recht war? Warum wies man sie ab, schickte sie von einem zum anderen, lachte sie aus und beschuldigte sie nun auch noch der Sünde?

Grimald nahm es als ein gutes Zeichen, dass sie weinte; vermutlich war der Dämon durch die Macht seiner priesterlichen Rede eingeschüchtert und bereit, aus ihr zu weichen.

»Der Apfelbaum. Gestehe, Arlette: Du hast wilden Apfel und Minze gemischt und dem Ritter diesen Trunk gegeben«, trumpfte er auf. »War es nicht so? Du hast wie Eva, die Mutter aller Sünde, Gottes Gebot missachtet und einen Mann mit heidnischem Zauber behext!«

Der Priester hatte seine Beredsamkeit wiedergefunden, und die Worte sprudelten wie ein trüber Quell aus seinem Mund.

»War es nicht so, dass Eva, die Mutter aller Sünder und selbst die größte Sünderin unter den Menschen, diese Frucht dem Adam reichte und ihn zum Ungehorsam verführte? Genau so hast auch du den Ritter zu seiner bösen Tat verführt, Arlette. Deshalb musst du selbst bestraft werden, denn in dir wurde die teuflische Macht des Versuchers lebendig. Gestehe deine Schuld und tue Buße …«

Arlette wandte sich ab und lief davon, um sich seine Predigt nicht bis zu Ende anhören zu müssen, deren Sinn ebenso klar wie niederschmetternd war. Grimald war ein elender Worteverdreher und Feigling. Was konnte sie schon dagegen tun?

Im Laufen stieß sie gegen die alte Magd, die hinter dem Vorhang gestanden hatte, und eine irdene Schale zerbarst mit lautem Knall auf den Holzdielen. Was der Priester ihr nachrief, hörte sie nicht mehr.

Arlette machte einen Bogen um die Kirche, die inzwischen

voller Menschen war, und schlich zwischen Zäunen und Hecken hindurch zum Stadttor. Der Wächter saß in seiner Nische, stopfte Brot in sich hinein und trank dazu vergorenen Most, den ihm jemand in einer irdenen Kanne gebracht hatte. Er verzog das Gesicht, als er das Mädchen sah, denn die Neuigkeiten aus der Burg hatten sich schon herumgesprochen.

»Wo hast du deinen Ritter gelassen, Arlette? Ein wackerer Stecher ist der Herr von Brionne, wirst dein Vergnügen an ihm gehabt haben.«

Er verschluckte sich beim Lachen, so dass sein Gesicht dunkelrot anlief und er den Most ausspucken musste.

»Bleib da, Kleine«, gurgelte er und griff nach ihr. »Mein Stöckchen kann sich mit dem des Rittersmannes recht gut messen. Heb dein Kleid hoch, dann wirst du es fühlen.«

Er war zu betrunken, um sie zu erwischen, und sie huschte an ihm vorüber und verschwand in der Dunkelheit.

* * *

Sie hatte daran gedacht, in den Wald zu laufen und sich von einem der schroffen Felsen zu stürzen, doch dazu war es längst zu dunkel, sie würde den Weg dorthin nicht finden. Sie konnte sich auch in den angeschwollenen Bach werfen oder sich das Brotmesser in die Brust stoßen …

Sie tat nichts dergleichen. In einer Ecke des Hauses, gleich neben der Bodenvertiefung, wo die Vorräte untergebracht waren, kauerte sie sich auf den Boden und umschlang mit den Armen ihre angewinkelten Knie. Wenn Gott gerecht war, dann würde er sie nicht leiden lassen, denn sie war frei von Schuld. Als die Tür aufgestoßen wurde und sie Dodas hastige Schritte vernahm, war ihr klar, dass sich die Nachricht bereits über die Stadttore hinaus verbreitet hatte. Dodas Gang war sonst langsam und schleppend, da sie ihr Bauch bei jeder Bewegung schmerzte – jetzt aber schien sie alle Beschwerden vergessen zu haben.

»Komm raus!«

Es hatte wenig Sinn, sich zu verstecken. Arlette erhob sich

und trat in die Mitte des Raumes. Doda hatte eine Öllampe angezündet und hielt das brennende Licht in der ausgestreckten Hand, um die Tochter anzuleuchten. Im flackernden, rötlichen Schein erblickte Arlette das verschwitzte Gesicht der Mutter, ihren verzerrten Mund, die dünnen Haarsträhnen, die unter dem verrutschten Tuch hervorsahen.

»Es ist also wahr«, flüsterte Doda, während sie die Tochter anstarrte. »Der Teufel hat ganz und gar Besitz von meinem Haus genommen und Schande über uns gebracht …«

Was die Mutter weiter vor sich hin murmelte, konnte Arlette nicht mehr verstehen, denn Doda hatte die Lampe abgestellt und die Tochter bei den Haaren gefasst. Die Schläge prasselten so heftig auf sie ein, dass Arlette sich zusammenkrümmte und versuchte, wenigstens ihr Gesicht vor den harten Händen der Mutter zu schützen.

»Eine Hure habe ich großgezogen … Es wäre besser gewesen, du wärest bei deiner Geburt gestorben, als Verderben über uns alle zu bringen …«

Doda keuchte vor Anstrengung, und ihre Schläge wurden schwächer, verfehlten ab und an ihr Ziel. Jetzt konnte Arlette erkennen, dass die Knechte und ihre Brüder in der Tür standen und das Geschehen mit offenen Mündern betrachteten. Niemand sagte ein Wort – es war das Recht und die Pflicht der Eltern, ihre Kinder zu prügeln, so stand es in der Bibel. Doda zog die Tochter an deren langem Haar zur Wand hinüber und griff in ein Fach, in dem sie die Messer aufbewahrte.

»Weg mit dieser Verlockung des Teufels!«

Arlette hatte keinen Laut von sich gegeben, während die Mutter sie schlug, doch als sie nun das Messer in Dodas Hand sah und begriff, was diese tun wollte, schrie sie gellend auf.

»Es war nicht meine Schuld – er hat mich gezwungen!«

Das Messer strich durch das dichte Haar, eine breite Strähne löste sich und blieb in Dodas Hand hängen. In diesem Augenblick trat der Gerber Fulbert ins Haus.

»Was tust du da, Weib?«

Mit einem Sprung stand er neben Doda, fasste ihren Arm und entwand ihr das Messer. Sie schrie erschrocken auf und wäre rücklings in die Feuerstelle gestürzt, hätte Osbern sie nicht aufgefangen.

»Eine Hure ist sie, deine schöne Tochter«, ächzte Doda, die vor Anstrengung kaum noch Luft bekam. »Dem Grafen Gilbert von Brionne ist sie nachgelaufen, um ihn zu verführen. Mit einem Trank aus wildem Apfel und Minze hat sie ihn behext …«

Fulbert war ein hochgewachsener, kräftiger Mann, das Selbstbewusstsein des wohlhabenden Handwerkers stand ihm ins Gesicht geschrieben, nie hatte er bisher Grund gehabt, an der Ordnung der Dinge zu zweifeln. Jetzt starrte er sein Weib an und glaubte zuerst, Doda rede im Wahnsinn. Dann sah er zu Arlette hinüber, die mit zitternden Händen versuchte, ihr Haar am Hinterkopf zusammenzufassen.

»Ist das wahr?«

Das Gesicht des Mädchens war von Schlägen verquollen, doch sie weinte nicht. Fulbert erschrak vor dem Hass in ihren Augen.

»Er hat mich dazu gezwungen und mit Gewalt genommen.«

»Lüge!«, keuchte Doda, die sich den schmerzenden Bauch hielt und Mühe hatte zu sprechen. »Die Leute sagen andere Dinge …«

»Wann ist es geschehen?«, fuhr Fulbert dazwischen.

»Heute am Morgen.«

»Als sie mit Walter im Dorf gewesen ist, um Häute zu kaufen?«

Walter hatte sich hinter Bertlin und seinen älteren Bruder geschoben, doch vor dem scharfen Blick des Vaters konnte er sich nicht verstecken. Immerhin hatte Arlette bisher nichts von dem Habicht erzählt, weshalb er beschloss, die Geschichte auch nicht zu erwähnen. Stattdessen berichtete er, drei Knappen hätten ihn verprügelt, und dann sei der Ritter dazugekommen und mit Arlette allein geblieben.

»Du hast also versucht, deine Schwester zu verteidigen?«

Das konnte Walter guten Gewissens behaupten. Er nickte. Vorerst war er sicher vor dem väterlichen Zorn.

»Daheim hat sie geschwiegen«, jammerte Doda. »Stattdessen ist sie auf die Burg gelaufen, um ihre Schande laut vor allen Leuten hinauszuplärren!«

Fulbert starrte jetzt dumpf vor sich hin. Arlette, seine hübsche, kluge Tochter, sein Augenstern, sein ganzer Stolz. Immer hatte er das Mädchen den Brüdern vorgezogen, hatte sie als kleines Kind auf dem Arm herumgetragen und mit ihr gespielt, so dass alle Leute redeten, der Gerber Fulbert mache sich zum Narren für seine Tochter. Lange hatte er gezögert, die Einwilligung zu Arlettes Hochzeit mit Eudo zu geben, denn er hätte das Mädchen gern bei sich behalten. Der harte Mann kämpfte mit dem aufsteigenden Zorn, der doch niemandem nutzen und nur ihm selbst und seiner Familie Schaden zufügen würde. Gilbert von Brionne war mit dem herzoglichen Haus verwandt und mächtiger Herr eines der Kerngebiete der Normandie. Ein Wink seiner Hand konnte sie alle ins Unglück stürzen.

»Schau nach, ob es überhaupt stimmt!«, gebot er Doda.

»Alle reden davon – die ganze Stadt weiß es …«

»Nun mach schon!«

Seine Stimme war hart, und er wandte sich ab, als Doda die überraschte Arlette hinter die Vorhänge des elterlichen Lagers zerrte und deren Kleid und Hemd hochschob. Sie wehrte sich, dann ergab sie sich in ihr Schicksal. Unbarmherzig steckte Doda ihr die Hand zwischen die Beine und bohrte den Zeigefinger in ihren Leib. Da war er wieder, der gleiche brennende Schmerz, den sie heute Früh gespürt hatte. Die Mutter untersuchte sie sorgfältig und zog den Finger erst zurück, als sie ganz sicher war.

Fulbert hatte währenddessen die Knechte und Söhne auf den Dachboden geschickt. Schweigend waren sie die Leiter hinaufgestiegen und redeten nun auf Walter ein.

»Ist das wahr?«

»Warum hast du nichts gesagt? Der Kerl treibt es mit deiner Schwester, und du hältst einfach das Maul!«

»Lasst ihn in Ruhe. Er hat recht getan«, war Osberns Stimme zu vernehmen.

Doda schlug den Vorhang zurück und nickte düster, dann richtete sie ihr Tuch und presste die Hände auf den Leib.

»Totschlagen sollten wir sie …«, sagte sie leise und ließ sich erschöpft auf der Bank nieder. »Bertrada wird alle Versprechen zurücknehmen, mit Fingern werden sie auf uns zeigen …«

»Das Mädchen kann nichts dafür!«

Fulbert stand vornübergebeugt da und stützte sich mit einer Hand an einem hölzernen Dachträger ab. Sein dunkles Haar war zerrauft und stand ihm wild vom Schädel ab. Ihn quälte verletzter Stolz, die Wut über diesen Mann, der seine einzige Tochter genommen hatte und den er nicht dafür bestrafen konnte. Seine hübsche, kleine Arlette, die er immer für ein Glückskind gehalten hatte.

»Du wirst mir sagen, wenn es sicher ist. Ihr Weiber kennt euch doch aus …«

Doda begriff, was er meinte, und schloss die Augen.

»Ich werde Tag und Nacht darum beten, dass uns wenigstens dieses Unglück erspart bleibt. Ich werde der Kirche Kerzen stiften und die Armen speisen. Wenn Gott der Herr uns gnädig ist, dann wird er …«

»Und hör auf, sie zu schlagen«, knurrte er.

Frühjahr 1026

Beißender Rauch stieg zum grauen Novemberhimmel auf. Die Flamme züngelte durch das runde Loch des Rauchabzugs, gleich darauf stürzte der brennende Dachstuhl mit einem dumpfen Geräusch in die Bauernhütte hinein. Funken stoben auf, für einen Augenblick war das jämmerliche Geheul eines Hundes zu hören, dann fraßen sich die Flammen gierig durch das Stroh. Ein erschlagener Bauer lag mit offenem Schädel im Schlamm, neben ihm ein kleiner Junge, sein rechter Arm nur noch ein Stumpf, aus dem das helle Blut schoss. Am anderen Ende des Dorfes zwangen die Ritter zwei junge Bauern, Säcke mit Getreide auf einen Karren zu laden, aus der danebenstehenden Hütte drangen gellende Schreie, die von grobem Gelächter begleitet wurden.

Robert Lautmund betrachtete das Geschehen vom Rücken seines Pferdes herab mit einer Mischung aus Faszination und Abscheu. Seit dem Fall der Grenzfestung Mimande war die kleine Grafschaft Chalon den normannischen Rittern wehrlos ausgeliefert. Mordend und plündernd zog das Heer von Dorf zu Dorf, schonte weder Weib noch Kind, stach selbst das Vieh ab und zündete Häuser und Scheunen an. Kein Pflug, der nicht zerschlagen war, kein Balken, der noch auf dem anderen lag, kein Hahn, der den kommenden Morgen verkünden würde. Es hatte nichts mehr mit ritterlichem Streit zu tun – es war das grobe Handwerk der Kämpfer, die von ihren Herren mit Pferd und Waffen ausgestattet worden waren, um für sie in die

Schlacht zu ziehen. Bauern waren darunter, entlaufene Söhne aus den Städten, Vagabunden und andere, über deren Herkunft niemand etwas wusste.

Er machte dem Schlachten ein Ende, rief die Männer zurück und befahl ihnen, die erbeuteten Lebensmittel und das Heu mitzunehmen. Nur widerwillig folgten die Männer seinem Befehl. Das Brandschatzen und Morden war wie ein Rausch über sie gekommen, einer der Kämpfer musste mit Gewalt aus einer Hütte gezerrt werden, wo er über ein junges Weib hergefallen war.

Schlecht gelaunt herrschte Robert die Kerle an, denn er fühlte sich von den Erfolgen seines verhassten älteren Bruders gedemütigt. Richard Kühlauge hatte sich als glänzender Heerführer erwiesen. Innerhalb weniger Tage war es ihm gelungen, aus den vielen kleinen und größeren Gruppen, die von ihren Lehnsherren angeführt wurden, eine schlagkräftige Armee zu formen. Mit viel Geschick hatte er die mächtigsten Adelsherren in seine engste Umgebung gezogen, sie mit Aufgaben betraut und seinen Willen gegenüber den viel älteren Männern mit eiserner Kraft durchgesetzt.

Es war nicht einfach gewesen, das Heer zusammenzuhalten, denn gleich nachdem sie Rouen verlassen hatten, setzte strömender Regen ein, und die Männer ritten triefend und missgelaunt seineaufwärts. Einige schlecht ausgerüstete Burschen waren schon am zweiten Tag sang- und klanglos in den Wäldern verschwunden, andere hatten versucht, auf eigene Faust Beute zu machen, kaum dass sie die Normandie verlassen hatten. Richard ließ nicht mit sich spaßen: Ein Knecht, der für seinen Herrn einen Schinken »besorgt« hatte, wurde an einer Eiche erhängt, und der Bauer erhielt sein Eigentum zurück. Solange man durch das Land des Königs von Frankreich zog, war jedes Heubündel und jedes Huhn mit guten Deniers zu bezahlen – so lautete die Abmachung, die Herzog Richard der Gute mit König Robert dem Frommen getroffen hatte. Hatte Robert Lautmund während dieser Zeit noch etliche unzufriedene Ritter gegen seinen Bruder aufbringen können, so verlor er nun von Tag zu Tag an Boden. Südlich der Kronlande zog das Heer durch verschiedene kleinere Grafschaften, von denen nicht eine in der Lage war, sich einer solchen Kriegsmacht entgegenzustellen. Man gewährte den Normannen freies Geleit und war froh, wenn die Reiter und Wagen wieder außer Landes waren, ohne allzu viel Schaden angerichtet zu haben. Jetzt lockerte Richard Kühlauge die strenge Disziplin, gönnte seinen Männern, hier und da Beute zu machen und Nahrung für Mensch und Tier zu beschaffen, zumal die mitgeführten Vorräte langsam zur Neige gingen. Ohne viel Federlesens quartierte man sich in die Dörfer ein, anstatt Zelte und Unterkünfte für die regenfeuchten Nächte auf Wiesen und Plätzen zu errichten. Die Stimmung im Heer hob sich; viele der Ritter hatten trotz des immer noch herabströmenden Regens die volle Rüstung angelegt und waren begierig darauf, endlich auf den Feind zu treffen.

Am zehnten Tag erreichten sie Mimande, die nördliche Grenzfestung von Chalon, ein hölzerner Bau auf einem niedrigen, künstlich aufgeschütteten Hügel, der von einem Wassergraben und einer doppelten Palisadenwand geschützt war. Die Gegend war flach, die laublosen Wälder verbargen weder feindliche Reiter noch Fußvolk, weshalb sich Richard zum Sturmangriff auf die Festung entschloss.

»Wir greifen von drei Seiten an. Ich nehme die Torseite, Robert von Montgomery stürmt mit seinen Rittern von Westen her. Die Übrigen greifen von Osten an.«

Richards Blicke überflogen abschätzend die kleine Gruppe der mit ihm reitenden Männer. Jeder von ihnen gierte nach dem dritten Oberbefehl, der noch zu vergeben war, der vierschrötige Thurstan von Bastemburg ebenso wie Umfrid von Vieilles, der schon unter Richard dem Guten in Burgund gekämpft hatte. Auch Robert Lautmunds ein wenig vorstehende, hellblaue Augen hingen mit Spannung an seinem Bruder.

»Gilbert von Brionne wird die Angreifer im Osten anführen!«

Die Entscheidung traf Robert tief und schmerzhaft. Es war nicht nur die Missachtung seiner eigenen Person – darauf war er gefasst gewesen. Es war die Enttäuschung darüber, dass Gilbert von Brionne, den er für seinen Freund gehalten hatte, sich seit Beginn des Feldzuges auf die Seite des älteren Bruders geschlagen hatte. Der Herr von Brionne wusste nur zu gut, dass Richard Kühlauge bald Herzog sein würde, und er war jetzt schon dabei, sich dem zukünftigen Herrn der Normandie anzubiedern. Mit Erfolg, wie nun deutlich geworden war.

Robert Lautmund entschied sich, Robert von Montgomery zu folgen, doch bevor er sein Pferd anspornte, nahm er den Helm ab, um vor Gilbert auszuspucken.

»Ein Dorfköter, der winselnd um Futter bettelt, ist noch mehr wert als du!«, zischte er verachtungsvoll und sprengte davon.

Gilbert scherte sich wenig darum, er hatte Besseres zu tun. Bäume wurden gefällt, um die Stämme über den Wassergraben zu legen und sie später als Trittleitern zu nutzen. Den Knappen wurde befohlen, die Packpferde beiseitezuhalten, dann strömten Reiter, Bogenschützen und Fußkämpfer gegen die Palisaden.

Die Burg Mimande fiel noch vor dem Abend. Der Erste, der die Palisaden überwand, war Gregor von Montfort, der auf Gilberts Seite kämpfte. Der Speer eines Verteidigers drang mitten durch seinen Leib und brach auf der anderen Seite aus seinem Rücken hervor. Andere sprangen in die Bresche, überstiegen die Palisade in Scharen und fochten die Verteidiger nieder. Als es gelang, den schweren Riegel zu heben, der das Tor verbarrikadierte, war Mimande endgültig verloren. Richards Leute füllten den Burghof und ließen keinen Einzigen der Verteidiger am Leben.

»Es ist seltsam«, sagte in der Nacht ein schlaksiger, rothaariger Bursche zu Robert, als sie in der verwüsteten Halle der Burg ihr Nachtmahl einnahmen. »Als überkäme einen ein Rausch von Wein oder Met. Alles vermischt sich: das Schreien der Kämpfer, das Geräusch der Schwerter, das Ächzen der Sterbenden. Und das Blut. Vor allem das Blut. Man stürzt sich blind auf den Gegner und will nur noch töten …«

Neben ihnen schleppten mehrere Knechte die Erschlagenen weg, um sie im Hof aufzutürmen. Sie würden die Ihrigen auf dem Rückweg mitnehmen und sie in der Normandie begraben; um die toten Feinde, die man bis aufs letzte Hemd ausgeplündert hatte, sollte sich Hugo von Chalon kümmern. Falls er den bevorstehenden Angriff auf seine Burg überlebte.

»Ist das dein erster Kampf?«, fragte Robert den jungen Kerl neugierig. »Wie ist dein Name?«

»Herluin. Ich komme aus Conteville oben an der Seinemündung …«

»Schau an«, brummte Robert und rieb sich die Schulter, die knapp von einem Wurfbeil gestreift worden war. Der Bursche gefiel ihm, er war zwar ungeheuer dünn und schien noch recht jung zu sein, doch Robert hatte bemerkt, dass er ein geschickter Krieger war.

»Du hast mutig gekämpft, Herluin!«

»Ich weiß nicht«, murmelte der junge Bursche nachdenklich.

»Was weißt du nicht?«

Herluin trank einen Schluck Most und wischte sich mit der Hand über den Mund.

»Ob es überhaupt Mut gewesen ist, Herr. Gehörte Mut dazu, diese Burg anzugreifen? Eigentlich nicht, denn wir waren so zahlreich, dass die wenigen Verteidiger kaum eine Chance hatten …«

Robert grinste. Es gefiel ihm, dass der Sieg seines Bruders geschmälert wurde. Es waren tatsächlich verflucht wenig Männer auf der Burg gewesen; man hatte schließlich auch die Weiber getötet, die Steine von den Wehrgängen geworfen hatten. Richard Kühlauge hatte wenig Grund, stolz auf die Einnahme der Burg zu sein.

»Eigentlich lag der Mut eher auf der Seite der Verteidiger, nicht wahr?«, bekräftigte er boshaft.

Herluin sah sich verstanden und nickte erfreut.

»Ja, denn sie kämpften gegen eine unüberwindliche Übermacht, und keiner von ihnen hat um Gnade gebeten.«

»Dann war dieser Sieg also nicht viel wert, was?«, triumphierte Robert. »Eine Rotte Bauern mit Knüppeln und Stöcken hätte die Burg genauso gut einnehmen können!«

»Das würde ich niemals behaupten!«, wehrte Herluin, der das Gefühl hatte, Robert habe den Sinn seiner Worte doch nicht so recht begriffen, aufgeregt ab. Es ging ihm oft so, wenn er das, was ihm durch den Kopf schoss, anderen mitteilte. Es musste daran liegen, dass seine Gedanken noch unfertig waren, wie junge Vögel, die flatternd und hüpfend ihre ungeschickten Flugversuche machten und dabei auf den Waldboden fielen.

Er versuchte es noch einmal.

»Es geht mir darum, herauszufinden, was eigentlich Mut ist. Ich meine, dass nur der wirklich mutig ist, der ein großes Wagnis eingeht. Wenn ein Mann trotz eines Unwetters aufs Meer hinausfährt. Oder wenn ein einzelner Ritter einem ganzen Heer gegenübertritt. Oder ein Pilger, der all sein Hab und Gut verkauft, um nach Jerusalem zu fahren und dort am Heiligen Grab zu beten ....«

Robert runzelte die Stirn. Der Bursche war recht unterhaltsam, wenn auch etwas wirr im Hirn.

»Mir scheint, mein Freund, du verwechselst Mut und Wahnsinn miteinander.«

Herluin schüttelte starrsinnig den Kopf und suchte nach einem besseren Beispiel.

»Dieses Mädchen in Falaise«, rief er aufgeregt. »Ein junges Ding stellt sich Richard Kühlauge in den Weg und fordert von ihm, er solle einen Adeligen bestrafen, der ihr Gewalt angetan habe. Vor allen Leuten soll sie das laut gesagt haben! Verstehen Sie jetzt, was ich meine? Dazu gehört Mut. Unglaublich viel Mut ...«

Robert erinnerte sich voller Häme an die Geschichte. Er

gönnte seinem älteren Bruder die Peinlichkeit. Als Letzter in der Reihe der Reiter hatte er das Mädchen im Vorüberreiten nur flüchtig gesehen, verdeckt von den Leuten, die es umringten und zurückzerrten.

»Sie hat dir wohl gefallen, die Kleine?«, neckte er.

Der junge Bursche errötete tief, und Robert schlug ihm lachend auf die Schulter, dass er fast von seinem Sitz kippte.

»Morgen nehmen wir Chalon – da kannst du es deiner kleinen Freundin gleichtun und deinen Mut beweisen!«, rief er grölend und griff nach dem Weinschlauch. »Trinken wir auf unseren Sieg!«

In Wirklichkeit hoffte er inbrünstig darauf, dass sein Bruder sich eine demütigende Niederlage einhandeln würde.

* * *

Am Anfang hatte Doda laut von der Strafe Gottes gezetert – später war sie still geworden. Sie hatte Mitleid. Arlette war abgemagert, ihr Gesicht so weiß, dass die dunklen Schatten unter ihren Augen erschreckend wirkten.

Das Leben war eine einzige Qual geworden. Früh am Morgen, noch vor Sonnenaufgang, überfiel sie die Übelkeit; sie würgte und spuckte in einen Kübel, den sie vorsorglich neben ihrem Lager aufgestellt hatte, und warf sich dann erschöpft wieder auf den Strohsack. Nichts konnte dagegen helfen, nicht einmal der Kräutersud, den Doda ihr schließlich zubereitet hatte.

Schon wenige Wochen nach jenem verhängnisvollen Tag war es so gut wie sicher gewesen: Sie trug ein Kind. Das Kind des Ritters, der ihr Gewalt angetan hatte. Es wuchs in ihrem Leib, es machte sie krank, es saugte ihr die Lebenskraft aus. Es gab Kräuter, die ein ungeborenes Kind abtöten konnten, doch sie wusste, dass sie nicht immer wirkten, dass Frauen schon daran gestorben waren. Dennoch hätte sie sich solche Kräuter beschafft, wenn Doda nicht beständig über sie gewacht hätte.

Der Vater hatte Arlette verboten, den Gerberhof zu verlassen, es gab schon genug Gerede in der Stadt, sie musste das Geschwätz durch ihr Erscheinen nicht noch anheizen.

Sie hatte nicht widersprochen; es ging ihr viel zu schlecht, als dass sie Lust empfunden hätte, mit dem Vater auf dem Markt zu stehen und das Leder zu verkaufen.

Sie schonte sich nicht, bereitete wie gewohnt die Mahlzeiten, obgleich sie selbst kaum ein Stück Brot herunterbekam. Am schrecklichsten war es, wenn die Männer am Morgen die Arbeit aufnahmen, die Scherdegen wetzten und die fauligen, nassen Häute auf die Schabebäume klatschten. Sie konnte in die hinterste Ecke des Hauses flüchten, sich ein Tuch vors Gesicht halten oder den Geruch der getrockneten Kamillenblüten einatmen, die Doda ihr gegeben hatte – der Gestank zog unbarmherzig in das Gebäude hinein und ließ sie erbrechen.

Walter kam häufig mit Kratzern und Beulen von seinen Streifzügen zurück, er schwieg sich darüber aus, mit wem und weshalb er sich geprügelt hatte. Die kindliche Vertrautheit mit der älteren Schwester hatte einen tiefen Riss bekommen – er zog sich von ihr zurück, wollte nicht mit ihr reden und litt stumm vor sich hin. Arlette hatte ihn verraten. Hatte er nicht versprochen, für sie zu sorgen? Warum hatte sie nicht getan, was er ihr geraten hatte? Stattdessen hatte sie seinen Habicht gestohlen und war auf die Burg gelaufen, um allen davon zu erzählen.

Osbern war weniger rücksichtsvoll gewesen – er hatte Arlette zornige Vorwürfe gemacht.

»Hast du kein Hirn im Kopf? Musstest du deine Schande in der ganzen Stadt herumplärren?«

»Was hätte ich sonst tun sollen? Für das Seelenheil des Herrn von Brionne eine Messe stiften?«, gab sie giftig zurück.

»Das Maul hättest du halten sollen«, fuhr er sie an. »Man könnte meinen, du wärest noch stolz darauf, die Hure eines Ritters zu sein!«

Doda musste Arlette, die sich auf ihren Bruder stürzen wollte, um ihn zu ohrfeigen, mit beiden Armen zurückhalten. Keuchend stand sie vor ihm, bleich, die Augen tiefschwarz, das Haar zerwühlt.

»So lass sie doch in Ruhe, Osbern«, jammerte die Mutter. »Du siehst doch, wie schlecht es ihr geht.«

Arlette fauchte wütend, sie wollte kein Mitleid, schon gar nicht von ihrem älteren Bruder.

»Mein eigener Bruder redet das Geschwätz der Leute nach!«, keifte sie. »Nur weiter so! Erzähl ihnen doch, dass du bald der Onkel eines Bastards sein wirst!«

Osbern beherrschte sich um Dodas willen. Wäre die Mutter nicht im Raum gewesen, dann hätte er seine Schwester geschlagen.

»Wenn du klug gewesen wärest, dann hättest du geschwiegen, und wir hätten die Sache mit Eudo und Renier ausgehandelt«, sagte er verachtungsvoll. »Solche Geschichten passieren nun einmal, du bist nicht die Erste, der das geschieht. Eudo hätte dich auch so genommen, dafür hätte Vater schon gesorgt. Und das Kind hätte man in ein Kloster geben können.«

Doda ließ Arlette los und schlurfte zu der Bank, um sich stöhnend darauf niederzulassen. Der Kummer ließ sie in den Nächten kaum noch schlafen, sie wurde von furchterregenden Träumen heimgesucht, und wenn sie am Morgen nach kurzem, todesähnlichem Schlaf erwachte, musste sie sich überwinden, den neuen Tag zu beginnen.

Ihre Tochter war eine Verlorene, der sichere Besitz des Teufels, und nichts konnte sie mehr vor der Hölle bewahren. Arlette hatte sich geweigert, die Beichte abzulegen. Grimald, der Priester, war vor zwei Wochen auf dem Gerberhof erschienen, um sie zur Umkehr zu bewegen und ihre schwere Sünde vor dem Herrn darzutun – doch Arlette hatte ihn lauthals verlacht. Nicht genug damit – auch Fulbert war zornig gegen den Priester aufgetreten, hatte ihn am Ärmel gegriffen und vom Hof gejagt. Darauf hatte Grimald überall in Falaise verbreitet, dass die Tochter des Gerbers von Dämonen besessen und das Ungeborene in ihrem Leib die Frucht des Bösen sei. Nicht alle glaubten an Grimalds Prophezeiungen, denn der Priester war wegen seines Eifers unbeliebt. Man hatte Mitleid mit Doda, einige Frauen waren zu ihr gekommen, um sie zu trösten und über den Priester zu schelten. Doch Doda fürchtete insgeheim, dass Grimald recht haben könne. Sie wagte nicht, mit Fulbert über diese Dinge zu sprechen, denn sie wusste recht gut, dass er zornig werden würde. Auch Arlette sollte nichts davon erfahren – sie war schon widerspenstig genug und würde gewiss nur laut darüber lachen. Das Lachen des Mädchens war nun anders als früher, es war hart und wild. Doda fürchtete sich davor.

»Wohin gehst du?«

»Wohin sollte ich mit den Eimern wohl gehen?«

Arlette hatte die beiden hölzernen Wassereimer ergriffen und hängte sie in die Kerben der Tragestange. Ihre Augen waren schmal, und sie hatte die Lippen fest aufeinandergepresst, da ihr Leib immer noch schmerzte. Trotzdem hob sie die Stange auf die Schultern, um mit den Eimern zum Bach zu laufen. Die Arbeit war ein gutes Mittel gegen die Macht der Verzweiflung, die sich in den Nächten über sie legen wollte. Am besten aber half der Hass – er wärmte, wenn sie fror, er kühlte, wenn sie beleidigt wurde, er tröstete, wenn sie sich ganz und gar verlassen fühlte.

Die Wintersonne drang mit trübem, weißlichem Licht durch die Wolkendecke. Das Gras auf den Wiesen hatte graue Ränder, zwischen den Büscheln konnte man die ungeschützten Löcher der Mäuse sehen. Viele waren bei der Überschwemmung ertrunken, und die Raben hatten auf der Wiese reiche Beute gefunden. Arlette stieg die Böschung hinab und stellte ihre Eimer in den Ufersand. Sie vermied es, zur Burg hinaufzusehen, deren hoher Turm keine guten Erinnerungen in ihr weckte. Zudem hausten dort momentan nur der Burgmann und ein paar Knechte. Der Burgherr, Robert Lautmund, hielt sich am Hofe seines Vaters in Rouen auf, zumindest behaupteten das die Leute. Dort wurde vermutlich immer noch der große Sieg gefeiert, den die Normannen in Burgund errungen hatten; der alte Herzog sollte mit Stolz von seinem Sohn Richard Kühlauge gesprochen und ihn mit Geschenken überhäuft haben.

Einen kleinen Moment starrte sie auf das schwankende Bild im Bach, das eine bleiche Frau mit tiefen, dunklen Augen und zerzaustem Haar zeigte, dann tauchte sie rasch einen der Eimer hinein. Ihr Spiegelbild zerriss, und das Gefäß füllte sich mit Wasser.

Doch trotz allem schlichen sich die trüben Gedanken in ihren Kopf hinein. Eudo hatte sich mit Albreda verlobt, der Tochter von Gottfried, dem Brauer. Arlette seufzte. Der Vater war so stolz auf sie gewesen, hatte immer geglaubt, sie würde eines Tages eine reiche, glückliche Braut sein – und nun war alles anders gekommen. Wie hämisch man jetzt über ihn reden würde – oh, er hatte hoch hinaus gewollt mit seiner schönen Tochter. Und jetzt war sie eine Hure – keiner würde sie je nehmen.

Rasch hob sie den vollen Eimer auf die Wiese und senkte den zweiten ins Wasser. Der Bach gluckerte leise, ein silbriges Fischlein stand eine Weile gegen den Strom, dann machte es eine ruckartige Bewegung und schoss davon.

»Was für ein Zufall!«, rief eine Stimme hinter ihr. »Guten Abend.«

Erschrocken hob sie den Blick. Auf dem Weg zum Gerberhof stand ein Reiter, hatte sein Tier gezügelt und starrte zu ihr hinüber. Ein großer, dünner Kerl mit rotem Haar, das ihm weit in die Stirn hing.

»Guten Abend«, gab sie mürrisch zurück. »Wenn Sie zum Gerberhof wollen, dann brauchen Sie nur durch das Tor zu reiten.«

Er schien jedoch weder Felle noch Leder kaufen zu wollen, denn er stieg jetzt von seinem Tier. Ein gar jämmerlicher Klepper war das, wie sie mit einem Blick erfasste. Ein großer Herr konnte dieser Rotschopf jedenfalls nicht sein. Während er über die Wiese auf sie zuging, stellte sie fest, dass seine Beinlinge Löcher aufwiesen, und auch der Rock war nicht gerade neu. Immerhin trug er ein Schwert am Gürtel – er war also doch ein Ritter.

»Du bist Arlette, nicht wahr? Die Tochter des Gerbers.«

Er blieb neben ihr stehen und grinste sie dümmlich an.

Er will sich über mich lustig machen, dieser boshafte Kerl, dachte Arlette. Mit einem Ruck hob sie den vollen Eimer aus dem Wasser und stellte ihn ans Ufer. Sie richtete sich auf, schüttelte Sand und trockenes Laub aus ihrem Kleid und stellte fest, dass er auf ihre Antwort wartete.

»Wie kommen Sie darauf, dass ich die Tochter des Gerbers bin?«

Es klang unfreundlicher, als sie gewollt hatte, doch er schien es ihr nicht übelzunehmen. Sein Lächeln wurde ein wenig breiter und erschien ihr jetzt mehr unsicher als höhnisch.

»Nun – ich habe in der Stadt nach dir gefragt«, gestand er. »Wir sind uns vor ein paar Wochen begegnet – du hattest einen Habicht auf dem Arm und bist zur Burg hinaufgelaufen …«

Er hatte in der Stadt nach ihr gefragt! Da würde er wohl nicht viel Gutes zu hören bekommen haben! Sie musterte ihn feindselig und schob die Henkel der Eimer in die Tragestange.

»Ich erinnere mich nicht.«

Er wirkte nicht beleidigt, nur ein wenig bekümmert. Vermutlich geschah es öfter, dass man sich nicht mehr an ihn erinnerte.

»Das ist sehr schade …«, sagte er leise. »Aber das macht nichts, wir haben uns ja auch nur kurz gesehen. Ich habe dich gefragt, ob du den Habicht verkaufen möchtest …«

Jetzt erinnerte sie sich tatsächlich. Was für ein seltsamer Bursche! Sie beugte sich vor, hob die Stange auf die Schultern und spannte ihre Muskeln an, um die Last anzuheben. Es war anstrengend, man musste aufpassen, dass das Wasser nicht allzu sehr überschwappte, und außerdem das Gleichgewicht behalten.

Sie schaffte es nicht, ihre Knie waren plötzlich weich, und ihr schwindelte. Rasch setzte sie ihre Last ab, um nicht zu stürzen. Das Wasser spritzte auf, und der Rotschopf sprang hastig zurück, damit seine Beinlinge nicht nass wurden.

»Das … das wollte ich nicht«, stieß Arlette hervor und schlug die Hand vor den Mund. Ihr wurde übel.

Der junge Mann sah sie mit seinen großen, hellblauen Augen mitleidig an.

»Die Last ist viel zu schwer für dich. Warte, ich helfe dir.«

Er musste verrückt sein. Kein Mann tat so etwas freiwillig, das Wasserholen war Aufgabe der Frauen, höchstens noch der Knaben.

»Nimm die Stange – ich trage dir die Eimer bis zum Hoftor!«, ordnete er an.

Es sah lächerlich aus, wie dieser dürre, hochaufgeschossene Kerl mit federndem Gang über die Wiese eilte und mit weit abgespreizten Armen zwei gefüllte Wassereimer für sie trug. Fast hätte sie gelacht, doch stattdessen folgte sie ihm misstrauisch.

»Warum tun Sie das?«, fragte sie, als er seine Last am Tor abstellte und sich zu ihr umwandte. Er lächelte sie an, und obgleich ihm an Kinn und Mund ein heller, rötlicher Bartflaum sprießte, erinnerte er sie an ihren kleinen Bruder Walter.

»Ich habe nach dir gesucht, Arlette«, erklärte er. »Ich wollte dir sagen, dass ich finde, dass … dass du sehr mutig gehandelt hast. Ich wollte, dass du das weißt …«

Darauf fiel ihr nichts ein. Höchstens, dass er tatsächlich nicht ganz richtig im Kopf war. Dann kam ihr der Gedanke, dass er vielleicht mit Bedacht solche Schmeicheleien sagte, weil er sich einen Lohn dafür erhoffte. Man redete allerlei über sie in der Stadt – wer wusste schon, weshalb er gekommen war? Rasch fasste sie die Griffe der Eimer.

»Schon recht«, erwiderte sie daher kurz angebunden. »Wenn Sie etwas kaufen wollen – mein Vater ist drüben in der Werkstatt.«

Arlette nahm alle Kraft zusammen, hängte die Eimer in die

Tragekerben, hob die Stange auf ihre Schultern und ging damit hinüber zum Haus. Noch bevor sie die Schwelle erreichte, spürte sie, wie der Wind den Gerbergeruch herüberwehte, und sie musste das Wasser vor der Tür stehen lassen, um rasch ins Haus zu laufen und sich über ihren Kübel zu beugen.

Als sie später vorsichtig zum Tor blickte, war dort niemand mehr zu sehen.

Sommer 1026

Robert weinte. Der halbdunkle Raum verschwamm vor seinen Augen, die Lichter der vielen Kerzen verbreiterten sich zu großen, hellen Flecken, und die Menschen kamen ihm vor wie Schatten, so als wäre dies alles nur ein schlimmer Albdruck.

Drüben in dem breiten, schön geschnitzten Bett lag ein kleiner Greis, dessen Körper unter den Decken fast verschwand. Herzog Richard atmete röchelnd, seine Augen waren offen, doch es war unsicher, ob er noch etwas von dem wahrnahm, was um ihn herum geschah.

Robert Lautmund wurde von Schluchzern geschüttelt; er musste sich gegen die Wand lehnen, bis der Krampf vorüber war und er wieder ruhig atmen konnte. Die Luft im Gemach war stickig, seit vier Tagen und Nächten war die Familie im herzoglichen Palast in Fécamp um den Sterbenden versammelt, dazu die engsten Freunde und die Getreuen, der Abt Wilhelm von St. Trinité, selbst ein schmächtiger Greis, vom Alter gebeugt, sowie einige seiner Mönche. Eine Magd eilte von einem zum anderen und teilte mit Wasser gemischten Wein aus, eine andere öffnete immer wieder für kurze Zeit die hölzernen Fensterläden, um den Schweißgeruch der vielen Leute hinauszulassen, der sich mit dem penetranten Odeur der glimmenden Duftharze und den süßlich-fauligen Ausdünstungen mischte, die vom Bett des Sterbenden aufstiegen. Zwei von Roberts Cousins und auch seine Schwester Eleonore waren bereits bewusstlos geworden.

Vorgestern hatte der Herzog noch sprechen können, wenn auch mit schwerer Zunge und sehr leise, so dass sein Bruder, Erzbischof Robert Evreux, das Ohr dicht an den Mund des Kranken halten musste, um die Worte zu verstehen. Das Vermächtnis des Herzogs, welches die beiden Söhne kniend am Lager des Vaters entgegennahmen, enthielt nichts Neues – Richard, der Ältere, würde seinem Vater auf dem Thron folgen – Robert, der zweite Sohn, war Graf von Hiémois und somit Vasall des älteren Bruders. Der Sterbende rief die beiden Brüder zu Frieden und Einigkeit auf, zu ihrem eigenen Heil und zum Wohl des ganzen Landes. Robert Lautmund hatte dem Vater weinend versprochen, sich seinen Wünschen zu fügen, und die kalten, zittrigen Hände des Sterbenden geküsst, Richard Kühlauge tat mit lauter Stimme kund, dass ihm der väterliche Willen heilig sei und er diesen zu erfüllen gedenke. Auf einen Wink des Erzbischofs, der die Zeremonie mit sicherer Hand leitete, rückten die beiden nun beiseite, um den Platz zur Rechten des Kranken für das rangnächste Mitglied der Familie freizumachen. Die Zeremonie war eine gewaltige, letzte Kraftanstrengung für den Sterbenden, immer wieder musste er sich unterbrechen und nach Luft ringen; man sah seine weißen, faltigen Hände über die Decke gleiten, als suchten sie einen Halt. Wilhelm von Volpiano schob ihm die kostbar geschmückte Phiole zu, die einen Tropfen des heiligen Blutes enthielt, und der Herzog umschloss das Gefäß mit den Händen. Tatsächlich gelang es dem Greis, durch die Kraft der Reliquie gestärkt, seine letzte Pflicht bis zum Ende zu erfüllen. Jetzt knieten seine beiden Neffen vor dem Krankenlager, der dunkellockige Alfred, der so leicht aufbrauste und ein trefflicher Kämpfer war, und sein jüngerer Bruder Eduard, ein schweigsamer Mann, der zur Traurigkeit neigte. Sie waren die Söhne von Herzog Richards Schwester Emma und dem englischen König Aethelred II., der im Kampf gegen Knut, den Dänen, gestorben war. Ihre Mutter war jetzt die Ehefrau des Siegers und Königin von England, während die unglücklichen jungen Aethelinge am

Hof Richards des Guten verblieben waren, ohne Hoffnung, jemals die Nachfolge des toten Vaters antreten zu können. Der Kummer der beiden jungen Männer war tief und aufrichtig, denn Richard der Gute war ihnen wie ein Vater gewesen. Nun empfahl er ihr Schicksal in die Hände seines Sohnes Richard Kühlauge.

Gegen Ende der Verfügungen konnte der Kranke kaum mehr die Lippen bewegen, doch sein Bruder, der Erzbischof, wiederholte den Willen des Herzogs getreulich mit seiner kräftigen Stimme, die bis hinaus auf die Treppe hörbar war und in seltsamem Gegensatz zu dem zusammengefallenen Körper des Sterbenden stand.

Robert Lautmund atmete schwer und kämpfte mit heftigen Schwächeanfällen, zweimal schon hatte er sich rasch niedersetzen müssen, da ihm schwarz vor Augen geworden war. Er schämte sich dafür, denn die Ritter und Frauen hatten es wohl bemerkt und bedeutsame Blicke untereinander getauscht. Er war nicht aus dem gleichen Holz geschnitzt wie sein Bruder Richard, der immer noch am Bett des Vaters kniete und in gebührender Form weinte, wie auch der Erzbischof und Abt Wilhelm Tränen um den Sterbenden vergossen. Robert hatte es seit Stunden nicht mehr über sich gebracht, an das Bett des Sterbenden zu treten und in das eingefallene Gesicht des Vaters zu sehen, das immer mehr einem wächsernen Totenkopf ähnelte. Stattdessen wäre er gern davongelaufen – hinaus aus der Burg, fort aus der Stadt, hinauf zu den Klippen, wo das Meer brauste und der feuchte, kühle Seewind ihm ins Gesicht blies.

Jemand berührte seinen Ärmel, und er zuckte zusammen. Es war seine Schwester Adelheid, die ihm einen Becher Wein reichte. Hastig nahm er einige kleine Schlucke, die seinem Magen zwar nicht gut bekamen, aber dennoch den Aufruhr in seinem Inneren ein wenig beruhigten.

»Er ist weit fort«, flüsterte sie. »Ich glaube, er sieht schon die Pforten des Paradieses vor sich. Hast du gesehen, wie dünn seine Nase geworden ist?«

Adelheid, nun wieder glücklich mit ihrem Ehemann Rainald von Burgund vereint, trug ihr drittes Kind, und ihr volles, gerötetes Gesicht strahlte mütterliche Zärtlichkeit aus, die sich auch auf den Sterbenden erstreckte. Robert hatte immer bewundert, wie selbstverständlich die Frauen mit so grauenhaften Dingen wie Siechtum, Krankheit und Sterben umgingen. Er hatte seinen Vater als stattlichen Ritter in Erinnerung, einen Mann, der das Schwert zu führen wusste und im Tjost fest im Sattel saß, der sich ausgelassen dem Wein hingeben konnte, Freude an schönen Frauen hatte …

»Setz dich besser hin«, schlug Adelheid ihm mitleidig vor. »Bei der schlechten Luft hier drinnen kann es einem leicht schwindelig werden. Ich glaube, die Frauen werden ihn noch einmal reinigen – er lässt alles unter sich gehen seit gestern.«

Robert hatte diese Zeremonie bereits mehrfach erlebt – zum Glück hielten die Mägde weiße Tücher vor das Bett, um den Umstehenden den Anblick des bloßen Körpers auf den verschmutzten Laken zu ersparen. Man wusch den Kranken, legte ihn auf frische Laken und deckte ihn anschließend wieder zu. Doch das Geflüster der Frauen war allzu vernehmlich und ebenso die anderen Geräusche, die mit ihrer Arbeit verbunden waren, das leise Plätschern, wenn die nassen Tücher ausgewrungen wurden, das Stöhnen des Kranken, das Aufschütteln der Polster und Decken. Ganz zu schweigen von den Gerüchen, die auch von den brennenden Harzen in zwei Alabasterbecken nicht überdeckt werden konnten.

Er leerte den Becher und trat dann zum Fenster, um den Laden etwas beiseitezuschieben und ein wenig frische Luft einzuatmen. Es war ein heißer Augustnachmittag, ein braun gefleckter Hund lag dösend neben einem Eingang auf dem Palasthof in der Sonne.

»Es zieht!«, beschwerte sich eine alte Frau, die neben Robert auf einem Hocker saß, den Oberkörper vor und zurück bewegte und dabei vor sich hin weinte. »Sollen wir alle krank werden?«

Sie war eine entfernte Tante von ihm, und er hatte weder Kraft noch Lust, mit ihr zu streiten, also schloss er den Laden und sah zu, wie sich die Mägde, mit Tüchern und Wasserschüsseln beladen, durch die Umstehenden schoben. Bewegung entstand im Raum – einige der Leute, die dicht am Krankenbett gesessen oder gekniet hatten, nahmen die Gelegenheit wahr, nach draußen zu gehen, um ein Bedürfnis zu stillen oder rasch etwas zu essen und zu trinken. Schließlich saß man hier seit Tagen, und es war unsicher, wie lange das Sterben noch dauern würde. Gestern hatte der Kranke kaum vernehmbar flüsternd die Beichte abgelegt und die Kommunion erhalten.

»He, Bruder«, hörte er Richards leise Stimme. »Du bist ja ganz bleich.«

Im Vorübergehen legte der Ältere kurz die Hand auf die Schulter des Jüngeren, eine ungewohnte Geste des Trostes, die Robert in diesem Augenblick wohltat. »Es ist bald vorüber.«

Robert nickte und lehnte sich gegen die Wand. Der Raum begann langsam um ihn zu kreisen. Vielleicht war es der Wein, den er auf nüchternen Magen getrunken hatte – jedenfalls spürte er, wie das lähmende Grauen vor dem nahen Tod von ihm abfiel. Stattdessen tauchten längst verblasste Bilder vor seinen Augen auf. Fécamp im Frühling, jedes Jahr zu Ostern war man mit dem ganzen Hof hierhergezogen und hatte den Palast mit neuem, lärmigem Leben erfüllt. Richard und er waren mit den anderen Knaben zu den Klippen gelaufen, und wer Mut beweisen wollte, der kroch ganz nah an den Abgrund, bis sich die ersten Steine unter den Händen lösten und in die Tiefe prasselten. Es hatte Zeiten gegeben, da hatte der ältere Bruder ihn vor den anderen Knaben beschützt. Wie lange das her war, er hatte es beinahe vergessen. Später war brennender Hass zwischen ihnen aufgeflammt, immer häufiger waren sie aneinandergeraten, hatten sich geprügelt, und wenn sie als Knappen mit hölzernen Schwertern gegeneinander angetreten waren, dann war ihr Kampf nicht selten blutig ausgegangen. Der Vater war immer auf seiner Seite gewesen, hatte Freude an seinen Späßen gehabt, hatte ihn gegen Richard Kühlauge verteidigt …

Ein lauter Ruf zerriss seine Erinnerungen und ließ ihn zusammenfahren.

»*Vade retro Satana!*«

Die Stimme des kleinen Abts war ungewohnt schrill. Das Licht der Kerzen flackerte, man sah Gesichter in panischer Furcht, eine Magd, die eine Schale mit Wasser trug, fiel ohnmächtig zu Boden.

Robert beobachtete, wie sein Bruder Richard hastig in den Raum trat und zum Lager des Vaters hinüberlief, wobei er die Umstehenden rüde zur Seite stieß. Er selbst war nicht in der Lage, auch nur ein einziges Glied zu rühren.

Später erzählte man ihm, sein Vater habe mit dem letzten Atemzug den Arm gehoben, um einen Dämon abzuwehren, doch der Abt Wilhelm von Volpiano habe den Teufel mithilfe der heiligen Reliquie besiegt. Man erzählte auch, dass sich in selbigem Augenblick die Sonne verfinstert habe, so dass die Erde für eine kleine Weile in Dunkelheit gehüllt gewesen sei. Robert hatte nichts davon bemerkt. Alles, was er spürte, war eine eisige Kälte, so als hätten die leisen Schwingen des Todes auch ihn angerührt.

»Der Herzog ist tot«, erschallte die mächtige Stimme des Erzbischofs. »Gott sei seiner Seele gnädig und schenke ihm das Himmelreich.«

Man fiel auf die Knie, der weißhaarige Abt Wilhelm sprach ein Gebet, Schluchzen war zu hören, leises Flüstern. Robert war noch immer wie erstarrt, er musste sich zwingen, niederzuknien. In seinem Kopf war nichts als Leere, und er murmelte Gebete vor sich hin, ohne zu wissen, was er redete. Plötzlich ließ die Stimme des Erzbischofs den Raum aufs Neue erzittern.

»Es lebe Herzog Richard III.!«

Hoch aufgerichtet stand sein Bruder Richard neben seinem Onkel, nahm die Huldigung der Verwandten und engen

Freunde entgegen, seine Miene war ernst, in seinen Augen glänzte Triumph.

»Na endlich«, seufzte Adelheid erleichtert und erhob sich mühsam aus der knienden Haltung. »Wir haben es hinter uns gebracht.«

* * *

Der Knappe Lambert hatte es nicht leicht, für seinen Herrn Gilbert von Brionne einen Weg durch die dichte Menge zu bahnen. Die Stadt Rouen war im Taumel, bunt gekleidete Menschen verstopften die Gassen, Betrunkene grölten zotige Lieder, Musikanten plärrten und trommelten an allen Ecken, und auch die Huren machten beste Geschäfte. Am Morgen war der junge Herzog Richard III. in festlichem Zug durch die Stadt zur Kirche geritten, und die Menschen hatten sich fast gegenseitig totgetreten, um einen Blick auf die prächtigen Gewänder und Rüstungen der Grafen, Bischöfe und anderen Adelsherren zu werfen. So mancher Hausbesitzer hatte sein Fenster, ja sogar das Dach seines Hauses für teures Geld an die von weit her gereisten Fremden vermietet, und vor den Toren der Stadt waren die Krüppel und Armen zu einer großzügigen Speisung geladen. Gegen Abend hatte sich die Menge in der Stadt zerstreut, und während die Großen des Landes im herzoglichen Palast tafelten, feierten die Menschen in den Straßen auf ihre Weise den neuen Herzog der Normandie.

An einer Straßenecke musste Lambert stehen bleiben, hier hatten Komödianten eine Bühne aufgebaut und gaben lauthals ihre deftigen Späße zum Besten, welche vom Publikum mit grölenden Lachsalven belohnt wurden. Die Leute standen so dicht, dass kein Durchkommen mehr war.

Gilbert war nicht zum Lachen zumute. Mit düsterer Miene sah er auf die bizarr gekleideten, grell geschminkten Schausteller, die auf der wackeligen Bühne hin- und hersprangen und zum Vergnügen ihres Publikums eindeutige, obszöne Gesten vollführten.

»Was ist los?«, fuhr er seinen Knappen an. »Willst du hier anwachsen?«

»Wo sind die anderen?«

Gilbert sah nur kurz über die Schulter – von den wenigen Getreuen, die sich ihm bei seinem hastigen Aufbruch angeschlossen hatten, war kein Einziger mehr zu sehen. Vermutlich waren sie irgendwo im Gedränge verloren gegangen. Es war ihm gleichgültig.

»Weiter!«

Rüde schob er einen dickleibigen Mönch beiseite, dessen Gesicht vom Lachen dunkelrot angelaufen war. Der überraschte Klosterbruder stolperte rückwärts gegen eine Magd und erhielt eine Abkühlung, als ihm die Frau den Inhalt ihres Holzbechers ins Genick goss. Schelten und Kreischen erhoben sich, während Gilbert unverdrossen durch die eng stehende Menschenmasse drängte. Lambert, der seinem Herrn dicht auf den Fersen folgte, musste so manchen Puff und Fußtritt einstecken.

Gilbert war schwärzester Laune. Er hatte es eilig, das lärmende, vor Begeisterung überschäumende Rouen zu verlassen, um sich nach Brionne zu begeben und dort in Ruhe nachzudenken. Der frisch ernannte Herzog Richard Kühlauge hatte sich wie ein Schuft verhalten. Waren es nicht seine, Gilberts, Ritter gewesen, die in Chalon als Erste die Palisaden überwunden und sich durch den Burghof zum Tor gekämpft hatten? O ja – Richard Kühlauge hatte seine treuen Dienste gern in Anspruch genommen, und ebenso gern hatte er sich im Ruhm des Sieges gesonnt, doch der Lohn, den Gilbert von Brionne sich erhofft hatte, war ausgeblieben. Die reichen Lehen, das Amt des Haushofmeisters in der engsten Umgebung des neuen Herzogs – all diese Vorzüge waren anderen zuteilgeworden.

Gilbert fluchte leise vor sich hin. Er hatte Richard noch nie gemocht; schon als Knabe, als sie gemeinsam am herzoglichen Hof im Waffengang ausgebildet worden waren, hatte er sich lieber an den ungeschickten, geschwätzigen Robert Lautmund gehalten als an seinen herrischen Bruder. Richard war zu schlau, um die rasche Kehrtwende, die Gilbert kurz vor dem Tod des alten Herzogs vollzogen hatte, nicht als das zu deuten, was sie denn auch gewesen war: blanker Opportunismus. Dabei war Gilbert durchaus bereit gewesen, seinem neuen Lehnsherrn mit allen seinen Kräften zur Seite zu stehen. Aber Richard hatte die Vergangenheit nicht vergessen und ganz besonders nicht seine Freundschaft mit Robert Lautmund.

Langsam wurde es dämmrig, die ersten Fackeln wurden entzündet. Auf einem freien Stück Land hatte man eine Rasenfläche abgesteckt, dort schlugen zwei Burschen mit verbundenen Augen aufeinander ein. Die Leute verfolgten das Geschehen mit großer Spannung, denn so mancher hatte bares Geld auf den Sieger gewettet.

Gilbert blieb einen Augenblick stehen, um den Kampf zu verfolgen. Die Männer droschen mit ihren Knüppeln wild durch die Luft und vollführten rasche Wendungen, um dem Sausen auszuweichen. Die Treffer erfolgten meist plötzlich und auf beiden Seiten; einer der Männer taumelte bereits, er blutete aus mehreren Wunden an Hals, Kopf und Beinen, doch die Umstehenden brüllten und tobten, so dass er nicht aufgeben mochte.

Gerade so blind und hohlköpfig bin auch ich gewesen, dachte Gilbert verbittert. Er war mit einer Gruppe seiner Getreuen nach Rouen geritten, wo die feierliche Investitur des jungen Herzogs Richard III. in aller Öffentlichkeit auf dem Platz vor der Kirche begangen wurde. Richard Kühlauge hatte in dem bestickten, roten Mantel ein prächtiges Bild abgegeben, und auch die Zeremonie, bei der dem jungen Herzog Schwert und Siegel verliehen wurden und ihm die großen Vasallen des Landes huldigten, war äußerst eindrucksvoll gewesen. Später jedoch, als die adeligen Lehensnehmer nach altem Brauch vor dem Herzog der Normandie niederknieten, um sich ihre Lehen bestätigen zu lassen oder neue zu empfangen – da war die Stunde der Wahrheit für Gilbert von Brionne gekommen. Und nicht nur für ihn allein, auch etliche andere adelige Herren – besonders jene, die aus der Niedernormandie angereist waren – hatten sich mehr von dem jungen Herzog erhofft.

Was Gilbert nur wenig trösten konnte, ganz im Gegenteil: Er empfand es als tiefe Schmach, nicht besser als diese armen Schlucker behandelt worden zu sein. Zähneknirschend erinnerte er sich daran, wie er nach der Zeremonie mit den übrigen Geladenen in den großen Saal des Palastes einzog und dort feststellen musste, dass man ihn und seine Gefolgschaft nicht zum Tisch des Herzogs geleitete, wie es ihm seinem Rang nach eigentlich zukam. Nein – er sollte sich auf eine der langen Bänke quetschen, dort, wo die Speisen erst nach Stunden hingelangten, wenn sie schon kalt waren und die besten Brocken längst vergeben.

Er stieß seinem Knappen in den Rücken, der mit offenem Mund verfolgte, wie jetzt einer der Kämpfenden blutüberströmt unter dem Geschrei und Getobe der Zuschauer zu Boden ging, während man dem anderen die Binde von den Augen riss und ihn jubelnd auf die Schultern hob.

»Drüben ist die Scheune, in der wir die Pferde untergestellt haben!«, brüllte Gilbert dem Knappen ins Ohr. »Lauf voran und leg die Sättel auf! Und kümmere dich um zwei Fackeln, wir werden in die Dunkelheit kommen.«

Er sah Lambert nach, der einem schmalen Durchgang zwischen zwei umfriedeten Anwesen folgte und in seiner Hast fast über einen Betrunkenen gestolpert wäre, der dort am Boden lag und seinen Rausch ausschlief.

Der Duft von frischem Brot und gekochtem Fleisch wehte zu Gilbert herüber, und er spürte plötzlich seinen knurrenden Magen. Gegen Mittag hatte er einer Straßenhändlerin zwei kleine Pasteten abgekauft, die angeblich mit Speck gefüllt waren, in Wirklichkeit jedoch nur zerriebene dicke Bohnen enthielten. Seitdem hatte er nichts mehr zu sich genommen, denn das Festgelage im Palast hatte er verlassen, bevor er auch nur einen einzigen Bissen zum Munde geführt hatte. Er sah sich um und entdeckte eine Schänke, ein reichlich baufälliges Anwesen, das vermutlich nicht die beste Kundschaft bediente. Rauch quoll aus der weit geöffneten Tür, vor dem Gebäude hatte der Wirt einige roh gezimmerte Bänke aufgestellt, wo jetzt Männer, Frauen und Kinder in bunter Reihe hockten und mit vollen Backen kauten. Soweit Gilbert erkennen konnte, waren es flache Brote, auf die man eine dicke, bräunliche Soße gegeben hatte, die nach Gemüse und Fleisch roch.

Eine Wegzehrung konnte nicht schaden. Er näherte sich der Schänke, ging gleichgültig an den Essenden vorüber, die ihn mit ehrfürchtigen Augen anstarrten, denn er trug noch das Festgewand und hatte das Schwert an der Seite. Der Innenraum der Schänke war stickig, die Holzwände vom Rauch der Feuerstelle geschwärzt, doch auch hier saßen Gäste an einer langen Tafel beim Wein. Gilbert schenkte den Leuten keine Beachtung und wollte sich eben an den eilig herbeistürzenden Wirt wenden – einen kleinen, drahtigen Kerl mit rotem Gesicht und einer prächtigen Hakennase –, da brüllte jemand lauthals durch den Raum: »Wen sehen meine trüben Augen! Ist das nicht der Held von Mimande? Der Herr von Brionne, der so gern auch Graf von Eu geworden wäre!«

Gilbert hatte die Stimme wohl erkannt und verfluchte seinen hungrigen Magen, der ihn ausgerechnet in die Gesellschaft von Robert Lautmund geführt hatte. Die Begegnung war peinlich genug, denn Robert genoss die Niederlage seines Jugendfreundes offenbar mit großer Häme.

»Schaut doch, wie er sich ziert, der feine Ritter!«, fuhr Robert fort, und seine Zechkumpane brachen in höhnisches Gelächter aus. »Nun – hat dir mein Brüderlein etwa das Amt des Haushofmeisters angeboten? Will er dich zum Befehlshaber der normannischen Kämpfer machen? Ich konnte dich leider im Saal schlecht sehen, alter Freund. Du warst zu weit vom Tisch des Herzogs entfernt!«

Das Lachen glich dem Gemecker einer Ziegenherde, und Gilbert hätte gar zu gern eine der Tischplatten aufgehoben, um sie den Kerlen über die Köpfe zu schlagen. Indes wandte er sich langsam und scheinbar völlig gelassen um. Robert Lautmund hatte sich von seinem Sitz erhoben, sein festliches Gewand war mit Wein bekleckert, er hielt den hölzernen Becher in einer Hand, mit der anderen stützte er sich auf die Tischplatte.

Gilbert kannte den Gefährten seiner Jugend gut genug, um zu wissen, dass Robert stets dann am lautesten plärrte, wenn er insgeheim tief unglücklich war. Der Grund für sein Unglück war nur allzu leicht zu erraten.

»Was für eine Überraschung!«, rief Gilbert aus. »Der Graf von Hiémois sitzt mit seinen Getreuen hier in dieser elenden Schänke. Ich wähnte Sie beim herzoglichen Festgelage an der Tafel Ihres Lehnsherren, des Herzogs der Normandie!«

Die Häme verschwand aus Roberts Zügen, und sein aufgeblasenes Gebaren fiel in sich zusammen. Gilberts Pfeil hatte mitten ins Schwarze getroffen.

»Der Herzog der Normandie liegt oben in Fécamp in seinem Grab«, murmelte er. »Kein anderer wird jemals an Richard den Guten heranreichen. Die beste Zeit liegt hinter uns.«

Er sackte wieder auf seinen Platz zurück und stürzte den Rest aus seinem Becher hinunter, während seine Kameraden zustimmende Worte murmelten.

»Auf Richard den Guten, den größten Herzog, der je die Normandie beherrscht hat!«, rief einer der Männer.

Gilbert erkannte ihn, es war Nigel von Cotentin, ein großer, blonder Bursche mit einer Narbe quer über dem Mund. Er sprach das Fränkische so, dass man noch seine norwegische Abstammung hören konnte. Auch die anderen Männer in Roberts Begleitung waren Gilbert bekannt, vor allem der weißhaarige Umfrid von Vieilles, aber auch Goscelin aus Avranches und – der Rotschopf Herluin.

»Darauf trinke ich mit!«, rief Gilbert, einer plötzlichen Eingebung folgend. »He, Wirt, füll die Becher! Wir trinken auf Richard den Guten, den Herzog der Normandie!«

Dem Wirt war dieser Trinkspruch zwar wenig geheuer, denn

es war unpassend, gerade am heutigen Tag nicht auf den neuen Herzog, sondern auf den Verblichenen anzustoßen – doch er gehorchte ohne Widerspruch.

Die Stimmung stieg, denn die Herren forderten nach dem ersten Trunk energisch weiteren Wein, Gilbert von Brionne hatte neben Robert Lautmund auf der Bank Platz genommen, und schon nach wenigen Bechern war die alte Freundschaft wiederaufgelebt, so als hätte es niemals einen Verrat zwischen ihnen gegeben.

»Wir sind Leidensgenossen«, rief Robert und musste innehalten, weil ein Schluckauf ihn störte. »Richard hat viel versprochen und nichts gehalten. An seinem Hof wird man nur Speichellecker und schleimige Günstlinge sehen!«

Gilbert betrachtete Robert voller Neugier.

»Und was gedenken Sie dagegen zu unternehmen?«

* * *

Arlette knirschte mit den Zähnen – sie würde nicht schreien, sie wollte sich diesem Schmerz nicht ergeben, der ihren Körper in der Mitte auseinanderriss. Er schlich sich langsam heran, fuhr zuerst in ihren Rücken, machte dann ihren Leib hart und presste ihn wie mit einem eisernen Band immer stärker zusammen. Sie keuchte, umklammerte die angezogenen Knie mit beiden Armen, kämpfte gegen die unbändige Pein, bis sie spürte, dass der Krampf nach und nach wieder verging. Wenn der Anfall vorüber war, lehnte sie erschöpft den Rücken gegen die hölzerne Wand und strich die Haarsträhnen zurück, die in ihrem verschwitzten Gesicht klebten.

»Wie lange noch?«

Der Vorhang, der das Lager vom übrigen Raum abtrennte, wurde angehoben, ein Schwall Räucherwerk drang hinein und brachte sie zum Husten. Godhild, die Hebamme, streckte ihren Kopf durch den Vorhang und kroch dann zu Arlette auf das Lager. Man hatte alle Decken und Tücher entfernt und die Gebärende auf einem Haufen frischem Stroh gebettet, sie wollte sich jedoch nicht hinlegen, sondern saß zusammengekauert auf dem Lager und wiegte sich bei jeder Wehe hin und her.

»So lange, wie Gott der Herr es will«, gab die Hebamme zurück. »Mit Schmerzen sollst du dein Kind zur Welt bringen, so ist es uns allen bestimmt. Weshalb sollte es gerade dir besser ergehen?«

Arlette warf Godhild einen feindseligen Blick zu und schüttelte den Kopf, als diese ihr einen Becher mit heißem Kräuterwein anbot.

»Das kannst du selber trinken!«

Arlettes Widerspenstigkeit prallte an Godhild ab, gleichgültig stellte sie den Becher auf den Boden und begann, Arlettes Bauch zu betasten. Der Leib der jungen Frau stand ab, als trüge sie einen prall gefüllten Mehlsack vor sich her. Das Kind war groß und hätte schon längst auf die Welt kommen sollen – es würde keine leichte Geburt werden.

»Wein mit Wasser gemischt hättest du trinken sollen«, erklärte Godhild und machte sich unter Arlettes Kleid zu schaffen. »Hühnerfleisch – aber nichts vom Schwein. Und kein Gemüse, das unter der Erde wächst.«

»Ach, wirklich? Und warum hast du mir das nicht vor Monaten erzählt?«, giftete Arlette.

»Hast du mich gefragt?«, lautete die ruppige Antwort.

Godhild war nicht beliebt in der Stadt. Sie war eine große, grobknochige Frau mit einer scharfen Nase – weder Schönheit noch Liebenswürdigkeit waren ihr eigen, auch war sie noch recht jung für eine Hebamme. Doch als Fulbert am späten Abend in der Stadt umhergeirrt war, um eine Hebamme aufzutreiben, war Godhild als Einzige bereit gewesen, der Tochter des Gerbers beizustehen. Alle anderen Frauen hatten ihn unter fadenscheinigen Ausreden wieder fortgeschickt, denn sie fürchteten sich vor dem, was der Priester prophezeit hatte.

»Es geht langsam voran. Aber das ist normal – schließlich ist es dein erstes Kind. Du bist kräftig genug, es noch ein Weilchen auszuhalten.«

Arlette hatte während der letzten Monate wieder essen können, doch der Hass war ihr geblieben. Er tröstete sie, wenn sie den angeschwollenen Bauch betastete und hoffte, das Kind möge endlich aufhören, sich zu bewegen. Es sollte sterben, am besten noch in ihrem Leib oder wenigstens gleich nach der Geburt, wie es so häufig geschah. Doch das kleine Wesen kümmerte sich wenig um ihre Wünsche, es drehte und wendete sich lebhaft in seiner schützenden Hülle, trat mit den Füßen und streckte die kleinen Fäuste.

Godhild kehrte zurück ans Feuer, wo Doda auf einem Schemel saß und leise Gebete vor sich hin murmelte. Es war schon nach Mitternacht, Fulbert war hinauf zu den Söhnen und Knechten auf den Dachboden gestiegen, denn ein Mann hatte bei einer Geburt nichts zu suchen. Arlette war jedoch sicher, dass der Vater nicht schlief, sondern sorgenvoll nach unten lauschte.

»Jesus Christus stehe meiner Tochter bei. Sie hat weder gebeichtet noch die Sakramente empfangen«, flüsterte Doda der Hebamme angstvoll zu. »Wenn sie bei der Geburt stirbt, wird ihre Seele auf ewig verloren sein.«

»Trink von dem Wein, du wirst deine Kräfte noch brauchen.«

Die Hebamme schob einige Scheite in die Flammen, sah nach den Kesseln, in denen heißes Wasser und gewürzter Wein brodelten, und nahm dann ein dürres Ästchen, um die getrockneten Kräuter in der irdenen Räucherschale neu zu entfachen.

»Lass das heidnische Kräuterwerk jetzt endlich ausgehen«, stöhnte Doda, der der beißende Rauch Übelkeit verursachte. »Wenn der Priester wüsste, was du treibst, würdest du lange dafür büßen müssen.«

»Neun Kräuter bannen Krankheit und Tod«, murmelte Godhild unverdrossen. »Beifuß und Wegerich und auch Fenchel gegen das Gift, das über das Land fährt. Heilziest und Kamille gegen die Gifte, die durch die Lüfte fliegen. Nessel gegen den Schmerz und böse Behexung, Kerbel und Apfel gegen die schleichende Schwachheit, Schaumkraut gibt Kraft gegen den Feind.«

Sie ließ dem Kräutersegen drei Paternoster folgen, die Doda leise mitsprach, dann bekreuzigten sich beide Frauen. Ob der uralte Segen wirkte, wusste Gott allein. Godhild wandte sich um zu Arlette, die hinter dem Vorhang hervorgekommen war. Sie hielt es in dem stickigen Verschlag nicht mehr aus; die Anfälle kamen nun häufiger, und der Schmerz war kaum noch zu ertragen.

»Was willst du hier?«, fuhr Doda sie an. »Leg dich auf das Strohlager und warte ab.«

»Lass sie nur herumgehen«, fuhr Godhild dazwischen. »Wenn die Wehe kommt, dann hockst du dich her zu mir, und ich reibe dir den Leib.«

Arlette hatte nichts dergleichen vor, sie mochte sich niemandem anvertrauen, auch nicht der Hebamme. Gierig trank sie etwas Wasser, dann kündigte sich die nächste Schmerzwelle an, und sie ließ den Becher fallen. Die Wehe kam so rasch und heftig, dass sie sich zusammenkrümmen und gegen einen Pfosten stützen musste.

»Recht so. Bleib so stehen. So ist es gut, sehr gut …«

Arlette keuchte leise und krallte die Finger ins Holz, während Godhilds Hände kräftig ihren Bauch rieben, als wollte sie das Kind herausdrücken. Es war schwer, nicht zu schreien, doch Arlette gab immer noch keinen einzigen Laut von sich. Sie hätte Godhild gern von sich gestoßen, doch sie hatte nicht die Kraft dazu und musste warten, bis der Schmerz wieder verging.

»Lass mich in Ruhe, ja!«, keuchte sie dann und rutschte zur Wand hinüber. Godhild ließ sie dort sitzen und wandte sich wieder Doda zu.

»Hast du schon gehört, dass die Kämpfer sich im Norden zusammenrotten?«, fragte sie. »Umfrid von Vieilles soll bei dem Rebell Robert Lautmund sein, außerdem Goscelin von Avranches und Gilbert von Brionne.«

Es war eine Bosheit, gerade jetzt von ihm zu reden, und Arlette hätte die Schwätzerin gern zum Schweigen gebracht.

Doch schon brandete die nächste Wehe über sie hinweg, und sie konnte nichts anderes tun, als gegen den übermächtigen Krampf in ihrem Leib anzukämpfen.

»Möge unser Herr Jesus Christus ihn strafen, wie er es verdient hat«, ließ Doda sich vernehmen. »Es ist eine schlimme Sache, sich gegen den Herzog zu empören …«

»Geh noch ein wenig herum und hock dich hin, wenn der Schmerz kommt. Es wird schneller gehen, als ich zunächst dachte«, sagte die Hebamme beiläufig zu Arlette und wandte sich wieder Doda zu.

Man könnte meinen, sie würde mir diese Schmerzen förmlich wünschen, dachte Arlette zornig. Dennoch befolgte sie Godhilds Rat und schleppte sich voran, nahm sich aber fest vor, die Hände der Hebamme nicht an ihren Leib zu lassen. Es tat auch ohne ihr ständiges Reiben und Drücken schon genügend weh.

»Robert Lautmund soll viele um sich geschart haben«, erzählte Godhild und füllte einen Becher mit heißem Kräuterwein. »In Brionne sollen sie sein, im Cotentin, in der Gegend von Bayeux und sogar in Sées.«

Doda starrte bekümmert auf ihre Tochter, die sich jetzt keuchend gegen die Wand lehnte. Das Unglück kam von allen Seiten, im Land herrschte Aufruhr, von zerwühlten Äckern und verbrannten Scheunen wurde geredet, und gewiss würden sich die Unruhen bis nach Falaise ausweiten.

»Sie muss sich hinlegen«, flüsterte sie Godhild zu. »Das Kind in ihrem Leib ist kein gewöhnliches Wesen, es ist ein Dämon und wird sie zerreißen. Du musst die Taufworte sprechen, gleich, wenn das Köpfchen zu sehen ist, hast du mich verstanden?«

Godhild nickte Doda beruhigend zu und tauchte ihre Hände in den Kessel mit warmem Wasser. Arlette sah ihr Gesicht, auf das der Feuerschein unruhige Schatten malte, doch sie meinte erkennen zu können, dass die Hebamme verächtlich lächelte.

»Es ist klug, dass sie sich gerade jetzt zusammentun, da Herzog Richard nach Paris geritten ist«, fuhr Godhild in ihrem

Bemühen fort, Doda abzulenken. »Während Richard dem König und Lehnsherrn huldigt, wird Robert mit seinen Anhängern in Rouen einziehen.«

»Klug nennst du das?«, rief Doda empört. »Was für eine Bosheit, sich gegen unseren jungen Herzog zu verschwören, der doch von seinem Vater zum Nachfolger eingesetzt wurde. Oh, es gibt noch genügend Lehnsherren in der Normandie, die treu zu ihrem Herzog stehen und ihn verteidigen werden.«

»Mir ist völlig gleich, wer von beiden diesen Krieg gewinnt«, meinte Godhild, die Arlette fest im Blick behielt. »Die Hauptsache, es geht rasch ...«

Sie warf den Becher zur Seite und sprang auf, als Arlette mit einem lauten Schrei auf die Knie sank.

»Rüber mit ihr aufs Stroh!«, befahl Godhild und fasste sie unter dem Arm. »Es ist so weit ...«

Was sich dann ereignete, lag außerhalb von Arlettes Willenskraft. Ihr Körper hatte seinen eigenen Willen, die Hebamme bestimmte den Rhythmus dieses heftigen, schmerzhaften Aufbegehrens, setzte ihr einen Becher an die Lippen, erteilte Befehle, griff mit beiden Händen zu und wollte nicht aufhören, sie zu quälen.

»Lebendig oder tot – komm heraus, denn Christus ruft dich ans Licht!«

Etwas schrie, quakte wie eine große Kröte. An Godhilds Händen hing mit dem Kopf nach unten ein Menschlein, rot, brüllend, die kleinen Fäustchen zusammengeballt, den Mund weit aufgerissen, die Augen wie schwarze Mandeln.

»Ich taufe dich auf den Namen des Vaters und des Sohnes ...«

»Welchen Namen soll er haben?«

Arlette gab keine Antwort. Dieses so fremde, erschreckende Wesen sollte in ihrem Körper gelebt haben?

»Richard ... er soll Richard heißen«, hörte sie Doda stammeln.

»Zieh ihr das warme Hemd vom Körper und wickle das Kind hinein«, ertönte Godhilds energische Stimme. »Leg es neben sie auf ihre rechte Seite. Und sorg dafür, dass sie sich im Schlaf nicht umdreht und es erdrückt ... Es wäre schade um den Knaben, er ist gesund und kräftig ...«

Arlette war vom Wein benommen und wusste kaum, wie ihr geschah. Der Schmerz war fort, nichts war davon geblieben. Neben sich spürte sie ein warmes Bündel, sah ein kleines, verzerrtes Gesicht, einen aufgerissenen Mund. Das fremde Wesen schrie um Hilfe, es war allein in diese kalte, dunkle Welt geraten, niemand stand ihm bei.

Es würde sterben, wenn sie es nicht liebte.

* * *

Der Herbst brachte warme Tage und milde Nächte, am frühen Morgen behüteten Nebelfrauen die gepflügten Äcker; wenn sie davonflogen, mischte die Sonne Gold und Rot in das dunkle Laub der Wälder. Es war ein gutes Jahr gewesen, Getreide war im Übermaß geerntet worden, und die großen Herren verhandelten ihre Ware nach Flandern, in die Bretagne und sogar bis hinauf nach England. Wohlstand herrschte auch in der Stadt, das Handwerk blühte, die Städter kauften Wintervorräte, füllten Remisen und Dachböden und sorgten sich dennoch ängstlich um die Zukunft. Grimald, der Priester, redete eifrig gegen die üble Gewohnheit der Weiber, zu heidnischen Wahrsagern oder gar Zauberern zu gehen, anstatt auf die heiligen Reliquien und die Macht des Kreuzes zu vertrauen. Auch sei es nicht statthaft, Truhen mit Münzen in der Erde zu vergraben, denn ein Christenmensch müsse darauf bedacht sein, sich durch Buße und gute Werke einen Schatz im Himmel zu erwerben.

Arlette saß mit ihrer Mutter vor dem Haus, um sie herum standen Körbe voller kleiner rotbackiger Äpfel, die man am Morgen gepflückt hatte. Die Apfelwiese war ein Erbteil, das Doda mit in die Ehe gebracht hatte. Die Früchte waren klein und hart, in diesem Jahr hatten sie jedoch reichlich Sonne gehabt und schmeckten süß. Insekten summten über den Hof, umkreisten die Körbe und ließen ihre silbrigen Flügel im Sonnenlicht aufblitzen. Doda hielt den schlafenden Säugling auf dem Schoß und wiegte ihn sanft hin und her, während Arlette die Apfelernte durchsah und die Mostäpfel von den Lageräpfeln trennte. Zu ihren Füßen lag der Hofhund Korre lang ausgestreckt und genoss die letzten warmen Sonnenstrahlen des Jahres.

Es war Frieden eingekehrt auf dem Gerberhof, ein Frieden, der brüchig war und nicht von Dauer sein konnte, doch er heilte Wunden und gab Luft zum Atmen. Arlette hatte das fremde Wesen in Liebe angenommen, und die harte Schale aus Hass und Trotz, mit der sie sich umgeben hatte, war aufgebrochen. Sie war nicht mehr allein, es gab ein Menschlein, das ihr so nah war wie kein anderes Wesen; ein Menschlein, das hilflos schrie und weinte, bis sie es stillte, das sie mit zahnlosem Mund anlachte und voller Vertrauen in ihren Armen einschlief.

Was kümmerte sie da noch der Ritter? Sollte er doch bei den Unruhen, die überall im Lande herrschten, erschlagen werden. Sie brauchte ihn nicht – sie hatte einen Sohn.

Fulbert hob den winzigen Enkel hoch in die Luft, bis der Säugling glucksende Laute von sich gab, die sich wie ein kleines Lachen anhörten. Doda hatte sich ganz und gar mit der Tochter versöhnt und wich kaum von der hölzernen Wiege, die man aus der Remise geholt hatte und die Fulbert einst für die eigenen Kinder geschnitzt hatte. Auch Osbern, der nun endlich gewagt hatte, um Gundolfs Tochter Oda zu werben, nahm den Kleinen hin und wieder in den Arm, hielt ihm seinen harten Zeigefinger hin und freute sich, wenn sich die winzige Faust energisch darum schloss. Osbern hatte noch immer keine Antwort von Gundolf auf seine Werbung erhalten und schwebte zwischen Sorge und Hoffnung. Der Sattler, der sonst häufig auf den Hof ritt, um für sein Handwerk Leder bei Fulbert zu kaufen, hatte sich seitdem nicht blicken lassen.

Arlette ließ einen Apfel nach dem anderen durch ihre Finger gleiten, besah sich die glänzende Schale und untersuchte sorgfältig, ob etwa eine faule Stelle oder ein Fleck daran war. Die schlechten Früchte würden sie am Abend zerschneiden und säubern, danach konnte der Most herausgepresst werden. Es war Walters Aufgabe, der schon in der Remise nach der Mostpresse sah, einem runden Bottich, in den ein stabiler, hölzerner Deckel passte.

»Es bekommt dunkles Haar«, sagte Doda und berührte vorsichtig das Köpfchen des Kindes, »braunes Haar, so wie du und dein Vater.«

Arlette scheuchte eine vorwitzige Biene aus dem Apfelkorb und lächelte, denn Doda wiederholte diese Neuigkeit bereits seit Tagen. Auch der Ritter hatte braunes Haar gehabt, doch das verschwieg Arlette – wen kümmerte das schon? Das Kind gehörte ihr.

Doda legte den schlafenden Säugling neben sich und griff nach den Äpfeln, um der Tochter bei der Arbeit zu helfen, doch die Bewegung fiel ihr schwer. Ihr Bauch schmerzte Tag und Nacht, es war, als brenne ein Feuer darin, doch sie trug die Pein, ohne zu klagen, denn sie war davon überzeugt, die Krankheit sei ihr von Gott bestimmt wegen ihrer Sünden. Vielleicht auch wegen der Sünde in ihrem Haus.

»Ruh dich aus, Mutter. Ich schaffe es auch allein.«

Arlette hatte ein Tuch um den Kopf gebunden, um das lange Haar zurückzuhalten, das ihr immer wieder ins Gesicht fiel. Nicht wie eine Ehefrau die Tücher band, die auch Kinn und Hals verhüllten, sondern wie ein Mädchen es gewöhnlich tat. Sie war entschlossen, in diesem Aufzug mit dem Vater zum Markt zu gehen, ihr Kind würde sie mitnehmen, um es zwischendurch zu stillen. Sie hatte erwartet, mit dem Vater darüber streiten zu müssen, doch zu ihrem Erstaunen hatte Fulbert sich gegen ihr Ansinnen nicht gesträubt.

Am Hoftor war eine Frau erschienen, die eine geflochtene Kiepe auf dem Rücken trug – es war Godhild.

»Da komme ich zur rechten Zeit«, sagte die Hebamme zufrieden. »Prall und rund schauen die Äpfelchen aus – gewiss sind sie süß wie Honig.«

Arlette wusste, dass Doda es nicht liebte, wenn Godhild sie besuchte, doch sie hatte inzwischen eine starke Zuneigung zu der jungen Frau gefasst. Auch Godhild war es so gegangen, und sie hatte den Gerberhof nach der Geburt des Kindes unter den verschiedensten Vorwänden immer wieder aufgesucht. Es gab ein geheimes Einverständnis unter den beiden Frauen, für das Arlette keine Erklärung hatte, denn Godhild erzählte nichts über ihr eigenes Schicksal. Gleichzeitig musste man sich vor der schlauen Hebamme in Acht nehmen, denn sie war stets auf ihren Vorteil aus.

»Was für ein glücklicher Zufall, dass du gerade eine Kiepe auf deinem Rücken trägst«, gab Arlette schmunzelnd zurück. »Sonst hättest du die Äpfel einzeln nach Hause tragen müssen.«

Godhild lachte ungeniert, nahm die Kiepe ab und kniete sich auf den Boden, um Arlette beim Sortieren zu helfen. Dodas unfreundliche Blicke störten sie keineswegs, sie biss in einen Apfel, prüfte den Geschmack und nickte anerkennend.

»Süß und fest – nur die Schale ist ein wenig bitter. Er wird sich gut halten und nicht faulen.«

»Wenn du sie alle isst, wirst du nichts mitnehmen können!«

Godhild lachte und sah zu dem Kleinen hinüber, der aus dem Schlaf erwachte und das Gesicht verzog.

»Er hat zugenommen«, meinte sie. »Du kannst dich glücklich schätzen, Arlette. Heute in der Nacht soll Eudos Frau Albreda ein Mädchen geboren haben. Es kam zu früh und ist gestorben – auch um die Mutter muss man Sorge haben, sie ist sehr schwach und kann sich nicht vom Lager erheben.«

Godhild erzählte die Neuigkeit ohne allzu viel Mitleid, und Arlette begriff, dass sie zornig war, nicht zu Albreda gerufen worden zu sein. Eudo hatte eine andere Hebamme bevorzugt – nach Godhilds Ansicht war er selbst schuld an seinem Unglück.

»Gott der Herr möge das arme Wesen ins Paradies aufnehmen«, sagte Doda bekümmert. »Hat man es noch taufen können?«

Godhild griff nach einem weiteren Apfel, dieses Mal bediente sie sich bescheiden aus dem Korb der Mostäpfel.

»Grimald ist noch in der Nacht herbeigeholt worden«, berichtete sie. »Eudo soll vor Kummer wie von Sinnen gewesen sein und Gott gelästert haben. Er wollte nicht einsehen, dass die eine, die ihr Kind in Unkeuschheit empfing, einen gesunden Sohn zur Welt brachte, während die andere im gottgewollten Stand der Ehe geschwängert und nun von einem toten Mädchen entbunden wurde.«

Sie blinzelte schadenfroh zu Arlette hinüber, die jedoch keine Befriedigung bei dieser Neuigkeit empfand.

»Albreda tut mir leid«, sagte sie und nahm ihren brüllenden Säugling auf den Arm. »Ich hoffe, sie wird wieder gesund und schenkt Eudo später einen Sohn.«

Godhild zuckte die Schultern, dann wanderte ihr Blick zu Doda, die die Hand auf den schmerzenden Leib presste. Sie hatte beim letzten Besuch ein Kräuterbündel gebracht, das Dodas Schmerzen lindern sollte, doch sie war sich fast sicher, dass die Frau des Gerbers ihre Kräuter nicht anwenden wollte. Es war schade darum, denn die Kräuter waren selten, und sie hätte sie teuer verkaufen können.

»Albreda ist nicht wie du, Arlette. Du wirst viele Kinder zur Welt bringen, dein Leib ist kräftig und fruchtbar.«

»Ich werde niemals wieder ein Kind haben!«

»Warte es ab!«

Arlette schwieg, band ihr Kleid am Halsausschnitt auf und zog es ein wenig herab, um das Kind anzulegen. Der Säugling schnappte hungrig nach ihrer Brust, so dass sie im ersten Moment zusammenzuckte, dann entspannte sich ihr Gesicht, und sie sah voller Zärtlichkeit auf das saugende Kind. Das Trinken musste eine sehr anstrengende Beschäftigung sein, denn das Gesicht des Kleinen rötete sich, und auf seinem Köpfchen bildeten sich winzige, glitzernde Schweißperlen.

Godhild drehte und wendete die Früchte, dabei fielen ihr weitere Neuigkeiten ein.

»Habt ihr schon gehört, dass im nächsten Sommer die Hochzeit des Herzogs gefeiert werden soll? Dann ist die Braut fünfzehn Jahre alt, und Richard wird sie nach Fécamp führen, um sie dort zu heiraten.«

»Falls er bis dahin noch Herzog ist«, entgegnete Arlette kühl. »Heißt es nicht, Robert Lautmund sei mit seinen Anhängern bereits in Vaudreuil gewesen?«

Godhild machte eine wegwerfende Handbewegung und genehmigte sich noch ein Äpfelchen. Es knackte laut, als sie in die harte Frucht biss. Eine Weile kaute sie genüsslich vor sich hin.

»Sie waren dort«, nuschelte sie und schluckte. »Aber Richard hat sie längst vertrieben. Es geht hin und her – bei Brionne soll es verbrannte Dörfer gegeben haben. Ein paar kleine Adelsherren wollten ihren Besitz vor den kämpfenden Parteien schützen und sind dabei selbst getötet worden. Ich glaube, im Moment weiß niemand, wie es ausgehen wird.«

Doda stieß einen tiefen Seufzer aus, doch sie schwieg, um nicht mit der Tochter in Streit zu geraten.

»Ich wünsche Robert den Sieg«, verkündete Arlette mit Inbrunst. »Soll Richard sich ruhig vor seinem jüngeren Bruder beugen, mir würde das gefallen!«

Godhild wusste recht gut, weshalb Arlette Richard hasste, und sie konnte sie verstehen – was nicht unbedingt hieß, dass sie gleicher Meinung war.

»Wenn du mich fragst – Richard ist der bessere Herzog. Er ist kühl und besonnen …«

»Richard ist hochmütig und ungerecht!«, rief Arlette zornig dazwischen.

»Mag sein. Dafür ist Robert ein Schwächling und weiß nicht, was er tut.«

»Das ist doch nur Gerede. Woher willst du das wissen?«

Godhild lächelte überlegen. Einen Moment zögerte sie und sah prüfend zu Doda hinüber, da sie fürchtete, ihr Geschwätz könne ihr in der Stadt Ärger einbringen. Dann gab sie ihr Wissen doch preis.

»Von den Mägden oben auf der Burg. Sie kommen heimlich zu mir, weil sie Kräuter gegen allerlei Dinge bei mir kaufen. Sie haben mir erzählt, dass Robert Lautmund gern und viel redet und sich vor anderen aufplustert. Aber bei den Frauen soll er schüchtern sein und sich dumm anstellen. Ich könnte dir eine Menge Geschichten über ihn erzählen …«

Sie unterbrach sich, weil Walter aus der Remise kam und den breiten Trog der Apfelpresse zu ihnen hinübertrug. Vor einem Jahr noch hatte er den Trog hinter sich herziehen müssen; inzwischen war er ein gutes Stück gewachsen, überragte sogar seinen Bruder Osbern, und die Muskeln an seinen langen Gliedern waren hart und kräftig. Seine Züge waren noch unausgeglichen, die große Nase passte nicht zu seinem weichen, sanften Mund, doch der kindliche Ausdruck war für immer aus seinem Gesicht verschwunden.

Walter sah die Blicke der drei Frauen auf sich gerichtet und trug den schweren Bottich mit steifen Schritten und rotem Gesicht über den Hof bis dicht vor die Apfelkörbe. Fast wurde ihm schwindlig bei diesem Kraftakt, doch er wäre lieber tot umgefallen, als seine Last abzustellen.

»Was für ein starker junger Bursche!«, bemerkte Godhild anerkennend und ließ ihre Augen von seinem geröteten Gesicht bis hinab zu seinen schmutzigen Lederschuhen wandern. Walter hörte das Lob zwar gern, der intensive Blick der Frau machte ihn jedoch so verlegen, dass er nicht wusste, wohin er seine Augen wenden sollte.

»Da!«, rief er plötzlich aufgeregt und deutete mit der Hand in den Himmel. »Seht ihr ihn? Der ist auf Beuteflug, ich schwöre es!«

Ein Raubvogel kreiste über dem Hof, durchschnitt die Luft, ohne die ausgebreiteten Flügel zu bewegen, der gespreizte Schwanz und das Muster seines Gefieders waren deutlich zu erkennen.

»Ein Habicht«, meinte Godhild, die ihre Augen mit der Hand beschattete, um besser hinaufsehen zu können. »Da werden wohl ein paar Mäuslein dran glauben müssen.«

Der dunkle Schatten des Vogels glitt blitzschnell über den sonnigen Hof, streifte den Apfelbottich und verlor sich hinter der Werkstatt in den Wiesen.

Frühjahr 1027

Die Sache der Rebellen stand nicht gut. Den Winter über waren im ganzen Land Kämpfe aufgeflammt, doch hatten die Truppen des jungen Herzogs alle Zusammenstöße mit den Aufrührern siegreich beendet. Der mächtige Erzbischof Robert Evreux kämpfte an der Seite seines Neffen Richard III., ein schier unüberwindlicher Gegner für die Aufständischen, denn der Bruder des verstorbenen Herzogs war nicht nur Erzbischof von Rouen, sondern auch Graf von Evreux. Die Adeligen aus der Niedernormandie, die sich zu Anfang Robert Lautmund angeschlossen hatten, fielen einer nach dem anderen von ihm ab, unterwarfen sich Richard III. und machten ihren Frieden mit dem Lehnsherren. Richard zeigte sich großmütig, er ließ den ehemaligen Aufrührern ihre Lehen und forderte einzig die vollkommene Unterwerfung unter seinen Willen.

Gegen März blieben Robert nur noch wenige Getreue aus dem Adelstand, dazu eine Anzahl Kämpfer, die er durch Geschenke und Versprechungen an sich gebunden hatte. Es waren verwegene Burschen, von denen niemand wusste, woher sie kamen und was sie getrieben hatten, bevor sie zu Kriegern wurden, Männer, die sich nicht scheuten, für ein Stück Brot oder einen Krug Wein mit dem Schwert dreinzuschlagen, die Beute an sich rafften und weder Weib noch Kind davonkommen ließen.

Reisende und Händler brachten beunruhigende Nachrichten nach Falaise, auch das umherziehende Bettelvolk wusste

Schreckliches zu berichten. Am verlässlichsten war jedoch das, was Mägde und Knechte auf der Burg erlauschten, denn Robert Lautmund sandte immer wieder berittene Boten an seinen Burgmann, um ihn vom Stand der Dinge zu unterrichten. Angst ging um in der Stadt, viele vergruben ihr Geld und verstärkten die Zäune um ihre Anwesen, wer es sich leisten konnte, schickte Weib und Kind zu Verwandten an einen sicheren Ort.

»Sie werden hierherkommen«, hieß es. »Robert Lautmund wird sich in Falaise verschanzen, denn die Burg ist seine letzte Zuflucht.«

Arlette kümmerte sich wenig um die Gerüchte. Glück und Unglück auf dem Gerberhof beschäftigten sie in gleichem Maße und forderten all ihre Kräfte. Der kleine Sohn war stark und gesund, Grimald hatte ihn auf den Namen Richard getauft, und Arlette liebte ihr Kind mit einer nie gekannten Innigkeit. Doda jedoch siechte mit jedem Tag mehr dahin, das Atmen fiel ihr schwer, und die Schmerzen im Leib waren so heftig geworden, dass sie kaum noch von ihrem Lager aufstehen konnte. Einzig das Kind, das Arlette oft neben die Kranke legte, schien ihr noch Lebenskraft zu geben, sie sah mit müden Augen auf den schlafenden Buben, berührte mit der schweren Hand seine kleinen Fäuste, und wenn er zornig brüllte und mit den Beinen strampelte, meinte sie lächelnd, er gliche seiner Mutter.

Godhild hatte dieses und jenes Pulver gebracht – nichts hatte helfen können. Schließlich gab sie Arlette einige dunkle, getrocknete Beeren.

»Koche einen Sud daraus, und gib deiner Mutter einige Tropfen davon in den Wein. Es wird ihr die Schmerzen nehmen.«

Die Kranke wurde ruhig von dem Trank; mit gerötetem Gesicht lag sie auf dem Rücken, die Augen weit geöffnet, und murmelte unablässig vor sich hin. Wenn die Wirkung nachließ, erzählte sie von Traumgesichtern, die so schön und beglückend gewesen seien, dass sie sich nach ihnen zurücksehnte.

Eine Eiche sei im Hof gewachsen, ein mächtiger Baum, der seine Äste in alle Richtungen streckte und kühlenden Schatten über das ganze Land warf. Unter dem Schutz seines grünen Laubdaches habe sie Kinder spielen gesehen, kleine Buben, die sich mit Eicheln bewarfen, Mädchen, die Ringelreihen tanzten, und einen Säugling, der lächelnd auf dem Strohlager schlief.

»Sei vorsichtig damit«, hatte Godhild ihr eingeschärft. »In kleinen Mengen bringen die Beeren Segen; nimmst du zu viel davon, bringen sie den Tod.«

Fulbert vernachlässigte seine Arbeit, überließ Osbern die Werkstatt und saß lange Stunden bei seiner Frau auf dem Lager. Arlette hörte die Eltern miteinander flüstern und hatte Scheu, dabei zu lauschen. Der Vater war kein treuer Ehemann gewesen, sein Blut war heiß, er gefiel den Frauen und hatte Liebschaften gehabt. Doda hatte davon gewusst, sie hatte es hingenommen und darüber geschwiegen. Und doch gab es ein enges Band zwischen den Eltern, denn Fulbert hätte sich eher die rechte Hand abgehackt, als seine Frau zu verlassen.

Als im Frühling die ersten Blätter an Büschen und Bäumen austrieben, verlangte Doda nach dem Priester, worüber Fulbert in große Aufregung geriet. Grimald habe auf seinem Hof nichts zu suchen – niemals werde er zulassen, dass dieser Mensch sein Eigentum betrat. Doch der wahre Grund für seine Weigerung war ein anderer.

»Wenn sie die Sakramente empfangen hat, wird sie sterben«, sagte er verzweifelt zu Arlette, als sie miteinander allein waren.

»Willst du, dass sie ohne die Segnung des Priesters stirbt und ihre Seele der Hölle gehört?«

Er wusste nicht, was er darauf antworten sollte, doch er blieb hartnäckig bei seinem Verbot, schalt auf die Beeren, die Doda den Verstand nähmen und sie irrwitziges Zeug reden ließen, gab dem Priester die Schuld an ihrem Siechtum, da dieser das Unglück herbeirede. Dann wiederum behauptete er, Dodas Schwäche sei der harten Arbeit zuzuschreiben, oder aber er sprach davon, dass Doda an einem Gift erkrankt sei, das eine

Hexe über den Gerberhof geblasen habe; wie ein Wurm sei es in sie eingedrungen und fresse sie nun von innen her auf.

Arlette ließ ihn reden, denn sie begriff, dass er verwirrt und hilflos war in seiner Verzweiflung. Weder Osbern noch Walter würden den Mut haben, sich dem Willen des Vaters zu widersetzen. Sie selbst musste es tun, und es blieb nicht mehr viel Zeit.

Doch die Ereignisse waren rascher als ihr Entschluss. An einem kalten Märzmorgen rückte eine Reiterschar gegen die Stadt vor, Pferdehufe donnerten vor das hölzerne Stadttor, zornige Rufe waren zu hören, Metall klirrte.

»Macht das Tor auf! Robert, der Graf von Hiémois, ist auf der Burg eingeritten. Wir haben Auftrag, Lebensmittel für ihn und seine Kämpfer zu fordern.«

Die städtischen Torwächter konnten den Grafen von Hiémois und seine Ritter nicht abweisen; hilflos sahen sie zu, wie Häuser und Warenlager von den groben Kämpfern geplündert wurden.

Die Gerberhöfe, die außerhalb der Stadtbefestigung nahezu ungeschützt lagen, wurden zuerst heimgesucht. Bertlin, Nicholas, Walter und Osbern mussten sich mit all ihrer Kraft an Fulbert klammern, um den Rasenden davon abzuhalten, sein Hab und Gut vor den Rittern zu verteidigen. Wutschnaubend verfolgte der Gerber, wie die Eindringlinge seine Werkstatt verwüsteten und dann die Speicherräume leer räumten. Die Kämpfer waren abgerissene Gestalten, nicht wenige hatten Narben oder offene Wunden, und ihre Rüstungen waren grau vor Schmutz. Sie trieben die beiden Ziegen davon, griffen sich ein paar Hühner, und wäre der wütend kläffende Korre nicht rasch davongelaufen, dann hätte ihn einer der Räuber mit dem Beil erschlagen.

Arlette hatte sich mit dem Kind auf das Lager der Mutter geflüchtet, schützte den Kleinen mit dem eigenen Körper und hoffte, man würde sie ungeschoren lassen. Sie hatte Glück: Die eindringenden Männer fürchteten die fliegenden Gifte der

Kranken. Sie stießen nur einige Truhen um, doch da Osbern die Münzen vergraben hatte, fanden sie nichts Wertvolles und verließen das Wohnhaus, um in der Stadt weitere Beute zu machen.

»Der Teufel mag Robert Lautmund holen«, stieß Osbern keuchend hervor, als die Männer mit Pferden und Säcken fortgeritten ware. »Ist er nicht der Graf von Hiémois und soll uns schützen? Stattdessen verwüsten seine Ritter die Stadt und schleppen unseren Besitz davon!«

Fulbert war hinter den abziehenden Männern hergestürmt, kaum dass Osbern und Bertlin ihn losgelassen hatten, und niemand brachte es fertig, den Tobenden aufzuhalten. Nur kurze Zeit später kehrte er auf den Gerberhof zurück, das Gewand voller Schmutz. Blut lief aus seinem dunklen Haar die Schläfe hinab. Sein Blick war der eines Irrsinnigen, doch er fasste sich, als er die Hilflosigkeit und Angst seiner Familie sah.

»Schaut nach, was sie übrig gelassen haben«, befahl er mit überraschender Ruhe. »Und bringt es in Sicherheit – ein zweites Mal werden sie nichts bei uns finden.«

Es war nicht viel, das ihnen geblieben war, ein halber Sack Gerste, mehrere Körbe mit getrockneten Früchten und etwas Hafer, den die Räuber verschmäht hatten. Die Männer bargen alles in einer Grube, deckten Hölzer darüber und schoben einen Karren darauf, um die Stelle zu verbergen.

Gegen Mittag erschien Godhild auf dem Gerberhof, sie trug einen braunen Umhang über dem Kleid und eine Kiepe auf dem Rücken, in der sie ihre Habe verstaut hatte.

»Ich mache, dass ich davonkomme«, sagte sie zu Arlette. »Und wenn du klug bist, nimmst du dein Kind und kommst mit mir.«

Sie war nicht die Einzige, die die Stadt verließ. Ganze Familien luden ihre Habe auf Karren und flohen vor der nahenden Gefahr, auch manche der reichen Händler hatten Wagen beladen, um ihre Stoffballen und andere Waren in Sicherheit zu bringen. Andere wiederum klebten an ihrem Besitz und hatten sich hinter Zäunen und Hauswänden verschanzt, denn sie fürchteten zu Recht, dass Fremde in die leeren Häuser eindringen könnten, um sich an dem herrenlosen Gut zu bereichern.

»Richards Heer kann nicht mehr weit sein«, redete Godhild der Freundin zu. »Sie werden die Burg belagern, um Robert Lautmund und seine Anhänger endgültig zu besiegen. Verstehst du nicht? Sie werden zuerst die Stadt nehmen, weil sie ebenso wie Robert Lebensmittel benötigen.«

Arlette schüttelte den Kopf und presste das Kind an sich. Unter keinen Umständen würde sie ihre sterbende Mutter allein lassen.

»Richard III. ist unser Herzog und nicht unser Feind. Er wird gnädig mit den Menschen in der Stadt sein«, sprach sie sich selbst Hoffnung zu.

Godhild stieß ein höhnisches Lachen aus.

»Graf Robert hat einige seiner Ritter in der Stadt gelassen, die sie verteidigen sollen. Es wird Kämpfe geben, und wenn Herzog Richard den Sieg davonträgt – und das wird er ganz sicher –, dann wird sein Zorn auch die Menschen in der Stadt treffen. Hast du jetzt endlich begriffen?«

Ja, sie hatte verstanden. Sie wünschte Robert Lautmund längst nicht mehr den Sieg – zu viel Unglück hatte sein Aufstand über das Land gebracht. Wenn er sich doch nur seinem Bruder ergeben würde, damit wieder Frieden war! Doch stattdessen kämpfte er einen aussichtslosen Kampf und riss die Menschen in Falaise mit sich in den Untergang. Sorgenvoll dachte sie an den Vater, den sie nur mit Mühe davon abgehalten hatten, sich den Rittern entgegenzuwerfen. Auch Walter hatte ein hitziges Temperament und war in Gefahr, und nicht zuletzt auch sie selbst …

»Ich kann nicht, Godhild.«

Die Freundin sah ihr mit kühlen, grauen Augen ins Gesicht und ging schweigend an ihr vorbei ins Haus. Dort zog sie den Vorhang an Dodas Lager beiseite und warf einen kurzen Blick auf die Kranke. Dodas Züge waren fast weiß, die Augenhöhlen tief und dunkel, die Nase trat spitz hervor.

»Sie wird sterben, Arlette«, sagte Godhild leise. »Noch in dieser Nacht – du wirst es nicht verhindern können.«

Der Atem der Kranken ging flach, und Arlette spürte eine eisige Kälte, die ihren Herzschlag lähmen wollte. Die Mutter, die ihr in den letzten Monaten so nahe gewesen war wie nie zuvor, würde von ihr gehen. Schlimmer noch: Doda würde sterben müssen, ohne die heiligen Sakramente empfangen zu haben, so dass ihre Seele auf ewig verloren wäre.

»Mach, was du willst!«, sagte Godhild grob und ging hinaus.

Arlette zögerte keinen Augenblick. Der Vater war mit den Knechten und Osbern in der Werkstatt, um die zerschlagenen Tische und Geräte wieder instand zu setzen. Sie legte sich ein Tuch um und winkte Walter zu sich, der auf dem Dach der Remise hockte, um Ausschau nach Leuten zu halten, die sich dem Gerberhof näherten. Flüsternd teilte sie ihm mit, was sie vorhatte, und vertraute ihm das Kind an.

»Der Vater wird toben vor Zorn!«

»Er wird sich fügen müssen.«

Der kleine Richard streckte seinem Onkel die Arme entgegen und gluckste vor Vergnügen, als Walter ihn durch die Luft schwenkte.

»Nimm dich in Acht, Arlette. Es ist nicht geheuer in der Stadt!«

»Es wird nicht lange dauern …«

Sie zog das Tuch eng um die Schultern und hob das lange Kleid mit einer Hand, um rascher laufen zu können. Ein sanfter Frühlingswind kühlte ihr erhitztes Gesicht, die Sonne war durch die Wolken gebrochen und ließ den Bachlauf gleißen wie blanken Stahl. Bachstelzen hüpften ahnungslos auf den Wiesen und flatterten erschreckt in die Luft, als Arlette mit wehendem Gewand vorüberrannte.

Kein Mensch war zu sehen. Vor dem Stadttor, wo sonst um diese Zeit reger Verkehr von Fuhrwerken und Fußgängern herrschte, war beängstigende Leere. Godhild hatte recht gehabt – man hatte das Tor geschlossen und die Stadt abgeriegelt. Nicht einmal die Armen und Krüppel, die sonst am Toreingang lagerten und auf milde Gaben hofften, waren noch an ihrem Platz. Sie hatten sich im nahen Wald verborgen, um der drohenden Gefahr zu entgehen.

Arlette ließ sich nicht abschrecken. Sie schlug mit den Fäusten gegen das schwere Palisadentor, bis oben auf dem Turm das Gesicht des Torwärters erschien.

»Meine Mutter liegt im Sterben – ich brauche den Priester!«

Der Wächter kannte Doda – Arlette sah, dass er sich zur Seite wandte, um ihr Anliegen weiterzugeben. Gleich darauf öffnete sich ein schmales Türchen, das dem Wächter dazu diente, in den Turm zu gelangen, und sie schlüpfte eilig hindurch.

Der enge, dunkle Torturm umfing sie, ein schwerer Riegel schlug hinter ihr zu, dann öffnete man eine weitere Tür, um ihr Eingang in die Stadt zu verschaffen.

»Sie will den Priester zu einer Sterbenden holen!«, sagte die Stimme des Torwächters.

Sie sah sich einer Gruppe bewaffneter Männer gegenüber, Reiter und auch Fußkämpfer, die sie misstrauisch anstarrten. Verwirrt erkannte sie die Gesichter einiger Bürger, auch Stadtwachen waren darunter – die anderen waren ihr fremd und glichen jenen der Kämpfer, die den Gerberhof geplündert hatten.

»Keine gute Zeit zum Sterben«, sagte einer der Männer und lachte grausam. »Das Priesterlein hat sich in der Kirche eingeschlossen, und niemand bringt ihn heraus!«

»Lasst sie durch!«

Einer der Reiter löste sich aus der Gruppe und ritt auf sie zu.

Es war ein hochgewachsener, dünner Krieger, dessen Kettenhemd an der rechten Schulter zerrissen war. Überrascht erkannte sie den Rotschopf wieder, der sie vor Monaten am Bach angesprochen hatte. Seine Stimme klang anders heute, tiefer, entschlossener, doch die Augen, mit denen er sie betrachtete, hatten immer noch jenen verträumten Ausdruck, über den sie schon damals den Kopf geschüttelt hatte. Dennoch war sie ungeheuer froh, ihn hier zu treffen, denn sie war sich sicher, dass er ihr helfen würde.

»Herluin … von Conteville«, sagte sie und lächelte zu ihm hinauf. »Seien Sie gegrüßt. Erinnern Sie sich an mich? Ich bin Arlette, die Tochter des Gerbers Fulbert.«

Er zählte nicht zu den Menschen, die sich gut verstellen können, denn als sie seinen Namen nannte, errötete er vor Freude, und seine Augen bekamen einen unruhigen Glanz.

»Ganz sicher erinnere ich mich an dich, Arlette«, gab er zurück. »Gott schütze dich.«

Er wandte sich um und gab eine Anordnung, darauf stieg einer der Reiter ab, um sie zur Kirche zu begleiten. Nur zögernd folgte sie ihm, denn der breite, kräftige Kerl, dem die Nasenspitze fehlte, flößte ihr wenig Vertrauen ein. Während sie hinter ihm herlief, dachte sie beklommen über die Worte des Ritters nach. Gott schütze dich. Sehr hoffnungsvoll hatte das nicht geklungen. Ob dieser Herluin gar die Verteidigung der Stadt befehligte? Es sah ganz danach aus.

Dann wird er sterben, dachte sie bekümmert. Die wenigen Verteidiger haben keine Chance gegen die große Armee des Herzogs.

Angstvolle Geschäftigkeit herrschte in der Stadt. Die Fensterläden und Türen wurden verschlossen, Frauen schleppten Körbe und Säcke in die Häuser, riefen nach ihren Kindern, Männer rollten Karren und Fässer vor die Hofeingänge, um den Angreifern wenigstens schwachen Widerstand entgegensetzen zu können. Ein Alter im zerfetzten Kittel stolperte durch die Gassen und rief mit schriller Stimme die Heiligen um Schutz an, ein kleiner Hund folgte ihm kläffend und versuchte, ihm in die Waden zu beißen. Vor dem Haus des Händlers Renier stand Eudo, der kurz zuvor seine junge Frau verloren hatte, und starrte mit leeren Augen in die grünenden Büsche. Als Arlette vorüberlief, wendete er den Blick und sah ihr nach wie ein Traumwandler.

Der Platz vor der Kirche war leer. Für einen Augenblick tauchte der Kopf der alten Magd im Türschlitz des Priesterhauses auf, dann schloss sich die Tür wieder, und von innen wurde der Riegel vorgeschoben. Arlettes Begleiter ließ die Fäuste gegen die hölzerne Kirchenpforte donnern.

»Komm heraus, Priester! Eine Frau liegt im Sterben und verlangt nach dir.«

Schweigen. Falls Grimald tatsächlich in der Kirche war, so dachte er gar nicht daran, seine sichere Zuflucht zu verlassen.

»Der Hasenfuß wird vor Angst unter den Altar gekrochen sein«, knurrte der Ritter ärgerlich. »Was für eine Jammergestalt. Als wir in die Stadt einrückten, rannte er so schnell davon, dass sein Gewand sich um die dürren Beine wickelte!«

»Grimald!«, rief Arlette laut. »Es ist Doda, meine Mutter, die nach dir verlangt. Ich bitte Sie, stehen Sie ihr bei!«

Ihre Stimme hallte über den leeren Platz, eine Schar grauer Tauben erhob sich vom Dach des Kirchenschiffes und begann über der Stadt zu kreisen. Nichts regte sich im Inneren der Kirche.

Der Ritter trat mit den Füßen gegen die verschlossene Pforte und stieß einige böse Flüche aus, die ein Christenmensch besser nicht in den Mund nahm. Plötzlich hob er den Kopf und lauschte.

Auch Arlette hatte die aufgeregten Rufe vernommen, die vom Stadttor herüberhallten. Dumpfe Axtschläge waren zu hören, dann der helle Klang aufeinandertreffender Waffen.

»Als hätte ich es nicht geahnt!«, stieß der Ritter hervor. »Sie wollen das Tor öffnen, die Verräter!«

Arlette begriff nichts. Wie gelähmt vor Schreck stand sie da, den Rücken an die Kirchenpforte gepresst, und starrte dem Ritter nach, der über den Platz davonstürmte. Was hatte er gesagt? Das Tor öffnen?

Nur langsam dämmerte ihr die Erkenntnis, dass die Stadtwachen und Bürger sich heimlich gegen die Ritter verbündet hatten und danach trachteten, die Stadt freiwillig in die Hände des Herzogs zu geben. Die herzogliche Armee konnte nicht mehr weit sein, sonst hätten die Verschwörer nicht losgeschlagen.

»Grimald!«, flehte sie. »Das Tor wird geöffnet werden, es

wird keinen Kampf geben. Ich flehe Sie an – retten Sie die Seele meiner Mutter vor der Verdammnis!«

Hatte er sie gehört? Sie drückte das Ohr gegen die Tür und lauschte. Jetzt waren Schritte zu vernehmen, jemand machte sich an dem schweren, hölzernen Balken zu schaffen, der die Kirchenpforte von innen verbarrikadierte. Das Holz knarrte, die Pforte zitterte sacht …

»Sie kommen!«, rief die helle Stimme eines Knaben über den Platz. »Mein Gott – die Erde ist schwarz von Reitern …«

Geschwind wurde der Balken wieder an seinen Platz geschoben, und Arlette trommelte vergeblich gegen die Kirchentür. Grimald, der Priester, hatte beschlossen, sein kostbares Leben auf keinen Fall den anrückenden Rittern preiszugeben.

»Verflucht sollen Sie sein«, schrie Arlette wütend und trat mit den Füßen gegen die Pforte. »Meine Mutter stirbt, und Sie lassen ihre Seele der Verdammnis anheimfallen. Die Teufel mögen Sie mit Spießen durchbohren und ins Höllenfeuer zerren, wo sie Ihre Glieder in siedendem Öl auskochen, Sie Feigling!«

Die schrille Stimme der Alten im Pfarrhaus unterbrach sie: »Mach, dass du davonkommst! Versteck dich!«

Erschöpft hielt Arlette inne. Hier würde sie nichts mehr erreichen. Tränen der Verzweiflung liefen ihr übers Gesicht. Es war zu spät. Warum war sie nicht schon gestern gegangen? Warum hatte sie so lange gewartet? Es war ihre Schuld, dass die Seele ihrer Mutter verloren war.

Hufgetrappel näherte sich, undeutlich nahm sie wahr, dass zwischen den Häusern Reiter auftauchten, die auf den Kirchenplatz zuhielten. Sie hörte die Tiere schnauben, das knarrende Geräusch der Sättel, dann erst wurde ihr klar, dass sie selbst in Gefahr war. Hastig lief sie los, wollte zwischen zwei Hecken hindurchschlüpfen, um sich auf einem umfriedeten Grundstück zu verbergen, da stürmten ihr zwei berittene Männer entgegen, und sie wandte sich entsetzt zur Flucht.

Die Eroberer schienen von allen Seiten zu kommen, drängten ihre Pferde zwischen den Hecken hindurch, rissen die Barrikaden der Städter ein und trieben Ziegen und Schweine vor sich her. Arlette wurde von den heranreitenden Männern rasch eingeholt, sie hörte grobes Gelächter und warf sich in eine Hecke, um den niederprasselnden Pferdehufen zu entkommen.

Jemand riss ihr das Tuch von den Schultern und stob damit davon. Sie raffte sich auf, kam wieder auf die Beine, doch im gleichen Moment streiften sie die Füße eines Reiters und schleuderten sie gegen eine Hauswand.

»He, was für eine wilde Hexe! Die gehört gefangen!«

Man trieb sie auf den Platz zurück, ließ ihr keine Chance, die rettenden Häuser zu erreichen, sondern zwang sie, zwischen den Reitern hin und her zu laufen. Glänzende Pferdeleiber und schlagende Hufe drohten, wohin sie sich auch wandte, die Sporen am Schuhwerk der Ritter blitzten gefährlich nahe vor ihr auf, Hände griffen nach ihr, fassten in ihr wehendes Haar und rissen daran, einer beugte sich vom Pferd und versuchte, sie am Arm zu greifen.

»Sei klug und komm mit mir, meine Hübsche. Du wirst es nicht bereuen, wenn du erst bei mir gelegen hast!«

Sie schlug mit den Fäusten auf die Angreifer ein und erntete Gelächter; den Rittern schien die Jagd auf dieses verlockende Wild großen Spaß zu bereiten, denn sie drängten sich immer dichter um sie herum. Arlette taumelte gegen den Bauch eines Pferdes und spürte, wie ihr der Stoff ihres Kleides mit einem festen Ruck von der Schulter gerissen wurde. Sie schrie, und als sie hochblickte, sah sie über sich das breit grinsende Gesicht des Mannes, der ihr Kleid gepackt hielt und unerbittlich daran zerrte, als gelte es, ein Wildbret zu häuten.

»Aufgepasst! Da haben sich welche verschanzt!«, tönte ein warnender Ruf über den Platz.

Unerwartet ließ ihr Peiniger von ihr ab und wendete sein Pferd. Aus einem schmalen Seitenweg waren einige Reiter herangestürmt, die von Robert Lautmund eingesetzten Stadtverteidiger, die sich zum Kampf stellten. Getümmel brach aus, jeder strebte danach, in vorderster Reihe auf die wenigen Ritter einzustürmen und einen von ihnen zum Zweikampf herauszufordern. Jene, die weiter hinten waren, trieben ihre Pferde heran und drängten die Konkurrenten rüde beiseite; jeder war begierig, durch einen leichten Sieg Lohn und Ehre zu erlangen.

Arlette war gestolpert und zu Boden gestürzt, doch sie kam rasch wieder auf die Füße und rettete sich zum Eingang der Kirche. Dort stand sie und starrte mit weiten, entsetzten Augen auf den Kampf.

Von allen Seiten fielen Richards Kämpfer über die wenigen Männer her, welche die Stadt verteidigen wollten. Man hatte sie hintergangen und gegen ihren Willen das Stadttor geöffnet, nun versuchten sie sich todesmutig in einem letzten, aussichtslosen Kampf, um den Befehl ihres Herrn Robert Lautmund auszuführen.

Einer der Männer gebrauchte das Schwert so kraftvoll, dass man zunächst vor ihm zurückwich, denn es fand sich kein Gegner, der ihm standhalten konnte. Arlette sah, dass er keinen Beinschutz trug und aus mehreren Wunden an Schenkeln und Waden blutete. Sein Kettenpanzer war über der rechten Schulter zerrissen. Er kämpfte sich bis zur Mitte des Kirchplatzes vor, wo er, ermattet nun, von einem besonnenen Gegner gestellt wurde. Arlette konnte sein Gesicht unter dem schartigen Helm mit Nasenschutz kaum erkennen, doch dann entdeckte sie einige rote Strähnen, die darunter hervorflatterten, und wusste, dass sie auf den halb geöffneten Mund und die bleichen Wangen des Ritters Herluin starrte, der hier vor ihren Augen den wohl letzten Kampf seines jungen Lebens focht. Plötzlich, als habe er ihren Blick gespürt, sah er zu ihr hinüber.

»Lauf, Arlette!«, rief er ihr zu. »Rette dich! So lauf doch!«

Im gleichen Augenblick bohrte sich der Speer seines Gegners durch die ungeschützte Schulter, und er stürzte seitlich vom Pferd in den aufgewirbelten Staub.

Ein Schwindel erfasste das Mädchen, sie glaubte, das laute Rauschen eines Gewässers zu hören, sah Häuser und Zäune rechts und links an sich vorübergleiten, spürte, wie die Fetzen des zerrissenen Kleides um ihre Beine flatterten, und war sich kaum bewusst, dass sie wie eine Besessene zwischen den Häusern hindurch zum oberen Tor rannte. In ihren Ohren dröhnte die Stimme des Ritters Herluin, der jetzt ohne Zweifel schon in der Ewigkeit war.

»Rette dich! So lauf doch!«

* * *

Doda starb – wie Godhild es vorausgesagt hatte – noch in der folgenden Nacht. Gleich einem bösen Traum zogen die Ereignisse an Arlette vorüber: das stundenlange Sitzen bei der Sterbenden, das laute Weinen der Brüder und der Knechte, das sich mit dem Lachen des Kindes mischte, der Anblick der Mutter, deren Züge immer fremder und starrer wurden, das Schweigen des Vaters.

Niemand hatte Arlette gefragt, woher sie zitternd und in zerrissenen Kleidern gekommen war – Dodas Übergang in die andere Welt nahm alle Aufmerksamkeit in Anspruch. Sie starb ohne Todeskampf, lag still auf ihrem Lager, und als ihr Atem verlosch, war es wie bei einem Licht, das langsam und ohne noch ein letztes Mal aufzuflackern heruntergebrannt war.

Es tat wohl zu weinen, sich der Verzweiflung hinzugeben und die Klagen laut herauszuschreien, so wie es der Brauch war. Nicht nur der Kummer um den Verlust der Mutter brach in dieser Totenklage aus ihr heraus, auch das Entsetzen über die ausgestandenen Schrecken, die gewaltsamen Übergriffe der Ritter, die Einnahme der Stadt und den sinnlosen Tod des jungen Ritters.

Sie wachten die ganze Nacht bei der Toten, hielten Tür und Fenster geöffnet, damit ihre Seele den Weg zum Himmel finden konnte, und schützten sie mit Lichtern, Klagen und Gebeten vor dem Bösen. Gegen Morgen war Walter vor Erschöpfung fest eingeschlafen, auch Osbern waren die Augen zugefallen, nur Fulbert hockte in steifer Haltung, gegen einen hölzernen Pfosten gelehnt, da und starrte mit rot geweinten Augen in die flackernden, rauchenden Talglichter.

Das Kind spürte die Trauer und kämpfte mit zornigem Schreien dagegen an. Arlette nahm ihren kleinen Sohn vom Lager auf und trug ihn vors Haus, wo die ersten weißen Strahlen der Morgensonne die Augen blendeten. Sie fütterte das Kind mit Haferbrei, ließ es auf ihrem Schoß sitzen und spielte zärtlich mit ihm. Es war ein seltsames Gefühl, dieses zappelnde Wesen in den Armen zu halten und seine junge Lebenskraft zu spüren, während drinnen im Haus der Tod eingezogen war.

Als Korre den Kopf hob und zu kläffen begann, blickte sie zum Tor und erkannte ungläubig die schmale Gestalt des Priesters. Langsam und gemessen näherte sich Grimald dem Gerberhof, ein leichter Wind hob die grüne Priesterstola, die er über den Schultern trug, ein hölzernes Kreuz hing um seinen Hals, in den Händen hielt er einen kleinen verschlossenen Kasten. Sie hätte ihn gern angespuckt, diesen Feigling, doch als sie seine kleinlaute Miene sah, fand sie ihn nur noch lächerlich.

»Sei gegrüßt, Arlette. Ich komme zu deiner Mutter Doda, um ihr die Beichte abzunehmen und sie mit den Sakramenten zu versehen …«

»Sie kommen zu spät!«

Sein Blick flackerte, glitt von ihr ab und irrte über die Hauswand. Sie begriff, dass er gehofft hatte, Doda noch lebend anzutreffen, nun empfand er seine Feigheit als tiefe Schuld. Es versöhnte sie nicht.

»Sie waren gestern allzu tief in Ihre Gebete versunken«, sagte sie spöttisch. »Wie kommt es, dass Sie heute den Weg zum Gerberhof wagen?«

Er vermied es auch jetzt, sie anzusehen, und nahm ihren Spott hin, ohne sich zu wehren. Stattdessen berichtete er hastig, was in der Stadt geschehen war. Herzog Richard hatte Falaise ohne Mühe in seine Gewalt gebracht, doch waren seine Ritter gnädig mit den Bewohnern verfahren, denn der Herzog hatte jegliche Plünderung verboten. Um diese Gnade zu verdienen, mussten die Stadtbewohner seinen Rittern Lebensmittel und auch Wein aushändigen, ein jeder so, wie er es vermochte. Es war nicht allzu viel Unheil geschehen, mehrere Häuser und Speicher waren durchsucht worden, ein Händler, der seine Waren versteckt hatte, war vor aller Augen auf dem Kirchplatz verprügelt worden. Einige Frauen hätten über Gewalt geklagt, es seien aber nur sehr wenige gewesen. Richards Heer war hinauf zur Burg gezogen, um seinen Bruder zur endgültigen Unterwerfung zu zwingen.

»Geh hinein!«, unterbrach Arlette ungeduldig seine blumigen Schilderungen.

Fulbert verfolgte schweigend und mit schmalen Augen die Handlungen des Priesters, der die Tote mit Öl salbte und ihr eine geweihte Hostie in den Mund schob. Grimald war ehrlich bemüht, seine Unterlassung wiedergutzumachen, das Salböl und Umlegen der Stola war eigentlich nur in höhergestellten Kreisen üblich, außerdem sang er alle Totenpsalmen, die er auswendig kannte, mit großer Sorgfalt und leiser, monotoner Stimme. Nur hin und wieder störten ferne Rufe die Andacht, dumpfe Schläge waren zu vernehmen, und man ahnte, dass die Ritter des Herzogs oben auf dem Burgfelsen versuchten, das Tor mithilfe eines Rammbocks einzudrücken.

Als man die Frau des Gerbers zwei Tage später durch die Stadt zum Kirchhof trug, folgten nur wenige Menschen dem Leichenzug. Wie ein Lauffeuer war tags zuvor die Kunde durch die Stadt gegangen, dass die Burg gefallen sei, Robert Lautmund habe sich demütig seinem Bruder Richard überantwortet und ihn um Vergebung gebeten.

* * *

Gilbert von Brionne starrte in die Gesichter der drei Männer, die am oberen Ende des Tisches in lebhafte Gespräche vertieft waren. Es war nicht leicht, ihre Mimik zu deuten, denn der flackernde Kerzenschein tauchte ihre Profile abwechselnd in gelbliches Licht und ließ sie dann wieder im Dunkel des Raumes verschwinden.

Vom Ergebnis dieser Gespräche würde sein Schicksal abhängen, das nun ganz und gar in der Hand des jungen Herzogs lag. Nervös versuchte Gilbert, einige der Worte zu verstehen, doch der Lärm, den die anderen Tischgenossen veranstalteten, übertönte die Reden. Man hatte die Tafel für den Adel im ersten Stock des Turmes aufgestellt, wo sich der Wohnbereich des Burgherren befand. Hier, inmitten fein bestickter Wandbehänge, silberbeschlagener Truhen und allerlei Zierrat, mit dem Robert Lautmund sich gern umgab, wurden die Bedingungen seiner Niederlage verhandelt. Unten im Wachensaal lärmten unterdessen die Kämpfer, die noch nicht davongezogen waren – Freund und Feind hatten sich längst miteinander geeinigt und zechten einträchtig aus dem gleichen Krug.

Die adeligen Gefolgsleute des Herzogs waren in bester Stimmung, denn wer sich auf die richtige Seite geschlagen hatte, konnte nun auf Dankbarkeit und Wohlwollen des Herrschers hoffen. Umfrid von Vieilles und Hugo von Vernon stritten über den Grenzverlauf eines Lehens, auf das beide ihr Auge geworfen hatten, Robert von Montgomery schwatzte davon, der Abtei von Jumièges drei Dörfer zu schenken, und der neben ihm sitzende Osbern von Crépon rühmte sich seiner Festigkeit im Sattel, die er den in Chalon erbeuteten Steigbügeln zu verdanken habe. Gilbert von Brionne hatte mit den wenigen Anhängern des Besiegten am unteren Tischende Platz nehmen müssen, hier war man schweigsamer, nur der blonde Nigel von Cotentin redete belangloses Zeug, auf das niemand etwas erwiderte. Man konnte nichts tun außer zu warten und zu hoffen – eine Lage, die Gilbert fast wahnsinnig machte.

Seine Hoffnung lag nicht auf Robert Lautmund. Die Position seines Freundes war viel zu schwach, er musste selbst heilfroh sein, wenn er nach der erfolglosen Rebellion und der beschämenden Niederlage nicht seine Grafschaft einbüßte. Der einzige Mann, der Gilbert von Brionne noch vor Strafe oder gar Verbannung bewahren konnte, war Erzbischof Robert Evreux, der an der Seite von Richard III. siegreich in die Burg Falaise eingezogen war.

Robert Evreux, auch »der Däne« genannt, war ein Mann von kräftiger Statur und gemessenen Bewegungen, wie es auch sein Bruder, der verstorbene Herzog Richard II., einst gewesen war. Er war schon um die fünfzig, über seinem Gürtel wölbte sich ein Bauchansatz, den er seiner Neigung zu reichlichem Essen verdankte, und auch das fleischige Gesicht verriet einen Menschen, der die angenehmen Dinge des Lebens zu schätzen wusste. Robert Evreux war Erzbischof von Rouen, zugleich aber auch Graf von Evreux, er hatte eine Ehefrau und mehrere Söhne und war seit vielen Jahren der mächtigste Mann am herzoglichen Hof.

»Sie haben sich versöhnt, die feindlichen Brüder«, sagte Nigel von Cotentin leise zu Gilbert. »Der Erzbischof hat dieses Kunststück fertiggebracht, schau nur, wie einträchtig Onkel und Neffen dort oben hocken und ihren Wein saufen. Wir sind es, die die Zeche bezahlen dürfen. Uns wird man alles nehmen und unsere Lehen unter den Siegern aufteilen.«

»Was soll's?«, meinte ein anderer. »Warum nicht in der Ferne das Glück suchen? Unten in Italien werden normannische Ritter mit Gold aufgewogen.«

Nigel schüttelte traurig den Kopf.

»Ich habe eine Frau und zwei Söhne. Soll ich davonziehen und meine Familie dem Elend anheimgeben? Lieber krieche ich zu Kreuze und binde mich an einen der großen Herren in der Normandie.«

»Ich hörte von einem Pilger, dass im Süden Italiens viel Unruhe sei«, sinnierte der andere. »Der Patriarch in Konstantinopel streitet mit dem Papst, und auch der deutsche Kaiser will Anspruch auf das Land erheben. Und alle werben Ritter an, die sie reich entlohnen.«

»Vor allem normannische Ritter«, prahlte ein weiterer. »Weil auf dem gesamten Erdkreis bekannt ist, dass wir Normannen unsere Waffen zu gebrauchen wissen.«

Gilbert hörte dem Gerede kaum noch zu. Der Gedanke, sich als Kämpfer für eine fremde Sache zu verdingen, war für ihn völlig absurd. Er war keiner dieser jämmerlichen Burschen, die von überall her in den Ritterstand drängten. Er war von hohem Adel, verwandt mit dem Haus des Herzogs und hatte Anspruch auf ein Lehen und politischen Einfluss.

Aber genau diesen Anspruch hatte er sich vermutlich bei der Rebellion verscherzt. Vorsichtig warf er einen Blick den Tisch hinunter und begegnete den kalten, grauen Augen des jungen Herzogs, die ihn abschätzig musterten. Es wurde ihm heiß – offensichtlich war jetzt die Rede von ihm.

Die Gedanken eilten pfeilschnell durch Gilberts Gehirn, Hoffnung wechselte ab mit tiefer Niedergeschlagenheit. Schon früh hatte sich die Aussichtslosigkeit ihres rebellischen Unterfangens abgezeichnet, doch er war bereits zu tief in Robert Lautmunds Sache verstrickt gewesen, um die Seiten ein zweites Mal zu wechseln. Richard hatte jetzt wieder zu seiner Trinkschale gegriffen und hob sie langsam an die Lippen, während der Erzbischof seine Hand nach einem Teller voll Gebäck ausstreckte. Das Gespräch schien plötzlich eine völlig andere Wendung zu nehmen, denn Robert Evreux drehte die Pastete in seiner Hand, brach sie auseinander und bot Richard die Hälfte davon an. Während der Erzbischof kaute, drückte seine Miene Neugier, dann höchste Zufriedenheit aus, und die Sätze, die er nun mit dem jungen Herzog wechselte, schienen ein Loblied auf die mit Pilzen und Käse gefüllten Pasteten zu sein.

Möge er daran ersticken!, dachte Gilbert, der vor Anspannung die Hand um das Trinkhorn krampfte.

Gegen Mitternacht endlich erhob sich der junge Herzog, winkte seine Getreuen herbei und begab sich in einen mit Vorhängen abgeteilten Nebenraum, wo man ihnen ihre Lagerstätten auf Betten und weichen Polstern bereitet hatte. Auch die anderen Tischgenossen standen nun einer nach dem anderen auf, denn es war ein Gebot der Höflichkeit, die Ruhe des Herzogs nicht zu stören. Jeder suchte sich einen passenden Schlafplatz auf einer Bank oder Truhe, breitete seinen Mantel über sich aus, und wer eine der Mägde erwischen konnte, die die Speisen abräumten, der würde die Nacht unten in der Vorburg auf einem weicheren Lager zubringen dürfen.

Robert Lautmund schlenderte auf seinen Freund zu und legte den Arm um Gilberts Schultern. Er wirkte vollkommen erschöpft, und sein Atem roch nach Wein.

»Es wird glimpflich abgehen«, raunte er Gilbert ins Ohr. »Du wirst Brionne vorerst behalten.«

Misstrauisch sah Gilbert ihn von der Seite an, doch Robert schien trotz des Weingenusses noch alle Sinne beisammenzuhaben.

»Woher wissen Sie das? Hat Ihr Bruder es Ihnen gesagt?«

Robert lachte gedämpft, als fände er dies alles ungeheuer witzig. Er hatte die Gewohnheit, seine Niederlagen in Wein zu ertränken, dann wurde er geschwätzig und machte dümmliche Scherze.

»Der Onkel hat es ihm geraten, und Richard hat versprochen, auf seinen Rat zu hören.«

Gilbert merkte, wie die Anspannung von ihm abfiel. Wenn das stimmte, dann hatte er den Kopf noch einmal aus der Schlinge gezogen.

Robert spürte die Erleichterung seines Freundes und beeilte sich, auch seine eigenen Bemühungen ins rechte Licht zu rücken.

»Auch ich habe für dich gesprochen, Gilbert. Ich habe an deine Taten in Chalon erinnert, obgleich ich wenig Ursache dazu hatte, denn damals hattest du mir die Freundschaft gekündigt. Aber schließlich sollst du nicht durch mich dein Lehen verlieren.«

»Ich danke Ihnen, Robert. Das werde ich Ihnen niemals vergessen.«

Roberts Gesicht leuchtete vor Stolz, er gab Gilbert einen freundschaftlichen Stoß gegen die Schulter, den dieser mit einem ebenso kräftigen Schubs beantwortete. Sie rangelten ein wenig, stießen torkelnd gegen eine Bank und rissen eine

Tischplatte von ihrer Stütze, so dass sie polternd auf die Holzdielen krachte. Robert verzog das Gesicht zu einer komischen Grimasse und mimte tiefstes Erschrecken.

»Psst!«, flüsterte er kichernd und legte den Finger über die Lippen. »Der Herzog schläft.«

»Gehen wir nach unten.«

Im ersten Stockwerk des Turms hörte man die Verwundeten stöhnen. Ein kleiner Teil des Wachensaals war durch Vorhänge abgetrennt worden, dort lagen die Männer auf Stroh und Decken. Sie gehörten allesamt zu jenen Rittern, die die Stadt hatten verteidigen sollen, sie waren die Einzigen, die gegen Richards Männer gekämpft hatten. Die Einnahme der Burg war unblutig gewesen – nach wenigen Tagen der Belagerung hatte Robert spontan entschieden, sich zu ergeben.

Die Frau des Burgmanns hatte die Wunden gewaschen und heilende Verbände aufgelegt, dennoch hatte man noch am Abend nach dem Priester schicken müssen, als zwei der Burschen ihren Verletzungen erlagen. Die drei übrigen waren noch jung und kräftig, so Gott wollte, würden sie sich erholen.

Aus einer Laune heraus schob Robert den Vorhang beiseite, und sogleich schlug ihnen ein unangenehmer Gestank nach Blut und Urin entgegen. Gilbert spürte, wie ihm die Abscheu vor diesem Raum eine Gänsehaut verursachte.

Der Ritter Herluin lag mit weit offenen Augen auf dem Rücken, sein Körper glühte im Fieber.

»Es ist mir leid um ihn«, sagte Robert, dessen übermütige Stimmung plötzlich umgeschlagen war. »Er war ein mutiger Bursche.«

»Vielleicht schafft er es ja«, murmelte Gilbert, der seinen Ekel überwand und bei dem jungen Rotschopf niederkniete. Er hatte eine böse Wunde an der rechten Schulter, die vermutlich von einer Lanze stammte. Falls er tatsächlich genesen sollte, würde er Schwierigkeiten haben, jemals wieder mit der Rechten eine Waffe zu führen.

»Was schwätzt er nur vor sich hin?«

»Wirres Zeug. Er fiebert und sieht allerlei Traumgesichter.«

Gilbert neigte sich über das schweißnasse Gesicht des jungen Mannes und versuchte, das Geflüster zu verstehen. Es waren sinnlose Worte, die er aneinanderreihte. Mal kamen fliegende Schiffe darin vor, dann wieder redete er von kleinen Lichtern, die in die tosende, schwarze See gestreut waren … Und dann vernahm Gilbert einen Namen.

»Arlette? Sagtest du Arlette?«

Der junge Mann beachtete die Frage nicht, vermutlich hörte er Gilbert im Fieber gar nicht.

»Die Tochter des Gerbers … ich will keine Felle kaufen … Arlette … das Kind des Ritters macht deine Augen dunkel … ich trage das Wasser für dich … Arlette …«

Gilbert zuckte die Schultern, erhob sich und klopfte sorgfältig sein Gewand ab.

»Armer Kerl. Er scheint Durst zu haben. Geben wir ihm einen Schluck Wasser.«

Der Fiebernde trank gierig, als man einen Becher an seine Lippen hielt.

»Beten wir für ihn«, murmelte Robert und ließ den Vorhang wieder zufallen.

Im Saal lagen die Ritter kreuz und quer auf Strohsäcken oder Bänken ausgestreckt, viele schnarchten, manche redeten leise im Schlaf, andere zuckten mit Armen und Beinen.

Während sie die Treppe zum zweiten Stock hinaufstiegen, grübelte Gilbert vor sich hin. Arlette – war das nicht diese hübsche Gerberin gewesen? Aber natürlich. Er hatte sie unter einem Apfelbaum genommen, und sie hatte ihn dafür verflucht, diese kleine Hexe.

Ein Kind? Sie hatte ein Kind? Von ihm am Ende? Er rechnete nach und kam darauf, dass dieses Kind – falls es überhaupt eines gab – jetzt ungefähr ein halbes Jahr alt sein musste.

Wenn es ein Sohn wäre … Seine Frau hatte bisher nur Töchter zur Welt gebracht, und auch die hatten nicht lange gelebt.

* * *

Es kostete ihn Überwindung, mit seiner Begleitung in den Gerberhof einzureiten, denn der lästige Gestank stieg ihm bereits aus der Entfernung in die Nase. Ein Köter kläffte sie an, als sie das Tor passierten, unter einem Strohdach waren zwei Männer damit beschäftigt, rohe Häute mit dem gebogenen Gerbermesser zu bearbeiten. Ein Schwarm Vögel erhob sich vom Boden, wo sie die fauligen Fleisch- und Hautreste aufgepickt hatten, weiter hinten befanden sich Gruben und hölzerne Bottiche, in denen dunkle Flüssigkeiten standen.

Einer der beiden Gerber verharrte unbeweglich und glotzte die Reiter mit aufgerissenen Augen an. Der andere war ein dunkelhaariger, junger Bursche, der Gilbert bekannt vorkam.

»Das ist der Bruder des Mädchens«, raunte Lambert seinem Herrn zu. »Er ist ordentlich gewachsen seit dem letzten Jahr, fast hätte ich ihn nicht wiedererkannt.«

Auch Walter war klar, wen er vor sich hatte, und nach dem ersten Erschrecken loderte der lang aufgestaute Hass in ihm hoch. In seinen Wunschträumen hatte er jenem hochnäsigen Knappen dort unzählige Male das Fell gegerbt. Er war inzwischen größer als Lambert, doch der saß zu Pferde, trug einen ledernen Wams über dem Rock, und in seinem geflochtenen Ledergürtel steckte ein zweischneidiger Dolch.

»Ruf den Meister her«, sagte der Ritter in herablassendem Befehlston.

Walters Hände lösten sich nur widerwillig von dem scharf geschliffenen Scherdegen, doch als er sah, dass Fulbert bereits aus der Werkstatt trat, eilte er zum Vater hinüber.

»Das ist der Ritter«, flüsterte er aufgeregt. »Herr Gilbert von Brionne. Der Kerl, der Arlette …«

Fulbert hatte sich verändert während der letzten Wochen. Sein dunkles Haar war an den Schläfen ergraut, und sein Gang, der zwar schwer, aber doch kraftvoll gewesen war, erschien jetzt schleppend. Er schob Walter beiseite und wischte sich die Hände an der Lederschürze ab, bevor er auf die Reiter zutrat. Untertänig, wie es der Brauch war, neigte er sich zum Gruß, doch als er sich wieder aufrichtete, zuckte ein Krampf über seine Wangen.

»Bist du Fulbert, der Gerber? Hast du eine Tochter mit Namen Arlette?«

Fulbert hatte den Mann, der seiner Tochter Gewalt angetan hatte, noch nie von Angesicht zu Angesicht gesehen. Herr Gilbert von Brionne hatte angenehme Gesichtszüge, die nur durch eine kleine Narbe an der Augenbraue etwas entstellt waren.

»Das ist der Name meiner Tochter, Herr …«

»Wo ist sie?«

Fulbert zögert mit der Antwort. Arlette war in die Stadt gegangen, um Honig und Gewürze zu kaufen und ein Weilchen mit ihrer Freundin Godhild zu schwatzen. Vielleicht war es gut, dass sie im Moment nicht auf dem Hof war, denn sie hätte ohne Zweifel Unüberlegtes getan.

In diesem Augenblick vernahm man einen hellen Laut, der nicht der Ruf eines Vogels und auch keinesfalls das Wiehern eines Pferdes war. Gilberts suchender Blick fiel auf eine Holzkiste, die am Eingang der Werkstatt stand; ein kleiner Fuß war zu sehen, der gleich wieder verschwand, dann kam ein Arm zum Vorschein.

Er ritt näher. Das Kind wirkte kräftig und fuchtelte zornig mit kleinen, festen Fäusten herum. Wie alt es war, konnte er schlecht abschätzen, kleine Kinder waren ihm gleichgültig – Weiberkram –, auch schien es ihm nicht wohlgestaltet mit seinem roten, vom Schreien verzerrten Gesichtchen. Aber immerhin …

»Ist es ein Knabe?«

In Fulberts Gemüt brodelte es. Wehrlos hatte er alles Unglück hinnehmen müssen, den Raub und die Verwüstungen, den Tod seiner Frau und nicht zuletzt die Schande, die seiner Tochter widerfahren war. Was wollte der Ritter auf dem Gerberhof? Weshalb fragte er nach Arlette? Besah das Kind? Trotz aller Verzweiflung glomm eine winzige Hoffnung in ihm auf. Kam der Ritter etwa, um Arlette als seine Geliebte zu sich zu nehmen? In diesem Fall hätte sie ihr Glück gemacht, denn man würde sie mit Gütern und Besitz ausstatten, und ihr Sohn hätte Anrecht auf ein Erbteil seines Vaters. War Gilbert von Brionne deshalb hier? Hatte Gott beschlossen, dem Elend der Tochter ein Ende zu machen?

»Es ist Ihr Sohn, Herr«, gab er zur Antwort. »Er ist gesund und stark. Wir haben ihm den Namen Richard gegeben.«

Die letztgehörte Nachricht erfreute Gilbert nur wenig – aber warum auch nicht? Wahrscheinlich war es sogar recht klug.

»Ein Sohn, sagst du?«, fragte er mit schrägem Grinsen. »Zieh ihn aus, ich will es selbst sehen!«

Fulbert hob den Kittel des Kindes und streifte die Windel herunter. Der kleine Kerl hatte dunkle, runzlige Hoden, da es kühl war, hob sich der Penis ein wenig und spritzte das Hemd nass. Die Ritter begannen zu lachen.

»Der pisst jetzt schon weiter, als ein Klosterbruder spucken kann!«

Fulbert lachte mit den Herren mit, nur Walter stand mit hängenden Armen da, ballte die Fäuste und hasste den Vater dafür, dass er das Kind vor diesen Kerlen zur Schau stellte.

Gilbert nickte zufrieden. Es war ein Sohn, und er zweifelte nicht an seiner Vaterschaft, denn das Mädchen war noch unberührt gewesen. Es erboste ihn jetzt mächtig, dass sein eigen Fleisch und Blut zwischen fauligen Häuten und stinkenden Gerbergruben aufwuchs.

»Sie haben meine Tochter in Schande gebracht, Herr«, begann Fulbert seine Verhandlung. »Es ist nicht leicht für sie, die Verachtung der Leute zu ertragen und dieses Kind aufzuziehen.«

Gilbert wandte den Kopf zur Seite und blinzelte unlustig in die Sonne. Er hatte nicht vor, sich mit langem Geschwätz aufzuhalten.

»Ich will mich großzügig zeigen, Fulbert«, sagte er. »Auch wenn deine Tochter es nicht verdient – ich werde für sie sorgen.«

»Niemand verdient es mehr als Arlette«, rief Fulbert. Es

war nicht leicht, gegen das Sonnenlicht die Züge des Reiters zu deuten. »Ich gebe meine Tochter nicht gern her, denn ich bin Witwer und hänge an dem Mädel. Doch wenn Sie Arlette und Ihren Sohn zu sich nehmen wollen, werden Sie es niemals bereuen!«

Gilbert schob den Mantel zurück, darunter trug er einen ledernen Wams und grüne, bestickte Reithosen aus wollenem Tuch. Mit flinken Fingern begann er, einen kleinen Beutel von seinem Gürtel abzuknüpfen.

»Du kannst deine Tochter behalten«, sagte er mit einem abschätzigen Blick auf den Gerber. »Ich will nur das Kind. Du bekommst dafür eine Summe, über die ich nicht verhandeln werde.«

Fulberts Hoffnungen sanken in sich zusammen, stattdessen verspürte er bittere Ernüchterung. So war es also gemeint, friss oder stirb, ich nehme mir, was ich will, und du hast damit zufrieden zu sein. Der lang zurückgehaltene Zorn stieg in ihm hoch, und er bereute es zutiefst, dem Ritter die Wahrheit gesagt zu haben.

»Mein Enkel ist mir nicht feil, Herr!«

Gilbert schien keinen Widerspruch erwartet zu haben, denn er zog erstaunt die Augenbrauen in die Höhe.

»Bist du verrückt, Gerber? Ich bin bereit, dieses Balg als meinen Sohn anzuerkennen, werde ihn an meinem Hof erziehen lassen und ihn zum Ritter machen. Dazu erhältst du noch Geld – du solltest mir auf Knien für meine Güte danken.«

»Ich bin keiner, der sein eigen Fleisch und Blut verkauft, Herr. Meine Tochter hängt an diesem Kind, sie wird vor Verzweiflung sterben, wenn ich es weggebe.«

Erregung packte die Begleiter des Grafen, denn eine solche Frechheit musste bestraft werden. Lambert hatte schon kampflustig die Hand am Griff seines Dolches, da spürte er den Blick seines Herrn, der kurz auf ihm ruhte und dann hinüber zu dem Kasten glitt, in dem das Kind strampelte. Lambert verstand den Hinweis und hielt sich bereit.

»Schlimm für dich, dass du so starrsinnig bist«, bemerkte Gilbert. »Ich werde jedenfalls nicht zulassen, dass mein Sohn ein stinkender Gerber wird.«

Auf einen Wink seines Herrn glitt Lambert vom Pferd, und als Fulbert begriff, was geschah, war es bereits zu spät. Der Knappe hatte das schreiende Kind gefasst und reichte es seinem Herrn auf den Sattel hinauf. Rasch griff Gilbert zu, denn Walter stürzte sich mit einem wütenden Aufschrei auf den Knappen und riss ihn zu Boden. Fulbert musste seinen Sohn mit Gewalt von seinem Gegner zerren, um ihn vor den Dolchen der Reiter zu bewahren, die ihrem Genossen zu Hilfe eilten.

Dann ritten die Herren davon und nahmen das jammernde Kind mit sich. Walter weinte vor Wut, Fulbert stand da wie versteinert. Nur der alte Hofhund Korre lief mit wütendem Gebell hinter den Reitern her, bis ihn seine Kräfte verließen.

* * *

»Noch heute?«

Robert stieß unwillig gegen das Spielbrett, so dass sich die Tabula-Steine verschoben und einige sogar auf den Boden rollten. Seitdem Richard mit seinen Rittern die Burg verlassen hatte und zurück nach Rouen geritten war, hatte sich der Besiegte der Spielwut ergeben. Man saß bei geschlossenem Fensterladen in dem von Kerzen und Hängelampen erleuchteten Raum, trank Wein und ließ sich die Speisen hinauftragen. Jeder seiner Getreuen musste gegen Robert antreten, und alle waren verzweifelt bemüht, ihren Herrn gewinnen zu lassen, um nicht Opfer seiner schlechten Laune zu werden.

»Es muss sein, mein Freund«, sagte Gilbert mit Bedauern in der Stimme. »Nach all den Unruhen braucht Brionne nun eine feste Hand.«

»Du hast davon geredet, gemeinsam auf die Jagd zu reiten …«

»Ich werde in wenigen Wochen zurückkehren. Überdies könnten wir auch in Brionne jagen – ich werde glücklich über Ihren Besuch sein.«

Die Einladung erschien Robert eher als eine höfliche Art, sich freizukaufen.

»Dann lass uns wenigstens noch ein Spiel miteinander machen«, schlug Robert missgelaunt vor. »Du bist mir eine Revanche schuldig, Gilbert.«

Dagegen war nichts einzuwenden. Gilbert ließ sich Robert gegenüber nieder und besah mit Neid das schön gefertigte Spielbrett, auf dem Fabeltiere und bewaffnete Krieger miteinander kämpften und lange Bänder komplizierte Knotenmuster bildeten. Auch die runden Spielsteine aus Knochen waren hübsch geschnitzt, besonders jene, die zwei Menschen beim Liebesakt darstellten, wozu sich der Schnitzer allerhand hatte einfallen lassen.

»Das gefällt dir, wie? Ich habe es einem Händler aus Colonia abgekauft.«

Robert sah grinsend zu, wie sein Freund einen der Spielsteine in den Fingern drehte. Gilbert grinste zurück und begann, seine Steine zu setzen. Er hatte nicht vor, das Spiel allzu lange auszudehnen, deshalb war er fest entschlossen, Robert gewinnen zu lassen. Inzwischen würden seine Leute hoffentlich alles zusammengepackt und die Pferde gesattelt haben.

»Deine Ehefrau wird große Sehnsucht nach dir haben«, bemerkte Robert und warf den Würfel. »Es stehen dir zärtliche Nächte bevor, mein Freund.«

»Gewiss …«

Muriel würde ganz sicher nicht erfreut sein, brachte er ihr doch seinen unehelichen Sohn, den sie aufziehen sollte. Aber sie würde sich fügen, dafür würde er schon sorgen. Im Grunde war Muriel ihm längst langweilig geworden, ihre sanfte Anhänglichkeit, der sehnsüchtige Augenaufschlag und ihre Bereitwilligkeit auf dem Lager – das alles war lästig wie klebriger Honig an den Fingern.

Er würfelte ebenfalls, seine Zahl war geringer, also würde Robert beginnen. Hinter ihm stand Jean le Païen – Jean der Heide –, einer von Roberts Getreuen, und sah seinem Herrn über die Schulter. Gilbert ärgerte sich darüber, denn der Bursche würde Robert ganz sicher Hinweise geben. Dabei wollte er ihn ohnehin gewinnen lassen.

Robert würfelte und hob gerade die Hand, um die ersten Steine zu setzen, da drang plötzlich Lärm zu ihnen hinauf. Männer fluchten unten im Burghof, ein Schwein quiekte, Hunde kläfften, dann hörte man das laute Kreischen einer Frau.

Robert kümmerte sich nicht darum, er war vollkommen ins Spiel versunken. Auch Gilbert tat, als habe er nichts gehört, doch er biss wütend die Zähne aufeinander, denn er ahnte sehr wohl, was dort unten in der Vorburg geschah. Er hatte den Torwachen streng befohlen, dieses Mädchen nicht in die Burg zu lassen. Wie zum Teufel hatte sie es geschafft, an den Männern vorbeizukommen?

»Schaut euch die an!«

Einer von Roberts Getreuen war neugierig ans Fenster getreten und hatte den Laden aufgestoßen. Ein schmaler Streifen Tageslicht durchflutete den Raum, der bisher nur vom Schein der Kerzen und Öllampen beleuchtet gewesen war. Robert blinzelte und blickte, einen Stein zwischen den Fingern, ärgerlich vom Spiel auf. Das Geschrei der Frau drang jetzt lauter in den Raum hinein, sie schien vollkommen außer Rand und Band zu sein.

»Verflucht, mach den Laden zu«, knurrte er den Mann an. »Wenn ich etwas hasse, dann sind das Mägde, die sich um einen Korb Eier streiten.«

»Das ist keine Magd. Beim heiligen Sebastian – was für ein Satansweib.«

»Die würde ich mir auch gern einfangen. Was für langes Haar sie hat. Sapperlot – jetzt tritt sie mit den Füßen.«

»Man konnte das Bein bis hinauf zum Schenkel sehen, als ihr das Kleid hochrutschte.«

Gilbert griff seelenruhig nach dem Würfel und ließ ihn über den Spieltisch rollen.

»Macht endlich den Laden zu«, befahl er in scharfem Ton.

Doch Robert war jetzt plötzlich anderen Sinnes geworden. Er erhob sich, schob die Männer beiseite und spähte nach draußen auf die Vorburg. Was er dort erblickte, erschien ihm weitaus erregender als ein Tabula-Spiel. Ein Mädchen rannte mit fliegendem Kleid über den Platz, sprang gewandt wie eine Katze über einen Stapel Feuerholz, duckte sich und begann, die verdutzten Wächter mit Holzscheiten zu bewerfen. Knechte und Mägde waren herbeigelaufen, lachten und schimpften, Hühner flüchteten gackernd, ein Wagner, der das Rad einer Karre instand setzte, ließ sein Werkzeug fallen, als eines der Scheite dicht an seinem Schädel vorbeisauste.

Robert begann zu lachen. Das Weibsbild gebärdete sich wie eine Irrsinnige; jetzt hatte ein Knecht sie am Kleid gepackt, doch sie fuhr ihm mit den Fingern ins Gesicht, und er musste sie loslassen. Sie schien zur Hauptburg hinüber zu wollen. Was schrie sie nur die ganze Zeit über?

»He – ich glaube gar, sie ruft nach Herrn Gilbert!«, sagte einer seiner Getreuen mit breitem Grinsen und fing sich einen wütenden Blick des Herrn von Brionne ein.

Inzwischen waren einige der Knappen aus der Hauptburg herbeigelaufen und nahmen das Mädchen in die Zange. Dicht vor der hölzernen Brücke wurde sie von mehreren Burschen gepackt, man riss ihr die Arme auf den Rücken und zwang sie in die Knie. Das lange Haar fiel ihr übers Gesicht, doch sie schrie mit überschnappender Stimme weiter. Sie klang verzweifelt.

»Warum hat sie deinen Namen gerufen?«, wollte Robert wissen, der fasziniert beobachtete, wie die Männer das Mädchen über den Platz schleiften. Sie wehrte sich immer noch wie eine Besessene – wie war es möglich, dass einem Weib solche Kräfte innewohnten?

»Was weiß ich«, murmelte Gilbert. »Lass uns unser Spiel beenden.«

Doch Robert hatte jetzt alle Begeisterung für das Tabula-Spiel verloren. Er winkte Jean le Païen zu sich und befahl ihm, herauszufinden, was die Frau auf der Burg gewollt hatte.

»Lass es«, fiel Gilbert dazwischen. »Ich kann es Ihnen sagen. Sie hat nach mir gesucht.«

»Eine deiner Liebschaften?«

»Gut geraten, mein Freund.« Gilbert grinste mit unverhohlenem Stolz.

Robert lächelte ihm verständnisinnig zu, doch insgeheim stieg Eifersucht in ihm auf. Wie brachte es dieser Bursche nur fertig, dass ein Mädchen aus Liebe zu ihm schier den Verstand verlor? Es war schön, dieses junge Weib. Wie leidenschaftlich ihr Zorn, wie leichtfüßig sie war – ihre Bewegungen erinnerten an einen wilden, ekstatischen Tanz.

»Warum willst du nichts mehr von ihr wissen?«

Gilbert zuckte mit den Schultern. »Sie ist eine Gerberin, mein Freund«, teilte er Robert mit. »Sie stinkt so, dass man sie zunächst baden muss, bevor man sie nimmt. Und außerdem hat sie ein scharfes Mundwerk, die Kleine.«

Robert Lautmund schien die Antwort sehr aufzuheitern, sein Gelächter klang fast schadenfroh.

»Du kannst sie nicht bändigen, wie?«, rief er höhnisch.

Gilbert ärgerte sich über den Spott. Ausgerechnet Robert Lautmund, über den sogar die Mägde auf der Burg lachten, wollte ihm erzählen, wie man mit einem Weib umging! Doch er hatte keine Ursache, seinen Freund zu verärgern, deshalb blieb er gelassen.

»Ich habe jetzt nicht die Zeit, mich um diese Hure zu kümmern. Ich reite nach Brionne zu meiner Familie.«

Er sah das Jagdfieber in Roberts Gesicht und schmunzelte. Es war nicht das erste Mal, dass er Robert eine seiner abgelegten Liebschaften zuführte, denn der arme Busche war nicht sehr geschickt in der Kunst, einem Weib zu gefallen.

»Sie wollen sie haben?«, fragte er grinsend.

»Kann sein …«

»Spielen wir um sie.«

Robert stand einen Moment verblüfft da, dann stieß er Gilbert gegen die Brust und lachte laut auf. Was für ein grandioser Vorschlag! Er rieb sich die Hände, stellte das Spielbrett zurecht, setzte die Steine, und die Partie begann von Neuem. Ein Spiel um einen solchen Einsatz war ganz nach seinem Herzen, er war wie im Fieber und warf den Würfel so heftig, dass er von dem kleinen Spieltisch auf den Boden rollte. Jean le Païen hob den Würfel auf und legte ihn vor seinen Herrn auf das Spielbrett, genau auf eines der Fabeltiere, das von einem Jäger mit dem langen Spieß durchbohrt wurde. Er lächelte, und seine Augen wanderten zwischen Gilbert und Robert hin und her.

Auch die übrigen Männer hatten sich um die beiden Spieler geschart und verfolgten die einzelnen Züge voller Spannung, flüsterten sich leise Worte zu und traten von einem Fuß auf den anderen, wenn einer der Spieler gar zu lange zögerte, seine Steine zu postieren. Robert Lautmund setzte alles daran, die Partie und den Preis zu gewinnen, während sein Gegner sich die größte Mühe gab, so geschickt zu unterliegen, dass es keinen Verdacht erregte. Es war nicht einfach, denn Robert Lautmund schien vom Pech verfolgt zu sein, das ihm die unglücklichsten Würfelzahlen bescherte. Zähneknirschend musste Gilbert haarsträubende, zutiefst beschämende Fehler begehen, die ihn dem Gelächter und Gezische der Zuschauer aussetzten. Zum Glück war Robert Lautmund von der Gier nach dem Sieg so besessen, dass er die Finten seines Gegners gar nicht bemerkte.

Als Robert Lautmund endlich, nach aufreibendem Kampf, seine Steine sicher eingebracht hatte, schob Gilbert das Spielbrett mit einem tiefen Seufzer von sich.

»Ich gebe mich geschlagen«, knurrte er und verbarg nur mühsam seine Erleichterung. »Sie heißt Arlette und ist die Tochter des Gerbers Fulbert. Aber sehen Sie sich vor, dass hnen die kleine Teufelin nicht die Finger abbeißt – ich habe Sie gewarnt.«

Robert überließ sich der Hochstimmung seines Sieges, er verteilte großzügig Geschenke und ließ Wein bringen; bis in die Nacht feierte er seinen Gewinn so leidenschaftlich, als sei er heute Herzog der Normandie geworden.

Sein Freund Gilbert, der zu dieser Zeit längst aufgebrochen war, ritt reich beschenkt nach Brionne, auch das hübsche Tabula-Spiel befand sich in seinem Gepäck. Er hatte es eilig, denn er musste die kleine Reisegruppe einholen, die er wohlweislich schon am Vormittag nach Brionne geschickt hatte. Vier Reiter, die einen Karren begleiteten, auf dem zwei Mägde saßen und sich um das plärrende Kind kümmerten.

* * *

»Wird sie sterben?«

Fulbert kniete neben dem Lager seiner Tochter und starrte voller Angst auf deren schweißnasses Gesicht. Immer noch wurde ihr Körper von Krämpfen geschüttelt, und sie hatte die Zähne so fest zusammengebissen, dass Godhild große Mühe gehabt hatte, ihr einen beruhigenden Trank einzuflößen.

»Sie wird jetzt schlafen …«

Leute aus der Stadt waren zum Gerberhof gelaufen und hatten berichtet, dass die Tochter des Gerbers den Verstand verloren habe.

Sie hocke vor dem Tor der Burg, habe Schaum vor dem Mund und heule wie eine Wölfin. Osbern und Fulbert hatten daraufhin hastig die Stute vor den Karren gespannt und waren zur Burg hinaufgefahren. Sie hatten Arlette, die um sich schlug und weder den Vater noch den Bruder zu erkennen schien, mit Gewalt auf den Karren zerren müssen.

Fulbert strich seiner Tochter die nassen Strähnen aus dem Gesicht und streichelte mit rauem Finger ihre Wange. Das Mädchen war bleich wie eine Tote, ihre Augen waren eingesunken, die trockenen Lippen blutverkrustet. Er begann zu schluchzen. Wollte das Unglück ihn denn gar nicht verlassen? Hatte er nicht schon seine Frau verloren? Nun auch noch den Enkel und am Ende gar die Tochter, seinen Augenstern, das Kind, auf das er so stolz war, in das er so viele Hoffnungen gesetzt hatte und das von Gott zu einem Leben voller Dornen und Leid bestimmt war.

»Sie wird nicht sterben«, murmelte Godhild und legte eine Decke über die Schlafende. »Deine Tochter ist stark.«

Fulbert erhob sich schwerfällig und blieb in gebeugter Haltung vor dem Lager stehen. Zweifelnd blickte er auf Godhild, die am Feuer einen Sud aus seltsam geformten Wurzeln gebraut hatte, Alraunen, die vertrockneten Menschlein glichen und sich im brodelnden Wasser zu Erddämonen wandelten – Teufelswerk. Zwar hatte Godhild leise Gebete gemurmelt, als sie Arlette den Trank einflößte, doch wer konnte schon wissen, ob der Zauber der alten Geister nicht stärker war als die heiligen Worte?

Arlettes Augenlider zitterten, trotz der starken Wirkung des Trankes schien der Wahnsinn weiterhin in ihrem Hirn zu wüten. Godhild ahnte, dass sie immer und immer wieder den Augenblick durchlebte, da sie auf den Gerberhof zurückkehrte und ihr Kind nicht mehr vorfand. Die verlegenen Ausflüchte des Vaters, das zerschlagene Gesicht ihres Bruders, das Schweigen und endlich die wenigen Worte, die ihr die ganze, entsetzliche Wahrheit verkündeten.

Er hatte ihren Sohn mitgenommen.

Sie lag bis zum späten Nachmittag, betäubt von den Kräften der Mandragora, sank immer tiefer in kühle, erlösende Dunkelheit und verlor zuletzt auch die Träume.

»Menschenwurzel keimt in dir«, flüsterte Godhild. »Wächst wie das Gras, grünt wie der Busch, steigt in die Höhe wie der Baum. Frisst das Gift bröckchenweis, trinkt das Leid tröpfchenweis, bannt den Wahn Glied um Glied …«

Als sie gegen Abend langsam aus der Bewusstlosigkeit erwachte, war ihr Kopf dumpf, ihr Körper schmerzte, und selbst die kleinste Bewegung kostete sie unendliche Mühe.

»Iss!«, befahl Godhild und hielt ihr eine Schale mit Brei vor.

Arlette wandte den Kopf zur Seite – allein der Geruch des Gerstenbreis war ihr zuwider.

Godhild ließ nicht locker. Schließlich platzte sie wütend heraus: »Du dumme Ziege! Ich sitze seit gestern Abend an deinem Lager, habe nicht geschlafen, kaum gegessen, dafür aber zwei Geburten abgesagt, bei denen ich ein hübsches Sümmchen Geld hätte verdienen können. Wenn du jetzt nicht diesen verfluchten Brei schluckst, ist es aus mit meiner Freundschaft!«

»Dann ist es eben aus!«, murmelte Arlette. »Geh ruhig, ich brauche dich nicht. Ich brauche niemanden …«

»Iss!«

Godhilds Beharrlichkeit war grenzenlos, und Arlette hatte nicht mehr die Kraft, sich zu widersetzen. Widerwillig nahm sie einen Löffel voll Brei, verzog das Gesicht und schluckte.

»Finde dich damit ab«, sagte Godhild. »Du wirst von nun an ohne deinen Sohn leben.«

»Nein …«

»Er wird wie ein Ritter erzogen werden. Willst du ihm das nehmen?«

»Mein Sohn gehört zu mir!«

»Aber du bekommst ihn nicht«, gab die Hebamme herzlos zurück. »Je eher du das einsiehst, desto besser für dich.«

Arlette spürte ihr Herz hämmern. Niemals würde sie sich damit abfinden, dass man ihr dieses Kind gestohlen hatte. Es war alles, was ihr geblieben war, das einzige Wesen auf Erden, das sie mit ganzer Hingabe liebte …

»Ich werde nach Brionne gehen und so lange vor dem Tor der Burg sitzen, bis man mich einlässt. Ich werde meinen Sohn zurückbekommen oder sterben!«

»Hör zu, Arlette«, sagte Godhild leise. »Ich weiß recht gut, wie es ist, wenn einem das eigene Kind fortgenommen wird. Es ist, als würde einem ein Stück Fleisch herausgerissen, und die Wunde blutet ein Leben lang.«

Ungläubig sah Arlette die Freundin an. Erzählte sie ihr eine Geschichte, die sie irgendwo gehört hatte? Oder redete sie gar von sich selbst?

»Du weißt, wie das ist …?«

»Es ist so, als ginge man durchs Höllenfeuer«, sagte Godhild mit gesenktem Kopf. Sie blickte Arlette nicht an. »Man spürt, wie die Flammen an einem emporlodern, und glaubt, in der Hitze des Feuers umkommen zu müssen. Und doch kann man das Feuer durchqueren und lebendig daraus hervorgehen.«

Arlette begriff plötzlich, dass Godhild ihre Heimat damals nicht freiwillig verlassen hatte. Es musste ihr etwas Schlimmes zugestoßen sein, das sie ganz allein in die Fremde getrieben hatte.

»Du hattest auch ein Kind?«, fragte Arlette voller Mitleid. »Du hast nie …«

Hufschlag ertönte, der Hund bellte. Ein Reiter war in den Hof gesprengt. Sie hörten das Pferd schnauben, das rasch und hart gezügelt wurde, ein Huhn stob gackernd davon.

»Wo ist Fulbert, der Gerber?«

Die beiden Frauen sahen sich an, Arlette war das Wort im Mund stecken geblieben. Sie hatten die Stimme dieses Mannes noch nie gehört, doch alles an seiner Art und Weise, zu reden, deutete darauf hin, dass er weder ein Händler noch ein Handwerker war.

»Bleib ruhig«, flüsterte Godhild und fasste die Hand ihrer Freundin, die plötzlich am ganzen Leib zitterte.

Gleich darauf wurde die Tür geöffnet, das Licht der Öllampe flackerte im Luftzug, und zwei Männer traten ins Haus. Der eine war Fulbert, noch in der Gerberschürze, das Gesicht staubig, die Hände braun vom Gerberfett. Der andere war wie ein Herr gekleidet, trug eine runde, glänzende Fibel am grünen Mantel, und sein Haar war schwarz wie das Gefieder des Raben.

»Meine Tochter ist krank, Herr«, sagte Fulbert aufgeregt. »Sie wird dem Grafen keine Antwort geben können.«

Eine irrwitzige Hoffnung durchzuckte Arlette. Langsam erhob sie sich, lehnte sich blass und zitternd gegen die Wand und ordnete ihr Kleid.

Die Augen des unbekannten Ritters waren so schwarz wie sein Haar, und die rote Flamme des Öllämpchens schien darin zu flackern. Er lächelte und neigte sich ein wenig, als wolle er sie grüßen wie eine hochgestellte Frau.

»Sie sind Arlette, die Tochter des Gerbers Fulbert?«

Arlette drückte sich gegen die Wand, bis sie die Hölzer hart im Rücken spürte, um sich zu vergewissern, dass sie nicht wieder in einen ihrer Fieberträume gesunken war. Er redete sie an wie eine Adelige, es konnte eigentlich nur ein Traum sein.

»Die bin ich ...«

Der Ritter neigte sich ein zweites Mal, und sein Lächeln erschien ihr starr und unverständlich. Machte er sich über sie lustig, oder hatte er gar Mitleid mit ihr?

»Mein Herr hat großen Gefallen an Ihnen gefunden und lässt Sie auf die Burg bitten. Wenn Sie bereit sind, so werde ich Sie geleiten, Arlette ...«

Sie begriff nichts. Hatte er sich besonnen? Wollte er sie zu sich holen? Würde sie ihren Sohn wieder in die Arme nehmen können?

»Sie wollen mich nach Brionne geleiten?«

Er begriff den Irrtum und sah für einen Augenblick zu Boden.

Dann gefror sein Lächeln, und sein Mund wurde hart.

»Nicht nach Brionne, Arlette. Es ist Graf Robert, der mich zu Ihnen geschickt hat, der Herr des Hiémois und der Burg Falaise.«

Sie schien den Sinn seiner Worte nicht zu verstehen und fuhr fort, ihn mit weit aufgerissenen Augen anzustarren. Dann plötzlich verzerrten sich ihre Züge, und sie stieß ein gellendes Gelächter aus.

»Ich sagte Ihnen doch, dass meine Tochter krank ist, Herr«, rief Fulbert verzweifelt. »Man hat ihr das Kind genommen, und der Kummer darüber hat ihr Wahnsinn und Fieber gebracht. Bitten Sie den Grafen um Nachsicht, sie wird sich beruhigen und ihm dann eine angemessene Antwort geben ...«

»Ich bin ganz ruhig«, platzte Arlette dazwischen. »Und ich gebe meine Antwort jetzt. Hören Sie mir gut zu!«

»Sei still«, zischte Godhild. »Willst du dich endgültig ins Elend stürzen?«

Arlette trat einen Schritt vor, ihr Atem ging heftig, und sie bebte wie im Fieber. Mit schmalen Augen sah sie auf den Boten; sie verabscheute sein höfisches Lächeln, das er wie einen Schild vor sich hertrug.

»Sagen Sie Ihrem Herrn, dass ich nicht zu ihm kommen werde wie eine Magd, die sich bei Nacht durch eine Nebentür in die Burg schleicht. Wenn ich zu ihm kommen soll, dann muss er mir ein kostbares Gewand bringen lassen, dazu Schuhe und seidene Tücher. Auf einem Zelter will ich durch das Burgtor reiten, vor aller Augen, und vier seiner besten Ritter sollen mich geleiten wie eine Gräfin. Das ist meine Antwort an Robert Lautmund.«

Schweigen folgte ihrer Rede, Fulbert schlug langsam die Hände vors Gesicht, Godhild stand mit offenem Mund da, ihre Nase war weiß vor Entsetzen. Nur der Ritter schien unbeeindruckt, doch seine schwarzen Augen ruhten forschend auf Arlette, als gäbe es etwas an ihr zu entdecken, das für ihn neu und geheimnisvoll war.

»Ich werde die Antwort überbringen«, sagte er dann, wandte sich um und verließ das Haus des Gerbers.

Sie hörten, wie er vom Hof ritt und das Pferd auf dem Weg galoppieren ließ, dann trat wieder Stille ein, und Arlette hatte das Gefühl, von zwei Seiten mit Blicken durchbohrt zu werden.

»Willst du denn unbedingt am Galgen enden?«, jammerte Fulbert und raufte sich das Haar. »O Gott, Doda hatte recht: Dein Hochmut wird uns alle ins Verderben stürzen.«

Langsam kam Arlette zur Besinnung, und sie begriff, was sie getan hatte. Robert Lautmund konnte launisch sein; auf dem Markt hatte er einmal einen Händler geschlagen, der ihm eine minderwertige Ware angeboten hatte.

»Er wird darüber lachen«, flüsterte sie unsicher. »Man sagt, er liebt Späße.«

Fulbert machte eine hilflose Bewegung mit den Händen, dann drehte er sich um und schlug die Tür hinter sich zu.

Auch Godhild wandte sich von Arlette ab. Sie sammelte ein, was sie mitgebracht hatte, schüttete den Sud aus dem Topf in einen kleinen Krug und band ein Tuch darüber, bevor sie ihn in ihren Korb stellte.

»Du bist dümmer als jedes Huhn hier auf dem Hof«, schalt sie. »Ein Goldstück hat man dir vor die Füße geworfen, und du trittst es in den Staub.«

Ohne eine Antwort abzuwarten, ging sie hinaus.

Arlette blieb allein zurück, stierte vor sich hin und spürte, wie ihr Herz vor Angst heftig klopfte. Langsam raffte sie sich auf und begann die Mahlzeit für die Männer zuzubereiten, wie sie es gewohnt war. Anschließend saß sie stumm in einer Ecke und sah den anderen beim Essen zu, drückte den Hund an sich und starrte ins Feuer. Als Walter ihr mitleidig über die Wange strich und fragte, ob es besser ginge, lächelte sie verlegen – der Vater hatte ihnen nichts erzählt, sie ahnten nicht, welches Verderben sie heraufbeschworen hatte.

In der Nacht fand sie keinen Schlaf, hockte zusammengekauert auf ihrem Lager, eine Decke um die Schultern gewickelt, und lauschte auf die Bewegungen des Vaters hinter dem Vorhang. Er wälzte sich unruhig hin und her, manchmal hörte sie sein leises Stöhnen, dann sah sie in grellen Traumbildern, wie die Ritter des Grafen den Hof verwüsteten und den Vater zum Richtplatz führten.

»Verzeih mir, Vater«, flüsterte sie. »Verzeiht mir alle.«

Doch er hörte sie nicht, und sie hatte nicht den Mut, den Vorhang zu heben und zu ihm aufs Lager zu kriechen. Erst gegen Morgen fiel sie erschöpft in einen tiefen, traumlosen Schlaf.

Jemand riss an ihrem Arm, rief immer wieder ihren Namen.

»Arlette, wach auf! Du musst weglaufen. Sie kommen, dich zu holen!«

Sie fuhr auf. Walter beugte sich über sie und zerrte aufgeregt an ihrem Ärmel, fasste jetzt sogar ihr langes, zerzaustes Haar.

»Steh endlich auf, sie sind schon im Hof!«

Das Bewusstsein überkam sie wie eine schwere Last. Es war so weit – wenigstens holte man nur sie allein, vielleicht würde man die anderen ja verschonen.

Langsam erhob sie sich, klopfte das Kleid ab und fuhr sich mit den Fingern durchs Haar. Nein, sie würde nicht davonlaufen; es hätte auch wenig Sinn, wenn die Knechte des Grafen schon auf dem Hof warteten. Sie würde für das, was sie angerichtet hatte, einstehen. Würde man ihr wenigstens Zeit lassen, sich zu kämmen? Den Mantel umzulegen? Oder würde man sie gleich fortschleppen?

Walter wollte sie die Treppe zum Dachboden hinaufschieben, um sie dort unter dem Stroh zu verbergen, doch sie schüttelte den Kopf und öffnete die Tür. Hell schoss ihr die Morgensonne in die Augen und ließ sie blinzeln, so dass die Männer draußen im Hof für einen Augenblick zu goldenen Lichtkreisen verschwammen.

Vor ihr stand der schwarzhaarige Ritter, der gestern als Bote auf den Hof gekommen war. Bunter Stoff hing über seinen ausgestreckten Armen und raschelte sanft im Wind wie eine Fahne.

»Mein Herr sendet Ihnen dieses Kleid, dazu Tücher, Schuhe und einen Kamm aus reinem Silber. Er hofft, dass seine Geschenke Ihren Gefallen finden.«

Sie schwankte ein wenig, als sie die Augen von dem Stoff hob und die Reiter ansah, die auf dem Hof warteten. Einer von ihnen führte ein Pferd mit Sattel, ein reich verziertes, kostbares Stück, das ganz sicher nicht hierzulande hergestellt worden war.

»Kleiden Sie sich an, Arlette«, sagte der schwarzhaarige Ritter leise zu ihr. »Mein Herr erwartet Sie mit Ungeduld auf der Burg.«

* * *

Sie begriff die Worte erst, als er sie wiederholte, dann erfasste sie ein heftiger Schwindel, und sie musste sich gegen den Türpfosten lehnen. Die hölzerne Scheune verschwamm vor ihren Augen, der strohgedeckte Unterstand mit den Schabebäumen und Gruben schien über dem Erdboden zu schweben, das fahle Gesicht des Vaters zog an ihr vorüber, Walters halb geöffneter Mund, die stieren Augen der Knechte.

Ein Fiebertraum. Nein, schlimmer noch. Ein teuflisches Trugbild, eine jener Gaukeleien, mit denen Satan die Seelen der Menschen einfing, um sie der ewigen Verdammnis anheimzugeben. Hatte Grimald, der Priester, nicht stets von solchen Dingen geredet? Auch Doda hatte daran geglaubt.

Doch der Stoff, den der Ritter ihr nun in den Arm legte, fühlte sich kühl und schwer an und war keineswegs aus Traumfäden gewebt, sondern aus guter Wolle und teurer Seide. Konnte man ein Trugbild anfassen? Sich damit kleiden?

»Wir erwarten Sie …«

Benommen stolperte sie rückwärts ins Wohnhaus. Eine Henne, die hinter ihr gescharrt hatte, wich ihr aus und gackerte empört. Das vertraute Geräusch brachte Arlette wieder zu sich. Nein, sie träumte nicht, sie befand sich in ihrem dämmrigen, stickigen Elternhaus, die hölzernen Läden vor den beiden kleinen Fenstern waren noch geschlossen, und von der glimmenden Feuerstelle stieg beißender Rauch zum Abzug auf. Doch in ihren Händen trug sie unfassbare Kostbarkeiten, und Walter, der ihr gefolgt war, stellte weitere Geschenke auf dem mit Streu bedeckten Lehmboden ab. Silber blitzte auf, eine schmale Kanne, eine kleine ziselierte Schale und ein mit Elfenbein eingelegtes Kästchen. Als sie es zaghaft öffnete, fand sie darin einen gebogenen Kamm und einen kleinen Handspiegel, dazu silberne Ohrgehänge, Fibeln sowie eine Kette mit einem Anhänger aus bunter Emaille.

Walters Hände zitterten, sein Blick streifte sie, scheu, als sei sie eine Fremde, dann ging er hinaus und schloss die knarrende Tür hinter sich.

Was hatte Godhild noch gestern gesagt? Ein Goldstück, das sie in den Staub getreten hatte? War es tatsächlich so? Hatte Gott der Herr beschlossen, ihr Schicksal zu wenden? Sie für alle Ungerechtigkeiten, allen Kummer zu entlohnen? Plötzlich erfasste sie eine krankhafte Hast. Sie zerrte sich das schmutzige Gewand vom Körper, zog das lange Hemd aus, kniete nackt vor dem Wassereimer und wusch sich das Gesicht, goss das kalte Wasser über die Schultern, trocknete sich mit ihrem Hemd ab. Dann faltete sie die Gewänder auseinander, das Hemd aus feinem, dünnem Leinen, das hellblaue, seidene Unterkleid, das ärmellose, mit breiten, bestickten Borten verzierte Übergewand, den weiten, grünen Wollmantel mit weißer Seide gefüttert und wie ein Halbkreis geschnitten. Mit fahrigen Händen kleidete sie sich an, verdrehte das Hemd, die glatte Seide des Unterkleids rutschte ihr aus den Fingern, und sie musste rasch zugreifen, damit es nicht in die Streu fiel, wo Hühner und Ziegen ihren Kot hinterlassen hatten. Ihr Haar war so wild, dass sie eine scheinbare Ewigkeit benötigte, um es durchzukämmen, dann hob sie scheu den silbernen Spiegel aus dem Kästchen und erblickte darin eine bleiche, junge Frau mit fiebrigen, roten Flecken auf den Wangen. Ich bin hässlich, dachte sie. Weshalb sollte der Graf mich zu sich auf die Burg befehlen?

Plötzlich kam ihr der Gedanke, dass dies alles nur ein boshafter Scherz war. Natürlich – Graf Robert und seine Begleiter liebten es, allerlei Späße zu treiben. Einmal hatte er einem Bauern zwei erlegte Hasen um den Hals gehängt und ihn dann mit seinen Hunden durch die Stadt gehetzt. Gewiss standen die Schergen jetzt draußen vor der Tür, um ihr hohnlachend die schönen Kleider vom Leib zu reißen und sie im bloßen Hemd vor sich her auf die Burg zu treiben.

Zitternd verharrte sie – noch war Zeit, davonzulaufen. Heimlich den Hof zu verlassen, sich durch die Wälder zu schleichen und sich weit fort von Falaise als Magd zu verdingen in der Hoffnung, dass der Graf seinen Zorn vergaß und sie irgendwann wieder heimkehren konnte …

Doch dann würden der Vater und die Brüder für sie büßen müssen.

Sie schlüpfte in die zierlichen Lederschuhe, raffte den Saum von Kleid und Mantel, um den Stoff nicht über den schmutzigen Boden zu schleifen, und schob vorsichtig die Tür einen Spaltbreit auf. Ein goldener Streifen Sonnenlicht durchflutete den dämmrigen Raum und blendete sie, dann erkannte sie draußen zwei der Begleiter des Ritters, die gelangweilt gegen die Scheunenwand lehnten. Der schwarzhaarige Ritter ging langsam auf dem Hof auf und ab, er war kleiner als seine Begleiter, hielt sich sehr gerade, und als er sich umwandte, erkannte sie auf seinem Gesicht einen Ausdruck der Abscheu. Vermutlich bekamen ihm die Gerberdüfte nicht.

Alles sah ruhig aus. Mutig stieß sie die Tür vollends auf und trat hinaus.

»Ich bin bereit.«

Sämtliche Blicke richteten sich auf sie. Osbern, Walter und der Vater starrten sie an, die Knechte Nicholas und Bertlin glotzten mit offenen Mündern, die Begleiter des Ritters musterten sie mit staunendem Wohlgefallen. Nur der Schwarzhaarige zeigte sich unbeeindruckt von ihrer Verwandlung, in seinen Zügen entdeckte sie nichts als die Erleichterung, endlich den Hof verlassen zu können.

»Helft ihr aufs Pferd!«

Die Stute war schlank und drahtig, und als Arlette ihr die Fersen fest in den Bauch stieß, scheute sie und wäre fast ausgebrochen.

»Sachte!«, rief einer der Begleiter lachend. »Das ist keine Bauernmähre, die man vor den Gerberkarren spannt!«

Sie war erschrocken, doch der gutmütige Ton, in dem er die Belehrung hervorbrachte, beruhigte sie. Nein, bisher hatte wohl niemand die Absicht, sie wie eine Gefangene zu behandeln. Stattdessen schien man besorgt, sie könne vom Pferd fallen, der schwarzhaarige Ritter lenkte sein Reittier an ihre Seite und legte ihrer Stute beruhigend die Hand auf den Hals.

»Eine kleine Bewegung genügt«, erklärte er freundlich. »Die Stute ist fügsam und willig, wenn Sie sie zu nehmen wissen.«

Arlette sah sich nicht um, als sie aus dem Gerberhof ritten, doch sie wusste, dass der Vater und die Brüder ihr voller böser Ahnungen nachblickten. Fulbert war zu viel Unglück widerfahren, um noch daran glauben zu können, dass Gott sein Schicksal wenden könne. Offenbar glaubte er nicht, seine Tochter in diesem Leben wiederzusehen.

Sie ritten den schmalen Pfad entlang des Bachlaufes bis zum Stadttor, wo zwei Wächter die Bettler verscheuchten, dann folgten sie dem Weg zum Burgfels hinauf. Noch vor kurzer Zeit war Arlette hier entlanggelaufen, barfuß, das Kleid schmutzig und zerrissen, Verzweiflung im Herzen. Jetzt ritt sie hoch zu Ross, angetan mit einem kostbaren Gewand, und der Wind, der sachte Kleid und Mantel hob, schien warm ihre Haut zu liebkosen. Dennoch traute sie dieser seltsamen Fügung nicht, war hin- und hergerissen, ob es sich um ein himmlisches Wunder oder teuflischen Trug handelte. Glich dieser schwarzhaarige Mensch, der beharrlich neben ihr ritt und sie hin und wieder prüfend von der Seite besah, nicht ganz und gar dem Versucher? Seine Gesichtshaut war dunkler, als sie es jemals an einem Mann gesehen hatte, und sein Bart wuchs spärlich. Vor allem aber sein Lächeln war verdächtig, denn darunter schien sich allerlei Geheimnisvolles zu verbergen.

Auf den Wiesen spross helles Grün, von gelbem Löwenzahn und weißem Schaumkraut durchsetzt, die Knospen an den Apfelbäumen schimmerten rötlich und würden bald aufplatzen. Bauern in groben, braunen Kitteln trieben den von sechs Ochsen gezogenen Radpflug durch die Erde, sie waren spät dran in diesem Jahr, denn aus Furcht vor den Kriegsereignissen hatten sie gezögert, die Felder zu bestellen. Die meisten von ihnen waren Unfreie, die auf dem Land des Grafen arbeiteten, einigen jedoch war es gelungen, sich freizukaufen, sie saßen auf eigenem Besitz, waren jedoch bei Krieg oder Missernte stets in Gefahr, durch Schulden erneut in Abhängigkeit zu geraten. Die Männer sahen kaum von ihrer schweißtreibenden Arbeit hoch, nur die Frauen, die ihre langen Kleider geschürzt hatten und der Furche folgten, um das Saatgut einzustreuen, hielten einen Augenblick inne, um der Reitergruppe nachzuschauen. Auf dem steilen Weg zum Burgtor hinauf kam ihnen ratternd und klappernd ein kleines Pferdefuhrwerk entgegen, auf dem unter einer Plane allerlei Kessel und Töpfe verstaut waren. Der Händler neigte sich ehrfürchtig vor der schön gekleideten Dame. Zwei Mägde, die große Körbe mit schmutziger Wäsche zum Bach hinunterschleppten, wichen vor den Reitern zur Seite, und eine von ihnen schlug die Hand vor den Mund, als sie Arlette erkannte.

Plötzlich begann Arlette, ihre Lage zu genießen. Was auch immer sie erwartete – es war ein köstliches Gefühl, in die ungläubigen Mienen der Torwächter zu blicken und das Erschrecken darin zu sehen. Noch gestern hatten diese Männer sie aus dem Burghof geprügelt – nun hatte sich die Lage gewendet, und sie waren es, die Grund hatten, sich zu fürchten. Auch die Knechte, die die Pferde tränkten, die Handwerker, die Mägde, sogar die kleinen Buben, die die Schweine hüteten und sich gegenseitig mit Kot bewarfen – alle hatten gestern herzlos gejohlt und gelacht, als man sie über den Platz trieb, und Arlette hasste sie von ganzem Herzen dafür. Als sie jetzt langsam an der Seite des Ritters in den Vorhof der Burg einritt, hörte sie leise Ausrufe und Geflüster, einer Magd rutschte der hölzerne Eimer aus der Hand, und der übel riechende Inhalt floss einem der Knechte über die bloßen Füße.

»Die Verrückte!«

»Das ist die, der der Ritter Gilbert das Kind weggenommen hat.«

»Marie und Jeanne haben ihn nach Brionne gebracht, den kleinen Schreihals.«

»Wie schön sie ist in den kostbaren Kleidern!«

»Reitet daher wie eine Herzogin, die Hure!«

»Halt's Maul, Strohkopf. Merkst du nicht, wie der Wind sich gedreht hat?«

Ein junger flachsblonder Knecht eilte herbei, um ihr beim Absteigen den Steigbügel zu halten, er hatte die Schultern hochgezogen und wagte kaum, zu ihr aufzusehen.

»Folgen Sie mir, Arlette«, hörte sie die sanfte Stimme des Schwarzhaarigen. »Der Graf erwartet Sie im Turm.«

Sie begriff, dass man sie von oben aus dem Turmfenster bereits erspäht hatte, und die Befriedigung, die sie beim Einreiten in die Burg empfunden hatte, wich einer quälenden Angst. Er war launisch, der junge Graf, niemand konnte sich auf sein Wort verlassen, das war bekannt. Er war auf ihre unverschämte Forderung ohne Zögern eingegangen und wartete nun dort oben auf sie. Was er sich erhoffte, war nicht schwer zu erraten.

Der Ritter schien ihre Unruhe gespürt zu haben, denn während er sie über den schmalen Steg zur Hauptburg hinaufgeleitete, verschwand sein freundliches Lächeln, und sie entdeckte zu ihrer Verwunderung einen leisen Anflug von Mitleid in seinen Zügen.

»Graf Robert ist großzügig und freigiebig«, sagte er leise. »Sie brauchen sich nicht zu sorgen.«

»Aber … ist er denn nicht zornig auf mich?«

»Nein, Arlette. Seien Sie freundlich zu ihm, dann wird er Sie reich dafür belohnen.«

Er trat zu der hohen Leiter, die zum Turmeingang führte, und rief einige Worte nach oben, um anzukündigen, dass man den Aufstieg freizuhalten hatte. Dann kletterte er gewandt voran und ging oben in die Hocke, streckte den Arm aus und half ihr, die letzten Sprossen der Leiter zu erklimmen.

Im Eingang des gemauerten Turms war es zugig, eine Fackel flackerte unruhig an der rußgeschwärzten Steinwand, ein Ritter stand in einer Ecke und pisste gegen eine schmale Mauerritze. Von links her drang der Lärm vieler Männerstimmen an ihre Ohren, dorthin öffnete sich ein rechteckiger Raum, von engen Fensterschlitzen und mehreren von der Decke herabhängenden Öllämpchen nur unzureichend beleuchtet. Vor gekalkten Wänden, die mit verblassten Malereien geschmückt waren, saßen Ritter und Knechte beieinander, schwatzten, würfelten oder feilten an Waffen und Gerätschaften. Stickige, warme Luft quoll heraus, Schweiß, gemischt mit fauligen Ausdünstungen, saurem Wein, Metall und nassem Leder. Ganz hinten an der Mauer lag eine hagere Gestalt lang ausgestreckt auf einer Bank. Jetzt drehte der Mann den Kopf zur Seite, und sie sah für einen Moment in ein verzerrtes, bleiches Gesicht, Wangen und Kinn voll dünnem, rötlichem Bartwuchs.

»Hier hinauf.«

Ihr Begleiter verstellte den neugierig glotzenden Männern die Sicht auf Arlette und wies nach rechts auf zwei schwere Holztüren. Eine davon war geöffnet und gab einen schmalen Treppenaufgang frei. Eine Magd mit einem Korb voller Becher und Schüsseln lief Arlette entgegen, stieß beinahe mit ihr zusammen und schaffte es gerade noch, die irdenen Gefäße vor Schaden zu bewahren.

»Hast du keine Augen im Kopf?«, raunzte der Schwarzhaarige sie an.

Langsam stieg Arlette die schmale Steintreppe hinauf. Der dämmrige Gang, nur hier und da von einer Laterne in einer Mauernische erhellt, war eng und zugig, sie musste ihr flatterndes Gewand an sich raffen, damit es nicht das feuchte Gestein berührte. Zuerst vernahm sie noch den Lärm der Männer unten im Turmsaal, doch bald schluckten die Mauern das Geräusch, ließen es zu einem dunklen Summen verklingen, so dass sie nur noch die Schritte ihres Begleiters vernahm, der dicht hinter ihr ging, das leise Reiben der kurzen Schwertscheide am Stoff seiner Reithose, das Rascheln ihres eigenen, seidenen Gewands. Die kühle Luft legte sich klamm auf ihre Haut und ließ sie frösteln.

Endlich erblickte sie einen Lichtschein, jemand hatte eine Tür am oberen Ende der Treppe geöffnet. Ihr Begleiter drängte sich an ihr vorbei, schob sie sacht gegen die Wand, so dass sie die kalten Steine im Rücken spürte, dann sah sie ihn leichtfüßig die Treppe hinauflaufen und in das Licht eintauchen.

»Sie ist hier, Herr.«

»Worauf wartest du? Bring sie herein!«

Die Stimme des Grafen Robert erschien ihr laut und von übermäßiger Fröhlichkeit, fast so, als wäre er im Rausch. Ihre Knie zitterten plötzlich heftig, und ihr schien, als habe jemand eine enge Schnur um ihren Hals gelegt, die ihr die Luft abschnürte.

Es war ein Handel, nichts weiter, und sie fürchtete sich davor, denn sie wusste, dass er ihr Schmerz zufügen würde. Aber dieses Mal würde sie klüger sein und nehmen, was ihr zustand. Ein Goldstück? O nein, das war zu wenig. Sie wollte mehr. Sie wollte ihren Sohn!

* * *

Der Raum, den sie betrat, schien zu funkeln und zu glühen, und im ersten Augenblick glaubte sie, ein Feuer sei ausgebrochen. Dann erst begriff sie, dass es der Widerschein zahlloser Kerzen war, der sich in silbernen Tellern, Kannen und Gerätschaften brach, welche in Wandnischen und auf kleinen Tischen verteilt waren. Nie in ihrem Leben, nicht einmal im Haus des reichen Händlers Renier, der sogar gelbe und grüne Glasgefäße besaß, hatte sie eine solche Pracht gesehen.

»Es gefällt dir, nicht wahr?«, sagte jemand.

Graf Robert stand neben der Fensternische, die mit einem hölzernen Laden verschlossen war, damit das Tageslicht die ausgeklügelte Wirkung des Kerzenscheins auf seine Schätze nicht verdarb. Er hielt einen Weinkelch in der Hand, aus dem er einen raschen Schluck nahm, bevor er Arlette weiter voller Neugier anstarrte.

»Es ist ein Glänzen und Leuchten wie im Paradies«, sagte sie.

Die Freude über seine gelungene Vorstellung war ihm deutlich anzusehen. Seine blassen Wangen röteten sich, und er stellte den Kelch mit einer schwungvollen Bewegung auf eines der kleinen, mit Intarsien verzierten Tischchen. Der Wein schwappte über und bildete eine kleine Pfütze auf dem Elfenbein, doch er störte sich nicht daran.

»Komm näher, Arlette. Tritt ins Licht dieses Leuchters, damit ich den Glanz der Seide besser sehen kann. Ich habe vier oder fünf dieser Gewänder in Rouen auf dem Markt gekauft, dazu einige bestickte Mäntel, die einer Königin würdig sind. Sie kommen von weit her, Arlette, diese schönen Dinge …«

Sie hatte eine Verneigung angedeutet, unsicher, ob sie tief genug war, um dem Grafen zu genügen, doch es schien ihn ohnehin nicht zu kümmern. Er winkte sie in die Mitte des Raumes, wo ein kreisförmiger, aus Eisen geschmiedeter Leuchter von der Decke hing, der dicht mit brennenden Kerzen bestückt war.

»… auch diese silbernen Kannen stammen dorther, und ich habe ein Schachspiel aus Bergkristall erworben, so klar, dass man durch die Figuren hindurchblicken kann …«

Er hörte nicht auf zu reden, fuhr dabei hin und wieder mit weiten, ungeschickten Armbewegungen durch die Luft und starrte sie mit seinen blauen, ein wenig vorstehenden Augen an. Arlette stand unbeweglich unter dem Leuchter, die Hitze der Kerzen ließ kleine Schweißperlen auf ihre Stirn treten. Was für ein seltsamer Mensch er doch war! Wieso stand er nur drei Schritte entfernt von ihr und schwatzte ohne Unterlass von seinen Wunderdingen, wobei er eher ihre Gewandung als sie selbst zu betrachten schien? Weshalb trat er nicht zu ihr, packte sie und zog ihr das Kleid in die Höhe, wie Gilbert von Brionne es getan hatte? Es wäre viel leichter gewesen, denn dann hätte sie ihm ihre Bitte unterbreiten, ihm gestehen können, dass sie nichts von all diesen Kostbarkeiten für sich begehrte, weder das seidene Gewand noch den Mantel noch eine der silbernen Kannen, auf die er so stolz war. Dass sie etwas ganz anderes von ihm wünschte, wofür sie alles tun würde, was er von ihr verlangte.

Jetzt tat er einen Schritt auf sie zu, doch gleich darauf blieb er wieder stehen, nahm eine mit Gold verzierte Schale in die Hand und erzählte umständlich, dass er dieses Kleinod von seinem Onkel, dem Erzbischof Robert Evreux, als Geschenk erhalten habe, dazu zwei Folianten mit feinstem Zierwerk auf den Buchdeckeln. Die Bücher kämen aus England von der Königin Emma, seiner Tante, der Gemahlin des großen Knut, die mit ihrem Bruder, dem Erzbischof Robert, gern schön gearbeitete Folianten tausche …

Weshalb erzählt er mir das alles?, fragte sich Arlette. Er spreizt sich geradezu vor mir mit seinen Kostbarkeiten und der edlen Familie. Wer bin ich schon, dass er mich so beeindrucken müsste? Sie betrachtete ihn jetzt genauer. Robert war groß gewachsen und sehnig, das hellgrüne, knielange Gewand war mit einem breiten Lederriemen gegürtet, dessen Verschluss aus Silber war. Trotz der Hitze im Raum hatte er einen reich bestickten Mantel an der rechten Schulter befestigt, den er hin und wieder mit einer hastigen Bewegung zurückschlug, was jedoch nicht viel nutzte, denn der schwere Stoff fiel immer wieder in die alte Position zurück. Sein Gesicht war schmal, der Bart geschoren, die Nase etwas zu groß, das kurz geschnittene blonde Haar klebte an seiner Stirn, und seine Augen flackerten unstet.

Plötzlich begriff sie. Das viele Gerede war wie ein Schild, hinter dem er sich verbarg. Viele taten das. Eudo, der Sohn des Händlers Renier, trug stets einen unterwürfigen Hundeblick zur Schau, der schwarzhaarige Ritter schützte sich mit seinem belanglosen Lächeln, und dieser hier versteckte sich hinter einem prahlerischen Redeschwall. Wie merkwürdig – er war ein hoher Herr, ein Graf, der Bruder des Herzogs sogar, und doch schien er in Wahrheit Angst vor ihr zu haben …

»Ich sah Sie oft, Herr, wenn Sie zur Jagd ritten«, unterbrach sie ihn. »Sie trugen einen grünen Mantel und ein ledernes Wams, und meist hing ein erlegter Hase oder ein Rebhuhn an Ihrem Sattel.«

Er hielt inne und war einen Moment lang verwirrt, denn sie hatte ihm bisher schweigend zugehört. Ihre Unbefangenheit war verblüffend, sie gefiel ihm, ja sie erleichterte ihn.

»Du hast mich gesehen? Weshalb hast du dich nicht gezeigt?«

»Ich versteckte mich hinter einem Baum, weil ich mich schämte«, gestand sie lächelnd.

Jetzt endlich wagte er sich näher zu ihr, fasste sie sogar am Arm und zog sie zu einem der geschnitzten Stühle.

»Setz dich nieder. Trink einen Schluck von diesem Wein, er ist köstlich. Sag mir, weshalb du dich versteckt hast.«

Er goss ihr Wein in eine Trinkschale, und als er ein wenig verschüttete, schob sie die Schale so geschickt zur Seite, dass kaum etwas von der goldenen Flüssigkeit verloren ging.

»Ich hatte Wäsche gewaschen, Herr, und das ist eine anstrengende Arbeit. Weil mir heiß war, hatte ich mein Obergewand abgelegt, und als Sie mit Ihrer Begleitung heranritten, schämte ich mich und verbarg mich rasch.«

Er lachte, die Geschichte schien ihm sehr zu gefallen, denn nun zog er einen Hocker herbei, setzte sich neben sie und prostete ihr zu. Ganz offensichtlich mochte er ihre offene Art; das starre Bemühen, sich vor ihr in ein günstiges Licht zu setzen, fiel von ihm ab und wich einer überraschenden Vertrauensseligkeit.

»Wann ist das gewesen?«, wollte er wissen.

»Vor zwei Jahren, ich war noch fast ein Kind.«

Er sah zu, wie sie den Wein an die Nase hob, angewidert das Gesicht verzog und die Schale wieder abstellte. Es amüsierte ihn köstlich, vermutlich hatte sie bisher nur Cidre, aber keinen teuren Wein getrunken.

»Wie schade! Hätte ich dich gesehen, dann hätte ich dich schon damals zu mir auf die Burg genommen«, prahlte er.

»Ich wäre vor Schreck gestorben, Herr!«

»Bin ich denn gar so fürchterlich, Arlette?«

Es hatte scherzhaft klingen sollen, doch sie hörte die Unsicherheit heraus, die sich dahinter verbarg. Godhilds Spöttereien fielen ihr wieder ein – er stellte sich dumm an, wenn es um Frauen ging, sogar die Mägde lachten über ihn. Plötzlich tat er ihr leid.

»Fürchterlich?«, fragte sie lächelnd. »Nein, Herr. Als kleines Mädchen hatte ich Angst vor Ihnen, denn Sie kamen als Jäger und ritten hoch zu Ross. Jetzt sehe ich, dass Sie gütig und freundlich sind, und es fällt mir leicht, neben Ihnen zu sitzen und zu plaudern.«

Er lebte auf, kippte einen Kelch Wein und erzählte mit lebhafter Gestik, dass er sie gestern auf dem Burghof gesehen habe, sie habe dort alle seine Knechte genarrt, und er habe sehr darüber lachen müssen. Er stellte den Kelch ab, rückte seinen Schemel ein wenig näher und schob den Fuß unter ihr Gewand. Sie spürte seinen heißen Weinatem.

»Du hast mir sehr gefallen, Arlette«, murmelte er und berührte zaghaft ihren Arm. »Du warst so wild, so voller Leben …«

Ihr Mitleid schwand dahin – er hatte über ihre Verzweiflung gelacht, sich daran erfreut, wie seine Knechte sie über den Hof hetzten, dieser Mann war nicht minder grausam als sein Freund Gilbert. Der Moment war gekommen, jetzt würde sie den Handel eröffnen.

»Ich habe Ihre Knechte nicht zum Spaß genarrt, Herr«, sagte sie. »Ich hatte ein Anliegen an Sie, doch man hat mich nicht vorgelassen.«

Seine Hand, die zaghaft über ihren Arm strich, verharrte, und ein Schatten glitt über sein Gesicht wie ein unangenehmer Gedanke oder ein Anflug von Ärger.

»Ich kenne dein Anliegen. Du hast es ja laut genug herausgeschrien. Hör zu, Arlette: Dein Ritter Gilbert will nichts mehr von dir wissen, deshalb solltest du ihm nicht länger nachlaufen.«

Sie war so empört, dass sie alle Vorsicht vergaß und zu schimpfen begann, als säße sie daheim im Elternhaus: Sie laufe niemandem nach. Sie hasse den Ritter Gilbert, habe ihn sogar öffentlich beschuldigt, ihr Gewalt angetan zu haben, doch niemand, nicht einmal der Herzog, habe für sie einstehen wollen.

Offensichtlich hatte er noch nie zuvor einen solchen Ausbruch erlebt, denn er saß da wie erstarrt und glotzte sie mit großen, blauen Augen erschrocken an.

»Mein Kind will ich zurück!«, forderte sie.

»Dein … dein Kind?«

Verzweiflung überkam sie, und sie brach in Tränen aus, gestand ihm, dass sie einen Sohn von Gilbert von Brionne habe, ihr einziges Glück, ihr Augenstern, nichts auf der Welt liebe sie mehr als dieses Kind, und er habe es ihr genommen, genau wie ihre Unschuld. Sie wischte sich das tränennasse Gesicht mit dem Ärmel des seidenen Kleides. Jetzt war es sowieso gleich, sie hatte alles falsch angefangen, hatte geplärrt und gezetert, anstatt kühl und klug für ihre Sache einzutreten. Es war kein Wunder, wenn er jetzt zornig auf sie war.

Doch er war keineswegs zornig, eher hilflos, da sie nicht aufhören konnte zu schluchzen.

»Das wusste ich nicht … Schwörst du mir, dass es wahr ist? Graf Gilbert ist mein Freund, obgleich er mich betrogen hat …«

»Wie kann er dann Ihr Freund sein?«, platzte sie heraus.

Er konnte den Widerspruch nicht erklären, doch sie begriff, dass er Gilbert von Brionne gegenüber nicht nur freundschaftliche Gefühle hegte, und sie schöpfte Hoffnung. Vielleicht hatte sie ja doch nicht alles verdorben.

»Sie sind mächtig, Herr«, schmeichelte sie. »Helfen Sie, dass ich meinen Sohn zurückbekomme. Ich werde alles für Sie tun, was auch immer Sie von mir verlangen.«

Sie hatte sich noch nie zuvor einem Mann angeboten, doch jetzt neigte sie sich zu ihm und berührte schmeichelnd seine Schulter, legte den Arm um seinen Nacken und bot ihm ihre Lippen zum Kuss. Sie rannte offene Türen ein, denn er hatte von Anfang an nicht viel anderes im Sinn gehabt als sie zu berühren, und er machte ausgiebig Gebrauch von ihrem Angebot. Hastig, als könne sie es sich anders überlegen, fasste er zu, befühlte ihre Brust unter dem Stoff, küsste sie mit heißen, trockenen Lippen auf Wangen und Mund.

»Schwören Sie, dass Sie mir helfen werden!«

»Noch heute schicke ich Boten nach Brionne, ich schwöre es …«

Seine Zärtlichkeiten waren ungeschickt und schmerzhaft, die

Fibel, die seinen Mantel hielt, verhedderte sich in ihrem offenen Haar, der hölzerne Schemel fiel polternd um, als Robert sich auf die Knie fallen ließ, um mit vor Aufregung feuchten Händen den Saum ihres Kleides zu heben.

»Hier?«

Er war so begierig gewesen, dass er nicht weiter gedacht hatte, vermutlich hätte er sie kurzerhand auf dem Dielenboden zwischen Tischen, Hockern und brennenden Kerzenleuchtern genommen. Jetzt richtete er sich schwer atmend auf und schob die Brouche unter dem halblangen Rock zurecht.

»Komm!«

Er schlug einen der bunt bestickten Vorhänge zur Seite, hinter dem ein hölzernes, mit weichen Polstern und Tüchern bedecktes Bett verborgen war. Sie ließ sich von ihm zwischen die Kissen ziehen, doch als er sich ungestüm auf sie werfen wollte, um ihr Kleid und Hemd in die Höhe zu schieben, krümmte sie sich angstvoll zusammen. Mit wild pumpender Brust kniete er über ihr, zitternd vor Ungeduld, und sie konnte sehen, wie sich seine Männlichkeit unter dem Stoff seines Rockes wölbte. Plötzlich stand ihr wieder der schreckliche Moment vor Augen, als Gilbert von Brionne sie gegen den Stamm presste, ihr Kleid und Hemd in die Höhe riss, so dass sich die Gewänder über ihrer Brust bauschten und auch ihr Gesicht halb verdeckten. Er hatte versucht, sie zu küssen, während er ihren entblößten Körper mit seinen Fingern betastete, doch der Stoff hatte sie davor bewahrt …

»Was ist mit dir? Weshalb sträubst du dich?«

Es klang enttäuscht und zornig – sie begriff, dass sie ihren Teil des Handels nun erfüllen musste, ganz gleich, wie hart es sein würde. Sie würde es tun, aber auf ihre Art. Trotzig setzte sie sich auf und strich das lange Haar zurück.

»Nicht so«, sagte sie leise. »Warten Sie …«

Verblüfft sah er zu, wie sie ihren Mantel löste, Kleid und Unterkleid über den Kopf zog und schließlich auch das lange Hemd hochnahm, um es vor seinen Augen abzulegen.

»Ich will nicht, dass Ihr Mund den Saum dieses Stoffes berühren muss, Herr«, flüsterte sie und streckte die Arme nach ihm aus. »Ich gebe mich Ihnen ganz und gar, so wie ich von Gott geschaffen wurde.«

Er zog scharf die Luft ein, dann fiel er über sie her, ergötzte sich mit Inbrunst an ihrem nackten Leib und konnte kaum rasch genug die Brouche beiseiteschieben, unter der sein Glied bis zum Gürtel hin stand. Sie machte es ihm leicht und spreizte bereitwillig die Beine, dennoch tat es weh, als er ungestüm in sie eindrang.

Er tat das Gleiche mit ihr, was auch Gilbert getan hatte, und doch war es völlig anders. Er stieß in raschem Tempo in sie hinein wie ein junger Bock, und sie war froh, dass die Polster ihren Kopf vor dem harten Holz des Bettgestelles schützten. Auch grunzte er nicht leise und befriedigt, als er zum Ende kam, sondern brüllte, als habe er einen großartigen Sieg errungen. Danach sackte er schwer auf ihr zusammen.

»Arlette«, murmelte er heiser, noch außer Atem von seinem Ritt. »Du sollst alles haben, was du dir nur wünschst, wenn du bei mir bleibst. Silber und Gold, gestickte Teppiche und Geschmeide. An meiner Seite wirst du sitzen und die Herrin auf meiner Burg sein …«

»Mein Kind …«

»Auch dein Kind, ich gelobe es!«

Er strich ihr ungeschickt das feuchte Haar aus dem Gesicht, und als sie sich bewegte, schloss er genussvoll die Augen, denn er hatte sich noch nicht aus ihr zurückgezogen.

»Bleib!«, befahl er.

Sie hatte geglaubt, ihren Teil der Abmachung geleistet zu haben, doch er begann von Neuem. Während er sich langsam wieder in Hitze brachte, lag sie still da, erstaunt darüber, dass sie keinen Schmerz mehr empfand, und die Erkenntnis stieg in ihr auf, dass sie mehr erhalten würde, als sie sich jemals erträumt hatte.

* * *

Er hatte den Rand des Todes gestreift. Dort, wo die schweren Wasser des Ozeans ins Nichts stürzten, im Brausen und Toben der dunklen Ströme, war sein wunder Leib getrieben, war hin- und hergerissen worden, und seine Augen hatten die Finsternis jenseits der Kante der Erdenscheibe erblickt.

Seltsamerweise hatte der Ritter Herluin dabei keine Angst empfunden, nur ein tiefes Bedauern, eine traurige Sehnsucht, und vielleicht waren es diese Gefühle, die ihn davon abhielten, den Strömen in die Tiefe zu folgen.

Später hatte er Flammen gespürt, sie loderten aus ihm selbst hervor, nährten sich aus seinem Körper, schienen ihn aufzuzehren wie einen trockenen Ast. Ein ziehender Schmerz breitete sich von der rechten Schulter über seinen ganzen Körper aus, und er sah wunderliche Dinge an sich vorüberfliegen: Vögel mit menschlichen Gesichtern, Schiffe voller fremder Krieger, die lange, weiße Tücher wie Segel flattern ließen, auch Pferde, welche über eine dunkle, unruhige Wasserfläche trabten. Dazwischen erschien ihm immer wieder jener Ritter, dessen Gesicht vom Nasenschutz des Helms fast zur Gänze verdeckt war, so dass er nur den verzerrten Mund erinnerte und den erhobenen, rechten Arm. Die Lanze war schon dicht vor seinem Körper gewesen, als er den triumphierenden Ruf seines Angreifers vernahm, dann bohrte sich die scharf geschliffene Spitze der Waffe in seine Schulter, und der Aufprall ließ ihn rücklings vom Pferd stürzen. Er hatte keinen Schmerz verspürt, nur Erstaunen, dass der Tod so rasch und leicht gekommen war, erst später, als er jenen Moment wieder und wieder in seinen Fieberträumen durchlebte, empfand er die unsagbare Pein der tiefen Wunde.

Die Gestalten, die ihm in diesen Träumen erschienen, waren vielfältig: Engel, Tiere oder Geister; manche entstammten der Welt des Unsichtbaren – Wesen, die Gott der Herr vor den Augen der Menschen verborgen hielt –, andere waren von dieser Erde, wieder andere bestanden nur aus Stimmen, aus Händen oder weichen Tüchern.

»Es ist ein Jammer um ihn, er hat mutig gekämpft.«

»Er hat Durst – gib ihm zu trinken …«

Oft sah er das runzelige Gesicht einer alten Frau über sich gebeugt, der lippenlose Mund bewegte sich unablässig, und er spürte den stechenden Schmerz, wenn sie sich an seiner Schulter zu schaffen machte.

»Wenn er überlebt, wird er den rechten Arm nicht mehr gebrauchen können.«

Er trank bitteren Sud, wenn er sich verschluckte und husten musste, tobte der Schmerz stärker in seiner Wunde und nahm ihm fast das Bewusstsein. Er war so schwach, dass er nicht einmal die Hand heben konnte, sein Körper schien mit Blei gefüllt zu sein, die Zehen zu bewegen, kostete ihn unglaubliche Mühe. Er fror, jemand warf ihm einen Mantel über, der ihn jedoch kaum wärmte.

Der Tod hatte ihn verschmäht, die Welt des Unsichtbaren wieder vor ihm verschlossen, dafür erkannte er jetzt beim schwachen Schein der Öllampen die Gestalten der Männer, die im Wachensaal am Boden und auf den Bänken hockten, stritten, lachten und belangloses Zeug redeten.

»Einen Sohn hat Adele ihm geboren. Den Thronfolger. Alle reiten nach Rouen zu den Feierlichkeiten – nur unser Herr scheint keine Lust dazu zu haben.«

»Ist das etwa ein Wunder? Er hat die Niederlage gegen seinen Bruder noch längst nicht verschmerzt.«

»Verflucht, wir hätten in Rouen viel Spaß haben können. Ein Preis soll ausgesetzt sein für denjenigen, der den Tjost gewinnt.«

»Den wolltest gerade du dir erwerben, Hühnerbein!«

»Weiber gibt's da auf dem Markt, die heben ihr Kleid für jeden, der ihnen ein paar Deniers gibt. Und die Festtafel im Palast ist auch nicht zu verachten.«

»Zum Teufel mit Robert Lautmund. Seinetwegen hocken wir hier in Falaise und kommen um vor Langeweile.«

Irgendwann kehrten die Erscheinungen zurück, zumindest

eine von ihnen, denn er erblickte eine Frau in einem hellblauen, glänzenden Gewand mit einem gestickten Mantel über den Schultern, und er meinte, Arlette zu erkennen. Er verspürte einen heftigen Stich in der Magengrube. Seit er wieder auf der Erde angekommen war, hatte er für sie gebetet, da er nicht wusste, was aus ihr geworden war. War es ihm gelungen, sie zu retten, oder war sie von den Rittern verschleppt, vielleicht sogar getötet worden? Die schöne Erscheinung ängstigte ihn, schien sie doch zu bedeuten, dass Arlette im Reich des Unsichtbaren weilte, in der Welt der Verstorbenen, die auf den Tag ihrer Auferstehung warteten.

»Ein hübsches Spielzeug hat er da gefunden!«

»Eine Hure, die ihm der Graf Gilbert zugeschoben hat!«

»Eine Teufelin, sie hat ihn fest in der Hand, und er muss ihr jeden Willen tun.«

»Gestern musste ich Renaldus, den Torwächter, prügeln, dabei hat er nur getan, was man ihm aufgetragen hatte.«

»Hat sie damals zum Tor hinausgeworfen, die Hexe – jetzt hat er einen wunden Rücken dafür.«

»Sitzt neben dem Grafen oben an der Tafel, das Weib, und führt das große Wort. Eustache und Guy, die Knappen, haben es erzählt. Die Ehefrau des Burgvogts hat kein einziges Wort gesprochen, so zornig war sie darüber.«

»Ich gönn's der dürren Elster. Gestern noch hat sie mich mit der schwarzen Marie erwischt und einen großen Aufstand deswegen gemacht.«

»Was soll's? Der Graf ist doch wie ein Halm im Wind. Bald wird er sich eine andere Zerstreuung suchen.«

»Allzu bald sicher nicht. Dazu juckt ihn sein Schwänzlein viel zu sehr.«

Der Ritter Herluin langweilte sich bei den zotigen Reden der Männer, sie schwatzten wie die Bauern oben in Conteville, wo sein winziger Landbesitz lag. Seine Brüder und er hatten früher mit den Dorfkindern gespielt; später, als Vater und Mutter an einem Fieber starben und die Brüder sich als Kämpfer bei den Herren von Beaumont und Tosny verdingten, war er mit der Großtante und den Schwestern auf dem Anwesen zurückgeblieben, hatte sich um die Wirtschaft gekümmert und nicht selten selbst auf den Wiesen und Äckern Hand angelegt. An den Abenden lauschte er geduldig den Geschichten der alten Guda, die von Heldentaten aus längst vergangenen Zeiten schwatzte, und träumte schweigend von Kampf und Rittertum, neidete seinen jüngeren Brüdern die Freiheit, ihr Glück in der Ferne zu suchen.

Als Richard der Gute damals zum Kampf gegen Chalon aufrief und auch Herluin seine Lehenspflicht ableisten musste, hatte er Kettenpanzer und Schwert des Vaters hervorgesucht, um für den Kriegszug gerüstet zu sein. Glühend vor Begeisterung war er aufgebrochen, hatte sich Hoffnungen gemacht, Ruhm und Ehre zu erstreiten, doch nichts davon war eingetreten. Stattdessen hatte er erfahren, dass nur derjenige Ehre erlangte, der sich frühzeitig mit dem Stärkeren verbündete, und dass wahrer Mut stets ins Elend oder in die Lächerlichkeit führte.

Wozu hatte er Falaise mit seinen Rittern geschützt? Die Städter hatten den Feind hinter seinem Rücken eingelassen, sie wollten seinen Schutz nicht, ergaben sich lieber, um glimpflich davonzukommen. Er konnte es ihnen nicht verdenken.

»Es geht Ihnen besser, das Fieber ist gesunken! Mein Gott, wie bin ich froh darüber!«

Er war eingeschlummert und riss bei den laut gerufenen Sätzen die Augen auf. Da war sie, keine Erscheinung, sondern ein Wesen aus Fleisch und Blut stand über ihn gebeugt in dem dämmrigen, stinkenden Raum.

»Arlette …«, lallte er mit schwerer Zunge. »Arlette …«

Sie erschien ihm schön wie eine Königin, ihr langes Haar fiel über das schimmernde, zartgrüne Gewand, eine Strähne berührte seine Brust, als sie sich zu ihm neigte.

»Himmel, wie dünn Sie sind! Und so bleich! Weshalb sorgt niemand für Sie? Ich werde Godhild schicken, sie wird sich um

Ihre Schulter kümmern und Sie speisen, damit Sie zu Kräften kommen …«

Von ihr gestützt, versuchte er, sich aufzusetzen, wobei er vor Schmerz die Zähne aufeinanderbiss.

»Das sieht schlimm aus, aber Godhild wird gewiss ein Mittel wissen. Auch gegen die Schmerzen. Wissen Sie, dass Sie mir das Leben gerettet haben? Wie mutig Sie gegen die Feinde angeritten sind! Das werde ich niemals im Leben vergessen!«

Er hatte im Sitzen heftig mit dem aufkommenden Schwindel zu kämpfen, was daran liegen musste, dass er viel Blut verloren hatte. Dennoch lächelte er. Wie seltsam, dass dieser unsinnige, lächerliche Kampf doch einen Sinn gehabt hatte. Er hatte ihr Leben gerettet!

Gleich darauf rutschte er wieder zurück. Sie hatte ihm den stützenden Arm entzogen, und er hörte sie lauthals schelten.

»Wieso hat sich niemand um ihn gekümmert? Wolltet ihr ihn verhungern lassen, ihr elenden Faulpelze? Bringt Decken und Polster herbei und bereitet ihm ein Lager. Sein Rücken muss wund sein von dem harten Holz dieser Bank!«

Er begriff das Wunder erst, als sie wieder hinausgelaufen war und das unwillige Gemurmel der Kämpfer an sein Ohr drang.

»Die nimmt ihr Maul recht voll, diese Hure. Überall steckt sie ihre Finger hinein, kein Ort auf der Burg ist vor ihr sicher.«

»Pass auf, was du redest. Wenn dich einer verpfeift, wird der Graf dir den blanken Hintern wund prügeln lassen.«

»Er hat recht. Arlette ist die Herrin der Burg, und der Graf betet sie an wie eine Heilige.«

»Der Witz war gut, Bruder!«

Sie kam jetzt häufig zu ihm, sah nach, ob all ihre Anweisungen befolgt worden waren, und immer brachte sie ihm eine Schale voller Leckereien, die er vor ihren Augen essen musste. Er tat, was sie verlangte, bemühte sich, sich nicht anmerken zu lassen, was ihn beschäftigte. Es ging ihr gut, sie war angesehen, trug schöne Kleider, an ihren Ohren glitzerten silberne Gehänge wie kleine Halbmonde. Sie hatte viel gelitten, mutig für ihr

Recht gekämpft, und nun erhielt sie ihren Lohn. Es war nicht seine Sache, über sie zu urteilen.

Sie sorgte rührend für ihn, schickte ihm ihre Vertraute, eine hässliche junge Frau mit langer Nase, die seine Wunde mit ätzendem Kräutersud beträufelte. Es ging ihm von Tag zu Tag besser, er konnte sich aufsetzen und vorsichtig einige Schritte tun. Nur sein rechter Arm gehorchte ihm nicht mehr, schlaff hing er an seiner Seite herab, und nur mit viel Mühe gelang es ihm, wenigstens die Finger zu bewegen.

»Der Bursche muss ein Glückskind sein – keiner von uns hätte auch nur einen Denier für sein Leben gegeben.«

»He, Herluin! Wieso tut sie das für dich? Hast du sie vielleicht auch schon mal unter dem Sattel gehabt?«

»Ich habe ihr Leben gerettet.«

»Habt ihr gehört? Er hat ihr das Leben gerettet!«

»Die muss ja mächtig verrückt nach ihm gewesen sein, wenn es ihr Leben galt!«

Und sie lachten grölend.

Wenn er in der Nacht allein auf seinem Lager ruhte, wurde er manchmal von einem Krampf erfasst, der seinen Körper schüttelte wie wildes Gelächter.

Sommer 1027

Arlette schlug den hölzernen Laden zurück und stützte beide Hände auf die steinerne Fensterbrüstung, um sich so weit wie möglich hinauszulehnen. Die hereinströmende Luft war warm und schien zu vibrieren, sie trug den Geruch von Staub und reifem Korn mit sich, von frisch geschnittenem Gras und trockenem Dung. Arlette wischte sich mit dem Handrücken den Schweiß von der Stirn und strich eine verklebte Locke zurück. Die Wächter unten am Burgtor dösten im Schatten der Mauer vor sich hin – die kleine Jagdgesellschaft war noch nicht zurückgekehrt.

Unten im Vorhof übten sich Knappen im Schwertkampf, ihre aufgeregten Rufe drangen bis zum Turmfenster hinauf, auch das Klappern der hölzernen Schwerter war zu vernehmen. Die Älteren hatten das Obergewand abgelegt und fochten nur mit der kurzen Brouche bekleidet, grauer Staub klebte an ihrer verschwitzten Haut, und wenn sie lachten, blitzten die Zähne hell in den dunklen Gesichtern. Auch Walter, der seit einigen Wochen im Waffengang ausgebildet wurde, war unter ihnen; er führte das hölzerne Übungsschwert mit wütendem Ehrgeiz, denn er war der Älteste, zugleich aber auch der Ungeübteste in der Reihe der Knappen.

»Du solltest ihn versöhnen, Arlette«, sagte Godhild, die hinter ihr stand. »Er ist der Herr.«

»Er wird schon kommen …«

Arlettes Antwort klang trotzig. Seit Tagen war sie unleidlich und zänkisch, hasste sich selbst dafür und konnte doch nicht anders, als überall nur Missliches zu sehen. Es musste daran liegen, dass sie wieder ein Kind trug. Sie hatte es Robert bisher verschwiegen, denn die Anzeichen waren dieses Mal völlig andere, und sie war sich nicht sicher gewesen. Aber seit gestern spürte sie, dass sich das Kind in ihr bewegte, schwach zwar, aber deutlich. Sie hatte Befriedigung darüber empfunden, denn es würde ihre Stellung als Roberts Geliebte festigen, wenn sie ihm einen Sohn schenkte. Zuneigung zu dem werdenden Menschlein verspürte sie nicht. Ihre ganze Liebe galt ihrem kleinen Sohn Richard, den Gilbert ihr genommen hatte und nach dem sie sich vor Sehnsucht verzehrte, doch ungeachtet aller Versprechen und Schwüre hatte Robert ihr das Kind bisher nicht wiedergebracht.

»Warum sollte er auch?«, hatte Godhild herzlos gefragt. »Er ist einer von den Männern, die eine Frau ganz und gar für sich haben wollen. Ein Kind, das nicht einmal sein eigenes ist, würde ihn nur stören. Wenn du klug bist, dann hör endlich auf, ihn damit zu belästigen. Sei froh, dass er so an dir hängt, und nutze die Zeit. Wer weiß, was in einem Monat ist? In einem Jahr?«

Sie schwatzte davon, dass Arlette die vielen Geschenke, die Robert ihr fast täglich brachte, an einem sicheren Ort bergen solle. Dass sie ihn um ein Stück Land bitten müsse, am besten innerhalb der Stadtmauer gelegen, mit Wohnhaus und Nebengebäuden, so dass sie und ihre Brüder später einen Handel beginnen könnten. Doch Arlette hatte sie ausgelacht – Robert hing an ihr mit verzweifelter Leidenschaft, er war abhängig von ihr, konnte kaum eine Stunde ohne sie sein. Auch wenn sie stritten, wie es heute wieder der Fall gewesen war, so würde doch Robert es sein, der um Vergebung bat und sie mit Geschenken überhäufte.

Ein weißlicher Dunstschleier war vor die Sonne getreten, hinter dem bewaldeten Hügel stiegen jetzt dunkle Wolken auf, und Arlette musste an Grimald, den Priester, denken, der nicht aufhörte, den Menschen von Krankheit und Hungersnot zu predigen, die sie um ihrer Sünden willen erleiden würden. Doch die Unruhen, die das Land fast ein halbes Jahr lang erschüttert hatten, gehörten der Vergangenheit an, die Toten waren begraben, die Wunden geheilt, die Häuser wiederaufgebaut. Auf den bunt gewürfelten Äckern und Wiesen, die sich zu Füßen der Burganlage bis weit in die Hügelketten hinein erstreckten, standen hellgrüne, seidige Gerste und bräunlicher Hafer, trotz der späten Aussaat in diesem Frühjahr gediehen Korn und Feldfrüchte gut, und kein Unwetter war bisher darüber gekommen. Man hatte das zweite Mal Heu gemacht, und im Vertrauen auf Gottes gütigen Beistand überlegten einige schon, ob die Wiesen nicht noch ein drittes Mal geschnitten werden könnten. Weshalb auch nicht – der Herr hielt seine segnende Hand über die Normandie. Herzog Richard III. war ein würdiger Nachfolger seines Vaters, man hörte von großzügigen Stiftungen, die er einigen Klöstern zukommen ließ, denn seine Gemahlin Adele, die Tochter des französischen Königs, hatte vor wenigen Wochen einen Sohn geboren.

Arlette beugte sich noch weiter vor, um die Landstraße sehen zu können, die sich von Süden her Richtung Stadt wand. Ein Ochsengespann trottete dort unten, klein wie ein geschnitztes Spielzeug und von Staub umwölkt, den die Hufe der Tiere aufwirbelten. Kein Reiter war zu sehen – es war auch unwahrscheinlich, dass die Jäger diesen Weg nahmen. Weit hinter dem Wald grollte leise der erste Donner, ein dunkles Gebirge wuchs aus den grünenden Hügeln, quoll immer gewaltiger daraus hervor, als hocke dort zwischen den hohen Eichen ein heidnischer Dämon, der schwarzen Dunst aus seinem Maul in den Himmel blies.

»Sie werden in das Unwetter geraten, wenn sie nicht bald zurückkommen«, bemerkte Godhild und sah gleich darauf, dass sich Arlettes Brauen ärgerlich kräuselten.

»Sollen sie doch nass werden!«

Robert hatte eine Weile verzweifelt versucht, sie durch Versprechungen zu versöhnen, doch sie hatte sich auf nichts eingelassen. Er habe es ihr geschworen, sie habe sich fest auf sein Wort verlassen, habe an ihn geglaubt, und nun müsse sie erkennen, dass er sich herausschwindeln wolle.

»Gilbert von Brionne hat andere Sorgen, Arlette. Meine Boten haben berichtet, dass Richard III. ihm Brionne nehmen will, um es einem seiner Vettern zu geben. Gilbert hat sogar um meine Hilfe gebeten, die ich ihm gewiss nicht versagen werde …«

Dass Robert seinem Freund nicht allzu viel würde helfen können, war ihr inzwischen klar geworden. Er liebte es, sich vor ihr als Bruder des Herzogs aufzuspielen, zu schwatzen, er brauche nur am herzoglichen Hof zu erscheinen, um dort mit allerhöchsten Ehren empfangen zu werden. Doch in Wahrheit hatte er dort wahrscheinlich wenig zu sagen, warum sonst war er nicht zu den Tauffeierlichkeiten des neugeborenen Neffen geritten?

»Wenn Gilbert von Brionne Ihre Hilfe benötigt, dann wäre das eine gute Gelegenheit, Forderungen an ihn zu stellen!«

»Gewiss, mein Herz. Es ist möglich, dass er selbst hierherkommt, um sich mit mir zu besprechen, dann könnten wir …«

»Woher wollen Sie wissen, ob er hierherkommt? Schicken Sie Boten aus, und stellen Sie Forderungen.«

»Hör bitte auf, so laut zu schreien, Arlette. Man hört dich bis auf die Vorburg hinunter. Und überhaupt ist es unsinnig, einem kleinen Kind bei dieser Hitze eine solche Reise zuzumuten. Warten wir bis zum Herbst, wenn die Tage kühler werden …«

»Bis zum Herbst soll ich warten?«, kreischte sie. »Lieber laufe ich zu Fuß nach Brionne und setze mich dort so lange vor das Burgtor, bis man mir mein Kind gibt!«

Er hatte sie erschrocken bei den Schultern gefasst, denn er war sich nicht sicher, ob sie diese irrwitzige Drohung ernst meinte, doch sie riss sich zornig von ihm los und schlug sogar nach ihm, als er sie in seine Arme nehmen wollte. Dann jedoch stolperte sie rücklings gegen einen der bestickten Wandbehänge, lehnte keuchend den Rücken gegen die Mauer und kämpfte gegen die aufsteigende Übelkeit an.

»Wie dumm ich war, Ihrem Wort zu vertrauen!«, rief sie voller Verachtung.

Robert erblasste, sein Körper wurde steif, seine Züge versteinerten. Wortlos wandte er sich um und verließ den Raum; sie hörte, wie er auf der steinernen Treppe einen der Ritter anblaffte, wenig später ritt er davon, gefolgt von ein paar seiner Getreuen. Zur Jagd, wie man ihr sagte.

Es war das erste Mal in den fast vier Monaten, die sie als seine Geliebte auf der Burg verbracht hatte, dass sein Zorn so lange währte. Sie wollte die aufsteigende Unruhe Godhild gegenüber nicht zugeben, tat, als genösse sie voller Spannung das Schauspiel des immer schwärzer werdenden Himmels, über den jetzt einzelne Blitze zuckten. Was würde sein, wenn er heute nicht mehr zur Burg zurückkehrte? Wenn er nach Sées geritten war, in einer seiner frommen Anwandlungen das Kloster aufgesucht hatte, um seine Sünden zu beichten, und dort über Nacht blieb? Robert hatte keine hohe Meinung von Priestern und Mönchen, oft waren sie Opfer seiner boshaften Scherze, auch hatte er einmal behauptet, ein Ritter von hoher Geburt habe sich nicht nach dem Geschwätz eines Priesters zu richten. Doch an Regentagen wurde er manchmal von einer tiefen Schwermut erfasst, dann hockte er stumm in einer Ecke und zitterte um das Heil seiner Seele, die wegen seiner Sünden der Verdammnis anheimfallen müsse. Was ihn nicht daran hinderte, die Geliebte kurze Zeit später zu umschmeicheln und auf sein Lager zu ziehen, um sich auf diese Weise von seiner Melancholie zu kurieren.

Ein mächtiger Donnerschlag krachte über ihnen, als sei droben im Himmel ein starker Fels geborsten. Godhild zuckte heftig zusammen und hielt sich die Ohren zu. Unten in der Vorburg hatte sich ein Pferd von einer Karre losgerissen und galoppierte in panischer Verzweiflung über den Hof, zwei

Knechte rannten hinterdrein, um es einzufangen. Die ersten dicken Tropfen fielen herab, Handwerker räumten ihre Gerätschaften zusammen, Mägde liefen herbei, um die Brote und Pasteten aus dem steinernen Backofen zu nehmen. Kleine, dunkle Flecken bildeten sich im Staub und wurden rasch breiter, zischend verdampfte der Regen auf dem heißen Backofen. Nur die jungen Burschen störten sich nicht an dem Gewitter, sie genossen die Abkühlung und fuhren fort, inmitten des nun heftig herabprasselnden Regens aufeinander einzudreschen.

»Da!«

Godhilds Ausruf war unnötig, denn Arlette hatte die heimkehrenden Jäger längst entdeckt. Gemächlich ritten sie durch das Burgtor, zwei von ihnen hatten die Mäntel als Schutz vor dem Unwetter über die Köpfe gelegt, Robert, der als Letzter einritt, trug eine Lederkappe, von der das Wasser über sein Gesicht herabrann. Keiner von ihnen hatte Jagdbeute gemacht, der Falke auf Jean le Païens Hand trug den ledernen Kopfschutz und sträubte immer wieder das Gefieder, um die Regentropfen abzuschütteln.

Erleichtert verschloss Arlette den Fensterladen und ließ Godhild die Kerzen anzünden. Oben im zweiten Geschoss des Turmes wurde die Tür aufgerissen, und der Burgvogt Thurstan Goz, der dort oben mit seiner Familie wohnte, eilte die Treppen hinunter, um den Grafen und seine Begleiter zu empfangen.

Robert hielt sich nicht lange unten auf – Arlette hatte gerade noch Zeit, ihr Haar zu kämmen und die neuen, goldenen Ohrgeschmeide anzulegen, da knarrte auch schon die schwere Holztür.

Triefend von Nässe stand er vor ihr, nahm die Kappe ab und wischte sich mit der Hand übers Gesicht. Von seinem seidengefütterten Mantel rannen schwere Tropfen auf die hölzernen Dielen.

»Kein Wetter für die Jagd«, scherzte er verlegen.

Bevor er weitersprechen konnte, zerriss ein heftiger Donner die Stille, und er musste einen Augenblick warten, bis der Himmel sich wieder beruhigt hatte.

»Ich habe nachgedacht«, fuhr er dann fort und sah dabei auf seine mit Schlamm bespritzten Halbstiefel. »Du hast recht, Arlette. Ich habe es geschworen, und ich werde meinen Eid halten.«

Sie hatte sich wohl gehütet, ihm ihre Erleichterung zu zeigen, jetzt senkte sie die Lider ein wenig und blickte ihn misstrauisch an. Solche Sätze hatte sie schon oft gehört. Was hatte er sich dieses Mal wohl ausgedacht?

Er zögerte eine Weile, als hoffte er, sie würde einlenken, doch da sie schwieg und auch kein Anzeichen von einem Lächeln auf ihren Zügen zu sehen war, musste er noch weitere Zugeständnisse machen.

»Ich habe beschlossen, nach Rouen zu reiten, um dort die Sache meines Freundes Gilbert von Brionne zu vertreten. Du wirst mich dorthin begleiten, Arlette. Du wirst im Palast des Herzogs unter den Frauen wohnen, und ich werde mit dir auf den großen Markt am Seineufer reiten. Die Augen werden dir übergehen bei all den fremden Waren und Händlern …«

»Das alles ist mir vollkommen gleichgültig«, schnitt sie ihm das Wort ab. »Was ist mit dem Schwur, den Sie mir geleistet haben?«

Er nagte an den Lippen und blinzelte gegen das Licht eines Leuchters zu ihr hinüber. Dann nestelte er missmutig an der Fibel, die seinen Mantel hielt, und ließ den nassen Stoff zu Boden fallen. Draußen hatte sich ein kräftiger Wind erhoben, der an den Läden zerrte und sie klappern und knarren ließ.

»Ich habe vor, auf dem Weg dorthin einige Tage in Brionne zu verbringen. Du wirst also dein Kind sehen und selbst mit Gilbert darüber verhandeln können.«

Wenn er die Wahrheit sprach, dann war er ihr jetzt weiter entgegengekommen als je zuvor. Aufregung erfasste sie. Sie würde ihr Kind sehen. Gott im Himmel – vier lange Monate war sie von dem Kleinen getrennt gewesen! Ob er sie überhaupt noch erkannte? Ob er gesund war? Wie er jetzt wohl ausschaute?

»Ist das auch wirklich wahr?«, flüsterte sie zaghaft.

Er erkannte, dass er sein Ziel jetzt endlich erreicht hatte, und beeilte sich, ihr zu versichern, wie ernst er es meinte. Man würde gleich morgen aufbrechen, schon übermorgen könne man in Brionne sein, allerdings nur, wenn die Mägde sich mit dem Packen beeilten und wenn das Unwetter nicht die Wege überschwemmt hatte. Er würde ihr nach Kräften beistehen, wenn sie ihr Kind von Gilbert forderte, er würde seine Freundschaft und sein Ansehen in die Waagschale werfen, zumal – da habe sie völlig recht – man schließlich nach Rouen unterwegs war, um Gilberts Sache zu unterstützen.

Schon morgen, dachte sie. Er kann kein Hintertürchen mehr finden, wir werden morgen reisen. Sie überlegte kurz, ob sie ihn damit belohnen sollte, dass sie ihm von ihrer Schwangerschaft erzählte, doch sie unterließ es – am Ende käme er noch auf die Idee, die Reise nach Brionne abzusagen aus Sorge, der Ritt könne ihr in diesem Zustand schaden.

Er hatte sich ihr jetzt genähert, schwatzte weiter über die Reise nach Rouen und Brionne, erzählte ihr, dass man in Montgomery und Orbec haltmachen würde, um dort einzukehren und alte Freunde zu besuchen …

»Sie müssen die nassen Kleider ablegen«, unterbrach sie ihn lächelnd und berührte sein Wams, das sich mit Regenwasser vollgesogen hatte. »Ich werde Ihnen dabei helfen.«

Es war eines jener Spiele, mit dem sie seine Leidenschaft entfachte, und er hörte sofort auf zu schwatzen, um begeistert darauf einzugehen. Sie war erfinderisch geworden, hatte gelernt, welche Liebkosungen ihn erregten, welche Stellen seines Körpers am empfindlichsten waren, wie sie sich ihm darbieten musste, um seine Begierden immer neu zu entfachen. Sie selbst empfand niemals Lust bei diesen Begegnungen, doch sie wusste inzwischen, dass es seiner Eitelkeit schmeichelte, wenn sie ihm vorgaukelte, er könne ihren Körper in Liebesglut versetzen, so wie sie es mit dem seinen tat.

Der Donner hatte sich entfernt, rumpelte nur noch schwach gleich einem Karren voller Fässer, der über einen steinigen Weg holpert, dafür schlug der Regen unablässig gegen die geschlossenen Fensterläden, und der Wind, der durch die Ritzen drang, ließ die Kerzen in den silbernen Leuchtern flackern.

Sie hatte ihm Stiefel und Wams ausgezogen und kniete jetzt vor ihm, um seinen Gürtel zu öffnen. Ihre Finger berührten dabei auch seinen Rock und das, was sich darunter emporwölbte, und sie entlockte ihm tiefe Seufzer. Er schob ihr seinen Unterleib entgegen, um die Liebkosungen härter zu spüren, und riss dabei schon an den Bändern, die seinen Überrock am Halsausschnitt zusammenhielten, um sich so rasch wie möglich seiner Kleidung zu entledigen.

Da schlug jemand mit der Faust gegen die Tür. Einmal, zweimal, dann öfter, da von drinnen keine Antwort kam.

»Vergeben Sie mir, Herr. Es ist hoher Besuch angekommen. Ihr Onkel, der Erzbischof von Rouen, wartet unten im Saal auf Sie …«

Es war Thurstan Goz, der Burgvogt. Robert stieß einen Fluch aus, fasste Arlettes kosende Hand und presste sie fest gegen sein Gemächt.

»Versorgt ihn zuerst, gebt ihm und seinem Gefolge trockene Gewänder und lasst Wein bringen.«

Die Tür wurde aufgeschoben, und der große, knochige Mann betrat ohne Aufforderung den Raum. Er achtete nicht auf Arlette, seine Augen flackerten, das kurze, helle Haupthaar stand ihm zu Berge. »Der Erzbischof bringt schlimme Kunde, Herr. Er will weder essen noch trinken, auch die nassen Gewänder nicht wechseln, bevor er mit Euch gesprochen hat.«

»Was, zum Teufel, ist geschehen?«

Der Mann wühlte mit der Rechten in seinem wirren Haarschopf, atmete schwer, und seine Stimme war heiser, als er die Antwort gab.

»Eine entsetzliche Tat wurde begangen, Herr. Gestern Mittag starb Herzog Richard III. an einem heimtückischen Gift. Gott sei seiner armen Seele gnädig, denn er musste diese Welt verlassen, ohne die Sterbesakramente empfangen zu haben.«

* * *

»Mein … Bruder!«

Robert begann so heftig zu zittern, dass Arlette fürchtete, er würde das Bewusstsein verlieren. Doch er blieb aufrecht stehen, am ganzen Körper bebend; sie hörte, wie seine Zähne aufeinanderschlugen.

Eine breite Gestalt tauchte hinter Thurstan Goz auf, schob den Burgvogt mit einer ungeduldigen Bewegung beiseite, und Arlette blieb gerade noch Zeit, sich aufzuraffen und hinter den Vorhängen der Bettstatt zu verschwinden. Der Erzbischof betrat den Raum mit schweren Schritten, sie hörte, wie er den nassen Mantel auf einen Hocker warf, dann war es still.

Vorsichtig schob sie den Vorhang ein wenig beiseite. Die beiden Männer hielten einander umarmt, sie konnte das rot aufgedunsene Gesicht des Erzbischofs erkennen; sein Mund war verzogen, er weinte. Auch Robert schluchzte jetzt, seine Schultern zuckten, und die kurze, feiste Hand des Erzbischofs strich immer wieder über seinen Rücken.

Er kann seinen Bruder doch nicht geliebt haben, dachte Arlette. Weshalb sonst hätte er gegen ihn gekämpft? Und doch erschien ihr Roberts Erschütterung echt und nicht vorgetäuscht. Wie seltsam, dass ein Mensch um einen ungeliebten Bruder aufrichtige Tränen vergießen konnte!

Erst jetzt wurde ihr bewusst, dass man den Herzog der Normandie ermordet hatte, und ihr erster Gedanke war, dass Robert jetzt einen neuen Vorwand hatte, die Einlösung seines Versprechens hinauszuschieben, denn schließlich würde er an den tagelangen, ausgedehnten Totenfeierlichkeiten teilnehmen müssen. Zorn erfasste sie – wieso musste dieser Mord gerade jetzt geschehen, da sie ihrem Ziel so nahe gekommen war und schon gehofft hatte, bald ihr Kind ans Herz drücken zu können?

Der Erzbischof hatte sich mit einer energischen Bewegung von Robert gelöst und ließ sich erschöpft auf einen Stuhl fallen, das Holz knarrte unter seinem Gewicht. Er trug nicht das lange Gewand des Geistlichen, sondern war wie ein Ritter gekleidet, der knielange Rock aus fein gewebtem, dunkelgrünem Stoff und die Beinlinge, die er trotz der Augusthitze angelegt hatte, waren vom Regen durchweicht und mit Schlamm bespritzt. Wenn der Mord gestern um die Mittagszeit in Rouen geschehen war, dann musste er die Nacht durchgeritten sein – ein erstaunlicher Kraftakt für einen Mann in seinem Alter, doch der Erzbischof war stämmig, Arme und Beine waren sehnig und glatt wie die eines jungen Mannes. Nur das weiße Kopfhaar und die hängenden Wangen ließen sein Alter erkennen.

Robert hatte sich auf einen Hocker neben seinem Onkel niedergesetzt, er schluchzte immer noch und schien kaum hinzuhören, als der Erzbischof nun die näheren Umstände des Mordes berichtete. Er redete leise und schnell, als fürchte er, seine Worte könnten von einem unbefugten Lauscher gehört werden, und hielt den Blick nach unten gerichtet, nur hin und wieder glitten seine kleinen, hellen Augen blitzschnell zu Robert hinüber, als wollte er prüfen, wie sein Neffe den Bericht aufnahm.

Herzog Richard III. hatte mit seinen Getreuen ein frühes Mahl eingenommen, der Hof war im Aufbruch gewesen, denn man wollte über Evreux und Sées zur Grenzfestung Alencon reiten – eine der vielen Reisen, die der Herzog regelmäßig unternahm, um seine Rechte den adeligen Lehensnehmern gegenüber wahrzunehmen, Streitigkeiten zu schlichten, Gericht zu halten und vor allem die Grenzfestungen zu kontrollieren. Auch er selbst, der Erzbischof, war zugegen gewesen, hatte ebenfalls am Mahl teilgenommen, jedoch keinen Met, sondern Wein getrunken.

Richard war ernst gewesen, wie es seine Art war, doch schien er froh und zuversichtlich, er hatte einen Trinkspruch auf seinen kleinen Sohn Nicholas ausgebracht und einige seiner Getreuen sowie den Erzbischof in ein Gespräch gezogen. Es ging um die Adelskriege im Land, die während Roberts Rebellion gegen seinen Bruder allerorten wieder blutig aufgeflammt waren und die Richard III. in den Griff bekommen musste. Auch aus den Klöstern, denen die Adelsherren Land und Besitz genommen hatten, waren zahlreiche Klagen eingetroffen.

»Die Zeiten haben sich geändert«, sagte der Erzbischof mit zorngeschwellten Schläfen. »Unter deinem Vater Richard dem Guten hätte keiner dieser Burschen gewagt, ohne Erlaubnis eine Festung zu bauen. Jetzt sprießen die Burgen wie Pilze aus dem Boden, jedermann verschanzt sich hinter Gräben und Palisaden, um bei nächster Gelegenheit über seinen Nachbarn herzufallen oder den Besitz der Klöster an sich zu bringen.«

»Das ist wahr …«, erwiderte Robert, der kaum zugehört hatte, mit tonloser Stimme.

Der junge Herzog hatte sich kurz nach dem Mahl, das aus Fleisch, Gerstengrütze, Erbsen und frischem Brot bestand, unwohl gefühlt und nach Wasser verlangt.

»Er war nicht der Einzige. Auch andere an der Tafel waren plötzlich bleich geworden, Guy von Tesson wollte sich erheben, griff sich dann an den Hals und rang nach Atem, Ralf von Gacé krümmte sich unter schlimmen Bauchschmerzen zusammen. Was soll ich dir lange erzählen – wir alle waren erschrocken, man schickte nach einem Arzt, der ein Gegengift bereiten sollte, doch als der Mann endlich herbeigeschafft wurde, war es längst zu spät.«

Man hatte den Herzog auf das Lager getragen und ihm Wasser eingeflößt, doch er starb unter schrecklichen Krämpfen, ohne das Bewusstsein wiedererlangt zu haben. Auch vier seiner Getreuen ereilte der Tod, nur einer von ihnen hatte noch die Kraft zu beichten und die Sterbesakramente zu empfangen.

Arlette schauderte, sie hatte Richard zwar gehasst, dennoch empfand sie Mitleid, weil er einen so schrecklichen Tod hatte erleiden müssen. Robert hatte beide Ellenbogen auf die Knie gestützt und bedeckte das Gesicht mit den Händen.

»Wer hat es getan?«, sagte er dumpf. »Wer sind die Giftmörder? Hat man sie gefasst?«

Der Erzbischof rieb sich die Knie, vermutlich machte sich der Gewaltritt jetzt doch bemerkbar, denn er schien sich mit schmerzenden Gelenken zu plagen. Es gäbe etliche Verdächtige, ließ er verlauten, man habe den Truchsess und den Kellermeister befragt, drei Mägde und einen fremden Knecht im Kerker festgesetzt – was weiter geschehen sei, wisse er nicht, da er schon kurz danach aufgebrochen sei.

»Feinde lauern überall«, murmelte der Erzbischof. »Nur Gott allein weiß, wer der Mörder war und wer ihm den Auftrag dazu erteilte.«

Arlette spürte, wie ihre Hände plötzlich zu zittern begannen, und sie ließ rasch den Vorhang los, um sich nicht durch die Bewegung des Stoffes zu verraten. Ganz sicher hatte der junge Herzog Widersacher gehabt, und der erste und erbittertste seiner Feinde war Robert Lautmund gewesen, sein eigener Bruder, der ihm den Herzogthron neidete und sich gegen ihn erhob. War Robert zu solch einer Tat fähig? Hatte er einen Mörder gedungen, seinen Bruder zu vergiften?

Nein, dachte sie. Das hat er nicht getan, dessen bin ich ganz sicher. Und doch wird alle Welt ihn verdächtigen …

Erneut schob sie den Vorhang beiseite, so dass eine winzige Lücke entstand, durch die sie das Geschehen im Raum beobachten konnte. Der Erzbischof hatte sich jetzt vorgebeugt, seine schwere Hand ruhte auf Roberts Schulter.

»Ich bin nicht gekommen, um mit dir zu trauern und zu weinen«, sagte er. »Ich komme aus Sorge um Land und Herzogthron – es muss rasch gehandelt werden, bevor neue Unruhen entstehen.«

Robert hob jetzt den Kopf und starrte seinen Onkel mit weit hervorquellenden, vom Weinen geröteten Augen an. In seinem Blick lag ein solches Entsetzen, als säße neben ihm nicht der Erzbischof von Rouen, sondern Satan, der Fürst der Hölle.

»Du wirst morgen früh mit mir nach Rouen reiten, Robert. Noch bevor Richards Totenfeiern beginnen, wirst du den Thron bestiegen haben.«

»Ich …?«, flüsterte Robert. »Wie könnte ich das? Mein Bruder ist ermordet worden, noch nicht mal unter der Erde …«

»Richards Sohn ist noch ein Kind – du, Robert, bist der Nächste in der Erbfolge«, beharrte der Erzbischof ungeduldig und rüttelte Robert heftig an der Schulter. »Gott der Herr gibt Leben und Tod, er segnet die Frommen und zerschlägt die Werke des Teufels. Die Mörder dürfen nicht triumphieren – schon morgen wird die Normandie einen neuen Herzog haben.«

Damit ließ er Roberts Schulter fahren und erhob sich ächzend. Trotz des Gewitters war es schon wieder heiß und stickig im Raum; die Wände, von der Sonne tagelang aufgeheizt, atmeten feuchte Wärme. Der Rock des Erzbischofs schien zu dampfen, er zupfte das klebrige Gewand zurecht, richtete den verrutschten Gürtel und rief nach dem Burgvogt, den er zuvor offensichtlich des Raumes verwiesen hatte.

»Trockene Kleidung, Speisen und Wein!«, ordnete er eigenmächtig an. »Wir werden nach dem Mahl gleich zur Ruhe gehen. Es war ein harter Ritt.«

Mit schweren Schritten näherte er sich dem Vorhang, und als Arlette begriff, was er vorhatte, war es bereits zu spät. Mit einer schnellen Bewegung wurde der Stoff zurückgeschlagen, und sie blinzelte in den hellen Kerzenschein eines Kandelabers, mit dem der Erzbischof die Bettstatt ausleuchtete, in der er zu schlafen gedachte.

Die Verblüffung war ihm deutlich anzusehen, hatte er doch geglaubt, mit Robert allein zu sein. Seine kleinen, hellblauen Augen blieben kalt, als er Arlette musterte, nur sein Mund verzog sich auf eine seltsam ironische Art.

»Warum hast du mir nicht gesagt, dass du eine Hure bei dir hast?«, fragte er ärgerlich über die Schulter.

»Sie … sie war schon hier, als Sie in den Raum traten«, stammelte Robert.

»Wie schade um die entgangene Liebe«, meinte der Erzbischof spöttisch. »Raus!«

Der Wink seiner Hand war eindeutig – sie war für diesen Mann nicht mehr wert als eine Magd oder eine Hörige. Robert kam ihr nicht zu Hilfe; schweigend hockte er auf seinem Schemel, die Hände auf den Knien, und blickte zu Boden, als sie an ihm vorüber zur Tür lief.

Auf der Treppe kamen ihr bereits die Knappen und Mägde entgegen, die Bretter für die Tafel, Gewänder, Weinkrüge und Geschirr nach oben trugen, und sie musste sich eng an die Mauer pressen, um den Weg freizugeben. Neugierige Blicke glitten über sie hinweg, auf den Gesichtern mancher Mägde war höhnische Befriedigung zu erkennen. Man hatte sie hinausgeworfen, die hochfahrende Gerbertochter, die geglaubt hatte, hier auf der Burg über alles bestimmen zu dürfen. Ja, wer hoch hinaufstieg, der konnte auch tief fallen. Sie hatte das Erdgeschoss noch nicht erreicht, da musste sie schon wieder zur Seite weichen; die Getreuen des Erzbischofs – bereits in trockene Gewänder gekleidet – stiegen sporenklirrend an ihr vorüber, gefolgt von etlichen Rittern der Burg, die üblicherweise an der Tafel des Grafen ihren Platz hatten. Auch jetzt wurde sie begafft, man hielt das Licht in die Höhe, um sie besser sehen zu können, die fremden Ritter grüßten sie, jedoch ohne Ehrfurcht, wie es einer verheirateten Frau zugekommen wäre. Man schien recht gut zu wissen, welche Rolle sie hier in der Burg ausfüllte, und wer daran zweifelte, erkundigte sich murmelnd bei einem, der es wissen musste.

Auch der Ritter Herluin stieg die Turmtreppe hinauf; als er Arlette erkannte, blieb er zögernd stehen, als wolle er sie ansprechen. Doch Arlette schaute an ihm vorbei und machte eine ungeduldige Bewegung, wie um zu sehen, ob die Treppe nun endlich frei sei – also schwieg er und setzte seinen Weg fort.

Unten, im engen, zugigen Eingangsraum des Turms, herrschte Gedränge, der Burgvogt trieb die Knechte an, welche die Körbe und Schalen voller Speisen hinaufschafften, die auf den Feuerstellen zu Füßen des Turms auf dem blanken Felsboden zubereitet wurden, nur von einem hölzernen Unterstand vor dem Regen geschützt.

Auch im Wachensaal ging es lärmig zu; man redete sich die Köpfe heiß über die Nachricht, die die Getreuen des Erzbischofs überall verbreitet hatten.

»Das Schwein hat es nicht anders verdient«, grölte eine überschnappende Stimme. »Zwanzig der Unsrigen haben seine Ritter in der Stadt niedergemacht. Mein Bruder war dabei und auch mein Schwager.«

»Es ist eine Schande, wenn ein edler Mann einen solchen Tod erleiden muss!«

»Trinken wir auf ihn – immerhin war er unser Herzog.«

»Trinken wir lieber auf den neuen Herrn der Normandie! Jetzt brechen andere Zeiten an, Leute. Jetzt sind wir auf der Seite des Siegers!«

»Wie rasch und einfach doch ein Thron errungen werden kann!«

»Was willst du damit sagen?«

»Nichts weiter, Freund. Gib mir den Krug und glotz mich nicht so an.«

»Noch ein einziges Wort, Bursche, und ich stopfe dir dein übergroßes Maul mit dieser Faust! Graf Robert ist kein Giftmörder!«

Sie hätte sich gern die Ohren zugehalten, doch die Männer waren bereits voller Met und grölten immer lauter. Es gab keinen Ort, an den sie sich hätte flüchten können, es sei denn, sie wäre die Turmleiter hinuntergeklettert und auf die Vorburg gelaufen. Doch wer hätte sich dort ihrer angenommen? Weder die Handwerker noch die Mägde und Knechte, die dort ihre Hütten hatten, und schon gar nicht die Familien der Ritter, die ihr wenig gewogen waren, und sie verspürte keine Lust, in einem stinkenden Stall oder einem der Speicher Unterschlupf zu suchen. Sie drückte sich in eine Ecke, kämpfte gegen den durchdringenden Uringestank an und war erleichtert, als das späte Abendlicht, das zur offenen Tür hineinfiel, langsam schwächer wurde.

Wie feige er war! Mit keinem Wort, keiner Geste hatte er der Anordnung seines Onkels widersprochen, hatte schweigend geduldet, dass sie hinausgeschickt wurde. Wer war eigentlich Herr dieser Burg? Robert Lautmund, der Graf von Hiémois und Besitzer dieser Festung, oder Erzbischof Robert Evreux, der hier nur zu Gast war? Jetzt würden sie oben tafeln, und die Ehefrau des Burgvogts würde ihren angestammten Platz eingenommen haben, wahrscheinlich hatte sie auch zwei ihrer hässlichen Töchter mitgebracht, die vorstehende Zähne wie Karnickel hatten. Wie würde sie triumphieren, diese neidische Hexe! Robert würde wie immer das große Wort führen, vermutlich redete er seinem Onkel nach dem Munde, ließ sich von ihm vielleicht gar abkanzeln, ohne sich zu wehren. Wieso hatte dieser alte Mann eine solche Macht, dass er sogar wagen konnte, Erzbischof und zugleich verheiratet zu sein? Niemand nahm Anstoß daran, denn er war der Graf von Evreux und Bruder des verstorbenen Herzogs. Ein Wunder, dass er sich nicht gleich selbst zum Herzog gemacht hat, dachte sie missgünstig.

Robert würde Herzog werden. Aber der Erzbischof würde hinter ihm stehen wie ein Wagenlenker, der sein Pferd fest am Zügel hatte. Sie musste kichern, obgleich die Vorstellung wenig lustig war.

Robert würde Herzog werden. Und was würde aus ihr? Würde er sie mit sich nehmen? Wenn es nach seinem Onkel ging, gewiss nicht. Und er war scheinbar in fast allen Dingen von diesem starken Onkel abhängig.

Es wäre besser für mich, wenn er nicht Herzog würde, dachte sie bekümmert und lauschte nach oben, wo jetzt laute Stimmen zu hören waren. Man brachte Trinksprüche aus. Vermutlich feierte man bereits den neuen Herrscher, Herzog Robert

Lautmund, den gehorsamen Neffen seines herrschsüchtigen Onkels.

Es wurde nicht allzu lange getafelt, denn die Gäste waren müde und brauchten ihren Schlaf. Die jungen Knappen trugen Schüsseln und Krüge mit klarem Wasser nach oben, dazu saubere Tücher, damit die Damen und Herren sich die Hände vom Mahl reinigen konnten. Bald erschien wieder die Prozession der Mägde, die die Reste der Speisen, das Geschirr und endlich auch die hölzernen Bretter hinunterschleppten. Gezeter brach aus, als sich eine der Mägde einen übrig gebliebenen Fleischbissen von einer Platte schnappte, die ein Knappe nach unten balancierte. Die Mägde gerieten sich in die Haare, ein Knecht versuchte, den Streit zu schlichten, und handelte sich eine kräftige Maulschelle ein. Arlette, die den Streit belustigt beobachtet hatte, musste sich eng an die Mauer drücken, um nicht zwischen die zornigen Weiber zu geraten.

Es war schon dunkel geworden, als das Gelaufe und Gerenne auf der Turmtreppe endlich nachließ, nur im Wachenraum wurde weiter gebechert, und die zotigen Witze, die Arlette zu Ohren kamen, erinnerten sie an die Scherze der Gerbergesellen auf dem Hof ihres Vaters.

Mehrere Ritter stiegen nun die Turmtreppe hinab, um zu ihren Familien auf der Vorburg zurückzukehren. Sie beachteten Arlette kaum, schienen bester Laune zu sein, und sie hörte, wie sie unten an der Turmmauer ihr Wasser abschlugen. Arlette wartete noch ein Weilchen – vermutlich würde man die Vornehmsten der Gäste im Turm beherbergen, entweder ganz oben im Raum des Burgvogts oder im ersten Stock, wo Robert seinen Wohnbereich hatte.

Sie, Arlette, lebte seit fast vier Monaten an Roberts Seite, niemals hatte sie an einem anderen Ort auf der Burg schlafen müssen, und auch jetzt war sie nicht bereit, sich einfach verdrängen zu lassen.

Wenn die müden Herren dort oben eingeschlafen waren, müsste sich doch ein Eckchen finden lassen, in dem sie sich niederlegen und die Nacht verbringen konnte. Ganz gleich, was morgen geschehen würde, heute war sie noch die Geliebte des Grafen und hatte ein Anrecht darauf.

Sie drückte sich vorsichtig an der Mauer entlang, um von den Männern im Wachenraum möglichst unbemerkt zu bleiben, dann schlüpfte sie in den Treppenaufgang und tastete sich die Stufen hinauf. Die Tür zu Roberts Wohnbereich war nur angelehnt, der schwache Schein einer Hängelampe zitterte über den Treppenabsatz, und als sie die letzten Stufen emporstieg, vernahm sie Schnarchgeräusche.

Der Raum war fast dunkel, der Geruch von allerlei Speisen, vergossenem Wein und Schweiß strömte ihr entgegen, die gestickten Wandteppiche bewegten sich sacht im Luftzug der offenen Fensterläden.

Sie schob die Tür ein wenig weiter auf und wollte sich gerade durch den Türspalt schieben, als sie erschrocken zusammenzuckte.

»Arlette!«

Es war nur ein Flüstern, doch sie hatte seine Stimme erkannt. Robert Lautmund saß zusammengesunken auf einem Hocker. Er hatte den Kopf gehoben und lächelte schwach. Langsam trat sie ein.

»Wo bist du gewesen?«, wisperte er und griff nach ihrer Hand. »Ich habe dich vermisst.«

Sie hatte eine Menge unfreundlicher Sätze auf der Zunge, doch sie schwieg. Er machte einen verwirrten Eindruck. Was war los mit ihm? Fand er keinen Schlaf vor lauter Glückseligkeit?

»Ihr Onkel hat mich des Raumes verwiesen«, erinnerte sie ihn sanfter, als sie es eigentlich vorgehabt hatte.

Er streichelte ihre Hand wie ein Traumwandler, dann legte er die Innenfläche an seine heiße Wange, und sie spürte das Kitzeln seiner Bartstoppeln.

»Es tut mir leid, Arlette …«

Der Groll stieg nun doch in ihr auf, vor allem, weil aus der

Bettstatt, die sie sonst mit Robert teilte, jetzt die kräftigen Schnarchgeräusche des Erzbischofs zu hören waren. Hoffentlich schickte Gott ihm wenigstens schlimme Träume!

»Ich werde mich daran gewöhnen müssen«, flüsterte sie. »Schon morgen werden Sie Herzog sein und mich verlassen.«

Sie spürte, wie er zusammenzuckte und ihre Hand so fest umklammerte, dass es fast schmerzte.

»Ich werde nicht Herzog, Arlette. Ich habe mich geweigert, morgen nach Rouen zu reiten.«

Sie traute ihren Ohren kaum. Wie konnte man einen Herzogthron so einfach von sich weisen?

»Ich kann es nicht«, schwatzte er, scheinbar froh, endlich darüber reden zu können. »Nicht auf diese Weise. Ein Giftmord, ein hinterhältiger Anschlag auf ein blühendes, junges Leben. Wie könnte ich das für meine Zwecke nutzen und Herzog werden? Ich bin verzweifelt, ich weine um ihn, Gott ist mein Zeuge, dass ich meinen Bruder geliebt habe …«

Sie begriff, dass er zutiefst verzweifelt war, und ihr Zorn schmolz dahin. Dieser große, sehnige Bursche war hilflos wie ein Kind, brauchte ihren Trost, ihren Rat, ihre Fürsorge. Sie trat dichter an ihn heran und zog ihn sanft zu sich, bis sein Kopf an ihrem Leib lehnte.

»Niemand zweifelt daran, dass Sie um Ihren Bruder trauern. Er war ein guter Herrscher, ein starker und kluger Herzog, er hätte das Land noch lange und glücklich regiert …«

»Das hätte er, bei Gott, das hätte er …«

Sie strich ihm beruhigend über das schweißfeuchte Haar.

»Auch Sie werden ein guter Herrscher sein, Robert. Ich weiß, dass Sie stark und gütig sind und dass es Ihnen weder an Klugheit noch an Weitsicht fehlt.«

Das war stark übertrieben, aber die Worte taten ihre Wirkung.

»Das weißt du? Woher willst du das wissen, Arlette?«

Er war schon ein seltsamer Bursche. Noch vor einem halben Jahr hatte er eine blutige Rebellion entfacht, die das ganze Land spaltete, nur um den Herzogsthron zu erringen. Und jetzt hatte er plötzlich Angst davor.

»Woher ich das weiß? Ich hatte einen Traum.«

Sie hatte diesen Satz einfach so dahingesagt, eine Erfindung, aus dem Augenblick heraus geboren, um ihm Mut zu geben. Doch gleich darauf schoss ihr ein Gedanke durchs Gehirn, so einfach und doch großartig wie ein helles Licht. Er würde sie nicht in Falaise zurücklassen – er würde sie mit sich nehmen.

»Einen Traum«, flüsterte er aufgeregt, denn er glaubte an die Wahrheit von Traumgesichtern. »Erzähle ihn mir.«

»Ich spürte gestern Nacht im Traum, wie ein gewaltiger Baum aus meinem Leib herauswuchs«, fing sie an und zog seinen Kopf noch dichter an sich. »Sein Stamm war breit und knorrig, die Wurzeln fest verankert, und seine Äste beschatteten das ganze Land. Ja, sie neigten sich sogar über das Meer und reichten bis hinüber nach England.«

Er schien mit diesem Traumbild nicht allzu viel anfangen zu können, denn er runzelte die Stirn.

»Bis nach England?«

»Es bedeutet, dass das Kind, das ich in mir trage, einst ein großer Herrscher sein wird.«

Er schob sie von sich weg und starrte mit weiten Augen zu ihr hinauf.

»Du trägst ein Kind?«

»Unser Kind«, gab sie mit stolzem Lächeln zurück. »Ihren Sohn.«

* * *

Die Wirkung dieser Mitteilung war überwältigend. Er sprang von seinem Schemel auf, starrte sie mit weit aufgerissenen Augen an, als sei sie der Engel der Verkündigung, dann umschloss er behutsam mit den Händen ihre Wangen.

»Ein Zeichen«, stammelte er. »Gott gibt mir ein Zeichen. Der Tod hat nicht das letzte Wort. Mein Bruder starb, doch du wirst mir einen Sohn gebären …«

Seine Finger glitten zärtlich durch ihr Haar, während er weiter allerlei Zeug schwatzte, und sie fürchtete schon, er würde in seiner Begeisterung die Schlafenden aufwecken. Arlette glühte vor Stolz; sie hatte die richtigen Worte gefunden.

»Du wirst an meiner Seite sitzen, Arlette. Meine süße Arlette, meine einzige Geliebte, mein Hoffnungsengel ... Du wirst Zeugin sein, wenn ich den Thron besteige, du wirst bei mir sein, wenn ich das Land regiere, denn du bist die Mutter meines Sohnes ...«

Es klang großartig, doch sie kannte seine Neigung zu voreiligen Versprechungen, die er meist rasch wieder vergaß. Außerdem – daran wagte sie gar nicht zu denken – konnte es genauso gut sein, dass sie ein Mädchen zur Welt brachte. Aber bis zu ihrer Niederkunft würde noch einige Zeit verstreichen, vielleicht würde er ja dieses Mal tatsächlich sein Wort halten und sie mit nach Rouen nehmen.

Er war wie im Fieber, und sie hatte Mühe, ihn wieder zu beruhigen, denn hinter dem Vorhang der Bettstatt waren jetzt Geräusche zu hören, als wälze sich jemand im Schlaf, verärgert über die Störung, auf die andere Seite. Die Mägde hatten mehrere Lagerstätten aus Polstern und Strohsäcken bereitet, und als sie beieinanderlagen, zog sie Kleid und Hemd in die Höhe, damit er die Hand auf ihren Bauch legen konnte. Doch das Kind tat ihnen nicht den Gefallen, sich zu bewegen.

Viel zu früh stahl sich das Morgenlicht durch die Fensteröffnungen, und als gleich darauf die Hähne auf der Vorburg zu krähen begannen, war auch der Letzte der Schlafenden erwacht. Robert, der in der Nacht kaum ein Auge zugetan hatte, fuhr von seinem Lager auf und brüllte laut nach Thurstan Goz, dem Burgvogt. Hast kam auf, das Gesinde lief durcheinander wie eine Herde aufgescheuchter Ziegen, unten wurden die Küchenfeuer entzündet, und während Knappen und Mägde bereits das Reisegepäck schnürten, wurden auf der Vorburg die Pferde getränkt und gefüttert, denn man hatte einen anstrengenden Ritt vor sich.

Robert war wie verwandelt – alle Schwermut war von ihm gewichen, stattdessen schien er in Hochstimmung zu sein, ließ sich von seinen Knappen Kettenpanzer, Helm und Schwert bringen, wählte die Gewänder aus, die er in Rouen tragen wollte, und war kaum in der Lage, an der Morgentafel einen Bissen hinunterzubringen. Auch jene seiner Getreuen, die ihn nach Rouen begleiten sollten, waren in heller Aufregung, denn sie erhofften sich Glück und Aufstieg ob der neuen Lage. So mancher Knappe, der durch ein Missgeschick den Unmut seines Herrn erregte, wurde ungeduldig mit einer kräftigen Maulschelle bedacht, auch ein Pferdeknecht, der meldete, dass eines der Rösser lahm ging, erhielt für die schlimme Botschaft einen Fußtritt in den Hintern.

Der Einzige, der in diesem Gewimmel die Ruhe behielt, war der Erzbischof, der ganz offensichtlich prächtig geschlafen hatte. Schweigsam nahm er sein Frühmahl ein, hörte Roberts nicht enden wollendem Gerede zu und warf nur selten eine Bemerkung dazwischen. Arlette, die von Robert zur Tafel geführt worden war, bedachte er mit einem kurzen, wenig freundlichen Blick, danach schien er sie gar nicht mehr wahrzunehmen.

»Lasst uns aufbrechen!«, befahl er, als er sein Frühstück beendet hatte. »Je eher wir in Rouen eintreffen, desto besser.«

Robert stürzte zum Fenster, um nachzusehen, ob die Pferde bereits gesattelt waren, dann schalt er seinen Knappen, der ihm nicht eilig genug die Sporen an den Schuhen befestigen konnte.

»Ja, reiten wir! Die Zeit drängt!«

Arlette schien er vollkommen vergessen zu haben, er nahm nicht einmal Abschied von ihr. Beklommen sah sie vom Turmfenster aus auf die Vorburg hinunter, dort standen Männer, Frauen und Kinder und reckten laut jubelnd die Hälse, als die Ritter erschienen und ihre Pferde bestiegen. Sie ließen den neuen Herzog noch vor seiner Thronbesteigung hochleben, und einige Knaben liefen den Reitern hinterher, als sie das Burgtor durchritten.

Schon bald darauf zerstreute sich die Menge wieder, man schwatzte noch ein wenig über die aufregenden Ereignisse, dann gingen die Burgbewohner ihrem Tagwerk nach, und es schien, als breite sich eine seltsame Trägheit auf der Burg aus.

Arlette schloss den Fensterladen und sah den Mägden zu, die die Tafel aufhoben und hinaustrugen. Eine tiefe Beklemmung hatte sie erfasst, die durch die hämischen Blicke der Mägde nur noch gesteigert wurde.

Natürlich hatte Robert sie auf diesen Ritt nicht mitnehmen können, wahrscheinlich würden die Reiter kaum aus dem Sattel kommen und nur kurze Zeit ausruhen. Arlette war kräftig und keine schlechte Reiterin, doch bei dieser Hitze und in ihrem Zustand hätte sie diese Strapazen vermutlich nicht durchgestanden.

Aber er hatte nicht einmal Abschied von ihr genommen!

Wie dumm ich war, dachte sie unglücklich. Weshalb habe ich ihn ermutigt? Es wäre viel besser gewesen, er hätte den Thron zurückgewiesen und wäre hier bei mir geblieben! So aber reitet er davon, und wer weiß, ob er sich jemals an seine Versprechungen erinnern wird, wenn er erst Herzog der Normandie ist!

Jetzt auf einmal erschien ihr die großartige Eingebung vom gestrigen Abend völlig schwachsinnig. Weshalb sollte Robert sie überhaupt nach Rouen holen? Weil sie ein Kind von ihm trug? Er würde Herzog sein und vermutlich bald heiraten, denn er musste eheliche Söhne zeugen, die einst seinen Thron erben konnten. Alles, was sie sich erhoffen konnte, war, dass Robert ihren Sohn als sein Kind anerkannte und deshalb für sie und seinen Nachkommen sorgte. Das war durchaus üblich, auch sein Vater Richard II. und der Großvater Richard I. hatten Söhne aus außerehelichen Liebschaften, einige von ihnen waren als Bischöfe eingesetzt worden, andere hatten Ländereien zum Lehen erhalten. Auch Gilbert von Brionne war ein Spross aus einer solchen Verbindung.

Doch Robert war sprunghaft und unzuverlässig. Es war

möglich, dass er sie vollständig vergaß, aber vielleicht schickte er auch in einigen Tagen Boten, die sie aufforderten, nach Rouen zu kommen.

Auf der Burg schien niemand so recht daran zu glauben. Jetzt, da der Graf die Festung verlassen hatte, hatte der Burgvogt Thurstan Goz das Sagen, und er schaltete und waltete, wie es ihm passte. Bald bekam Arlette zu spüren, dass sie nicht mehr unter Roberts Schutz stand, denn die Frau des Burgvogts betrat ohne Umschweife den Raum, wies die Mägde an, die Polster anders anzuordnen und den Boden zu fegen, und zog mit ihren Töchtern ein. Arlettes zorniger Widerspruch störte sie nicht im Geringsten; sie erklärte ihr hohnlachend, sie könne froh sein, nicht unten in der Vorburg schlafen zu müssen, denn der Graf habe keinerlei Anweisung hinterlassen, wie mit ihr zu verfahren sei. Es sei nur der Güte ihres Ehemannes, des Burgvogts, zu verdanken, dass man sie überhaupt noch auf der Burg dulde.

Wutschnaubend lief Arlette aus dem Raum, fand den Burgvogt unten im Wachensaal, wo er einen Streit schlichtete, und forderte, dass seine Ehefrau den Wohnbereich des Grafen verlassen solle. Umsonst. Der hochgewachsene, hagere Thurstan Goz war ein anderer geworden, er hatte die Rolle des gehorsamen Ministerialen abgestreift und kehrte den Burgherrn heraus. Indes war er klüger als seine Frau und hütete sich davor, Arlette zu beleidigen, denn noch war nicht eindeutig klar, was der künftige Herzog über sie beschlossen hatte.

»Es ist üblich, dass meine Familie den Raum des Burgherrn bewohnt, solange er nicht in Falaise ist. Soll der große Raum vielleicht leer stehen, während wir oben eng beieinanderhocken?«

So war das also! Wenn Robert seine Burg verließ, vergnügte sich der Burgvogt mit seiner Frau im Bett seines Herrn, fingerte an Roberts silbernen Schatullen herum, benutzte sein Schachspiel aus Bergkristall, auf das er so stolz war, und die Kinder wischten ihre Schmutzfinger an den schönen Wandbehängen ab.

»Dann verlange ich, dass meine Dienerin Godhild dort oben bei mir einzieht!«

Er zögerte, da er vermutlich Schwierigkeiten mit seiner zänkischen Ehefrau befürchtete, doch schließlich zuckte er die Schultern und gewährte ihr diese Gunst. Godhild solle ihr Bündel aus der Vorburg, wo sie bisher untergebracht gewesen war, in den Turm hinauftragen.

Als der Burgvogt die Leiter hinabgeklettert war, um unten in der Vorburg nach dem Rechten zu sehen, bekam Arlette zu spüren, dass auch die Knechte und Ritter im Wachenraum den neuen Wind rochen, der nun auf der Burg wehte. Sie schienen sowieso schlechter Stimmung zu sein, denn etliche unter ihnen hatten gehofft, mit Robert nach Rouen reiten zu dürfen. Doch er hatte nur wenige zu seiner Begleitung ausgewählt, denen man dieses Glück jetzt heftig neidete.

»Nun, Arlette? Vermisst du den Grafen auf deinem Lager? Komm her zu uns – auch wir wissen, wie man einen Pflock in den Riemen treibt.«

»Nicht so stolz, du Hübsche! Jeder von uns versteht sich darauf, ein Weib in Hitze zu bringen. Einer nach dem anderen – du wirst deine Freude an uns haben!«

»Was ist los, Herluin? Du wirst doch wissen, wie gut es sich mit ihr vögelt?«

Sie sah gerade noch, dass der Ritter Herluin mit hochrotem Gesicht von seinem Sitz aufsprang, dann hatte sie schon die Tür zum Treppengang erreicht, und sie beeilte sich, in den ersten Stock zu gelangen.

Die Tage dehnten sich in qualvoller Länge, unbarmherzig brannte die Sonne hernieder, ließ die Luft vor Hitze flimmern und dörrte Wiesen und Felder aus. Arlette war froh, dass Godhild bei ihr war, denn sie fühlte sich mit jedem Tag schlechter. Hatte sie sich bisher nach ihrem kleinen Sohn gesehnt, so trat dieses Gefühl nun immer mehr in den Hintergrund, denn die neue Schwangerschaft, die zuerst so leicht gewesen war, setzte ihr nun zu. Schmerzen und Unwohlsein plagten sie, dazu zerrte der tagtägliche Ärger über die Familie des Burgvogts an ihren Nerven, denn sie war keine, die eine Beleidigung so einfach hinnahm. Inzwischen bemächtigte sich die Burgvögtin sogar ihrer Schmuckstücke und Gewänder, zwei silberbeschlagene Schatullen aus ihrem Besitz verschwanden samt Inhalt, und um den zierlichen Handspiegel musste sie einen harten Kampf führen. Jetzt bedauerte sie, damals nicht Godhilds Rat befolgt zu haben, denn niemand glaubte ihrer Versicherung, all diese schönen Dinge von Robert zum Geschenk erhalten zu haben. An den Abenden, wenn die quälende Hitze ein wenig nachließ, riss sie den Fensterladen auf und sah in die Vorburg hinunter. Auch dort schienen Mensch und Tier wie gelähmt, kaum jemand arbeitete, sogar die jungen Hunde dösten vor sich hin. Ein paar Knappen kauerten beim Würfelspiel, die Mägde schleppten sich mit müden Schritten zum Brunnen, als seien schon die leeren Wassereimer eine schwere Last. Die Torwächter hockten am Boden, den Rücken gegen die Mauer gelehnt, einen Krug mit gewässertem Cidre neben sich. Nur eine Gruppe Frauen, die unten am Bach Wäsche gewaschen hatte, kehrte in die Burg zurück, sonst begehrte niemand Einlass.

»Er kann dir jetzt noch keinen Boten schicken«, sagte Godhild. »Sie werden seine Thronbesteigung feiern, ihm huldigen, er muss zahllose Leute begrüßen, Zeremonien abhalten und was weiß ich noch alles. Dann werden ihn die Totenfeiern beschäftigen …«

»Er hat mich vergessen, das ist es!«

»Das glaube ich nicht, Arlette. Er hängt an dir. Er braucht dich.«

»Er ist ein Feigling!«

»Manchmal schon. Und dann wieder auch nicht.«

Auch Walter bekam die veränderte Lage zu spüren, denn die Knappen erinnerten sich nun daran, dass er nur der Sohn eines Gerbers war, und einige von ihnen beschwerten sich bei Thurstan Goz, gemeinsam mit einem Handwerker ritterliche

Übungen abhalten zu müssen. Doch Walter erhielt unerwartete Hilfe, denn der Ritter Herluin erschien nun täglich unten in der Vorburg, ließ den Sohn des Gerbers auf seinem eigenen Pferd reiten und lehrte ihn die Kunst, vom Rücken des Pferdes aus die Lanze zu gebrauchen. Man lachte über die beiden, denn Herluin war unter den Rittern wegen seiner schüchternen, schweigsamen Art wenig angesehen, doch da der Burgvogt nichts gegen diese Übungen einzuwenden hatte, ließ man sie gewähren.

Mit jedem Tag schwand ein Stück von Arlettes ohnehin schwacher Hoffnung dahin, und als eine Gruppe adeliger Pilger aus Rouen, die zum Grab des heiligen Jakobus nach Santiago de Compostela unterwegs war, in der Burg um Quartier bat, bestätigten sich ihre Befürchtungen aufs Schlimmste.

Rasch und glanzlos sei die Thronbesteigung des jungen Herzogs gewesen, wussten die Pilger ihrem Gastgeber zu berichten, umso ausgedehnter und prächtiger jedoch die Totenfeiern für den ermordeten Richard III. Herzog Robert habe eine ganze Nacht neben dem aufgebahrten Leichnam seines Bruders in der Kirche gekniet und geweint, bevor man den Toten feierlich durch die Stadt trug. Mehrere Tage lang habe man zu seinen Ehren Prozessionen abgehalten und Messen gelesen, auch seien die Armen und Kranken so großzügig wie nie zuvor gespeist worden. Der Platz vor der Kirche in Rouen sei schwarz vor Menschen gewesen, die zusammengelaufen waren, um den Verstorbenen zu sehen, viele hätten bittere Tränen um Richard III. vergossen, doch nur wenige hätten dem neuen Herzog zugejubelt. Indes kursierten Gerüchte, dass Robert I. die Witwe seines Bruders, Adele von Frankreich, heiraten wolle, was für die Normandie eine gute Sache wäre, denn es würde die enge Bindung an den französischen König, den Lehnsherrn der Normandie, erneuern.

Gastgeber und Gäste hatten oben im Raum des Burgvogts miteinander gespeist, doch eine der Töchter des Vogts hatte es eilig, Arlette diese Neuigkeit zu überbringen.

»Mama meint, du solltest besser zu deiner Familie zurückgehen«, sagte die Vierzehnjährige mit harmlosem Lächeln. »Hier im Turm ist es auch ohne euch beide schon eng genug.«

»Deine Mama sollte ihre Zunge besser hüten!«, gab Arlette wütend zurück. »Was ich tue und wohin ich gehe, darüber wird der Herzog selbst entscheiden.«

»Dem bist du doch ganz gleichgültig – er denkt gar nicht mehr an dich, denn er hat jetzt bald eine schöne, junge Frau. Adele ist von edler Geburt und keine Hure, wie du es bist!«

»Verschwinde, du kleines Biest!«, schimpfte Arlette und warf einen hölzernen Becher nach dem Mädchen, traf jedoch nur einen der Wandbehänge, auf dem nun ein hässlicher, dunkler Fleck prangte.

»Du bist es, die verschwinden wird! Und das schon sehr bald!«

Auch Godhild, die die Dinge stets von der praktischen Seite sah, war der Meinung, es sei an der Zeit, die Burg zu verlassen.

»Was sollen wir hier, Arlette? Wenn er dich wirklich noch nach Rouen holen lässt, wird er dich auch im Gerberhof finden. Und ich muss schauen, dass mein Gewerbe wieder anläuft, von irgendwas muss ich ja leben.«

Arlette saß auf einem Hocker und rieb sich mit schmerzverzogenem Gesicht den Bauch. Was war das nur für ein Kind, das sie schon Monate vor der Niederkunft mit solchen Schmerzen peinigte? Es drehte und wendete sich in ihrem Leib, stieß jetzt immer fester gegen die Bauchdecke und machte, dass ihr der Magen brannte.

»Wenn du lieber gehen willst, Godhild, dann tu es«, murmelte sie. »Ich bleibe hier.«

»Himmel, weshalb hat Gott dir nicht ein wenig Verstand zu deiner Sturheit gegeben!«

Doch Arlette dachte an die Häme der Stadtbewohner und die boshaften Reden, die man dort über sie führen würde. Auch den Vater und den Bruder würden sie mit Spott bedenken – wenn sie es nicht sowieso schon taten. Nein, sie hatte wenig Lust, zum Gerberhof zurückzukehren. Auch Walter tat es nicht, doch der hatte einen Beschützer gefunden, der sich durch nichts beirren ließ. Der Ritter Herluin hatte ihn zu seinem Knappen gemacht und damit allen weiteren Angriffen die Spitze genommen.

Godhild hatte Mitleid mit ihrer Freundin und blieb bei ihr. Sie massierte ihr den schmerzenden Leib, kochte ihr lösende Tränke und zankte sich mit den Mägden, die sich weigerten, Arlette zu bedienen.

Das Korn wurde geschnitten. Die hörigen Bauern, die auf dem Besitz des Grafen arbeiteten, brachten die Ernte auf niedrigen Ochsenkarren ein, so dass die Vorburg für Tage in gelblichen Staub gehüllt war. Ohne Unterlass klapperten die Dreschflegel, während die Frauen, Mädchen und Knaben das Korn in geflochtenen Schütten in die Luft warfen, damit der Wind die Spelzen davonblies.

Die kleine Reiterschar hatte Mühe, zwischen den Dreschern hindurch ihren Weg zur Hauptburg zu finden, weil die Pferde vor den harten Schlägen der Dreschflegel scheuten, auch mussten sie sich die Mäntel vorhalten, denn die umherfliegende Spreu reizte zum Husten. Als die ermüdeten Reiter endlich absteigen konnten, waren nicht einmal genügend Knechte da, um die Tiere zu versorgen, und der Burgvogt, der damit beschäftigt war, die Erntearbeiten zu überwachen, musste sich mehrfach die verquollenen Augen wischen, bevor er den adeligen Ritter Robert von Montgomery erkannte.

Dann jedoch änderte sich die Lage mit erstaunlicher Geschwindigkeit. Gepolter war aus dem Turm zu vernehmen, die Burgvögtin hackte zornig auf den unschuldigen Mägden herum, die den Raum des Grafen nicht rasch genug instand setzten. Die Töchter des Burgvogts wurden in den zweiten Stock verbannt, man trieb das Gesinde an, eilig die Tafel aufzubauen, Speisen zu richten, Wein herbeizuschaffen – die Herren waren müde und durstig.

Robert von Montgomery betrat den Turm mit dem festen

Schritt des neuen Burgherrn, denn er war vor wenigen Tagen zum Vicomte von Hiémois ernannt worden. Doch er hatte noch eine weitere Botschaft an Thurstan Goz zu vermelden.

Arlette, die Tochter des Gerbers Fulbert, würde im Palast des Herzogs in Rouen erwartet, außerdem wünsche der Herzog, Arlettes Vater und ihre Brüder dort zu sehen.

Robert von Montgomery hatte Geschenke mitgebracht, die seine Getreuen vor den staunenden Augen der Tafelgesellschaft ausbreiteten. Gewänder, Schuhe, Gürtel und silberne Fibeln, auch eine Schatulle mit Geschmeide war darunter. Alles war ausnahmslos für Arlette bestimmt.

Nach dem Wunsch des Herzogs sollte der Ritter Herluin die Reisegesellschaft unter seinen Schutz stellen und mit Leib und Ehre dafür einstehen, dass die Tochter des Gerbers wohlbehalten in Rouen anlangte.

Rouen, Herbst 1027

Der Barde hatte ein grünes, mit Silberfäden besticktes Band um den Kopf geschlungen, sein Haupthaar war blond und lockig und im Nacken nach der neuen Mode kurz geschnitten. Wenn er auf seiner Leier klimperte und dazu sang, zog er die Stirne kraus, bewegte die Augenbrauen und verdrehte den Körper auf so merkwürdige Weise, dass Arlette kichern musste.

»Weshalb versteht man denn nichts?«

»Er singt auf Dänisch, mein Herz. König Knut hat ihn an den normannischen Hof vermittelt, vielleicht meinte er, dass einige von uns ihre Herkunft nicht ganz und gar vergessen sollten.«

»König Knut herrscht aber doch über England.«

»Knut ist Däne, doch er hat England erobert und die Witwe seines Vorgängers Aethelred geheiratet, meine Tante Emma von der Normandie. Knut ist ein verdammt kriegerischer Bursche – wie es ausschaut, wird er bald auch König von Norwegen sein.«

»Aha …«, sagte Arlette gleichgültig.

Robert hatte seine linke Hand auf ihren Schoß gelegt, was nur die dicht neben ihnen Sitzenden sehen konnten, da das lange, weiße Tafeltuch diese Geste verdeckte. Zärtlich strich er über ihre Schenkel und suchte dann durch den Seidenstoff des Gewandes hindurch der Form ihres Leibes nachzuspüren, der sich zusehends rundete. Wenn das Kind nach seiner Hand trat, konnte er vor Begeisterung aufbrüllen – was er allerdings nur tat, wenn sie miteinander allein waren.

»Du bist die Schönste hier im Saal«, flüsterte er ihr zu. »Keine dieser aufgeputzten Frauen kann sich mit dir vergleichen. Ich kann es kaum erwarten, bis dieses ganze Getöse vorbei ist und du mir auf mein Lager folgen wirst.«

Er liebte sie fast jede Nacht, die Schwangerschaft störte ihn wenig dabei, im Gegenteil, ihr gewölbter Leib und die stärker werdenden Brüste schienen seine Leidenschaft noch anzufachen.

Sie warf den Kopf zurück und lachte hell auf, denn der Barde schien jetzt einen Schwertkampf zu mimen, wobei er die Leier wie einen Schild gebrauchte. Auch viele der übrigen Herrschaften amüsierten sich – besonders am unteren Ende der Tafel, wo die Dienstmannen des Herzogs saßen, wurde gelacht und in die Hände geklatscht.

Ein guter Stern hatte sie ein zweites Mal hoch über alle ihre Feinde erhoben. Wer dafür verantwortlich war, ob Gott der Herr oder die Dämonen der Hölle, das wusste sie nicht und wollte es auch nicht wissen, denn was sie tat, war wider Gottes Gesetze. Doch sie war fest entschlossen, dieses Glück mit beiden Händen festzuhalten. Arlette, die Tochter des Gerbers Fulbert, war die Geliebte des Herzogs der Normandie, saß an der Tafel inmitten der Hofgesellschaft an seiner Seite, genoss seine Aufmerksamkeit und seine heimlichen Zärtlichkeiten, und auf einen leisen Wink von ihr eilten Knappen und Diener herbei, um ihre Wünsche zu erfüllen.

Robert hatte sich Umfrid von Vieilles zugewendet, der zu seiner Linken saß, das Gespräch drehte sich um eine Klostergründung bei dem Ort Audemer, für die Umfrid die Erlaubnis des Herzogs erbat. Arlette knabberte an einer mit Hühnerfleisch gefüllten Pastete, hörte dem Gespräch zu und staunte darüber, wie bereitwillig Robert sein Einverständnis erteilte. Hatte man ihr nicht erzählt, dass Umfrid von Vieilles einer jener Männer war, die sich zunächst Roberts Rebellion gegen seinen Bruder angeschlossen, dann aber die Seite gewechselt hatten? Nun – Robert schien ihm verziehen zu haben. Was blieb ihm auch anderes übrig? Viele der Herren, die hier an der Tafel saßen, hatten noch vor wenigen Monaten in Falaise gegen ihn gekämpft – sollte er sie deshalb alle davonjagen?

Robert winkte den Barden herbei, der sich mehrfach tief vor dem Herzog und der Dame an seiner Seite verneigte. Arlette lächelte huldvoll – sie hatte schon einige dieser Sänger hier am Hof erlebt, alle waren schreiend bunt gekleidet, trugen lange Schnabelschuhe und waren namenlos eitel. Auch dieser Sänger nahm Roberts Geschenke zwar mit überschwänglichen Dankesgesten an, doch seinem blasierten Gesichtsausdruck war zu entnehmen, dass er glaubte, weit größeren Lohn für seine Darbietungen verdient zu haben.

»Er singt wundervoll, nicht wahr?«, flüsterte die zierliche Mathilde Arlette zu. »Ich war so gerührt, dass mir die Tränen herunterliefen.«

Sie war eine von Roberts jüngeren Schwestern, ein bleiches Mädchen, das er vermutlich bald in ein Kloster schicken würde. Mathilde, die kaum Nahrung zu sich nahm und meist fastete, hatte ihn schon mehrfach darum gebeten.

»Aber er ist ein hübscher Mensch«, äußerte Joseline mit viel sagendem Lächeln, während sie ein gebratenes Täubchen auseinanderzupfte. »Schau nur, wie ihm die blonden Locken in die Stirn fallen. Mir schien fast, dass er recht häufig zu uns hinübersah, während er seine Lieder vortrug …«

Joseline war mit Nigel von Cotentin verheiratet, eine füllige, lebhafte Dame, die momentan ihr viertes Kind trug. Sie wandte sich Arlette zu und wollte wissen, ob auch ihr die feurigen Blicke des schönen Sängers aufgefallen seien.

»Sie schauen alle auf die gleiche Weise, meine Liebe«, erwiderte Arlette schulterzuckend. »Ganz besonders dann, wenn sie von der Liebe singen. Ich glaube, sie tun es, um die Frauen zu rühren und die Männer in Hitze zu bringen.«

Mathilde wurde tiefrot, doch Joseline fand diese Vermutung recht zutreffend, und sie begann sofort, sich mit ihrer Nachbarin Adelheid von Burgund darüber auszutauschen. Die adeligen Damen unterhielten sich recht unbefangen mit der Geliebten des Herzogs, man wohnte gemeinsam in den Frauengemächern, und einige von ihnen teilten sogar ihre kleinen Geheimnisse mit Arlette. Keine behandelte sie verächtlich, wie es die Falaiserinnen getan hatten. War dies Roberts strenger Anweisung zu verdanken? Oder nahm man es hier nicht so genau mit den kirchlichen Vorschriften? War es für die adeligen Frauen nichts Ungewöhnliches, dass ein Herzog eine Geliebte hatte?

Arlette spürte, dass Roberts Blicke auf ihr ruhten. Er hatte Adelheids Gerede über den Barden gehört, und nun lag ein Anflug von Eifersucht in seinen Augen. Arlette lächelte ihm zu – sie wusste, dass sie vorsichtig sein musste.

Sie hatte sich rasch und leicht in ihre neue Rolle gefügt und schon nach wenigen Wochen das komplizierte Gefüge dieser Hofgesellschaft begriffen. Es gab nur wenige Menschen hier am Hof, die einen festen Anspruch auf die Nähe des Herzogs hatten, vor allem seine engsten Verwandten, sein Onkel, der Erzbischof von Rouen, aber auch seine Schwester Adelheid von Burgund und die beiden unverheirateten Schwestern Eleonore und Mathilde. Dazu kamen einige Halbgeschwister und ältere Tanten, die nur wenig zu sagen hatten und froh waren, mit am Tisch sitzen zu dürfen. Und dann waren da noch die mächtigen Vasallen der Normandie, jene Adelsherren, die seit einigen Jahren zu Land und Ansehen gelangt und deren Lehen von Robert bei seiner Huldigung bestätigt worden waren. Die meisten weilten nur hin und wieder für einige Zeit am Hof und reisten dann zurück auf ihre Lehen, nur an den feierlichen Hoftagen kamen alle Mächtigen des Landes hier im großen Saal des Palastes zusammen. An gewöhnlichen Tagen wie diesem bestand der größte Teil der Hofgesellschaft aus Ministerialen der herzoglichen Verwaltung und zahlreichen Höflingen, die erst unter dem neuen Herzog ein kleines Hofamt erhalten hatten und deren Zahl Robert nahezu verdoppelt hatte. Sie stritten häufig miteinander, redeten laut an der Tafel und spuckten auf den Boden, was die anderen Mitglieder des Hofes niemals taten.

Jetzt klatschte der Haushofmeister Osbern von Crépon in die Hände, und der nächste Gang wurde aufgetragen. Er bestand aus gebratenem Wild, da sich der Herzog mit seinen Getreuen gestern dem Jagdvergnügen hingegeben und zahllose Hasen, Rebhühner und mehrere Rehe erlegt hatte. Das Wildbret wurde unzerteilt und schön angerichtet auf die Tafel gesetzt, duftende Kräuterbündel, Kastanien, Äpfel und eingelegte Früchte schmückten die Platten, und es oblag einigen Hofbeamten, das Fleisch zu tranchieren.

Knappen trugen die besten Stücke ans obere Ende der Tafel, und Robert legte Arlette auf, denn er war davon überzeugt, dass sie viel Fleisch essen musste, damit sein Sohn gesund und kräftig auf die Welt gelangte. Gehorsam kaute sie die Fleischbrocken und vermied es, zu der Platte mit dem Reh hinüberzusehen, dessen Kopf vor dem gebratenen Körper thronte.

Nachdem jeder an der langen Tafel einen guten Bissen ergattert hatte, legten sich die Geräusche im Saal. Man gab sich dem Genuss des Essens hin, spülte das Fleisch mit einem Schluck Wein oder Cidre hinunter, und statt des lauten Stimmengewirrs waren nun das Schmatzen und Aufstoßen der Esser zu vernehmen sowie die kurzen, aber energischen Aufforderungen an die Knappen, diese oder jene Schüssel zu bringen.

Arlette trank ein wenig Cidre und blickte gedankenverloren über die Tafel. Nicht weit von ihr entfernt saß der Ritter Herluin, den Robert in seinen engsten Kreis aufgenommen hatte. Herluin hatte sich mit dem schwarzhaarigen Jean le Païen angefreundet, eine merkwürdige Verbindung, denn Jean der Heide war bekannt dafür, sich niemandem zu offenbaren. Auch jetzt saßen die beiden nebeneinander, doch während Jean eifrig dem Wildbret zusprach, streifte Herluin, der ein schwacher Esser war, bereits sein Messer an einem Tuch ab, um es einzustecken. Als er bemerkte, dass Arlette ihn dabei beobachtete, senkte er den Blick, und seine Miene wurde verschlossen.

»Du isst ja gar nichts, mein Herz«, tadelte Robert sie unwillig. »Soll man dir etwas anderes bringen? Ein wenig Hühnerfleisch? Ein Zicklein?«

»Aber nein. Ich lasse mir nur Zeit und werde brav alles aufessen.«

Er lachte und trank ihr zu, dann brachte er laut einen Trinkspruch aus, und die Tischgenossen mussten das Essen unterbrechen, um auf das Gedeihen der Normandie zu trinken. Danach beeilte man sich weiter, so viel wie möglich zu verschlingen, denn der Herzog war ein schneller Esser, der große Mengen in kurzer Zeit vertilgen konnte, und wenn er gesättigt war, schickte es sich für seine Umgebung nicht, weiterzukauen und -schmatzen.

Robert hatte sich verändert, seitdem er Herzog war. Seine Gesten waren nicht mehr so fahrig wie früher, sein Gang war gemessener und seine Körperhaltung ein wenig steif, wenn er am Hof oder bei öffentlichen Anlässen auftrat. Er genoss seine herausragende Stellung, war bemüht, es jedem recht zu machen, teilte großzügig Geschenke und Lehen aus und liebte eine aufwendige Hofhaltung. Vielleicht würde er ja tatsächlich ein guter Herzog sein, dachte Arlette, es fehlte ihm auch nicht an Mut und Kampferfahrung, das hatte er beim Tjost bewiesen, wo er die meisten seiner Ritter vom Pferd gestoßen hatte. Allerdings war es gut möglich, dass einige seiner Konkurrenten gezögert hatten, ihren Herzog aus dem Sattel zu heben.

Langsam wurde deutlich, dass am oberen Tischende Sättigung eingetreten war, die Ministerialen und Höflinge stopften sich die letzten Bissen in die Münder, Isembert, der herzogliche Kaplan, der auch Roberts Beichtvater war, verschluckte sich am Wein, und man musste ihm fest auf den Rücken schlagen, damit er wieder Luft bekam.

Nun kamen die gewandten Schwätzer unter den Tafelgästen zum Zuge; jede Geschichte, die wunderlich oder lehrreich war, wurde begeistert aufgenommen, vor allem aber liebte Robert Ratespiele und heitere Wortgefechte, wobei er sich gern hervortat und wenig Scheu hatte, sich über andere, weniger Wortgewandte lustig zu machen.

»Ein Ziegenbock mit zottigem Bärtchen ...«, rief er in die Runde.

»Das ist der Abt von Jumièges«, brüllte Nigel von Cotentin und erntete Gelächter.

»Falsch. Er trägt ein Hemdchen ...«

»Weshalb sollte der Abt kein Hemd unter dem Gewand tragen?«, beharrte Nigel.

Man befragte den Kaplan zu diesem Punkt, doch er wollte dazu keine Auskunft geben.

»Alles falsch! Der Ziegenbock steht im bloßen Hemd da, und über seinen Schultern liegt ein Sattel!«

Gilbert von Brionne war der Erste, der die Antwort über die Tafel hinweg brüllte: »Das ist der alte Hugo von Chalon! Weiß Gott, er sah aus wie ein dürrer Ziegenbock, als er vor die Burg trat, um sich uns zu ergeben.«

Gelächter erhob sich. Jene, die beim Kampf gegen Chalon dabei gewesen waren, ergänzten das Bild durch witzige Einzelheiten. Es war zu komisch gewesen, als der alte Graf von Chalon nach der Landessitte im bloßen Hemd und mit einem Sattel über dem Rücken vor die Sieger trat.

»Seine Beine waren dünn wie Stecken und voller grauer Stacheln!«

»Und wenn der Wind ihm das Hemd hob, konnte man die dreckige Brouche sehen!«

Auch die Frauen waren nicht zimperlich, es wurde gekichert, Joselines Bauch hüpfte vor Lachen, nur die kleine Mathilde fand die Geschichte wenig komisch, sie verspürte Mitleid mit dem alten Grafen, der sich so schlimm hatte demütigen müssen.

Auch ein anderer lachte nicht mit. Der Ritter Herluin drehte sinnend seine Trinkschale in der Hand und schien in Gedanken weit fort zu sein.

Arlette kümmerte sich nicht weiter um ihn, sie genoss diese

Ratespiele, jetzt gefielen ihr auch Roberts Neigung zu heiteren Geschichten und seine Redseligkeit. Inzwischen kannte sie seine engsten Getreuen, jene Vasallen, die häufig in seiner Nähe waren und die ihn auch auf seinen Reisen mit dem gesamten Hofstaat begleiteten.

Zu ihnen zählten der weißhaarige Umfrid von Vieilles und der große, sehnige Nigel von Cotentin, Joselines Ehemann – ein alter Kämpfer, der deftige Scherze liebte. Weiter saßen in Roberts Nähe zwei junge Herren, die Söhne der Königin Emma und ihres ersten Ehemannes, des glücklosen englischen Königs Aethelred. Als ihre Mutter vor Jahren die Gemahlin des großen Knut wurde, musste sie ihre Kinder am Hof ihres Bruders Richard II. zurücklassen. Der Ältere der beiden, Alfred, war dunkelhaarig und lebhaft, rasch dabei, seine Ehre zu verteidigen, doch ebenso rasch in seinen Scherzworten und im Spott. Sein jüngerer Bruder Eduard hingegen war ein schüchterner Mensch, der sich schwertat, wenn jemand ihn in ein Redegefecht verwickelte; oft wirkte er abwesend und bedrückt, und Arlette konnte sich nicht erinnern, dass er jemals über einen Scherz gelacht hätte.

Auch Hugo von Vernon hatte seinen Platz am oberen Ende der Tafel, er war schon grauhaarig, sein Gesicht breit und gerötet, ein großer Liebhaber der Jagd und – so hatte Robert ihr spöttisch erklärt – ein noch größerer Weiberheld. Arlette fand seine Reden fade und abgeschmackt, doch Robert schätzte Hugo von Vernon wegen der Treue, die er seinem Vater Richard II. gegenüber stets bewiesen hatte, und er hatte ihn zu seinem Mundschenk gemacht.

Noch mehr jedoch hing Robert an Osbern von Crépon, den er kürzlich mit dem Amt des Haushofmeisters betraut hatte und der mit einer von Roberts Tanten verlobt war. Osbern von Crépon war groß und von knochiger Gestalt, ein ruhiger Mann, der lange nachdachte, bevor er sprach, dann aber meist eine feste und – wie es Arlette erschien – recht kluge Ansicht vertrat. Er war vermutlich nur wenige Jahre älter als Robert, doch seine bedächtige Art bewirkte, dass Robert gegen ihn wie ein Jüngling erschien.

Der unangenehmste Tischgenosse war für Arlette ohne Zweifel Graf Gilbert von Brionne. Roberts Freund fehlte bei keiner Gelegenheit, stand neben dem herzoglichen Stuhl, wenn dieser Gäste oder Gesandtschaften empfing, saß an Roberts Spieltisch, wenn man sich nach dem Aufheben der Tafel zerstreute, und bei großen Festen übte er das Amt des Truchsess aus – eine Ehre, die er gern einem Stellvertreter überließ, wenn man nur in der tagtäglichen Runde der Hofleute tafelte, wie es heute geschah.

Arlette hatte den Eindruck, dass Gilbert sie häufig mit einer Mischung aus Begehrlichkeit und Neugier über die aufgetürmten Speisen und silbernen Trinkgefäße hinweg beobachtete, doch sie wagte es nicht mehr, nach ihrem Kind zu fragen, denn inzwischen vermied sie alles, was Roberts Unmut hätte erregen können. Zu hart waren die Wochen in der Burg Falaise gewesen, da sie hatte fürchten müssen, jäh aus der Höhe ihres Glücks wieder in den Abgrund der Schande hinabzustürzen. Das neue Kind in ihrem Leib nahm immer mehr Raum ein, auch in ihren Gefühlen war sie ihm jetzt nah, es war ihr Fleisch und Blut und zugleich all ihre Hoffnung, dass ihr Glück von Dauer sein würde.

Man war im besten Gespräch, als ein Knappe zu Osbern von Crépon lief, um einen verspäteten Gast anzukündigen.

»Der Erzbischof von Rouen ist soeben von einer Reise eingetroffen.«

Herzog Robert, der sich gerade ein Wortgefecht mit dem jungen Alfred lieferte, zeigte wenig Freude über diese Ankündigung. Arlette hatte schon öfter bemerkt, dass er seinen Onkel mied und dessen häufige Ratschläge als lästig empfand. Der Erzbischof störte sich jedoch nicht daran; er ging bei Hof ein und aus, wann immer es ihm beliebte, und er zögerte auch nicht, dem jungen Herzog inmitten der Hofgesellschaft Verweise zu erteilen.

»Wie schön, dass er so spät am Abend noch den Weg in den Palast gefunden hat!«, bemerkte Robert mit leichter Ironie und winkte Hugo von Vernon, seinem Mundschenk, der ihm die Trinkschale füllen sollte.

Der Erzbischof hatte einen glänzenden, bestickten Rock angelegt, der sich in Höhe des Gürtels um seine füllige Mitte bauschte, seine Beinlinge waren hellgrün und wattiert, denn es war kalt geworden. Sein kahler werdender Schädel war mit einer dunkelroten, gewölbten Kappe bedeckt, aus der einige weiße Haarsträhnen über der Stirn hervorsahen.

Man schob die Dienstleute im hinteren Bereich der Tafel enger zusammen und rückte auf, denn der hochrangige Gast hatte das Anrecht, gleich neben dem Herzog zu sitzen. Ein irdener Becher zerschellte am Boden, ein junger Adeliger schalt, weil ein Krug umgefallen war und der Cidre sein Gewand durchnässt hatte. Erst nachdem sich das Gelächter über das Missgeschick gelegt hatte, bemerkte man, dass der Erzbischof nicht allein gekommen war.

»Ich bringe dir den Abt von Jumièges«, erklärte er seinem Neffen. »Er ist mit mir gereist, denn er hat ein dringendes Anliegen an dich.«

Robert runzelte die Stirn, die gute Stimmung, in der er sich kurz zuvor noch befunden hatte, war verflogen. Sein Onkel hatte ihn nur mit einer leichten Neigung des Hauptes gegrüßt und sich dann auf seinem Stuhl an der Tafel niedergelassen – eine Formlosigkeit, die er sich nur wegen seiner nahen Verwandtschaft leisten konnte. Nun brachte er auch noch einen späten Gast mit, für den an der Tafel ein weiterer Platz eingeräumt werden musste.

Aller Augen richteten sich auf den Geistlichen, der keine Ahnung hatte, dass er gerade zuvor noch Zielscheibe der Spötteleien gewesen war. Der Abt schien sich in seiner Haut mehr als unwohl zu fühlen; die Lippen des alten Mannes waren blass, seine schmalen Schultern zitterten, als fürchte er sich vor dieser lärmenden Hofgesellschaft. Er verneigte sich vor seinem

Herzog, und Robert küsste den Ring des Geistlichen, wie es üblich war.

»Ein Anliegen? Es muss sehr wichtig sein, wenn Sie deshalb bei Nacht und Nebel nach Rouen reisen!«

Obgleich man einen Schemel bereitgestellt hatte, ließ sich der Geistliche nicht darauf nieder, stattdessen blieb er leicht vornübergeneigt stehen, die Arme hingen kraftlos an seinem Körper herab. Seine Augen irrten über die zahlreich versammelten Herrschaften, die er nur allzu gut kannte. Er schwieg.

»Wollen Sie nicht reden?«, rief Robert ungeduldig. »Nun – weshalb haben Sie sich dann auf den Weg zu mir gemacht?«

Der Erzbischof ließ sich Wein einschenken und griff zu einem der süßen Mandelküchlein, die man inzwischen hereingetragen hatte.

»Sprechen Sie ohne Scheu!«, ermunterte er den Abt mit einer auffordernden Geste. »Wovor fürchten Sie sich? Sie stehen vor dem Herzog der Normandie, der Güter und Besitztümer der Klöster zu schützen weiß und jeden strafen wird, der sich am Eigentum der Kirche vergreift. Tragen Sie ihm Ihr Anliegen vor!«

Das Gesicht des Abts erschien Arlette plötzlich dunkel, fast bläulich, er öffnete den Mund, doch seine Worte waren kaum zu vernehmen.

»Ich … ich wage es nicht … vor all den Herrschaften. Gott der Herr stehe mir bei.«

Arlette konnte den Alten gut verstehen. Saßen hier am Tisch nicht genau jene Adelsherren, die sich am Besitz der Abtei bereichert hatten, ohne dass Robert es verhindert hätte? Was erhoffte sich der Erzbischof eigentlich von dieser Vorstellung? Wollte er seinem Neffen wieder einmal eine seiner Lektionen erteilen?

Ungeduldig erhob sich Robert von der Tafel, sah sich um und entdeckte ein Gefäß aus getriebenem Gold, das ihm ein Adeliger am Nachmittag zum Geschenk gemacht hatte.

»Was auch immer Ihr Anliegen ist, hochwürdiger Vater –

nehmen Sie diese Gabe für Ihr Kloster und seien Sie versichert, dass ich die Abtei Jumièges …«

Ein allgemeiner Aufschrei unterbrach seine Rede, denn der Abt von Jumièges war in diesem Augenblick zu Boden gestürzt. Man hob ihn auf, versuchte, ihm Wein einzuflößen, doch es war rasch deutlich, dass dem Geistlichen nicht mehr zu helfen war.

»Der Schlag hat ihn getroffen.«

Robert war totenblass geworden, er trat hinter Arlette, und sie spürte, wie seine Hände sich in ihre Schultern gruben. Der Erzbischof war ebenfalls zutiefst erschrocken, seine Augen wirkten grau und starr, dennoch fasste er sich als Erster.

»Das Wirken Gottes ist unergründlich«, sagte er langsam. »Er muss vor Freude über dieses Geschenk gestorben sein.«

Jemand im Saal begann zu lachen, doch der bohrende Blick des Erzbischofs ließ das Gelächter des Mannes sofort wieder verstummen.

»Der Herr vergebe uns unsere Sünden durch Jesus Christus!«

Rouen, Winter 1027

Die Unruhe und das Durcheinander im Frauengemach waren unbeschreiblich, denn wegen des eisigen Wetters konnte man weder in den Garten hinausgehen noch den Markt in der Stadt besuchen. Die Damen saßen auf Hockern und Polstern am glühend aufgeheizten Ofen, schwatzten, stritten miteinander, wiegten kleine Kinder oder bemühten sich, im schlechten Licht der Kerzen und Öllampen eine Stickerei anzufertigen.

Mägde liefen im Raum umher, brachten Speisen, neue Kerzen oder trugen Gefäße hinaus, eine Amme stillte einen Säugling und summte dabei ein Schlaflied, zwei junge Pagen schleppten Holz für den Ofen herbei.

»Es zieht schrecklich«, beschwerte sich Joseline, die kurz vor dem Christfest ein Mädchen zur Welt gebracht hatte. »Ich habe in der Nacht kein Auge zutun können, weil der Vorhang der Bettstatt wie ein böser Geist hin und her flatterte.«

»Ich finde es hier trotzdem besser als in Caen, dort sind die Frauengemächer so eng, dass man sich die Betten zu dritt teilen muss«, bemerkte Adelheid. »Die alte Sainsfrieda schnarcht entsetzlich und hat noch dazu die üble Angewohnheit, im Schlaf zu zucken und mit den Armen zu schlagen.«

Joseline sah zu Arlette hinüber, die ungewöhnlich schweigsam auf einem Polster saß und sich trotz der Ofenwärme in einen Mantel gewickelt hatte.

»Ist dir etwa kalt?«

»Ein wenig …«

Joseline schüttelte verständnislos den Kopf. Man hatte so gut eingeheizt, dass ihr der Schweiß von der Stirne rann.

»In Spanien soll ein verkleideter Knappe ins Frauengemach eingedrungen sein«, erzählte sie mit halblauter Stimme. »Er hat sich ein Frauengewand übergezogen und verbrachte die ganze Nacht mit einer adeligen Dame und ihrer Schwester auf dem Lager.«

»Kennt man die Namen?«, wollte Adelheid neugierig wissen.

»Natürlich nicht!«

»Dann hast du es gewiss erfunden.«

»Aber nein, ich weiß es aus sicherer Quelle. Der Schelm schlich sich noch vor Tagesanbruch davon, doch jede der beiden Damen behielt ein hübsches Andenken zurück, das erst neun Monate später das Licht der Welt erblickte.«

Die beiden Frauen kicherten, und Arlette zwang sich mühsam zu einem Schmunzeln. Seit Tagen war sie so müde, dass sie am liebsten auf dem Lager geblieben wäre. Es musste an der Ofenwärme liegen, vielleicht auch an der stickigen Luft, da die Fensterläden nicht einmal bei Tage geöffnet wurden, um nur ja keine Kälte einzulassen. Auf jeden Fall war sie fast froh darüber, dass Robert mit seinen Kämpfern aufgebrochen war, um die Burg Alencon zurückzuerobern, die ihm Wilhelm von Bellême genommen hatte. Robert war wochenlang reizbar und melancholisch gewesen, dann war er in einem plötzlichen Stimmungsumschwung in den Kampf gezogen, weder die Kälte noch die gefrorenen Wege hatten ihn davon abhalten können.

Adelheid hielt jetzt ihre Stickerei in die Höhe, damit das Licht des Kerzenleuchters besser darauf fiel, dann schüttelte sie unzufrieden den Kopf und machte sich daran, einige Fäden wieder zu lösen.

»Ein Knappe«, kicherte sie. »Ja, sie wachsen schnell heran, die kleinen Burschen. Wie gut, dass meine kleine Schwester Mathilde von solchen Überfällen verschont blieb – das arme Wesen hat wieder die ganze Nacht über Schmerzen gehabt.«

Joseline zog die Augenbrauen in die Höhe und wiegte den Kopf.

»Vielleicht täte ihr ein hübscher Knappe gut, wer weiß?«

»Was redest du nur! Mathilde denkt nur an ihre Sünden und strebt danach, ihre Seele vor der Hölle zu retten.«

»Ach, ich weiß, ich weiß …«

Eine Kinderfrau brachte Joseline ihren Säugling, der bereits vernehmlich quengelte und gestillt werden wollte. Joseline öffnete das Gewand im Rücken und zog es sich über die Schultern. Sie war eine erfahrene Mutter, und während sie dem Kind die Brust gab, sprach sie eifrig davon, dass Herzog Robert gut daran täte, seine Schwester Mathilde mit einem seiner Vasallen zu verheiraten. Zum Beispiel mit dem Rotschopf Herluin, der habe eine solch enge Verbindung zum herzoglichen Haus gewiss verdient. Oder auch mit dem Ritter Jean le Païen …

»Mit Jean le Païen?«, rief Adelheid entsetzt. »Wo denkst du hin?«

Arlette drehte den Kopf zur Seite, aufstehen mochte sie nicht, dazu fühlte sie sich zu schwer. Eigentlich liebte sie diese Unterhaltungen unter den Frauen, die ihr allerlei Neues eröffnet hatten, doch heute musste sie sich zusammennehmen, um das Geschwätz zu ertragen. Mitleidig blickte sie zu dem schweren, blauen Vorhang hinüber, der Mathildes Lagerstätte verbarg. Godhild hatte sich fast die ganze Nacht um das Mädchen bemüht, hatte ihr krampflösende Tränke gegeben und beruhigend auf sie eingeredet. Später hatte sie Arlette seufzend zugeflüstert, dass die kleine Mathilde sicher einmal ein Engel werden würde, denn sie litt ganz entsetzlich darunter, dass sie jetzt alle vier Wochen ihre Regel bekam und damit sündig wie die Urmutter Eva geworden sei.

Auf der anderen Seite des Ofens war ein lautstarker Streit zweier Damen um einen goldenen, mit Email eingelegten Ohrring entbrannt, doch eine junge Bedienstete entdeckte das Streitobjekt in einer Ritze zwischen den Bodendielen, und die aufgeregten Gemüter beruhigten sich. Arlette zog stöhnend die Knie hoch. Das Kind in ihrem Bauch rumorte heftig. Wenn es doch schon auf der Welt wäre, dachte sie. Und vor allem: Wenn es ein Knabe wäre!

Insgeheim gab sie sich kühnen Träumen hin, denn sie hatte erfahren, dass auch Roberts Vater Richard der Gute seine Geliebte Papia geheiratet hatte. Ebenso hatte es Roberts Großvater gehalten, der Gunnora als seine eheliche Frau anerkannte und mit ihr viele Kinder gezeugt hatte – der Erzbischof von Rouen war einer dieser Nachkommen. Freilich waren diese Frauen erst nach dem Tod der ersten, ebenbürtigen Gemahlin des Herzogs geheiratet worden, und sie wurden damit auch nicht Herzogin. Aber immerhin war es eine eheliche Verbindung, die vor der Kirche Bestand hatte …

»Nein, ein Heide ist Jean le Païen nicht, Joseline. Er geht zur Messe und beichtet wie ein guter Christ.«

»Und weshalb trägt er dann diesen seltsamen Namen?«

»Weil er als kleines Kind von bretonischen Pilgern aus dem Heiligen Land mitgebracht wurde.«

Arlette erwachte aus ihren schönen Träumen. Um wen ging es jetzt? Um den schwarzhaarigen Ritter?

»Das war damals, als Graf Gottfried von Bretagne nach Jerusalem zog, um dort am Heiligen Grab zu beten und seiner Sünden ledig zu werden.«

Adelheid prüfte ihre Stickerei erneut mit kritischen Augen, dieses Mal war sie zufrieden und suchte einen weiteren Faden aus dem Beutel heraus, um die Umrisse der Figuren bunt auszufüllen.

»Gottfried von Bretagne?«, fragte Joseline stirnrunzelnd. »War er nicht mit Hawisa von Normandie verheiratet?«

»So ist es. Gottfried heiratete eine Tochter von Richard I., dessen Sohn Richard der Gute dafür Judith von Bretagne zur Frau nahm …«

Arlettes Aufmerksamkeit ließ schon wieder nach, auch strampelte das Kind jetzt so kräftig in ihrem Leib, dass sie die Beine wieder ausstrecken musste. Sie keuchte leise vor sich hin. Wer konnte diese vielen verschiedenen Eheschließungen kreuz und quer durch ganz Frankreich noch begreifen? Offensichtlich waren alle Könige, Herzöge und Grafen irgendwie miteinander verschwägert – was sie jedoch keineswegs davon abhielt, sich untereinander zu bekriegen.

»Der arme Graf Gottfried kehrte niemals in die Bretagne zurück, denn er starb im Heiligen Land an einem Fieber. Doch einige seiner Begleiter, die die Pilgerfahrt überlebten, brachten einen schwarzhaarigen Knaben mit.«

»Ich verstehe«, rief Joseline. »Den hat man dann Jean den Heiden genannt. Und wie kam er an den normannischen Hof?«

»Gottfrieds Söhne Alain und Odo waren noch klein, als ihr Vater in Jerusalem umkam, deshalb brachte man sie vorsichtshalber an den Hof ihres Großvaters Richard des Guten, den Gottfried auch zu ihrem Vormund eingesetzt hatte. Und mit ihnen kam Jean le Païen. Der ist in der Normandie geblieben.«

»Vorsichtshalber? Waren die Söhne Gottfrieds denn in Gefahr?«

Adelheid ließ ihre Stickerei sinken und blickte Joseline mit mildem Vorwurf an.

»Natürlich waren sie das, meine Liebe. Vor allem der kleine Alain, der Thronfolger. Solche Kinder leben gefährlich, weil es immer jemanden gibt, der Vorteile aus ihrem Tod ziehen würde. Was glaubst du, weshalb man den kleinen Nicholas nach Fécamp ins Kloster gebracht hat? Nur um sein Leben zu schützen.«

Nicholas war der Sohn, den Adele von Frankreich ihrem Ehemann Richard III. geboren hatte, kurz bevor der junge Herzog ermordet wurde.

»Die arme Adele!«, seufzte Joseline. »Aber nun wird sie ja bald nach Flandern heiraten, man sagt, dass Balduin, der flandrische Thronfolger, sie zur Frau begehrt. Weshalb Herzog Robert wohl nicht um sie angehalten hat?«

Adelheid zuckte die Schultern, doch sie warf einen kurzen

Blick auf Arlette, den Joseline sehr wohl verstand. Natürlich – die Ursache für Roberts ungeschicktes Verhalten saß direkt neben ihnen, und es war gewiss besser, jetzt zu schweigen.

Arlette wurde übel, und sie musste eine Magd herbeiwinken, die ihr beim Aufstehen helfen sollte. Die vielfältigen Gerüche in dem überfüllten Raum, in dem Gewänder, Polster, geöffnete Truhen, halb geleerte Schüsseln und tausenderlei mehr herumstanden, waren ihr auf einmal unerträglich geworden.

»Wir wollten dich nicht verletzen, Arlette«, sagte Joseline reuevoll, während Adelheid mit gespitztem Mund und zusammengekniffenen Augen den neuen Faden in die Sticknadel zog.

»Das habt ihr nicht, Joseline. Adele von Frankreich ist zu bemitleiden, denn es ist schlimm, wenn einer Mutter das Kind genommen wird. Entschuldigt – ich brauche ein wenig frische Luft.«

Joseline machte ein besorgtes Gesicht und gab zu bedenken, dass es sehr kalt draußen sei und sogar Schnee auf dem Hof läge. Sie solle unbedingt ihre Dienerin mitnehmen, denn sie dürfe in ihrem Zustand auf keinen Fall ausgleiten und stürzen.

Doch Godhild hatte sich nach der durchwachten Nacht ein wenig schlafen gelegt, und Arlette mochte sie nicht wecken. Mit ungewohnt schwerem Schritt ging sie aus dem Raum, wobei sie fast auf eines der geschnitzten Pferdchen getreten wäre, mit dem zwei Knäblein spielten, und setzte bedächtig die Füße auf die steinernen Stufen der Treppe. Sie spürte, wie die Last ihres Leibes sie hinabzog. Ehrfürchtig wichen Mägde und Diener zur Seite, um ihr den Weg freizumachen, ein junger Hund, der die Treppe hinaufrennen wollte, wurde rasch von einem Pagen eingefangen. Arlette strich dem Hündchen über das glatte, braune Fell, sie vermisste ihren treuen Freund, den alten Hofhund Korre, der auf dem Gerberhof zurückgeblieben war.

Unten standen die hohen, eisenbeschlagenen Türflügel zum großen Saal weit offen, Staub wirbelte auf, einige Bedienstete kehrten den Steinboden mit Reiserbesen. Der große Saal, in dem sonst buntes Treiben herrschte, schien jetzt, da die Ritter nach Alencon gezogen waren, wie ausgestorben. An einer Seite hatte man die langen Tafelbretter und die Böcke aufeinandergestapelt, daneben lagerten hölzerne Podeste, die bei festlichen Anlässen mit schönen Teppichen bedeckt wurden, um den Thron des Herzogs und seine Tafel, an der nur die Vornehmsten des Landes saßen, zu erhöhen.

Es war kalt und zugig; die Bediensteten hatten die Läden der rundbögigen Fenster geöffnet, und draußen wehten kleine, wässrige Schneeflocken vorbei.

Außer dem großen Saal gab es im Untergeschoss des lang gezogenen Palastbaus nur noch einige kleinere Räume, in denen die Wachen und die Dienstleute untergebracht waren, von dort waren Stimmengewirr und Gelächter zu vernehmen, und Arlette ging eilig zu einer schmalen Nebentür, die auf den Hof hinausführte.

Aufatmend blieb sie draußen vor dem Gebäude stehen, wendete ihr erhitztes Gesicht dem Schneetreiben zu und leckte sich die kleinen Flöckchen von den Lippen. Es war ruhig, nur das Tröpfeln des Tauwassers, das vom Dach herablief, war zu hören, der Hof war mit Pfützen bedeckt, auf denen grau der frisch gefallene Schnee schwamm, und auf der Mauer, welche den Palast umgab, lag eine löchrige weiße Schicht, die sicher bald schmelzen würde.

Was würde geschehen, wenn Robert in diesem Kampf umkam? Es war nicht sehr wahrscheinlich, doch ausschließen konnte man es nicht. Sie stellte sich vor, wie er vom Pferd stürzte, ein Pfeil ragte aus seiner Brust, Blut sickerte durch das eiserne Geflecht des Kettenpanzers …

»Sie sollten nicht hier in der Kälte stehen, Arlette«, sagte eine bekannte Stimme hinter ihr.

»Ich gehe und stehe, wo immer ich Lust habe«, gab sie unwillig zurück, ohne sich zu dem Ritter Herluin umzuwenden, der sie nun, da sie Roberts Geliebte geworden war, anredete wie eine vornehme Frau.

»Verzeihen Sie. Ich sagte das nicht, um Sie zu maßregeln, das käme mir niemals in den Sinn. Ich sorge mich nur um Ihre Gesundheit.«

Er wirkte erschrocken über ihren Unwillen; er sprach leise, und sie spürte sein heftiges Bemühen, richtig von ihr verstanden zu werden.

»Danke für Ihre Sorge, doch sie ist unnötig.«

Damit machte Arlette ein paar Schritte an der Hausmauer entlang, um sich von ihm zu entfernen; sie war gereizt und hatte wenig Lust, sich mit ihm zu unterhalten. Im Grunde mochte sie diesen ungewöhnlichen Burschen, ja sie hatte sich damals sogar sehr um ihn bemüht, als er verletzt daniederlag. Doch das heldenhafte Bild, das sie nach seinem verzweifelten Ritt in Falaise von ihm bekommen hatte, war inzwischen verblasst. Hier, am herzoglichen Hof, erschien ihr der Ritter Herluin recht unbedeutend, er war schweigsam, wurde oft verspottet, ohne dass er sich dagegen zur Wehr setzte, und wenn Robert ihn an der Tafel zum Sprechen nötigte, war seine Rede verworren und glanzlos. Man hatte ihn nicht nach Alencon mitgenommen, da sein rechter Arm nach seiner Verletzung zu schwach war, um eine Lanze zu führen.

Sie musste sich gegen die Mauer lehnen, ihr Herz klopfte jetzt so rasch, dass ihr fast schwindelig wurde. Ärgerlich wandte sie den Kopf – er stand immer noch an der gleichen Stelle, war ihr mit den Augen gefolgt und wirkte entschlossen, bei ihr zu bleiben. Der feuchte Schnee hatte seinen grünen Rock dunkel gesprenkelt, er wischte sich mit dem Ärmel übers Gesicht und blinzelte in ihre Richtung, wagte jedoch nicht mehr, sie anzureden.

Jetzt fiel ihr ein, dass er seinen Knappen Walter mit einem anderen Ritter in den Kampf geschickt hatte.

Sie machte sich Sorgen um den Bruder, der allzu sehr seinen Mut beweisen wollte – weshalb hatte Herluin ihn nicht bei sich behalten?

»Es ist unnötig, meinetwegen in Kälte und Nässe zu verharren, Ritter Herluin. Sie haben gewiss wichtige Aufgaben im Palast zu erfüllen – wenn Sie schon nicht in den Kampf geritten sind.«

Es war boshaft von ihr, und sie bereute den Satz noch im selben Moment, in dem sie ihn aussprach. Seine Wangen zuckten, er schien nach einer Antwort zu suchen, doch noch bevor er die rechten Worte fand, durchfuhr Arlette plötzlich ein so heftiger Schmerz, dass sie laut aufschrie.

»Arlette! Was ist mit Ihnen? Arlette!«

Eisenharte Arme pressten ihren Leib zusammen, sie krümmte sich ächzend, schnappte nach Luft, doch die Pein wollte nicht enden, wurde sogar noch schlimmer, schien sie auseinanderreißen zu wollen.

»Das … Kind …«, hörte sie sich heiser stammeln.

Sie hatte keine Gewalt mehr über sich, ihr Körper trieb das Kind mit plötzlicher, gewaltiger Macht in die Welt. Keuchend vor Schmerz stürzte Arlette auf die Knie, umschlang ihren Bauch mit den Armen und biss sich die Lippen blutig, um nicht zu schreien, doch die Schreie brachen aus ihr heraus, ohne dass sie es hätte verhindern können.

Jemand sprach laut und aufgeregt zu ihr, beugte sich über sie, zog sie auf die Füße, hob sie auf seine Arme. Sie sah das blasse Gesicht des Ritters Herluin, rote, nasse Haarsträhnen klebten an seiner Stirn, dahinter glitten Mauern vorüber, der dämmrige Treppenaufgang, Bedienstete mit Lampen, entsetzte Mienen und immer wieder der peinigende, alles beherrschende Schmerz.

»Hierher! Legen Sie sie nieder. Herrgott, es ist schon fast auf der Welt … bringt Tücher … Wasser … meinen Beutel …«

Godhild war da, machte sich an ihr zu schaffen, sie sah, wie sich die Lippen ihrer Freundin bewegten, etwas murmelten, und ihre Pein steigerte sich ins Unmenschliche. Höllische Dämonen schienen ihren Körper mit Klauen und Krallen zu zerfleischen, zerrten an ihr, rissen hohnlachend alles Lebendige aus ihr heraus.

»Ein Sohn! Gott hat ihr einen Sohn geschenkt!«, kreischte eine Frau.

Plötzlich ließen die Schmerzen nach, verschwanden ganz und gar – sie hörte das Geschrei eines Säuglings, kräftig und voller Zorn. Eine ungeheure Erschöpfung erfasste sie, legte sich über sie wie ein schweres Gewicht, und vor ihren Augen wurde es dunkel.

Undeutlich hörte sie, wie jemand gegen die Tür des Frauengemachs hämmerte.

»Es ist ein Knabe«, rief eine Frauenstimme. »Er ist gesund und kräftig.«

»Was ist mit der Mutter? Wie geht es Arlette?«, brüllte Herluin in höchster Aufregung.

»Sie hat es überlebt!«

* * *

Drei Tage lag Arlette im Fieber. Die plötzliche Geburt hatte Wunden hinterlassen, die nur schwer heilten. Ein ziehender Schmerz hatte sich zwischen ihren Beinen ausgebreitet, und wenn Godhild die mit Kräutersud getränkten Stofflappen wechselte, war jede ihrer Bewegungen eine Tortur. Dennoch stillte Arlette den Säugling, überließ ihn nicht der Amme und noch weniger den anderen Frauen, sondern befahl, dass man seine Wiege neben ihr Lager stellte. Godhild, die an ihrer Seite schlief, war die Einzige, der sie gestattete, ihren Sohn zu versorgen.

Die gleiche Zärtlichkeit, die sie bei ihrem ersten Kind empfunden hatte, war auch jetzt wieder in ihr erwacht; sie liebte dieses winzige Wesen, das aus ihr gekommen und ihr anvertraut worden war. Der Knabe trank gierig und schmatzte dabei vor Wonne, doch er war auch ein Unruhegeist, denn obgleich Godhild ihn auf den Armen herumtrug, plärrte er so durchdringend, dass sich die Frauen darüber beschwerten.

»Du brauchst viel Schlaf, um dich von der Geburt zu erholen«, sagte Adelheid. »Baldrianblättchen mit etwas Melisse –

ein paar Tröpfchen von diesem Sud werden das Kind ruhig schlafen lassen.«

Arlette wusste, dass es den Damen vor allem um den eigenen, ungestörten Schlaf ging, und sie ließ sich auf nichts ein. Ein Säugling schrie nun einmal, das war immer so.

»Aber dieser da brüllt lauter als ein gestochener Eber!«, nörgelte Joseline.

»Er ist eben der Sohn von Robert Lautmund.«

Inzwischen waren gute Nachrichten in Rouen eingetroffen: Das herzogliche Heer hatte die Burg Alencon erobert. Die Boten berichteten wortreich von den Kämpfen, bei denen sich der junge Herzog ganz besonders hervorgetan habe. Robert I. sei von Anfang an entschlossen gewesen, die Festung im Sturm zu nehmen, da eine längere Belagerung bei der kalten Jahreszeit nur schwer durchführbar gewesen wäre.

»Ich hätte es fast nicht geglaubt«, sagte Adelheid. »Aber wie es scheint, ist Robert ein ebenso guter Feldherr, wie sein Bruder Richard es war.«

»Was wird er mit dem Verräter beginnen?«

»Er wird ihn mit Schimpf und Schande nach Bellême zurückjagen und die Burg einem vertrauenswürdigen Vasallen überantworten.«

Doch als Herzog Robert mit den Resten seines Heeres in Rouen eintraf, erfuhr man, dass er sich mit Wilhelm von Bellême geeinigt und ihm die Burg Alencon gelassen hatte.

»Das ist sehr unklug von ihm«, erklärte die Gräfin Adelheid bekümmert. »Wenn er doch nur auf seinen Onkel, den Erzbischof, hören wollte – die Grenzfestungen des Landes müssen stets an vertrauenswürdige Männer gegeben werden. Aber Robert scheint es ganz gleichgültig zu sein, dass die großen Vasallen des Landes gegeneinander Krieg führen, sich das Land entreißen und noch dazu die Besitztümer der Kirchen und Klöster plündern! Wohin soll das führen?«

Arlette wollte solche Dinge nicht hören. Sie hatte einen Fensterladen geöffnet, um die heimkehrenden Krieger zu sehen, unter denen sie zu ihrer allergrößten Erleichterung auch ihren Bruder Walter entdeckte. Er schien unverletzt zu sein und strahlte, als habe er diesen Sieg ganz allein davongetragen.

Robert ließ nicht lange auf sich warten. Die Nachricht, dass Arlette ihm einen Sohn geboren hatte, hatte seine Hochstimmung über seinen erfolgreichen Feldzug noch verdoppelt. Seine Ungeduld war so groß, dass er – anstatt Arlette mit dem Kind zu sich zu befehlen – die Treppe hinauf zum Frauengemach eilte und dem kleinen Pagen an der Tür kaum Zeit ließ, den Herzog anzumelden.

Arlette war erschrocken über sein plötzliches Erscheinen, denn sie hatte sich für dieses Wiedersehen sorgfältig ankleiden und schmücken wollen. Er sollte sehen, dass sie gesund und stark war und ihm gewiss noch viele Söhne schenken und dabei nichts von ihrer Verführungskraft verlieren würde.

Doch Robert war nicht ihretwegen ins Frauengemach gekommen. Anstatt sie zu der Geburt seines Sohnes zu beglückwünschen oder sie auch nur zu grüßen, befahl er, dass ihm sein Sohn gezeigt würde.

Mit gemischten Gefühlen sah sie zu, wie er den schlummernden Säugling mit den Augen verschlang, den Frauen befahl, die Windeln fortzunehmen, damit er sich davon überzeugen konnte, dass es tatsächlich ein Knabe war, und in Begeisterung ausbrach, als der Kleine zu strampeln und zu schreien begann.

»Er brüllt wie ein Löwe!«, freute er sich. »Gebt ihn her, ich will ihn im Arm halten.«

»Wir müssen ihn erst windeln, Herr.«

»Her mit ihm. So ist er mir gerade recht!«

Er fasste den winzigen, nackten Schreihals um den Bauch und stemmte ihn hoch in die Luft. Der Säugling hörte auf zu schreien, ruderte mit Armen und Beinen, als würde er schwimmen, dann verzog sich der kleine Mund zu einem zahnlosen Lachen.

»Er will hoch hinaus!«, rief Robert zufrieden. »Dort oben fühlt er sich wohl, deshalb ist er jetzt still.«

Die Frauen, die ihn umringten, stießen helle Laute des Entzückens aus, Joseline versicherte, selten einen so kräftigen Knaben gesehen zu haben, und eine andere Dame rief, sie wisse schon jetzt, dass dieses Kind einmal ein mutiger Kämpfer und Ritter sein würde, genau wie sein Urgroßvater Wilhelm Langschwert.

Man hatte Arlettes Sohn gleich nach der Geburt von dem herzoglichen Kaplan taufen lassen, und da die junge Mutter noch zu geschwächt gewesen war, um sich durchzusetzen, entschied Roberts Schwester Adelheid eigenmächtig über den Namen ihres Neffen. Nicht Robert sollte er heißen, wie Arlette es gewünscht hatte, sondern Wilhelm.

Arlette hatte sich fügen müssen, doch sie war zornig auf Adelheid gewesen. Sie wusste recht gut, welchen Grund diese Entscheidung hatte: Man wollte sich den Namen Robert für den ersten ehelichen Sohn des Herzogs aufsparen.

Jetzt endlich, nachdem man ihm den Säugling aus dem Arm genommen und in die Wiege zurückgelegt hatte, suchten Roberts Blicke Arlette, und er trat auf sie zu, um sie zu beglückwünschen.

»Du hast mir eine große Freude bereitet, Arlette.«

»Ich gedenke, Sie glücklich zu machen, Herr, solange ich lebe.«

Der Austausch war förmlich, wie die Gewohnheiten des Hofes es erforderten, doch in seinen Augen standen Zärtlichkeit und eindeutiges Begehren. Das war ihr genug.

Er wartete die von der Kirche vorgeschriebenen vierzig Tage ab, bis er sie wieder zu sich befahl, und sie erfuhr zu ihrer Freude, wie sehr die wochenlange Trennung seine Sehnsucht nach ihr hatte anwachsen lassen. Zwar waren ihre Brüste vom Stillen angeschwollen und auch ihr Leib noch ein wenig vorgewölbt, doch sie wusste seine Begierden sehr wohl zu befriedigen. Ihre Herrschaft über seinen Körper war vollkommen. Sie hatte ihn gelehrt, seine Gier zu zügeln, zwang ihn mit allerlei Einfällen, das Liebesspiel auszudehnen, und wusste sein Verlangen so heftig zu steigern, dass er die Zitadelle seiner Lüste wie im Rausch nahm und sie liebte, als gälte es sein Leben.

Auch sie empfand inzwischen tiefe Befriedigung bei ihren Zusammenkünften, doch es hatte wenig mit ihrem Körper zu tun, denn bei aller Lust, die sie in ihm erweckte, blieb sie selbst kühl. Das Glück, das sie in seiner Gegenwart empfand, war ein anderes: Zärtlichkeit lag darin, Mitleid und zugleich das Gefühl unendlicher Macht. Sie war die Quelle seiner Kraft, der Mittelpunkt seines Daseins, mit einem Lächeln konnte sie seine düsteren Stimmungen hinwegwischen, mit einer zarten Berührung seine glücklichen Momente verdoppeln.

Hin und wieder hatte sie vorsichtige Andeutungen gemacht, die ihre Stellung am herzoglichen Hof betrafen, denn sie hoffte auf eine Heirat. Robert hatte ihr versichert, sein Sohn Wilhelm werde eine ritterliche Erziehung erhalten und dereinst eine wichtige Position im Land einnehmen. Auch für sie, Arlette, sei gesorgt. Weshalb sie solch dumme Fragen stelle? Sei sie nicht zufrieden? Gleich morgen würde er ihr neue Geschenke bringen lassen. Perlenbestickte Schuhe aus feinstem Ziegenleder, ein kostbar eingelegtes Tischchen aus Ebenholz, drei Kelche aus blauem Glas, klar und leuchtend wie der Sommerhimmel.

Er machte gern Geschenke, auch die Gaben, die seine Vasallen oder fremde Gesandschaften ihm brachten, schenkte er freigiebig an andere weiter. Er konnte es sich leisten, denn die Einnahmen des Herzogs waren beträchtlich, seine Ministerialen brachten regelmäßig Schatullen voller Deniers in die herzogliche Kämmerei. Käufe und Stiftungen wurden besteuert, auch der Handel in den Städten und die großen Handelswege, daneben brachte die Münze beträchtliches Geld ein. Die Ländereien des Herzogs, die von unfreien Bauern bearbeitet wurden, lieferten gute Erträge, zusätzlich hatte er Handwerksbetriebe, die den Hof mit Tuchen, Lederwaren, Kerzen und allerlei anderen Dingen versorgten, und was nicht verbraucht werden konnte, verkaufte man auf den Märkten.

Zu Ostern reiste der herzogliche Hof wie jedes Jahr nach Fécamp, wo die Auferstehung Jesu Christi mit langen Messen und festlichen Prozessionen gefeiert wurde. Arlette war wenig erfreut darüber, denn dies war – wie alle kirchlichen Festtage – eine Zeit, in der Robert sich von ihr fernhalten musste. Auch die übrigen Frauen sehnten das Fest nicht gerade herbei, sie fürchteten das stundenlange Knien in der eisigen Klosterkirche und beklagten sich, dass der herzogliche Palast in Fécamp wegen seiner Nähe zum Meer feucht und kalt und außerdem sehr beengt sei, denn seit Robert Herzog war, schleppte er eine Anzahl überflüssiger Höflinge mit sich herum, die untergebracht werden mussten. Die Einzige, die die Feiertage mit brennender Sehnsucht erwartete, war die kleine Mathilde, sie verehrte den greisen Abt des Klosters Fécamp, Wilhelm von Volpiano, wie einen Heiligen.

Arlette hatte ein ungutes Gefühl, als die Reiter und Wagen vor der Stadt eintrafen, denn der Ort wurde von einer ungeheuren Menge von Kranken und Krüppeln umlagert, die sich an den Feiertagen reichliche Speisung erhofften. Vielen dieser Unglücklichen waren Hände und Arme abgefault, dennoch versuchte einer den anderen zur Seite zu stoßen, als die hohen Herrschaften an ihnen vorbeizogen, zerlumpte Männer reckten ihre Stümpfe, hohläugige, halb verhungerte Kinder wurden in die Höhe gehoben, als gälte es, einen Preis für das Grauen zu erwerben.

»Robert hat das Volk zum Christfest in Rouen so reichlich abgefüttert, dass nun anscheinend die Krüppel aus dem ganzen Land herbeigeströmt sind«, bemerkte Adelheid, die das seidene Kopftuch vors Gesicht nahm, um sich vor dem fauligen Gestank zu schützen.

Arlette schwieg dazu. Krankheit war eine Strafe Gottes für begangene Sünde, deshalb hatten alle diese Unglücklichen ihr Los gewiss verdient. Dennoch erschien es Arlette hart, dass auch die kleinen Kinder diese Strafe erleiden mussten, und Roberts Mitleid und seine Großmut gefielen ihr. Vielleicht fehlte es ihm an Härte und Entschlossenheit, um ein guter Herzog zu sein, doch in ihren Augen machte seine Großherzigkeit vieles wieder gut.

Robert schien trotz der Festtage düsterer Stimmung zu sein; er hatte am Karfreitag lange Zeit im Kloster gebeichtet, und Arlette vermutete, dass er dem Abt reuevoll die Sünde der Wollust und die Übertretung kirchlicher Verbote zu Füßen gelegt hatte, denn Arlette und er hatten während der Fastentage miteinander verkehrt. Arlette, die sich seiner hingebungsvollen Liebe so sicher gewesen war, begann sich Sorgen zu machen: Auch nachdem die eigentlichen Festtage vorüber waren, ließ Robert sie nicht zu sich rufen. Sie tröstete sich damit, dass es immer noch Umzüge und Prozessionen gab, auch war ein Tjost geritten worden, bei dem Robert angetreten war, und sie wusste, dass sich die Feiern üblicherweise über ganze zwei Wochen hinzogen.

Einige Tage nach Ostersonntag war der bisher so düstere Regenhimmel aufgerissen, so dass die Frauen den engen Gemächern entfliehen und ein wenig im Garten des Palastes umhergehen konnten. Die Dienerschaft hatte die schlammigen Wege mit hölzernen Bohlen ausgelegt, dennoch hatten die Pagen viel damit zu tun, die Mäntel ihrer Herrinnen vor Schmutz zu bewahren, auch wurden sie häufig umhergeschickt, um ein Tuch, ein Kästchen oder süßes Gebäck zu beschaffen.

Arlette war eine der Ersten gewesen, die die Gelegenheit nutzten, an die frische Luft zu kommen. Der von dicken Mauern geschützte Garten war zwar nicht allzu groß, und auf den Kräuterbeeten hatten nur Salbei und Ehrenpreis schon ein paar schüchterne Blüten entfaltet, doch gab es einige Apfelbäume, die kleine, lindgrüne Blättchen austrieben und deren braune Blütenknospen im Sonnenschein anzuschwellen schienen. Lästig war nur das laute Geschwätz und Gekichere der Frauen, die nach all den anstrengenden Zeremonien ausgelassen und albern waren und sich sogar mit bunten Kieselsteinen bewarfen.

Arlette war neugierig, das Meer zu sehen – sie vertraute Godhild den schlafenden Wilhelm an, raffte das Gewand und stieg auf einen der runden Mauertürme. Ein kräftiger Seewind blies ihr entgegen, als sie die zinnenbesetzte Plattform erreicht hatte, so dass sie Haar und Schleier festhalten musste, doch der Geruch des Meeres erschien ihr so aufregend, dass sie ihn tief in ihre Lungen einsog. Ansonsten war der Anblick nicht eben ergreifend – das grüne Land endete in einer schroffen Kante, die zum Meer hin steil abfiel, rötlicher Fels war an einigen Stellen zu erkennen, dahinter dehnte sich eine weite, graue Wattfläche bis zum Horizont aus. Möwen trieben ihr Spiel mit dem Wind, ein paar kleine Fischerboote waren als dunkle Dreiecke in weiter Ferne zu sehen. Fröstelnd zog Arlette den Mantel enger. Plötzlich vernahm sie ein seltsames Geräusch, das dem Flattern eines Vogels ähnelte, und sie fürchtete bereits einen dummen Scherz der übermütigen Frauen, doch zu ihrer allergrößten Verblüffung war es der Graf von Brionne, der die Stufen zu ihr hinaufstieg. Auf seiner rechten, von einem ledernen Handschuh geschützten Hand trug er – einen Habicht.

Weder Gilbert noch der Habicht schienen von der engen Turmtreppe begeistert zu sein – der Vogel flatterte heftig mit den Flügeln, während sich der Graf mit der Linken den Staub von seinem gelben Rock klopfte.

»Verzeihen Sie, dass ich Ihre Andacht störe, Arlette«, richtete er das Wort an sie. »Ich wollte nicht versäumen, Ihnen dieses Geschenk zu überreichen.«

Arlette starrte auf den immer noch flügelschlagenden Vogel, den er mit einem Riemen fest an sein Handgelenk gebunden hatte. Gilberts höfliche Rede schien ihr voller boshafter Ironie zu stecken, und sie musste sich zusammennehmen, um ihm keine patzige Antwort zu geben – zu viel hatte dieser Mann ihr bereits angetan.

»Ich danke«, sagte sie und zwang sich zu einer Neigung des Kopfes. »Allerdings wüsste ich kaum, was ich mit einem Habicht anfangen sollte, da ich nicht auf die Jagd reite.«

Es war ihm inzwischen gelungen, den Habicht zu beruhigen, was nicht allzu schwer war, denn das Tier trug eine dunkle Kappe über dem Kopf.

»Warum geben Sie ihn nicht Ihrem Bruder Walter? Er scheint sich ausgezeichnet als Knappe zu bewähren, und wenn ich mich recht entsinne, war er damals ganz bezaubert von diesem schönen Tier.«

Er schien ihr anzusehen, dass ihr diese Erinnerung wenig angenehm war, und lächelte. Was führte er im Schilde? Machte er sich über sie lustig? Sie wollte diesen Vogel nicht, hatte er doch damals großes Unglück über sie gebracht.

»Mit Ihrer Erlaubnis, Arlette, werde ich dem Knappen das Geschenk gleich nachher überbringen lassen«, ergriff er wieder das Wort. »Da wir nun aber – wie der Zufall es will – ganz unter uns sind, möchte ich Sie um eine Gefälligkeit bitten.«

Sein Lächeln gefiel ihr ebenso wenig wie seine falsche Höflichkeit. Gleich darauf fiel ihr ein, dass man sie vom Garten her sehen konnte, und sie bekam Angst, dass man Robert von diesem seltsamen Zusammentreffen berichten könnte.

»Sie haben nicht recht verstanden, Graf von Brionne«, sagte sie in gedämpftem Ton. »Ich will dieses Geschenk nicht, und ich bin auch zu keinerlei Gefälligkeiten bereit. Geben Sie den Weg frei, ich möchte in den Garten hinabsteigen.«

Er dachte nicht daran, ihrer Forderung nachzukommen, sondern blieb hartnäckig vor der Treppe stehen, so dass sie auf der engen Turmplattform gefangen war.

»Warten Sie zuerst ab, was ich zu sagen habe, bevor Sie davonlaufen, denn der Gefallen, den ich im Sinn habe, wird auch Ihnen nützlich sein. Wir haben einen gemeinsamen Feind, Arlette.«

Sie schwieg verblüfft. Wollte er sie gar zu seiner Verbündeten machen? Das war lachhaft; sie hatte nicht vor, sich in die Intrigen der Hofgesellschaft einzumischen.

»Sie wissen recht gut, von wem ich rede«, fuhr er fort. »Erzbischof Robert Evreux ist nicht nur oberster Kirchenherr des

Landes, er ist auch Graf von Evreux und damit ein mächtiger Vasall. Dieser Mann will den Herzog ganz und gar beherrschen, und er duldet niemanden neben sich.«

Arlette schwieg betroffen. Sie mochte den Erzbischof wenig und wusste, dass auch er sie nicht leiden konnte, doch bisher war sie nicht auf die Idee gekommen, dass Robert Evreux ihr Feind war. Konnte sie den Worten von Gilbert von Brionne trauen?

»Ich glaube nicht, dass der Herzog allzu viel auf den Rat seines Onkels gibt«, meinte sie schulterzuckend.

»Gerade das hat den Erzbischof erbost, Arlette. Sein junger Neffe weigert sich immer häufiger, ihm zuzuhören, und wie es scheint, sieht Robert Evreux die Schuld an diesem Ungehorsam bei Roberts Freunden und vor allem – bei seiner Geliebten.«

Schrilles Gekreisch drang aus dem Garten zu ihnen hinauf, offensichtlich war eine der Damen ausgeglitten und in ein frisches Beet gestürzt.

»Weshalb erzählen Sie mir das, Graf von Brionne?«, fragte sie ärgerlich.

»Um Sie zu warnen, Arlette. Der Erzbischof scheut vor nichts zurück, um seine Machtansprüche zu behaupten, und der Herzog ist – leicht zu überzeugen. So redet der Erzbischof ihm seit Wochen ein, er solle sich endlich zu einer Heirat entschließen, und er hat auch bereits etliche vorteilhafte Verbindungen im Sinn.«

Seine Worte trafen sie heftig, doch sie gab sich alle Mühe, ihr Erschrecken zu verbergen und gleichgültig zu erscheinen.

»Was kümmert mich das? Ich weiß, dass er irgendwann heiraten wird. Oder glauben Sie vielleicht, ich dächte ernsthaft daran, Herzogin der Normandie zu werden?«

Ein amüsiertes Grinsen trat auf sein Gesicht, und Gilbert von Brionne strich dem Habicht zart über das braune Rückengefieder.

»Ich halte Sie für ein kluges Mädchen, Arlette. Eine adelige Heirat des Herzogs würde Ihre Stellung nicht gefährden, denn

Robert hängt an Ihnen. Niemand könnte ihm verbieten, sich weiterhin eine Geliebte zu halten. Was aber wird sein, wenn Robert sich entscheidet, Sie an einen seiner Vasallen zu verheiraten?«

Der Schlag traf sie bis ins Mark. Wenn er das täte, wäre sie abgeschoben, müsste den Hof verlassen, und alle ihre Hoffnungen wären dahin.

»Der Herzog wehrt sich hartnäckig gegen diese Forderung des Erzbischofs«, fügte der Graf mit leiser Stimme hinzu, was sie nur noch mehr verunsicherte. »Doch Robert Evreux ist beharrlich, deshalb sollten wir gemeinsam dafür kämpfen, dass er seinen Einfluss verliert.«

Sie zitterte am ganzen Körper, es musste der kalte Wind sein, der an ihrem Mantel zerrte und ihr den Schleier von den Haaren reißen wollte.

»Kämpfen?«, murmelte sie.

»Jeder auf seine Weise, Arlette«, sagte er hastig. Unten im Garten rief jemand seinen Namen. »Sie haben Macht über den Herzog – stärken Sie ihm den Rücken, ermutigen Sie ihn, seinen Onkel in die Schranken zu weisen. Für alles andere werde ich sorgen …«

Er vollführte eine geschmeidige Drehung zur Turmtreppe hin, denn die Rufe im Garten wurden jetzt lauter. Offensichtlich war es ein Bote, der eine eilige Nachricht für ihn hatte. Der Habicht breitete beunruhigt die Flügel aus und versuchte, sich gegen den Wind in die Luft zu schwingen.

»Warten Sie!«, rief Arlette. »Sie sind doch gewiss nicht zu mir gekommen, weil Ihnen mein Schicksal am Herzen liegt, Graf von Brionne. Was steht für Sie auf dem Spiel?«

»Einiges«, gab er, schon auf der Treppe, zurück. »Genauer gesagt: fast alles!«

* * *

Mühsam quälte sich der lange Zug von Wagen und Reitern über die aufgeweichten Wege nach Nordwesten. Seit dem Morgen fiel dichter Regen, durchtränkte die Mäntel und Kappen der Reiter und tröpfelte durch die Ritzen zwischen den aufgespannten Häuten ins Wageninnere hinein. Auf Truhen und Kisten stand das Wasser, Stoffbündel waren dunkel vor Nässe, und die Frauen, die auf weichen Polstern saßen, um nicht allzu sehr unter dem Gerumpel zu leiden, wickelten sich fröstelnd in Mäntel und Pelze.

Arlette hockte bedrückt neben Godhild, die den jammernden Wilhelm im Arm hielt. Der Kleine nieste, bekam wenig Luft in der Nacht, und sie sorgte sich, dass er krank werden oder gar sterben könnte.

»Er hat einen Schnupfen – das geht vorbei«, tröstete Godhild. »Solange er trinkt, hat er Kraft genug. In Falaise werde ich ihm einen Sud aus Minze und Schlangenkraut bereiten, davon wird er bald gesund.«

Der Kutscher zügelte fluchend die beiden Pferde, und der Wagen blieb wieder einmal stehen. Gleich darauf schob jemand die Häute auseinander, und Walters triefendes Gesicht erschien.

»Vorn ist ein Packwagen umgefallen – die Mägde sind dabei, die Truhen zu bergen. Es wird ein Weilchen dauern«, verkündete er und schaute dann lächelnd auf seinen quengelnden Neffen.

»Wie geht es ihm? Er schaut munter aus.«

»Er niest …«

»Wer niest, lebt lang«, meinte er unbeschwert und verschloss den Spalt zwischen den Häuten sorgfältig, damit die Frauen nicht nass wurden.

»Wie erwachsen er jetzt ist«, stellte Godhild kichernd fest. »Er muss sich sogar schon Kinn und Wangen scheren. Obgleich es noch recht dürftig sprießt.«

Joseline, die mit zweien ihrer Töchter hinter ihnen im Wagen saß, lachte hell auf und behauptete, Walter würde gewiss bald ein Ritter werden, die jungen Mädchen würden bereits jetzt heimlich nach ihm schauen. Worauf die beiden Töchter, die erst acht und zehn Jahre alt waren, Grimassen schnitten und sich gegenseitig an den langen Haaren zupften.

Arlette nahm ihr Kind aus Godhilds Arm, um es anzulegen. Tatsächlich, der Kleine saugte gierig an ihrer Brust, doch da er nicht durch die Nase atmen konnte, musste er den Milchquell immer wieder fahren lassen, um nach Luft zu schnappen.

Müde lehnte sie sich an eines der dicken Hölzer, an denen die Häute befestigt waren, und sie war froh, dass Joseline jetzt mit den beiden Mägden beschäftigt war, die hinten im Wagen kauerten und nun angehalten wurden, den Kamm ihrer Herrin und eine Schachtel mit Haarbändern aus dem Gepäck zu suchen. Es war schwer, einen klaren Gedanken zu fassen, wenn man den ganzen Tag über von so vielen Menschen umgeben war, deshalb hatte sie in den letzten Nächten meist wach gelegen und gegrübelt.

Wie einfältig sie doch bisher gewesen war! Sie hatte geglaubt, es genüge, Roberts Liebe zu besitzen, niemals war ihr in den Sinn gekommen, dass das Machtgerangel zwischen den hohen Herren Einfluss auf ihr Schicksal nehmen könnte. Auch das Verhalten der adeligen Damen, in deren Mitte sie lebte, sah sie jetzt in anderem Licht, denn vor der Gefahr, die sich über ihrem Haupt zusammenbraute, hatte sie keine gewarnt. Nicht einmal Joseline, die sie für ihre Freundin gehalten hatte, auch nicht die kleine Mathilde und schon gar nicht Adelheid, die inzwischen an den burgundischen Hof zu ihrem Ehemann Rainald zurückgekehrt war, wo sie die kommenden Monate verbringen würde.

Robert hatte sich seiner Geliebten in Fécamp nicht ein einziges Mal genähert, was Arlettes Besorgnis noch steigerte. Zwar hatte sie seine Blicke gespürt, die immer begehrlicher wurden, doch zugleich hatte sie begriffen, dass er tief in einer seiner Anwandlungen von Niedergeschlagenheit steckte. Weshalb hielt er sich von ihr fern? War sie nicht diejenige, die ihn bisher immer von seiner Melancholie befreit hatte? Sie hatte Walter heimlich ausgefragt und erfahren, dass es einen heftigen Streit zwischen dem Grafen von Brionne und dem Erzbischof gegeben hatte, welcher den Herzog zutiefst bekümmerte.

In diesem Punkt hatte Gilbert offenbar die Wahrheit gesagt – der Erzbischof war sein Feind. Weshalb? Das war leicht zu erraten: Robert war unsicher und zögerlich in seinen Entschlüssen – er brauchte stets einen Ratgeber, der hinter ihm stand. Graf Gilbert war ein solcher Mann, genau wie der Erzbischof. Und keiner der beiden war bereit, den einflussreichen Platz an Roberts Seite mit einem Konkurrenten zu teilen.

Gilbert hatte behauptet, für ihn ginge es um fast alles. Also plante Erzbischof Robert Evreux nichts weniger als Gilberts Vernichtung, die Abererkennung seiner Länder, seines Titels, vielleicht wollte er ihm sogar ans Leben.

Was aber führte Graf Gilbert von Brionne im Schilde, um sich seines Gegners zu entledigen? Konnte man einen Erzbischof entmachten? Ihn vernichten? Ließ sie sich nicht auf ein ungeheures Wagnis ein, wenn sie versuchte, sich gegen diesen gefährlichen Mann zu stellen, wie Graf Gilbert es ihr riet? Wer sagte ihr denn, dass sie ausgerechnet diesem widerwärtigen Kerl trauen konnte? Jetzt redete er davon, ihr Verbündeter zu sein, doch schon morgen konnte er seine Worte vergessen haben.

Auf der anderen Seite – was blieb ihr übrig? Der Erzbischof hasste sie – es war sehr wahrscheinlich, dass er Robert tatsächlich zuredete, sich von ihr zu trennen, indem er sie verheiratete. Sie musste mit allen ihr zur Verfügung stehenden Mitteln kämpfen, denn es hing nicht nur ihr eigenes, sondern auch das Schicksal ihres Sohnes davon ab.

Ein lautes Schnalzen und ein scharfer Ruck des Wagens rissen sie aus ihren Grübeleien; wie es schien, hatte man den Schaden behoben, die Reise wurde fortgesetzt. Joseline schrie auf, als sich beim Anfahren ein Wasserschwall, der sich auf dem Dach angesammelt hatte, ins Wageninnere ergoss.

»Oh, wie ich dieses Herumziehen hasse«, stöhnte sie, während eine der beiden Mägde ihr das Haar trocken rieb. »Diese Mühsal bei jedem Wetter, das ständige Ein- und Auspacken, der Schmutz und vor allem die Nachtlager in diesen stickigen, verräucherten Bauernhäusern, wo Hühner, Schafe und Ziegen über das Lager springen und überall stinkender Kot herumliegt.«

Arlette spürte plötzlich, wie ihr übel wurde, und sie schob den kleinen Wilhelm rasch zu Godhild hinüber. Das Gewicht des Säuglings schien ihr den Magen zusammenzupressen.

»Was ist los? Ist dir nicht wohl?«, rief Joseline mitleidig. »Gütiger Gott – du bist ganz bleich, Arlette. Du isst auch wie ein Sperling – du wirst doch nicht krank werden?«

»Ich habe schlecht geschlafen und bin sehr müde.«

Während Joseline sich jetzt über die zahlreichen schlimmen Fieber verbreitete, die böse Geister über die Welt bliesen, und dann den Aderlass als unfehlbare Heilmethode empfahl, musste sie die Stimme heben, denn Arlettes Sohn brüllte zornig nach seiner Nahrung. Godhild wiegte ihn in ihren Armen, und als Arlette in das Gesicht ihrer Freundin blickte, stellte sie fest, dass Godhild ihr mit wissender Miene zugrinste.

Gott im Himmel, dachte Arlette und kämpfte mühsam gegen die Übelkeit an. Nicht wieder so wie beim ersten Mal.

Doch als sie gegen Abend endlich erschöpft und bis auf die Haut durchnässt in Falaise ankamen, wehte der Geruch der vielen Gerbereien zu ihnen hinüber, und Arlette konnte sich gerade noch aus dem Wagen beugen, um nicht die Gewänder ihrer Mitfahrerinnen zu beschmutzen.

»Gib mir einen Trank«, flehte sie Godhild an.

Doch die schüttelte den Kopf. Lindern konnte sie das Übel schon, doch aus der Welt schaffen konnte sie es nicht. Gegen die Übelkeit in der Schwangerschaft war kein Kraut gewachsen.

In der Vorburg herrschte das übliche Gewimmel, Knechte spannten die Pferde aus, Knappen schleppten Sättel und Gepäck ihrer Herren, Truhen und Kisten wurden abgeladen, allerorten wurden zornige Anweisungen gebrüllt. Zwar hatte der Regen jetzt endlich nachgelassen, doch standen auf dem Hof der Vorburg tiefe Pfützen, so dass man für die Frauen hölzerne Bretter auslegte, damit sie trockenen Fußes zur Hauptburg gelangten. Auch das Hinaufklettern in den Wohnturm war keine Kleinigkeit, eine der Mägde, die sich ein allzu großes Bündel auf den Rücken geladen hatte, rutschte auf den glitschigen Sprossen ab und stürzte in die Tiefe. Sie fiel glücklich, hatte nichts gebrochen, nur eine Wunde an der Stirn, doch ihre Herrin jammerte laut, denn in dem Bündel waren ihre Gewänder, die nun von dem übel riechenden Schlamm durchtränkt waren.

»Unfassbar, dass der Burgvogt den Wachen gestattet, gleich am Turmeingang ihr Wasser abzuschlagen!«, stöhnte Joseline.

Thurstan Goz hatte dafür gesorgt, dass die Frauen des herzoglichen Hofs im zweiten Stock Wohnung nehmen konnten, er selbst und seine Familie waren in die Vorburg gezogen. Dort musste auch der größte Teil der Ritter nächtigen, da der Turm die zahlreichen Begleiter des Herzogs nicht aufnehmen konnte.

Als es Nacht wurde, sank Arlette vollkommen erschöpft auf das schmale Lager, das Godhild für sie bereitet hatte, doch bei der Unruhe, die im Raum herrschte, war an Schlaf nicht zu denken. Immer noch fehlte dieses oder jenes Gepäckstück, die Frauen liefen hin und her und schalten ihre Mägde, Kinder weinten, drei junge Katzen flitzten durchs Gemach, spielten mit den bunten Seidentüchern und kletterten an den Wandbehängen empor. Arlettes Übelkeit hatte sich zwar gelegt, doch sie hatte an der abendlichen Tafel vorsichtshalber nur ein wenig Brot gegessen und Wasser dazu getrunken. Mehr hätte sie sowieso nicht hinunterbekommen, denn in dem kleinen Saal herrschte eine solche Enge, dass man beim Essen kaum die Arme bewegen konnte. Dazu dampften die Gewänder und Beinlinge einiger Männer noch vor Feuchtigkeit, und Hugo von Vernon, der ihr gegenüber an der Tafel saß, rannen dicke Schweißtropfen über die feisten, geröteten Wangen.

Robert erschien ihr selbst für seine Verhältnisse ungewöhnlich geschwätzig, er beriet sich mit Robert von Montgomery über einen Ausbau der Burg, schlug vor, eine ganze Reihe hölzerner Gebäude abreißen und dafür eine lange Halle errichten zu lassen. Dann stellte er dem erfreuten Thurstan Goz in Aussicht, ihn zum Vicomte zu erheben, lobte gleich darauf die Wälder um Falaise, die voller Wild seien, und erklärte sich bereit, die neu erworbenen Besitztümer seines Freundes Robert von Montgomery zu bestätigen. Wobei er ihn zugleich ermahnte, von nun an Frieden zu halten und sich nicht mehr am Gut der Klöster zu vergreifen. Montgomery nahm diese Rede mit eifrigem Kopfnicken zur Kenntnis und erklärte seine Absicht, durch die Stiftung einer Abtei für das Heil seiner Seele sorgen zu wollen.

Gilbert von Brionne war schweigsam, verschlang große Mengen gebratenen Fleisches, und seinem spöttischen Grinsen bei Montgomerys Worten entnahm Arlette, dass er über dessen Machenschaften mehr wusste, als er preisgeben wollte.

Zu Arlette sprach Robert wenig, wie meist in letzter Zeit; er erwähnte nur, dass sie blass aussehe, und riet ihr, von dem roten Wein zu trinken. Dass sie seinem Rat nicht folgte, entging ihm, war er doch längst in ein Gespräch mit dem jungen Alfred Aetheling vertieft, in dem es um den großen Knut ging, der nun auch Norwegen erobert hatte und nach Alfreds Meinung eine Bedrohung für die Normandie darstelle. Zu diesem Zeitpunkt gähnten die Frauen bereits und baten um Erlaubnis, sich von der Tafel zurückziehen zu dürfen, was der Herzog ihnen gern gestattete.

Arlette war auf ihrem Lager gerade eingeschlummert, als Godhild sie am Arm rüttelte.

»Du sollst zu ihm hinunterkommen, Arlette. Steh rasch auf, ich habe dein Gewand schon zurechtgelegt.«

Arlette erschrak und spürte, wie sich ihr Magen schon wieder heben wollte, doch sie kämpfte die Übelkeit nieder. Er hatte Sehnsucht nach ihr und ließ sie rufen – alles war gut.

Godhild war die Ruhe selbst, kleidete sie an, kämmte ihr das Haar, suchte zierliche Schuhe und einige Kleinodien aus. Dann prüfte sie ihr Werk im Licht einer Kerze, nickte zufrieden und setzte sich neben die Wiege des Kindes.

»Du bist schön wie immer – sei guten Mutes!«

»Nicht zu blass? Die Augen beschattet? Gib mir den Spiegel.«

»Dazu ist keine Zeit. Nun geh schon, er wartet auf dich.«

Robert hatte den Raum mit zahlreichen Kerzen ausgeleuchtet, wie er es liebte, auch blitzten wieder die silbernen Kannen und Leuchter, auf die er damals so stolz gewesen war.

Sie waren allein – er hatte keinen einzigen seiner Getreuen im Raum übernachten lassen, vermutlich schliefen sie unten im Wachensaal und in den Häusern der Vorburg.

»Ich habe dich vermisst, Arlette«, empfing er sie. »Meine Sehnsucht nach dir ist übergroß.«

Sie sah ihm an, dass er die Wahrheit sprach, und bemühte sich, langsam auf ihn zuzugehen, damit er ihr die namenlose Erleichterung nicht anmerkte.

»Sie hätten mich nur zu rufen brauchen …«

Er lächelte schuldbewusst und deutete verlegen auf einen Stuhl, bemerkte, dass sein Mantel darauf lag, und zog ihn mit einer raschen Bewegung zur Seite.

»Verzeih mir«, murmelte er. »Ich war beschäftigt.«

»Oh, es war kein Vorwurf. Ich weiß, dass der Herzog der Normandie wichtige Dinge zu entscheiden hat und dass seine Zeit kostbar ist.«

»Die Zeit mit dir ist kostbar, Arlette«, gab er leise zurück.

Sie bewegte sich lächelnd auf ihn zu, tat, als wolle sie an ihm vorübergehen, und streifte ihn mit dem weiten Ärmel ihres Gewands. Ungeduldig umfasste er sie und zog sie an sich.

»Ich habe sie alle davongejagt«, stieß er heiser hervor. »Zum Teufel mit diesem gierigen Gesindel, den hochmütigen Adelsherren und den elenden Speichelleckern. Zeige du mir, dass diese elende Welt sich in ein Paradies wandeln kann …«

Er fiel über sie her wie ein Verschmachtender, der einen Brunnen findet, küsste gierig ihren Mund und presste ihren Körper mit aller Kraft an sich.

»Wie seltsam«, sagte sie und schlang die Arme um seinen Nacken. »Jeder im Land glaubt, dass der Herzog ein glücklicher Mann sein muss, denn er besitzt Macht über alle und kann tun und lassen, was immer ihm gefällt.«

Er lachte über ihre Worte, und sie hörte die Bitterkeit heraus. Ja, sie hatte richtig vermutet, er war zutiefst niedergeschlagen und suchte ihren Trost. Als er die Schnüre am Halsausschnitt ihres Gewandes zerriss, schob sie ihn sanft zurück. Er ließ es geschehen, stand vor ihr mit fliegendem Atem, in seinen Augen lag ein Verlangen, das mit Verzweiflung gepaart war.

»Geduld«, sagte sie lächelnd. »Haben wir nicht eine ganze Nacht für uns?«

Er schwieg, sah zu, wie sie das weite, hellblaue Gewand über die Schultern schob, sich mit einer verführerischen Bewegung leicht zur Seite drehte und den Stoff zu Boden sinken ließ. Er streckte die Arme nach ihr aus.

An seiner Hand stieg sie aus dem hellblauen Stoffhügel, trug jetzt nur noch das Hemd aus dünnem Leinen, das die Kontur ihres Körpers deutlich erahnen ließ.

»Eine Nacht mit dem Sieger von Alencon – ich zittere vor Angst, doch ich werde allen Mut zusammennehmen und standhalten …«

»Ich komme nicht als Krieger zu dir, Arlette …«

Sie lachte und warf das lange, dichte Haar zurück.

»Wie schade! Wäre ich ein Ritter, dann würde ich an Ihrer Seite in den Kampf ziehen und mein Leben für Sie wagen!«

Es amüsierte ihn, denn sie stellte sich in Pose, als führte sie ein Schwert.

»Das wäre hübsch anzusehen. Vor allem, wenn du in diesem dünnen Hemd mit mir rittest …«

Er wollte sie an sich ziehen, doch sie wich lachend zur Seite, streifte sich einen zierlichen Schuh vom Fuß und tat, als wolle sie diesen wie eine Waffe gegen ihn führen. Entzückt über diese neue Variante ihres Spiels, nahm er die Herausforderung an und stürzte sich waffenlos in den Kampf. Ein Tischchen kippte um, zwei Weinschalen rollten zu Boden, und er riss in seinem Eifer den Vorhang der Bettstatt herunter – dann jedoch hatte er seine Gegnerin in eine Ecke gedrängt, stemmte beide Arme gegen die Mauer und hielt sie gefangen.

»Ergibst du dich?«, fragte er vergnügt.

Sie versuchte, unter seinem Arm hindurchzuschlüpfen, doch er fasste den Stoff ihres Hemdes, so dass sie nur flüchten konnte, indem sie das Kleidungsstück in seinen Händen ließ.

»Wenn Sie mich zum Knappen nehmen und mich lehren, das Schwert zu führen, werde ich in kurzer Zeit ein brauchbarer Ritter sein.«

»Besser nicht ...«

Er löste schon die Schnüre, die ihr Hemd im Rücken schlossen, und mühte sich eifrig, einen Knoten aufzuknüpfen. Sie hatte ihn in heitere Stimmung versetzt, er begehrte sie ungeduldig – wenn sie ihr Ziel erreichen wollte, dann musste sie jetzt rasch darauf zusteuern.

»Ich würde an Ihrer Seite kämpfen wie all die anderen großen Herren. Hugo von Vernon, Robert von Montgomery und vor allem der Erzbischof von Rouen.«

Der Knoten wollte sich nicht öffnen lassen, fieberhaft riss er an der dünnen Schnur.

»Was willst du gerade mit dem?«, murmelte er unwillig.

»Nun, er ist Ihr treuester Kampfgefährte«, schwatzte sie mit wichtiger Miene. »Die Leute sagen, der Erzbischof sei trotz seines Alters mutig wie ein Löwe und würde eher sterben, als seinen Herzog zu verlassen.«

Sie legte den Kopf in den Nacken, um sein Gesicht sehen zu können. Er wirkte missmutig, was auch daran liegen konnte, dass ihm die feine Schnur aus den Fingern geglitten war und er sie jetzt zwischen ihrem Haar suchen musste.

»Du musst nicht alles glauben, was die Leute reden, Arlette.«

»Ach«, seufzte sie lächelnd. »Sie haben recht, es wird so viel Unwahres geschwatzt, man wundert sich, dass Gott der Herr die Lügner nicht mit einem Blitzstrahl zu Boden schleudert. Neulich hörte ich, der Erzbischof von Rouen sei der eigentliche Herrscher der Normandie, denn der Herzog täte nur, was sein Onkel ihm vorschreibe.«

Die Wirkung dieser Sätze war heftig. Schwer atmend hielt Robert in seinen Bemühungen inne, dann stieß er sie mit einer harten Bewegung von sich.

»Weshalb erzählst du mir das?«, fragte er düster.

»Weil ich zornig über solche boshaften Lügen bin. Ich würde gar zu gern wissen, wer sie in die Welt gesetzt hat.«

Halb entkleidet, mit offenem Haar, stand sie vor ihm, gerade zuvor hatte er sie noch heiß begehrt, nun war seine Lust mit einem Schlag erkaltet.

»Was hast du noch gehört?«, forschte er.

»Das kann ich nicht sagen, Herr. Es tut mir gar zu weh.«

»Rede!«

Sie zierte sich, zupfte an ihrem Hemd herum und überlegte fieberhaft, was ihn noch mehr gegen seinen Onkel aufbringen könnte.

»Der Erzbischof soll gesagt haben, es sei ein Unglück für die Normandie, dass Richard III. so früh habe sterben müssen, denn er sei der bessere Herzog gewesen.«

Roberts Gesicht wurde aschfahl, und sie fürchtete jetzt, es zu weit getrieben zu haben.

»Es ist nur ein Gerücht«, fügte sie rasch hinzu. »Sie wissen ja, dass viel Unwahres geredet wird. Ganz sicher ist es eine Lüge, weshalb sollte Ihr Onkel solch einen Unsinn reden?«

Es stimmte tatsächlich, dass mancher am Hof Richard III. nachtrauerte, doch sie war sich ziemlich sicher, dass der Erzbischof der Letzte gewesen wäre, dies öffentlich auszusprechen. Dazu war er viel zu klug.

»Ich habe auch anderes gehört«, fuhr sie fort, denn Robert

stierte immer noch wortlos vor sich hin. »Viele Leute sagen, dass der Sieger von Alencon seinem Vater, Richard dem Guten, gleiche und dass seine klugen Befehle den Kämpfern den Sieg brachten. Ein solcher Heerführer brauche keinen Berater, denn er wisse selbst genau, was getan werden müsse.«

»Sagt man das?«, murmelte Robert ohne viel Begeisterung. Dann wandte er sich von ihr ab und begann, heftig gestikulierend im Raum auf und ab zu gehen.

Er habe schon längst die Machtgier seines Onkels bemerkt, lamentierte er, habe jedoch gezögert, ihn zurechtzuweisen wegen seines Alters und seiner Verdienste. Der Erzbischof schien zu glauben, ihm, dem Herzog, Anweisungen erteilen zu können, doch die Zeiten, da er noch ein Knabe gewesen, seien längst vorbei. Es sei richtig, er habe die Burg Alencon eingenommen, er allein habe die Befehle gegeben, und er habe gesiegt …

Sie nickte zu allem, was er sagte, und als er endlich vor ihr stehen blieb, legte sie ihre Hände auf seine Schultern, schob sie sanft über seinen Nacken, und streichelte das kurz geschorene Haar an seinem Hinterkopf.

»Sie werden das Richtige tun, Robert«, flüsterte sie. »Ich weiß es ganz sicher, denn mir wurde ein Zeichen gegeben.«

Er begriff nicht sogleich, sondern starrte sie eine kleine Weile verständnislos an. Erst als sie seine Hand nahm und sie auf ihren Bauch legte, hatte er verstanden.

»Ein zweiter Sohn?«, flüsterte er überwältigt.

»Und dieses Mal will ich, dass er Robert genannt wird!«

Sie hatte erwartet, dass er sie vor überschäumender Begeisterung an sich pressen und fast erdrücken würde, doch er tat nichts dergleichen, sondern umschloss ihren Körper nur mit seinen Armen, als müsse er sich an ihr festhalten.

»Ich liebe dich, Arlette«, murmelte er. »Niemals will ich mich von dir trennen. Ich schwöre es dir bei allen Heiligen. Nur mit meinem Tod wird unsere Liebe enden …«

Seine Versprechungen und Schwüre wollten kein Ende nehmen. Erst als sie mit geschickten Fingern die Schnüre löste und langsam ihr Hemd zu Boden gleiten ließ, gingen ihm die Worte aus.

* * *

Siegreich zog der Frühling über die bewaldeten Hügel, trieb den Saft ins Gehölz und ließ über Nacht die Knospen bersten. Apfelbäume standen wie mit rosig-weißem Schnee überschüttet auf den Wiesen, gelbe, violette und weiße Blüten drängten aus dem dunklen Gras, wurden gierig von Kühen, Ziegen und Schafen abgeweidet und wuchsen doch immer neu.

Arlette nutzte jede Gelegenheit, der Enge des Frauengemachs zu entkommen, denn hier in Falaise sehnte sie sich mehr als an jedem anderen Ort nach der Freiheit, die sie als kleines Mädchen genossen hatte. Zudem gab es zwischen den Frauen häufig Streit, es fehlte Adelheids starke Persönlichkeit, der sich alle hatten fügen müssen. Auch andere Frauen waren mit ihren Ehemännern und Töchtern abgereist, neue dafür angekommen, kleine Grüppchen waren entstanden, die sich wegen irgendwelcher Nichtigkeiten verfeindet hatten, auch lag die kleine Mathilde seit Tagen wieder krank danieder, denn Robert hatte ihre verzweifelte Bitte, sie in ein Kloster zu geben, entschieden abgelehnt. Stattdessen plante er – wie einige der Frauen sicher zu wissen glaubten –, die arme Mathilde mit Herluin von Conteville zu verheiraten.

»Es ist kaum auszuhalten – wegen eines Krugs oder einer Fibel wird täglich ein fürchterliches Geschrei gemacht«, stöhnte Joseline. »Am liebsten würde ich in den Cotentin zurückkehren. Wenn es dort nur nicht so grauenhaft langweilig wäre!«

Arlette erntete entsetztes Kopfschütteln, weil sie zu ihren Ausflügen ihr Kind mitnahm, denn die adeligen Frauen waren der Ansicht, dass Sonne und frische Luft für einen Säugling schädlich seien und ihm ganz gewiss schwache Lungen und dunkle Muttermale eintragen würden. Doch Arlette hatte inzwischen gelernt, dass die Ansichten der adeligen Frauen mitunter recht weltfremd waren, deshalb tat sie, was sie selbst für richtig hielt. Zudem waren die Anfälle von Übelkeit draußen im Freien seltener und hielten nie lange an. Wie seltsam, dass keine Schwangerschaft der anderen glich.

Stets waren die Ritter Herluin und Jean le Païen an ihrer Seite, denn Robert hatte ihnen den Auftrag erteilt, Arlette und seinen Sohn zu beschützen, auch Herluins Knappe Walter begleitete die Schwester, dazu Godhild, die den meist quengelnden Wilhelm im Arm trug, sowie zwei Mägde zu ihrer Bedienung.

Neugierig hatte Arlette ihren ersten Ausritt in die Stadt Falaise gewagt, die sie nicht mehr betreten hatte, seitdem sie Roberts Geliebte war. Sie hatte den Tag gewählt, an dem der Herzog auf dem Platz vor der Kirche Gericht hielt, und sich mit ihrer Begleitung unter die Menge der Zuschauer gemischt. Sie kannte die eindrucksvolle Zeremonie, hatte sie schon als kleines Mädchen bewundert; damals war sie gemeinsam mit Walter auf eines der strohgedeckten Häuser geklettert, um die beste Aussicht zu haben. Zu dieser Zeit war der Herzog des Landes für sie prächtig und zugleich unendlich fern gewesen, sie fürchtete diesen mächtigen Herrn ebenso, wie sie ihn verehrte. Nun also würde dort oben auf dem hölzernen Podest Robert Lautmund sitzen, jener Mann, der ganz und gar ihr gehörte.

Robert hatte einen seiner langen bestickten Mäntel umgelegt, und ihr Herz klopfte vor Stolz, als sie sah, was für eine prächtige Figur er machte. Weithin sichtbar thronte er direkt vor dem Eingang der Kirche, Gilbert von Brionne saß wie meist an seiner Seite, auch Osbern von Crépon, Hugo von Vernon und Robert von Montgomery hatten ihren Platz in der unmittelbaren Nähe des Herrschers eingenommen. Die Ministerialen mussten sich mit einem Hocker in der zweiten Reihe begnügen, wo man auch die Würdenträger der Stadt aufgereiht hatte. Was sich unterhalb des Podestes abspielte, war wegen der vielen Menschen schlecht zu erkennen, doch Arlette wusste, dass man dort hölzerne Barrieren errichtet und zusätzliche Wächter aufgestellt hatte, damit die Zuschauer in gebührender Entfernung von den Missetätern gehalten wurden, die dort unten mit gebundenen Gliedern ihr Schicksal erwarteten. Manche von ihnen hatten bereits monatelang in Kammern oder Kerkern geschmachtet, sie waren ausgehungert und zerlumpt, ihre Kleider starrten vor Schmutz. Wer hierhergeführt wurde, hatte nur wenig Hoffnung, von der Anklage freigesprochen zu werden, denn die vielen Menschen, die von weit her zusammengelaufen waren, wollten harte Strafen sehen und jubelten, wenn ein Todesurteil verhängt wurde. Die Anklagen wurden von einem herzoglichen Beamten mit lauter Stimme in die Menge gebrüllt, und meist erhoben sich gleich darauf zornige Rufe, Fäuste wurden gereckt, Frauen kreischten Beschuldigungen.

Ein halb verhungerter, blutjunger Bursche wurde der Brandstiftung in einer Mühle beschuldigt, in der er selbst als Knecht gearbeitet hatte. Bei dem Brand war der Müller umgekommen; er hatte versucht, ein paar Säcke Korn zu retten, und war dabei von den herabstürzenden Balken erschlagen worden.

Arlette konnte sehen, dass Robert dem Angeklagten Fragen stellen ließ, doch dessen Antworten waren viel zu leise, als dass man sie hätte verstehen können. Nur manchmal drehte sich einer der vor ihnen stehenden Zuschauer um und gab einige Sätze weiter, die ihm selbst jemand zugerufen hatte, so dass man erfuhr, dass der Müller seinen Knecht jahrelang übel geschlagen habe. Er wurde zum Tod durch Erhängen verurteilt, was die Menge mit großer Freude aufnahm.

»Wenn Sie wünschen, dass wir uns von hier entfernen, Arlette, werden wir Ihnen den Weg bahnen«, rief der Ritter Herluin Arlette ins Ohr. Doch sie schüttelte den Kopf – sie wollte noch andere Urteile abwarten, da sie es genoss, wie man Robert zujubelte.

Zwei zerlumpte Galgenstricke hatten eine Gruppe Pilger überfallen und ihrer Kleider und Taschen beraubt. Nackt und hilflos waren diese anschließend durch den Wald geirrt, um endlich in einem Dorf Hilfe zu finden. Den beiden Frauen, die sich den männlichen Pilgern angeschlossen hatten, war Gewalt angetan worden, doch dieser Umstand wurde nur nebenbei erwähnt. Der Herzog verurteilte auch diese Missetäter zum Tode und erhielt dafür weiteren Beifall. Dann führte ein Händler Klage gegen einen jungen Burschen, der auf dem Weg nach Falaise versucht habe, ihn seiner Waren zu berauben. Der Händler machte viel Geschrei und behauptete, einen Schlag mit einem Knüppel über den Schädel erhalten zu haben. Zum Beweis wies er dem Herzog die Beule mehrfach vor, doch niemand, nicht einmal die scharfäugigsten Zuschauer konnten in dem filzigen Haar einen Buckel entdecken, und so erntete er höhnisches Gelächter. Herzog Robert entschied weise, dass sowohl der Kläger als auch der Angeklagte eine Anzahl von Stockschlägen erhielten, was gleich auf dem Platz ausgeführt wurde.

Die weiter hinten Stehenden strebten nun nach vorn, um sich die Zeremonie ja nicht entgehen zu lassen, und Arlette spürte, dass ihr nun tatsächlich wieder übel wurde.

»Gehen wir.«

Ihre Begleiter hatten große Mühe, eine Gasse für sie freizuhalten, sie warnten die Entgegenkommenden mit lauten Rufen und Drohungen, dass die Dame unter herzoglichem Schutz stehe und niemand das Recht habe, ihr zu nahe zu kommen, doch oft war das Gedränge so dicht, dass sie Arlette mit ihren eigenen Leibern schützen mussten. Hin und wieder tauchte ein bekanntes Gesicht in der Menge auf; man starrte sie an, erkannte sie wieder, und im Vorüberschieben hörte sie Sätze wie: »Das ist Arlette, Fulberts Tochter.«

»Gekleidet wie eine Herzogin, diese Hure!«

»Still! Sie hat dem Herzog einen Sohn geboren.«

»Gott wird über sie richten!«

Sie hatten Godhild mit dem Säugling am Bach vor der Stadt zurückgelassen, wo sie im Gras saß, die Pferde bewachte und mit den beiden Mägden schwatzte. Der kleine Wilhelm schlief wie ein Engel auf ihrem Schoß.

»Wohin soll es gehen, Herrin?«

Es hatte Herluin viel Kraft gekostet, mit seinem schwachen rechten Arm den Weg für Arlette zu bahnen. Sein Rock, der sowieso nicht aus dem besten Stoff gefertigt war, hatte im Gedränge gelitten, ein Ärmel und der Halsausschnitt waren eingerissen.

»Zum Gerberhof.«

Trotz ihrer Sehnsucht, den Vater wiederzusehen, ritt sie mit gemischten Gefühlen den Weg dorthin, da sie die fauligen Gerüche der Gerberei fürchtete. Tatsächlich musste sie schon auf dem Pfad längs des Baches ihr Pferd zügeln, um mit der aufsteigenden Übelkeit fertig zu werden, doch sie ritt weiter, schon weil sie sich über den besorgten Blick ihres Begleiters ärgerte. Er war lästig, dieser rothaarige Mensch, dessen Augen ihr beständig folgten – weshalb konnte er sich nicht verhalten wie sein Freund Jean le Païen, der ebenfalls mit ihrem Schutz beauftragt war, sie deshalb aber nicht ohne Unterlass anstarrte? Nun, an dem Ritter Herluin würde die arme Mathilde noch ihre Freude haben!

Wie es schien, hatte sich auf dem Gerberhof niemand die Zeit genommen, in die Stadt zu laufen, um die Gerichtsverhandlung zu begaffen. Osbern und Nicholas standen am Schabebaum, auch aus der Werkstatt, in der die getrockneten Häute geglättet wurden, waren kräftige Schläge zu vernehmen. Nur der alte Hofhund Korre hinkte zu ihrer Begrüßung herbei; die beiden Männer am Schabebaum fuhren in ihrer Arbeit fort, und es dauerte eine ganze Weile, bis Osbern endlich den Scherdegen aus der Hand legte und die Hände an der Lederschürze abwischte.

»Seien Sie gegrüßt, edle Herren!«

Es klang untertänig, aber auch spöttisch, denn die Verbeugung galt neben den beiden Rittern auch seinen Geschwistern.

»Willst du uns nicht mehr kennen, Osbern?«, rief Arlette

lachend und ließ sich von dem Ritter Herluin beim Absteigen helfen. »Wo ist der Vater?«

Ohne eine Antwort wandte sich Osbern zur Seite und ging in die Werkstatt.

»Er ist eifersüchtig, Arlette«, flüsterte Walter beklommen. »Ich glaube, es wäre ihm lieber gewesen, wir wären nicht gekommen.«

Fulbert trat aus der Tür, schob Osbern beiseite und eilte mit hastigen Schritten auf seine Tochter zu. Er hatte das Gesicht zu einem Lachen verzogen, und Arlette entdeckte erschrocken, dass sich tiefe Falten in seine Haut gruben, die vorher nicht da gewesen waren.

»Meine kleine Tochter! Wie schön du bist! Prächtig wie eine Königin. Fast kann ich nicht glauben, dass du …«

Sie warf sich in seine Arme, und erst als sie an seiner Brust lag und er mit harter, ungeschickter Hand ihr Haar streichelte, bemerkte sie, dass sie weinte.

»Ich wusste immer, dass du ein Glückskind bist, meine Kleine. Zeig mir deinen Sohn. Nein – erst tretet alle in mein Haus. He – Oda, wir haben Gäste. Hohe Herrschaften sind gekommen …«

Das Haus erschien ihr kleiner als damals, die hölzerne Decke zum Dachboden niedriger, auch waren die Truhen und Bänke anders angeordnet. Oda hatte das blonde Haar mit Tüchern fest eingebunden, wie die Ehefrauen es zu tun pflegten, ihr Gesicht war rund, die Nase stumpf. Sie war hoch in den Wochen, und der Schweiß stand auf ihrer Stirn, doch man sah ihr an, wie stolz sie war, Herrin im Haus zu sein, und sie bemühte sich, die Gäste so gut wie möglich zu bedienen. Arlette dachte daran, dass sie Oda hätte gehorchen müssen, wäre sie auf dem Gerberhof geblieben, und sie schauderte bei dem Gedanken. Der Vater war gealtert, sein Gang schwerer geworden, und ihr schien, als zöge er ein Bein ein wenig nach. Schon bald würde Osbern hier auf dem Gerberhof das Sagen haben – das war immer schon sein Ziel gewesen, und wie es schien, hatte er es fast erreicht.

Der Bruder gesellte sich erst spät zu ihnen, band auch nicht die Schürze ab, sondern hockte sich so, wie er aus der Werkstatt kam, auf die Bank und blickte spöttisch zu Fulbert hinüber, der seinen Enkel Wilhelm auf dem Schoß wiegte.

»Im Sommer werden auch wir ein Kind haben«, bemerkte er. »Wenn Gott will, wird es ein Sohn sein, der später ein Gerber wird.«

»Falls er dazu Lust verspürt«, entgegnete Walter, den es gewaltig ärgerte, wie unfreundlich sein Bruder die Gäste empfing.

»Du willst hoch hinaus, Bruder«, sagte Osbern und musterte spöttisch Walters schönen Rock. »Willst wohl gar ein Ritter werden, was?«

Walter errötete und sah rasch zu Herluin hinüber, der ihn nach wie vor in den ritterlichen Künsten unterwies. Der lächelte ihm aufmunternd zu.

»Warum nicht? Ein guter Gerber wäre aus mir sowieso niemals geworden.«

»Dann wünsche ich dir Glück, Bruder«, sagte Osbern kühl und nahm einen Becher mit Cidre, um darauf zu trinken.

Arlette fühlte sich fremd. Die Übelkeit plagte sie. Wie ausgelöscht waren die Zeiten, als noch die Mutter im Haus regierte und sie, Arlette, mit dem kleinen Walter Heimlichkeiten teilte. Als sie mit flatterndem Kleid hinüber in die Werkstatt rannte und der Vater dort die Häute klopfte, in Staub gehüllt, das braune, lockige Haar zerzaust. Unsagbar groß und stark war er ihr da erschienen, und er hatte gelacht, wenn er sie kommen sah …

»… die Ärmste hat das tote Kind nicht lange überlebt«, sagte Oda. »Eudo ist schon lange Witwer, und die Leute sagen, dass er nicht wieder heiraten mag.«

»Das ist schade …«

»Dabei ist Renier reicher als je zuvor, er nimmt uns fast alle Häute ab, wir machen jetzt auch Pergament aus feiner Ziegenhaut, und Renier verkauft sie an die Klöster. Dort werden Bücher daraus geschnitten und mit bunten Bildern geschmückt …«

Es gab nicht viel zu reden, und obgleich Oda sich redlich bemühte, alle Neuigkeiten aus der Stadt zu erzählen, wurden Arlettes Antworten immer einsilbiger. Bald brach man auf, versprach, sich in wenigen Tagen wiederzusehen, und Arlettes Herz zog sich zusammen, als sie bemerkte, wie ungern der Vater den kleinen Enkel wieder aus den Armen gab.

Erst am Bach in der Nähe des Stadttores bestiegen sie wieder die Reittiere, nur Godhild, die das Kind trug, und die Mägde gingen zu Fuß. Langsam stieg man durch den Eichenwald zur Burg hinauf, es war später Nachmittag, und die Sonne warf blitzende Lichtpfeile durch das dichte Laubwerk.

»Er hat braunes Haar wie Sie und Ihr Vater«, bemerkte der Ritter Herluin und lächelte versonnen auf das Kind in Godhilds Armen herab.

Arlette fand die Bemerkung wenig freundlich, denn sie hatte gehofft, dass ihr Sohn blond wie Robert sein würde. Doch leider bedeckte inzwischen ein feiner, brauner Flaum das Köpfchen des Kindes.

»Besser als wäre er rothaarig!«, erwiderte sie daher patzig.

Robert empfing sie am späten Abend in glücklicher Stimmung, lachte sehr darüber, dass sie heimlich das herzogliche Gericht beobachtet hatte, und war gerührt über ihren Besuch auf dem Gerberhof. Er erklärte, er wolle auch ihren Bruder und den Vater an seinen Hof befehlen, ihnen Titel und Ehren verleihen und sie in seine engste Umgebung aufnehmen.

Tatsächlich machte er diese Versprechung wahr. Einige Tage später erhielten Osbern und Fulbert den Befehl, auf der Burg zu erscheinen. Herzog Robert bedachte sie mit Geschenken und seltsamen lateinischen Titeln, die sie nicht verstanden, und an der abendlichen Tafel saßen sie irgendwo zwischen den Dienstleuten des Herzogs.

Drei Wochen später brach Herzog Robert überstürzt nach

Rouen auf, nur von wenigen seiner Getreuen begleitet. Gilbert von Brionne war darunter, auch Robert von Montgomery und Umfrid von Vieilles. Der Hof sollte ihm so bald als möglich nachfolgen.

Robert sammelte seine Kämpfer – er würde gegen seinen Onkel, den Erzbischof und Grafen von Evreux, zu Felde ziehen.

Sommer 1028

Wochenlang hatte der junge Herzog seinen Onkel in Evreux belagert. Der Erzbischof wehrte sich erbittert, doch da es ihm nicht gelungen war, Bündnispartner auf seine Seite zu ziehen, hatte er nur wenig Chancen gegen die große herzogliche Armee. So mancher kleine Lehensnehmer hatte Grund, sich an dem mächtigen Erzbischof zu rächen, und auch etliche der adeligen Herren – allen voran Gilbert von Brionne – waren keineswegs traurig darüber, dass der bisher so einflussreiche Mann nun in Ungnade gefallen war. Als die Festung, in welcher sich der Erzbischof so lange verschanzt hatte, endlich aufgegeben wurde und Roberts Heer durch das weit geöffnete Tor ins Innere der Verteidigungsanlage stürmte, erhoffte sich so mancher seiner Gefolgsleute einen fetten Brocken aus dem gut gefüllten Topf.

Doch Roberts Hoffnung, als Sieger vor seinen Onkel zu treten und ihm seine Forderungen diktieren zu können, erfüllten sich nicht. Der Graf von Evreux war in der Nacht zuvor heimlich aus der Befestigung geflohen und – wie die verängstigten Dienstleute berichteten – begleitet von einigen Getreuen auf dem Weg über die Grenze in die Kronlande des französischen Königs entkommen. Peinlich für die Belagerer, denen der alte Herr ein Schnippchen geschlagen hatte, ärgerlich für den jungen Herzog, der zwar die Burg genommen, den Onkel aber dennoch nicht besiegt hatte. Herzog Robert ließ im ganzen Land verkünden, dass der Erzbischof von Rouen und Graf von Evreux aus dem Herzogtum verbannt und seine Besitzungen an den Herzog gefallen seien.

Arlette empfing Robert dennoch wie einen Sieger, für sie war es gleich, ob er ihren Feind verbannt oder gefangen genommen hatte – seine Macht war gebrochen. Sie gönnte Robert eine köstliche Liebesnacht, zeigte sich ausgelassen wie selten und sparte nicht mit boshaften Anspielungen.

»Der Fuchs bricht in den Hühnerstall ein, und der Gockel flattert durchs Dach davon. Wie weit wird der Erzbischof wohl flattern können, da ihm doch die Flügel beschnitten sind?«

Sie brachte ihn zwar zum Lachen, doch sie begriff bald, dass er es eher ihr zu Gefallen tat; im Grunde schien es ihn zu stören, dass sie sich über den Erzbischof lustig machte. Bei allem Hass und Streit blieb der Gegner für Robert offensichtlich immer noch ein Mitglied der herzoglichen Familie, dem man Respekt schuldete.

»Komm zu mir, du lose Schwätzerin«, befahl er lächelnd. »Es wird bald hell werden – lass uns noch ein wenig ruhen.«

Er war wie ausgehungert über sie hergefallen und hatte sie mehrfach hintereinander genommen – ganz sicher hatte er keine der Huren aufgesucht, die sich meist in der Nähe der Belagerer aufhielten. Er war ihr treu, fand nur bei ihr die Erfüllung all seiner Wünsche, und selbst wenn die Lust vorüber war, liebte er es, an ihrer Seite, dicht an sie geschmiegt, einzuschlafen. Immer hielt er sie dabei umfangen, als habe er Sorge, sie könne ihm heimlich entschlüpfen.

»Wäre jetzt nicht der Augenblick, an die Zukunft Ihres Sohnes Wilhelm zu denken?«

»Was meinst du damit?«, fragte er gähnend.

»Ich meine, dass Sie ihn öffentlich als Ihren Sohn anerkennen sollten. Wissen Sie nicht mehr, was ich damals geträumt habe, als ich mit ihm schwanger war?«

Er strich mit der Hand über ihren Bauch, der sich schon wieder gewölbt hatte, dann schob er sich über sie. Sie hatte die Decke über ihre von der Schwangerschaft geschwollenen Beine gelegt, was Robert im Eifer seiner Leidenschaft jedoch gar nicht aufgefallen war.

»Du träumtest von einem Baum, der sich über die Normandie und sogar über England neigte …«

»Sie haben es sich gemerkt«, lobte sie zärtlich. »Wilhelm wurde in meinem Traum Großes vorausgesagt – es ist deshalb wichtig, dass Sie sich zu ihm bekennen.«

»Aber das tue ich doch«, knurrte er gelangweilt.

Er liebte diese Gespräche nicht; in jüngster Zeit beharrte Arlette ständig und immer halsstarriger auf dieser Forderung. Er rutschte ein wenig tiefer und umschlang ihren nackten Körper, schmiegte den Kopf in ihre Armbeuge, um dort einzuschlafen.

»Ich will, dass Sie mich heiraten, Robert! Wir haben einen Sohn, und ich werde Ihnen bald einen zweiten schenken. Wollen Sie, dass unsere Söhne später als Bastarde beschimpft werden?«

»Ich werde darüber nachdenken, Arlette. Aber jetzt bin ich müde …«

»Sie denken schon viel zu lange darüber nach! Wann werden Sie sich endlich entscheiden?«

»Bald …«

Schnaufende Atemzüge. Er hatte den Kopf in ihrer Achselhöhle vergraben, sein zerwühltes, blondes Haar stand in alle Richtungen, die Bartstoppeln kratzten an ihrer empfindlichen Haut. Heiß berührte sein regelmäßiger Atem ihren Arm. Er drückte sich wieder einmal vor einer klaren Antwort und schlief einfach ein.

»Was für ein jämmerlicher Feigling Sie sind«, zischte sie wütend. »Der Erzbischof ist besiegt und verbannt – aber Sie zittern immer noch vor vor ihm und wagen es nicht, gegen seinen Willen zu handeln.«

Hatte er sie gehört? Sie war sich nicht sicher, denn er rührte sich nicht. Am Morgen wachte sie allein auf. Er hatte sie nicht – wie es sonst seine Gewohnheit war – beim ersten

Tageslicht noch einmal genommen, er war leise aufgestanden und gegangen.

An den folgenden Abenden ließ er sie nicht zu sich rufen, doch sie störte sich wenig daran, sie war es gewohnt, dass er sich nach ihren Streitereien zurückzog. Lange hielt er es selten aus, meist spürte sie sein Verlangen schon nach wenigen Tagen, wenn er neben ihr an der Tafel saß, ausufernde Reden hielt oder seine witzigen Geschichtchen erzählte und dabei verzweifelt bemüht war, ihrem Blick auszuweichen. Stets ließ er ihr dann Geschenke bringen, sich nach ihrem Befinden erkundigen und sie schließlich bitten, in seinem Gemach zu erscheinen. Er empfing sie mit zärtlichen Versprechungen, nahm alle Schuld an ihren Streitigkeiten auf sich und bat sie so lange um Vergebung, bis sie gewillt war, ihn zu erhören. Was ihn leider nicht daran hinderte, längst gegebene Zusagen bei nächster Gelegenheit einfach wieder zu vergessen.

»Treib es nicht zu weit«, warnte Godhild.

Arlette spottete über sie und nannte sie ein ängstliches Hühnchen.

»Ein jedes Hühnchen hat Grund, sich vor dem Messer zu hüten.«

Arlette war übellaunig und gereizt und hatte wenig Sinn für Godhilds Andeutungen. Es musste an der Schwangerschaft liegen, die ihr bei dem warmen Wetter besonders zu schaffen machte. Immer noch wollte die Übelkeit nicht nachlassen, außerdem schwollen ihr die Beine an, so dass sie sich schwer und unbeholfen fühlte; ihr Rücken schmerzte und manchmal auch der Bauch. Im Grunde war sie froh, dass Robert sie nicht zu sich bestellte, denn oft wollte sie nichts anderes als einfach nur daliegen und sich ausruhen. Sogar der kleine Wilhelm war ihr manchmal lästig, wenn er kam, um auf ihren Knien zu reiten und dabei wie auf einem wilden Ross durchgeschüttelt zu werden. Laut quietschend vor Vergnügen forderte er energisch, dass man das Spiel immer wieder von vorn begann.

»Godhild? Wo ist Godhild?«

»Auf dem Markt«, sagte Joseline. »Sie kauft Weißkäse, Honig und Nüsse – damit du endlich etwas isst, Arlette.«

»Weißkäse – wie ekelhaft!«

Träge erhob sie sich, um den Fensterladen zu öffnen, den eine von Roberts Tanten gerade eben geschlossen hatte, um die Sonnenhitze fernzuhalten.

»Man erstickt ja hier drinnen!«

Es machte ihr Spaß, die ältere Frau mit einem triumphierenden Lächeln zu bedenken und sich dann ungerührt in die Fensterbrüstung zu lehnen, das Gesicht der Sonne zugewandt. Hinter ihr war Getuschel zu vernehmen, jetzt steckten die feindlichen Parteien wieder einmal die Köpfe zusammen und lästerten über die unverschämte Person, die nicht einmal von Adel war, sondern nur die Tochter eines stinkenden Gerbers. Weshalb der junge Herzog einen solchen Narren an ihr gefressen hatte, behandelte sie ihn doch – wie die Mägde erzählten – schlechter als einen Knecht!

Unten im Palasthof trieben einige der jüngeren Knappen ihr Unwesen, warfen kleine Holzstückchen, die die Hunde schnappten und apportierten, und trieben Schabernack mit einer Magd, die den Brotteig zubereitete. Man hörte sie weithin schelten, denn sie hatte die Hände voller Teig und konnte sich der frechen Bengel nur schlecht erwehren.

Zwei Männer bestiegen ihre Pferde, unverkennbar leuchtete der Rotschopf des Ritters Herluin, neben ihm ritt sein Knappe Walter, der den Habicht auf der Hand trug.

Gilbert von Brionne hatte sein Versprechen wahr gemacht, und Walter hatte trotz aller schlimmen Erinnerungen nicht lange gezögert, das Geschenk anzunehmen. Es war die Erfüllung eines lang gehegten Traumes, dass dieser schöne Jäger endlich sein Eigentum war, welches er offen vor aller Welt zeigen konnte. Das Tier war nun ausgewachsen, und wenn es die Schwingen entfaltete, brauchte man Kraft, um es am Riemen zu halten. Zudem war der braun gefiederte Jäger eigenwillig, was daran lag, dass Gilbert von Brionne sich nur wenig um den kostbaren Vogel bemüht hatte, es brauchte Geduld und Liebe, um seinen starren Sinn zu bezwingen. Walter war bereit, sein halbes Leben in den Dienst dieser Aufgabe zu stellen, und der Ritter Herluin, der selbst noch nie zuvor mit einem Habicht gejagt hatte, ritt häufig gemeinsam mit dem Knappen hinaus, um sich ebenfalls der Beizjagd zu widmen.

Arlette sah den beiden nach, als sie gemächlich nebeneinander aus dem Hof trabten. Walter, der beständig schwatzte und die dunklen Augen in alle Richtungen wendete, Herluin, der geduldig zuhörte, den Blick versonnen in die Ferne gerichtet, als sähe er dort wunderbare und höchst erstaunliche Dinge.

»Arlette?«, flüsterte hinter ihr eine zarte Stimme. »Störe ich dich?«

Mathilde zupfte Arlette am Ärmel und machte ein schuldbewusstes Gesicht, als Arlette sich nach ihr umsah.

»Verzeih mir, Arlette. Ich weiß, dass es dir nicht gut geht, es muss schlimm sein, sich mit so vielen Unbilden herumplagen zu müssen …«

»Das geht vorbei«, gab Arlette, der es nicht gefiel, wenn man über ihre Unzulänglichkeiten schwatzte, unwillig zurück.

Wie seltsam, dass sich gerade Mathilde so mitleidig zeigte, die doch keine Ahnung hatte, wie es war, ein Kind zu tragen. Aber die arme Kleine plagte sich ständig mit irgendwelchen Krankheiten und war an manchen Tagen mehr tot als lebendig, mit Leiden kannte sie sich gut aus.

»Ich habe eine Bitte an dich, Arlette …«

»Nun sag schon. Ich möchte mich hinlegen.«

Als sie Mathildes bekümmerte Miene sah, taten ihr die unfreundlichen Worte leid, und sie setzte sich auf einen Hocker.

»Verzeih mir«, sagte sie leise und fasste Mathildes Hand, die kühl wie ein Fischlein war. »Erzähl mir, was dich bedrückt, ich werde dir zuhören, und wenn ich kann, will ich dir gern helfen.«

»Wie lieb du bist. Ach, ich bete so oft für dich, Arlette, und ich hoffe, dass der Herr meine Gebete erhört, du hättest es wirklich verdient.«

Arlette musste sich das Lachen verkneifen, denn Mathilde meinte diese Worte sehr ernst. Ob sie tatsächlich glaubte, Arlettes sündige Seele durch ihre Gebete erretten zu können? »Es geht um …«

Mathilde unterbrach sich, und ein leichter, rosiger Schimmer erschien für einen Moment auf ihren Wangen, verflüchtigte sich jedoch rasch wieder. Sie nahm einen zweiten Anlauf.

»Es geht um … um die Heirat, die mein Bruder mir befohlen hat. Du hast sicher davon gehört.«

In der Tat war die Ehe zwischen Roberts Schwester Mathilde und dem Ritter Herluin für einige Tage das Hauptgesprächsthema in den Gemächern der Frauen gewesen. Es war viel gekichert und geflüstert worden, denn das Mädchen hatte einen ganzen Tag lang steif und kalt auf ihrem Lager gelegen, nachdem man ihr die Nachricht überbracht hatte. Dann jedoch hatte sie sich erhoben und Robert um eine Unterredung gebeten.

»Eine Ehe in Keuschheit will sie führen! Stellt euch das einmal vor.«

»Daraus werden niemals Kinder entstehen!«

»Dafür wird Mathildes Seele rein von Sünde bleiben.«

»Und seine auch – wenn sie nicht zu ihm aufs Lager steigt.«

»Nun, er wird sich anderenorts schadlos halten.«

»Warum auch nicht? Sie ist die Schwester des Herzogs, und das ist für diesen armen Burschen eine glänzende Heirat.«

»Ach was! Nur ein Dummkopf lässt sich auf eine Ehe ein, in der es keine Nachkommen geben wird.«

»Nun, da hat der Herzog ja den Richtigen gefunden!«

Der Ritter Herluin hatte sich zu dieser seltsamen Eheführung bereit erklärt und damit viel Heiterkeit unter den adeligen Herren, aber auch große Freude bei der Geistlichkeit erregt. Der greise Wilhelm von Volpiano, welcher die neue Lehre der Benediktiner vor Jahren aus Cluny in die Normandie gebracht hatte, hatte verlauten lassen, dass eine solche Ehe wertvoll sei wie ein Juwel und Gott mehr gefalle als ein erzwungenes Mönchtum.

»Gewiss habe ich davon gehört, Mathilde. Es ist eine wundersame Fügung, dass der Ritter Herluin deinem Wunsch nachkommen will. Das hätte wohl nicht jeder getan.«

Mathilde senkte den Kopf, und wieder erschien eine leichte Röte auf ihren schmalen Wangen. Offensichtlich war es ihr schrecklich peinlich, über derart sündige Dinge wie den ehelichen Beischlaf zu sprechen.

»Dafür bin ich ihm von ganzem Herzen dankbar. Aber zugleich fühle ich mich tief in seiner Schuld, denn ich zwinge ihn, der fleischlichen Liebe zu entsagen oder in Sünde vor dem Herrn zu fallen.«

Damit hat sie vielleicht nicht ganz unrecht, dachte Arlette amüsiert. Es sieht diesem Burschen ähnlich, dass er nur aus Mitleid mit der kleinen Mathilde seine Einwilligung gegeben hat. Ob er wohl das Herz hat, sie mit einer Geliebten zu betrügen?

»Aber vielleicht ist der Ritter Herluin ja sehr froh über diese Lösung«, sagte sie laut. »Es könnte doch sein, dass auch er sich eine solche Ehe aufrichtig gewünscht hat.«

»Das kann ich mir nicht vorstellen, Arlette«, flüsterte Mathilde betrübt. »Deshalb kam ich auf den Gedanken, ob du uns beiden nicht helfen könntest. Du … du hast doch das Ohr meines Bruders, des Herzogs, und könntest ihn bitten, diese Heirat nicht zu erzwingen …«

Arlette schwieg. Robert mied sie seit Wochen, und sollte er sie demnächst wieder zu sich rufen lassen, würde sie wichtigere Dinge mit ihm zu besprechen haben.

»Ich habe eine Botschaft an meine Schwester Adelheid an den burgundischen Hof geschickt – doch sie hat nicht geantwortet. Und mein Onkel, der Erzbischof, ist auch nicht hier – ohnehin bin ich nicht sicher, ob er sich für mich einsetzen würde … Du bist meine letzte Hoffnung, Arlette.«

»Ich kann es versuchen«, erwiderte Arlette seufzend.

»Ich werde bis an mein Lebensende für dich beten, wenn ich nur die Erlaubnis erhalte, in das Frauenkloster in Fécamp einzutreten und dort ...«

Ihr aufgeregtes Geflüster wurde von Godhilds Eintreten unterbrochen. Sie stellte ihren Korb achtlos auf den Boden und fasste Arlette am Ärmel, um sie vom Fenster fort in eine Ecke zu ziehen.

»Ich hatte recht, Arlette«, sagte sie leise. »Das Messer wird schon gewetzt, du musst dich vorsehen.«

»Bist du verrückt geworden?«

Godhild wischte sich die Schweißtropfen von der Stirn, offensichtlich hatte sie den Weg vom Markt bis zum Palast im Eilschritt zurückgelegt.

»Ich habe Renier und Eudo getroffen, und sie haben mir erzählt, dass der Erzbischof den Kirchenbann über die Normandie verhängt hat.«

Arlette starrte in ihr gerötetes Gesicht und begann zu lachen.

»Ein Erzbischof, der verheiratet ist und noch dazu aus der Normandie verbannt wurde? Haha! Was glaubt er, wer er ist? Der Papst? Wie kann er es wagen, einen Bannfluch auszusprechen?«

Godhild schüttelte nur den Kopf.

»Es wird den Herzog in die Knie zwingen, glaub mir.«

»Hat Eudo dir das gesagt? Nein, wie komisch, dass ihr beide miteinander über solche Dinge schwatzt!«

Arlette lachte so heftig, dass sie sich gegen die Wand lehnen musste, dann wurde ihr schlecht, und Godhild hatte Mühe, rasch eine Schüssel zu finden, damit sie sich nicht das Gewand beschmutzte.

Herbst 1028

Der herzogliche Kaplan Isembert war weißhaarig und hager, das flackernde Licht des Kerzenleuchters ließ seine gebogene Nase wie den Schnabel eines Geiers erscheinen.

»Ich werde tun, was mein Herr mir befiehlt.«

»Es ist nur schade um den schönen Folianten«, bemerkte Gilbert von Brionne, der mit verschränkten Armen gegen einen der Wandteppiche lehnte, doch Robert wischte diesen Einwand mit einer ungeduldigen Bewegung beiseite.

»Fang an!«

Der Raum lag im Halbdunkel, man hatte nur wenige Lichter angezündet, um der Zeremonie eine stärkere Weihe zu verleihen. Langsam und feierlich hob der Kaplan die große Bibel empor und hielt sie mit ausgestreckten Armen in Brusthöhe vor seinen Körper. Es war eine der kostbar illuminierten Schriften aus der Schreibstube des Klosters Fécamp, das Lebenswerk eines fleißigen Mönches, der die Heilige Schrift in winzigen, vollkommen gleichmäßigen Lettern geschrieben und die Marginalien mit einer Fülle ineinander verschlungener Pflanzen und Fabeltieren ausgeschmückt hatte.

Roberts Blicke hingen starr an dem Buch, während Gilbert von Brionne seine Augen auf den Kaplan richtete, dem vor Anstrengung die Augen aus den Höhlen quollen. Isembert hatte die silberne Buchschließe geöffnet, die hölzernen, mit dunklem Leder bespannten Buchdeckel sprangen auseinander, die Pergamentseiten blätterten sich auf. Bunte Farben und Gold blitzten, Teile von Gestalten, Pflanzen, Tieren waren zu erkennen. Langsam drehte der Kaplan die Bibel so, dass der Buchrücken nach oben zeigte und die offenen Seiten nach unten hingen.

»*Christus est lumen mundi* ... Offenbare uns, Herr des Himmels, was vor unseren Augen verborgen ist, dir jedoch im ewigen Lichte klar und hell erscheint ...«

Gilbert blinzelte. Die Kerze flackerte fürchterlich, doch er meinte, den kleinen Finger des Kaplans zu erkennen, der sich zwischen zwei der Pergamentblätter geschoben hatte. Dann schlug der schwere Foliant krachend auf die hölzernen Dielen auf, und der Buchrücken brach auseinander.

»Macht nichts«, sagte Robert dumpf. »Ich habe noch stapelweise andere, weit schöner gearbeitete Bücher. Sehen wir nach, auf welcher Seite es sich geöffnet hat.«

Im Mienenspiel des Kaplans zeichnete sich deutlich ab, wie sehr ihm die Zerstörung dieses schönen Folianten zu Herzen ging; behutsam klaubte er ihn auf, als sei er ein großer Vogel, dem man das Rückgrat gebrochen hatte. Ungeduldig verfolgte Robert die Bewegungen des Geistlichen, der das geöffnete Buch mit großer Vorsicht auf den Tisch legte, mehrfach mit der flachen Hand über die geknickten Seiten strich und es schließlich zu dem jungen Herzog hinüberschob. Langsam trat auch Gilbert zum Tisch hinüber und beugte sich vor.

Er konnte kein Latein, doch er erkannte, dass man sich im Evangelium des Matthäus befand. Robert stützte sich mit beiden Händen auf die Tischplatte und starrte auf die lateinischen Buchstaben, als wolle er sie verschlingen.

»Heben Sie nun die rechte Hand und halten Sie sie über das heilige Buch, Herr«, wies ihn der Kaplan an. »Schließen Sie die Augen und überlassen Sie sich der Führung Gottes.«

Es war nicht einfach. Roberts Hand kreiste eine kleine Weile über der geöffneten Bibel, und Isembert musste das schwere Buch ein wenig nach links oben schieben, damit Roberts Finger die rechte Stelle traf – doch es gelang. Gilbert, der unwillkürlich die Luft angehalten hatte, atmete erleichtert aus und trat einen Schritt zurück.

»Lesen Sie!«

Der Kaplan ging um den Tisch herum, neigte sich tief über das Buch und bewegte lautlos die Lippen, als memoriere er.

»Es ist die Predigt, die Christus seinen Jüngern und allem Volk auf dem Berge gehalten hat«, verkündete er schließlich andächtig. »Was für ein Zeichen! Es ist Christus selbst, der in diesem Orakel zu uns spricht ...«

»Schwatzen Sie nicht – lesen Sie!«

Isembert räusperte sich und begann, mit leiser, monotoner Stimme zu lesen.

»Quod si oculus tuus dexter scandalizat te erue eum et proice abs te expedit enim tibi ut pereat unum membrorum tuorum quam totum corpus tuum mittatur in gehennam ...«

Robert hatte mit halb geschlossenen Augen zugehört; er verstand genügend Latein, um den Sinn der Worte zu begreifen. Gilbert konnte sehen, wie sein Kopf nun ein wenig tiefer auf die Brust sank. Er tat ihm leid, aber es stand zu viel auf dem Spiel, als dass man hätte zimperlich sein können.

»Wenn dein rechtes Auge dir Grund zur Sünde gibt, dann musst du es ausreißen und von dir werfen. Es ist besser, wenn ein Glied deines Leibes verloren geht, als wenn das ganze Land zur Hölle fahren muss«, übersetzte der eifrige Isembert, wobei er Gilbert bedeutungsvoll ansah, denn genau diese Bibelstelle hatte man miteinander vereinbart.

»Es ist gut«, murmelte Robert. »Gehen Sie und beten Sie für mich.«

Der Geistliche verbeugte sich vor dem Herzog und wünschte ihm eine gesegnete Nachtruhe, doch Robert starrte geistesabwesend vor sich hin, ohne zu antworten. Gilbert fing den beklommenen Blick des Kaplans auf und nickte ihm beruhigend zu, woraufhin dieser die Tür öffnete und sich zurückzog – vermutlich würde er jetzt selbst einen Beichtvater benötigen, um dieser Sünde ledig zu werden.

Es war weit nach Mitternacht, und die Dienerschaft schlief längst. Hin und wieder hörte man das Weinen eines Kindes, dann kläffte draußen im Hof ein Hund, rief klagend ein Käuzchen. Als die Kerze fast niedergebrannt war, zündete Gilbert eine neue an.

Robert stand reglos da, die Hände immer noch auf den Tisch gestützt, und schwieg.

»Was werden Sie tun?«

Roberts Kiefermuskeln zuckten, in seinen Zügen war der verzweifelte Kampf zu erkennen, den er mit sich selbst ausfocht und der immer noch nicht entschieden war.

»Es gibt Leute, die behaupten, ein solches Orakel sei reiner Unsinn«, meinte Gilbert leichthin. »Ein purer Zufall – lassen Sie das Buch noch einmal fallen, wird sich eine andere Seite aufblättern.«

Roberts große, vorstehende Augen wurden starr, seine Züge wirkten seltsam eingefallen, als wäre er um Jahrzehnte gealtert. Vermutlich war nicht nur das Kerzenlicht daran schuld.

Gilbert war sich seiner Sache fast sicher: Diesmal würde sich der Graf von Brionne die erworbene Macht nicht wieder aus den Händen nehmen lassen. Er war an Roberts Seite in den Kampf gegen den Erzbischof gezogen, hatte sich bereits Hoffnungen gemacht, den starrhalsigen Alten endgültig am Boden zu sehen, seiner Länder beraubt, vielleicht sogar im Kampf erschlagen. Doch der Erzbischof war ein zäher Gegner – als Gilbert erfuhr, dass der Vogel aus der Festung ausgeflogen war, ahnte er bereits, dass sich der Spieß noch einmal wenden würde.

Und genau so war es gekommen. Der Kirchenbann stürzte Robert in tiefste Verzweiflung. Anstatt zu handeln und den Erzbischof seines Amtes zu entheben, zog sich der Herzog der Normandie tatenlos ins Kloster St. Wandrille zurück und verbrachte Tag und Nacht im Gebet. Zumindest erzählten das die Boten, die stündlich zwischen Kloster und Palast hin- und herritten. Wie Gilbert seinen Freund kannte, hatte Robert einfach nur dagesessen und finsterste Trübsal geblasen.

Es war Gilbert von Brionne, der die ersten Nachrichten an den verbannten Erzbischof in Paris schickte. Er tat es heimlich und auf eigene Faust, denn er hatte wenig Lust, noch einmal in jene missliche Lage zu geraten, die er damals nach Roberts Niederlage in Falaise durchlebt hatte. Die Sache würde auf eine Versöhnung hinauslaufen, so viel war klar, aber dieses Mal würde er, Gilbert von Brionne, die Fäden in der Hand halten.

Der Erzbischof war sich seines Sieges noch längst nicht sicher, im Falle seiner Rückkehr hätte er eine demütigende Gefangenschaft zu fürchten. Gilbert schlug ihm ein Bündnis vor, versprach, ihn zu schützen, erbot sich als Vermittler und handelte Zugeständnisse aus. Sein Gegner war Machtpolitiker genug, um die Vorteile zu sehen; man fand eine gemeinsame Linie, sicherte sich gegenseitig Unterstützung zu und einigte sich auf das Opfer, das Robert würde erbringen müssen.

Das Opfer war Arlette.

In diesem Punkt war der Erzbischof hart geblieben. Robert sollte sich endlich von seiner Geliebten trennen und heiraten, um einen Thronfolger zu zeugen. Schließlich konnte ein Bastard wie der kleine Wilhelm nicht Herzog der Normandie werden. Gilbert, der im Grunde der gleichen Meinung war, zierte sich ein wenig, handelte sich noch einige Vorteile heraus und ergab sich schließlich in den Willen des Erzbischofs.

Danach hatte der unermüdliche Graf von Brionne seinem Freund Robert die Wege zu einer friedlichen Versöhnung mit seinem Onkel geebnet: Botschaften wurden ausgetauscht, Worte der Vergebung überbracht, der Erzbischof löste den Kirchenbann und kehrte bald darauf in die Normandie zurück, um seine alte Position wieder einzunehmen.

Die ausgestandenen Strapazen hatten den alten Herrn gezeichnet, er war abgemagert, und seine einstige Selbstsicherheit hatte einen Riss bekommen. Auch er hatte Fehler begangen, und er war klug genug, sich von nun an vorsichtig zu verhalten. Wenn er Robert an die gegebenen Versprechungen erinnerte, tat er es behutsam und fasste sich in Geduld, wenn der junge Herzog ihn vertröstete. Immerhin hatte er bereits erhebliche Privilegien und Gelder für den Ausbau der Kathedrale in Rouen erhalten – doch das hatte keine große Bedeutung, denn Robert Lautmund war niemals geizig gewesen. Die Erfüllung einer weiteren Forderung stand nach wie vor aus, und der junge Herzog schien der Meinung zu sein, dass sich die Angelegenheit durch Hinauszögern von selbst erledigen würde. Robert hing nach wie vor an seiner Geliebten und konnte sich nicht dazu entschließen, sie vom Hof zu entfernen.

Gilbert musste handeln – der Erzbischof hatte auch ihn an gegebene Versprechungen erinnert.

»Ein Buchorakel mit der Heiligen Schrift ist ein verfluchter Aberglaube«, hatte der alte Herr gewettert. »Aber wenn es hilft, wird Gott uns diese Sünde vergeben!«

Robert schlug das Buch mit einer hastigen Bewegung zu, doch die starren Pergamentseiten drückten die hölzernen Buchdeckel auseinander und blätterten sich wieder auf. Hasserfüllt gab Robert der Bibel einen Stoß, sie rutschte bis zum Ende des Tisches, doch sie fiel nicht zu Boden, sondern ragte nur ein Stück über die Tischkante hinaus.

»Du hast recht«, stöhnte Robert und wandte sich zu seinem Freund um. »Es ist nichts als Magie, ein Blendwerk des Teufels – verdammt will ich sein, wenn ich daran glaube!«

»Gewiss«, bemerkte Gilbert freundlich. »Die Kirche sieht solche alten Gebräuche nicht gern – Magier und Zauberer sind Lügner und Feinde des Christentums. Suchte nicht auch der biblische König Saul sein Heil in der Magie, bevor der Herr ihn schlug?«

Robert grub in seinem Gedächtnis, die Geschichte hatte zu dem Lernpensum gehört, welches den herzoglichen Söhnen einst von ihrem Erzieher eingetrichtert worden war.

»Ging Saul nicht zu einer Hexe, um sich die Zukunft sagen zu lassen?«, murmelte er.

»Ich glaube ja ...«, erwiderte Gilbert grinsend. »Gewiss eine hässliche Alte, runzlig wie eine gedörrte Pflaume, mit langen, grauen Haaren auf der Oberlippe. Aber sie verstand ihr Handwerk – ihre Voraussage traf ein.«

Januar 1029

Gleich nach dem Christfest, mit dem das neue Jahr seinen Anfang nahm, erschreckte eine grausige Tat die Menschen in der Normandie: Der Abt des Klosters St. Wandrille war von seinen Mönchen erschlagen worden. Eine verabscheuenswürdige Sünde, die strenge Strafen nach sich zog: Die Missetäter wurden aus der heiligen Kirche ausgestoßen, gleich den Ketzern öffentlich gerichtet und dem Feuer übergeben.

Arlette empfand die Nachricht als ein böses Omen. Seit der Rückkehr des Erzbischofs war sie von der abendlichen Tafel der Hofgesellschaft ausgeschlossen worden, auch zu den großen Festen und Hoftagen hatte man sie nicht mehr zugelassen. Robert hatte dies mit ihrer fortschreitenden Schwangerschaft begründet, die ihr immer noch starke Übelkeit bescherte und sie kaum etwas bei sich behalten ließ, doch Arlette ahnte sehr wohl, dass der Grund ein anderer war. Die Frauen, mit denen sie zusammenlebte, hatten ihr Verhalten geändert, sie mieden die Geliebte des Herzogs, und wenn sie früher nur hinter vorgehaltener Hand über sie geredet hatten, so gaben sie sich jetzt keine Mühe mehr, die boshaften Bemerkungen vor ihr zu verbergen.

»So hohläugig und bleich, wie sie ausschaut – man wundert sich, dass der Herzog noch Gefallen an ihr findet.«

»Als ob es nicht genügend andere gäbe, die jünger und schöner sind als diese Gerberhure.«

»Wenn sie wenigstens ihr loses Mundwerk zähmen könnte.«

»Es ist schon eine Qual, mit diesem Weib in einem Raum leben zu müssen. Ständig muss sie sich übergeben – wie das stinkt!«

»Das ist der gerechte Lohn für ihre Sündhaftigkeit.«

Nur die kleine Mathilde blieb ihr in stiller Freundlichkeit zugetan, obgleich Arlette nur wenig für sie hatte ausrichten können. Die Hochzeit mit dem Ritter Herluin war zwar in den Frühling verschoben worden, doch es stand fest, dass sie stattfinden würde. Auch Joseline, die wieder ein Kind erwartete, hielt ihrer Freundin Arlette die Treue. Sie war nicht minder unglücklich, denn Nigel, ihr Ehemann, war aus dem engsten Kreis des Herzogs verdrängt worden. Der Vicomte Goscelin, einer der kürzlich aufgestiegenen, kleinen Adeligen, hatte seinen Platz eingenommen – auch dies eine der Veränderungen, die nach Rückkehr des Erzbischofs vorgenommen worden waren.

»Das ist nun der Lohn für Nigels Treue«, jammerte Joseline. »Wenn wir zur Kirche gehen, muss ich diese hochnäsigen Schnepfen alle vor mir eintreten lassen. Bald werde ich mich noch unter die Frauen der Ministerialen einreihen müssen.«

Arlette ging gar nicht mehr zur Kirche, was Mathilde zu vielen Seufzern und häufigen fruchtlosen Bitten Anlass gab. Arlette konnte ihr die Gründe nicht erklären, das Mädchen hätte sie gewiss nicht verstanden. Sie war gottesfürchtig, doch die Machenschaften der Kirchenmänner hatte sie inzwischen durchschaut. Wo war der Unterschied zwischen dem Feigling Grimald und dem machtgierigen Erzbischof? Sündig waren sie beide, sündig waren auch die Mönche, die ihren Abt erschlugen – genauso sündig wie sie selbst, Arlette, die dem Herzog nun schon den zweiten Bastard gebären würde.

Sie verfluchte diese Schwangerschaft, die ihr zuerst als ein Zeichen der Hoffnung erschienen war. Weshalb musste sie ausgerechnet dieses Mal solche Leiden ertragen? Warum machte dieses Kind sie dürr und hässlich, stahl die rosige Farbe von ihren Wangen, malte dunkle Halbkreise unter ihre Augen? Hing nicht auch ihr Haar zottig herunter und wollte sich nicht kämmen lassen? Waren nicht ihre Lippen trocken und schmal geworden?

»Leg endlich den Spiegel aus der Hand«, schalt Godhild. »Wenn das Kind erst auf der Welt ist, wirst du schöner sein als je zuvor.«

Robert hatte sich mit ihr versöhnt, sie wie immer um Verzeihung gebeten, und wenn er sie zu sich rufen ließ, liebte er sie mit einer Begierde, die seltsam hastig und ohne wahre Befriedigung war. Einmal war er in Tränen ausgebrochen, als er sie nahm, und sie hatte mit ihm geweint, ohne zu begreifen, weshalb der Kummer sie überwältigte. Immer häufiger bat er sie, den kleinen Wilhelm zu ihm zu bringen, dann spielte er voller Begeisterung mit seinem Sohn, trug ihn auf seinem Rücken und lachte, wenn der Kleine sich an seinen Ohren festklammerte. Doch wenn Arlette ihm Fragen stellte, wich Robert aus und erging sich in Schwüren und Versicherungen, dass er sie und den Sohn liebe, dass er auch den zweiten Sohn, den sie noch in ihrem Leib trug, zärtlich lieben werde und dass für sie alle gesorgt sei.

Der Winter war ungewöhnlich mild, doch fuhren böse Wettergeister mit Stürmen über das Land, entwurzelten uralte Eichen und wehten die Strohdächer der Häuser davon. In den Städten und Dörfern gab es etliche schlimme Feuer, die viele Menschen obdachlos machten, und die Leute redeten davon, dass dies um der Sünden willen geschah, die in Klöstern und Burgen begangen wurden.

Mitten in der Nacht, als der Sturm an Fensterläden und Dachschindeln des Palastes riss, spürte Arlette das wohlbekannte, kräftige Ziehen in Leib und Rücken. Das Kind wollte vor der Zeit auf die Welt kommen.

So schwer die Schwangerschaft gewesen war – die Geburt war rasch und leicht. Godhild fing das kleine Wesen auf, das aus dem Schoß der Mutter strebte, und Arlette hörte das dünne Stimmchen, mit dem das Kind seinen Eintritt in das kummervolle Erdendasein beklagte.

»Er ist zu früh gekommen – wird er leben?«

Godhild hatte das kleine Wesen mit einem scharfen Messer von der Nabelschnur getrennt und in eines von Arlettes weißen Hemden gewickelt, so dass nur noch das winzige, rote Gesicht zu sehen war. Das Kind hatte die Augen fest zugekniffen, drehte das Köpfchen zur Seite und verzog seinen kleinen Mund zu einer viereckigen Öffnung, wenn es schrie.

»Mach dir keine Sorgen«, sagte Godhild sanft. »Dein Kind ist gesund und wird bald zunehmen.«

»Was macht dich da so sicher?«

»Es ist ein Mädchen.«

Arlette verstummte vor Entsetzen. Ein Mädchen. Sie hatte Robert keinen zweiten Sohn geschenkt, sondern nur eine Tochter. Wie konnte das sein? Bisher hatte sie doch Söhne geboren, sie war felsenfest davon überzeugt gewesen, dass auch dieses Kind ein Knabe sein würde.

»Bist … bist du ganz sicher, Godhild?«

»Glaubst du, ich kann den Hahn nicht von der Henne unterscheiden? Was glotzt du mich so entsetzt an? Wohin käme Gottes Erde, wenn es keine Frauen mehr gäbe?«

Voller Empörung schimpfte sie lauthals weiter, während Arlette das runde, gerötete Gesicht ihrer Tochter besah und darüber nachdachte, ob es nicht besser sei, wenn dieses Unglückswürmchen sterben würde.

»Ja, wenn es ein Knabe wäre«, schwatzte Godhild, die ihre Gedanken erriet. »Dann müsstest du dir Sorgen machen. Die kleinen Bürschlein sind empfindlich, schnappen alle Krankheiten auf, wollen nicht essen und plärren. Mädchen dagegen sind stark und überleben alles!«

Aber Arlette hörte ihr nicht mehr zu, sie hatte erschöpft den Kopf zurücksinken lassen, und unter ihren geschlossenen Lidern quollen Tränen bitterster Enttäuschung hervor. Als Godhild ihr kurz darauf ankündigte, der Kaplan sei gekommen, um ihre Tochter zu taufen, blinzelte sie nur gleichgültig in die aufgestellten Kerzen.

»Welchen Namen soll sie tragen?«

»Gar keinen.«

»Sie muss einen Namen haben, Arlette«, mahnte die kleine Mathilde. Obgleich es mitten in der Nacht war, hatte das Mädchen während der Geburt neben Arlette gekniet und inbrünstig für sie und das Kind gebetet. »Wie sollte Gott sie zu sich rufen, damit sie in das Himmelreich eingeht, wenn sie keinen Namen trägt!«

»Nennt sie Mathilde«, murmelte Arlette.

»Nein, nicht Mathilde«, flüsterte das Mädchen. »Sie soll nicht klein und schwächlich sein, wie ich es bin. Deine Tochter soll so schön werden wie ihre Mutter, sie soll heiraten und Kinder gebären. Ein starker, glücklicher Mensch soll sie sein … so wie meine Schwester Adelheid.«

»Dann eben Adelheid …«

Die Dämonen der Finsternis heulten zornig um die Mauern des Palastes und versuchten mit aller Macht, die Fensterläden aufzureißen, um sich der Seele des Neugeborenen zu bemächtigen. Auch der Kaplan schien Furcht zu haben, seine Stimme bebte, während er die lateinischen Taufformeln sprach. Das Neugeborene schrie jämmerlich, als man es völlig nackt in die Schale mit Wasser eintauchte, und Arlette wandte den Kopf von dem zarten, zerbrechlichen Leib ihrer Tochter ab. Wie seltsam, dachte sie, Mathilde sehnt sich danach, ein Leben als Nonne zu führen, aber meiner Tochter wünscht sie eine Heirat und viele Kinder. Adelheid! Vermutlich würde Roberts Schwester, die Gräfin von Burgund, nicht gerade erfreut über diese Namensgebung sein, aber so wie es aussah, würde das Kind ohnehin nicht lange am Leben bleiben.

Die Tage vergingen, ohne dass Arlette ihren Lauf wahrnahm. Wegen der schlechten Witterung blieben die Fensterläden geschlossen und hielten das trübe Tageslicht aus dem Zimmer. Das Neugeborene weinte nicht; still lag es in Godhilds Arm, und wenn Arlette es an die Brust legte, dann trank es so langsam und schläfrig, dass sie oft ungeduldig wurde, doch immerhin schien es noch nicht zum Sterben bereit. Arlette fühlte sich bald besser, sie konnte wieder essen, auch die übrigen Plagen dieser Schwangerschaft verschwanden, und sie begann, sich wieder schön zu kleiden, ihr Haar zu kämmen und sich zu schmücken. Doch Robert, der es damals so eilig gehabt hatte, seinen Sohn Wilhelm zu sehen, schien auf seine Tochter Adelheid wenig neugierig zu sein. Obgleich bereits über eine Woche seit der Geburt vergangen war, zeigte er sich nicht, ließ sie nicht zu sich rufen und schickte weder Botschaften noch Geschenke.

»Man sagt, es habe wieder Streit mit Wilhelm von Bellême gegeben«, erzählte Joseline. »Ich weiß nicht genau, um was es geht, aber diese Bellêmes sind eine üble Sippe, die unserem Land nur Ärger bereiten. Sicher ist der Herzog mit diesen Dingen befasst.«

Godhild, die sonst immer Trost wusste, schwieg dieses Mal, sie fütterte den kleinen Wilhelm, der auf einem Hocker thronte und zornig nach dem hölzernen Löffel griff. Ein heftiger Windstoß riss einen Fensterladen auf und ließ die Wandbehänge wie große bunte Vögel flattern, so dass die Frauen erschrocken aufkreischten.

In der allgemeinen Aufregung bemerkte Arlette den kleinen Pagen erst, als er sie energisch am Ärmel zupfte. Lächelnd beugte sie sich zu dem blonden, dicklichen Knaben hinab, denn sie vermutete, dass er wieder einmal Trost bei ihr suchte, weil seine Kameraden ihn gern hänselten. Doch der Kleine schien recht zufrieden zu sein und setzte sogar eine wichtige Miene auf.

»Der Ritter Herluin lässt Sie grüßen und bittet um eine Unterredung. Ich soll Sie zu ihm führen, Herrin.«

»Der Ritter Herluin?«

Mathilde, die die Worte gehört hatte, wurde blass und sank zitternd auf einen Schemel.

»Geh nur«, sagte sie ergeben. »Es wird geschehen, was Gott über mich beschlossen hat. Er wird dir sagen, wann unsere Eheschließung stattfinden soll.«

Ärgerlich legte Arlette den Mantel um; sie war enttäuscht, denn im ersten Augenblick hatte sie gehofft, die Botschaft käme von Robert. Mit hastigen Schritten folgte sie dem Pagen die steinerne Treppe hinab, doch als er zielsicher eines der Gemächer ansteuerte, das üblicherweise Robert bewohnte, schöpfte sie wieder Hoffnung. Hatte sie sich vielleicht doch verhört? Hatte er gar die Namen verwechselt?

Ungeduldig wartete sie, bis ihr Führer hinter der schweren Holztür verschwunden war, um ihre Ankunft zu verkünden, trat von einem Fuß auf den anderen und überlegte dabei, wie sie sich Robert gegenüber verhalten sollte, falls er sie tatsächlich in diesem Gemach erwartete. Sie war zornig auf ihn, doch es war gewiss nicht klug, ihn ihren Ärger allzu sehr spüren zu lassen. Er würde sie um Verzeihung bitten, wie er es immer tat, sie würde ihn ein wenig zappeln lassen …

Doch als sich die Tür vor ihr öffnete, erblickte sie nicht Robert, sondern den Ritter Herluin. Der Page hatte sich nicht geirrt, sie selbst war es, die sich mit falschen Hoffnungen getäuscht hatte.

»Ich danke Ihnen, dass Sie gekommen sind, Arlette. Treten Sie ein.«

Er sah ihr nur kurz in die Augen, dann senkte er den Blick, da er der Enttäuschung darin gewahr geworden war.

»Sie baten mich um ein Gespräch, Ritter Herluin«, sagte sie ungeduldig. »Um was geht es?«

Offensichtlich hatte er sich für diese feierliche Verkündigung herausgeputzt, sein blauer Rock war aus gutem Tuch genäht und mit Borten verziert, auch der Gürtel mit der breiten silbernen Schließe schien neu zu sein, und die grünen Beinlinge schlossen sich eng an seine Waden und Knöchel. Außerdem hatte er sein rotes Haar stutzen lassen, und eine kleine Schramme am Kinn verwies auf den frisch geschorenen Bart.

»Setzen Sie sich bitte, Arlette.«

Sie kannte den geschnitzten Stuhl mit der hohen Lehne, ein seltenes, teures Stück, das nur für den Herzog bestimmt war, auf dem sie jedoch schon oft gesessen hatte. Ablehnend schüttelte sie den Kopf – sie hatte nicht vor, sich allzu lange hier aufzuhalten.

»Sprechen Sie freiheraus ohne Umschweife!«, forderte sie. »Ich werde Sie anhören und mir alles genau merken.«

Er stützte beide Hände auf die Lehne des Sessels, und sie konnte hören, wie er tief ein- und ausatmete, bevor er den Blick zu ihr hob. Sie erschrak, denn er sah sie an wie ein Mensch, der den Sprung über einen tiefen Abgrund wagt und dabei fast sicher ist, ins Bodenlose zu stürzen.

»Es ist rasch gesagt, Arlette«, begann er leise. »Herzog Robert wünscht, dass wir beide uns miteinander vermählen.«

»Was?«, flüsterte sie verständnislos. »Wer soll sich miteinander vermählen?«

»Wir beide, Arlette.«

Die Worte tönten in ihren Ohren, ohne dass ihr Hirn bereit war, ihren Sinn zu erfassen. Wir beide? Er meinte doch ohne Zweifel Mathilde und sich selbst. Weshalb drückte er sich so missverständlich aus, dieser rothaarige Sonderling?

»Er ließ mich diesen Entschluss am gestrigen Abend wissen, und ich habe die ganze Nacht darüber nachgedacht. Ich hätte niemals gewagt, Sie um Ihre Hand zu bitten, und ich weiß, dass ich es kaum wert bin, Ihr Ehemann zu sein. Auch hängt Ihr Herz an einem anderen …«

Seine Stimme klang unglücklich, als verkünde er ein Todesurteil, und seine Finger krampften sich beim Reden in die Lehne seines Sessels. Er wirkte ungeheuer grotesk auf Arlette, und sie war sich immer noch nicht sicher, ob dies alles nicht ein böser Traum war.

»Das ist doch völliger Unsinn«, platzte sie heraus. »Sie sind mit Mathilde von Normandie verlobt …«

»Mathilde wird die Erlaubnis erhalten, in ein Kloster einzutreten, und sehr glücklich darüber sein …«

Er unterbrach sich, als Arlette zu lachen begann. Es war ein schrilles, irrsinniges Lachen, sie bog den Oberkörper zurück und krallte beide Hände in ihr langes Haar, rang nach Luft, musste husten und konnte dennoch nicht aufhören.

»Sie heiraten? Haha … An Mathildes Stelle eine keusche Ehe mit Ihnen führen? Haha …«

Sie begann zu toben, schlug einen Leuchter um und stieß mit dem Fuß gegen den schön geschnitzten Stuhl, der polternd umstürzte. Erst als er den Mut fasste, sie bei den Schultern zu packen und zu schütteln, hielt sie keuchend inne, mit wirrem Haar und weiten, entsetzten Augen.

»Niemals käme es mir in den Sinn, Sie zu einer Ehe zu zwingen«, beteuerte er eindringlich und suchte ihren Blick. »Ich bin nur bereit, dem Herzog zu gehorchen, wenn Sie Ihr Einverständnis geben.«

Sein Gesicht kam ihr bleich und übernächtigt vor, ein Ausdruck von Verzweiflung lag darin. Plötzlich wurde ihr klar, dass auch er ein Opfer dieser boshaften Intrige war.

»Wo ist der Herzog? Weshalb verkündet er mir diese Nachricht nicht selbst?«

»Er ist noch gestern nach Fécamp geritten.«

Sie biss sich auf die Lippen und nickte verbittert. Was für ein elender Feigling! Er wagte es nicht, ihr seine Entscheidung selbst mitzuteilen, sondern überließ es diesem armen Burschen.

»Was wird geschehen, wenn ich mich weigere?«

Seine Hände, die immer noch ihre Schultern umfassten, lösten sich langsam, und er trat einen Schritt zurück.

»Dann wird man Sie einem anderen zur Frau geben.«

Sie begriff. Es war ganz gleich, wen sie heiratete, die Hauptsache war, dass sie in eine Ehe abgeschoben wurde. Zorn flammte in ihr auf. Vermutlich hatte Robert seinem Freund Herluin diesen Freundschaftsdienst mit reichen Geschenken versüßt, schließlich war der Herzog für seine Großzügigkeit bekannt. Opfer? Wie hatte sie den Ritter Herluin für ein Opfer halten können? Er war ein Gewinner, der sich auf ihre Kosten bereicherte.

»Ich werde niemals Ihre Frau, Ritter Herluin«, rief sie wütend. »Lieber heirate ich den letzten Vagabunden, als dass ich mich in Ihre Hände gebe! Und wenn der Herzog Sie noch so reich dafür belohnt, dass Sie seine Hure zur Frau nehmen …«

Schweigend wartete er ihre Beschimpfungen ab, unterbrach sie nicht, sondern wartete geduldig, bis ihr nichts mehr einfiel.

»Ich zwinge Sie nicht, Arlette. Denken Sie in Ruhe darüber nach und lassen Sie mich dann Ihre Entscheidung wissen. Ich werde sie respektieren.«

* * *

Der Wind trieb wässrigen Schnee über den Fluss, Schwärme klebriger Flocken, die sich grau ins Ufergras setzten und von den dunklen Fluten der Seine verschluckt wurden. Das Handelsschiff bewegte sich mit dem unruhigen Strom flussabwärts, bei jeder Kehre musste das nasse Segel ausgerichtet werden, dann herrschten für einen Moment Lärm, hastiges Gerenne und lautes Fluchen an Bord, bis sich die Männer wieder auf die Ruderbänke kauerten, dicht an dicht, die nassen Rücken dem Wind zugekehrt, die Kappen tief ins Genick geschoben. Mittschiffs standen zwei Pferde, mit Decken gegen den scharfen Wind geschützt, zwei Knechte hielten sie am Halfter, damit sie nicht in Panik gerieten. Gleich dahinter war ein hölzerner, mit Häuten bespannter Unterstand, der Gepäck und Reisende vor den Unbilden des Wetters schützte.

Der Ritter Herluin wurde nur von wenigen Knechten auf seiner Fahrt in die Heimat begleitet, die Männer hatten es sich vorn im Unterstand bequem gemacht, um notfalls gleich in der Nähe der Pferde zu sein, während die Frauen, durch Kisten und Truhen von den Männern getrennt, zum Heck hin in einem kleinen, überdachten Schutzzelt Zuflucht suchten.

Arlette wurde nur von zwei Mägden begleitet, die beide schrecklich unter der unruhigen Fahrt litten und abwechselnd aus dem Unterstand stürzten, um sich über die Reling zu beugen. Arlette selbst hockte auf einer ihrer Truhen und verspürte weder Seekrankheit noch Kälte, nicht einmal die aufgeregten

Tritte der Männer bei den Wendemanövern erregten ihr Gemüt – in ihrem Inneren war nichts als eine ungeheure Leere.

Zum zweiten Mal in ihrem jungen Dasein hatte man ihr alles genommen, alle Bande, die sie mit dem Leben verknüpften, durchtrennt, und alles, was sie geliebt hatte, was ihr Glück ausmachte, lag unerreichbar hinter ihr. Wohin dieses Schiff sie auch tragen würde – es war ihr gleichgültig, denn das, was sie verloren hatte, würde sie niemals wiederfinden.

Sie war zu stolz gewesen, um sich im Frauengemach eine Blöße zu geben, keine Träne hatte sie geweint, als die Mägde ihre Besitztümer zusammenpackten und die Truhen und Kisten hinausschleppten. Sie hatte sich schön angekleidet und geschmückt, einen kostbaren Mantel umgelegt, und während sie ihre beiden Kinder noch einmal in die Arme nahm, bemühte sie sich, vor den gaffenden Frauen zu verbergen, dass ihr dieser Abschied das Herz zerriss. Schwer war es, als Joseline sich weinend in ihre Arme warf, denn auch sie musste den Hof verlassen und in den Cotentin zurückkehren, doch Arlette brachte es fertig, ihre Freundin zu trösten, während sie selbst vor Verzweiflung fast verging.

»Wir sehen uns wieder, Joseline. Ich weiß es ganz gewiss; in einigen Monaten schon wird alles wieder so sein, wie es war!«

Der Abschied von Mathilde war stiller, das Mädchen war zwar glücklich über seinen baldigen Eintritt ins Kloster, doch es spürte Arlettes Kummer und litt mit ihr.

»Gott wird über deine beiden Kinder wachen, und seine heiligen Engel werden sie schützen«, versicherte sie Arlette. »Der Ritter Herluin ist ein guter Mensch – ich bin sehr froh darüber, dass mein Bruder gerade ihn zu deinem Ehemann bestimmt hat.«

Arlette war anderer Meinung, doch sie schwieg.

»Ich wünschte, du würdest dich ab und an meiner erinnern«, fuhr Mathilde lächelnd fort, »deshalb möchte ich dir dieses Tuch schenken, Arlette.« Sie reichte ihr einen langen Schleier aus weißer Seide, der am Saum mit Perlen und kleinen Edelsteinen bestickt war – ein kostbares Geschenk, Teil der Erbschaft, die Mathilde beim Tod ihrer Mutter, der Herzogin Judith, erhalten hatte.

»Nimm ihn ruhig an«, sagte Mathilde, als sie bemerkte, dass Arlette zögerte. »Ich brauche ihn nicht mehr.«

Beklommen dachte Arlette daran, dass Mathildes blonde Locken bald dem Schermesser zum Opfer fallen und ein Nonnengebinde ihr schmales, blasses Gesicht einrahmen würde.

»Ich werde dich niemals vergessen, Mathilde«, flüsterte sie. »Und ich hoffe sehr, dass du dort, wohin du gehst, glücklich sein wirst.«

Auch von ihrem Bruder Walter war sie nun getrennt. Der Ritter Herluin hatte dafür gesorgt, dass der junge Mann am Hof bleiben konnte, und ihn Jean le Païen zum Knappen gegeben. Walter war nun siebzehn Jahre alt, Eifer und Ehrgeiz hatten ihn weit gebracht in der Ausbildung zum Kämpfer – er hatte gute Chancen, in der Umgebung des Herzogs zu verbleiben und eines Tages als Lohn für seinen mutigen Kampfeinsatz ein kleines Lehen zu erhalten.

Walter hatte bei Arlettes Eheschließung auch als ihr Vormund fungiert und seinen Namen unter den bereits vorbereiteten Ehevertrag gesetzt. Niemand hatte sich die Mühe gemacht, ihren Vater Fulbert nach Rouen zu bringen, denn ihre Verheiratung geschah in aller Eile und ohne großes Aufsehen. Herzog Robert weilte noch in Fécamp, an seiner Stelle legte Gilbert von Brionne dem Brautpaar den Kontrakt vor, Zeugen waren die beiden Ministerialen, die er hatte herbeirufen lassen. Während der kurzen Zeremonie war der Graf von Brionne voll falscher Freundlichkeit, und Arlette musste alle Kraft zusammennehmen, um diesem widerlichen Menschen nicht an die Kehle zu fahren. Gönnerhaft erläuterte er den Vertrag, betonte, dass der Herzog in seiner Großzügigkeit die Ausstattung der Braut mit einer stattlichen Geldsumme übernahm und dem Bräutigam zur Mitgift zusätzlich einige Dörfer übertrug, die in der Nähe seines Besitzes lagen. Gilbert von Brionne setzte ebenfalls seinen Namen unter den Kontrakt, danach wünschte er dem Brautpaar Glück und reichen Kindersegen. Der Herzog hatte angeordnet, dass Herluin sich mit seiner Ehefrau sofort auf die Heimreise nach Conteville im Norden des Landes, nahe der Seinemündung, zu begeben hatte. Robert hatte also nicht einmal den Mut gehabt, sich von ihr zu verabschieden.

Der Wind riss an den Zelthäuten und ließ das Segel des Bootes knattern, ein Schwall Flusswasser spritzte über die Reling, und Arlette hörte, wie die erschrockenen Pferde schnaubten und wieherten. Eine der Mägde jammerte, als das Wasser über die Bootsplanken bis ins Zelt hinein lief und über ihre Füße schwappte.

Jemand hob eine Ecke der Plane an, und der Wind fuhr unter die Häute, die sich blähten und an ihren Befestigungen rissen. Herluin bückte sich rasch und kroch in den Unterstand, um sich dort auf eine der Truhen zu setzen. Sein Mantel war vollkommen durchweicht, das Gesicht nass und von der Kälte gerötet, an seinen hellen Wimpern klebten tauende Schneeflöckchen.

»Wir werden bald anlegen«, sagte er. »Ich habe einen Boten ausgeschickt, man wird einige Wagen zur Anlegestelle senden, damit wir rasch und möglichst trocken nach Conteville gelangen.«

Arlette nickte und vergrub sich in ihren Umhang. Seit der Unterredung in Roberts Gemach hatte sie kaum mehr ein Wort an Herluin gerichtet, ihr Einverständnis zur Eheschließung hatte sie ihm durch einen Pagen zukommen lassen. Herluin unternahm nur wenige Versuche, ihr Schweigen zu durchbrechen, auch er wirkte bedrückt, und anstatt sich über die reiche Ausstattung seiner Braut zu freuen, schien er diese Ehe als eine beklemmende Angelegenheit zu empfinden.

»Es tut mir leid, dass diese Fahrt so unbequem für Sie verläuft«, sagte er nach einigem Zögern, die Augen auf ihr starres Gesicht gerichtet.

»Es ist nicht Ihre Schuld«, murmelte sie.

»In Conteville werde ich Sie für alles entschädigen, Arlette.«

Er wischte sich mit dem Ärmel über das nasse Gesicht und lächelte sie an. Angst und Abscheu stiegen in ihr auf. Sie war seine Frau, er hatte alles Recht der Welt, sie auf sein Lager zu befehlen, und nichts anderes konnte er mit diesem Satz gemeint haben.

»Ich werde alles tun, was in meiner Macht steht, damit Sie Ihren Kummer vergessen und an meiner Seite glücklich werden«, setzte er ernsthaft hinzu, als er begriff, dass sie ihn falsch verstanden hatte.

Sie gab keine Antwort, rieb stattdessen die Füße aneinander, die in nassen Lederpantoffeln steckten, und bemerkte erst jetzt, dass ihre Glieder eiskalt waren. Ihren Kummer vergessen? Wie dachte er sich das? Zwei Söhne hatte man ihr fortgenommen, dazu die kleine Tochter, die nun von einer fremden Amme gestillt wurde und vielleicht sterben würde. Ihre Brüste waren hart und schmerzten, denn die Milch schoss ein, ohne dass sie ein Kind anlegen konnte. Godhild hatte ihr geraten, die Brüste mit einem Tuch fest einzubinden, und ihr einen lindernden Trank verabreicht. Doch alle diese Mittel hatten wenig genutzt, die Schmerzen blieben und erinnerten sie beständig daran, dass sie ein Neugeborenes hatte zurücklassen müssen, das ohne sie hilflos und verloren war.

Godhild! Sie war der Tropfen, der den Krug ihres Elends bis zum Rand füllte. Godhild, ihre treue Freundin, die sie so lange mit Rat und Tat gestützt hatte, die durch sie, Arlette, zum Hof des Herzogs aufgestiegen war – auch Godhild hatte sie verlassen.

Dieser Abschied war zornig gewesen, denn Arlette empfand den Entschluss ihrer Freundin als einen boshaften, hinterhältigen Verrat.

»Zurück nach Falaise? Glaubst du, dort gute Geschäfte zu machen, weil du Sohn und Tochter des Herzogs entbunden hast?«

»Ich werde nicht mehr als Hebamme arbeiten, sondern heiraten.«

»Heiraten? Wen willst du denn in Falaise heiraten?«

»Eudo wird mich zur Frau nehmen. Wir haben schon alles beredet, Renier ist einverstanden, und Bertrada wird sich damit abfinden müssen.«

Sie hatte alles vor ihr geheim gehalten, die falsche Schlange. Das Treffen auf dem Markt in Rouen, dem vermutlich andere Zusammenkünfte in Falaise vorausgegangen waren, war kein Zufall gewesen. Godhild hatte für ihre eigene Zukunft gesorgt, und sie machte sich kein Gewissen daraus, ihre Freundin gerade in dem Augenblick zu verlassen, da Arlette ihren Beistand am nötigsten gebraucht hätte.

»Dann geh«, hatte Arlette sie angefaucht. »Ich hoffe, wir sehen uns niemals wieder!«

Trotz ihres Zorns hatte sie Godhild eine Truhe mit Gewändern und mehreren Schmuckstücken als Hochzeitsgeschenk mitgegeben, doch die Freundin hatte Arlettes Gaben verschmäht und sie bei ihrer Abreise stehen gelassen. Kein Wunder! Wenn Godhild erst Eudos Frau war, würde der reiche Händler sie ausstatten wie eine Adelige. Nun, der krummbeinige Eudo passte hervorragend zu Godhild, die mit ihrer vorstehenden Nase auch nicht gerade eine Schönheit war!

Herluin hatte noch eine kleine Weile in dem Unterstand gesessen und auf ein Wort von Arlette gehofft, doch da sie es vorzog, ihn anzuschweigen, erhob er sich und kroch wieder auf das nasse, windige Schiffsdeck hinaus. Bald darauf hörte sie, wie er dem Bootsführer Anweisungen gab und mit ihm gemeinsam beriet, an welcher Stelle das Schiff bei diesem Wetter am besten anlegen könne. Er schwatzt, dachte sie abfällig. Weshalb gibt er nicht einfach den Befehl anzulegen? Er ist eben kein Mann der Befehle – er ist ein haltloser Träumer und wird von niemandem respektiert. Nicht einmal von den Schiffern auf diesem Boot, die doch von ihm bezahlt werden.

»Herr des Himmels – bin ich froh, wenn wir endlich wieder festen Boden unter den Füßen spüren«, seufzte die Magd neben ihr und band sich das Tuch enger um den Kopf.

»Was für eine scheußliche Brautfahrt«, pflichtete ihr die andere Magd mitleidig bei. »Sie sind ja ganz klamm vor Kälte, Herrin. Aber seien Sie getrost, diese elende Schaukelei ist jetzt vorüber.«

Arlette sehnte sich wenig nach dem Ende der Schiffsreise, im Gegenteil, sie wünschte sich, bis in alle Ewigkeit auf diesem schwankenden Boot durch das Wasser zu fahren, ohne Bestimmung, ohne einen Hafen, nur unterwegs sein, die Wellen unter sich spüren, den tiefen, lastenden Himmel über sich. Die unruhige Fahrt und das Toben der Elemente bannten den Schmerz in ihrem Inneren, schützten sie mit einer seltsam kühlen Gleichgültigkeit gegen die Verzweiflung.

Das Boot ging in Ufernähe vor Anker, doch der aus Bohlen und Ästen zusammengezimmerte Anlegesteg war im vergangenen Herbst von den Fluten halb davongerissen worden, so dass Reisende und Gepäck auf dem Rücken der Pferde ans Ufer gebracht werden mussten. Von den versprochenen Wagen war weit und breit nichts zu sehen, graue Wiesen dehnten sich längs der sandigen Flussufer, dahinter erhoben sich kahle Bäume, bizarre, schwarze Gestalten, die im Schneeregen wie ein gespenstisches Heer heidnischer Götterwesen erschienen.

Herluin ging auf und ab, schüttelte den Kopf und entschied endlich, die Knechte und Mägde zur Bewachung der Truhen zurückzulassen und mit Arlette nach Conteville zu reiten.

»Es tut mir unendlich leid«, stammelte er unglücklich. »Ich begreife nicht, was geschehen ist. Womöglich wurde mein Bote aufgehalten …«

Arlette schwieg – sie hatte nichts anderes erwartet. Vermutlich hatten sich Boten und Knechte Zeit gelassen, die Anweisungen ihres Herrn zu befolgen – kein Wunder, wenn der Herr sein Gesinde nicht zu regieren wusste.

Immerhin ritt er voraus, bemühte sich, sie in seinen Windschatten zu nehmen, um Schnee und Nässe von ihr abzuhalten, und nachdem sie eine Weile geritten waren, wollte er ihr seinen eigenen Mantel gegen die Kälte geben.

»Behalten Sie ihn nur«, lehnte sie mürrisch ab, »mir ist nicht kalt.«

Es war gelogen, sie war fast zu Eis gefroren. Als sie glaubte, weder Arme noch Beine bewegen zu können und gleich wie ein erstarrter Leichnam vom Pferd zu fallen, lösten sich vor ihr einige dunkle Gebäude aus dem Nebel. Auch eine halbhohe Palisade war zu erkennen, dahinter strohgedeckte Holzhäuser, dunkel und bemoost vor Feuchtigkeit, ein Hund bellte heiser, Gänse schrien. Zwei offene Ochsenkarren bewegten sich auf sie zu, die Fuhrleute bearbeiteten die trägen, unwilligen Zugtiere mit ihren Stecken, und Herluin spornte sein Pferd an, um ihnen entgegenzureiten.

Arlette kümmerte sich weder um die Fuhrwerke noch um Herluin, der seine Knechte anwies, die Kisten und Truhen am Flussufer abzuholen. Sie ritt einfach weiter, gleichgültig gegen Wind und eisigen Regen, folgte den tief eingefahrenen Wagenspuren, die sich bis an den Rand mit Wasser gefüllt hatten, bis zum Tor der Einfriedung. Kurze Zeit später war sie von mehreren Knechten und Mägden umringt, zwei Hunde sprangen kläffend an ihrem Pferd hoch, ein kleines Mädchen verscheuchte die Gänse mit einem Stecken.

»Willkommen auf meinem Besitz«, sagte Herluin, der abgestiegen war, um ihr den Steigbügel zu halten.

Sie hatte keine Ahnung, wie es ihr gelang, aus dem Sattel zu kommen, ohne wie ein Stein auf den schlammigen Hofboden zu fallen.

Undeutlich sah sie ein hohes, hölzernes Wohnhaus vor sich, strohgedeckt und vom Wind gebeutelt, am Eingang stand eine grinsende Alte, in ein braunes Wolltuch gewickelt, neben ihr lugten neugierige Weibergesichter nach der neuen Herrin.

Das also war Conteville – ein besserer Bauernhof!

* * *

Als Herluin sie über die Schwelle geleitete, wichen die Frauen zurück, scharten sich zusammen, bemüht, zum Empfang der jungen Ehefrau ein freundliches Lächeln aufzusetzen. Es war dämmrig in der Halle, dichter Rauch von zwei überbauten Feuerstellen machte die Luft beißend scharf und brachte Arlette zum Husten. Aber immerhin war es warm, so warm, dass ihr fast schwindelig wurde.

»Wir hatten eine schlimme Fahrt«, sagte Herluin zu den Frauen. »Führt meine Frau in unser Gemach – sie braucht trockene Kleidung und muss sich ausruhen.«

Arlette sah die abschätzigen Blicke der jungen Frauen, auch die Alte schien enttäuscht zu sein, denn sie hatte bereits nach Krug und Becher gegriffen, um der jungen Ehefrau einen Willkommenstrank zu bieten. Arlette straffte sich und kämpfte tapfer gegen die Erschöpfung an.

»Zum Ausruhen ist immer noch Zeit. Zuerst will ich alle im Haus begrüßen.«

Auf keinen Fall wollte sie dieses Haus wie eine Kranke betreten, die Schonung brauchte, auf diese Weise würde sie den Respekt der Frauen ihr gegenüber von Anfang an mindern. Erstaunt sah Herluin zu, wie sie den heißen, gewürzten Wein aus der Hand der Alten nahm und dazu ein paar Bissen von dem Brot, das man ihr in einer Schale reichte, und er beeilte sich, ihr die Frauen vorzustellen.

»Meine Großtante Guda – ihr Mann Heimo ist noch unterwegs, unser Gepäck zu holen. Meine ältere Schwester Hawisa, meine jüngere Schwester Ainor. Dies sind Freda und Birte, Teza und Aremberta …«

Er vergaß keine, nannte sogar die Namen der Mägde, als gehörten sie ebenfalls zur Familie, was Arlette als merkwürdig empfand. Der heiße Trank trieb ihr das erstarrte Blut wieder rascher durch die Adern, zwar schien der Boden unter ihr ein wenig zu schwanken, doch langsam spürte sie, wie das Leben in sie zurückkehrte.

Die alte Guda war zwar hässlich wie die Nacht, eine Wange hing schief hinab, und der Mund war eingefallen wie bei alten Menschen, die kaum noch Zähne im Mund haben, doch sie schien gutartiger Natur zu sein. Sie redete ohne Unterlass, bat Arlette auf einen gepolsterten Sitz in der Nähe des Feuers und wies die Großnichten an, ihr Speisen zu reichen. Herluins Schwestern zeigten sich schweigsam, keine von beiden schien sich über die Schwägerin zu freuen, die nun als Hausherrin einzog, und die Blicke, mit denen sie Arlette streiften, waren voller Misstrauen.

Wer weiß, was der Bote über mich erzählt hat, dachte Arlette. Vermutlich nichts Gutes.

Ainor, die Jüngere, schien ein Hüftleiden zu haben; sie bewegte sich seltsam wiegend, und das Gehen schien ihr Schmerzen zu bereiten. Sie war von rundlicher Gestalt, hatte grünliche Augen, und unter ihrem Schleier quoll strähniges, braunes Haar hervor. Die ältere Schwester Hawisa schien gesunde Glieder zu haben; hochgewachsen und dünn, glichen ihre Züge denen Herluins, auch hatte sie das gleiche, rötliche Haar. Den sanften, ein wenig verträumten Blick ihres Bruders konnte Arlette jedoch nicht an ihr entdecken, Hawisa kniff fast unablässig die Augen zusammen, wodurch sie hart und feindselig wirkte.

Vermutlich hat sich bisher kein Ehemann für die beiden gefunden, dachte Arlette. Sie sind nicht gerade anziehend, und ihre Mitgift wird auch nicht bedeutend sein.

Herluin hatte sich ebenfalls auf einem Hocker niedergelassen, und während Arlette von der Reise erzählte und zwischendurch geschickt diese und jene Frage an die Frauen stellte, fing sie seine anerkennenden, fast beglückten Blicke auf.

Er soll nur nicht glauben, dass ich mich hier wie im Paradies fühle, dachte sie grimmig. Sie nahm einen zweiten Becher Wein aus seiner Hand, doch sein Lächeln erwiderte sie nicht.

Man hatte Geschenke für sie vorbereitet, Guda flüsterte eifrig mit ihren Großnichten, trieb sie an, die Gaben aus den Truhen zu nehmen, und bald wurden vor Arlette Gewänder, Tücher und sogar ein weiter Mantel aus gewalktem Stoff ausgebreitet. Es waren keine Kostbarkeiten, wie sie sie am Hof des Herzogs kennengelernt hatte, sondern fest gewebte Kleider aus Wolle und Leinen, blau und grün gefärbt und mit gestickten Borten verziert. Arlette fand die Gewänder scheußlich, doch sie bemühte sich, eine freundliche Miene zu machen.

»Du wirst sicher weit schönere Dinge gewohnt sein«, bemerkte Hawisa spitz. »Aber hier oben im Norden ist das Wetter oft kühl und der Wind bläst scharf – seidene Gewänder werden dir da wenig taugen.«

Damit hatte sie vermutlich sogar recht, obgleich die alte Guda jetzt erzählte, dass vor zehn oder zwölf Jahren ein so heißer Sommer gewesen sei, dass das Obst an den Bäumen dörrte und das Laub gelb zu Boden fiel, als habe ein Drache mit feurigem Atem darübergeblasen. Man habe viel Geld an den Wettermacher gegeben, der sei mit Räucherwerk über die ausgetrockneten Felder gegangen, auch Weihrauch habe er verbrannt – doch der Regen hatte sich nicht eingestellt.

»Dann werden sich meine Geschenke also doch nicht als völlig nutzlos erweisen«, sagte Arlette und sah Hawisa dabei an. »Denn auch ich habe Gewänder und Tuche mitgebracht.«

Sie versprach, die Gaben am kommenden Tag zu überreichen, da ihr Gepäck immer noch nicht auf dem Hof angekommen sei, dankte für das freundliche Willkommen und erklärte, sich nun von der Reise ausruhen zu wollen.

Getuschel entstand unter den Mägden, Hawisas Mund verzog sich faltig und schmal, Ainor lächelte dümmlich, nur die alte Guda nickte zufrieden und bedeutete den Großnichten, Arlette den Weg zu weisen.

Gütiger Gott, dachte Arlette entsetzt, als die beiden Frauen ihr mit Öllampen vorausgingen. Bereiten sie jetzt gar eine Hochzeitsnacht vor? Werden sie mich auskleiden und in eines dieser scheußlichen, kratzigen Hemden stecken? Hinter dem Vorhang der Bettstatt warten, während Herluin bei mir ist, um nachher das blutige Laken zu betrachten? Da werden sie nicht viel zu sehen bekommen.

Hawisa und Ainor stiegen die Leiter zum Dachgeschoss

hinauf, ein lang gezogener Raum, in dem allerlei Gerümpel herumstand, offenbar wurden dort auch Vorräte aufbewahrt, denn es roch nach getrockneten Früchten, Schinken und Kräutern. Die Bettstätten waren mit geflochtenen Wänden voneinander abgeteilt – nicht viel anders, als Arlette es vom Gerberhof kannte, nur dass dieses Gebäude größer und etwas höher war, so dass man in der Mitte des Dachgeschosses aufrecht stehen konnte.

»Es ist die Bettstatt unserer Eltern gewesen«, erklärte Ainor und zog den Vorhang beiseite. »Sie ist breit und sehr bequem, ihr werdet gut darin schlafen.«

Tatsächlich stand dort ein hölzernes Bett, breit genug für zwei. Weiße Laken waren über die Strohsäcke gebreitet, es gab Kopfpolster und wollene Decken, auch einige Schaffelle lagen bereit, falls es im Winter zu kühl werden sollte.

Herluins Schwestern stellten eine der tranigen Funzeln neben das Bett, ließen eine Magd zu Arlettes Bedienung zurück und wünschten ihr eine gesegnete Nachtruhe. Arlette atmete auf, als die beiden sich entfernten. Sie liefen flüsternd über den Dielenboden, und den Geräuschen nach zu schließen, krochen sie auf der gegenüberliegenden Seite des Dachbodens in eine der Schlafstellen.

Arlette stand ratlos vor dem Lager, das sie nur allzu sehr an die Bettstatt ihrer Eltern erinnerte und nichts, aber auch gar nichts mit den weichen Polstern und schönen Pelzdecken zu tun hatte, die in Roberts Bett zu finden waren. Seufzend kleidete sie sich aus und ließ sich von der Magd eines der Hemden überziehen. Es war genauso hart und unbequem, wie sie es sich vorgestellt hatte. Sogar auf dem Gerberhof trug man feiner gewebte Hemden als auf dem Besitz ihres adeligen Ehemannes. Da es kalt war, zog sie ein wollenes Gewand darüber, steckte die eisigen Füße in warme Strümpfe und kauerte sich dann unter Decken und Schaffellen zusammen.

Schnatternd lag sie unter der dicken Schicht von Zudecken, starrte auf den kleinen, kreisförmigen Lichtkegel, der sich um die Lampe herum ausbreitete, und obgleich sie sterbensmüde war, wollte sich der erlösende Schlaf nicht einstellen.

Würde er kommen? Natürlich würde er das – schließlich war sie seine Frau. Bei dem Gedanken, dass Herluin auf das Lager steigen, unter die Decken kriechen und sie anfassen würde, stellten sich ihr vor Abscheu die feinen Härchen im Nacken auf. Sie kannte seinen Körper, denn damals, als er in Falaise gepflegt wurde, hatte er nicht einmal ein Hemd am Leibe getragen, und sie hatte ihn bemitleidet, weil er ihr so schmal und ausgezehrt erschienen war. Doch mehr als sein Körper schreckte sie seine seltsame Art, die ihr unverständlich erschien und von Schwäche zeugte. Plötzlich sehnte sie sich nach Robert, der ihr so vertraut war, dessen Ängste sie so gut kannte und dessen Leidenschaft sie leicht und ohne nachzudenken erregen konnte.

Eine braune Spinne kroch in den Lichtschein der Lampe, verharrte eine Weile unbeweglich auf der aus Zweigen und Binsen geflochtenen Wand, regte dann zuckend zwei der vorderen Beine und ließ sich an ihrem unsichtbaren Faden blitzschnell hinab auf den Boden.

Knarrten da die Sprossen der Leiter? Sie hob den Kopf und lauschte angestrengt. Jetzt fror sie nicht mehr, musste sogar das Schaffell beiseiteschieben, so heiß wurde ihr. Nein – sie musste sich getäuscht haben, wahrscheinlich war es nur die Magd gewesen, die sich irgendwo auf dem Dachboden zwischen Säcken und Körben ein Lager bereitet hatte. Schweiß stand auf ihrer Stirn, sie fasste das lange Haar zusammen und flocht es zu einem festen Zopf.

Sie würde sich ihm verweigern. Hatte er nicht Mathilde eine keusche Ehe versprochen? Nun, dann würde es ihm vermutlich nicht viel ausmachen, das Gleiche mit ihr, Arlette, zu verabreden.

Einen Moment lang war ihr leichter ums Herz, dann jedoch kamen ihr Bedenken. Wenn er dazu aber nicht bereit war? Hatte nicht irgendjemand behauptet, Herluin sei in sie verliebt? Sie erinnerte sich an die langen, nachdenklichen Blicke, mit denen er sie an der herzoglichen Tafel beobachtet hatte. Waren diese Blicke tatsächlich nachdenklich oder eher sehnsüchtig gewesen? Herr des Himmels – nur das nicht, flehte sie. Aber ganz egal, was er fühlt und wovon er träumt – ich werde mich ihm nicht freiwillig hingeben.

Gleich darauf erzitterte sie bis ins Mark, denn jetzt knackte die Leiter tatsächlich unter dem Gewicht eines Menschen, leise Schritte ertönten auf dem Dielenboden, eine Maus huschte neben dem Lager in ihr Versteck, die Lampe flackerte, als jemand den Vorhang zur Seite schob.

Sein rotes Haar leuchtete und ließ sein Gesicht mit den deutlich hervortretenden Wangenknochen blass erscheinen, seine Augen wirkten seltsam dunkel auf sie.

»Habe ich Sie geweckt?«, fragte er leise.

Sie hatte die Decken bis zum Hals hinaufgezogen und starrte ihn angstvoll an.

»Ich … ich hatte schon geschlafen …«

Er legte schweigend Gürtel und Schwert ab, zog sich dann den Rock über den Kopf und setzte sich aufs Bett, um die nassen Schuhe von den Füßen zu ziehen.

»Ich habe beschlossen …«, begann sie, doch er unterbrach sie und erzählte, dass inzwischen ihr Gepäck angekommen sei. Er habe alle Kisten und Truhen gezählt und geprüft, es fehle zum Glück kein einziges Stück.

»Guda und die Mägde haben ein paar der Sachen unten zum Trocknen aufgehängt«, erklärte er und stellte die Stiefel aus weichem Leder ordentlich nebeneinander vors Lager. »Leider ist Wasser in mehrere Kisten eingedrungen, doch der Schaden ist nicht allzu groß.«

Er zog sich nicht weiter aus, ließ auch die Beinlinge an. Dann legte er sich in dem langen Hemd nieder und nahm sich Felle und Decken. Arlette rückte so weit wie möglich zur Flechtwand hinüber.

»Ich möchte …«, nahm sie einen neuen Anlauf.

»Morgen wird ein großes Fest anlässlich unserer Hochzeit gefeiert«, fiel er ihr ins Wort. »Viele Leute aus den Dörfern und Gehöften werden kommen, es wird reichlich Speis und Trank gereicht werden, und vermutlich wird man auch Tänze aufführen. Ich fürchtete zuerst, dass diese Feier Ihnen missfallen könnte, aber nun hoffe ich, dass Sie die Huldigungen der Leute nicht ablehnen werden. Ich habe Sie heute Abend sehr bewundert, Arlette. Sie waren nass, erschöpft und starr vor Kälte, und doch haben Sie meine Familie mit Respekt und Freundlichkeit begrüßt.«

Er lag auf dem Rücken ausgestreckt, die Arme hinter dem Nacken verschränkt, und während er sprach, drehte er den Kopf hin und wieder in ihre Richtung. Sie musste fürchterlich verängstigt dreingeblickt haben, denn er schenkte ihr ein aufmunterndes Lächeln.

»Seien Sie ohne Sorge, Arlette«, sagte er ruhig. »Ich werde mich Ihnen nicht nähern bis zu dem Augenblick, da Sie mich selbst darum bitten.«

* * *

»Der Kopf wie ein Hahn, doch der Unterleib hat weder Flügel noch Beine. Wie eine Schlange windet es sich über den Boden, riesengroß, und es trägt eine Krone. Die hat ihm der Teufel gegeben, der den Basilisken geschaffen hat, um den Menschen seine Macht zu zeigen.«

Die alte Guda versetzte der Handspindel einen leichten Stoß, damit sie sich wieder rascher drehte, und zog den Wollfaden geschickt in die Länge. Ihre Augen waren nicht mehr gut genug für das Sticken, auch den Webstuhl überließ sie den Großnichten, doch niemand konnte die Wolle so dünn und fein spinnen wie sie. Besonders an den Abenden erzählte sie dabei mit Leidenschaft von Drachen, Einhörnern und Schimären, die auf Gottes Erdboden lebten, und sie wusste von Wiedergängern zu berichten, verstorbenen Menschen, die keine Ruhe im Grabe fanden und denen man in dunklen Nächten begegnen konnte. Manche baten die Lebenden flehentlich, in der Kirche eine Totenmesse für ihre sündige Seele lesen zu lassen, andere aber trieben boshaften Schabernack.

Arlette hatte die ländliche Hochzeitsfeier mit viel Geduld über sich ergehen lassen – drei Tage und drei Nächte lang war der Gutshof voller Bauern gewesen: Männer, Weiber und Kinder hatten Geschenke und gute Wünsche überbracht und die reich gekleidete junge Herrin mit offenen Mündern begafft. Ein Gutteil der Vorräte war verbraucht worden, um alle Münder zu stopfen, und wieder hatte Arlette den Kopf über ihren Ehemann geschüttelt, der sich unter die Bauern mischte, mit ihnen trank und schwatzte, als wäre er einer der Ihren. Es gefiel ihr wenig. Nicht einmal die reichen Bürger in Falaise, die vor den Toren der Stadt Land besaßen, standen auf solch vertrautem Fuß mit ihren Bauern, noch viel weniger sollte sich ein adeliger Ritter neben einen seiner Hörigen auf die Bank setzen. Als endlich alle Gäste, Spielleute, fliegenden Händler, Bettler und Vagabunden, und wer immer sich noch eingefunden hatte, den Hof wieder verlassen hatten, beschloss Arlette, ihren Kummer beiseitezuschieben und ihre Aufgabe als Herrin des Gutshofs anzupacken.

Die tägliche Arbeit tat ihr wohl und befreite sie von den düsteren Gedanken, nur in den Nächten hatte sie oft schwere Träume. Dann sah sie ihre Kinder vor sich, wie sie nach ihr weinten und die Arme ausstreckten, doch je verzweifelter sie sich mühte, zu ihnen zu gelangen, desto dichter wurde der Nebel, der sie wieder umschloss.

Tagsüber lief sie über den Gutshof, schaute in alle Häuser und Ställe hinein, überwachte die Mägde und achtete genau darauf, dass weder Nahrung noch anderes Gut verschwendet wurde. Jetzt erst begriff sie, was für ein müßiges Leben die Frauen am herzoglichen Hof führten, die kaum etwas anderes taten als sich zu schmücken, feine Handarbeiten zu fertigen und nach den Kinderfrauen zu sehen, die ihre Kleinen betreuten. Arlette, die früher oft unter dem harten Willen ihrer Mutter Doda gelitten hatte, fand jetzt Gefallen daran, als Herrin des Hauses zu wirken, und sie war dabei nicht minder streng, als die Mutter es gewesen war. Sie hatte nicht Dodas ruhige Art, Arlette konnte sich ereifern und laut werden, auch wusste sie zu spotten, und sie konnte es nicht leiden, wenn jemand sich ihr widersetzte.

Die alte Guda hatte sich von Anfang an als eine Stütze erwiesen, auch Gudas Mann Heimo zeigte sich der jungen Herrin gegenüber gutmütig; er grinste, wenn Arlette ungeduldig wurde und lauthals zu schelten begann, doch er war leider ebenso redefaul, wie seine Frau Guda geschwätzig war, und Arlette ärgerte sich oft darüber, dass sie ihm jedes Wort aus der Nase ziehen musste.

Schwieriger war der Umgang mit Herluins Schwestern, die sich mit Arlettes zupackender, geräuschvoller Art nicht anfreunden wollten. Die sanfte Ainor hätte sich der neuen Herrin wohl bald angepasst, doch Hawisa zog die jüngere Schwester immer wieder auf ihre Seite, und so litt die arme Ainor, hin- und hergezerrt von zwei herrischen Frauen, doppelte Not.

Arlette hatte die beiden zu Anfang ein wenig bemitleidet, denn Hawisa und Ainor litten das Schicksal, vor dem Arlette sich damals so sehr gefürchtet hatte: die unverheiratete Schwester des Ehemannes zu sein, die der Hausherrin zu gehorchen hatte. Doch Hawisa war boshaft, sie ließ die unerfahrene Schwägerin Fehler begehen, ohne sie zu warnen, und nutzte dann die Gelegenheit, um vor Guda über sie herzuziehen. Die schönen Seidengewänder und den Schmuck, die Arlette ihren Schwägerinnen zum Geschenk gemacht hatte, nahm Hawisa zwar mit höflichem Dank an, doch später sagte sie, dass solch unnützer Tand für sie wenig tauge.

»Wirst du dich nicht schmücken, wenn du einmal Braut sein wirst?«, fragte Arlette sie verärgert.

»Mein Brautgewand liegt oben in der Truhe, ich habe es selbst gewebt und bestickt, so wie es für mich passt.«

Arlette verbiss sich die Bemerkung, dass dieses Gewand

vermutlich genauso langweilig und unschön war wie Hawisa selbst, doch die Schwägerin schien ihre Gedanken zu erraten, denn sie kniff böse die Lippen zusammen, als müsse auch sie sich mühsam zum Schweigen zwingen.

Später, als Arlette oben auf dem Dachboden des Wohnhauses vor einer Truhe kniete und Hemden zählte, hörte sie, wie Hawisa und Ainor die Leiter hinaufstiegen und miteinander flüsterten.

»Aber es war doch sehr nett von ihr, uns all diese schönen Dinge zu schenken …«

»Hast du dir niemals überlegt, woher sie diese Sachen hat?«

»Sie hat am Hof des Herzogs gelebt …«

»Als seine Geliebte – ja. In Wirklichkeit ist sie nichts als die Tochter eines stinkenden Gerbers. Alles, was sie besitzt, ist der Lohn für ihre Unzucht.«

»Aber jetzt ist sie Herluins Ehefrau, Hawisa.«

»Ich werde niemals begreifen, weshalb unser Bruder sich so erniedrigen konnte, diese Hure zu heiraten. Sie hat ihn behext, dieses Weib, sie hat etwas …«

Mit einem lauten Knall schlug der Deckel der Truhe zu, worüber Arlette ebenso erschrocken war wie die beiden Frauen, denn ihre Hand hatte unabsichtlich den Stab verschoben, der den schweren Deckel stützte. Während Ainor und Hawisa eilig zwei Körbe mit Wäsche ergriffen und die Leiter hinunterstiegen, blieb Arlette reglos am Boden hocken. Die Worte hatten ihr bitteren Schmerz zugefügt, und heißer Zorn schoss in ihr hoch. Sie würde Hawisa die Bosheit vergelten – auch sie, Arlette, hatte Waffen, mit denen sie die Schwägerin treffen konnte, sollte sich diese nur vorsehen! Hastig öffnete sie den Truhendeckel aufs Neue und begann, die Hemden zu zählen. Doch es half wenig, sie verzählte sich immer wieder und musste von vorn beginnen, und schließlich gab sie ihre Absicht auf, stützte die Arme auf die offene Truhe und überließ sich der bitteren Erkenntnis. Hawisa hatte ausgesprochen, was für alle klar auf der Hand lag: Auch wenn Robert seine Geliebte mit einer Mitgift ausgestattet hatte, so war diese Heirat für Herluin doch kein Gewinn, sondern eher eine Schande gewesen, zumal er den herzoglichen Hof hatte verlassen müssen.

Er hätte sich dieser Ehe auch verweigern können. Dass er dennoch zwei volle Tage geduldig auf ihr Einverständnis gewartet hatte, musste daran liegen, dass er sie liebte.

Aber wer konnte diese seltsame Art von Liebe begreifen?

Sie waren inzwischen über drei Monate Mann und Frau, doch immer noch hielt er sich an das Versprechen, das er ihr in der ersten gemeinsamen Nacht gegeben hatte. Zu Anfang war sie unsicher gewesen, ob sie ihm glauben konnte, und hatte sich an den Abenden fest in ihre Decken eingewickelt, damit er nicht etwa im Schlaf über sie herfiel. Doch er schlief stets lang ausgestreckt auf dem Rücken, drehte sich weder nach rechts noch nach links, und sein Atem ging ruhig und gleichmäßig.

Nach einigen Wochen war ihr dieses Verhalten mehr als seltsam erschienen, und sie grübelte darüber nach, ob der Ritter Herluin gar an einer Krankheit litt, die es ihm nicht erlaubte, eine Frau zu nehmen. Guda hatte ihr von solchen Dingen erzählt, es gab Männer, deren Geschlechtsteile verkümmert oder gar abgefallen waren, andere hatten schlimme Geschwüre daran, oder eine Hexe hatte ein Netz darüber geworfen, das die Kraft des Mannes lähmte und verhinderte, dass er Kinder zeugen konnte.

Sie hätte dieses Rätsel auf sehr einfache Weise lösen können, indem sie sich ihm anbot, dann wäre die Wahrheit rasch an den Tag gekommen. Doch dazu hatte sie wenig Lust. War er nicht ihr Ehemann? Weshalb sollte sie ihn eigentlich bitten? Hielt er es etwa für eine Gnade, wenn er sich ihrer erbarmte? Fand er sie hässlich? Gefiel sie ihm nicht? Oder verschmähte er sie, weil sie Roberts Geliebte gewesen war? Empfand er es als eine Schande, sie zu nehmen, nachdem es bereits ein anderer getan hatte?

Dann aber hätte er ihr seine Verachtung sicher auch auf andere Weise gezeigt, doch er war stets freundlich und führte mittlerweile abends auf dem Lager sogar lange Gespräche mit ihr.

Zuerst waren ihre Antworten einsilbig gewesen, da sie fürchtete, er könne mit ihr über Robert sprechen, über ihre Kinder oder die Vorgänge am herzoglichen Hof, die zu ihrem Sturz geführt hatten. Doch er vermied es sorgfältig, an diese Dinge zu rühren, stattdessen begann er, ihr seinen Besitz zu erklären, nannte ihr alle Ortschaften, die ihm gehörten, erzählte von seinen verstorbenen Eltern, von den Brüdern, die fortgezogen waren und sich bei verschiedenen großen Herren als Kämpfer verdungen hatten, von seiner Aufgabe, den Besitz des Vaters zu übernehmen und zu verwalten. Schon nach wenigen Abenden hatte Arlette begonnen, ebenfalls diese oder jene Begebenheit aus ihrer Kindheit zu berichten, und er hörte ihr aufmerksam zu, lachte sogar, wenn sie die Streiche schilderte, die sie gemeinsam mit dem kleinen Bruder vollführt hatte. Arlette musste zugeben, dass es angenehm war, mit ihrem Ehemann zu reden.

Anders als Robert war Herluin niemals überschwänglich oder geschwätzig, seine Worte waren stets gut überlegt, und während er sprach, sah er häufig zu ihr hinüber, prüfte, wie seine Reden auf sie wirkten, freute sich, wenn sie lächelte, ermunterte sie, Fragen zu stellen, wenn er feststellte, dass ihre Gedanken nicht bei der Sache waren.

Die düstere Niedergeschlagenheit, die Robert oft ereilt hatte, schien er nicht zu kennen, er war gleichbleibend freundlich, bemühte sich, sie aufzuheitern, und manchmal, wenn sie in der Nacht von bösen Träumen heimgesucht wurde, rüttelte er sie bei den Schultern, um sie von dem Nachtmahr zu befreien. Danach legte er sich neben sie, zog die Decken um den Körper und riet ihr, an etwas Schönes zu denken, bevor sie wieder einschlief.

»Etwas Schönes? Was könnte das wohl sein?«, murmelte sie.

»Das Meer. Haben Sie schon einmal am Strand gestanden und das Geräusch der Wellen gehört? Gespürt, wie das kühle Wasser über Ihre Füße streichelt?«

»Ich habe das Meer nur einmal aus der Ferne gesehen, und da war es grau und hässlich.«

Er war ein Grübler, der sich Gedanken über Gottes vollkommenen Kosmos und die Aufgabe des Menschen inmitten der göttlichen Ordnung machte und der oft über seltsame Dinge mit ihr sprach. Diese Gespräche waren anstrengend, denn er stellte ihr Fragen, über die sie zuerst gründlich nachdenken musste. Tat sie es nicht, bewies er ihr in aller Sanftheit, dass sie zu rasch geurteilt und diese oder jene Tatsache außer Acht gelassen hatte. Arlette war ehrgeizig, und bald gefiel ihr das Spiel.

»Gott der Herr hat Könige und Grafen eingesetzt, damit sie über die Menschen herrschen. Er hat auch Arme und Reiche geschaffen, und die Reichen haben die Aufgabe, für die Armen zu sorgen, sie zu speisen und ihnen Obdach zu geben. Wenn aber nun ein Adeliger einem anderen das Land gewaltsam fortnimmt und ihn damit in Armut und Abhängigkeit stürzt – kann das der Wille Gottes sein?«

Arlette grübelte eine Weile, dann erwiderte sie: »Nein. Denn nur Gott darf Reiche und Arme machen, nicht aber die Menschen.«

Herluin nickte, wenngleich er nicht ganz zufrieden mit dieser Antwort zu sein schien.

»Aber hat der Adelige nicht durch seine Tat dafür gesorgt, dass derjenige, den er in die Armut stieß, später sicher ins Paradies eingehen wird?«

Das war etwas verrückt, aber falsch war es nicht, zumal es bekannt war, dass den Armen das Paradies offenstand, während ein Reicher nur schwer dorthin gelangen konnte.

»Es kann Gott aber gewiss nicht gefallen, dass der reiche Adelige sich der Todsünde der Gier schuldig machte und nun ohne Rettung dem Teufel gehört.«

»Das ist wahr«, rief Herluin. »Doch kann auch ein Reicher sich noch von der Sünde, sogar von einer Todsünde reinigen, indem er all sein Gut den Armen gibt und als Pilger nach Jerusalem an das Heilige Grab wandert, um dort zu beichten.«

»Dann müsste die Normandie bald leer von Adelsherren sein«, meinte Arlette kichernd. »Denn nur so könnten die Herren von Brionne und Montgomery, die Bellêmes und Tosnys und auch der Erzbischof von Rouen noch ihre sündigen Seelen retten.«

»Gewiss«, erwiderte Herluin nachdenklich. »Doch wenn sie alle gemeinsam fortzögen, wäre das Land ohne Herrschaft, und es würde viele Unruhen geben.«

»Dann sollten sie vielleicht nicht alle gleichzeitig auf Pilgerfahrt gehen, sondern besser nacheinander?«

Es gefiel ihr, wenn er lachte, er hatte ein warmes Lachen, das seine Augen leuchten ließ. Seltsam, früher, am herzoglichen Hof, war er ihr immer bedrückt erschienen, nur selten hatte er gelächelt, niemals gelacht. Hier in Conteville war er ein anderer Mensch.

»Das Schlimme ist, dass all diese Herren ihr Tun als rechtens ansehen und keiner von ihnen darüber nachdenkt, ob sie sich versündigen«, stellte er abschließend fest und war nun wieder ernst.

Oft fragte er sie, wie sie den Tag verbracht hatte, und sie erzählte ihm von der Haushaltung, von den Neuerungen, die sie eingeführt hatte, und was die alte Guda wieder für unglaubliche Geschichten erzählt hatte. Niemals sprach sie von Hawisa, denn sie war zu stolz, um seinen Beistand gegen die Schwägerin zu erbitten. Herluin liebte seine Schwestern, und da sich keine passenden Ehemänner für sie finden ließen, war er entschlossen, sie in seinem Haushalt zu behalten.

Als es Frühling wurde, redete Guda häufig davon, wie lebhaft es früher auf dem Gut zugegangen sei, als es im Haus noch von Kindern wimmelte und Herluin mit seinen Brüdern im Hof hölzerne Schwerter schnitzte. Auch die Schwägerinnen musterten sie neugierig und fragten die Magd aus, die ihr beim Umkleiden half. Beide Frauen wirkten recht zufrieden darüber, dass es noch keine Anzeichen einer Schwangerschaft zu geben schien.

Ich habe drei Kinder, dachte Arlette bekümmert, und alle hat man mir fortgenommen. Fremde Leute ziehen sie auf, ich weiß nicht einmal, ob sie noch am Leben sind. Nein – ich will niemals wieder ein Kind zur Welt bringen, ein Kind zu haben, führt doch nur zu Jammer und Herzeleid.

Wenige Tage nach dem Osterfest ließ Herluin zwei Pferde satteln und trat ins Wohnhaus, wo Arlette gerade mit den Mägden die Strohsäcke der Betten auftrennte und ausleerte, um sie frisch zu stopfen.

»Hawisa soll diese Arbeit überwachen«, sagte er zu ihr. »Ich will Sie auf einen Ritt mitnehmen.«

Arlette war nicht begeistert. Sie mochte die Aufsicht über die Mägde nur ungern aus der Hand geben, zumal Hawisa die Arbeiten grundsätzlich auf andere Weise anging, als Arlette es für sinnvoll hielt.

»Auf einen Ritt? Aber das geht nicht, ich will, dass alle Decken und Felle geschüttelt und die Lager frisch bereitet werden.«

»Und ich möchte, dass Sie das Meer sehen, Arlette.«

»Das Meer …!«

Der Wind ließ die Mähnen der Pferde flattern, und Arlette musste den Mantel über der Brust fest zusammenhalten, um sich vor der Kälte zu schützen. Dennoch spürte sie nach einer Weile, wie sehr ihr das Herz aufging. Die Wiesen und Wälder hatten die graue Winterstarre abgetan und sich mit hellem Grün geschmückt. Gelber Löwenzahn und weiße Taubnessel blühten, Hahnenfuß und rosiges Wiesenschaumkraut leuchteten zwischen den Halmen, und auch auf den braunen Feldern war ein lindgrüner Flaum gewachsen. Bald wurde sie übermütig, zog den Mantel vom Kopf, damit der Wind in ihrem langen Haar wühlte, und als sie bemerkte, dass Herluin sich besorgt nach ihr umwendete, trieb sie ihr Pferd an ihm vorüber und bewies ihm, dass sie keine üble Reiterin war.

Mittag war längst vorbei, als sie endlich am Horizont den silbergrauen Streifen des großen Wassers erblickten, und

Arlette bedauerte, die blühenden Wiesen verlassen zu müssen. Doch als sie sich dem sandigen Strand näherten, vernahm sie ein dumpfes Brausen und Schlagen, ein bisher nie gehörtes Geräusch, das sie in eine seltsame Erregung versetzte.

»Das Wasser steigt an, und der Wind weht von Westen her«, rief Herluin ihr zu. »Das Meer ist in Aufruhr!«

Die silbrige Fläche erwies sich jetzt plötzlich als eine wütende, tobende Flut, die schaumgeränderte, riesenhaft hohe Wellen an den Strand warf.

In sicherer Entfernung stiegen sie von den Pferden, und während Herluin die Tiere an einem Strauch festband, zitterte Arlette vor Aufregung. Sie spürte kaum, dass er sie bei der Hand fasste; atemlos lief sie neben ihm her, sprang über stachelige Gewächse, trat auf Muscheln und abgeschliffene Steine, ohne zu sehen, wohin sie ihre Füße setzte. Was sich dort vor ihr aufbäumte, war eine gewaltige, dunkle Wand, höher als zwei Männer, steil in die Höhe strebend, unbeweglich, als habe ein Zauberbann das aufgetürmte Wasser getroffen. Dann fiel die mächtige Wand plötzlich in sich zusammen, löste sich im Sand zu harmlosen Wellen auf, die das Meer gierig wieder aufsaugte, und die nächste Woge wuchs vor ihnen in die Höhe.

Das Brausen von Wind und Meer war so laut, dass man sich nur durch Zeichen verständigen konnte. Herluin hielt sie fest an der Hand, er hatte sehr wohl gesehen, wie sehr die Begeisterung sie erfasste. Arlette bebte am ganzen Körper – nie in ihrem Leben hatte sie eine so ungeheure, urtümliche Kraft gespürt.

Tief in ihrem Inneren stieg die irrwitzige Lust auf, sich mit diesem tödlichen Element zu messen. Mit einer raschen Bewegung riss sie sich von Herluin los, hörte nicht, wie er sie erschrocken beim Namen rief, und rannte mit flatterndem Gewand dicht vor der riesigen, drohenden Woge den Strand entlang. Schäumend ragte die graue Wasserwand zu ihrer Rechten auf, zeigte ihr das düstere Innere des Meeres, krümmte sich wie eine greifende Hand nach ihr und brach doch nicht auf sie herab.

Erst als sie müde war, blieb sie stehen und bemerkte, dass Herluin ihr die ganze Zeit über gefolgt war. Auch er war außer Atem, sein Gewand feucht von der Gischt, hastig fasste er ihren Arm und zog sie aus der Brandung an den sicheren Strand.

»Das war wagemutig«, sagte er vorwurfsvoll. »Wenn sich der Wind gedreht hätte, wäre die Woge über Ihnen zusammengestürzt.«

Sie zog den Mantel über ihr nasses Haar und nannte ihn lachend einen Hasenfuß.

»Das Meer ist das Großartigste und Schönste, das ich je gesehen habe!«, gestand sie beglückt.

Seite an Seite ritten sie zurück, er lauschte lächelnd ihren aufgeregten Reden, ertrug gutmütig ihren Spott und sprach dann davon, dass das Meer dem Lebensweg des Menschen gleiche, der bald ruhig und sanft verlaufe, bald aber auch wie eine reißende, schäumende Flut. Doch so wie das Meer und der gesamte Kosmos dem Willen Gottes untertan seien, liege auch das Schicksal aller Menschen in der Hand des Herrn.

Der Wind fuhr unablässig durch die zitternden Gräser, und auf den schmalen Wiesenpfaden hielt Herluin sein Pferd so dicht neben dem ihren, dass Arlettes Mantelstoff seine Beinlinge und Stiefel umwehte.

Als sie kurz vor Einbruch der Dunkelheit nach Conteville zurückkehrten, rief Ainor ihnen die Nachricht entgegen, die ein Händler gerade überbracht hatte:

Herzog Robert hatte sich mit Astrid, der Schwester des großen Knut, verlobt. Die Hochzeit würde vielleicht noch in diesem Jahr gefeiert werden.

* * *

Der Händler saß mit seinen beiden Knechten in der Halle am Feuer, ein dürrer, sehniger Mann mit geschorenem Kinn und struppigem, blondem Schnurrbart, über den er ständig mit dem Finger strich, während er redete. Man hatte die Gäste mit Roggenbrei, gekochtem Gemüse und heißem, gewürztem Cidre versorgt, und der Händler gab sich alle Mühe, den Gastgebern ihre Großzügigkeit zu lohnen, indem er ihnen Nachrichten, Gerüchte und Geschichten überbrachte.

»Ein Knabenpaar soll in England geboren worden sein, die Körper glatt und ansehnlich, doch die Arme vom Ellenbogen abwärts mit Federn bewachsen. Drei Tage sollen sie gelebt haben, gaben keine Menschenlaute, sondern nur Gänsegeschnatter von sich – dann verstarben sie unter Lachen.«

Untertänig grüßte er den Hausherrn, verneigte sich tief vor Arlette und sagte, sein Name sei Géré und er sei unterwegs nach Honfleur, um dort neue Waren einzukaufen – Stoffe aus England, Felle und Beilklingen aus Norwegen, vielleicht auch Ketten von gelbem Bernstein aus dem Land der Waräger und silberne Fibeln, mit allerlei Fabeltieren geziert.

»Ich habe in Rouen seidene Tuche und feines Wachs eingekauft«, schwatzte er vertraulich. »Auch Pfefferkörner, Galgant, Ingwer und Räucherwerk, dazu kleine Beutelchen mit heilwirksamen Kräutern, die man auf der Brust trägt und die gegen Husten, Schleim und tückisches Fieber helfen.«

Er trank einen tiefen Zug von dem heißen Wein, und da sich niemand besonders für seine Waren zu begeistern schien, jammerte er eine kleine Weile über die unruhigen Zeiten, die Dieben und Mördern das Handwerk leichtmachten.

»Die adeligen Herren nehmen sich gegenseitig das Land, und die Bauern wissen oft nicht einmal mehr, wohin sie gehören. Wie sollen sie die Strauchdiebe verklagen, wenn niemand Gericht halten will?«

Hawisa hatte ihren Bruder und Arlette eilfertig mit Roggenbrei und Gemüse versorgt, nun ging sie mit dem Weinkrug herum, um die Becher und Schalen neu zu füllen. Hatte sie bemerkt, dass Arlettes Hände fahrig waren und ihre Augen an den Lippen des schwatzenden Händlers hingen?

»Erzähle lieber von angenehmen Dingen«, wies Hawisa

Géré an. »Sagtest du nicht, dass unser Herzog bald heiraten wird?«

Arlette sah, dass Herluin eine abwehrende Handbewegung machte, doch der Händler achtete nicht darauf. Voller Stolz verbreitete er diese großartige Neuigkeit, von der man hier oben im Norden offensichtlich noch nichts erfahren hatte.

»Astrid von Dänemark heißt die Braut. Sie ist die Schwester des großen Knut, der jetzt Herrscher von Dänemark, England und Norwegen ist. Eine ausgezeichnete Heirat, aber nicht besonders überraschend. Schließlich ist Knut mit Emma von Normandie vermählt, die bei der Vermittlung dieser Ehe gewiss die Finger im Spiel hatte, schließlich ist unser Herzog Robert ihr Neffe ...«

Ganz ohne Zweifel hatte sie das, dachte Arlette bitter. Und auch der Erzbischof von Rouen hat diese Sache mit eingefädelt, ist er doch Emmas Bruder. Erwähnte Adelheid nicht einmal, der Erzbischof erhalte häufig Botschaften aus England und tausche auch schöne Folianten mit seiner Schwester Emma? Nun – da Knut jetzt so mächtig geworden ist, war es klug, Robert mit Astrid von Dänemark zu verloben.

»Die Braut ist zwar einige Jahre älter als unser Herzog, doch sie ist noch jung genug, um unserem Land einen Thronfolger zu gebären. Das ist auch bitter nötig, denn bisher, so sagt man, hat Herzog Robert nur einen Sohn mit einer Geliebten, der Tochter eines Gerbers. Er soll sie verstoßen haben, weil sie hochfahrend war und allzu stolz ...«

»Es ist schon spät!«, unterbrach ihn Herluin ruhig, aber mit Bestimmtheit. »Bereitet den Gästen ein Lager – wir gehen jetzt zur Ruhe.«

Arlette bebte vor Zorn, nur die zufriedene Häme in Hawisas Zügen hielt sie davon ab, dem dümmlichen Schwätzer ins Gesicht zu fahren. Nein, sie würde sich nicht vor den Schwägerinnen demütigen und ihnen zeigen, wie tief dieses boshafte Gerede sie kränkte. Stattdessen sorgte sie dafür, dass die Gäste Strohsäcke und Decken erhielten, und wies die Mägde an, die

Ritzen der Fensterläden mit Werg zu stopfen, denn der Wind war schärfer geworden.

Als Herluin den Vorhang der Bettstadt beiseiteschob, hatte sich Arlette tief in den Decken vergraben und ihm den Rücken zugewandt. Er hatte wie gewohnt einen letzten Rundgang über den Hof unternommen, jetzt zog er schweigend Rock und Schuhe aus und legte sich neben sie. Das frische Stroh in den Säcken knisterte leise, wenn er sich bewegte, und sie wartete darauf, dass er endlich die Lampe löschen würde, doch er zögerte, als wolle er noch etwas sagen.

»Es ist schade«, hob er schließlich mit leisem Bedauern an.

»Was ist schade?«

»Dass diese Nachricht kam – der Tag war so glücklich.«

Sie schnaubte verächtlich. Hatte er nichts anderes als seine Träumereien im Sinn?

»Schade ist vielmehr, dass Sie zu feige sind, diesem losen Schwätzer das Maul zu stopfen«, zischte sie giftig. »Wenn es Ihnen schon gleichgültig ist, dass er mich schmäht, dann sollte es Sie wenigstens stören, dass er auch Sie damit beleidigt.«

»Weshalb sollte ich ihn strafen, Arlette?«, fragte Herluin ruhig. »Er weiß es nicht besser.«

Wütend fuhr sie aus ihren Decken, und es war ihr völlig gleichgültig, dass sie nur ein Hemd trug und ihr offenes Haar wirr um ihre Schultern hing.

»Er soll also weiter seine Lügen verbreiten und mich verleumden, überall im ganzen Land soll man über die hochfahrende, stolze Hure des Herzogs lachen – bis hinauf nach England und Dänemark wird er diese Schmähungen tragen …«

»Das wird er nicht tun, Arlette!«, unterbrach er sie.

»Weshalb sollte er das nicht tun? Niemand straft ihn dafür. Er beleidigt Sie und mich – dafür bieten Sie ihm Speise und ein Nachtlager. Vielleicht werden Sie sich morgen noch bei ihm bedanken und ihm seine Waren abkaufen …«

»Arlette, es ist genug!«

Doch die Verzweiflung, die in ihr aufstieg, war gar zu groß.

Sie wusste selbst, dass sie ungerecht war, zumal ihr Zorn weniger Herluins Feigheit galt als der Tatsache, dass Robert sich verheiratet hatte. Sie bereute die Worte, noch während sie sie aussprach, dennoch war sie außerstande, ihren inneren Aufruhr im Zaum zu halten.

»Das ist also der Schutz, den Sie mir bieten. Oh, wie jämmerlich! Ein adeliger Herr wollen Sie sein? Ein Ritter? Nichts als ein Bauer sind Sie, feige und furchtsam beugen Sie den Rücken und wagen es nicht einmal, Ihren Knechten Befehle zu erteilen. Niemand hat Sie am herzoglichen Hof geachtet, gelacht hat man über Sie, einen Träumer hat man Sie genannt. Sie haben sich nicht einmal gewehrt, als man Ihnen befohlen hat, die Hure des Herzogs zu heiraten ...«

Plötzlich hatte er sie bei den Schultern gefasst, und sie schrie auf unter seinem harten Griff. Er schüttelte sie mit solcher Kraft, dass sie verstummte, und sie entdeckte voller Entsetzen, dass sein Gesicht vor Zorn glühte.

»Hören Sie auf!«, befahl er zähneknirschend. »Sie wissen nicht, was Sie reden, Arlette. Aber Sie sollten daran denken, dass nicht ich an Ihrem Unglück schuld bin.«

Keuchend starrte sie ihn an, spürte seine Hände, die sie immer noch gepackt hielten, konnte nicht glauben, dass sie diesen sanften Menschen in Zorn gebracht hatte. Ein heftiges Zittern befiel sie, sie begann krampfhaft zu schluchzen und versuchte, ihr verzerrtes Gesicht mit den Händen zu bedecken.

»Ich wollte ... ich habe ...«

Er löste seine Hände, und sie sank zurück, krümmte sich zusammen und raffte eine Decke um ihren Körper. Mit aller Macht brach das Elend über sie herein. Robert würde heiraten, zu Astrid aufs Lager steigen, mit ihr Kinder zeugen ... Es tröstete sie wenig, dass die Braut älter war und vielleicht sogar hässlich – brennende Eifersucht quälte sie. Robert gehörte ihr, er brauchte sie, sie war diejenige, die ihm Zärtlichkeit und Trost schenkte, die seine Leidenschaften entfachte, seine Sinne beherrschte – doch das gehörte der Vergangenheit an, sie hatte ihre Macht verloren, und er würde in den Armen dieser anderen liegen, der Herzogin, seiner Ehefrau vor aller Welt.

Sie schluchzte krampfhaft, bis sie kaum noch atmen konnte, dann lag sie still, die Hände ins Kopfpolster gekrallt, das nasse Haar an ihrem verschwollenen Gesicht.

Herluin hatte keinen Versuch gemacht, sie zu trösten; schweigend lag er neben ihr, wartete geduldig, bis der Aufruhr vorüber war, und setzte sich dann auf, um die Lampe zu löschen.

»Schlafen Sie jetzt«, riet er ihr. »Morgen werden Sie ruhiger sein und anders denken.«

Sie war zu erschöpft, um zu antworten, heftiger Schmerz pochte in ihren Schläfen, doch nun wich die Anspannung langsam von ihr, und sie löste die verkrampften Finger. Sie schämte sich. Sie war zu weit gegangen und hatte ihn tief gekränkt. Plötzlich erfasste sie die Sorge, Herluin könne sie von nun an verachten, für immer schweigend und gleichgültig neben ihr liegen, sie niemals berühren und als seine Frau anerkennen. War er nicht alles, was ihr noch geblieben war?

»Herluin?«, flüsterte sie.

Es kam keine Antwort, und sie konnte in der Dunkelheit nicht erkennen, ober er schlief oder einfach nur ärgerlich auf sie war und nicht mit ihr sprechen wollte. Es verletzte sie, und sie gab sich neuem Groll hin. Ihr verzweifeltes Weinen hatte ihn nicht im Mindesten gerührt. Robert hätte sich anders verhalten, er hätte sie um Verzeihung gebeten ... Bekümmert suchte sie eine bequeme Lage und drehte schniefend das nass geweinte Kopfpolster um.

* * *

Noch vor dem ersten Hahnenschrei polterte es laut gegen die Eingangstür. Herluin sprang hastig aus dem Bett und kleidete sich an.

»Der Fluss ist über die Ufer getreten!«, rief eine heisere Männerstimme unten im Wohnhaus. »Bis an die Häuser heran. Weiter oben schaut es schlimmer aus, wir konnten nur noch die Dächer sehen ... es muss die Leute im Schlaf überrascht haben.«

Benommen richtete Arlette sich auf und strich sich das verklebte Haar aus dem Gesicht. Draußen rauschte dichter Regen herab, klamme Feuchtigkeit stand im Raum. Herluin hatte die Vorhänge der Bettstadt zurückgeschlagen und band sich den Gürtel um. Er sah sie kaum an, als er das Wort an sie richtete, doch an seinem bleichen Gesicht erkannte sie, dass auch er in dieser Nacht kaum geschlafen hatte.

»Suchen Sie zusammen, was noch an Decken und Fellen übrig ist, Arlette!«, rief er ihr zu. »Auch Kleidung werden wir brauchen. Und sorgen Sie für Speisen, Milch und heißen Wein!«

Sie fröstelte und suchte noch nach ihrem Gewand, als er bereits davonstürmte; laut rief er seine Knechte zusammen, weckte die Mägde auf und scheuchte die Schwestern vom Lager.

»Die Wagen! Spannt an! Sattelt vier Pferde! Seile und Haken! Wo sind die Decken?«

Jetzt auf einmal konnte er energisch werden und Befehle austeilen! Weil ein paar Bauernhütten im Wasser standen! Großer Gott – konnte er nicht seine Knechte schicken? Wieso musste er sich selbst in dieses Unwetter stürzen?

Ärgerlich zog sie das Kleid über den Kopf und band einen Gürtel um die Taille, fuhr in die Schuhe und wäre fast mit einer aufgeschreckten Magd zusammengeprallt, die ziellos auf dem Dachboden umherrannte.

»Dort in der schwarzen Truhe sind Decken, aber nimm nicht die neuen, sondern die alten, die schon Flecken haben«, wies sie die Frau an.

Was für unsinniges Zeug er auch immer tat – sie war die Hausherrin und würde sich das Heft nicht aus der Hand nehmen lassen. Es fehlte noch, dass Hawisa seine Anordnungen ausführte! Mit raschen Schritten lief sie über den Dachboden, verteilte die Arbeiten und brachte Ordnung in das Gewimmel, dann stieg sie die Leiter hinunter. Die alte Guda hatte schon die Feuer entzündet und das Dreibein aufgestellt.

Herluin war längst draußen im Regen, gemeinsam mit den Knechten mühte er sich, einen Wagen aus dem Unterstand in den Hof zu schieben, dann half er, den Zugtieren das Geschirr anzulegen, und Arlette erkannte verblüfft, dass er diese Kunst trotz seines schwachen rechten Arms besser verstand als seine Knechte.

»Mach endlich die Tür zu!«, rief ihr die alte Guda zu. »Willst du, dass Wind und Regen durchs Haus fahren?«

Beklommen schob sie die schwere Holztür zu, sie musste den Riegel vorlegen, so heftig drückte der Wind von außen dagegen. Der Rauch der Feuerstelle zog in dünnen Schwaden durch den großen Raum, Guda setzte einen Topf mit Wasser auf das Dreibein und fachte die Flammen mit einem Blasebalg an. Hawisa und Ainor waren inzwischen hinuntergekommen. Im Raum war es dunkel, wegen des Unwetters konnte man keinen der Fensterläden öffnen. Ainor entzündete mehrere von der Decke herabhängende Lampen, Hawisa begab sich schweigend zu den Säcken mit Korn und getrockneten Erbsen, um einen Teil davon abzumessen und für den Brei bereitzustellen. Inzwischen war auch der Händler erwacht, der hier mit seinen Knechten genächtigt hatte, und er lief hinaus, um nach seinem Wagen zu sehen.

»Was werden sie tun?«, wollte Arlette von Guda wissen.

»Nachsehen, was noch zu retten ist.«

»Und was geschieht mit denen, die alles verloren haben?«

»Sie werden für eine Weile hier Obdach und Speise erhalten, bis sich das Wasser verlaufen hat und sie ihre Häuser wiederaufbauen können.«

Arlette stand eine Weile still da und versuchte, sich zu erinnern, ob sich der Graf von Hiémois jemals um die Bauern gekümmert hatte, die durch Brand oder Hungersnöte ins Unglück geraten waren. Gewiss, er hatte Speisen und auch Gewänder an die Armen verteilen lassen … Obdach hatte niemand erhalten. Herluins Besitz war viel kleiner, und er hatte ihr erklärt, dass nicht alle Bauern Hörige waren, es waren auch solche darunter, die eigenen Grund und Boden bewirtschafteten und ihm nur dienstpflichtig waren. Weiter oben am Fluss gab es etliche Menschen, die vom Fischfang und dem Ertrag ihrer winzigen Gärten lebten; sie unterstanden zwar seiner Gerichtsbarkeit, doch sie gaben weder Zins, noch leisteten sie Dienste. Ob er etwa auch denen zu Hilfe eilte?

Sie gab sich einen Ruck und lief davon, um einen Krug mit Wein zu entsiegeln und den sauren Inhalt mit Honig, Anis und Fenchel aufzukochen.

»Du brauchst keine Eile zu haben«, sagte Hawisa. »Sie werden so bald nicht zurückkommen.«

Schweigen kehrte ein, nur durchbrochen vom Knistern der Flammen und dem eintönigen Rauschen des Regens. Guda legte sich ein wollenes Tuch um die Schultern, denn man hatte auf der dem Wind abgewandten Seite des Hauses einen Fensterladen geöffnet, um den Rauch abziehen zu lassen. Arlette sah zu, wie Hawisa Korn und Erbsen in das brodelnde Wasser schüttete, Ainor trug Becher und Schalen herbei, die Mägde waren mit hölzernen Eimern hinausgelaufen, um die Kühe und Ziegen zu melken. Keine der Frauen sagte ein Wort, nur hin und wieder spürte Arlette ihre Blicke. Gudas Augen waren rot vom Rauch, sie wirkte bekümmert, Ainor sah nur verstohlen zu der Schwägerin hinüber und drehte rasch wieder den Kopf zur Seite, Hawisa betrachtete Arlette mit boshafter Befriedigung, als sei eingetreten, was sie schon immer vorhergesagt hatte.

Sie haben den Streit gestern Abend mit angehört, dachte Arlette niedergeschmettert. Alle haben sie auf ihren Lagern gesessen und die Ohren gespitzt.

Vermutlich hatten ihre Schwägerinnen nun endgültig den Respekt vor ihr verloren. Kein Wunder, sie hatte gekeift wie ein Marktweib, dann hatte Herluin sie angeherrscht, und sie war in lautes Schluchzen ausgebrochen.

Das Schweigen lastete auf ihr wie ein schwerer Mühlstein. Es kam ihr unendlich lange vor, bis endlich die Mägde zurückkehrten, die Milcheimer abstellten und die Frühmahlzeit ausgeteilt wurde. Der Händler fand sich ein, löffelte eine Schale aus, bedankte sich überschwänglich und ging hinaus, seine Ochsen anzuspannen. Die Mägde kauten ihren Brei, flüsterten leise miteinander und rieben sich verschlafen die Augen.

»Wenn das Wasser in ein Haus eindringt«, erklärte die alte Guda bedächtig, »dann sind Mensch und Tier darin gefangen und müssen elendiglich ersaufen.«

Niemand gab ihr Antwort, sie schien auch keine erwartet zu haben, denn sie schwatzte einfach weiter: von Bauern, die ertranken, weil sie Vorräte oder Geld aus dem Haus hatten retten wollen, von einem armen Weib, das mitsamt ihrem Säugling im Strudel ersoffen war, und von dem Vieh, das später tot und aufgebläht in den Fluten trieb.

»Sei still«, befahl Arlette und stellte ihre Schüssel geräuschvoll auf den Boden. »Ich will das jetzt nicht hören!«

Würde Herluin gar versuchen, in so ein überschwemmtes Haus einzudringen, um die Menschen darin zu retten? Sie dachte an seinen irrwitzigen Ritt in Falaise – ja, er konnte todesmutig sein, leider meist im falschen Augenblick. Panik stieg in ihr auf – was, wenn er bei einem derartigen Rettungsversuch das Leben verlor? Was würde dann mit ihr geschehen? Ihre Schwägerinnen hassten sie, überall im Land wurde sie verhöhnt und verleumdet – wer würde sie noch zur Frau nehmen? Wenn sie wenigstens einen Sohn von Herluin trüge, der später sein Erbe antreten könnte, dann wäre sie nicht ganz und gar rechtlos.

Um die Mittagszeit legte sich der Wind ein wenig, doch der Regen strömte desto stärker auf das Land hernieder, und die tiefhängenden, dunklen Wolken versprachen kein nahes Ende des Unwetters. Ein Wagen tauchte am Palisadentor auf, gezogen von zwei triefenden, erschöpften Pferden, darin saßen Bauernfamilien, die meisten im bloßen Hemd, Gesichter und Leiber braun vor Schmutz, dumpfe Verzweiflung in den Augen. Es war ihnen nichts geblieben als das nackte Leben. Hütten, Vorräte, auch das Vieh – alles war dahin.

Leben kehrte ein im großen Wohnraum, und Arlette war froh, sich bewegen und für alle sorgen zu können. Man gab den Unglücklichen warme Decken und Speise, tröstete die jammernden Kinder und fragte, wie es den anderen draußen ergangen sei. Doch die Männer und Frauen waren wie gelähmt vor Schreck und konnten kaum ein Wort sprechen.

»Wäre der Herr nicht mit seinen Reitern gekommen«, stammelte einer. »Wir wären allesamt umgekommen.«

»Wo ist er jetzt?«

Sie wussten es nicht. Herluin war durch das Wasser weiter nach Norden geritten, wohin auch immer. Gott möge ihn schützen, nie hätten sie einen besseren Herrn gehabt.

Dieser Verrückte, dachte Arlette wütend, während die Angst sie mit eisiger Hand packte. War ihm sein eigenes Leben nichts wert, dass er es für Leute einsetzte, denen nicht mehr zu helfen war? Wenn schon diese armen Teufel hier kaum mit dem Leben davongekommen waren – wie würde es erst weiter oben im Norden aussehen?

Sie lief hierhin und dorthin, machte sich an allerlei Dingen zu schaffen, um nur nicht untätig zu sein und von ihren Ängsten eingeholt zu werden. Immer wieder spähte sie auf den Hof hinaus, sah zum Tor hinüber – doch dort hockten nur drei nasse Krähen, die darauf lauerten, in den Hühnernestern Eier zu stehlen. Sie warf einen Stein nach den gierigen Burschen, die erschreckt aufflatterten, eine Runde über dem Gehöft zogen und auf ihren alten Platz zurückkehrten.

Als es zu dämmern begann, dachte Arlette daran, hinauszureiten, um nach ihm zu suchen. Doch es gab nur noch ein einziges Pferd im Stall und das ging lahm, weshalb man es am Morgen nicht gesattelt hatte.

Heilige Jungfrau, ich flehe zu dir! Lass ihn am Leben! Bring ihn zurück!

Der Regen hörte auf. Sie ließ Laternen am Tor aufhängen, den Hof mit Fackeln erleuchten, damit er mit seinen Begleitern den Rückweg finden konnte.

»Sie werden die Nacht auf einem der Gehöfte verbringen«, sagte Hawisa kopfschüttelnd. »Es ist unnütz, dass du so viel Licht vergeudest.«

Doch spät in der Nacht schlugen die Hunde an, und ein Wagen voller Menschen, begleitet von mehreren Reitern, kam durchs Tor in den Hof hineingefahren.

Arlette schrie leise auf, als sie Herluin erkannte. Er war voller Schlamm, hatte seine Stiefel und einen der Beinlinge eingebüßt, und die Erschöpfung hatte sein Gesicht grau gefärbt.

»Kommen Sie!«, befahl sie. »Hier hinauf.«

Er war viel zu müde, um sich ihr zu widersetzen, ließ sich inmitten des Getümmels die Leiter zum Dachboden hinaufschieben und erklärte nur, dass für die Obdachlosen gesorgt werden müsse.

»Es geschieht alles, wie Sie es angeordnet haben – setzen Sie sich hierher. Hier ist eine Decke. Warten Sie auf mich!«

Sie kehrte mit einem Eimer voll warmem Wasser zurück und stellte fest, dass er nach vorn gekippt und vor Erschöpfung eingeschlafen war.

»Nicht«, murmelte er, als sie ihn mit einem Lappen wusch. »Ich hatte heute schon genug Wasser ...«

»Still«, befahl sie sanft.

Sie zog ihm die Kleider aus und wusch ihn von Kopf bis Fuß, beugte seinen Kopf über den Eimer und seifte mit aller Gründlichkeit sein Haar ein. Dann goss sie mit einem Becher Wasser darüber, bis er schnaufte und behauptete, sie habe nichts anderes im Sinn, als ihn zu ertränken.

»Nichts anderes!«, bestätigte sie kopfnickend und rieb ihn mit einem sauberen Tuch trocken, bevor sie ihm das Hemd überzog.

Als er neben ihr auf dem Lager lag, konnte er kaum noch die Augen offen halten, dennoch drehte er den Kopf zu ihr und fragte zweifelnd: »Hatten Sie etwa Sorge um mich?«

»Nein«, gab sie zurück und schob das Polster unter seinem Kopf zurecht. »Ich bin fast gestorben vor Angst.«

Er schlief wie ein Stein neben ihr in dieser Nacht. Erst am Morgen spürte sie seine Hand, die tastend über ihre Schulter strich.

»Erst muss ich darum bitten«, nuschelte sie verschlafen.

»Nein«, flüsterte er. »Ich bin es, der Sie bittet.«

Sie schlüpfte aus ihrem Hemd und glitt zu ihm unter die Decke, spürte, wie sehr er sie erwartete, und stellte fest, dass er weder krank noch verzaubert war. Der Ritter Herluin nahm sie wie ein lange und sehnlich begehrtes Gut, hielt sie danach in seinen Armen und redete davon, dass er für sie und seine Kinder eine feste Burg aus Stein errichten würde.

Sommer 1029

Die Totenmesse für Richard den Guten und seinen ermordeten Sohn Richard Kühlauge hatte mehrere Stunden gedauert. Schwüle Hitze schlug Robert entgegen, als er aus der Kathedrale trat, und er spürte, wie ihm am ganzen Körper der Schweiß ausbrach. Die Kirchenbesucher mussten über einen Brettersteg laufen, den man über den Bauschutt gelegt hatte, rechts und links lagen halb behauene Steine und Teile von Säulen verstreut, welche die neue Kathedrale schmücken sollten. Der Erzbischof von Rouen hatte ehrgeizige Pläne, Notre-Dame von Rouen sollte alle anderen Kathedralen des Landes an Größe und Bedeutung überragen.

Robert musste den leichten Schwindel niederkämpfen, der ihn beim Gehen befiel; es musste am Gestank der Marktfeuer liegen, auf denen die Händler Gerstenfladen, Fleisch und allerlei Zeug brieten, vielleicht auch an der Wunde im linken Oberschenkel, die er sich im Kampf gegen Ivo von Bellême eingehandelt hatte und die immer noch nicht verheilen wollte. Man hatte einen Arzt kommen lassen, der ihm einen widerwärtigen Trank aus Rosenwasser, Eberraute und zerstoßenen Pfefferkörnern gemischt hatte – geholfen hatte es bisher wenig. Das stundenlange Knien während der Totenmesse hatte ihm Schmerzen bereitet, jetzt fühlte sich das Bein heiß und steif an, und er musste sich stark zusammennehmen, um vor den Menschen, die auf dem Platz vor der Kathedrale versammelt waren, nicht zu hinken.

Er bestieg sein Pferd von der rechten Seite, um die Wunde zu schonen, Osbern von Crépon hielt ihm den Steigbügel und hob dabei verständnisinnig die buschigen Augenbrauen.

»Diese Messe hätte man ein wenig kürzer halten können«, murmelte er. »Gar so viele Sünden werden die beiden doch wohl nicht begangen haben.«

Robert grinste schwach und biss die Zähne zusammen, während er das verletzte Bein über den Rücken des Pferdes schwang. Als er im Sattel saß, ließ der stechende Schmerz nach. Er ließ sich ein Tuch reichen, um sich den Schweiß von Gesicht und Händen zu wischen, warf es dann Osbern zu und gab ungeduldig das Zeichen, zum Palast hinüberzureiten.

Der Zug formierte sich wie gewohnt viel zu langsam, einige Knechte gingen voraus, um die Menge zu teilen, ihnen folgte ein Teil der Ritter, die allesamt froh waren, das eintönige Totengebet überstanden zu haben. Die Frauen hielten die Abfolge eine Weile auf, denn es dauerte, bis sie alle den mit einem farbigen Baldachin bespannten Wagen bestiegen hatten. Roberts Hände wurden fahrig, und er war froh, als sich ein leichter Wind erhob, der ihm die heißen Schläfen kühlte. Endlich setzte sich der Wagen in Bewegung, zuckelte durch die Gasse der ehrfürchtig gaffenden Menschen, Knechte liefen neben dem Zug her und rissen einige Bettler zurück, die sich allzu nah an die herzoglichen Kirchenbesucher herangewagt hatten.

Der Herzog ließ sein Pferd im Schritt gehen, seine Getreuen streuten Münzen in die Menge, und hin und wieder mussten die Reittiere gezügelt werden, weil sich Bettler und Krüppel um die Gaben prügelten und manch einer um Haaresbreite unter die Hufe geraten wäre.

Nun schloss sich hinter den letzten Reitern die Menge; die meisten würden sich zwischen den Marktständen bei Gauklern und Musikanten vergnügen, die Krüppel versuchten eilig, zu den Toren zu gelangen, um bei der Speisung der Leprakranken, die man wegen ihrer abscheulichen Gebrechen nicht in die Stadt hineinlassen wollte, eine zusätzliche Mahlzeit zu ergattern.

Vor dem Palast hatten sich festlich gekleidete Besucher und Bittsteller versammelt, die Wohlhabenden unter ihnen wurden von Knechten begleitet, die Kisten und eingewickelte Gegenstände trugen – Geschenke, die man dem Herzog überreichen wollte.

Robert winkte Gilbert von Brionne zu sich und wies ihn an, diese Leute vorerst an seiner statt zu empfangen und ihre Bitten anzuhören – er selbst würde später dazukommen.

»Wie mein Herr befiehlt!«, sagte Gilbert mit leichter Ironie.

Robert stieg vom Pferd, spürte den elenden Schmerz im Bein aufs Neue und fluchte leise vor sich hin. Er war ärgerlich auf seinen Freund Gilbert, fühlte sich von ihm ausgenutzt und hatte zugleich das Gefühl, unglücklich gehandelt zu haben. Gilbert stand in heftigem Streit mit der Familie der Giroies, welche in Orbec und Eu Ländereien für sich beanspruchte, die zu Gilberts Besitzungen zählten. Es war zu kriegerischen Auseinandersetzungen gekommen, und natürlich hatte Gilbert von Brionne auf die herzogliche Armee gehofft, um die Sache für sich entscheiden zu können. Doch Robert hatte es vorgezogen, den Zwist durch Verhandlungen beizulegen, und so war ein halbherziger Waffenstillstand zustande gekommen, der weder der einen noch der anderen Partei diente. Gilbert hatte seine Enttäuschung und seinen Ärger nicht verborgen – vor allem hatte er Robert zu verstehen gegeben, dass er in dieser Sache allzu sehr auf seinen Onkel, den Erzbischof, gehört habe. Was der Wahrheit entsprach. Doch auch der Erzbischof war nicht zufrieden mit dem jungen Herzog; er hatte ihm zwar zu Verhandlungen geraten, doch Robert, dem die machtvolle Persönlichkeit seines Onkels fehlte, war es nicht gelungen, mit der nötigen Entschiedenheit zwischen den Parteien zu vermitteln.

Eilig betrat er den Palast, doch die Treppe, die hinauf zu seinen Gemächern führte, war von den Frauen und ihren Pagen verstopft, so dass er einen kleinen Augenblick warten musste.

Prompt näherten sich zwei neunmalschlaue Bittsteller, die sich nicht wie die anderen in die Halle begeben, sondern die Wächter an der Eingangstür bestochen hatten, um den jungen Herzog gleich bei seinem Eintritt in den Palast abzufangen.

Er machte gute Miene zum bösen Spiel, verbot den Gefährten, die beiden Männer an die Luft zu setzen, und hörte sich deren Anliegen an. Es handelte sich um das Übliche: Ein graubärtiger Adeliger war vom eigenen Sohn vertrieben und fast erschlagen worden, der andere, ein reicher Händler aus Rouen, bat um die Freilassung seines Schwagers, der wegen einer Betrügerei im Kerker saß. Robert versprach, sich für die Bittsteller einzusetzen, nahm die mitgeführten Geschenke entgegen und wies die Dienstleute an, dem Adeligen mit einigen Livres auszuhelfen. Als er die Treppe hinaufstieg, hatte er die Angelegenheiten schon wieder vergessen; er war müde, zog das Bein nach und spürte, dass in seinem Inneren ein hohles Gefühl emporkroch, das stets dem Fieber vorausging.

»Ich will eine Weile allein sein!«

Die Gefährten kannten seine Launen und gingen ohne weitere Bemerkungen davon, einige von ihnen würden die Gelegenheit wahrnehmen, ihre Frau oder eine der hübschen Mägde aufzusuchen, was am Feiertag eine große Sünde war. Doch viel Zeit blieb ihnen sowieso nicht – der Herzog würde sie ohne Zweifel bald wieder zu sich rufen lassen.

In dem Gemach, das Robert nun betrat, war es angenehm kühl, die Fensterläden waren geschlossen, mehrere Lampen spendeten ein sanftes, leicht flackerndes Licht, welches die silbernen Kannen und Vasen, die Dolche und Becher in den Wandnischen funkeln ließ.

»Wein und Pasteten. Kein Fleisch. Gewürzte Küchlein mit Honig«, befahl er dem Diener. »Sie sollen meinen Sohn herbringen.«

Missmutig setzte er sich auf den Stuhl, wies einen Diener an, den Schemel unter sein ausgestrecktes linkes Bein zu schieben, und knirschte mit den Zähnen, als er das Bein anhob. Er würde sich einige Tage Ruhe gönnen müssen, bevor er zu seiner nächsten Unternehmung aufbrach. Der Bischof Hugo von Bayeux rebellierte gegen ihn und hatte sich – so hatte man ihm berichtet – in seiner Stammburg Ivry verschanzt. Es war nicht der einzige Streit, in den er einzugreifen gedachte, um die herzogliche Macht zu wahren. Allerorten fiel der Adel übereinander her, sogar von jenseits der Grenzen drangen landgierige Familien wie die Bellêmes in das Herzogtum ein, bedrängten hier ansässige, normannische Adelige, machten sie abhängig und waren keineswegs bereit, die Herrschaft des normannischen Herzogs anzuerkennen.

Der Wein beruhigte und kräftigte ihn etwas, er trank in langen Zügen und spürte, wie die rauschhafte Wirkung einsetzte, die ihm dazu diente, jenes erschreckende Ereignis, diesen merkwürdigen Zwischenfall zu vergessen, der sich am Morgen bei seinem Eintritt in die Kirche ereignet hatte.

Während er feierlich in das Gotteshaus einzog, um die Totenmesse für seinen Vater und den Bruder zu hören, war plötzlich ein Weib aufgesprungen und hatte sich in Krämpfen gewunden. Weißer Schaum war ihr vor den Mund getreten, als sie wieder und wieder »Mörder!« schrie. Immer wieder dieses Wort. Bis man ihr den Mund mit einem Tuch zustopfte und die wild um sich Schlagende aus der Kirche schleppte. Später teilte man ihm mit, dass es sich um die Ehefrau eines der Getreuen seines Bruders handelte, deren Mann bei dem Giftanschlag den Tod gefunden hatte.

Er lehnte sich zurück, überließ sich der Wirkung des Weines und betrachtete die blitzenden Gerätschaften aus Silber und Gold, die dicht gedrängt in den Wandnischen aufgereiht standen. Seine Freude an diesen Kostbarkeiten war ungebrochen, er kaufte vieles und liebte es, Geschenke zu verteilen. Es war eine gute Art, sich Freunde zu machen; überall im Land war er als großherzig bekannt, und es gefiel ihm, wenn man Gutes über ihn redete. Die herzoglichen Kassen waren gefüllt, denn trotz vieler Unruhen war das Land immer noch reich, der

Handel blühte, die Felder und Wiesen brachten gute Erträge, und auch das Handwerk gedieh.

Er musste aufstoßen, der rasch getrunkene Wein rumorte in seinem Magen, es wäre besser gewesen, er hätte vorher etwas gegessen. Draußen im Flur war jetzt Kindergeschrei zu vernehmen, er legte die Pastete, zu der er gerade gegriffen hatte, wieder in die Schale zurück und wandte sich zur Tür.

Sein Sohn war jetzt eineinhalb Jahre alt, ein wohlgenährter, kleiner Bursche, der auf stämmigen Beinchen durch die Gegend wackelte. Er ließ ihn sich oft bringen, weil es ihm Freude machte zu sehen, wie prächtig er gedieh.

Der Kleine brüllte und wehrte sich gegen die Kinderfrau, zornig stemmte er die Arme gegen ihre Brust und schlug nach ihr, als sie ihn vor Robert auf den Boden setzte.

»Warum ist er so wütend?«

»Wir mussten ihn aus dem Schlaf wecken, Herr.«

Wilhelm stürzte sich auf die verschüchterte Frau, umfasste durch den Stoff des Gewands hindurch ihre Beine und versuchte, sie fortzuschieben. Sie wich ein paar Schritte zurück, was den Kleinen aus dem Gleichgewicht brachte. Er fiel vornüber auf den Boden und fing lauthals an zu jammern.

»Ich weiß nicht, weshalb er so wild ist«, sagte die Kinderfrau verzweifelt. »Seit seine Mutter und Godhild fort sind, will er jeden prügeln, der sich ihm nähert. Wir müssen sogar seine kleine Schwester vor ihm schützen …«

»Geh hinaus!«, befahl Robert kurz angebunden. »Und halte dich bereit, wenn ich dich rufe.«

Der Kleine heulte nun nicht mehr; er kniete am Boden, dann stützte er sich mit beiden Armen ab und stellte die Beine auf. Robert lachte. Wie lustig es aussah, wenn er den runden Hintern in die Luft streckte, zumal er nur einen kurzen Kittel trug.

»Komm her!«, lockte Robert ihn. »Du bekommst ein süßes Honigküchlein.«

Wilhelm blinzelte ihn aus schmalen, dunklen Augen misstrauisch an, dann wackelte er auf den großen Mann zu, der ihm den Leckerbissen mit ausgestrecktem Arm entgegenhielt. Robert grinste beglückt – sein Sohn stopfte sich das Küchlein in den Mund, schlang es hinunter und forderte mehr.

Beim nächsten Küchlein griff sich Robert den Kleinen und hob ihn auf sein linkes Knie. Wilhelm zappelte und brüllte, was den Vater zum Lachen reizte. Er hielt den Schreihals mit der Linken am Kittel fest und zeigte ihm die geballte väterliche Rechte. Wilhelm spuckte die Reste des Küchleins aus, klammerte sich mit den Beinen fest an Roberts Oberschenkel, als säße er auf einem Pferd, und begann in unbändiger Wut auf die Faust seines Vaters einzudreschen.

»Großartig! Noch einmal. Fester. Ganz fest!«

Sein Sohn war hartnäckig, auch als das Pferd unter ihm zu schaukeln begann, wollte er den Kampf nicht aufgeben. Er packte Roberts Handgelenk mit beiden Händchen und wollte seine kleinen Zähnchen in die feindliche Faust schlagen, wofür er von Robert eine Maulschelle erhielt.

»Du wirst einmal ein berüchtigter Kämpfer werden, mein Kleiner. Hör auf zu brüllen – hier, du bekommst noch ein Küchlein.«

Robert war des Spiels jetzt müde, seine Wunde schmerzte bei dem Gezappel des Knaben, und er rief nach der Kinderfrau.

»Nimm ihn mit.«

Er sah den beiden nach, der ängstlichen, jungen Person und dem kleinen Tyrannen, dem man das Haar kurz geschoren hatte. Wilhelm hatte glattes, dunkelbraunes Haar und die Augen seiner Mutter. Ja, er glich Arlette in vielen Dingen: in seinem Mut, seiner Herrschsucht und in dem ausufernden Zorn …

Robert kippte den Rest aus der Weinschale, doch das hohle Gefühl in seinem Inneren hatte sich wieder eingestellt, und der Rausch konnte es nicht mehr überdecken.

Der Diener näherte sich auf leisen Sohlen, ein schmächtiger, sommersprossiger Mann, Sohn eines Walkers aus Rouen, der sich am herzoglichen Hof recht anstellig zeigte.

»Der Graf Osbern von Crépon fragt, ob er eintreten darf.«

Robert nickte. Osbern war ihm im Augenblick der liebste seiner Getreuen, schon deshalb, weil er niemals versuchte, seine eigenen Belange durchzusetzen.

»Schenk ihm Wein ein!«

Osbern schien ebenfalls unter der Wärme zu leiden, sein Gesicht war gerötet, und das Haar klebte ihm an der nassen Stirn. Er ließ sich Wasser in den Wein mischen und trank dem Herzog zu, bevor er sich auf einem Schemel niederließ.

»Der Erzbischof ist angekommen«, berichtete er, wohl wissend, dass Robert darüber wenig erfreut sein würde. »Er wünscht ein Gespräch mit Ihnen unter vier Augen.«

»Morgen«, knurrte Robert. »Heute sind noch zahlreiche Bittsteller anzuhören, und am Abend tafeln wir zu Ehren der Gesandtschaft aus Flandern.«

»Das habe ich ihm bereits erzählt.«

»Und?«

Osbern grinste und hob die Schultern.

»Sie wissen ja, wie er ist. Wie es scheint, drängt seine Schwester Emma darauf, dass die Hochzeit noch in diesem Jahr gefeiert wird.«

Robert schnaubte verdrossen und bewegte vorsichtig das rechte Bein, in dem es klopfte und brannte. Solange er sich mit dieser Wunde herumplagte, war an eine Hochzeit nicht zu denken, das musste auch der Erzbischof einsehen. Schließlich konnte er nicht als lahmender Krüppel ins Ehebett steigen, auch wenn die Braut – wie man so hörte – nicht mehr jung und keine Schönheit war.

Gilbert von Brionne hatte ihm während des Kriegszugs gegen Ivo von Bellême eine Hure zugeführt, ein dunkelhaariges, zierliches Ding mit schwarzen Augen, sanft und unterwürfig, zu allem bereit, was immer er von ihr verlangte. Robert hatte die Nacht mit ihr verbracht und sie gleich dreimal hintereinander genommen, so ausgehungert war er gewesen. Danach fühlte er sich satt, doch nicht befriedigt; er hatte sie mit Geld entlohnt und weggeschickt.

Osbern hatte sich eine der Pasteten genommen und kaute langsam, die Bissen spülte er mit gewässertem Wein hinunter. Robert bemerkte, dass der Freund ihn die ganze Zeit über beobachtete, und es war ihm unangenehm, denn er fürchtete, Osbern könne erraten, was er mühsam vor aller Welt geheim hielt.

»Wir werden in einigen Wochen gegen Ivry ziehen«, sagte er rasch, um auf ein anderes Gesprächsthema zu lenken. »Hugo von Bayeux ist dein Schwiegervater, Osbern. Ich will dich nicht zwingen, gegen ihn zu kämpfen.«

Osbern schluckte umständlich und schüttelte dann den Kopf.

»Es ist wahr, dass er mein Schwiegervater ist – aber deshalb muss ich ihn nicht lieben, oder?«

»Du wirst also mit uns sein?«

»Gewiss.«

Erfreut beugte Robert sich vor und schlug dem Freund auf die Schulter, was Osbern sich grinsend gefallen ließ. Er verspürte jetzt Appetit, streckte die Hand nach den süßen Küchlein aus, prüfte ihre Beschaffenheit und wählte eines davon aus.

»Sie haben übrigens eine gute Entscheidung gefällt«, erwähnte er beiläufig. »Arlette scheint zufrieden und glücklich in Conteville zu sein. Ich habe gehört, dass sie ein Kind von Herluin trägt.«

Die Nachricht traf Robert unvorbereitet; seit Arlettes Abreise hatte er nie wieder ein Wort über sie verloren, und bisher hatte niemand – nicht einmal der Erzbischof – gewagt, in seiner Gegenwart über sie zu sprechen. Er kämpfte die aufsteigende Sehnsucht nieder und verbarg sie hinter einem grimassenhaften Lächeln.

»Woher weißt du das?«, fragte er.

»Ihr Bruder hat es erzählt, er hat sie dort oben besucht.«

Plötzlich wurde Robert gesprächig, erkundigte sich nach Walter, stellte in Aussicht, ihn zum Ritter zu machen und ihn zu belehnen, wenn er sich im Kampf gegen Hugo von Bayeux bewährte. Dann riss er einige Witze über den Ritter Herluin, der eine lahme rechte Hand habe und dessen feuerrotes Haar noch im Dunkeln als Fackel dienen könne. Der Bursche sei doch recht merkwürdig und versponnen, ein guter Kämpfer sei er nie gewesen, auch am Hof habe er ihn oft gelangweilt, er vertrage ja nicht einmal einen herzhaften Witz.

Osbern hörte ihm geduldig zu. Erst als Roberts Redeschwall abgeebbt war, hob er den Kopf, sah seinem Freund fest in die Augen und sagte dann: »Es wäre gut, wenn Sie diese Frau endlich vergessen könnten.«

Februar 1030

Ihre Schreie gellten durch das Wohnhaus, schrill, verzweifelt, wie ein Wesen, das sich vor dem nahenden Tod aufbäumt, dann wurden sie schwächer, verebbten zu einem Ächzen, einem schmerzvollen Wimmern. Eine kurze Stille trat ein, dann begann der Kampf von Neuem.

Herluin irrte über den Dachboden, stolperte über Körbe und Kisten, denn obgleich man überall Lampen aufgestellt hatte, sah er kaum, wohin er trat. Seit dem frühen Morgen lag Arlette in den Wehen, litt unsägliche Pein, die nicht aufhören wollte, sich nur weiter steigerte – und das Kind wollte immer noch nicht auf die Welt kommen.

Hawisa schlüpfte hinter dem Vorhang hervor und trug einen Korb an ihm vorüber. Entsetzt stellte er fest, dass die Tücher darin voller hellrotem Blut waren.

»Was ist geschehen? Ist das Kind geboren?«, erkundigte er sich hastig.

»Noch nicht.«

Hawisas Züge waren starr und zeigten weder Mitleid noch Erschrecken, nur an ihrer weißen Nasenspitze erkannte er, dass sie innerlich aufs Äußerste angespannt war.

»Weshalb dauert es so lange? Mein Gott, ich ertrage nicht, dass sie so leidet!«

Jetzt schob sich ein verächtliches Lächeln über Hawisas Gesicht. »Ach was! Es ist schließlich nicht ihr erstes Kind. Sie macht mehr Gehabe darum, als es die Sache wert ist.«

Die Schreie wurden wieder vernehmlicher, Herluin stürzte zum Vorhang, doch seine Schwester fasste ihn beim Rock und hielt ihn zurück.

»Das ist Weibersache. Niemand kann dich dort brauchen.«

»Ich will ihr beistehen!«, rief er unglücklich.

»Sie braucht deine Hilfe nicht. Die Hebamme versteht ihr Handwerk. Du geh besser hinunter in die Halle und iss etwas.«

Sie reichte den Korb an eine Magd weiter und hob frische Tücher aus einer Truhe, um sie hinter den Vorhang zu tragen. Als sie den Stoff zurückschlug, strömte ein neuer Schwall jenes unheilvollen, fremden Geruchs auf den Dachboden: Kräutersud und Räucherwerk der Hebamme, gemischt mit Schweiß, Körpersäften und Blut. Herluin starrte einen Augenblick lang der Magd nach, die mit ihrer Last die Leiter hinabstieg und dabei seufzte, als geschähe ein schlimmes Unheil, dann riss er entschlossen den Vorhang beiseite.

Arlette saß auf dem Boden, Kleid und Hemd bis über die Schenkel hinaufgeschoben. Sie hatte den Kopf zurückgeworfen, ihr Gesicht war fremd und verzerrt, sie schrie, als sei sie besessen. Guda kniete hinter ihr, umfasste sie mit beiden Armen, um sie zu stützen, während die Hebamme zwischen den gespreizten Beinen der Gebärenden hockte und dort etwas tat, was Herluin nicht sehen konnte, denn sie wandte ihm den krummen Rücken zu. Blut quoll auf das grobe Tuch aus Hanfleinen, das man Arlette untergelegt hatte.

Warum kam das Kind nicht auf die Welt? Seine Frau blutete, das Leben wich aus ihr, weshalb wollte dieses Wesen nicht endlich geboren werden?

Er tat zwei Schritte in ihre Richtung, wollte sich neben sie auf den Boden knien, ihre Hand nehmen, ihr Mut zusprechen, doch als er ihre weit aufgerissenen Augen sah, erkannte er, dass sie durch ihn hindurchblickte, ohne ihn wahrzunehmen.

»Arlette!«

»Nun geh endlich hinaus!«, befahl Hawisa mit harter Stimme und fasste ihn am Rock. »Du störst nur die Hebamme. Wir rufen dich, sobald das Kind da ist.«

Hilflos stolperte er hinaus, unglücklich darüber, dass sie litt und er nichts für sie tun konnte. Er nahm seine rastlose Wanderung über den Dachboden wieder auf, stieß beinahe mit Ainor zusammen, die einen Topf mit dampfendem Wasser trug, das nach Minze und Kamille duftete, und ließ sich endlich in einer dunklen Ecke auf dem Fußboden nieder. Dort zog er die Knie hoch und umschloss sie mit beiden Armen, wobei er den rechten mit der linken Hand wie gewohnt ein wenig anheben musste.

Die Schreie wurden wieder heftiger, die Abstände dazwischen kürzer – Herr des Himmels, wie lange konnte ein Mensch solche Qual erdulden?

Es hatte so sanft und harmlos begonnen am frühen Morgen. Er hatte gespürt, wie sie sich auf den Rücken drehte, und ihr stoßweises, ein wenig keuchendes Atmen gehört. Als er sich aufsetzte, nahm sie seine Hand und legte sie auf ihren unförmigen Bauch.

»Endlich«, flüsterte sie. »Ich glaubte schon, es wolle gar nicht auf die Welt kommen. Spürst du es?«

Er hatte das kleine Wesen oft gefühlt, zuerst voller Staunen, dann mit wachsender Beglückung. Jeden Morgen hatte es sein munteres Spiel in ihrem gewölbten Bauch getrieben, einmal hatte er sogar gemeint, einen winzigen Fuß unter seiner Handfläche zu spüren. Jetzt war Arlettes Leib hart, das Kind hatte sich mit einem eisernen Panzer umgeben, als wollte es in den Kampf ziehen.

»Hast du Schmerzen?«

Sie hatte gelacht, dann hatte sie das Gesicht verzogen, die Hände auf ihren Bauch gelegt und leise gestöhnt. »Es ist nicht gerade lustig – aber es geht vorüber.«

Er war besorgt gewesen, und es gefiel ihm gar nicht, dass sie ihn fortschickte und stattdessen Guda herbeirief, mit der sie alles Weitere beredete. Kurze Zeit später hatte er die Knechte aus dem Schlaf gerüttelt und den Wagen anspannen lassen, um die Hebamme aus einem der entfernten Dörfchen herbeizuholen. Die Alte jammerte, sie habe die Nacht über bei einer anderen Wehmutter gesessen und noch kein Auge zugetan, außerdem habe die Sache keine Eile, die Geburt würde sich gewiss noch eine Weile hinziehen. Doch seine Ungeduld war viel zu groß, er zwang die erschöpfte Frau, ihr Bündel zu packen, und trieb sie hinaus in die Dunkelheit des frühen Februarmorgens. Die Pferdehufe schlugen hohl auf den gefrorenen Boden, die Luft war eisig, und die zusammengekauerte Frau neben ihm auf dem Wagen murmelte zornige Wünsche vor sich hin.

»Ganz wie ich dachte«, vermeldete sie später, als sie wieder vom Dachboden stieg. »Es braucht seine Zeit.«

Sie gab Guda ein Gemisch aus getrocknetem Hirtentäschel, Beifuß und Eisenkraut, woraus diese einen Sud bereiten und der Gebärenden zu trinken geben solle. Danach wickelte sie sich in ihren Mantel, hockte sich neben das Feuer und begann gleich darauf vernehmlich zu schnarchen.

Man weckte sie mehrfach, und dann stieg sie die Leiter zum Dachboden hinauf, verschwand hinter dem Vorhang, schwatzte dort mit den Frauen, verlangte dieses oder jenes, brannte Räucherwerk aus Hennenfedern und Nesseln gegen die bösen Dämonen in einer Schale ab, ließ Wasser aufkochen und Tränke herstellen. Danach kehrte sie eilig an die warme Feuerstelle zurück, um sich von Ainor mit Brei und Gemüse bewirten zu lassen und erneut einzuschlafen.

Der Tag war hell und sonnig gewesen, jedoch bitterkalt, und am späten Nachmittag färbte sich der Himmel rot, als brenne am Horizont ein Feuer.

Herluin lehnte stöhnend den Kopf gegen den hölzernen Dachbalken. Die Schreie der Gebärenden waren jetzt heiser, als ging ihre Kraft zur Neige. Warum hatte Gott bestimmt, dass ein Menschenwesen seine eigene Mutter folterte, um auf die Welt zu gelangen? Er spürte Zorn in sich aufsteigen gegen dieses Kind, das sich gepanzert hatte und gegen die Mutter zu kämpfen schien. Dann wurde ihm voller Schrecken bewusst, dass es sein Kind war, er hatte es gezeugt, er war der Verursacher von Arlettes Leiden.

Ihre Schreie waren verstummt, hinter dem Vorhang wurden die Stimmen der Frauen laut, die durcheinanderredeten, bis sich endlich das Gekeife der Hebamme durchsetzte.

»Schiebt es ihr zwischen die Zähne! Passt auf, dass sie es nicht verschluckt. Zieht sie in die Höhe. Weiter! Noch weiter! Halte das Kleid hoch, dummes Ding. Diese elende Lampe flackert – ich brauche mehr Licht …«

Er schlotterte am ganzen Körper, doch es war nicht der Kälte des ungeheizten Raumes zuzuschreiben. Er verspürte eine nie gekannte grausige Angst, als senke sich das Schicksal mit schwarzen Flügeln über ihn und jene, die er liebte, und es bestehe keine Hoffnung, dem drohenden Schatten zu entrinnen.

Eine junge Magd, ein schmales, blondes Ding mit spitzem Kinn, näherte sich ihm vorsichtig, blickte scheu über die Schulter nach dem Vorhang und beugte sich dann zu ihm herunter.

»Der Priester ist unten, Herr. Soll ich ihn hinaufschicken?«

Er begriff den Sinn dieser Mitteilung erst, als sie die Sätze wiederholte, dann schüttelte er energisch den Kopf. Es war Guda gewesen, die darauf bestanden hatte, dass man den Priester herbeiholte, damit das Kind gleich nach seiner Geburt die Taufe erhielt. Jetzt war er zornig auf Guda, denn ihre Vorsicht erschien ihm als ein böses Omen.

»Versorgt ihn mit Speisen, er soll sich am Feuer aufwärmen – ich selbst werde ihn rufen, wenn er gebraucht wird.«

Mühsam rappelte er sich auf. Seine Glieder zitterten. Als er sah, dass die junge Magd ihn mit besorgtem Blick beobachtete, lächelte er verlegen.

»Nun geh schon!«

Hinter dem Vorhang war es still geworden. Mit schweren, unsicheren Schritten ging er hinüber, spürte, wie sein Herz dumpf und rasch in der Brust schlug, dann hob er die Hand, um den Stoff beiseitezuziehen. Doch noch bevor er zufassen konnte, hielt er inne.

Ein Wimmern war zu hören, dann ein gepresster Schrei, zornig und jammervoll zugleich. Der Schrei eines Säuglings.

Ein heißes Glücksgefühl erfasste ihn, er riss den Vorhang beiseite, starrte auf die Frauen, die am Boden saßen und bei seinem plötzlichen Auftauchen die Köpfe wandten.

»Ein Sohn!«, sagte Hawisa mit Stolz.

Sie erhob sich, um ihm das Kind zu zeigen. Es war in ein Tuch eingewickelt, unfassbar klein, das Gesicht rötlich, die Augen zusammengekniffen. Feuchtes, dunkles Haar klebte an seinem Köpfchen, die Nase schien nur aus zwei Löchlein zu bestehen.

»Die Hebamme hat ihn besehen und gebadet – er ist stark und gesund – Gott sei gepriesen!«

Sie wollte ihm das Kind in den Arm legen, doch er schüttelte den Kopf und schob sie beiseite.

»Arlette!«

Hawisa hatte ihm mit Bedacht den Blick verstellt. Arlette lag ausgestreckt auf dem Rücken, das blutdurchtränkte Kleid noch bis über die Knie hinaufgeschoben; ihr Kopf war auf die Seite gedreht, ihre Augen geschlossen.

»Wir konnten ihr nicht mehr helfen«, murmelte Guda, deren Hände immer noch auf Arlettes Schultern lagen.

»Ach was!«, keifte die Hebamme und tauchte ihre Hände in eine Schale mit Wasser. »Ich lasse euch Beutelchen mit Arnika und Wermut da, die schiebt in sie hinein und sprecht drei Paternoster. Schmiert sie mit Bärenfett und Muttermilch ein. Und gebt ihr nur Flüssiges, Wein, Ziegenmilch, Brühe vom Lamm. Auf keinen Fall Gemüse oder Früchte, auch keinen Fisch und schon gar nicht Met oder Bier …«

Herluins Glücksgefühl war augenblicklich verflogen. Er stieß die schwatzende Alte beiseite, kniete sich neben Arlette auf den Boden und fasste ihre Hände. Sie waren kalt, ebenso wie Stirn und Wangen, nur ihre trockenen, warmen Lippen schienen noch einen Rest Leben bewahrt zu haben.

»Es hat sie so viel Kraft gekostet«, sagte Guda kummervoll. »Und so schrecklich viel Blut.«

Er konnte nicht sprechen, starrte nur in namenloser Verzweiflung auf ihr bleiches Gesicht, strich ihr schweißnasses Haar zurück, berührte sacht ihre geschlossenen Augenlider …

»Die Magd sagt, der Priester sei eingetroffen«, sagte Hawisa hinter ihm mit leiser Stimme. »Lass ihn heraufkommen, damit er deinem Sohn die heilige Taufe gibt und Arlette die Beichte abnimmt …«

»Nein!«, rief er so laut, dass alle erschrocken zusammenzuckten. »Ich will ihn hier nicht sehen!«

»Versündige dich nicht, Herluin! Willst du, dass dein Sohn dem Teufel anheimfällt wie seine Mutter?«

»Schweig!«, herrschte er sie zornig an.

Plötzlich überfiel ihn eine hektische Erregung. Er schob die Arme unter die leblos Daliegende, hob sie trotz seines schwachen rechten Arms auf und trug sie zu ihrer Bettstatt.

»Sie wird nicht sterben«, rief er zornig. »Versorgt sie! Gebt ihr warme Kleidung. Deckt sie zu. Flößt ihr heißen Wein ein! Was steht ihr herum und starrt mich an? Morgen wird es ihr schon besser gehen!«

»Gewiss«, flüsterte Guda. »Wir werden tun, was du anordnest. Doch dann lass uns mit dem Kind hinuntergehen, damit der Priester es tauft.«

Er überwachte jeden Handgriff, sah zu, wie man Arlette entkleidete und wusch, ihr das Hemd überzog, frische Laken unter sie legte und sie mit Decken und Fellen wärmte. Mit eigener Hand stützte er sie auf, versuchte, ihr einige Schlucke des warmen Getränks einzuflößen, redete ohne Pause leise auf sie ein, flehte, sie möge die Augen öffnen, nur ein einziges Mal, damit er wisse, dass sie ihn hören könne. Sie hustete, weil sie sich an dem Wein verschluckte, doch ihre Augen blieben geschlossen.

Schweigend stand er später unten in der Halle, als der Priester seinen Sohn taufte, die Gebete über das Kind sprach und ihm den Namen Odo gab, wie Arlette es gewünscht hatte, falls es ein Knabe sein würde.

Der Säugling schrie laut, als der Priester ihn in die Schale mit kaltem Wasser tauchte, dann lief er blau an und schien nicht mehr zu atmen, nur seine Arme und Beine zuckten. Erst nach einer kleinen Weile erlangte er seine gesunde Farbe zurück.

»Der Herr hat gegen die Dämonen der Hölle gesiegt«, sagte der Priester zufrieden. »Habt ihr gesehen, wie der Knabe mit dem Bösen rang? Hätte ich nicht kurz zuvor den Taufsegen über ihn gesprochen – er wäre nun unweigerlich in der Hand des Teufels.«

Hawisa wickelte den kleinen Odo in ein weißes Hemd, dann schlang sie einen wollenen Schal um das Bündel. Es war ihr eigenes, denn Arlettes Gewänder hatte man mit der verschmutzten Wäsche fortgetragen.

Der Priester war ein wohlbeleibter Mensch mit feisten, bläulichen Wangen und winzigen Augen unter buschigen, blonden Brauen. Er hatte bereits eine Weile mit der Hebamme am Feuer geplaudert, die beiden kannten sich gut, denn nicht selten trafen Leben und Tod aufeinander.

»Man sagte mir, die Mutter des Knaben sei sehr schwach«, wandte sich der Priester an Herluin.

»Die Geburt war schwer, und sie ist erschöpft«, gab Herluin ausweichend zurück.

Der Priester wechselte einen Blick mit der Hebamme, die die Schultern hob, wie um ihm zu verstehen zu geben, dass dies nicht ihre Schuld sei. Dann griff sie nach einer Schale mit gesüßtem Gerstenbrei und stärkte sich nach der langen Anstrengung.

»Gewiss, Herr«, erwiderte der Priester mit Sanftmut. »Deshalb sollten wir zu ihr hinaufsteigen, denn eine Wöchnerin ist unrein. Ich werde geweihte Kerzen aufstellen und Gebete sprechen, damit ihre Sünde nicht auf das ganze Haus übergeht. Ich habe auch Räucherwerk mitgebracht, falls sie sterben sollte …«

Herluin spürte, wie die Blicke aller auf ihn gerichtet waren, und eine dumpfe Verzweiflung erfasste ihn. Sie würde nicht sterben, er wollte, dass sie lebte, selbst wenn er die eigene Seligkeit dafür geben müsste …

»Nein!«

Der Priester tat einen tiefen Seufzer und hob missbilligend die Augenbrauen.

»Nun«, sagte er schließlich gedehnt und streckte Ainor den leeren Becher hin. »Eva war es, die den Adam zur Sünde verleitete, in Sünde wurden ihre Söhne Kain und Abel geboren, deshalb sündigt der Mann, wenn er mit dem Weibe schläft, und die teuflischen Dämonen umgeben die Gebärende und ihr Kind.«

Niemand antwortete auf diese Worte; der Priester war allgemein als Eiferer bekannt. Herluin wandte sich ungeduldig der Leiter zum Dachboden zu, er hatte wenig Lust, das Geschwätz anzuhören. Den Priester jedoch schien die Verstocktheit seines Herrn zu weiteren Predigten zu reizen, denn er erhob jetzt die Stimme: »Sie darf die Kirche erst vierzig Tage nach der Geburt wieder betreten, damit sie durch den priesterlichen Segen von ihrer Sünde gereinigt werden kann. Wer vorher Umgang mit ihr hat, der soll sich durch Fasten und Gebete reinigen, denn in ihrer Nähe wohnen die Dämonen. Wenn aber ein Weib im Kindbett ihr Leben aushaucht, dann wird sie später als böser Geist wieder in ihren Körper fahren, und es ist nötig, ihren Leichnam im Grab mit einem geweihten Pfahl zu durchstoßen …«

Der Ritter Herluin hatte niemals zum Jähzorn geneigt, doch an diesem Abend fasste er den Priester beim Gewand, beutelte ihn und schickte ihn mit einem Fußtritt zur Tür hinaus. Pelz und Kopfbedeckung brachte eine Magd, den Rückweg musste der fromme Mann bei finsterer Nacht zu Fuß zurücklegen.

* * *

Tagelang hatte Arlette im Fieber gelegen, unbeweglich, mit geschlossenen Augen, die Zähne fest zusammengebissen, dann wieder hatte sie sich auf dem Lager hin und her geworfen und allerlei wirres Zeug vor sich hin gemurmelt. Nicht alles hatte man verstehen können, doch Ainor und Hawisa waren davon überzeugt, dass der Teufel aus ihr redete, und beide Frauen weigerten sich fortan, die Kranke zu betreuen. Herluin hatte schließlich nachgeben müssen, der Priester stellte zwei geweihte Kerzen neben ihrem Lager auf und brannte Räucherwerk ab, um die Dämonen zu vertreiben. Seinen Vorschlag, Arlette nach Fécamp ins Kloster zu schaffen, damit man ihr dort die Dämonen durch die Kraft der Heiligen Schrift und die Gebete des Klosterabts austrieb, verwarf Herluin jedoch. Schon deshalb, weil Arlette so schwach war, dass sie die Fahrt dorthin nicht überlebt hätte. Stattdessen schickte er Boten aus, um Ärzte und Heilkundige aufzutreiben, die sie mit allerlei Salben einstrichen, warme Umschläge mit Hafergrütze oder Roggenkleie auflegten und Wollbüschel mit Kräutersud in ihren Körper hineinschoben. Doch weder diese Heilmittel noch die Sprüche und Amulette, für die er teures Geld zahlte, konnten Arlettes Fieber vertreiben.

In den Nächten lag Herluin neben seiner Frau, spürte die Hitze ihres fiebrigen Körpers, versuchte, ihr Wasser und Kräutersud einzuflößen, horchte auf ihre raschen, stoßweisen Atemzüge. Manchmal, wenn er glaubte, dass sie aus den schweren Fieberträumen erwachte, versuchte er sie anzureden, erzählte von ihrem kleinen Sohn, von ihrem gemeinsamen Ritt ans Meer, von der Burg, mit deren Bau er begonnen hatte. Eine stolze, uneinnehmbare Festung mit einer großen Halle und schönen Gemächern für die Frauen. Wandmalereien sollten die Räume schmücken, gestickte Teppiche, silberne Gefäße und Kerzenleuchter, und ein runder, gemauerter Ofen würde im Winter Wärme spenden.

Arlette gab ihm nur selten Antwort, sie schien ganz und gar mit ihren Traumbildern beschäftigt zu sein, und ihren Fieberreden konnte er entnehmen, dass sie weit von ihm entfernt war. Sie redete von Robert, immer wieder von ihm, dann wieder rief sie nach ihren Kindern, manchmal stieß sie wilde Flüche aus, quälte sich, klagte, man habe ihr Gewalt angetan …

Es tat ihm weh, denn er hatte geglaubt, die Schatten der Vergangenheit besiegt und seine Frau endlich für sich gewonnen zu haben. Jetzt aber erkannte er, dass sie ihr Inneres stets sorgfältig vor ihm verborgen hatte.

Man hatte ihr den kleinen Odo gezeigt, und sie hatte das Kind mit ungläubigen Augen angesehen, dann hatte ein heftiger Fieberschauer sie erfasst, und Hawisa hatte den Säugling rasch fortgetragen.

Herluin verbrachte die Tage damit, den Bau seiner Burg zu beaufsichtigen. Der Frost hatte nachgelassen, und die Bauern, die ihm dienstverpflichtet waren, konnten die Gruben für die Grundmauern ausheben, solange die Arbeit auf den Feldern noch nicht begonnen hatte. Steine waren herangeschafft worden, wenige nur stammten von seinem Besitz, die meisten hatte er gekauft, Reste heidnischer Bauten, die auf breiten Kähnen die Seine hinab bis nach Barfleur gebracht wurden, wo seine Knechte sie auf Wagen luden und zur Baustelle beförderten. Auch Handwerker und einen Baumeister hatte er angestellt, die er mit dem Geld bezahlte, das Robert Arlette zur Mitgift gegeben hatte. Er trieb den Bau mit wütender Kraft voran und packte auch selbst bei der Arbeit mit an, ohne genau zu wissen, weshalb er solche Befriedigung dabei empfand. Nicht selten kehrte er mit schmutziger Kleidung und blutverkrusteten Händen auf den Hof zurück, und wenn er in die Halle trat, galt seine erste Frage Arlette. Stets hieß es, sie befände sich nicht besser, aber auch nicht schlechter als am Tag zuvor.

»Du versündigst dich, wenn du bei ihr liegst«, schalt Hawisa ihren Bruder. »Solange sie nicht in der Kirche war und die Reinigung vollzogen wurde, darfst du sie nicht berühren.«

Doch Arlette war viel zu schwach, um sich zu erheben und in die Kirche zu gehen, sogar das Sitzen bereitete ihr Schmerzen. Hawisa hatte eine Amme für das Kind besorgt, eine junge Bäuerin mit einem Säugling, der sich die Nahrung nun mit Herluins Sohn teilte. Die Wiege des Kindes stand in der Nacht neben Hawisas Bettstatt, sie trug den Kleinen auf den Armen herum, wechselte seine Windeln und wickelte ihn in reine Tücher.

»Dein Sohn gedeiht prächtig«, erklärte sie Herluin. »Die Milch der Amme bekommt ihm gut, und Arlette ist sowieso viel zu krank, um ihn zu stillen.«

Er war glücklich über den Sohn gewesen, doch je länger Arlettes Siechtum dauerte, desto seltener sah er nach der kleinen Wiege, in der das Kind schlief. Es war ungerecht, doch er zürnte diesem Säugling, der schuld an Arlettes Krankheit war. Am meisten aber spürte er die eigene Schuld, und er schwor sich, sie niemals wieder zu berühren, wenn sie nur am Leben blieb.

An einem kalten Regentag kehrte er später als gewöhnlich von der Baustelle zurück, zornig darüber, dass ihm sein schwacher rechter Arm beim Heben einer Last den Dienst versagt hatte und er seinen Platz einem jungen Bauern hatte überlassen müssen. Als er die Eingangstür öffnete, hörte er streitende Frauenstimmen, und er hielt einen Moment inne, da er zuerst die eigene Ruhe zurückgewinnen wollte, bevor er den Streit schlichtete.

»Du musst das Kind zu ihr legen«, rief die alte Guda aufgebracht.

»Bist du von Sinnen? Damit sie es im Fieberwahn erdrückt?«, gab Hawisa zornig zurück.

»Aber das Kind wird ihr die Kraft zum Leben geben!«

»Viel eher wird sie dem kleinen Wesen den Tod bringen und seine Seele den Dämonen ausliefern!«

»Sie ist seine Mutter, Hawisa!«

»Eine Hure ist sie! Ihre Sünde wiegt so schwer, dass Gott ihr niemals vergeben wird.«

Hawisa hielt sich erschrocken die Hand über den Mund, denn in diesem Augenblick schob Herluin die Eingangstür auf und trat mit schweren Schritten ins Haus.

»Bring mir meinen Sohn!«, forderte er und warf den nassen Mantel zu Boden.

Er hatte selten in solch hartem Ton mit ihr gesprochen, und Hawisa erbleichte.

»Was willst du tun? Du willst doch nicht etwa dein eigen Fleisch und Blut dem Satan ausliefern? Weißt du nicht, dass sie mit den Dämonen redet und …«

Hawisa war drei Jahre älter als er selbst, in der Kindheit war sie ihm wie eine Mutter gewesen und hatte für ihn, den kleinen Bruder, gesorgt, notfalls für ihn gestritten. Herluin hatte ihr immer volles Vertrauen entgegengebracht, niemals wäre er auf die Idee gekommen, sie könne Arlette hassen.

»Tu, was ich dir sage!«

Hawisas Lippen wurden dünn wie eine Schnur, sie kniff die Augen zusammen und schüttelte den Kopf.

»Du bist nicht bei Verstand, Herluin!«, rief sie schrill. »Ich bin es, die die ganze Zeit für deinen Sohn gesorgt hat, ich habe eine Amme für ihn geholt, damit er nicht verhungert! Ich bin diejenige, die in der Nacht an seiner Wiege sitzt …«

Es kostete ihn Mühe, ruhig zu bleiben, doch schließlich unterbrach er ihr Geschrei.

»Du wirst dich fügen, Hawisa«, erklärte er mit einer Bestimmtheit, die ihm bisher fremd gewesen war. »Ich bin der Herr in meinem Haus und sage, was zu geschehen hat.«

Sie brach in Tränen aus, jammerte, sich lieber das Herz aus dem Leibe reißen zu wollen, als das kleine Wesen dem Teufel zu überlassen. Doch Herluin blieb unerbittlich, nahm das Kind schließlich selbst aus der Wiege und trug seinen wimmernden Sohn die Leiter hinauf.

»Es ist unser Kind, Arlette«, sagte er, als er vor ihrer Bettstatt stand. »Niemand wird dir diesen Sohn je wieder nehmen, das schwöre ich dir.«

Sie hatte vor sich hin gedämmert, doch das Schreien des Säuglings brachte sie dazu, die Augen zu öffnen. Er war sich nicht sicher, ob sie seine Worte verstanden hatte, doch sie starrte auf das Kind in seinem Arm und streckte dann mit einer schwerfälligen Bewegung den Arm nach ihm aus wie eine Traumwandlerin.

Er legte das Kind neben sie auf das Lager, und sein Herz klopfte wild, als er sah, dass sie sich auf die Seite drehte, um das schreiende Bündel zu besehen. Ihr Gesicht war so schmal geworden, ihre Augen so unfassbar groß, und die Hände, mit denen sie manchmal ziellos über die Felle und Decken ihres Lagers strich, waren langgliedrig und weiß.

»Unser Kind?«, murmelte sie. »Wie heißt es?«

»Er wurde auf den Namen getauft, den du ausgewählt hast. Er heißt Odo.«

»Odo«, flüsterte sie und versuchte, den Kopf anzuheben, um das rote, brüllende Wesen besser sehen zu können. Vorsichtig hob sie die Hand und berührte die Wange des Säuglings mit dem Zeigefinger. »Odo … Richard … Wilhelm …«

Erschüttert sah er, dass sie weinte, und er fürchtete bereits, alles falsch gemacht zu haben. Doch er täuschte sich, denn von diesem Moment an begann sie zu gesunden.

Arlette fand ihren Willen wieder, verlangte, dass die Wiege neben ihr Lager gestellt wurde, unterzog die Amme einer genauen Prüfung, befahl die junge, blonde Magd zu sich, die den kleinen Odo zu betreuen hatte, und begann, wieder Nahrung zu sich zu nehmen. Sie duldete weder Ainor noch Hawisa in ihrer Nähe, nur Guda durfte bei ihr sitzen, sie stützen, wenn sie sich vom Lager erhob, um ein paar Schritte zu gehen, und ihr den warmen Pelz aus Marderfellen umhängen, den Herluin für sie hatte nähen lassen.

Es war nicht seinetwegen, sie wollte um des Kindes willen weiterleben, das hatte der Ritter Herluin sehr wohl begriffen, doch er schwieg darüber, denn Vorwürfe hätten nichts ändern können. Er war zufrieden, dass er mit ihr an den Abenden nun wieder kleine Gespräche führen konnte, hörte sich geduldig ihre Klagen über die Amme an, die nie bei der Hand sei, wenn sie gebraucht werde, über die Magd, die langsam und einfältig sei, über die Mäuse, die unter der Bettstatt hin und her liefen, und über das Unglück, das Kind nicht selbst stillen zu können. Er tröstete sie nach Kräften und versprach, alles in seiner Macht Stehende zu tun, um ihre Lage zu erleichtern. Hin und wieder erzählte er von seinen Plänen, beschrieb ihr den Fortgang der Bauarbeiten und fragte, welche Bilder an die Wände gemalt werden sollten.

»Die Mauern stehen ja noch nicht einmal, und Sie denken schon über die Wandmalereien nach!«, meinte sie gleichmütig.

»Wenn es Ihnen besser geht, werden wir nach Barfleur und Lillebonne reisen und danach die Seine hinauf bis Rouen fahren, um Stoffe, bunte Fäden, Gefäße und allerlei Dinge aus dem Orient einzukaufen, mit denen Sie unsere Gemächer schmücken können.«

»Nach Barfleur ist es schon weit genug – wir müssen nicht gleich bis Rouen fahren.«

Ihre Antworten enttäuschten ihn, doch er war nicht ohne Hoffnung. Gott hatte sie am Leben erhalten, er würde ihm auch die Geduld geben, den eingeschlagenen Weg fortzusetzen.

Als der Frühling sich mit hellen Tagen und den ersten schüchtern umhertaumelnden Bienen ankündigte, ruhten die Arbeiten an der Burg, denn die Bauern bestellten nun ihre Felder. Arlette war so weit wiederhergestellt, dass sie die Leiter in den großen Wohnraum hinabsteigen konnte, um dort bei Guda am Feuer zu sitzen, den Säugling auf ihrem Schoß. Sie war jetzt besser gestimmt, begegnete Hawisa und Ainor mit Gleichmut und konnte sogar wieder spotten und sich ereifern, wenn die Mägde ihre Anweisungen nicht richtig befolgten. Sie erschien ihm kühl, selbst wenn sie lachte, nur wenn sie sich über den kleinen Odo beugte, war ihre Miene voller Liebreiz und Zärtlichkeit.

Am Abend, als ein Frühlingssturm unwirsch an den Fensterläden und Dachschindeln der Gebäude rüttelte, bellten plötzlich die Hunde draußen auf dem Hof. Herluin schickte zwei Knechte mit Laternen hinaus, um nachzusehen, ob vielleicht ein Fuchs oder gar ein Rudel Wölfe unterwegs waren, die Lust auf seine Ziegen hatten. Schon bald war draußen das zornige Geschrei der Männer zu hören, ein Stein flog krachend gegen die hölzerne Hauswand, ein Hund jaulte, dann schlug polternd ein Fass um.

»Verfluchtes Aas!«, brüllte einer der Knechte.

»Halt sie fest, sie will in den Stall und die jungen Zicklein stehlen!«

»Halt sie selber fest, sie hat mir fast den Bart ausgerissen!«

Herluin griff eine Laterne aus der Wandnische und hob den Türriegel, um hinauszulaufen. Ein Windstoß fuhr durchs Haus, ließ das Feuer aufflackern und wirbelte rot glühende Fünkchen aus der Asche empor. Arlette schrie auf und hielt die Arme schützend über den Säugling auf ihren Knien; Heimo, der nahe dem Feuer auf einem Schemel gesessen hatte, stieß einen langen Fluch aus, denn ein Funke hatte sein Knie getroffen und ein Loch in den Beinling gebrannt.

Vor der Eingangstür erschienen jetzt die beiden Knechte, zwischen sich hielten sie eine Frau, die sich mit Fußtritten gegen die Gefangennahme wehrte. Sie war barhäuptig, das zerzauste Haar grau vor Schmutz, das abgerissene Gewand aus grober Sackleinwand mit einem Strick gegürtet. Als Herluin die Fackel näher zu ihr hielt, erkannte er kaum verheilte Schrammen und Striemen auf Wangen und Stirn, auch Hände und Arme trugen Spuren von Rutenschlägen.

»Eine Verbrecherin«, sagte einer der Knechte. »Wohl gar eine Mörderin – man hat sie ausgepeitscht und aus ihrer Heimat verbannt.«

Herluin starrte in das entstellte Gesicht der Frau, und plötzlich kam ihm die Ahnung, sie schon einmal gesehen zu haben.

»Godhild?«

Sie zeigte keine Bewegung, doch ihren starren Zügen konnte er entnehmen, dass er richtig geraten hatte.

»Herr im Himmel – lasst sie herein. Sie soll sich am Feuer wärmen und essen.«

Taumelnd, mit langsamen, suchenden Schritten ging Godhild zum Feuer hinüber, blieb dort vor Arlette stehen und wartete schweigend auf ihr Urteil.

»Da bist du also wieder.«

Es lag Bitterkeit und Spott in Arlettes Stimme, doch Godhild senkte den Blick nicht zu Boden.

»Da bin ich.«

Arlette besah ihre Lumpen, die Wunden an Armen und Knöcheln, die zerstochenen, bloßen Füße.

»Was ist geschehen?«

»Das ist rasch erzählt. Eudo starb, und seine Mutter klagte mich des Mordes an. Sie hatte Zeugen bestochen, doch der Richter war klug und glaubte ihnen nicht, so kam ich mit dem Leben davon.«

»Und nun denkst du also, du findest hier in Conteville Unterschlupf?«

»Es liegt an dir, Arlette ...«

Arlette sah sinnend vor sich hin, unentschlossen, und kostete die angstvolle Spannung aus, die sie Godhild bereitete. Dann drückte sie den Säugling unvermittelt der erschrockenen Guda in die Arme und erhob sich, um auf Godhild zuzulaufen.

»Bleib«, sagte sie und legte die Arme um sie.

Herluin war erleichtert. Er hatte bereits gefürchtet, sie würde die Unglückliche wieder fortschicken, doch stattdessen war Arlette zärtlich um die Freundin besorgt, ruhte nicht, bis sie gesättigt war, half selbst, sie mit warmem Wasser zu reinigen, und legte ihr warme Kleidung zurecht.

Die Frauen hatten sich hinter einen der vielen Vorhänge zurückgezogen, mit denen man den Raum in kleinere Gemächer aufteilen konnte. Herluin, der sich auf einem Hocker niedergelassen hatte, streckte die Beine zum Feuer und lauschte nachdenklich auf die Geräusche, die zu ihm und Heimo hinüberdrangen. Wasser plätscherte, Godhild stöhnte auf, weil jemand ihr Haar gar zu fest mit einem Kamm bearbeitete, Arlettes fröhliches Gekicher war zu vernehmen.

Wie glücklich sie war, die Dienerin wiedergefunden zu haben! Wie vertraut sie mit ihr sprach, wie weich und liebevoll ihre Stimme dabei klang. Hatte sie ihn, Herluin, jemals in diesem Ton angeredet?

»Ist das wirklich wahr?«

»Aber ja – der Händler hat es erzählt, der mich ein Stück auf seinem Karren mitgenommen hat. Er hat sie verstoßen – und das noch vor der Hochzeitsnacht.«

»Dann wurde die Ehe gar nicht vollzogen? Robert hat sie verschmäht und wieder zu ihrem Bruder nach England zurückgeschickt? Aber weshalb?«

»Niemand weiß es. Vielleicht war sie ihm zu hässlich? Auf jeden Fall sammelt der Herzog nun seine Ritter, um gegen Knut von Dänemark zu ziehen.«

Arlettes Gelächter klang höhnisch und zugleich voller Befriedigung.

»Da wird er nach England übersetzen müssen. Was für eine verrückte Idee!«

Geflüster war zu vernehmen, ausgelassenes Gekicher, die beiden Frauen wirkten albern wie junge Gänse.

Als Arlette am Abend neben ihrem Ehemann lag, war sie immer noch aufgekratzt und redselig wie selten zuvor. Sie wollte nicht aufhören, von Godhild zu erzählen, schimpfte über Eudos Mutter, die alte Bertrada, nannte Godhild ihre Freundin und die einzige Vertraute, die sie jemals gehabt habe.

»Wenn sie mir bei dieser Geburt beigestanden hätte, wäre ich gewiss nicht krank geworden, sie ist eine so vorzügliche Hebamme und weiß gegen jede Krankheit ein Mittel. Ach, ich bin froh, dass sie wieder bei mir ist – nun wird alles gut werden …«

Er hatte schweigend zugehört, wohl ahnend, dass diese hektische Begeisterung andere Ursachen hatte als nur Godhilds unerwartete Rückkehr.

»Hat sie Neuigkeiten erzählt, die sie unterwegs erfahren hat?«, forschte er.

Arlette sah mit weit geöffneten Augen zur Decke hinauf,

und er konnte im milden Schein der Lampe sehen, dass auf ihren Wangen rote Flecke standen, als rede sie im Fieber.

»Nichts Besonderes – was soll sie schon gehört haben, sie musste sich ja die meiste Zeit vor aller Welt verstecken.«

Sie wollte es ihm also verschweigen. Der Ritter Herluin hatte den Herrn um Geduld gebeten, doch seine Verbitterung war nun so groß, dass ihm der Weg der Langmut und des Wartens lächerlich vorkam.

»Ich hingegen hörte davon, dass Herzog Robert vorhat, gegen Knut von Dänemark zu ziehen«, sagte er in harmlosem Ton. »Wenn das die Wahrheit ist, dann werde ich mich ihm anschließen.«

»Sie?«, rief sie entsetzt. »Sie wollen mit Robert nach England übersetzen?«

Sie begann zu lachen wie über einen gelungenen Scherz.

»Das meinen Sie doch nicht im Ernst, oder?«

Frühherbst 1030

Die felsige Hafenbucht von Barfleur glich einem Nest voller bedrohlich anmutender Fabeltiere. Zahllose schmale Bootsleiber waren beängstigend dicht nebeneinander am Ufer vertäut, schwankten mit der einströmenden Flut unruhig auf und nieder, und die geschnitzten Drachenköpfe an Bug und Heck schienen zischend und geifernd nach dem unsichtbaren Feind zu schnappen. Man hatte die Masten der Boote niedergelegt und die Ruder eingezogen, auch war der größte Teil der Ausrüstung noch an Land, wo das herzogliche Heer seit vielen Tagen in Zelten lebte und auf günstigen Wind wartete, um endlich in See stechen zu können.

Herluin war dem Aufruf des Herzogs als einer der Ersten gefolgt, hatte im Mai der Versammlung der Vasallen in Rouen beigewohnt, wo Robert eine flammende Rede auf seine Treue zu Alfred und Eduard, den Söhnen des unglücklichen Königs Aethelred II., hielt und ihre Ansprüche auf den englischen Thron bekräftigte, den Knut, der Däne, den Aethelingen genommen habe. Herluin war darauf zurück an die Küste geritten, um den Bau eines Schiffes zu überwachen, den er aus eigenen Mitteln bezahlte.

Nicht alle Vasallen waren mit gleicher Begeisterung bei der Sache, einige, darunter etliche der Vornehmsten, hatten dem Herzog kurzerhand die Gefolgschaft verweigert. Man war in eigene Kämpfe und Fehden verstrickt, hatte Sorge, der Feind könne die Abwesenheit nutzen, um seine Vorteile daraus zu ziehen, und außerdem – welche Notwendigkeit bestand eigentlich, gegen den englischen König Knut zu Felde zu ziehen? Eine Bedrohung des Herzogtums – wie Robert sie ihnen in leuchtenden Farben ausmalte, falls man Knut nicht besiegte und Alfred Aetheling auf den Thron setzte – konnte keiner der Adelsherren erkennen. Stattdessen vermutete so mancher, dass dieser ganze Kriegszug auf einer persönlichen Streitigkeit zwischen Knut und Robert fußte – hatte der Herzog nicht seine Frau Astrid, Knuts Schwester, gleich nach der Hochzeit verstoßen? Verständlich, wenn Knut sich darüber ärgerte.

Der Erzbischof von Rouen, der von Anfang an gegen diesen Kriegszug war, hatte die Sache in einem leise gemurmelten Satz zusammengefasst: »In Troja kämpften die Helden um Helena, die schönste Frau, die je auf Erden gelebt hat – wir aber sollen uns wegen eines hässlichen dürren Weibes abschlachten lassen!«

Der Ausspruch machte die Runde, wurde viel belacht und für ausgesprochen wahr befunden. Es war im Grunde vollkommener Irrsinn, gegen einen derart starken Gegner wie Knut den Großen zu ziehen, der England und dazu alle skandinavischen Länder beherrschte.

Auch Herluin erkannte die Wahrheit dieses Satzes, dennoch folgte er seinem Herzog. Er tat es nicht im Hinblick auf reiche Beute und Belohnung, die viele der Vasallen im Sinn hatten, auch die Sache der beiden Aethelinge war ihm herzlich gleichgültig. Herluin schloss sich seinem Herzog an, weil ihn die Geduld verlassen hatte und er lieber kämpfen wollte, als sich seinem Kummer zu ergeben.

Es hatte bis Anfang August gedauert, bis alle Schiffe – neu gebaute und auch andere, die bereits das Meer durchpflügt hatten – in der Bucht des Fischerortes Barfleur im Cotentin angekommen waren. Nun war es bereits September, doch der Herzog hatte den Befehl zum Aufbruch noch nicht gegeben. Der Wind stehe ungünstig, so begründete Robert sein Zögern, auch sei das Meer zu stürmisch, die Sicht zu schlecht – dann wieder war es der Namenstag eines Heiligen, an dem kein solches Unternehmen begonnen werden durfte.

Tatsächlich waren einige Stürme über die See gefegt, und der Wind wehte meist aus Nordwest, dennoch waren viele der Ansicht, dass es Tage gegeben hatte, an denen die Schiffe hätten ablegen können.

»Wenn er auf die Herbststürme warten will, dann werden wir viel Spaß haben«, knurrte Nigel von Cotentin, der sich Roberts Aufruf voller Eifer angeschlossen hatte. Es war für ihn eine gute Gelegenheit, dem Herzog seine Treue zu beweisen und wieder in die Runde der Hofgesellschaft aufgenommen zu werden. Zudem hasste Nigel die Engländer; vor Jahren, als er noch ein blutjunger Kerl gewesen war, hatte er hier im Cotentin eine Invasion der Angelsachsen abgewehrt und vor Richard dem Guten viel Ruhm damit geerntet.

Das wochenlange Warten war eintönig, die Männer wurden missmutig und streitsüchtig, und die Anführer hatten Mühe, ihre Kämpfer ruhig zu halten. War es in den Zelten zu Anfang noch stickig heiß gewesen, so wehte jetzt beständig ein kühler Wind, Regen durchnässte die Häute, und im Inneren roch es nach schimmeliger Feuchte. Die Männer hockten untätig herum, würfelten oder spielten Tabula, Knappen polierten zum wiederholten Mal Schwerter und Kettenpanzer, andere hatten vor den Zelten Feuer entzündet und brutzelten eine Mahlzeit. Die mitgebrachten Vorräte waren inzwischen aufgebraucht, so dass es zu Übergriffen auf die umliegenden Dörfer gekommen war. Korn, Fisch und allerlei Feldfrüchte waren die Beute gewesen, auch etliche Hühner und Zicklein waren den hungrigen Mägen der Kämpfer zum Opfer gefallen. Der Herzog verwehrte seinen Männern das Plündern nicht – gebot jedoch, dass die gewaltsam beschafften Waren bezahlt werden mussten. Ebenso wie die Dienste der Huren, die frech zwischen den Zelten umhergingen, um wohlhabende Herren anzulocken, die mehr einbrachten als die einfachen Krieger.

Herluin teilte sein Zelt mit Jean le Païen und seinem Schwager Walter, der inzwischen nicht mehr Knappe, sondern ein Krieger geworden war. Auch Nigel, Hugo von Vernon und der junge Robert von Beaumont wohnten mit ihnen zusammen, was in den Nächten zu bedrückender Enge führte – ganz abgesehen von den dröhnenden Schnarchgeräuschen, die der Herr von Vernon von sich gab und die Walters Ansicht nach genügt hätten, die englische Ritterschaft in die Flucht zu schlagen.

An einem windstillen Septembermorgen erhob sich Herluin in aller Frühe, um das Zelt zu verlassen und vielleicht noch einige Stunden ungestörten Schlaf auf seinem Schiff zu finden. Er war nicht der Einzige, der auf diesen Gedanken gekommen war, denn hinter ihm stieg auch Jean le Païen über die am Boden liegenden Schläfer und grinste ihn verständnisinnig an, als sie beim ersten, noch fahlen Morgenlicht vors Zelt traten.

Ein kleines blondes Mädchen im braunen Kittel hockte an der Feuerstelle und kratzte mit gekrümmten Fingern die kalten Reste aus einem Kochkessel. Jean machte eine impulsive Bewegung, doch Herluin hielt den Freund am Ärmel fest.

»Lass sie«, flüsterte er. »Sie hat den Mut gehabt, sich ins bewachte Lager zu schleichen – soll sie ruhig essen.«

»Sie muss sich vorsehen, dass sie nicht erwischt wird«, wisperte Jean, der gar nicht vorgehabt hatte, die Kleine einzufangen.

Das Mädchen drehte den Kopf, und man konnte sehen, dass ihr Gesicht voller Schmutz und der Mund mit Roggenbrei verschmiert war. Entsetzt starrte sie die beiden Männer an, ließ den Kessel fallen und verschwand flink wie ein Wiesel zwischen den Zelten.

»Sie haben Hunger«, sagte Herluin düster. »Was sollen sie mit unseren Deniers, wenn es nichts zu kaufen gibt? Der Hafen, in dem sonst ihre Fischerboote liegen, ist von unseren Schiffen belegt, und die Krieger stellen ihren Weibern und Töchtern nach – ich glaube, niemand ist glücklicher als die Menschen hier in Barfleur, wenn diese Flotte endlich in See sticht.«

»Niemand außer Alfred, dem Aetheling und künftigen König von England«, gab Jean spöttisch zurück.

»Wenn es denn je so weit kommen wird …«

»Dafür riskieren wir alle Leben und Blut. Und zusätzlich haben wir eine gute Chance, in diesen kalten, grauen Wellen kampflos zu ersaufen.«

Herluin hatte seine Schritte zum Hafen gelenkt, den Freund neben sich. Er hatte sich gefreut, ihn bei diesem Kriegszug wiederzutreffen, denn Jean le Païen war ein Mensch, der die Dinge auf ungewöhnliche Weise sah. Es hatte eine Weile gedauert, bis der verschlossene, nach außen hin so glatte Mann sich ihm geöffnet hatte, dann aber war zwischen ihnen ein festes, freundschaftliches Band entstanden. Sie hatten oft an den Abenden zusammengesessen und geredet, versucht, den Dingen auf den Grund zu gehen, den Ursprung der Quelle zu finden, und stets hatten Jeans Gedanken Herluin überrascht. Der schwarzhaarige Ritter war als fünfjähriges Kind in die Normandie gebracht worden, man hatte ihn getauft und zum Ritter ausgebildet, und doch war er in seinem Herzen immer ein Fremder geblieben. Jean le Païen sah mit scharfem Blick hinter die Dinge, er wusste um die Hoffnungen und den Ehrgeiz der Menschen, kannte ihre Schwächen und Tücken, er hasste nur selten, zu lieben hatte er sich niemals gestattet.

»Du würdest wohl lieber in die entgegengesetzte Richtung segeln, wie?«, meinte Herluin lächelnd, während sie durch das seichte Wasser zu seinem Schiff hinüberwateten.

»Nach Süden – ja. Wenn ich schon bei den Fischen ende, dann sollten es Delfine sein, die an mir knabbern.«

Sie lachten, dann standen sie vor dem schräg liegenden Heck des Schiffes, das noch auf Grund lag und auf die einströmende Flut wartete, um sich wieder aufzurichten. Sie nutzten die runden Öffnungen unter der Reling, um sich hochzuziehen, und machten es sich trotz der Schräglage zwischen den Ruderbänken bequem. Es war angenehm still, nur das Wasser, das langsam in die Bucht eindrang, schlug mit leisem Gluckern gegen die Bootswände, hie und da erhob sich träge ein Seevogel, drüben im Lager tappte ein schläfriger Ritter aus dem Zelt, schob den knielangen Rock zur Seite und erleichterte seine Blase. Ein Windstoß trieb ihm den Strahl gegen die Beinlinge, und man hörte ihn fluchen.

»Und du?«, fragte Jean nachdenklich und blinzelte in das gleißende Licht am östlichen Horizont, wo hinter dünnen Schleierwolken gleich die Sonne aufgehen würde. »Wo würdest du gern enden? Hoch zu Ross, von einer Lanze durchbohrt? Oder ganz unrühmlich auf deiner Lagerstätte daheim in Conteville, im Kreise deiner Familie?«

»Habe ich die Wahl?«, fragte Herluin müde grinsend zurück.

»Kaum, denn eines jeden Menschen Schicksal ist ihm vorherbestimmt. Aber ich würde es dennoch gern wissen.«

»Vielleicht wäre es leichter zu sterben, wenn ich meinen Sohn neben mir wüsste. Zu sehen, dass er jung ist und stark, dass er leben wird …«

Er hielt inne, denn ihm wurde bewusst, dass Jean weder Frau noch Kind hatte, auch niemals daran gedacht hatte, sich in diesem fremden Land zu verheiraten.

»Und Arlette?«, hörte er jetzt Jeans leise Stimme, die von der Brandung fast übertönt wurde.

»Arlette …«, murmelte Herluin.

Sie hatte seinen Entschluss zuerst nicht ernst genommen, später hatte sie alle möglichen Gründe gesucht, ihn davon abzuhalten, doch alles, was sie vorbrachte, glitt an ihm ab. Als sie endlich einsah, dass es ihr nicht gelingen würde, ihn umzustimmen, hatte sie darauf bestanden, dass er sich einen neuen Kettenpanzer beschaffte, dazu Kleidung aus gutem Tuch, Schuhwerk und ein Schwert mit kostbar gearbeitetem Griff. Sie hatte dafür sogar einige ihrer seidenen Gewänder und andere Dinge, die Robert ihr geschenkt hatte, verkauft und alles selbst in Auftrag gegeben.

»Das schwere Ding wird mich auf den Grund der See hinabziehen«, hatte er gescherzt, als er die Wehr probierte.

»Dann werden Sie den Panzer erst anlegen, wenn ihr englischen Boden betretet.«

Nun – er glaubte zu wissen, dass es ihr weniger um seine Sicherheit ging als darum, dass er standesgemäß gekleidet war. Es war ihr wichtig, dass ihr Ehemann von den anderen Vasallen des Herzogs mit Respekt behandelt wurde – ein Anliegen, das ihm selbst völlig gleichgültig war.

»Arlette …«, wiederholte er nachdenklich. »Nein, sie sollte besser nicht in meiner Nähe sein, wenn mich der Tod ereilt.«

Beide starrten auf den Horizont, wo jetzt der rote Sonnenball aus dem Meer stieg und die grauen Wellen für kurze Zeit mit schmalen, glühenden Streifen überspann. Jean sparte sich die Frage, die ihm auf der Zunge lag, denn er wusste auch so, dass sein Freund Herluin Tag und Nacht mit dem Gedanken an die Tochter des Gerbers beschäftigt war.

Drüben im Lager zerriss ein lauter Ruf die morgendliche Stille:

»Wir stechen in See!«

Überraschung und Verwirrung allerorten, die Männer stürzten halb angekleidet aus den Zelten, Flüche wurden ausgestoßen, verschlafene Knappen erhielten Püffe und Hiebe, ein Kupferkessel rollte eigenmächtig dem Hafenbecken entgegen, stieß gegen einen Felsen und kollerte ins Wasser.

»Hat der Wind gedreht?«, fragte Herluin zweifelnd.

Jean le Païen schüttelte den Kopf, der Wind war zwar schwach, doch er blies immer noch hartnäckig aus Nordwest.

»Einer seiner plötzlichen Entschlüsse«, murmelte Jean dumpf.

»Wie auch immer – besser als dieses zermürbende Warten ist es allemal!«

»Wer weiß?«

Langsam legte sich das Durcheinander, die Anführer gaben ihre Befehle, die noch vorhandenen Lebensmittel reichten für eine kurze Mahlzeit, und drüben am Hafen wurden schon hastig Rüstungen, Waffen, Trinkwasser und Decken auf die Schiffe geladen und die bemalten Schilde seitlich an der Reling befestigt. Bald erfüllten die harschen Kommandos der Schiffsführer die Luft, die Masten wurden hochgezogen, die Segel gesetzt. Die herzogliche Flotte im Hafen mutete nun an wie eine Horde Drachen, denen bunt gestreifte Flügel gewachsen waren. Langsam löste sich das erste Schiff von seinem Anlegeplatz, um ins offene Meer zu gelangen; man musste es mit langen Stangen vorantreiben, denn in der Enge war es unmöglich, die Ruder zu gebrauchen. Ein Schiff nach dem anderen glitt aus dem Schutz der Hafenbucht in die graue See hinaus, wo sich die Ruderer kräftig ins Zeug legten, um so weit wie möglich nach Osten zu gelangen, bis die Strömung in der Mitte des Kanals sie wieder nach Westen zog.

Herluin stand mit Hugo von Vernon und dem Bootsführer am Heck seines Schiffes, während Walter, Robert von Beaumont, Nigel und auch Jean le Païen bei den Ruderern waren. Dünne, graue Wolkengespinste hatten sich über die Sonne geschoben und tauchten den Morgen in ein seltsames gelb-graues Licht, doch man machte gute Fahrt. Voran fuhr das Schiff, auf dem sich Herzog Robert und Gilbert von Brionne befanden, die übrigen folgten in dichtem Schwarm, man gab sich gegenseitig Zeichen, winkte sich zu und wetteiferte darin, dem herzoglichen Boot so nahe wie möglich zu sein.

»Noch vor dem Mittag sind wir drüben«, frohlockte Hugo von Vernon. »Es soll recht gutes Wild dort geben, Rehe und auch Wachteln, wir stärken uns zuerst, und dann werden wir Knut lehren, die normannischen Ritter zu fürchten!«

Herluin gab keine Antwort. Er hatte lange genug an der Küste gelebt, um jene harmlos erscheinenden Wolkengespinste richtig einschätzen zu können. Schon nach kurzer Zeit hatte der graue Dunst den gesamten Himmel überzogen, das Tageslicht wurde matt, ein heftiger Wind riss am Segel, und die Wogen türmten sich mannshoch vor den Drachenschiffen auf. Ruder knickten ab, man ließ sie davontreiben und verließ sich nun ganz auf das Segel, das von mehreren kräftigen Männern in Position gehalten werden musste.

Der Herr von Vernon dachte nun nicht mehr an leckeren Wildbraten, stattdessen klammerte er sich bleich vor Übelkeit an die Reling, wo die einfallenden Brecher über ihn hinwegschlugen. Die Stimme des Bootsführers hatte Mühe, durch das Brausen und Toben der entfesselten See zu dringen, durch Zeichen gab er den Männern vor, was zu tun war, sprang selbst herbei, um das Segel auszurichten, und brüllte den unerfahrenen Burschen zu, sich festzuhalten. Riesenhaft bäumten sich jetzt die Wogen vor den Drachenköpfen auf, ließen sie winzig und hilflos wie geschnitztes Spielwerk gegenüber den gewaltigen, brodelnden Wassern erscheinen, hoben sie hoch empor und stürzten sie dann in eiliger Fahrt tief hinunter in das heimtückisch glatte Wellental, wo sich schon die nächste mörderische Woge über ihnen auftürmte.

Die herzogliche Flotte war längst zerstreut, jedes Schiff kämpfte für sich allein ums blanke Überleben, nur hie und da tauchte in den tobenden Fluten der schmale Bootsleib eines anderen Drachenschiffes auf, das Segel zerfetzt am Mast flatternd. Die Männer duckten sich tief ins Innere und klammerten sich an Sparren und Ruderbänken fest, um nicht hinaus in die See gerissen zu werden.

Herluin hätte später nicht sagen können, woran er dachte, während der nasse Tod nach ihm griff; er tat das Nächstliegende: half, das Segel zu halten, solange es möglich war, legte dann gemeinsam mit anderen den Mast nieder und warf sich über einen seiner Kameraden, den das Meer über die Reling spülen wollte. Später stellte sich heraus, dass es der junge Robert von Beaumont war, doch im Kampf mit den entfesselten Elementen war er nicht einmal in der Lage, dessen verzerrtes Gesicht zu erkennen. Irgendwann sah er Jean le Païen, der sich an ein umherschlagendes Tau klammerte, und er spürte den Schmerz, seinen einzigen Freund auf ewig zu verlieren, stärker als die Furcht um das eigene Leben.

Stundenlang kämpften sie gegen das aufgewühlte Meer, glaubten in jedem Augenblick, in die Tiefe gerissen zu werden, doch der Drache trotzte beharrlich den riesenhaften Wogen, sein aufgerissenes Maul biss in wütendem Zorn in das schäumende Wasser, und so schwach und klein er erschien, so zäh wehrte er sich dagegen, den Sieg dem Meer zu gönnen.

Als der Sturm langsam verebbte, waren es Walters scharfe Augen, die als erste das Land erblickten.

»Ist das England?«

Es war eindeutig nicht die englische Küste. Der Sturm hatte sie in westlicher Richtung abgetrieben, es musste eine der Kanalinseln sein, die der bretonischen Küste vorgelagert waren.

»Schiffe!«, brüllte der Bootsführer. »Sie haben sie an den Strand gezogen – es sind die Unsrigen!«

Man richtete den Mast wieder auf, keilte ihn fest und setzte den Rest des zerfetzten Segels, denn die Ruder waren allesamt verloren gegangen. Etliche Männer waren über Bord gespült worden, so dass jetzt jeder mit anfassen musste, selbst Hugo von Vernon ermannte sich, obgleich ihm die Seekrankheit immer noch zu schaffen machte. Doch die Strömung trieb den Drachen ohnehin auf die Insel zu.

Nur ein Drittel der stolzen Flotte hatte sich auf die Insel retten können, darunter auch das Schiff, auf dem sich der Herzog und Gilbert von Brionne zusammen mit den Aethelingen befanden. Robert wirkte ermattet, doch er lief am Strand umher, kümmerte sich um jeden einzelnen der Schiffbrüchigen und sorgte dafür, dass die vornehmsten seiner Vasallen in den Fischerhütten ans wärmende Feuer gelangten, während sich die anderen mit einem Lagerplatz zwischen den Felsen begnügen mussten. Als er Herluin durch die Brandung an Land stapfen sah, eilte er auf ihn zu und umarmte ihn.

»Gott hat dich beschützt, Herluin«, sagte er leise. »Nie war ich so dankbar für seine Gnade wie heute.«

Herluin war zu erschöpft, um sich über diesen Satz Gedanken zu machen, erst als er am Feuer hockte und jemand ihm eine trockene Decke um die Schultern legte, erkannte er seinen Freund Jean und reichte ihm schweigend die Hand.

Den Nachmittag verschlief er in der Fischerhütte, wo er zusammengekrümmt neben seinen Kameraden lag und in seinen Träumen immer noch das wilde Schwanken des Schiffes und das Brausen des Windes spürte.

Am Abend weckte der Herzog alle Schlafenden, ließ eine Mahlzeit aus Haferbrei und Fisch austeilen und setzte sich mit seinen Getreuen zu Herluin ans Feuer. Man aß hungrig, alle fühlten sich unwohl in den feuchten Gewändern, man fragte nach vermissten Kameraden, entdeckte erst jetzt blaue Flecken und aufgeschürfte Stellen, und manch einem steckte noch die überstandene Gefahr in den Knochen.

Robert war von einem Ruder, das ein Brecher durch das Schiff geschleudert hatte, an der Schulter getroffen worden, außerdem hatte er eine lange Schramme an der linken Schläfe – dennoch schien er guter Dinge zu sein.

»Sagt, Vater – riefen Sie nicht den heiligen Michael an, als der Sturm uns bedrohte?«, wandte er sich an den Kaplan Isembert, der bleich und bekümmert neben ihm hockte und Brei aus der hölzernen Schale löffelte.

Der Kaplan konnte sich nicht recht erinnern, doch es war durchaus möglich, hatte er doch in seiner Not wohl gut zwanzig verschiedene Heilige angerufen. Er nickte zwischen zwei Löffeln.

»Jetzt erkenne ich das Zeichen Gottes!«, rief Herzog Robert. »Nicht nach England sollte ich ziehen, sondern zum Berg des heiligen Michael, den Alain von Bretagne mir streitig machen will!«

Verblüfft sahen die Männer sich an – es hatte schon seit Roberts Thronbesteigung Ärger mit Alain von Bretagne gegeben: Geplänkel an den Grenzfestungen und Drohungen des bretonischen Königs, der ein Cousin von Robert war und ebenfalls Ansprüche auf den herzoglichen Thron der Normandie gehabt hätte. Tatsächlich hatte Alain vor einiger Zeit den Berg und das Kloster des heiligen Michael als Grablege für seine eigene Familie beansprucht.

»Wir werden die Schiffe instand setzen und dann in den Kampf ziehen«, bestimmte Robert mit Feuer. Dann erging er sich in Beschuldigungen gegen seinen Cousin Alain, erklärte die unermessliche Bedeutung des Klosters auf dem Mont Saint-Michel, das einst sein Vater gestiftet hatte, und rief seine Vasallen dazu auf, ihm in den Kampf zu folgen.

Die englische Angelegenheit war damit vergessen. Fast erschien es Herluin, als sei Robert sehr froh, den Kopf auf diese Art aus der Schlinge gezogen zu haben.

»Ich vermisse dich, Herluin«, sagte Robert im Überschwang seiner Begeisterung. »Weshalb kehrst du mit deiner Frau nicht an den Hof zurück? Ich erwarte euch spätestens zur Feier des Christfestes in Rouen! Bis dahin werden wir Alain längst im Sack haben.«

* * *

»Geh allein«, sagte Arlette, als Herluin ihr Wochen später von Roberts Aufforderung berichtete. »Ich werde hier in Conteville bleiben.«

Er fragte nicht nach ihren Gründen, doch sie spürte seine Befriedigung über ihre Entscheidung. Auch ihn selbst zog es wenig an Roberts Hof, er blieb vorerst in Conteville und widmete sich dem Bau seiner Burg – Roberts Einladung war in einem Anfall von Hochstimmung und Geschwätzigkeit ausgesprochen worden, vermutlich würde er sie inzwischen längst vergessen haben.

Arlette hatte Herluin nicht merken lassen, welch heftiger Gefühlsaufruhr in ihrem Inneren herrschte. Für einen Augenblick war es ihr wie ein Lichtblitz erschienen, eine irrwitzige Hoffnung, für die es keinen Grund geben konnte und die sie daher sofort wieder erstickte. Robert hatte seine Ehefrau verstoßen – aber was hieß das schon? Vermutlich plante er längst eine andere Heirat, hatte sich vielleicht sogar eine Geliebte genommen, die bei den Hofgesellschaften an seiner Seite saß. Nein, Arlette wollte nicht zusehen müssen, wie eine andere ihren Platz einnahm, während sie selbst, dem Rang ihres Ehemannes entsprechend, weiter unten zwischen den Ehefrauen der weniger geachteten Vasallen zu sitzen kam. Sosehr sie sich nach ihren Kindern Wilhelm und Adelheid sehnte – diese Demütigung wollte sie sich ersparen. Lieber blieb sie in dem langweiligen Conteville, wo sie zwar nicht glücklich war, doch immerhin die Herrschaft über Land und Hof besaß. Der Sperling im Käfig war weitaus besser als der Habicht auf dem Baum.

Das Leben ging seinen gewohnten, eintönigen Gang, man freute sich am Gedeihen des kleinen Odo, der nun schon munter umherkrabbelte und einen zarten, roten Flaum auf dem Köpfchen trug. An milden Tagen schritt der Bau der Burg voran, und Herluin war gemeinsam mit Arlette nach Honfleur gereist, um die ersten Einkäufe für die Innenräume zu tätigen. Sie hatten Leinen und vielerlei bunt gefärbte Wollfäden erworben, auch kleine, intarsienverzierte Tische, bemaltes Geschirr und schöne Kannen, in denen während der Mahlzeit das Wasser gereicht wurde. Arlette freute sich zwar über die hübschen Dinge, doch das Sticken der Wandbehänge war ihr lästig, sie hasste dieses elende Gefummel, mit dem die Damen am herzoglichen Hof fast pausenlos beschäftigt gewesen waren und das sie – ungeduldig wie sie war – nur sehr unvollkommen beherrschte. Lieber entwarf sie die Bilder, die auf den Wandbehängen dargestellt werden sollten, zeichnete die Konturen mit Kohle auf das helle Leinen, festigte sie dann mit groben Stichen, bevor das Leinen gewaschen wurde, damit die Hilfslinien für die Stickerinnen zu sehen blieben. Das mühsame Aussticken der Bilder überließ sie gern ihren Schwägerinnen.

»Nicht eine einzige Geschichte aus der Bibel hat sie gezeichnet«, nörgelte Hawisa. »Nur die Burg, die Herluin bauen lässt, und das Meer mit vielen Schiffen darauf. »

»Aber dieses Bild zeigt doch einen Mann und eine Frau zwischen allerlei Pflanzen und Apfelbäumen – es werden Adam und Eva im Paradies sein«, gab Ainor unsicher zurück.

»Wer weiß, was sie da im Sinn gehabt hat!«

»Sei still«, flüsterte Ainor und beugte sich tiefer über ihre Stickerei, denn Godhild war die Leiter in den großen Wohnraum hinabgestiegen, um sich ebenfalls an der Arbeit zu beteiligen.

Godhild teilte Arlettes Abneigung gegen ihre Schwägerinnen und scheute sich nicht, ihre Meinung offen zu verkünden, wobei sie stets auf Rückendeckung durch die Hausherrin rechnen konnte. Im Gegensatz zu Arlette mochte sie auch die alte Guda nicht und tat nur das, was Arlette ihr auftrug. Vor allem kümmerte sie sich um den kleinen Odo, sorgte dafür, dass Hawisa kaum noch mit dem Kind in Berührung kam, und überwachte die Amme, die ihr zu gehorchen hatte. Hin und wieder beteiligte sich Godhild sogar an den Stickarbeiten und zeigte sich dabei ausgesprochen geschickt, so dass Arlette, die ihrer Freundin eine solche Geduld nicht zugetraut hätte, oft den Kopf darüber schüttelte.

Herluin ließ Arlette in allen Dingen gewähren. Seitdem er von dem Kampf um den Mont Saint-Michel zurückgekehrt war, wirkte er zuversichtlich, fast glücklich, und Arlette ahnte, was der Grund dafür war. Sie hatte ihn mit großer Freude empfangen, sich nur lachend darüber beklagt, dass das teure Gewand von Schmutz und Salzwasser beschädigt und der glänzende Kettenpanzer schwarz geworden war. Sie war tatsächlich froh, dass er heil zurückgekehrt war, denn obgleich sie ihn nicht liebte, hatte sie ihn doch vermisst und sich gesorgt, wie sie ohne ihn leben sollte.

Doch zu ihrer größten Verblüffung war ihr Ehemann nach wie vor entschlossen, das Versprechen einzuhalten, welches er ihr nach Odos Geburt gegeben hatte. Er berührte sie nicht, wollte auf keinen Fall, dass sie noch einmal schwanger wurde.

»Wir haben einen Sohn, Arlette. Er ist kräftig und gesund, er wird mein Erbe sein, für ihn und für Sie erbaue ich diese Burg. Weitere Kinder, für die Sie so grausam leiden müssten, brauchen wir nicht.«

Es erschien ihr seltsam – welcher Mann tat so etwas? War

nicht jeder andere eifrig bemüht, so viele Nachkommen wie möglich in die Welt zu setzen? Herluin war nicht krank, er wusste eine Frau genussvoll zu nehmen, wie er ihr oft genug bewiesen hatte.

»Sie haben also beschlossen, ein Heiliger zu werden«, bemerkte sie spöttisch. »Nun, so wie Sie oft reden, passt es zu Ihnen.«

»Ich bin keineswegs ein Heiliger und tauge auch nicht dazu, Arlette.«

»Aber weshalb wollen Sie mich dann nicht berühren?«

Er setzte sich auf und beugte sich über sie, um sie zu küssen.

»Ich werde Sie gewiss berühren, Arlette. Doch niemals so, dass Sie von mir ein Kind empfangen.«

Tatsächlich war er zärtlich zu ihr, umarmte sie liebevoll, küsste sie auch und fand tausend Worte, um ihr zu sagen, wie schön sie sei, wie sehr er sie begehre, doch stets fügte er hinzu, dass er sie liebe und ihr kein Leid zufügen wolle. Arlette, die eine solche Rücksichtnahme nicht kannte, fing an, sich heftig nach ihm zu sehnen, flehte ihn an, sie zu nehmen, und wurde zornig, wenn er trotz aller Bitten standhaft blieb.

»Ich habe einen Kapaun geheiratet«, schimpfte sie schließlich, doch er lachte sie aus, wusste sie durch Reden zu überzeugen, und wenn sie ehrlich war, fand sie die Aussicht, nicht mehr schwanger sein zu müssen, letztlich gar nicht so schlimm.

Im Winter zogen sie sich schon früh auf ihr Lager zurück und redeten lange Stunden miteinander. Er schilderte ihr den Sturm auf dem Ärmelkanal, die Ankunft auf der kleinen Kanalinsel und wie sie einige Tage später an der bretonischen Küste landeten, um Alain von Bretagne anzugreifen. Der Kampf war zunächst erfolgreich, denn man hatte die Bretonen überrumpelt, dann aber war das Ganze auf eine Belagerung hinausgelaufen und es hatte die Gefahr bestanden, dass sich der Streit zu einem ernsthaften Krieg zwischen der Normandie und der Bretagne entwickelte.

»Es war der Erzbischof von Rouen, der die beiden Streithähne auf den Mont Saint-Michel bestellte und dort miteinander versöhnte«, berichtete Herluin und beobachtete gespannt, wie Arlette diese Neuigkeit aufnahm.

»Und danach waren Robert und Alain wieder die besten Freunde«, meinte sie spöttisch. »Seltsam, mir scheint, das hätte ich schon einmal erlebt. Wie lächerlich, dass ein Graf und ein Herzog wie zwei kleine Buben vor diesem Mann stehen, der sie zwingt, sich wieder miteinander zu vertragen.«

Herluin stimmte ihr zu, doch er fügte an, dass der Erzbischof von Rouen bei allen Sünden, die er auf seine Seele nahm, doch immer das Wohl der Normandie im Auge habe.

»Vor allem hat er sein eigenes Wohl im Auge«, widersprach sie. »Dieser machtgierige Alte hat wieder einmal bewiesen, dass er der wahre Herrscher der Normandie ist und Robert sich seinem Willen fügen muss.«

»Vielleicht«, gab er zu. »Und doch scheint mir, dass er viele Seiten hat. An seinem Hof sollen gelehrte Mönche leben, die sogar über die sieben freien Künste diskutieren, Sänger und Musikanten sind dort willkommen, außerdem lässt er kostbare Bücher herstellen und fördert die Klöster.«

»Das alles wiegt nicht seine Bosheit und Hinterlist auf«, entschied sie störrisch.

Er wusste, weshalb sie den Erzbischof so abgrundtief hasste, und konnte es durchaus verstehen. Doch wenn man die Sache mit kühlem Blick betrachtete, dann hatte der Erzbischof auch damals zum Wohl des Landes gehandelt, als er Robert veranlasste, sich von seiner Geliebten zu trennen. Herluin mochte Robert gern, doch insgeheim war er davon überzeugt, dass der Erzbischof von Rouen bei all seiner Widersprüchlichkeit der bessere Herzog gewesen wäre.

An einem Regentag im Frühjahr tauchte eine Gruppe Berittener vor dem Hof auf, und die Mägde liefen aufgeregt ins Wohnhaus, um zu vermelden, ein Bote des Herzogs sei eingetroffen, der dem Herrn eine Mitteilung überbringen wolle. Alles im Haus lief neugierig zusammen, auch Arlette stieg aufgeregt die Leiter hinab, Unruhe im Herzen, denn sie glaubte zu wissen, um welche Botschaft es sich handelte.

Doch als die Männer über die Schwelle traten und die nassen Kappen und Mäntel abgelegt hatten, schrie sie laut auf vor Freude.

»Walter!«

Ihr Bruder eilte ihr lachend entgegen und nahm sie in die Arme. Wie groß er jetzt war und wie männlich er dreinschaute – er hatte bereits mehrere Feldzüge des Herzogs mitgeritten, vielleicht war deshalb jener fremde Ausdruck in sein Gesicht gekommen. Walter war noch keine zwanzig, aber er erschien ihr plötzlich um Jahre älter als sie selbst – ja, er glich jetzt ihrem Vater.

»Bist du überhaupt noch mein kleiner Bruder, mit dem ich damals so viele Streiche ausgeheckt habe?«

»Das werde ich sein, solange ich lebe, Schwesterlein!«

Er schob sie sanft von sich, da es sich nicht ziemte, die Frau noch vor dem Hausherrn zu begrüßen. Herluin nahm es seinem ehemaligen Knappen nicht übel, lachend schlug er ihm auf die Schulter und schob ihn zur Feuerstelle hinüber, wo Godhild für die Gäste bereits Schemel aufgestellt hatte. Auch sie hatte den jungen Mann mit Aufmerksamkeit betrachtet, und Arlette sah das Feuer, welches in den Augen ihrer Freundin glomm. Es war lachhaft, aber Godhild hatte schon immer etwas für ihren kleinen Bruder übrig gehabt.

»Ich bin froh, dich hier zu sehen«, sagte Walter zu ihr. »Mir ist Schlimmes zu Ohren gekommen.«

»Es hat sich zum Guten gewendet«, gab sie kurz zurück und wandte sich ab, um den Begrüßungstrank zu mischen.

Walter stellte seine drei Genossen vor, die mit ihm auf den Botengang geritten waren, die Knechte hatte man derweil zu den Gesindehäusern geschickt, wo auch sie bewirtet wurden. Lange saßen sie beieinander, tauschten Neuigkeiten aus, und Walter freute sich über den jungen Odo, der sich auf den

Schoß des Onkels arbeitete, um die glänzende Gürtelschließe zu befühlen.

»Der Herzog hat mir ein kleines Lehen versprochen«, berichtete Walter mit Stolz. »Wenn es denn endlich mein Eigen ist, kann ich eine Frau nehmen und Kinder haben.«

»Hast du da an eine bestimmte Frau gedacht?«, forschte Arlette neugierig.

Walter grinste geheimnisvoll und behauptete, sich vorerst nur ein wenig umzuschauen. Es käme gewiss darauf an, dass sie ihm ebenbürtig sei, aus guter Familie, jedoch keinesfalls zu hoch hinaus, und – gefallen sollte sie ihm auch.

»Eine hässliche Alte aus einflussreicher Familie mit großer Mitgift käme also nicht infrage«, scherzte Herluin.

»Nur wenn sie eine schöne Tochter hat!«

»Du Schuft!«, kicherte Arlette. »Wir werden dich schon verheiraten, Brüderlein. Du wirst schauen!«

Walter leerte den Becher und wurde ernst, da er längst Herluins fragende Blicke bemerkt hatte.

»Es ist nicht die rechte Zeit zum Heiraten, Arlette. Der Herzog ruft seine Vasallen wieder einmal zum Kampf – dieses Mal geht es gegen Konstanze von Frankreich. Die Witwe von König Robert II. hat sich mit einigen der mächtigsten Vasallen des Reiches zusammengetan, um ihren zweiten Sohn Robert anstelle des erstgeborenen Heinrich auf den Königsthron zu heben.«

»Das ist also die Botschaft, die du mir überbringen sollst?«, fragte Herluin. »Dann werde ich wohl meinen schwarz gewordenen Kettenpanzer wieder blank polieren müssen.«

Beklommen sahen die Frauen auf Walter, der gleichmütig nickte und sich ganz offensichtlich auf den kommenden Kampf freute. Ehre und Ruhm waren für einen herzoglichen Krieger zu gewinnen – aber auch der Tod konnte sein Schicksal sein.

»Wieso muss Herzog Robert sich in diese Angelegenheit einmischen?«, empörte sich Arlette. »Soll König Heinrich doch anderswo um Hilfe ersuchen. Sagtest du nicht, einige der großen Vasallen des Reiches sind gegen ihn? Dann wird sich die Normandie eine Menge Feinde machen, wenn sie Heinrich unterstützt.«

Walters Antwort klang freundlich und belehrend, so wie man mit einem unmündigen Kind spricht – auch das war ein Zeichen dafür, dass er längst ein erwachsener Mann geworden war und die Meinung einer Frau über Fragen von Krieg und Politik nicht sonderlich schätzte.

»Nun – zuerst einmal hat König Heinrich die Unterstützung von seinem Schwiegervater Kaiser Konrad, der für ihn kämpfen wird. Und außerdem hat er sich in großer Bedrängnis nach Rouen flüchten müssen und Herzog Robert eindringlich um Hilfe gebeten. Es ist die Pflicht des normannischen Herzogs, seinem Lehnsherrn, dem König, beizustehen.«

»Er hat recht«, pflichtete Herluin bei. »Es ist mutig von Herzog Robert, denn er kämpft gemeinsam mit dem König gegen eine starke Gegnerschaft. Heinrich I. wurde von seinem Vater schon vor Jahren zum Nachfolger eingesetzt – die Sache scheint mir gerecht, und ich werde dabei sein.«

Arlette war nicht glücklich darüber. Weshalb mussten Männer stets neue Gründe finden, um gegeneinander ins Feld zu ziehen? Sie hatte Herluins Ritter in Falaise sterben sehen, auch er selbst war nur mit knapper Not dem Tod entronnen, in Chalon und Bellême, in Evreux, am Mont Saint-Michel – wo auch immer, überall waren zahllose junge, übereifrige Burschen in den Tod geritten. Wozu gebar eine Frau mit solcher Mühe Söhne, zog sie auf, sorgte sich um sie, liebte sie – nur um sie in einem einzigen, unsinnigen Streit zu verlieren?

Doch sie schwieg, denn sie begriff, dass weder Walter noch seine Kameraden und nicht einmal Herluin ihre Gedanken begreifen würden.

Schon wenige Tage später hatte Herluin seine wenigen Kämpfer um sich versammelt und zog gemeinsam mit Walter gen Rouen. Wochenlang erreichten wirre Nachrichten

Conteville, durchziehende Händler schwatzten von blutigen Schlachten, bei denen Robert von Normandie und Heinrich von Frankreich nebeneinander den Tod gefunden hätten.

Dann endlich traf ein berittener Bote auf dem Hof ein, den Herzog Robert selbst nach Conteville geschickt hatte. Siegreich hatte Herzog Robert gemeinsam mit dem Kaiser und dem französischen König die Feinde besiegt und Heinrich I. wieder auf den Thron gehoben. Walter und Herluin von Conteville hatten sich glanzvoll im Kampf geschlagen – beide befanden sich nun am herzoglichen Hof, wo Herzog Robert sie mit Lehen und Geschenken geehrt hatte. Arlette erhielt die Aufforderung, unverzüglich an der Seite ihres Ehemannes in Rouen zu erscheinen, damit auch sie im Glanze seines Ruhms erstrahle.

Sommer 1031

Die Hauptstadt der Normandie kam ihr vor wie ein lärmendes, brodelndes Gewimmel von hoch beladenen Wagen, fremdartig anmutenden Händlern, Gauklern, Geldwechslern und bunt gekleideten Menschen aus aller Herren Länder. Die Reiter, die Arlette, Godhild und den kleinen Odo nach Rouen geleiteten, mussten sich auf den Plätzen mit lauten Rufen und gut gezielten Tritten einen Weg durch die Menge bahnen. In den engen Gassen war hin und wieder überhaupt kein Durchkommen mehr, so dass sich Reiter und Wagen an die Seite drängen mussten, um einen mit Fässern beladenen Ochsenkarren oder eine Gruppe bewaffneter Ritter vorüberzulassen.

Arlette saß hoch zu Ross, berauscht von den Klängen, Gerüchen und Farben, sog gierig die pulsierende Lebendigkeit dieses Ortes in sich hinein und begriff nicht, wie sie all das so lange hatte entbehren können. Hier war das Zentrum des Landes, hier trafen sich Händler aus Dänemark und Friesland, aus England, Schottland und der Bretagne, hier ritten mächtige Adelsherren zum herzoglichen Palast, in dem gelehrte Mönche und berühmte Sänger ein und aus gingen, hier traf sich, was reich und mächtig war, was Rang und Namen hatte, und drüben im Palast des Herzogs wurde über das Schicksal des ganzen Landes entschieden.

Was war dagegen Conteville! Ein tristes, schmutziges Bauernnest auf dem platten Land, wo nichts weiter Bemerkenswertes geschah, als dass am Morgen die Sonne aufging und gelegentlich der Wind die Richtung wechselte.

Ein Schwarm Bettler stürzte sich auf die Reisegruppe: Dürre Arme, aus zerlumpten Kitteln ragend, streckten sich ihnen entgegen, hohläugige Gesichter verzogen sich zu jammervollen Grimassen, die die Eltern schon ihren Kindern beibrachten, um sich einen möglichst großen Anteil bei der Verteilung der Almosen zu sichern. Arlette wies ihre Begleiter an, ein paar Münzen zu werfen, doch der Segen zog nun weitere Arme an, so dass man sich bald ihrer Zudringlichkeit erwehren musste. Neidische Blicke mehrerer vorüberreitender Kaufleute folgten ihnen, als sie vor der Mauer des herzoglichen Palastes anhielten und von den Wächtern unverzüglich durch das Tor in den Innenhof eingelassen wurden.

Nach der energischen Aufforderung, die der Bote nach Conteville gebracht hatte, war es Arlette nicht mehr möglich gewesen, sich gegen diese Reise zu sträuben, ohne sich Roberts Zorn zuzuziehen.

»Was schimpfst du?«, hatte Godhild sie zurechtgewiesen, als Arlette sich zornig bei ihr beklagte. »Die alten Zeiten sind vorbei, neue brechen an. Dein Ehemann steht in der Gunst des Herzogs, dein Bruder wird bald Land und Einfluss besitzen – das alles kommt auch dir zugute.«

»Schon …«, murmelte Arlette und nagte an ihren Lippen.

»Freust du dich nicht darauf, deine beiden Kinder Wilhelm und Adelheid wiederzusehen?«

»Was für eine Frage!«

»Dann verstehe ich nicht, weshalb du jammerst. Du bist die Ehefrau eines herzoglichen Vasallen, Mutter seines Sohnes und hast deinen Platz an der herzoglichen Tafel – das ist mehr, als du jemals besessen hast.«

»Zumindest ist es ehrbarer. Und auch sicherer …«

»Genau das. Und wenn Herzog Robert dich ausdrücklich an den Hof befiehlt, kann das nur bedeuten, dass er dir nichts nachträgt, sondern dir weiterhin wohlgesinnt ist.«

»Was sollte er mir wohl nachtragen?«, brauste Arlette auf. »Er hat mich verraten und feige abgeschoben, ich bin es, die ihm etwas nachzutragen hätte …«

»Du schaffst es doch immer wieder, dein Glück in den Schweinepfuhl zu werfen …«

Arlette hatte eine Nacht lang über Godhilds Worte nachgegrübelt, und schlussendlich erschienen sie ihr sehr vernünftig. Godhild hatte recht – das Vergangene war vorüber, eine neue Zeit war angebrochen, der es mutig entgegenzutreten galt.

Der breite Hof vor dem Palast war voller Menschen. Herzogliche Dienstleute nahmen Lieferungen entgegen, Wäscherinnen und Mägde schleppten Körbe, berittene Boten sprengten durch die Menge, Bittsteller hatten sich in der Nähe der schmalen Nebeneingänge niedergelassen, um gottergeben darauf zu hoffen, dass man sie aufforderte, vor den Herzog oder wenigstens vor einen seiner Ministerialen zu treten, um ihr Anliegen vorzutragen.

Herluin erwartete Frau und Kind in der Nähe des großen Hauptportals. Er war von Dienern und Mägden umgeben, die sich um das Gepäck der Reisegruppe kümmern sollten, außerdem standen zwei Pferdeknechte bereit, die Reittiere wegzuführen und zu versorgen. Der Ritter Herluin erschien Arlette weniger glanzvoll, als die Schilderung des Boten hatte vermuten lassen: Seine Kleidung war reichlich schlicht, das rote Haar schlecht geschnitten und viel zu lang. Er lächelte ihr zu, während sie herbeiritt, und bückte sich dann, um ihr beim Absteigen den Steigbügel zu halten.

»Hatten Sie eine gute Reise?«, erkundigte er sich, als sie vom Pferd geglitten war und vor ihm stand.

»Ruhig und ohne schlimme Zwischenfälle.«

Er wirkte sehr blass auf sie, aber vielleicht war es das helle Sonnenlicht, das seiner Haut meist schlecht bekam.

»Sie sind schöner denn je, Arlette«, murmelte er so leise, dass sie es kaum vernehmen konnte. »Alle werden mich um Sie beneiden.«

»Unsinn«, wehrte sie lachend ab und rückte den Schleier zurecht, der ihr Haar verdeckte. »Viel eher wird man mich um meinen Ehemann, den ruhmreichen Kämpfer von Paris, beneiden.«

Er verzog das Gesicht, doch hätte sie nicht sagen können, ob es vor Schmerz oder vor Lachen war. Herluin wandte sich Godhild zu, die den kleinen Odo trug, nahm seinen Sohn auf den Arm, küsste ihn und freute sich, als der kleine Bursche begeistert mit den Armen wedelte und nach seinem Haar griff.

»Ich werde euch oft besuchen«, sagte er und gab das Kind an Godhild zurück. »Treten wir ein.«

Er reichte ihr den Arm, um sie durch das Eingangsportal zu geleiten, doch schon als sie die ersten Schritte nebeneinander gingen, bemerkte sie entsetzt, dass er humpelte.

»Sie sind verwundet!«

»Nur ein harmloser Kratzer am Oberschenkel. Eine Lanze hat mich gestreift, aber nicht richtig erwischt.«

»Wie gut, dass Godhild bei mir ist – sie wird nach der Wunde sehen.«

Er wehrte sich, behauptete, die Verletzung sei unbedeutend und würde ohnehin bald abheilen, doch Arlette blieb stur, so dass er sich schließlich fügte.

»Sorgen Sie sich etwa um mich?«, fragte er lächelnd, als sie bereits vor der steinernen Treppe standen, die zu den Frauengemächern führte.

Ein Schwarm Mägde, die Eimer und Körbe schleppten, quoll aus dem schmalen Treppenaufgang, und Arlettes Antwort ging in lautem Geschwätz und Fußgetrappel unter. Als der Aufgang endlich frei war und sie hinaufsteigen konnte, war Herluin bereits davongegangen, um nach Gepäck und Pferden zu sehen.

Das Frauengemach, in dem man sie unterbrachte, war unverändert: das Durcheinander von geöffneten Truhen, Gewändern und kleinen Tischchen, die stickenden und schwatzenden Frauen, die umherschwirrenden Pagen und Mägde und vor allem die kleinen Kinder – plärrende Säuglinge in den Armen ihrer Ammen, ängstliche Winzlinge, die noch auf unsicheren Beinchen standen und sich an die Gewänder ihrer Kinderfrauen klammerten, lärmende, kleine Bälger, die umhersprangen und an den Vorhängen der Bettstellen rissen –, alles war so wie vor ihrem Aufbruch nach Conteville.

»Arlette, meine süße Freundin Arlette! Du hattest richtig prophezeit – wir sehen uns wieder, und alles ist so, wie es damals war!«

Joseline warf sich ihr förmlich entgegen und hätte mit der Fülle ihres Gewandes fast ein Tischlein samt Krug und Schalen umgerissen. Sie war schon vor Monaten mit ihrem Mann an den Hof zurückgekehrt und genoss nun das neue Ansehen, das der Vicomte Nigel von Cotentin sich erworben hatte.

Auch Adelheid von Burgund war anlässlich des herzoglichen Sieges nach Rouen gekommen, thronte wie immer als unangefochtene Hauptperson inmitten der Frauen, umfangreich, mütterlich, zugleich aber hellwach und von scharfem Verstand. Sie begrüßte Arlette mit Freundlichkeit, nahm sie ohne Vorbehalte in den Kreis der Frauen auf, wies ihr dort jedoch alsbald ihren Platz an.

Die übrigen Frauen waren Arlette zum großen Teil völlig unbekannt, was nichts Ungewöhnliches war, denn die Ehefrauen und Töchter der Vasallen hielten sich meist nur eine gewissen Zeit am herzoglichen Hof auf. Viele begleiteten ihre halbwüchsigen Töchter, die hier erzogen werden sollten, blieben eine Weile, um den Mädchen den Abschied zu erleichtern, und reisten dann zu ihren Ehemännern zurück. Auch Joseline hatte ihre beiden Töchter am Hof gelassen, während sie im Cotentin weilte, die Ältere war trotz ihrer Jugend bereits verlobt, und Joseline hoffte nun, dass sich auch für die Jüngere eine günstige Verbindung auftun würde.

Doch Arlette hörte die nicht enden wollenden Reden ihrer Freundin nur mit halbem Ohr, denn ihre Augen ruhten auf ihrem Sohn Wilhelm. Wie er gewachsen war! Er überragte die gleichaltrigen Spielgefährten und kam ihr gewandter und kräftiger vor. Er hatte sich nicht im Mindesten um die fremde Frau gekümmert, die da mit ihren Truhen und Kisten eingezogen war, nur der plärrende Odo hatte seine Aufmerksamkeit erregt. Wilhelm hatte den Rotschopf mit abschätzigem Blick gemustert und ganz offensichtlich entschieden, dass dieser Bursche noch viel zu klein war, um ihm Konkurrenz zu machen.

»Er kennt mich nicht mehr.«

»Lass ihn«, sagte Godhild. »Es ist zwei Jahre her – du musst es langsam angehen, dann wird er sich schon an dich erinnern.«

Arlette empfand tiefen Schmerz, als sie den kleinen Wildfang bei der Hand fasste und die dunklen Augen des Kindes neugierig und zugleich misstrauisch ihre Züge erforschten.

»Meins!«, sagte er energisch und raffte eines der hölzernen Pferdchen an sich, die auf dem Boden verstreut lagen – ganz offensichtlich fürchtete er, die fremde Frau könne sich an seinem Eigentum vergreifen. Dann riss er sich los, schubste grob ein paar neugierig herbeigelaufene Kinder zur Seite, wobei ein kleines Mädchen im kurzen Leinenkittel umgerissen wurde und laut zu weinen begann.

»Heule, heule!«, rief er spöttisch, schielte dabei aber rasch zur Kinderfrau hinüber, die ihm mit dem Finger drohte.

»Ada von selber gefallen!«, stellte er fest und machte sich daran, so viele Holzfigürchen wie möglich an sich zu bringen.

»Unfassbar – er ist ein kleiner Tyrann geworden!«, stellte Godhild empört fest und hob das kleine Mädchen vom Boden auf. Adelheid hatte das blonde Haar ihres Vaters geerbt, doch ihre braunen Augen glichen denen ihres Bruders – die Augen des Gerbers Fulbert.

Arlette nahm ihre Tochter auf den Arm, tröstete und herzte sie, doch zugleich konnte sie den Blick nicht von dem kleinen, herrschsüchtigen Burschen wenden.

»Er hat so viel damit zu tun, alle Spielzeuge an sich zu raffen, dass er gar keine Zeit zum Spielen hat«, murrte Godhild. »Nun schau dir das an!«

Eine Kinderfrau hatte versucht, die Streithähne zu trennen, doch Wilhelm stürzte sich zeternd auf das junge Ding, riss an ihrem Kleid und schlug nach ihr. Sie schalt ihn, drohte ein wenig, doch der Erfolg war gering, und der Bengel flitzte ungeschoren davon.

»Weshalb lässt du dich von diesem Burschen schlagen?«, fragte Arlette die schüchterne hellblonde Kinderfrau.

»Er ist der Sohn des Herzogs, Herrin.«

»Er ist *mein* Sohn«, stellte Arlette energisch klar. »Wenn er dich noch einmal schlägt, wirst du ihn packen und ihm den Hintern versohlen.«

Sie ließ die entsetzte Frau stehen, reichte Godhild die kleine Tochter und rief Wilhelm zu sich. Doch der schien taube Ohren zu haben, offensichtlich war er daran gewöhnt, nur dann auf seinen Namen zu hören, wenn angenehme Dinge zu erwarten waren. Zu spät erkannte er die Gefahr, lieferte Arlette eine wilde Verfolgungsjagd, bei der die Gemütsruhe der stickenden Damen samt ihrer Kleidung in Unordnung geriet, schlüpfte in eine der Bettstellen und fand sich schließlich doch im Griff der hartnäckigen Gegnerin.

Er spuckte nach ihr und trat mit den Füßen, versuchte sogar, sie zu beißen. Arlettes Ohrfeige fiel milder aus als jene, die er von seinem Vater gewohnt war, dennoch war seine Verblüffung groß, da er der Meinung gewesen war, nur der Vater habe das Recht, ihn zu strafen.

»Ich habe gehört, dass du einmal ein Ritter werden willst«, sagte Arlette, die sich von seinem Gezappel nicht beeindrucken ließ. »Will!«, bekräftigte er und starrte seine Bezwingerin wütend an. »Und was braucht man dazu?«

Er blinzelte sie zornig an, als überlegte er, ob es sich lohnte, überhaupt mit dieser Dame zu reden. Doch dann überwog der Drang, sich vor ihr aufzuspielen, denn sie war schön und gefiel ihm.

»Pferd«, sagte er. »Panzer, Schwert und eine laaange, spitze Lanze. Und viele, viele Ritter, damit sie alle gehorchen.«

»Du weißt ja gut Bescheid«, gab sie anerkennend zurück. »Und was tut ein Ritter?«

»Schlägt ganz feste mit dem Schwert …«

Sie entnahm seinen Worten, dass Robert ihm offensichtlich ein hölzernes Schwert gegeben hatte und mit seinem Söhnchen kleine Kämpfe austrug, auch durfte Wilhelm auf dem Rücken des Vaters und der Dienerschaft reiten. Der Kleine erzählte, dass der Vater silberne Sporen an den Schuhen trüge. Ein Pferd habe der Vater ihm versprochen, ein richtiges Pferd, auf dem er reiten dürfe.

Robert kümmerte sich um ihren gemeinsamen Sohn, was sie rührte und glücklich machte. Dennoch empfand sie nicht nur Freude, wenn sie das Ergebnis betrachtete.

»Weißt du auch, was ein Ritter niemals tun darf?«

Er starrte sie verständnislos an, offenbar hatte er bislang angenommen, ein Ritter dürfe alles tun, was ihm gefiel.

»Ein Ritter darf niemals eine Frau schlagen – wenn er das tut, dann ist er ein Feigling.«

Was ein Feigling war, das wusste Wilhelm. Das war einer, der davonlief und Angst hatte.

»Ein Ritter muss die Frauen schützen, weil er stärker ist und Waffen trägt«, fuhr Arlette fort.

Der Kleine runzelte die Stirn, schniefte und gestattete der Fremden, ihm die Nase zu putzen.

»Wenn du ein Ritter werden willst, darfst du also nicht nach deiner Kinderfrau schlagen.«

»Das ist keine Frau, das ist Esilia«, wehrte er sich spitzfindig.

»Und wer bin ich?«, fragte Arlette.

Wilhelms dunkle Augen formten sich zu schmalen Schlitzen, er zog an seiner Hand, die Arlette festhielt.

»Eine Frau!«, sagte er und riss sich von ihr los.

Den Rest des Tages hütete er sich sorgfältig, ihr noch einmal in die Fänge zu geraten, doch er verfolgte sie mit den Blicken, und wenn er sah, dass sie ihn beobachtete, trat er mit den Füßen nach seiner Kinderfrau.

Am Abend begab man sich zur Tafel des Herzogs – es war jener Moment, vor dem Arlette sich die ganze Zeit über gefürchtet hatte, da sie nun Robert würde gegenübertreten müssen.

»Nur Mut«, sagte Herluin zu ihr. »Wir gehen gemeinsam.«

Mit weichen Knien schritt sie an Herluins Seite in den Saal, spürte die neugierigen Blicke von allen Seiten, glaubte, es wispern und flüstern zu hören. Herluins Begleitung war ihr eher eine Last als eine Hilfe, denn er hinkte beim Gehen und zog so zusätzlich mitleidige Blicke auf sich. Es war Sitte, dass die neu angekommenen Tafelgäste dem Herzog vorgestellt wurden, damit er sie willkommen heißen konnte, meist teilte er bei dieser Gelegenheit auch Geschenke und andere Gunstbeweise aus.

Nichts in der Miene des Herzogs deutete darauf hin, dass sie beide einst ein Liebespaar gewesen waren. Robert war verändert, er kam ihr selbstbewusster, gefasster, überlegener vor – ein höfliches Lächeln und einige belanglose Fragen waren alles, was er ihnen zukommen ließ, dann winkte er dem Zeremonienmeister, der Arlette ihren Platz zwischen den Frauen anwies – weit weg von der herzoglichen Runde. Auch Joseline saß nicht in ihrer Nähe, sondern inmitten einer Reihe älterer Frauen – Mütter und Tanten aus der weitläufigen Verwandtschaft des Herzogs, darunter auch eine schweigsame Äbtissin, die sich hier an der herzoglichen Tafel zwischen all den reich gekleideten Damen ausgesprochen unwohl fühlte und nur ein wenig Brot und Gemüse zu sich nahm.

Hin und wieder konnte Arlette einen Blick von Herluin auffangen, der sich offensichtlich sehr angeregt mit Jean le Païen unterhielt, und es ärgerte sie, dass er sich ausgerechnet mit diesem Menschen abgab, anstatt die Freundschaft der mächtigen und angesehenen Adelsherren zu suchen. Wenn sie sich ein wenig vorbeugte, war es möglich, an einem silbernen Kandelaber vorbei zum oberen Teil der Tafel zu schauen, und sie stellte fest, dass dort der Erzbischof von Rouen und Gilbert von

Brionne im besten Einvernehmen scherzten und sich gegenseitig zutranken.

Fuchs und Wolf haben sich zusammengetan, dachte sie verbittert. Da werden die Lämmer schlechte Zeiten haben.

Robert war vom Wein und den guten Speisen erhitzt, er warf den mit Silberfäden bestickten Mantel ab und erhob sich, um mit großspurigen Worten eine Rede zu halten. Die gemeinsamen Kriegszüge gegen die Bretagne und gegen Konstanze von Frankreich hätten seine Vasallen geeint, von nun an gäbe es weder Fehden noch Unruhen in der Normandie, Klöster und Kirchen stünden unter dem Schutz der Adelsherren, was zahlreiche neue Gründungen und Stiftungen bewiesen. Er selbst habe zwei Klöster mit Land und Besitz ausgestattet, das Kloster Cerisy-la-Forêt und die neu gegründete Abtei der Heiligen Dreifaltigkeit auf dem Katharinenberg bei Rouen.

Konnte das sein? Es war ruhiger geworden, das hatte sie während ihrer Reise feststellen können, nirgendwo waren sie einer kriegerischen Rotte begegnet. Die Bauern schienen unbehelligt ihre Ernten einzufahren, und auf den Handelswegen zogen nicht nur schwere Ochsengefährte dahin, auch kleine Händler, die nur Ziegen vor eine leichte Karre zu spannen hatten, gingen ihren Geschäften nach.

Roberts Rede war lang, doch weniger geschwätzig als seine früheren Ansprachen. Als er geendet hatte, setzte er sich mit triumphierender Miene auf seinen Platz, genoss die zustimmenden Rufe seiner Vasallen, die begeistert mit den Messergriffen auf die Tischplatte klopften, und netzte seine trockene Kehle mit einer Schale Wein. Er hatte kein einziges Mal zu Arlette hinübergesehen, ja es schien ihr, als habe er bewusst vermieden, in ihre Richtung zu blicken.

* * *

In den folgenden Wochen grübelte Arlette oft darüber nach, weshalb Robert so energisch darauf bestanden hatte, dass sie an den Hof reiste. Wollte er ihr beweisen, wie gleichgültig sie ihm inzwischen geworden war? Wie wenig er auf ihre Zärtlichkeiten angewiesen war, die ihm früher so viel bedeutet hatten? Ja, er hatte inzwischen einige Siege errungen, und vielleicht war es ihm gelungen, die Unruhen und Adelsfehden im Land zu dämpfen; er hatte eine Reihe ehrgeiziger Vasallen um sich geschart, die ihm treu ergeben waren, zumindest solange er sie mit Privilegien und Titeln an sich band. Dies alles hatte sein Selbstbewusstsein gestärkt und seine Liebe zu Prunk und glänzender Hofhaltung verdoppelt.

Bitter kam sie zu dem Schluss, dass er nichts anderes im Sinn hatte, als sich für seine einstige Schwäche und Abhängigkeit zu rächen, indem er ihr vorführte, dass ihre einstige Macht über ihn erloschen war.

Robert, den man inzwischen »den Prächtigen« und nicht mehr »Lautmund« nannte, verhielt sich nach wie vor höflich in ihrer Gegenwart, hin und wieder schenkte er ihr sogar ein Lächeln, das jedoch seltsam starr ausfiel, meist jedoch bemühte er sich, ihr auszuweichen.

Immerhin schien er keine Geliebte zu haben, zumindest keine, die am Hof verkehrte. Bei festlichen Anlässen saß seine Schwester Adelheid in seiner Nähe, ihre herausragende Stellung unter den Frauen konnte nur von einer neuen Herzogin übertrumpft werden, doch bisher schien Robert noch keine weitere Heirat zu planen.

»Eine Verbindung mit Flandern wäre vorteilhaft, am besten jedoch eine Ehefrau aus der Familie des französischen Königs«, schwatzte Joseline, die sich für eheliche Verbindungen begeisterte, seit sie bemüht war, ihre Töchter vorteilhaft an den Mann zu bringen. »Was für ein Jammer, dass er Knuts Schwester Astrid verstoßen hat. Wie man hört, hat Knut sie inzwischen anderweitig verheiratet. Dennoch ist die Verbindung mit England für die Normandie gesichert, solange Emma von der Normandie dort Königin ist …«

Gleich darauf fiel sie zornig über ihre beiden Töchter her, die einander an den Haaren rissen und Tritte in die Kniekehlen austeilten. Die Mädchen hatten sich eine ausgiebige mütterliche Predigt anzuhören, in der es vor allem darum ging, dass ein Fräulein niemals keifte, der Schwester keine Haare ausriss und vor allem an der herzoglichen Tafel nicht albern kicherte, sondern bemüht war, sich so vorteilhaft wie möglich darzustellen.

»Denkt daran, dass Giroie von Echauffour sich unsterblich in Thurstan von Bastemburgs Tochter verliebte, als er sie beim Gastmahl an der Tafel erblickte. Inzwischen sind die beiden miteinander verheiratet«, hielt sie den Töchtern zum wiederholten Mal vor.

Arlette hatte einige Male das Gespräch auf Roberts kurze Ehe mit Astrid gelenkt, doch auch Joseline hatte keine Ahnung, weshalb der Herzog seine Ehefrau verstoßen hatte, zumal sie sich zu dieser Zeit nicht am Hof aufgehalten hatte. Es wurde gemunkelt, dass Robert sich schon vor seiner Heirat mit Knut überworfen hatte. Dahinter könnte eigentlich nur Alfred Aetheling gesteckt haben, der Knut, den zweiten Ehemann seiner Mutter Emma, bis aufs Blut hasste und Robert vorgeworfen hatte, ihn, Alfred Aetheling, und seinen Bruder Eduard mit dieser Heirat zu verraten.

Anstatt selbst eine neue Ehe einzugehen, hatte Robert inzwischen seine Schwester Eleonore mit dem flandrischen König Balduin IV. verlobt. Noch im Herbst des gleichen Jahres wurden die Eheverträge geschlossen, und Robert bestimmte, welche seiner Vasallen den Brautzug nach Flandern geleiten sollten.

Eleonore war Arlette nie besonders aufgefallen, sie war ein schweigsames, überschlankes Mädchen, das nur selten lachte und sich auch niemals hervortat, obgleich es eine nahe Verwandte des Herzogs war. Schönheit zeichnete sie nicht aus, sie hatte die blauen, ein wenig vorstehenden Augen ihres Bruders, ihre Nase war zu lang und ihr Gesicht zumeist durch rote Flecke und Pusteln verunziert. Sie teilte nicht Mathildes begeisterte Frömmigkeit, und es fehlten ihr die rasche Auffassungsgabe und die Lust am Herrschen, die ihre ältere Schwester

Adelheid auszeichneten. Dafür besaß sie einige kostbare Bücher, die ihr Onkel, der Erzbischof, ihr zum Geschenk gemacht hatte, und man hatte Arlette bereits zugeraunt, dass Eleonore imstande sei, das Lateinische und sogar das Griechische zu verstehen.

Der Abschied vom Hof ihres Bruders schien Eleonore unendlich schwerzufallen, denn als man begann, die Gewänder, Tuche und andere Dinge, die man für sie angefertigt hatte, in Truhen zu legen, sah Arlette sie weinen.

»Was hat sich Robert da nur einfallen lassen?«, murrte Adelheid, wenn Eleonore außer Hörweite war. »Balduin IV. ist schon über fünfzig, sein ältester Sohn und Nachfolger ist mit Adele von Frankreich verheiratet, und sie haben bereits Kinder. Was kann sich Eleonore schon von dieser Heirat mit dem alternden König erhoffen? Gleich, ob sie ihm Söhne gebiert oder nicht – nach Balduins Tod wird der neue König von Flandern sie und ihre Kinder kaltstellen.«

Adelheid dachte praktisch, wie es ihre Art war, doch Arlette, die Eleonore nun häufiger als zuvor betrachtete, hatte das Gefühl, dass diese junge Frau auch über eine glänzende Heirat mit einem jungen Herrscher unglücklich gewesen wäre. Sie hätte es zweifelsohne vorgezogen, still und unauffällig zu leben und sich mit ihren Büchern zu beschäftigen.

An einem trüben Oktobermorgen standen die Wagen hochbepackt und von Fellen und Häuten vor dem Regen geschützt im Palasthof, Knechte und Mägde liefen durcheinander, um einige letzte Gegenstände herbeizutragen, während die Fuhrleute bereits die Ochsen und Pferde vorspannten. Die Ritter, die den Brautzug nach Flandern begleiten würden, standen unter der Führung von Gilbert von Brionne, der sich mit seinen Begleitern noch im großen Saal aufhielt, wo man eine kräftige Mahlzeit hatte auftischen lassen. Oben im Frauengemach nahm Eleonore Abschied, nur wenige ihrer Freundinnen sowie mehrere Dienerinnen würden sie nach Flandern begleiten. Es wurde nach altem Brauch viel geweint und geküsst, letzte Geschenke und Erinnerungsgaben verteilt, Glück- und Segenssprüche über die Braut gesprochen.

»Wie schön sie ist!«, schluchzte Joseline. »Und wie gefasst sie ihr Schicksal hinnimmt!«

Eleonore trug ein hellgrünes Gewand, das an Ärmeln und Bodensaum mit breiten Brokatborten verziert war; Pflanzen und seltsame Tiere waren darin zu verschlungenen Mustern zusammengefügt, in dem bunt bestickten Gürtel glitzerten silberne Fäden. Robert hatte ihr etliche solcher Gewänder anfertigen lassen, dazu kostbare Mäntel, Schuhe, Pelze und Geschmeide, denn er wollte dem König von Flandern beweisen, wie reich die Normandie war und wie großzügig ihr Herzog seinen Schwager ehrte.

Arlette war bereits in den Hof hinuntergegangen, wo eine große Menge von Frauen, Adelsherren und Rittern warteten, um die Braut und ihre Begleiter zu verabschieden. Auch die kleinen Pagen liefen dort herum, spielten mit den Hunden und lugten neidisch zu den Knappen hinüber, die ein paar Jahre älter waren und bereits die ritterliche Ausbildung begonnen hatten, während sie selbst noch in den Frauengemächern Dienst zu tun hatten.

Als Eleonore, von einigen Frauen geleitet, durch das Eingangsportal in den Hof trat, ergriff eine Windböe die Gewänder der Frauen, bauschte sie und riss an ihren Schleiern. Im gleichen Moment begann es zu regnen, die Damen zogen die Mäntel über die Schleier, um die empfindlichen Seidenstoffe vor der Nässe zu schützen, die Fuhrleute setzten ihre Kappen auf, und diejenigen Ritter, die aus Eitelkeit Kettenpanzer und Helm angelegt hatten, ärgerten sich, denn der Regen drang mühelos durch die Wehr ins Gewand und machte den Panzer schwer.

Eleonores Abschied von ihrem Bruder Robert fiel dementsprechend eilig aus; die beiden umarmten sich, und Arlette sah, dass Robert einige Worte an sie richtete. Nun wünschte der Erzbischof seiner Nichte Glück, dann sprach der Kaplan Isembert seinen Segen über die junge Braut, und man übergab sie feierlich dem Schutz des Brautführers. Vermutlich war die arme Eleonore froh, als sie sich mit ihren Frauen endlich unter die aufgespannten Häute ihres Reisewagens flüchten konnte, denn die roten Pusteln blühten so heftig in ihrem blassen Gesicht, dass man hätte meinen können, jemand habe ihr rote Erdbeeren auf Wangen und Stirn gedrückt.

Gilbert von Brionne brüllte seinen Rittern Anweisungen zu, ein Vortrupp wurde formiert, dann folgten die Wagen, von Rittern flankiert, die Nachhut bildeten einige von Knappen geführte Packpferde. Die Zuschauer, die den Zug dicht umstanden, winkten und jubelten trotz des Regens, riefen der Braut allerlei Segenswünsche, aber auch unchristliche Zauberwörter hinterher, ein kleiner Hund, der dem Zug winselnd und jaulend nachlaufen wollte, wurde von einem Pagen kurz vor dem Tor des Palasthofs wieder eingefangen.

Kaum hatte der Zug den Hof verlassen, entstand vor den Eingängen des Palastes Gedrängel, denn jeder – gleich ob Adelsherr, Page, Dame oder Magd, wollte so rasch wie möglich ins Trockene gelangen. So mancher Adelsherr zeigte wenig Höflichkeit und schob die Frauen grob beiseite, um sich selbst vor dem Regen in Sicherheit zu bringen, und man hörte Adelheids empörte Stimme weit über den Platz schallen.

Arlette war unter das vorspringende Dach eines Nebengebäudes getreten, da sie wenig Lust verspürte, sich im Gedränge zerquetschen zu lassen – besser war es, abzuwarten, bis der Weg frei war. Herluin war inzwischen an ihre Seite getreten, auch er fand ihre Entscheidung vernünftig, zumal es eine gute Gelegenheit war, sich ohne lästige Zuhörer mit seiner Frau zu unterhalten.

»Legen Sie sich meinen Mantel um«, sagte er, als eine Windböe den Regen in ihre Richtung drückte. »Es wäre schade um Ihr schönes Gewand.«

»Aber nein, behalten Sie den Mantel, Sie brauchen ihn selbst.«

Er grinste und erklärte, dass sein Rock und die Beinlinge schlechte Witterung gut aushalten würden.

»Das ist allerdings wahr«, bemerkte sie spitz. »Sie scheinen die schönen Kleider, die ich für Sie mitgebracht habe, irgendwo in einer Truhe zu verwahren, damit sie nur ja niemand zu sehen bekommt.«

»Ich bin Ihnen dankbar dafür, dass Sie so für mich sorgen, Arlette«, erwiderte er beklommen. »Aber ich bin kein Mann, der sich gerne schmückt, um vor anderen zu glänzen.«

»Ich weiß ...«, seufzte sie und blinzelte hinüber zum Haupteingang des Palastes, wo sich das Gedränge langsam lichtete.

»Ich wollte mit Ihnen sprechen, Arlette«, sagte er und hielt sie am Arm fest. »Was würden Sie sagen, wenn ich den Herzog darum bäte, wieder nach Conteville zurückkehren zu dürfen?«

Sie hatte diese Frage erwartet, war ihr doch längst bewusst geworden, dass Herluin hier am herzoglichen Hof reichlich unglücklich war. Es enttäuschte sie, denn sie hatte gehofft, er habe sich verändert, doch er war immer noch der gleiche, grüblerische Einzelgänger, unfähig, sich vor anderen Respekt zu verschaffen, freundlich, aber unbedeutend, und ein Zugewinn an Macht und Einfluss durch die Gunst des Herzogs schien sein Ziel nicht zu sein.

»Ich weiß nicht ...«, entgegnete sie zögernd.

»Ich würde es nur tun, wenn Sie einverstanden sind«, fuhr er fort und trat vor sie, um sie mit seinem Körper vor dem Wind zu schützen. »Doch es ist schade, die Zeit so unsinnig zu vertun, während in Conteville die Arbeiten an der Burg nicht vorankommen.«

»Das ist freilich wahr ...«

Er stand jetzt so dicht vor ihr, dass sie seine Körperwärme wahrzunehmen glaubte, und sie hätte ihn gern berührt, denn seltsamerweise verspürte sie Sehnsucht nach ihm. Doch er war mit seinen eigenen Gedanken beschäftigt, und sein Gesicht verzog sich voller Abscheu, während er auf sie einredete.

»Ich verachte sie alle, diese Speichellecker, Prahlhänse und Schreihälse und vor allem die hinterhältigen Lügner, die dem Herzog im Moment ihre Treue schwören, um ihn bei der nächsten Gelegenheit an den Feind zu verraten. Nie habe ich sie so gründlich durchschaut wie in diesen wenigen Wochen, die wir am Hof verbracht haben. Es widert mich an, Arlette, all dieser Glanz und Prunk, die prächtigen Hoftage, die Versammlungen bunt geschmückter Würdenträger – kein Einziger ist unter ihnen, dem ich meine Freundschaft bieten würde …«

»Keiner außer Jean le Païen …«

Er entspannte sich und lächelte sogar. Ja, Jean le Païen sei sein Freund, der einzige Freund, den er jemals gehabt habe, doch nicht einmal das Beisammensein mit ihm wiege die Qual auf, Tag für Tag mit nichtswürdigen Menschen leben zu müssen.

Arlette fröstelte, und sie zog den Mantel enger. Auch sie selbst war nicht glücklich am Hof des Herzogs, doch es gab ein Band, das sie sehr eng an diesen Ort fesselte.

»Ich müsste meine Kinder wieder verlassen, Herluin.«

Er atmete tief und sah bekümmert zur Seite.

»Wir werden Odo mit uns nehmen, Arlette«, sagte er leise, wohl wissend, dass dies ihr nicht genügen würde.

»Und Adelheid? Und Wilhelm?«

Das kleine Mädchen hatte sich ihr rasch angeschlossen, doch um Wilhelms Gunst musste Arlette immer noch mit großer Beharrlichkeit kämpfen. War er hin und wieder willig, fügte sich ihren Wünschen und kam sogar herbeigelaufen, um sich ein Küchlein oder eine Nuss zu erbetteln, so gab es doch immer wieder Tage, an denen er sie mit feindseligen, dunklen Augen anblickte und alles unternahm, um sie zu kränken.

»Er erinnert sich an uns beide«, hatte Godhild gemeint. »Vielleicht ist er zornig auf uns, weil wir ihn damals verlassen haben.«

Wut schoss in ihr hoch. Sie war damals nicht freiwillig fortgegangen, und nun traf sie zu allem Kummer noch der Hass ihres Kindes.

Herluins Rücken musste mittlerweile ziemlich durchgeweicht sein, doch er blieb ruhig stehen, stemmte die Arme rechts und links von ihr gegen die Mauer und sah sie eindringlich an.

»Welchen Sinn hat es, die beiden Kinder wieder an Sie zu gewöhnen, wenn wir den Hof sowieso früher oder später verlassen werden, Arlette? Ist es nicht besser, sie gar nicht erst zu gewinnen, damit sie nicht ein zweites Mal unter der Trennung leiden?«

»Aber wir werden doch immer wieder an den Hof zurückkehren, auch wenn wir einige Monate in Conteville verbringen ... so, wie es die anderen Vasallen des Herzogs auch tun.«

»Nein, Arlette«, sagte er ernst. »Ich werde gewiss niemals wieder hierher zurückkehren, und da Sie meine Frau sind, wünsche ich mir, dass Sie in Conteville an meiner Seite bleiben.«

Aufgewühlt und voller Kummer schloss sie die Augen. Wenn dem so war, dann würde sie weder Wilhelm noch Adelheid jemals wiedersehen. Vielleicht war es besser so, vielleicht hatte Herluin recht. Sie liebte ihre Kinder und wollte nicht, dass sie litten.

»Dann tun Sie, was Sie sich vorgenommen haben«, sagte sie leise. »Ich werde mit Ihnen reisen.«

Er strich gerührt mit der Hand über ihre Wange, beugte sich vor und küsste sie voller Dankbarkeit. Doch Arlette, die sich eben noch nach seiner Berührung gesehnt hatte, empfand jetzt nur noch Kälte für ihn. Er hatte recht, das sah sie ein – doch diese Einsicht war voller Leid und Verzicht, und sie hasste ihn dafür.

In den Frauengemächern herrschte aufgeräumte Stimmung, etliche der Damen erinnerten sich ihrer eigenen Hochzeit, man zählte die Besitztümer auf, die sie in die Ehe gebracht, die Gewänder, die sie damals getragen, und die hochstehenden Herrschaften, die an der Tafel gesessen hatten. Joselines Töchter lauschten den Berichten mit großen Augen, kicherten verlegen und mussten immer wieder ermahnt werden, ihre Stickarbeit nicht zu vergessen. Joseline selbst hatte sich mit zwei der Frauen in eine Ecke zurückgezogen, und Arlette ahnte, dass dort die ersten Verhandlungen stattfanden, die das Schicksal ihrer ahnungslosen Töchter bestimmen würden.

Wilhelm war nicht unter den Kindern, was bedeutete, dass sein Vater ihn wieder einmal zu sich holen lassen hatte. Es war Arlette recht, denn sie war noch zu bekümmert und hätte nicht die Kraft aufgebracht, sich mit dem widerspenstigen Knaben zu befassen.

»Verzeihen Sie, Herrin«, wisperte ein Page und zupfte sie am Ärmel. »Der Herzog befiehlt Sie zu sich.«

Ein heftiger Schreck durchfuhr sie, Erinnerungen schossen hoch, wie oft hatte Robert sie in früheren Zeiten zu sich rufen lassen, weil er Sehnsucht nach ihr empfand. Doch das war für immer vorbei, außerdem hatte er damals gebeten und niemals befohlen.

»Führe mich hin.«

Was mochte er von ihr wollen? Hatte Herluin ihm seine Bitte schon vorgetragen? Wollte Robert sie verabschieden, mit der üblichen gleichgültigen Höflichkeit, hinter der stets eine Prise Ironie versteckt zu sein schien? Sein Bedauern ausdrücken, dass ihr Aufenthalt am Hof zu Ende ging? Ja, es konnte gut sein, dass er ihre Abreise bedauerte, denn dann würde er keine Gelegenheit mehr haben, sich vor ihr aufzuspielen.

Blicke folgten ihr, während sie durch Gemächer und Flure zum Wohnbereich des Herzogs ging. Knappen und Mägde waren unterwegs, trugen die feuchten Gewänder ihrer Herren auf den Armen, um sie unten an den Feuerstellen zu trocknen. Als der Page die Tür des herzoglichen Gemachs aufschob, erblickte sie als Erstes das runde Gesicht ihres Sohnes Wilhelm, der rasch durch den Türspalt lugte und dann wieder verschwand.

Robert stand mit dem Rücken zu ihr und schwatzte mit einigen seiner Getreuen, Arlette erkannte Robert von Montgomery und Osbern, den Haushofmeister. Erst nachdem sie eine Weile schweigend gewartet hatte, schien er ihre Gegenwart zu bemerken und wandte sich zu ihr um. Sein Gesichtsausdruck war mehr als unfreundlich.

»Geht jetzt voraus«, wies er seine Begleiter an. »Ich werde bald folgen.«

Unten in der Halle hatten sich allerlei Leute versammelt, die dem Herzog anlässlich der Heirat seiner Schwester Geschenke überbringen und gleichzeitig die Gelegenheit nutzen wollten, eine Bitte oder eine Klage vorzutragen, so dass sie oft stundenlang ausharrten, bis der Herzog oder ein Stellvertreter sie empfing.

Als sich die Tür hinter den beiden Männern geschlossen hatte, rief Robert seinen Sohn zu sich, und der kleine Bursche gehorchte – zu Arlettes Überraschung – aufs Wort. Er stellte sich vor seinen Vater, dem er gerade bis zur Mitte des Oberschenkels reichte, und der Blick, mit dem Wilhelm nun seiner Mutter begegnete, war stolz und herausfordernd.

»Lass es mich kurz machen, ich werde noch erwartet«, sagte Robert und sah dabei zur Tür hinüber. »Ich dulde nicht, dass du meinen Sohn schlägst, ihm Vorschriften machst und versuchst, ihn an dich zu binden. Die Zeiten, in denen du dir Derartiges hast erlauben können, sind vorüber.«

Sie war nicht darauf gefasst gewesen, ihn so herrisch zu erleben. Wie sehr er sich verändert hatte! Sein harscher Ton verletzte sie, doch er erregte auch ihren Zorn. Schon lag ihr auf der Zunge, dass sie sowieso bald abreisen und ihren Sohn Wilhelm voll und ganz seinem Vater überlassen würde, da fiel ihr Blick auf den Kleinen. Er starrte sie mit höhnischen, dunklen Augen an – da hatte sie es endlich, diese Frau, die glaubte, ihn zurechtweisen zu dürfen. Nur sein Vater durfte das und sonst niemand!

»Es gefällt Ihnen also, dass unser Sohn sich wie ein kleiner Tyrann aufführt, kleine Mädchen prügelt und keinen Respekt vor seinen Kinderfrauen hat!«, platzte sie wütend heraus.

Robert schien erstaunt, offensichtlich hatte er keinen Widerspruch erwartet. Doch anders als früher wich er nicht erschrocken vor ihrem Ausbruch zurück, sondern begann zu lachen.

»Was stört dich daran?«, rief er. »Er ist ein Knabe und will seine Kräfte messen.«

»Wie soll er das tun, wenn niemand wagt, sich ihm entgegenzustellen? Wenn er nicht in seine Schranken verwiesen wird, wird er sich bald für den Herrn der Welt halten.«

Ärgerlich schob Robert den Kleinen von sich und gab ihm seine Sporen zum Spiel, als Wilhelm nicht freiwillig gehen wollte.

»Wenn er alt genug ist, wird er eine ritterliche Ausbildung erhalten, und du kannst sicher sein, dass ich ihn dann nicht schonen werde«, sagte er zu Arlette. »Genug jetzt – du hast meinen Befehl gehört und wirst dich danach richten.«

Er sprach mit unverminderter Härte und Entschlossenheit, doch seine Augen wichen ihrem Blick aus, und sie begriff plötzlich, dass dies nicht aus Gleichgültigkeit, sondern aus Vorsicht geschah. Er hütete sich, sie anzusehen – weshalb?

»Ich denke nicht daran, mich danach zu richten«, rief sie aufgebracht. »Es ist wahr, dass er sich messen will – aber dazu braucht er Knaben, die ihm von Kraft und Körperbau ebenbürtig sind. Mädchen, Kleinkinder und Kinderfrauen, die sich seiner nicht erwehren dürfen, sind keine Gegner für ihn!«

Robert versteifte sich, als habe er Mühe, seinen inneren Aufruhr zu verbergen, für einen winzigen Augenblick blickte er sie an, dann richtete er die Augen gleich wieder zu Boden.

»Du willst deinen Willen durchsetzen, Arlette«, zischte er. »Aber damit ist es vorbei. Für immer vorbei. Ich bestimme, wie mein Sohn erzogen wird. Geh jetzt!«

Sie eilte durch Gemächer und Flure, die Hände zu Fäusten geballt, ihr Herz hämmerte vor Zorn. Wilhelm war ihr Sohn, ihr eigen Fleisch und Blut, wie konnte Robert es wagen, sie so zu behandeln!

»Tun Sie, was Sie wollen«, sagte sie zu Herluin, als sie sich am Abend in der Halle begegneten. »Ich werde am herzoglichen Hof bleiben.«

* * *

Herluin wollte sie nicht zwingen, daher bat er sie, in Ruhe über ihren Entschluss nachzudenken, den sie offenbar im Zorn gefasst habe. Doch er setzte ihr eine Frist: Am fünfundzwanzigsten November, dem Tag der heiligen Katharina, würde er den Hof verlassen und nach Conteville reisen. Nach wie vor sei es sein Wunsch, diese Fahrt mit ihr und seinem Sohn Odo gemeinsam anzutreten.

»Weshalb sträubst du dich?«, fragte Godhild. »Am Ende wird er noch Odo nach Conteville mitnehmen – damit hättest du deiner Schwägerin Hawisa einen großen Gefallen erwiesen. Nicht nur, dass sie über deinen Verbleib am Hof lästern kann, sie wird auch noch deinen Sohn unter ihre Fittiche nehmen.«

Godhilds Worte waren nicht so einfach von der Hand zu weisen. Wie Arlette es auch drehte und wendete – sie würde niemals alle ihre Kinder um sich haben können. Die Frauen von Adel machten sich viel weniger Sorgen um solche Dinge. Nicht alle nahmen ihre Kinder mit an den Hof, viele von ihnen verweilten hier monatelang, während ihre Kinder in der heimatlichen Burg von Ammen betreut wurden. Ohnehin wurden die Knaben für gewöhnlich im Alter von fünf oder sechs Jahren an den Hof eines befreundeten Adeligen geschickt, um dort als Pagen und später als Knappen im Waffengang ausgebildet zu werden. Doch Arlette, die ihre Kindheit gemeinsam mit den Geschwistern verbracht hatte, hatte eine andere Form von Familienleben kennengelernt: Ihre Mutter Doda hätte sich eher ein Bein abgeschnitten, als eines ihrer Kinder vor der Zeit fortzugeben.

»Wieso fällst du mir in den Rücken?«, fuhr sie Godhild ärgerlich an. »Warst du es nicht, die mir riet, an den herzoglichen Hof zu reisen? Was ist nun mit dem Glück, das ich angeblich in den Schweinepfuhl werfe?«

Godhild zuckte die Schultern und gab zu, dass sie sich getäuscht hatte. Weder Herluin noch Walter waren mit Ehrungen und Lehen überschüttet worden – ein paar lobende Worte und kostbare Gefäße – das war alles gewesen, was der Herzog ihnen hatte zukommen lassen. Keine Rede davon, dass der Ritter Herluin fortan zu Roberts engsten Getreuen gehörte – ganz im Gegenteil, der Herzog schien ihn eher zu meiden, und er hatte – wie man hörte – sogar hinter Herluins Rücken über ihn gespottet.

»Ich kann verstehen, dass dein Ehemann den Hof verlassen will – und wir sollten es auch tun!«, schloss Godhild die Reihe ihrer Begründungen ab.

Zwei Tage später hatte sie ihre Ansicht geändert.

Robert war überraschend im Frauengemach aufgetaucht, angeblich, um sich nach der Gesundheit seiner Schwester Adelheid zu erkundigen, die an einem leichten Fieber litt und hustete. Er unterhielt sich mit ihr, erzählte Wunderdinge von einem Arzt, der am Hof des Erzbischofs bereits mehrere Leute von Kopfschmerz und eitrigen Geschwüren geheilt habe, indem er ihren Urin betrachtete, sie zur Ader ließ und die Beulen mit einem Messerschnitt öffnete. Doch während er redete, folgten seine Augen immer wieder seinem Sohn Wilhelm. Der Kleine war ihm zuerst jauchzend entgegengelaufen, als er jedoch feststellen musste, dass der Vater sich nicht wie gewohnt mit ihm befasste, zupfte er Robert am Rock, quengelte und schleppte schließlich Spielsachen, Tücher, Kannen und irdene Schalen herbei, die er neben Robert aufstapelte.

Arlette mischte sich nicht ein. Sie hatte sich in den Hintergrund des Raumes zurückgezogen, nahm sich eine der verhassten Stickarbeiten vor und wartete mit klopfendem Herzen, was geschehen würde. Der Herzog betrat das Frauengemach nur sehr selten – hatte also ihre Unterredung am Ende doch etwas bewirkt?

Falls Robert vorgehabt hatte, die Wahrheit von Arlettes Klagen zu überprüfen, dann wurde ihm diese jetzt in drastischer Weise vor Augen geführt. Wilhelm, ärgerlich, dass er weder mit Quengeln noch mit Geschenken zum Ziel kam, begann nun, einen jungen Hund zu treten und am Schwanz zu zerren, teilte Püffe und Hiebe an die kleineren Kinder aus, schonte auch die Pagen und jungen Fräulein nicht und zeigte sich voll und ganz als das, was er geworden war: ein kleiner Tyrann.

Als Robert sich endlich von Adelheid und den Damen in ihrer Umgebung verabschiedet hatte, blickte er sich suchend im Raum um, und seine Augen blieben an Arlette hängen. Zum ersten Mal, seitdem sie an den Hof zurückgekehrt war, ruhte sein Blick offen und scheinbar ruhig auf ihr, ja er schien sogar Mühe zu haben, sich wieder von ihr zu lösen.

»Dein Sohn braucht eine feste Hand«, sagte er spöttisch. »Ich will, dass sich von nun an deine Dienerin Godhild um ihn kümmert.«

»Godhild?«

»So heißt sie doch, oder?«

Arlette wusste nicht, ob sie zornig werden oder sich freuen sollte. Ganz offensichtlich hatte er eingesehen, dass sie recht hatte, doch anstatt ihr die Entscheidung zu überlassen – wie sie es erhofft hatte –, traf er eigene Verfügungen. Godhild – deutlicher hätte er seine Einsicht nicht offenlegen können, denn er kannte Arlettes Freundin gut und wusste, dass sie sich nicht einfach auf der Nase herumtanzen ließ.

Godhild war überwältigt von der ihr zuteilgewordenen Würde. Sie erwähnte die Reise nach Conteville mit keinem Wörtchen mehr, da sie fürchtete, Arlette könne darauf bestehen, sie mit zurückzunehmen, so dass eine andere Frau ihren Posten erhalten würde.

Godhild widmete sich ihrer neuen Aufgabe mit Bedacht, denn Wilhelm hatte seine Abneigung gegen sie bereits mehrere Male deutlich gezeigt. Auch sie, seine einstmals so liebevolle Betreuerin, hatte ihn verlassen, und der Knabe Wilhelm war keiner, der einen Verrat so rasch verzieh. Nur widerwillig fügte er sich, versuchte listig, ihre Verbote zu umgehen, und musste verärgert feststellen, dass nichts, aber auch gar nichts der Aufmerksamkeit dieser neuen Kinderfrau entging. Sie war fast noch schlimmer als die andere, die ihm gesagt hatte, sie sei seine Mutter – die lachte wenigstens, setzte sich auf den Boden und spielte Murmeln und Kreisel mit ihm. Godhild aber hatte ihm sogar verboten, auf den Fenstersims zu klettern, den Laden aufzustoßen und mit roten Herbstäpfelchen nach den Mägden im Hof zu werfen.

Noch am gleichen Tag erhielt Walter den herzoglichen Befehl, seinen Neffen und zwei andere Jungen das Reiten zu lehren, wozu er jeden Tag um die Mittagszeit ein Pferd zu satteln, die Knaben abwechselnd daraufzusetzen und über den Hof zu führen hatte, damit Herzog Robert von seinem Fenster aus Wilhelms Fortschritte beobachten konnte.

Walter war von dieser Aufgabe wenig begeistert, seine Hoffnungen waren andere gewesen.

»Jeder Reitknecht kann so etwas tun«, schimpfte er, als er vor dem Frauengemach erschien, um seinen Schüler abzuholen.

»Ich dachte, du hättest Freude daran, dich mit deinem kleinen Neffen zu beschäftigen«, gab Arlette schmunzelnd zurück.

»Das habe ich auch, Arlette, das weißt du. Aber er hat mir ein Lehen versprochen, und alles, was ich bis jetzt erhalten habe, sind einige gestickte Mäntel, ein erbeutetes Panzerhemd und ein paar Gefäße aus Silber.«

Arlette sah lächelnd zu, wie ungeduldig Wilhelm, der es kaum erwarten konnte, auf ein Pferd gesetzt zu werden, an Walters Arm zerrte.

»Du bist dumm«, sagte Arlette an ihren Bruder gewandt. »Der Herzog vertraut dir seinen einzigen Sohn an; wenn er mit dir zufrieden ist, werden gewiss andere Ehrungen folgen.«

»Na hoffentlich!«, brummte Walter. »Was habt ihr ihm denn da für einen lächerlichen Kittel angezogen? Wie soll er damit auf dem Pferd sitzen?«

Arlette erklärte ihm, dass Wilhelm noch zu klein sei, um Rock und Gürtel zu tragen, auch die Beinlinge unter dem Kittel rutschten hin und wieder herunter, da er so zappelig sei, dass die Schnüre rissen.

»Weiberkram«, schimpfte er. » Wenn er mitten auf dem Hof

die Brouche verliert, werden alle ordentlich was zu lachen haben!«

»Die Brouche haben wir ihm gut festgebunden! Und außerdem brauchst du dir keine Sorgen zu machen – Godhild und ich werden mit hinunter in den Hof gehen.«

Allzu viel Aufmerksamkeit erregte dieser Reitunterricht tatsächlich nicht, denn gerade an diesem Tag kehrte Gilbert von Brionne mit seinen Rittern aus Flandern zurück, wo er die Braut an Balduin IV. übergeben und die Hochzeitsfeierlichkeiten miterlebt hatte. Gesandte aus Flandern begleiteten die Gruppe, um Grüße und Geschenke ihres Königs zu überbringen – man hatte noch vor der Stadt die prächtig bestickten, farbigen Mäntel angelegt, auch trugen viele der Herren Kettenhemden und glänzende Helme, denn man wollte in eindrucksvollem Zug einreiten. Im Hof vor dem Palast waren allerlei Leute zusammengelaufen, adelige Frauen und ihre Begleiter blieben stehen, um die Ankommenden zu begrüßen, Knechte eilten herbei, um den Rittern die Pferde zu halten, andere wiesen die Fuhrleute an, ihre Wagen zur Seite zu lenken, um den Herrschaften nicht im Weg zu sein. Arlette und Godhild hatten wenig Lust, den Grafen Gilbert von Brionne willkommen zu heißen; sie wichen dem Gedränge aus und gingen in Richtung eines der Nebengebäude, wo auch der Trockenplatz für die Wäsche war. Die Mägde hängten nasse Tücher und Hemden in die Herbstsonne, und einige von ihnen wiesen lächelnd mit dem Finger auf den kleinen Reitschüler.

»Ist er nicht niedlich? Wie aufrecht er schon sitzt.«

»Gar keine Angst hat er.«

»Wer sind denn die anderen beiden? Ist der Blondschopf nicht ein Sohn von Osbern von Crépon?«

»Ja, das ist Wilhelm FitzOsbern. Und der kleine Dunkelhaarige scheint Robert von Montgomerys Söhnchen zu sein, er hat ihn heute auf Wunsch des Herzogs an den Hof bringen lassen.«

»Na, hoffentlich geht den jungen Rittern nicht das Pferdchen durch und reißt uns die nassen Tücher von der Leine!«

Die Frauen kicherten ausgelassen, eine berichtete, dass vor Jahren ein verschrecktes Maultier über die Wäsche getrampelt sei, die man am Seineufer auf die Bleiche gelegt hatte. Dann wurden die Stimmen gedämpfter, und Arlette konnte nur noch einzelne Satzfetzen verstehen.

»... wie sie es schon damals getrieben hat, die Hure ... im ganzen Palast hat man sie gehört ... die Wachen schon herbeigelaufen ... jede andere ... in die Verbannung geschickt ... dass er sich das gefallen lässt ... wie ein Irrsinniger auf und ab im Gemach ... die ganze Nacht keine Ruhe ... diese Hexe ... streckt wieder ihre Finger aus ... hat ihn eingefangen ...«

Godhild legte Arlette den Arm um die Schultern und zog sie fort. Die Freundin war blass vor Ärger, die Nase fast weiß, nur über ihren Wangenknochen lag tiefe Röte.

»Was für einfältige Reden!«, rief sie aufgebracht. »Es ist wirklich lustig, diese dummen Wachteln zu belauschen – so viel Unsinn auf einmal bekommt man selten aufgetischt.«

Arlette wusste, weshalb Godhild so ärgerlich war, doch ihre Sorge war unbegründet. Nein, dieses Geschwätz würde sie nicht dazu veranlassen, den herzoglichen Hof zu verlassen. Auch wenn sie sich offensichtlich wenig beliebt gemacht hatte, so bewiesen diese Reden doch eines: Sie hatte einen Zipfel ihrer früheren Macht wiedergewonnen, und dieser kleine Sieg berauschte sie.

»Ich denke nicht, dass sie Unsinn reden«, gab sie kühl zurück und beschattete die Augen mit der Hand, um gegen die Sonne ihren stolz reitenden Sohn zu betrachten. Wilhelm hielt sich mit beiden Händen an dem schneckenförmig gewundenen Sattelknauf fest, seine noch viel zu kurzen Beine zappelten heftig, um das Pferd anzutreiben.

»Die Mägde kommen in alle Gemächer, oft bemerkt man sie gar nicht, oder man glaubt, sie hätten weder Augen noch Ohren noch Münder. Niemand weiß besser, was in diesem Palast geschieht, als die Mägde, Pagen und Diener.«

Godhild gab keine Antwort, was hätte sie ihr auch entgegenhalten können, wusste sie doch, dass Arlette die Wahrheit sprach.

Herzog Robert hatte seinem Vasallen Herluin Dispens erteilt, ob er versucht hatte, ihn zurückzuhalten, erfuhr Arlette nicht, denn Herluin schwieg sich über das Gespräch aus. Am Morgen vor der Abreise schickte der Ritter einen Boten ins Frauengemach, um Arlette in den Hof hinunterzubitten, der einzige Ort, an dem man einigermaßen ungestört miteinander reden konnte. Mit langsamen Schritten gingen sie nebeneinander her, immer wieder gezwungen, den Wagen und Reitern auszuweichen oder kleine Gruppen umherspazierender Frauen oder Ritter zu umgehen. Auch hier waren sie zahlreichen neugierigen Blicken ausgesetzt, doch der Hof war geräumig genug, dass Gespräche unter zwei Augen ungehört blieben.

Der Herbst hatte seine prächtigsten Tage längst hinter sich, das bunte Laubgewand der Wälder um die Stadt war durchsichtig geworden, entblößte dürres Geäst und graue, verwitterte Stämme, letzte dunkelrote und ockergelbe Blätter zitterten noch an den Zweigen wie vergessene Früchte.

Der Wind wirbelte Staubwolken und dürres Laub vom Boden auf, so dass Arlette ihren Mantel mit beiden Händen zusammenhielt, um ihr Gewand zu schützen. Sie war mit bangem Herzen zu ihrem Mann gegangen, und sie kam sich selbstsüchtig und hartherzig vor, als Herluin ihr mitteilte, dass er seinen Sohn nicht mit nach Conteville nehmen, sondern bei seiner Mutter lassen wolle.

»Du wirst Odo vermissen«, sagte sie beklommen.

Ein Bote galoppierte dicht an ihnen vorbei. Der Staub, den die Pferdehufe aufwirbelten, brachte Herluin zum Husten, so dass er nicht gleich antworten konnte.

»Ich werde euch beide vermissen«, erklärte er mit heiserer Stimme und räusperte sich mehrere Male. »Wenn ihr im Frühjahr nach Conteville zurückkehrt, wird er ein gutes Stück gewachsen sein.«

»Gewiss …«

Sie hatte ihrem Ehemann versprochen, die Rückreise anzutreten, sobald die ersten milden Frühlingstage anbrachen. So lange wollte sie auf jeden Fall am Hof bleiben, vor allem wegen Wilhelm und Adelheid, doch auch ihr Bruder Walter sei nicht glücklich und bedürfe ihrer Unterstützung. Zudem würde der Hof bald nach Falaise reisen, und sie hoffe, dort ihren Vater wiederzusehen.

Herluin ging schweigend neben ihr her, den Oberkörper gegen den Wind ein wenig nach vorn gelehnt, die Augen eng zusammengekniffen. Er hätte ihre Gründe, am herzoglichen Hof zu verweilen, mit einem einzigen Befehl hinwegwischen können; es war sein Recht als ihr Ehemann, doch er nutzte es nicht. Er war gütig zu ihr, zu gütig, seine Großmut verursachte ihr ein schlechtes Gewissen. Hin und wieder lugte sie zu ihm hinüber – Herluin hatte sich verändert während der vergangenen Jahre. Er war nicht mehr der dünne, schlaksige Mann, der sie damals am Bach vor dem Gerberhof aufgesucht hatte, sein Körperbau war jetzt harmonischer, er war breiter geworden, die Beine sehniger, doch noch immer gab er nicht allzu viel auf seine äußere Erscheinung. »Ich hoffe, der Winter wird nicht allzu kalt, damit der Bau Fortschritte machen kann«, sagte er nun und wischte sich den Staub aus dem rechten Auge. »Du wirst im Frühjahr staunen, wie hoch die Mauern gewachsen sind.«

Sie nickte und bemerkte, dass der Nordwind die Fahrt seineabwärts gewiss behindern würde. Dass sie dabei mit Schaudern an ihre Brautfahrt vor zwei Jahren dachte, erwähnte sie nicht. Herluin hatte sich für das Schiff entschieden, da er Roberts Geschenke mit sich führte und die Gegenstände auf einem Boot sicherer waren als auf einem Packpferd, zumal er nur wenige Begleiter hatte.

Jetzt blieb er abrupt stehen, legte beide Hände auf ihre Schultern und zog sie mitten auf dem Hof an sich. Es war ihr peinlich, doch Herluin schien sich wenig daran zu stören.

»Lass dich nicht blenden, Arlette«, beschwor er sie eindringlich. »Was auch immer dich hier hält – es wird dich weder glücklich noch zufrieden machen.«

Sie versuchte, sich seiner Nähe zu erwehren, während zugleich eine ungeheure Traurigkeit in ihr aufstieg. Er war ein so guter Mensch, warum tat sie ihm diesen Kummer an? Sie verspürte einen Kloß im Hals und schluckte, doch bevor sie etwas sagen konnte, sprach er weiter.

»Dein Platz ist an meiner Seite, Arlette. Gott hat es so gewollt, und auch ich will es so ...«

Der Rest des Satzes ging im Kreischen einiger Frauen und dem Brüllen eines Fuhrmanns unter. Ein Fass war vom Wagen gekippt und rollte geradewegs auf Herluin und Arlette zu. Geistesgegenwärtig riss Herluin seine Frau beiseite und versetzte dem hölzernen Angreifer einen festen Tritt. Das Fass prallte gegen die Mauer und zerbrach, Met schäumte über den Hof, Gelächter brandete auf, der Fuhrmann fluchte lauthals, und die Hunde liefen herbei, um gierig an der weiß-gelblichen Lache zu lecken.

* * *

Der Tag der heiligen Katharina zog in diesem Jahr Pilger aus allen Teilen der Normandie nach Rouen, denn Herzog Robert hatte verfügt, dass ihre Reliquien in das neu erbaute Kloster St.-Trinité du Mont überführt werden sollten. Schon am Vortag hatte sich die Stadt mit Menschen gefüllt, halb freie Bauern, Knechte und arme Handwerker waren herbeigelaufen, aber auch wohlhabende Kaufleute und Ministeriale kamen mit Weib und Kindern, um an den Wundern der heiligen Frau teilzuhaben, schließlich war allgemein bekannt, dass sich die Kraft der Heiligen während der Überführung offenbaren würde. Überall sah man Kranke und Sieche, die von ihren Angehörigen getragen wurden, und obgleich die heilige Katharina vor allem für Krankheiten des Kopfes und der Zunge zuständig war, kamen auch Menschen mit allen möglichen anderen Gebrechen nach Rouen, die hier auf Heilung hofften.

Nach einem kurzen Abschied von Frau und Kind im Gang vor dem Frauengemach brach Herluin in den frühen Morgenstunden zum Hafen auf. Er hatte nur wenige Worte mit Arlette gewechselt, der kleine Odo war von seiner Mutter aus dem Schlaf gerissen worden und hatte laut geweint, als sein Vater ihn auf den Arm nahm. Nun stand Arlette am Fenster, beugte sich vor, um Herluin und seine Begleiter zwischen den vielen Menschen und Wagen erkennen zu können. Unten im Hof vor dem Palast drängten sich zahlreiche Pilger, die hier aufgrund ihres adeligen Standes Quartier gefunden hatten, und kaum hatte sie ihn entdeckt, da verlor sich die kleine Gruppe auch schon wieder in der wimmelnden Menge.

»Mach bitte den Fensterladen zu«, beschwerte sich Joseline, »Adelheid ist noch empfindlich gegen den Zugwind, und die Kerzen flackern.«

Die Frauen ließen sich von ihren Dienerinnen festlich herrichten, farbige Gewänder, mit glatter Seide gefüttert und mit breiten gestickten Borten besetzt, wurden aus den Truhen gehoben und aufgeschüttelt, Gürtel glatt gezogen, Schuhe aus feinem Kalbs- oder Ziegenleder bereitgestellt. Joseline kämmte ihren Töchtern eigenhändig das lange Haar, das sie als unverheiratete Mädchen offen tragen würden.

»Wenn es nur nicht regnet«, stöhnte sie. »Auf dem überdachten Wagen sind wir ja einigermaßen geschützt, aber um das Kloster zu betreten, müssen wir aussteigen und zu Fuß laufen.«

Arlette ließ sich von Godhild ankleiden und schmücken. Die Traurigkeit, die sie bei Herluins Abschied empfunden hatte, war inzwischen von ihr gewichen, und sie freute sich darauf, an der Prozession teilzunehmen. Schon als Kind hatte sie am Wegesrand gestanden, wenn der Priester die heiligen Reliquien durch die Stadt auf die Felder trug, um Segen und Wohlstand für die Bewohner von Falaise zu erbitten, und sie hatte sich nicht sattsehen können an den bunten Farben der Tücher und Fahnen, dem schimmernden Gold der Reliquienschreine und den schönen Gewändern der Adelsherren und reichen

Bürger. Nun fuhr sie selbst inmitten der festlich gewandeten Frauen unter einem grünen Baldachin in dem langen Prozessionszug, und vor ihr ritten die mächtigsten Herren des Landes, geführt von Herzog Robert. Nein, sie war mit ihrer Entscheidung hochzufrieden – um keinen Preis der Welt wollte sie nach Conteville reisen, in dieses einsame, düstere Nest, wo Möwen und Krähen auf den Äckern hockten und sich um die Würmer stritten.

»Es kann sein, dass wir gar nicht aussteigen müssen«, bemerkte eine der Frauen. »Wie man hört, ist das Kloster nicht allzu groß – da werden wohl nur die hohen Würdenträger einen Platz finden, während die anderen draußen warten müssen, bis die Messe gelesen ist und die Reliquien den Mönchen übergeben sind.«

»Um was für Reliquien handelt es sich eigentlich?«, erkundigte sich eine von Joselines Töchtern neugierig.

»Um Reliquien der heiligen Katharina von Alexandrien – was denn sonst?«, gab Joseline unwillig zurück.

»Ja, aber was für welche?«, bohrte das Mädchen nach. »Ein Kopf, ein Schlüsselbein oder ein Fuß?«

Joseline wusste es auch nicht genau, und sie umging die Frage, indem sie vom Martyrium der Heiligen erzählte, die eine griechische Prinzessin gewesen sei, welche sich nach einer Erscheinung der Jungfrau Maria zum christlichen Glauben bekehrte. In Alexandria sei die achtzehnjährige Jungfrau von dem römischen Kaiser Maxentius bedrängt worden, ihren Glauben aufzugeben, doch sie habe sich trotz der grausamsten Foltern standhaft erwiesen und endlich den Märtyrertod erlitten.

»Wie wurde sie denn gefoltert?«, wollte die zweite Tochter mit süßem Schauder wissen. »Mit glühenden Eisen? Hat man ihr die Augen ausgestochen?«

»Man hat sie nackt ausgezogen und mit Ruten blutig gepeitscht, dann hat man sie in den Kerker geworfen. Später hat man sie enthauptet, doch aus der Wunde floss kein Blut, sondern Milch.«

Die Schilderung dieses Martyriums enttäuschte die Mädchen – mit Ruten gepeitscht wurden Verbrecher ja immer, das war nichts Besonderes, das hatten sie schon oft gesehen. Arlette sah sich beklommen nach Godhild um, die diese Tortur am eigenen Leib erfahren und sich danach noch bis nach Conteville geschleppt hatte. Doch Godhild hatte das Gespräch zum Glück nicht gehört, sie war beschäftigt, den widerspenstigen Wilhelm in den neuen Rock zu stecken, denn der Herzog hatte befohlen, dass sein Sohn bei dem Umzug mitreiten solle.

Adelheid von Burgund war inzwischen wiederhergestellt, das Fieber war mit Gottes Hilfe vergangen, gewiss hatten auch die Tränke geholfen, die man auf Godhilds Weisung hin zubereitet hatte. Sie ließ sich von einer Dienerin das Gewand im Nacken zubinden und hielt den mit Perlen und bunten Edelsteinen besetzten Schleier in der Hand.

»Es handelt sich um eine äußerst kostbare und wundertätige Reliquie«, erklärte sie schulmeisterlich. »Sie gelangte vor vier Jahren direkt aus Alexandria durch einen Mönch mit Namen Simeon zu uns. Mein Vater, Richard der Gute, hatte Almosen an sein Kloster gegeben, und Simeon hatte den Auftrag, uns zum Dank eine Reliquie der heiligen Katharina zu überbringen. Es ist ein Finger, ich habe ihn selbst gesehen. Unverwest liegt er in einer goldenen Umhüllung, ein Ring mit einem blutroten Stein steckt daran, und ein süßer Duft wie von Rosen geht davon aus. Allein die Nähe des Reliquiars hat bereits etliche Heilungen vollbracht, auch sollen Frauen, die ihre Kinder nicht stillen konnten, dadurch wieder Milch in ihren Brüsten gespürt haben.«

Die Frauen scharten sich neugierig um Adelheid und stellten ihr eine Menge Fragen. Sie berichtete von den Wunderheilungen des heiligen Romanus, dessen Reliquien in der Kathedrale aufbewahrt wurden, doch manche der Damen schworen auf andere Heilige und ganz besonders auf solche Reliquien, die Pilger aus dem Heiligen Land in die Normandie gebracht hatten. Obgleich viele Adelige sich am Besitz der alten

Klöster bereichert hatten, so waren sie doch fromme Christen und bauten eigene Abteien, die sie gern damit ausstatteten. Auch Herzog Robert hatte sich mit der Gründung des Klosters Cerisy-la-Forêt hervorgetan und das Kloster der heiligen Katharina, St.-Trinité du Mont, mit einer großzügigen Stiftung bedacht.

Arlette betrachtete den kostbaren, hellblauen Schleier, den eine Dienerin jetzt am Haar von Roberts Schwester feststeckte und auf kunstvolle Weise um Kopf und Hals drapierte. Adelheids Haar war ergraut und ihr Hals schon faltig, doch ihr Gesicht war glatt, und der schöne Stoff verlieh ihren Zügen Hoheit und Würde. Sollte sie selbst sich an diesem feierlichen Tag nicht ebenfalls auf besondere Weise schmücken? Arlette zögerte einen Moment, dann öffnete sie eine ihrer Truhen und zog das zarte, weiße Tuch heraus, das Mathilde ihr einst geschenkt hatte. Sorgfältig wand sie es um Kopf und Schultern und befestigte es mit kleinen Fibeln. Ein Blick in den Handspiegel sagte ihr, dass sie zufrieden sein konnte: Die Perlen und kleinen Steinchen schimmerten geheimnisvoll, und der weiße Seidenstoff fiel in geschmeidigen Falten über ihre Schultern. Als sie sich erhob, um die Treppe hinab in den Hof zu gehen, wo der Wagen für die Frauen wartete, bedachte Adelheid sie mit einem aufmerksamen Blick und hob eine Augenbraue – doch sie schwieg.

Die Prozession war eine der großartigsten und prächtigsten, die Arlette jemals erlebt hatte. Mit reichem Gefolge zog Herzog Robert von seinem Palast zur Kathedrale hinüber, wo die heiligen Reliquien bisher ihre Ruhestätte gefunden hatten. Dort wurde unter Teilnahme zahlreicher Priester und Bischöfe des ganzen Landes die Messe gelesen, auch Mönche vom Kloster Fécamp waren angereist, die einzelne Teile der Messe auf feierliche Weise sangen. Die Kathedrale war so überfüllt, dass man etliche Besucher abweisen musste, zudem bewirkten das Räucherwerk und die Enge, dass zahlreiche Kirchenbesucher, vor allem die Kranken, ohnmächtig wurden. Auch eine der beiden Töchter von Joseline verlor während der Gesänge das Bewusstsein, doch niemand bemerkte es, denn sie war so fest zwischen Arlette und ihrer Mutter eingeklemmt, dass sie nicht umfallen konnte. Vorsorglich hatten sich die Damen mit kleinen Beutelchen voll wohlriechender Kräuter und Gewürze eingedeckt, die sie immer wieder an ihre Nasen pressten; auch Joselines Tochter kam schließlich mithilfe dieser Düfte wieder zu Bewusstsein.

Nach der Messe hob der Erzbischof von Rouen den goldenen Schrein mit der Reliquie auf ein mit roter Seide bezogenes Polster, welches auf einer überdachten Sänfte ruhte. Nicht einmal am Hof des Herzogs hatte Arlette solchen Glanz erblickt. Die Sänfte war mit purpurfarbenen, reich mit Gold und Silber bestickten Schärpen geschmückt, und die Festgewänder der geistlichen Würdenträger erstrahlten in sämtlichen Farben des Himmelreichs.

Nur langsam konnte sich die Prozession in Gang setzen, denn als sich die Türflügel der Kathedrale öffneten, mussten die herzoglichen Ritter und Knechte mit Stöcken und Knüppeln dafür sorgen, dass die Menschen beiseitetraten.

»Was für schreckliche Gebrechen!«, stöhnte Joseline, als die Frauen endlich auf dem überdachten Wagen untergebracht waren. »Haltet euch die Riechbeutelchen vor die Nasen, Mädchen! Möge die heilige Katharina verhüten, dass eines dieser scheußlichen Leiden uns anfliegt.«

Als sich der Zug langsam durch die Stadt zum östlichen Mauertor bewegte, wurde auch Arlette von Mitleid und Abscheu erfasst. Überall sah sie verzerrte Gesichter, verzückte Grimassen, aufgerissene Münder; und der Name der Heiligen wurde so laut geschrien, dass die Gesänge der Mönche kaum und die Worte der Priester gar nicht mehr zu vernehmen waren. Die Knechte hatten alle Hände voll zu tun, die zahlreichen Arme abzuwehren, die sich nach dem Reliquienschrein ausstreckten. Erst als am Ende des Zuges laute Rufe ertönten, ein Wunder sei geschehen, lichtete sich die Menge und strömte nach hinten, um zu erfahren, wer dort von welchem Gebrechen geheilt worden war.

»Ein Blinder kann wieder sehen«, vermeldete Walter den Frauen. »Er soll seit vielen Jahren nur Schwärze vor den Augen gehabt haben, und nun erblickte er das blinkende Gold des heiligen Reliquiars.«

Walter hatte seinen Neffen Wilhelm vor sich auf dem Sattel und ritt dicht neben dem Wagen der Frauen, um den quengelnden Knaben notfalls in Arlettes Obhut übergeben zu können. Einstweilen jedoch saß der kleine Sohn des Herzogs still und brav auf dem Pferd, vollkommen überwältigt von dem Lärm und den vielen Menschen.

»Dankt der Heiligen! Lobt Gott den Herrn! Dankt der heiligen Katharina, unserer Wohltäterin, die Wunder an uns tut!«, hörte man die Geistlichen ausrufen, und die Menge übernahm die Worte, trug sie in dröhnenden Chören über die Dächer der Stadt, so dass nun auch die letzten Tauben, die noch auf den Dachfirsten gehockt hatten, erschrocken aufflatterten.

Vor dem Stadttor geriet die Prozession ins Stocken, die Menge staute sich vor dem engen Durchgang, eine Frau kreischte, mehrere Krüppel und kleine Kinder wurden zu Boden gerissen und ertranken in der wogenden Menge. Der Zug bewegte sich nun an den kleinen Klöstern und Abteien vorbei, die sich vor den Mauern der Stadt angesiedelt hatten, und nahm seinen Weg nach Osten, wo das Kloster St.-Trinité du Mont auf einem Hügel erbaut worden war. Zunächst aber wurde die Reliquie hinunter an den Fluss getragen, um jene zu segnen, die in den Fluten der Seine den Tod gefunden hatten. Der Fluss lag still in der herbstlichen Sonne, und während der Erzbischof von Rouen die Heilige um ihren Segen bat, spiegelten sich die prächtigen Gewänder der Würdenträger im Wasser, als schwämmen dort unten in den Fluten rote und purpurfarbene Blüten.

Anschließend erklomm man langsam den Hügel zum Kloster. Viele Sieche mussten hier zurückbleiben, da der Aufstieg für sie zu beschwerlich war, doch so manch einer schleppte sich, von Angehörigen gestützt oder an Krücken, den Pfad hinauf in der Hoffnung, dass die Heilige bei ihrer Ankunft im Kloster weitere Wunder wirken würde. Der eine oder andere stürzte, rollte ein Stück hügelab und wurde von den Entgegenkommenden überrannt.

Von der Stadt aus hatte das Kloster auf dem Hügel recht klein gewirkt, und auch als der Wagen mit den Frauen endlich vor den Gebäuden anlangte, fand Arlette den Bau nicht gerade überwältigend. St.-Trinité du Mont bestand aus einem lang gestreckten, rechteckigen Saal, der sowohl als Kirche wie auch für alle anderen Bedürfnisse der Mönche herhalten musste.

»Nun ja – die Reliquien der heiligen Katharina werden dem Kloster rasch aufhelfen«, meinte Adelheid, die das karge Gebäude ebenfalls mit abschätzigem Blick musterte. »Ihr werdet sehen, in einigen Jahren werden die vielen Pilger das Kloster reich gemacht haben.«

Wilhelm, der die ganze Strecke mit Walter zu Pferde zurückgelegt hatte, fing nun doch an zu quengeln und wurde von seinem Lehrmeister mit Küchlein beruhigt, welche dieser vorsorglich eingesteckt hatte. Nun ruhte der Knabe satt und erschöpft in Walters Armen, und weder die Gesänge der Mönche noch die Rufe der Gläubigen konnten seinen festen Kinderschlaf stören.

Die Messe zur Ankunft der Heiligen wurde im Freien abgehalten, damit jeder des erzbischöflichen Segens teilhaftig werden konnte, doch auch jetzt war der Lärm so groß, dass man die Worte des Predigers nicht verstand. Die weiter hinten Stehenden vermochten weder die Sänfte mit den Reliquien noch die Priester zu erkennen und schoben und drängten, um so nahe wie möglich an die Reliquien zu gelangen. Ab und an wurden Rufe in der Menge laut, ein Wunder sei geschehen, und dann stürzten die Menschen kreischend vor Entzückung übereinander hinweg, um den Geheilten mit eigenen Augen zu sehen; manche schlugen sich gar selbst wie im Wahnsinn mit Fäusten auf Brust und Gesichter oder rissen sich die Haare und Bärte aus.

Erst gegen Abend kehrte die Hofgesellschaft in den Palast zurück. Der Herzog hatte der Speisung der Armen und Gebrechlichen beiwohnen wollen, die mitten in der Stadt vor der Kathedrale stattfand. Der Platz war schwarz von zerlumpten, jammervollen Gestalten, die von Roberts Knechten mit Brot und Roggenbrei versorgt wurden. Auch der Herzog selbst beteiligte sich daran, speiste einige der Unglücklichen mit eigener Hand, reichte ihnen das Brot und schob ihnen die gefüllte Schale auf den Schoß. Es war ein seltsamer Anblick, wie dieser großgewachsene Mann, dessen kostbar bestickter Mantel von der Schulter bis auf den Boden herabwallte, sich bückte, um einem Bettler eine Mahlzeit zu reichen.

»Es rührt mich zu Tränen«, sagte Adelheid. »Gott der Herr wird meinem Bruder die Wohltaten lohnen, die er den Armen zukommen lässt.«

Als die Wagen und Reiter des herzoglichen Hofs endlich wieder vor dem Palast anlangten, hatten in der Stadt inzwischen Gaukler und Feuerschlucker die Herrschaft übernommen, und die Schausteller brachten die Menge mit deftigen Possen zum Lachen. Arlette war ebenso wie die übrigen Frauen vollkommen erschöpft, obgleich keine von ihnen auch nur einen einzigen Schritt zu Fuß gelaufen war. Godhild trug den schlummernden Wilhelm aufs Lager, und Arlette wollte eben den Schleier abbinden, als ein Page auf sie zulief.

»Der Herzog befiehlt Sie zu sich, Herrin.«

Sie sah ein ahnungsvolles Funkeln in Adelheids Augen aufblitzen und ärgerte sich. Was mochte er jetzt schon wieder an ihr auszusetzen haben? Mit hastigen Schritten folgte sie dem Pagen, spürte, wie ihre Müdigkeit von Aufregung überdeckt wurde, und fürchtete nur eines: dass Robert sie nach Conteville zurückschicken könne.

Dieses Mal empfing er sie allein, hatte sich bequem auf einen Hocker gesetzt und die Beine ausgestreckt, sein Rücken lehnte gegen einen der bunten Wandbehänge, welcher die Vertreibung aus dem Paradies darstellte.

»Woher hast du diesen Schleier?«

Sie fuhr erschrocken zusammen und griff unwillkürlich nach dem Stoff, der ihren Kopf umwand und weich über ihre Schultern floss.

»Diesen Schleier?«

Robert zog die Beine an und setzte sich auf, dann drehte er sich ein wenig zur Seite, um sie besser sehen zu können.

»Ich kenne ihn sehr gut, denn er gehörte meiner Mutter.«

Erstaunlich, wie gut er sich erinnern konnte. Jetzt fiel ihr auch ein, dass er sie in der Kathedrale mehrfach genauestens betrachtet hatte, doch sie hatte nur wenig darauf gegeben.

»Ihre Schwester Mathilde schenkte ihn mir, bevor sie ins Kloster ging.«

Er starrte sie mit vorquellenden Augen an, anscheinend wollte er prüfen, ob sie ihn anlog. Dann verzog sich sein Gesicht, als habe er einen säuerlichen Wein getrunken.

»Was für eine verrückte Idee! Aber sie war immer schon ein seltsames Mädchen.«

»Ich mochte Mathilde und habe mich sehr über ihr Geschenk gefreut«, gab Arlette ohne Zögern zurück.

Er erhob sich, rückte seinen Rock zurecht, straffte den Gürtel und richtete sich in voller Größe vor ihr auf.

»Dennoch hast du nicht das Recht, in aller Öffentlichkeit einen Schleier zu tragen, der einst der Herzogin der Normandie gehörte!«, rief er laut. »Du wirst das niemals wieder wagen, Arlette!«

Wie herrisch er war! Wie anmaßend er sich vor ihr aufbaute! Arlette hielt es nicht mehr aus, der Zorn trieb ihr das Blut in die Wangen und ließ sie alle Vorsicht vergessen.

»Dann nehmen Sie ihn zurück, ich hänge nicht daran!«

Sie riss sich den Schleier herunter und warf ihn von sich. Das feine Tuch flatterte auf Robert zu. Er griff rasch danach, doch es entglitt ihm und schwebte zu Boden. Zornig bückte er sich und nahm es an sich, dann hob er den Kopf und starrte Arlette an. Ihr dichtes, braunes Haar ringelte sich unbedeckt über die Schultern, kleine Löckchen umrahmten Stirn und Wangen.

Einen Augenblick lang war es still im Gemach. Arlette sah, wie Robert sich langsam, ohne die Augen von ihr zu wenden, aufrichtete und dabei mit den Händen das Tuch knetete.

»Weshalb bist du deinem Ehemann nicht nach Conteville gefolgt?«, fragte er mit leiser, heiserer Stimme.

Arlette verspürte ein Zittern, ihr Atem ging plötzlich rasch, doch ihre Hände waren kalt wie Eis.

»Ich kam auf Ihren Befehl an den Hof. Wenn Sie es wünschen, werde ich gleich morgen früh abreisen.«

In diesem Moment hoffte sie aufrichtig, er würde ihren Vorschlag annehmen. Doch Robert war wie so oft unentschlossen.

»Geh!«, befahl er und winkte mit der Hand zur Tür. »Ich werde später darüber entscheiden.«

Er war aschfahl, als er ihr nachblickte, und seine Augen erschienen ihr wund und verzweifelt wie die eines getroffenen Wildes.

* * *

Er fällte keine Entscheidung. Robert ging ihr aus dem Weg, wenn sie mit den Frauen in die Halle trat, bemühte sich verbissen, nicht zu ihr hinüberzuschauen, wenn sie gemeinsam an der Tafel speisten. Dennoch spürte sie ein Band zwischen ihnen, das trotz aller Versuche, es zu zerreißen, nur immer fester und enger wurde. Gerade seine energischen Maßnahmen, sich von ihr fernzuhalten, bewiesen ihr, wie sehr er sie nach wie vor begehrte.

Sie hätte ihn nochmals um Erlaubnis bitten sollen, den Hof zu verlassen, hätte ihrer Bitte Dringlichkeit verleihen sollen. Vielleicht wäre er sogar erleichtert gewesen und hätte ihr die Abreise gestattet – doch sie tat es nicht.

Sie redete sich gute Gründe ein: Wie konnte sie Wilhelm und

Adelheid verlassen? Gerade jetzt, da sie sie wiedergewonnen hatte? Die kleine Adelheid hing mit zärtlicher Liebe an ihr, und auch Wilhelms Ablehnung war gewichen. Immer häufiger lief er auf sie zu, verlangte, dass sie mit ihm spielte, und obgleich er immer wieder versuchte, seinen Dickschädel durchzusetzen, wusste er inzwischen, wann er sich zu fügen hatte, und er tat es mit einer eigenartigen Befriedigung.

Außerdem wollte sie Godhild nicht in Bedrängnis bringen, indem sie sie zwang zu entscheiden, ob sie am Hof bleiben oder ihr nach Conteville folgen wolle. Ihrem Ehemann hatte sie erklärt, erst im Frühjahr zu ihm reisen zu wollen – was würde er von ihr denken, wenn sie noch vor dem Weihnachtsfest bei ihm eintraf? Zumal die Fahrt wegen der Kälte und des beißenden Nordwinds für den kleinen Odo gewiss nicht ungefährlich sein würde …

Doch tief in ihrem Inneren saß der eigentliche Grund für ihr Zögern, ein niedriger und zutiefst sündiger Grund, den sie vor sich selbst verleugnete und der dennoch ihr Handeln bestimmte: Arlette, die Tochter des Gerbers, konnte der Versuchung der Macht nicht widerstehen.

Man feierte das Christfest mit einer aufwendigen Messe in der Kathedrale, verteilte Almosen und speiste die Armen, danach begrüßte man das neue Jahr, und die Stadt Rouen war voller lärmender Schausteller und Narrenzüge. Bald empörte sich so mancher Geistliche über die Huren, die bei diesen Gelegenheiten ihre Zelte in der Stadt aufschlugen und sich dreist den Männern anboten, und es gingen Gerüchte von Nonnen, die ihren nackten Körper mit Honig bestrichen, sich dann in Gerstenkörnern wälzten und diese zu einem Brei kochten. Wer diesen Brei äße – gleich ob Mönch oder Ritter –, sei der Wollust und dem Teufel verfallen. Herzog Robert nahm diese Gerüchte sehr ernst, und er bereiste mehrere Wochen lang die Klöster des Landes, um erbost die strenge Einhaltung der Klosterdisziplin zu fordern.

Die Wintertage waren düster und eintönig, sogar der Glanz des Hoflebens kam Arlette blass vor, nur das Band, das sich zwischen ihr und dem Herzog spannte, war lebendig. Es zitterte und schmerzte, wenn sie aus dem Fenster sah und ihn unten im Hof zwischen den Rittern erblickte, es schien zu brennen, wenn er bei den Hoftagen seine Stimme erhob, um Gäste willkommen zu heißen oder eine Rede an die versammelten Würdenträger zu richten. Dann glaubte sie oft, er spreche nur für sie allein, und obgleich sie wusste, dass dem nicht so war, spürte sie doch seine Blicke.

Als die Ostertage nahten, bereitete sich der Hof auf die Reise nach Fécamp vor, denn obgleich Wilhelm von Volpiano im vergangenen Jahr verstorben war, wollte Robert an der Gewohnheit seines Vaters festhalten, dort die Auferstehung Christi zu begehen. Die übliche Unruhe breitete sich aus. Man wusste, dass Herzog Robert den Tag der Abreise meist unerwartet bestimmte, und füllte vorsorglich Kisten und Truhen, flickte Gewänder und Wandteppiche, auch die Reisewagen wurden instand gesetzt.

»Wenn es doch endlich losginge!«, stöhnte Joseline. »Dieses Warten ist nervenaufreibend und außerdem schrecklich unpraktisch. Ständig suche ich nach irgendwelchen Dingen, die die Magd längst in eine Truhe gepackt hat, und dann ist sie mürrisch, weil sie die Sachen wieder herauskramen muss.«

»Aber es will nicht aufhören zu regnen«, wendete ihre ältere Tochter ein. »Und windig ist es auch. Der Herzog hat vollkommen recht, noch einige Tage zu warten.«

»Es regnet und stürmt immer, wenn wir nach Fécamp reisen«, stellte Adelheid fest. »Ganz gleich, ob mein Bruder morgen oder erst in einer Woche die Abreise befiehlt – nass werden wir auf jeden Fall.«

Sie sollte auch in diesem Jahr recht behalten. Nach einem milden, sonnigen Nachmittag hatte Robert entschieden, zwei Tage später aufzubrechen, und obgleich am Morgen des Reisetages ein grauer, schwerer Himmel über Rouen lastete, verließen Reiter und Wagen den Palast, um nach Norden an die Küste zu reisen.

Ein berittener Bote konnte die Strecke in zwei Tagen bewältigen, der langsame Zug von vollbepackten Wagen und Mauleseln würde jedoch gute fünf Tage benötigen, vor allem zu dieser Jahreszeit, da die Wege vom Regen aufgeweicht waren und immer wieder haltgemacht werden musste, weil einer der Wagen in einem Schlammloch steckte oder gar ein Rad gebrochen war.

Nicht immer begleitete der Herzog den Wagenzug, oft ritt er mit einigen seiner Getreuen ein Stück voraus, um die Wege zu prüfen. Er wartete, bis der Hauptteil des Reisezuges zu ihnen aufgeschlossen hatte, und setzte sich für eine Weile ans Ende der Reisegesellschaft, wo sich die Knechte mit den überladenen Maultieren abplagten. Arlette, die mit Joseline und ihren Töchtern im gleichen Wagen reiste, hörte die Ritter vorüberjagen, doch es waren Joselines Töchter, die immer wieder neugierig die schützenden Häute beiseitezogen, um den Herzog und seine Männer zu betrachten.

»Schau, Mama, Osbern von Crépon hängt auf seinem Gaul, als wolle er gleich einschlafen!«

»Willst du wohl schweigen, dummes Ding!«, ereiferte sich Joseline, konnte es sich jedoch nicht verkneifen, ebenfalls durch die Öffnung zu spähen.

»Ist das der junge Robert von Beaumont, der da sein Pferd so galoppieren lässt? Du lieber Himmel – er scheint über dem Sattel zu schweben!«

»Das ist ganz sicher Robert, denn er hat eine Warze an der linken Wange«, erklärte die Jüngere kichernd.

»Er ist in der Tat ein glänzender Reiter«, bestätigte Arlette.

»Und der Erbe von Umfrid von Vieilles«, seufzte Joseline, die dem Adeligen mit den Augen folgte.

»Und verlobt dazu«, ergänzte die ältere Tochter.

»Was? Mit wem?«

»Mit irgendeiner Adeline ... von Meulan oder so. Das hat die Gräfin von Burgund erzählt.«

Joseline zog bekümmert die Augenbrauen in die Höhe und schwieg eine Weile. Dann erklärte sie, dass Herzog Robert ohne Zweifel am besten von allen seinen Rittern zu Pferde saß.

In diesem Augenblick galoppierte Besagter an ihrem Wagen vorüber und starrte Arlette aus weit geöffneten Augen an. Sie zuckte zusammen. Robert gab seinem Pferd die Sporen und war gleich darauf ihrem Blickfeld entschwunden.

»Schiebt doch die Häute wieder zusammen – der ganze Dreck spritzt in den Wagen!«, schalt Joseline und wischte sich einen braunen Klecks von der Wange. »Ich bin froh, wenn wir glücklich in St.-Wandrille sind und den ersten Reisetag hinter uns haben.«

Arlette und Godhild waren der gleichen Meinung. Es war wahrhaftig nicht einfach, die kleinen Kinder im Wagen ruhig zu halten. Besonders der nun schon vierjährige Wilhelm und die dreijährige Adelheid waren ein lebhaftes Paar, das stets allerlei Unsinn anzettelte. Mal schoben die beiden die Häute in die Höhe, um die Arme nach den vorüberreitenden Männern auszustrecken, dann wieder warfen sie Brotkrumen auf den Weg, und die Pferde des nachfolgenden Wagens reckten die Hälse nach den Leckerbissen. Als man gegen Abend das Tal der Fontenelle erreichte und der ummauerte Klosterbau mit dem massiven, viereckigen Turm sichtbar wurde, lagen die beiden Tunichtgute in tiefem Schlaf.

»Sehen sie nicht wie zwei Englein aus?«, fragte Joseline zärtlich.

»Solange sie nicht aufwachen allemal«, gab Godhild knurrig zurück.

Der Herzog hatte dem Kloster Zuwendungen gemacht, verlorener Besitz war an die Mönche zurückerstattet worden, wofür sich der Abt Gradulf mit kostbaren Folianten aus der Werkstatt des Klosters bedankt hatte. Die Benediktinermönche hatten die Gunst ihres Herzogs genutzt und ihre Bauern eifrig zu Arbeiten herangezogen. Das Mauerwerk der Kirche war ausgebessert worden, und man hatte den Kreuzgang mit schön behauenen Säulen aus Granitstein geschmückt. Die Arbeiten waren noch längst nicht beendet, hölzerne Gerüste umstanden frisches Mauerwerk, unbehauene Steine türmten sich, und die Gäste mussten an breiten Mörtelkübeln und Lehmgruben vorüberlaufen. Dennoch bemühten sich die Mönche, der Hofgesellschaft alle nur irgendmöglichen Bequemlichkeiten für die Nacht zu bieten. Die frommen Männer hatten in dem großen Saal des Refektoriums die lange Tafel gedeckt und bewirteten die Gäste mit Roggengrütze, Gemüse, in Essig eingelegten Pilzen und Wild. Nur der Abt Gradulf speiste dort gemeinsam mit seinen Gästen, doch auch er hielt die Klosterregeln ein und nahm keinen einzigen Bissen Fleisch zu sich.

Arlette saß mit Godhild weit unten am Ende der langen Tafel, knabberte an einem Stück Brot und beobachtete neugierig, wie eifrig der Klostervorsteher, der erst im vergangenen Jahr in dieses Amt gewählt worden war, auf Robert einredete. Gradulf war ein vierschrötiger Mann mit dichtem, grau meliertem Haar, in dem die Tonsur ebenso rötlich glänzte wie seine vollen Wangen.

»Wenn er nicht die Kutte trüge, glaubte man, einen reichen Händler vor sich zu sehen«, überlegte Godhild.

»Er schaut nicht gerade aus wie ein Heiliger«, bemerkte Arlette schmunzelnd. »Dennoch glaube ich, dass er tüchtig ist. Schau nur, man hat die Wände verputzt und sogar mit gemalten Bildern verziert, und erst das schöne, geschnitzte Lesepult dort drüben, auf dem die dicke Bibel liegt!«

»Hast du die Stimmen der Knaben gehört, als vorhin zur Vesper gesungen wurde? Es klang wie ein Vorgeschmack auf die himmlischen Harmonien«, sagte Joseline mit mütterlicher Aufwallung und fügte hinzu, dass diese armen Bürschlein gewiss zu wenig zu essen bekämen, sähen sie doch allesamt aus wie Stöckchen unter den weiten Kitteln.

Wie viele normannische Klöster führte auch St.-Wandrille eine Knabenschule, in der Priester ausgebildet wurden und Mönche gelehrte Gespräche über geistliche und auch weltliche

Themen führten. Sogar die sieben freien Künste – Grammatik, Rhetorik, Dialektik, Arithmetik, Geometrie, Musik und Astronomie – wurden hier gelehrt, denn alle Erscheinungen auf der Erde und im ganzen Kosmos kamen aus der gleichen Quelle und waren Gleichnisse für das Wirken der göttlichen Kraft.

»Gewiss erzählt der Abt gerade von neuen Bauvorhaben und versucht, den Herzog zu einer Stiftung zu bewegen.«

Arlette lächelte. Es gefiel ihr, dass Robert jetzt die Klöster förderte. Jeder große Herrscher tat dies, um so die Macht und den Wohlstand seines Landes zu zeigen; außerdem verkürzten Wohltaten und Gebete die Zeit, die man nach dem Tode im Fegefeuer abzubüßen hatte – für Roberts Seelenheil wäre also auch gesorgt.

Einen Moment lang geriet sie ins Grübeln. Nach wie vor gab es Leute, die Robert für den Mörder seines Bruders Richard III. hielten, obgleich das völlig unmöglich war, hatte sich Robert zum Zeitpunkt von Richards Tod doch in Falaise befunden.

»Du solltest lächeln – er schaut zu uns herüber«, ermahnte Godhild sie, und Arlette fuhr aus ihren Gedanken auf. Doch als sie den Blick ans obere Ende der Tafel richtete, war Robert schon wieder in ein lebhaftes Gespräch mit Robert von Montgomery und dem Abt vertieft, hob lachend die Trinkschale und schien ganz offensichtlich den Klosterwein zu loben.

Nach dem Mahl eilten die Mönche herbei, um die Tafel aufzuheben und die Lagerstätten für ihre Gäste zu bereiten. Emsig spannten sie Schnüre, um den großen Raum mit Tüchern abzuteilen, schleppten Decken und sogar Polster herbei, dazu Laternen und Lampen, breite Schalen, in denen man Gesicht und Hände waschen konnte, und Krüge mit frischem Wasser. Sie verrichteten ihre Arbeit stumm, einige wagten es, die Frauen mit scheuen Blicken zu streifen, andere wichen ihnen aus, sahen zu Boden und schienen froh zu sein, als alles für die Gäste bereit war und sie sich zurückziehen konnten.

»Ich fürchte, die armen Kerle werden in ihrem Dormitorium auf dem blanken Boden übernachten müssen«, meinte Adelheid mitleidig. »Sie müssen uns alle Decken gegeben haben, die das Kloster besitzt.«

»Nun, es wird sie der ewigen Seligkeit gewiss ein wenig näher bringen«, erwiderte Joseline unverdrossen und streckte sich auf dem Lager aus. »Himmel – nicht einmal Strohsäcke, nur ein paar Decken. Mein Rücken wird morgen früh steif wie ein Holzbrett sein.«

Auch Arlette fand in dieser Nacht wenig Schlaf, vielleicht lag es an den Gesängen der Mönche, die um Mitternacht die Komplet beteten, vielleicht an dem harten Lager, sicher aber auch an ihren unruhig dahingleitenden Gedanken. Während Joseline neben ihr zufrieden schlummerte und dabei hin und wieder leise Schnarchgeräusche von sich gab, glaubte Arlette draußen auf den Steinplatten des Kreuzganges Schritte zu hören. Jemand ging an der Mauer des Refektoriums entlang, dann machte er kehrt und beschritt seinen Weg von Neuem.

Ich muss verrückt geworden sein, dachte sie. Es wird einer der Mönche sein, oder man hat Wachen aufgestellt – wenngleich das völlig unnötig wäre. Ich glaube doch nicht im Ernst, dass Robert mitten in der Nacht draußen vor dem Kloster auf und ab läuft!

Aber vielleicht konnte auch er nicht einschlafen, weil die Wünsche und Gedanken, die ihn umtrieben, allzu sündig waren?

* * *

Schon bald nachdem die Laudes gesungen war, machte sich die Hofgesellschaft reisefertig, und gleich nach der Frühmesse bestieg man mit dem Segen des Abts Pferde und Wagen.

»Welch lieblicher Ort für ein Kloster«, meinte Joseline, als der Wagen über den Fahrweg rumpelte. »Wie schade, dass es so früh im Jahr ist und die Bäume noch kahl sind – im Sommer muss es hier an dem stillen Flüsschen geradezu …«

Ein leises, aber vernehmliches Grollen war in der Ferne zu vernehmen, und Joseline hielt inne.

»Wir werden doch wohl nicht in ein Gewitter geraten?«

Nur wenig später waren schwarze, unförmige Wolkengebirge am Horizont aufgestiegen, die immer rascher in die Höhe wuchsen. Der Donner hörte sich an, als schlüge ein riesenhafter Hammer auf blanken Fels. Die Kinder schrien vor Angst, Godhild barg den jammernden Odo an ihrer Brust; die kleine Adelheid hatte sich fest an ihren großen Bruder geklammert, doch auch Wilhelm, der sonst gern so mutig tat, erschien die Lage bedenklich, denn er rutschte zu Arlette hinüber und war froh, dass sie die Arme um ihn und die kleine Schwester legte.

»Das ist Gottes Zorn, der uns für unsere Sünde straft«, murmelte Godhild. »Zieht die Häute fest zusammen, gleich wird es regnen.«

»Weshalb kehren wir nicht um?«, rief Joseline. »Im Kloster sind wir geschützt, und der heilige Wandrille wird uns …«

Ein Windstoß riss die Häute auseinander, die über den Wagen gespannt waren, und für einen Augenblick ließ ein Blitz die Landschaft in greller Deutlichkeit vor ihnen aufleuchten, dann folgte ein ohrenbetäubender Donnerschlag, der Joseline ohnmächtig auf das Polster sinken ließ.

»Mutter! O Herr des Himmels, sie ist tot!«, kreischten ihre Töchter.

Im gleichen Moment gab es einen gewaltigen Ruck, die Kinder kollerten durcheinander, Godhild schrie auf und griff sich an die Stirn, nur Arlette besaß die Geistesgegenwart, den kleinen Odo festzuhalten, sonst wäre er aus dem Wagen gefallen. Das Gefährt schlingerte und holperte, neigte sich zur Seite, Holz krachte, man hörte den Fuhrmann verzweifelt brüllen und fluchen – eines der beiden Pferde war durchgegangen und hatte das andere Tier in seiner Panik angesteckt.

Die Höllenfahrt schien nicht enden zu wollen, längst hatte ein vorstehender Ast das schützende Dach fortgerissen, doch die Insassen bemerkten es gar nicht, sie spürten auch den herabströmenden Regen nicht, da sie alle Kräfte darauf verwenden mussten, sich am Wagen festzukrallen.

Endlich, nachdem mehrere harte Stöße das Gefährt fast zertrümmert hätten, gelang es dem Fuhrmann, die Tiere wieder zu bändigen. Schnaubend standen sie da, verdrehten die Augen und warfen immer wieder die Köpfe auf, horchten auf die beruhigende Stimme des Fuhrmannes und zitterten dennoch bei jedem neuen Donnergrollen.

Der Wagen lag schräg auf der Seite, zwei Räder waren gebrochen, eine Seitenwand zersplittert. Arlette hatte Odo an sich gepresst und ihn mit ihrem Körper vor den harten Schlägen zu schützen versucht, Wilhelm klammerte sich laut heulend an den Rest eines Holzstückes, das vorher das Dach getragen hatte.

»Godhild!«

»Ich bin hier!«

Godhild hatte eine breite Schramme an der Stirn, helles Blut, vermischt mit Regenwasser, lief ihr übers Gesicht. Sie hatte die kleine Adelheid in ihr weites Gewand gewickelt, dort hatte das Kind sich festgekrallt und war so nicht hinausgeschleudert worden.

»Wo ist Joseline? Und wo sind ihre Töchter?«

Sie fanden die drei in einiger Entfernung auf dem schlammigen Waldboden, wo sie damit beschäftigt waren, ihre zerrissene Kleidung zu ordnen. Alle hatten Beulen und Schrammen davongetragen, die Schleier waren verloren, Joseline vermisste ihren rechten Schuh und jammerte, dass sie sich beim Sturz aus dem Wagen die Hüfte zerschlagen habe. Doch als Arlette und Godhild sie aufrichteten, war sie zum Glück in der Lage zu gehen.

Der Fuhrmann, der fürchtete, hart bestraft zu werden, hockte inzwischen in dumpfem Entsetzen neben den Resten des Wagens.

»Es war nicht meine Schuld, Herrin«, brabbelte er in einem fort. »Dämonen sind vom Himmel herabgefahren, ich sah ihre feurigen Schweife, mit denen sie die Wolken peitschten. Eine

Hexe hat ihren scheußlichen Atemhauch über uns geblasen und die armen Tiere damit fast umgebracht. Es ist nicht meine Schuld …«

Arlette hielt ihren Mantel über Wilhelm und Odo, um sie wenigstens vor dem Regen zu schützen. Die Kinder waren nach dem ersten Schrecken wie erstarrt, keines von ihnen weinte, schweigend, mit großen, entsetzten Augen warteten sie, was weiter geschehen würde.

»Sie werden nach uns suchen und uns bald hier finden«, mutmaßte Joseline.

»Wenn wir bis dahin nicht erfroren sind«, wandte ihre jüngere Tochter ein, der das nasse Gewand am Körper klebte.

Der Fuhrmann sah eine Möglichkeit, die drohende Strafe zu mildern, und erklärte, sofort losreiten zu wollen, um den Rest der Hofgesellschaft zu suchen.

»Auf keinen Fall! Zuerst geleitest du uns zu diesem Bauernhof und sorgst dafür, dass wir dort für eine Weile unterkommen«, entschied Arlette.

Niemand hatte das kleine Gehöft bisher bemerkt, so tief duckte es sich in die hügelige Landschaft, dass man die nassen Strohdächer für graues Gestein hätte halten können.

»Ein guter Einfall«, sagte Godhild. »Wir können dort die Kleider trocknen und uns etwas aufwärmen.«

Man suchte in den Trümmern des Wagens nach Gepäckstücken, die den Unfall überstanden hatten, und neuer Jammer wurde laut, als die Frauen feststellten, dass wertvolle Kleinigkeiten wie Handspiegel und Kämme, geschnitzte Puppen und Pferdchen der Kinder verschwunden waren, aber auch die Gebäckvorräte und selbst die warmen Decken, Polster und Mäntel waren verloren. Langsam, unter vielen Klagen und Scheltworten folgten die Frauen dem Fuhrmann, stiegen den Hügel hinab und fanden schließlich einen schmalen Pfad, der zwischen kahlen Bäumen und dornigem Gestrüpp zu dem Gehöft führte. Es bestand aus drei Holzhütten, die mit Stroh gedeckt waren, alles erschien verwittert und altersgrau, auf dem nassen

Stroh der Dächer hatte sich dunkelgrünes Moos angesammelt, und die niedrige Palisade, die das Anwesen umgab, wies umgestürzte Pfosten und weite Lücken im Flechtwerk auf.

»Ob hier überhaupt jemand lebt?«

»Sicher. Riecht ihr nicht den Rauch?«

Ein zottiger, brauner Hund stürzte kläffend aus einem der Gebäude und fletschte die Zähne, doch nach einem kräftigen Tritt des Fuhrmannes wich das Tier zurück und verkroch sich unter einem Verschlag. Knarrend wurde die Tür des Wohnhauses aufgeschoben, ein Mann im braunen Bauernkittel erschien, Haupthaar und Bart ließen nur die kleinen, hellen Augen frei, mit denen er die Ankömmlinge misstrauisch besah.

»Die Herrschaften suchen für kurze Zeit eine Unterkunft«, sagte der Fuhrmann herrisch. »Es gab einen Unfall.«

Der Bauer starrte die Frauen und Kinder an und erkannte an den teuren, wenn auch nassen und verschmutzten Gewändern, dass es sich um adelige Leute handelte. Seine Miene wurde noch düsterer.

»Wir haben nichts und hungern selbst. Zieht weiter!«

Verblüfft sahen die Frauen einander an. Selbst der Ärmste im Land hielt sich an die uralten Gesetze, nach denen ein Gast, der um Obdach und Nahrung bat, nicht von der Schwelle gewiesen werden durfte!

»Was schwatzt du da?«, knurrte der Fuhrmann verärgert. »Diese Frauen gehören zum Hof des Herzogs, also sieh dich vor und tu, was man dir sagt.«

»Was kümmert mich der Herzog?«, zischte der Mann und spuckte aus. »Letztes Jahr zogen die Herren von Beaumont gegen die Tosnys und tränkten meinen Acker mit ihrem Blut. Dieses Jahr war es der Herr von Brionne, der sich hier mit seinen Rittern verköstigen ließ und behauptete, das Land gehöre ihm. Zieht weiter – bei mir sind Speicher und Scheune leer.«

Joseline holte tief Luft, doch Arlette, die ihre Absicht ahnte, legte ihr rasch die Hand auf den Arm, um sie am Schelten zu hindern.

»Wir verlangen weder Nahrung noch Trank«, sagte sie. »Nur einen Ort, an dem wir vor dem Regen geschützt sind und ausruhen können. Wir wollen es auch nicht umsonst – hier nimm!«

Sie löste ihre silbernen Ohrringe und hielt sie dem Bauern entgegen. Der Mann starrte auf die schimmernden Halbmonde, in seinen Augen stand Begierde, aber zugleich auch Misstrauen. Langsam und zögerlich streckte er die Hand aus und nahm die zierlichen Schmuckstücke an sich.

»Nun mach schon deine Tür auf, dreckiger Würmerfresser!«, rief der Fuhrmann erbost, der fürchtete, der Zorn der Herrschaften würde sich umso heftiger über ihn ergießen, je länger die Frauen Kälte und Regen ausgesetzt waren. »Willst du, dass der Herzog dir die Augen ausstechen lässt?«

Der Bauer gab nach und ließ die ungebetenen Gäste in den düsteren, verräucherten Raum eintreten. Es gab nur ein einziges, schmales Fenster, das man mit Brettern verschlossen hatte, die Luft war stickig und roch nach Qualm, Mist und modrigem Holz, durch einige Spalten in den Wänden konnte man nach draußen sehen.

»Zünde das Feuer wieder an, damit wir uns trocknen können«, forderte Joseline.

»Ich habe kein Holz!«

Lebte er ganz allein hier? Arlette ließ den Blick über die von Ruß und Moder schwarzen Holzwände gleiten. Ihre Augen streiften eine Flechtwand mit einer strohgefüllten Bettstatt und fielen auf Tongeschirr, einen blinden Kessel und grobe, schmutzige Tücher in einer Ecke, auf denen drei magere Hühner hockten. An einer Schnur waren getrocknete Kräuter gebündelt – hatte er die selbst gesammelt?

»Lass es gut sein«, seufzte Joseline. »Wir setzen uns nieder und warten – unsere Gewänder sind sowieso ruiniert.«

»Meinetwegen.«

Sie schickten den Fuhrmann wieder zu seinen Pferden, damit er so rasch wie möglich Hilfe herbeiholte. Immer noch prasselte der Regen vom Himmel herab, doch das Gewitter hatte sich gelegt, und die Kinder begannen nun wieder zu jammern. Eine Weile waren die Frauen damit beschäftigt, die Kleinen zu wiegen, mit ihnen zu spielen und sie zu beruhigen.

»Da schau«, flüsterte Godhild plötzlich und stieß Arlette in die Seite. »Was für eine Hexe!«

Der Bauer war hinausgegangen und hatte die Tür offen stehen lassen, so dass nun mehr Licht in den Raum fiel. Tatsächlich – in einer Ecke der Bettstatt hockte ein Weib, Körper und Kopf in braune Lumpen gehüllt, so dass man fast nur die schwarzen Augen sah, mit denen sie unablässig auf die Fremden starrte. War sie alt oder jung? Man konnte es nicht erkennen, doch Arlette verspürte einen tiefen Schauder, wenn der stechende Blick dieses Wesens sie traf.

»Es kann doch nicht sein, dass er kein Holz hat«, sagte sie, um sich von ihrer Angst abzulenken. »Er hat es versteckt, weil er uns kein Feuer gönnen will.«

»Freilich!« Joseline nickte verbittert. »Was für ein boshafter Zwerg! Ich hoffe nur, der Herzog lässt ihn verprügeln und danach aufhängen!«

»Bis dahin sind wir alle vor Kälte krank und im Hühnerdreck erstickt«, stöhnte die jüngere Tochter, dann schrie sie auf, weil Wilhelm sie vergnügt an den Haaren zerrte.

Arlette setzte Odo auf Godhilds Schoß und erhob sich wütend. Dieser elende Kerl hatte ihre Ohrringe genommen und war nicht einmal bereit, ihnen ein Feuer anzuzünden! Ganz davon zu schweigen, dass die Kinder hungrig waren und ihnen ein wenig Ziegenmilch und ein paar Bissen Brot gutgetan hätten.

»Ich sehe mich mal um!«

Joseline warnte sie entsetzt, dem Kerl sei nicht zu trauen, seine Widerspenstigkeit beweise, dass er Übles im Sinn habe. Godhild erbot sich, mit ihr zu gehen, doch Arlette lehnte ab.

»Bleib hier bei den Kindern – ich kenne mich aus auf einem Hof und werde das Holz schon finden.«

»Tu es nicht!«

Als sie auf den Hof hinausging, spürte Arlette die unheimlichen Augen der vermummten Frau im Rücken, und sie war froh, ihnen zu entkommen. Der Regen hatte ein wenig nachgelassen, so dass sich ein paar Ziegen schon wieder auf den Hof hinaus wagten; die drei Hühner waren hinter ihr hergelaufen und pickten nun eifrig nach den Würmern, die der Regen ihnen bescherte. Arlette warf einen kurzen Blick auf die beiden schiefen Nebengebäude und entschied, dass das größere, dessen Dach dicht zu sein schien, vermutlich am ehesten trockenes Holz versprach. Eine Tür gab es nicht, der Bauer hatte Bretter und breite Äste vor den Eingang gestellt, und sie hatte eine Weile zu tun, um sich einen Durchgang zu schaffen.

Es roch nach feuchtem Stroh und Ziegendreck, zu sehen war nur wenig, doch als sich ihre Augen an das Dämmerlicht des fensterlosen Gebäudes gewöhnt hatten, erkannte sie gefüllte Säcke, die hinten im Raum standen. Vorsichtig stieg sie über allerlei Zeug, das auf dem gestampften Lehmboden verstreut lag: Scherben zerbrochener Gefäße, schadhafte Eimer, Stangen, geflickte Körbe und Kisten. Spinnweben wehten im Luftzug, eine aufgeschreckte Fledermaus flatterte an ihr vorüber, und sie schlug rasch die Hände über den Kopf, damit das Tier nicht in ihrem Haar landete. Vorsichtig beugte sie sich vor, lugte hinter die Säcke, und richtig: Sie waren gegen einen sorgfältig aufgeschichteten Stapel Brennholz gelehnt, zumeist dürre, im Wald gesammelte Äste, doch auch breitere Scheite waren darunter, die bewiesen, dass der Bauer Bäume gefällt hatte.

Sie fand, dass ihre Ohrringe durchaus einige dieser Scheite wert seien, und griff sich entschlossen einen der Körbe, um das Holz hineinzuschichten. Plötzlich verdunkelte sich der Eingang.

Sie fuhr herum, ließ den Korb zu Boden fallen, bereit, um ein paar Scheite zu streiten, notfalls zu kämpfen, dann hielt sie erleichtert inne.

Nicht der Bauer stand dort, sondern ein Ritter.

»Ich habe nach meinem Sohn gesucht«, sagte Robert und tat einige Schritte in die Scheune hinein.

»Er ist drüben im Wohnhaus. Den Kindern ist nichts geschehen, sie sind nur nass und hungrig.«

Unter seinem Fuß knackte eine Tonscherbe, er stieg über den Korb hinweg, und sie sah, dass er blinzelte, um sie im Halbdunkel besser erkennen zu können. Auf dem Hof war das Schnauben von Pferden zu hören, Wagenräder knirschten, Roberts Getreue stiegen ab und traten ins Wohnhaus.

»Ich habe Angst um dich gehabt, Arlette«, sagte Robert hastig mit leiser, heiserer Stimme. »Der Zug geriet durch das Gewitter auseinander, als wir uns sammelten, waren mehrere Reiter und ein Wagen verschwunden …«

Sie wich vor ihm zurück, ahnte seine Absicht, doch ihre Blicke hielten einander fest, und das Band, das zwischen ihnen gespannt war, schlang sich unerbittlich um sie beide.

»Sie hatten Angst um mich?«, flüsterte sie, während seine Arme sich schon um sie schlossen. »Noch vor kurzer Zeit wollten Sie, dass ich den Hof verlasse …«

Er drängte sich an sie, berührte ihren Mund mit heißen Lippen, küsste ihren Hals durch das nasse Haar hindurch, und seine Hände glitten drängend über ihr Gewand, um durch den Stoff ihre Brüste zu fühlen.

Ihr Herz raste in einem irrwitzigen Siegestaumel. Sie hatte ihre Macht über ihn niemals verloren, denn er hatte sie nicht vergessen können. Sie bog den Oberkörper zurück, ließ zu, dass er ihre Brüste mit harten, gierigen Händen liebkoste, spürte seinen hilflos keuchenden Atem, und erst als er versuchte, ihr Kleid in die Höhe zu heben, fasste sie seine Handgelenke, um ihn davon abzuhalten.

»Man wird uns sehen …«

Er war blindwütig vor Begierde, packte sie an den Schultern und schob sie gegen die Bretterwand der Scheune.

»Hast du vergessen, wer ich bin? Keiner wird wagen, uns zu stören, Arlette.«

»Aber …«

Niemals hätte sie ihm früher gestattet, sie auf diese Weise zu nehmen, doch zum ersten Mal spürte sie, wie machtlos sie ihm ausgeliefert war. Ohne dass sie es hätte verhindern können, raffte er ihr Kleid und Hemd bis über die Brüste und drang dabei so rasch und fest in sie ein, dass es fast schmerzte.

»Arlette … endlich … ich sterbe ohne dich …«

Er stieß nur wenige Male zu, dann knirschte er mit den Zähnen, um nicht laut aufzustöhnen, und ließ den Kopf auf ihre Schulter sinken.

»Wir sind verlorene Seelen auf ewig«, murmelte er. »Der Teufel hat uns mit eisernen Ketten aneinandergebunden.«

Gemeinsam legten sie Holz in den Korb, und Arlette trug ihn hinaus. Robert blieb indes in der Scheune, hörte, wie sie scheinbar erstaunt die Ritter begrüßte, und folgte ihr nach einer Weile.

* * *

Das Frauenkloster in Fécamp war von einer hohen Mauer aus grauen Granitquadern umgeben, nur ein paar schindelgedeckte Dächer und der viereckige Kirchturm ragten über die Einfriedung hinaus. Arlette war die einzige der Frauen am herzoglichen Hof, die Sehnsucht nach der kleinen Mathilde hatte, deshalb war sie, von Godhild und zwei Mägden begleitet, zum Kloster gegangen.

»Was für ein düsterer Ort«, meinte Godhild, als sie vor dem winzigen Fenster der Pförtnerin die Glocke zogen. »Wer hinter diesem Mauerwall lebt, ist für die Welt auf ewig begraben.«

»Sie wollte es so.«

Der Kopf der Pförtnerin erschien in der Fensternische, der weiße Schleier war unter dem schwarzen Übertuch weit in ihre Stirn gerutscht, doch man sah trotzdem, dass ihr Gesicht voller Narben war.

»Mathilde von der Normandie? Die gibt es hier nicht. Meinen Sie vielleicht Schwester Agnesia?«

Arlette und Godhild sahen sich betroffen an. Nicht einmal ihr Name war Mathilde geblieben. Schwester Agnesia.

»Ist es möglich, sie zu besuchen?«

Es folgte eine lange Befragung, wer sie sei, in welcher Beziehung sie zu Schwester Agnesia stehe, was sie mit ihr zu bereden habe, wer sie geschickt habe …

Arlette spürte, wie der Zorn in ihr hochschoss, doch Godhild stellte den Fuß auf ihren, um sie zur Umsicht zu gemahnen.

»Wir grüßen die ehrwürdige Frau Äbtissin und bitten sie, diese bescheidene Gabe zu Gottes Ruhm und zum Gedeihen des Klosters anzunehmen«, erklärte Arlette schließlich zähneknirschend und schob der Pförtnerin einen kleinen Beutel zu.

Jetzt hatte es die Nonne plötzlich eilig, ihr Kopf verschwand aus der Umrahmung des Fensterchens, und man hörte ihre hölzernen Schuhe, die über den Steinboden trippelten. Bald darauf wurde das schmale Türchen seitlich der Pforte geräuschvoll entriegelt und geöffnet.

»Tretet ein mit dem Segen des Herrn.«

Die Pförtnerin erwies sich als krumm wie ein Haken, sie musste den Kopf anheben, um die Gäste ansehen zu können und ihnen die nötigen Erklärungen zu geben: den Weg zwischen Küche und Pförtnerhäuschen hindurch, dann unter den Arkaden des Kreuzganges geradeaus, bis rechter Hand eine Tür zu sehen war. Dort sollten sie auf Einlass warten und währenddessen keine Gespräche miteinander führen, nicht lachen und auch keine der Nonnen ansprechen, denen sie begegneten.

Der Durchgang zwischen den Gebäuden erschien ihnen schmal wie ein Nadelöhr, und sie atmeten auf, als sie den Kreuzgang erreichten. Er war niedrig und dunkel, kein Vergleich zu dem großzügigen Bau der Mönche in St.-Wandrille, doch immerhin plätscherte ein Brünnlein in der Mitte der Vierung. Kräuterbeete umgaben die gewölbte Steinschale des Brunnens, und man sah mehrere Nonnen, die sich wie schwarze Vögel über die lockere Erde beugten, um darin zu jäten und zu hacken.

Eine Laienschwester im braunen Arbeitsgewand öffnete ihnen die Tür und verschwand ohne ein Wort. Schweigend warteten Arlette und ihre Begleiterinnen in dem kahlen Raum, den einzig ein hölzernes Wandkreuz schmückte. Weder Bank noch Hocker luden zum Sitzen ein, sie gingen auf und ab, seufzten über die lange Wartezeit, und Arlette war eben im Begriff, die Geduld zu verlieren, als zwei Frauen durch die Pforte traten.

Mathilde wirkte neben der hochgewachsenen Äbtissin wie ein zartes Kind, das ein Windhauch davonzutragen vermochte. Sie blickte Arlette stumm an, während die Äbtissin wortreich die Gäste begrüßte, für die Gabe dankte und allerlei Fragen stellte, doch Arlette sah in Mathildes Augen, wie froh sie über dieses Wiedersehen war.

»Ich lasse Sie ein Weilchen mit Schwester Agnesia allein, sie ist noch recht schwach, denn Gott der Herr prüft sie mit Krankheit und vielen Leiden. Ihre Seele aber ist rein, und sie wird das Himmelreich erlangen …«

Arlette atmete auf, als die geschwätzige Person endlich den Raum verlassen hatte. Ohne zu zögern ging sie auf Mathilde zu und umarmte sie. Das Mädchen fühlte sich so zerbrechlich an, dass Arlette fast fürchtete, sie durch die Berührung zu verletzen, doch Mathilde lächelte, und für einen kleinen Augenblick schmiegte sie sich an Arlette wie ein Kind, das Wärme und Schutz bei der Mutter sucht.

»Bist du glücklich? Hast du gefunden, wonach du gesucht hast?«

Mathilde trat einige Schritte zurück, ihr Gesicht, das der Nonnenschleier eng umschloss, hatte trotz ihrer Jugend Schatten bekommen.

»Ja, Arlette«, erwiderte sie ernsthaft. »Ich bin sehr glücklich, denn ich weiß, dass ich nach meinem Tod nicht für ewig in der Hölle bleiben muss. Jesus Christus wird für mich eintreten, wenn ich diese Welt verlasse; er wird meine Seele von der Sünde erlösen, denn ich wandle auf seinem Weg.«

Arlette spürte, wie ihr die Tränen in die Augen stiegen, und rang nach Fassung. Mathilde war noch so jung, hatte noch kaum gelebt, und dennoch schien sie Tag und Nacht an nichts anderes als an ihren Tod zu denken.

»Du musst nicht traurig sein«, sagte Mathilde tröstend und fasste Arlettes Hand. »Diese Welt ist nichts als eine Täuschung, erst nachdem wir sie verlassen haben, werden wir die wahre, die wirkliche Welt Gottes sehen. Und sie wird wunderschön sein.«

»Ja gewiss ...«, stammelte Arlette, die an solche Dinge nicht so recht glauben konnte. »Ich freue mich für dich, Mathilde. Ich wünschte nur, du wärest gesund.«

Mathilde schüttelte den Kopf, als habe sie etwas schrecklich Dummes gehört.

»Meine Krankheit ist Strafe für die Sünde. Besser Gott straft mich jetzt, als dass ich sündhaft sterbe. Arlette, ich habe eine große Bitte an dich.«

Sie hatte ihre hellblauen, ein wenig vorstehenden Augen flehentlich aufgerissen.

»Alles, was ich vermag, will ich für dich tun, Mathilde.«

»Sorge für seine Seele, Arlette. Er hat Sünde auf sich geladen, und ich fürchte, er wird unter ihrer Bürde niederstürzen. Bringe meinen Segen zu ihm und sage, dass ich für ihn bete.«

»Von ... von wem sprichst du, Mathilde?«

»Von meinem Bruder, dem Herzog.«

Arlette erstarrte. Die leichte Hand der Nonne war plötzlich wie eine Last auf ihrem Arm. Was für ein Hohn, dass gerade sie, Arlette, eine solche Botschaft überbringen sollte.

»Ich werde es ihm ausrichten, Mathilde«, murmelte sie, um das Mädchen zu beruhigen.

»Ich danke dir. Auch für dich bete ich unablässig – das weißt du.«

Eine dünne, hell klingende Glocke erschallte vom Turm, um die Nonnen zur Gebetsstunde zu rufen, und Mathilde ließ Arlettes Hand los. Ihre Bitte schien sie ungeheure Kraft gekostet zu haben, denn sie schwankte, als sie zu dem Türchen ging, und musste sich am Türriegel abstützen. Dennoch wandte sie sich noch einmal um, lächelte Arlette an und machte eine Bewegung, als wolle sie sie segnen. Dann schob sie mühsam die Tür auf, um sich zur Vesper in die Kirche zu begeben, und ihre zierliche Gestalt in dem viel zu weiten, schwarzen Nonnenkleid verschwand im Schatten des Kreuzganges.

Arlette blickte ihr nach und presste verbittert die Lippen zusammen. Weshalb nur war sie hergekommen? Mathilde sorgte sich nicht um sie, Arlette, nein, vermutlich hatte sie kaum noch an sie gedacht. Mathildes Gebete galten ihrem Bruder Robert.

Sie hatte es nun eilig, das Kloster zu verlassen, und schob sich mit Godhild und den beiden Mägden an den Nonnen vorüber, die zur Kirche liefen. Nicht einmal der frisch angelegte Kräutergarten inmitten des Kreuzganges schien es ihr wert, noch einen Augenblick zu verweilen.

»Sie sind alle gleich«, sagte Godhild, als sie draußen vor der Mauer standen und den Weg zum herzoglichen Palast einschlugen.

Arlette nickte. Godhild war nicht immer eine treue Freundin gewesen, sie hatte Arlette in der Not verlassen und war zu ihr zurückgekehrt, als sie selbst in Not geraten war. Aber Godhild war die Einzige, die ihre Gedanken und Gefühle verstehen konnte.

Mathilde – nein, Schwester Agnesia – sorgte sich um Roberts sündige Seele! Ganz sicher hatte man ihr die Gerüchte zugetragen, die inzwischen am herzoglichen Hof die Runde machten. Roberts Vorsichtsmaßnahmen vor drei Wochen auf dem Bauernhof waren lächerlich gewesen – natürlich hatte man sie gesehen, und die Nachricht hatte sich in Windeseile am ganzen herzoglichen Hof verbreitet. Über die Ostertage hatte man sich in Fécamp die Mäuler darüber zerrissen, sogar in der Klosterkirche, wo man die Auferstehung Jesu Christi feierte, hatte es Gewisper und wissende Blicke gegeben, einzig Jean le Païen schien von allem unberührt, und sein Lächeln war undurchdringlich wie immer. Doch Arlette hatte gesehen, wie

Gilbert von Brionne den Kopf zu Osbern von Crépon neigte, der ihm einige Worte ins Ohr flüsterte, worauf Gilbert eine gedankenvolle Miene machte. Ein Herrscher, der mit der Frau seines Lehensmannes verkehrte – das war nicht nur Sünde, es war auch ein Verstoß gegen die uralten Gesetze, die unter den Männern herrschten.

Bitter dachte sie daran, dass niemand Gilbert von Brionne zum Sünder erklärt hatte, als er ihr einst Gewalt antat. Auch als Robert sie zu seiner Geliebten machte und sich weigerte, sie zu heiraten, hatte das nichts mit Sünde zu tun gehabt. Ein Adelsherr konnte mit einer Gerbertochter umspringen, wie er Lust hatte, ohne sich vor der Kirche schuldig zu machen. Doch einem Ehemann gegenüber galten andere Regeln, die selbst der Herzog seinem Lehensmann gegenüber einzuhalten hatte. Robert hatte seinen Vasallen Herluin hintergangen und betrogen – das war eine Sünde.

War sie eine Heidin, weil sie zornig darüber wurde? Würde auch Gott der Herr nach solchen Gesetzen richten und strafen? Sie mochte es nicht glauben. Seltsamerweise fielen ihr jetzt die Gespräche ein, die sie mit ihrem Ehemann geführt hatte, und sie spürte deutlich, dass der Grübler Herluin in vielen Dingen gerechter und klüger urteilte als Priester, Ritter und Bischöfe.

Was für ein Unsinn, dachte sie verwirrt. Herluin wird der Erste sein, der mich verurteilt. Und ich habe seinen Zorn redlich verdient.

Die Tage in Fécamp vergingen rasch, schon im Mai reiste der Hof zurück nach Rouen. Arlette, die eigentlich von Fécamp aus nach Conteville hatte fahren sollen, schickte ihrem Ehemann eine Botschaft, dass sie noch ein paar Monate länger am herzoglichen Hof verweilen werde. Seine Antwort ließ auf sich warten, worüber sie erleichtert und zugleich beklommen war.

Herzog Robert schien keineswegs unter der Last seiner Sünden zusammenzubrechen – ganz im Gegenteil. Schon in Fécamp hatte er zweimal die Gelegenheit gesucht, mit Arlette allein zu bleiben – er hatte sie im Palast unter einem Vorwand zu sich rufen lassen, und einen Tag später hatten sie sich am Abend im Garten getroffen, und er war in einem der Mauertürme wie ausgehungert über sie hergefallen. In Rouen verfügte er, dass sein Sohn Wilhelm gemeinsam mit seinen beiden Altersgenossen täglich für einige Zeit einem Lehrer anvertraut wurde, außerdem wurden sie angeleitet, mit Armen und Fäusten gegeneinander anzutreten. Die Erziehung fand in einem der Nebengebäude des Palastes statt, so dass Arlette stets einen Vorwand hatte, die Gesellschaft der Frauen zu verlassen, um nach ihrem Sohn zu sehen. Wenn sie Robert dort antraf, hatte Godhild die Aufgabe, Wache zu stehen, während sich Robert mit seiner Geliebten in einer extra dafür hergerichteten Seitenkammer vergnügte.

Glaubte er wirklich, ihre Treffen vor dem Hofstaat geheim halten zu können? Oder wollte er nur die Form wahren? Arlette wusste es nicht, doch sie wollte auch nicht darüber nachdenken. Obgleich ihr Gewissen sie plagte – Herluin hatte nicht verdient, was sie ihm antat –, bemühte sie sich doch unwillkürlich, Robert bei jedem ihrer heimlichen Treffen neu zu fesseln, sich noch verführerischer als zuvor anzubieten, und berauschte sich an dem Gedanken, Herrin seiner Begierden zu sein.

Dennoch hatte sich vieles zwischen ihnen verändert. Robert war längst nicht mehr bereit, sich vor ihr zu demütigen und geduldig um sie zu werben, wie er es früher getan hatte. Auch auf Geschenke oder andere Gunstbeweise musste sie verzichten, denn solche hätten nur Verdacht erweckt. Er vollzog das Ritual seiner Lust mit großer Inbrunst, ließ sich von ihr verlocken, ging auf ihre Zärtlichkeiten ein, doch wenn er sie nahm, tat er es hastig, bemüht, keinen Laut von sich zu geben. Seine Befriedigung hielt nur kurz an, glich eher einer tiefen Erschöpfung, und wenn sie ihn nach der Liebe in den Armen hielt, hatte sie das Gefühl, ein verschlossenes, trauriges Kind trösten zu müssen. Es war schwer, ihn aufzuheitern, denn er war nicht zu Gesprächen aufgelegt, nur wenn sie von ihrem Sohn Wilhelm berichtete, hörte er zu und lächelte voller Stolz. Seine Tochter war ihm gleichgültig.

Oft gerieten sie in Streit, vor allem wenn sie wissen wollte, was aus ihrer Liebe werden sollte, und er ihren beharrlichen Fragen auswich.

»Mein Mann wird mich verstoßen – was wird dann aus mir?«

»Ich werde dich zu schützen wissen.«

»Was bedeutet das? Wirst du mich heiraten?«

»Wie soll ich das jetzt wissen?«

»Sagtest du nicht, dass du mich liebst?«

»Sei ruhig – ich werde immer für dich und unseren Sohn sorgen. Ich werde dich heiraten – später, wenn es möglich sein wird.«

»Wann?«

Geriet sie in Zorn, so verließ er sie wortlos, hielt sich tagelang von ihr fern, besuchte auch seinen Sohn nicht mehr und stürzte sich stattdessen in Regierungsangelegenheiten. Mit großem Eifer forderte er strengere Klosterdisziplin, ließ sich Bericht erstatten und ritt zu den Klöstern, um dort seinen Willen kundzutun.

Wenn sie an der abendlichen Tafel, bei Hoftagen oder im Garten aufeinandertrafen, versuchte er nach wie vor, ihrem Blick auszuweichen, und wenn er durch Zufall mit ihr zusammentraf, dann verhielt er sich höflich, sagte steif ein paar Worte und tat, als bemerke er die vielen neugierigen Blicke nicht, die von allen Seiten auf sie gerichtet waren. Doch wenn er sie lange nicht in seinen Armen gehalten hatte, genügte ein einziger Blick oder eine leichte Berührung im Vorübergehen, um ihr deutlich zu machen, dass er seine Begierde kaum noch zügeln konnte. Trafen sie dann wieder heimlich zusammen, so waren seine Liebkosungen herrisch und voller Gier, oft nahm er sie mehrmals hintereinander, hielt die Augen dabei geschlossen und murmelte wirres Zeug vor sich hin, das sie fürchten ließ, er habe den Verstand verloren.

Die Frauen am Hof zeigten Arlette deutlich, was sie von ihr

dachten. Zwar waren etliche inzwischen abgereist, andere dazugekommen, doch was zwischen Arlette von Conteville und dem Herzog geschah, sprach sich rasch herum. Die meisten gingen ihr aus dem Weg, als habe sie ein ansteckendes Fieber, manche hielten sogar die weiten Gewänder zusammen, wenn sie an ihr vorübergingen, damit der Stoff sie nicht berührte. Nur die Gräfin Adelheid hatte Arlette mit einer seltsamen Gleichmut behandelt, doch sie war inzwischen zu ihrem Ehemann zurückgekehrt, und Arlette musste sich jetzt nicht selten gegen boshafte Angriffe und spitze Worte zur Wehr setzen. Auch Joseline hatte sich von ihr zurückgezogen, bekümmert zwar, aber dennoch entrüstet, und sie achtete sorgfältig darauf, dass ihre Töchter keinen Umgang mit der Hure des Herzogs hatten.

Nur Godhild hielt fest und unverbrüchlich zu ihr und war in allen Dingen ihre Vertraute. Doch Godhild konnte gegen die Machenschaften der adeligen Frauen wenig ausrichten; sie führte leise Gespräche mit ihrer Freundin, zeigte ihr, wie gut sie sie verstand, und gab ihr Trost. Godhild saß neben ihr im schwankenden Schiff ihres Schicksals, sie konnten gemeinsam an reiche, glückliche Gestade gelangen, doch ebenso gut war es möglich, dass der Sturm ihr Boot an die Klippen warf und es zerschellte.

Im Spätsommer, als Arlette mit Godhild und den beiden Kleinen über den Hof spazierte, erreichte eine eilige Reisegesellschaft die Stadt Rouen. Drei verdeckte Wagen, von einer Anzahl Ritter begleitet, durchfuhren das Mauertor des Palasthofs, und als man den Frauen vom Wagen herunterhalf, erkannte Arlette zu ihrer Überraschung Eleonore von Normandie, die im vergangenen Jahr mit dem flandrischen König Balduin IV. verheiratet worden war.

»Es hat eine Rebellion gegeben«, erklärte ihr Walter, der neben sie getreten war und den Einzug der Gäste beobachtete. »Balduins erwachsener Sohn hatte offenbar keine Lust, den Tod seines Vaters abzuwarten, er hat sich des Thrones bemächtigt und den Vater vertrieben.«

Walter war vom Reitunterricht entbunden worden, worüber er nicht besonders traurig war, zumal Herzog Robert ihn mit einem kleinen Lehen in der Nähe von Falaise belohnt hatte. Eigentlich hatte er den Hof verlassen wollen, um sich dort einzurichten, denn Walter missbilligte Arlettes heimliche Treffen mit dem Herzog, die auch ihn selbst vor den anderen Rittern in ein schiefes Licht rückten. Doch nun schien alles anders zu kommen.

»Robert der Prächtige ist Balduins Schwager – er wird ihm Waffenhilfe gegen den Sohn geben.«

Entsetzt starrte Arlette den Bruder an. Ein Kriegszug?

»Das bedeutet, dass der Herzog seine Vasallen auffordern wird, Kämpfer zu stellen und mit ihm gemeinsam nach Flandern zu reiten«, erklärte Walter. »Auch ich werde diesem Aufruf folgen müssen.«

»Du …«

Doch sie dachte weniger an ihren Bruder, der nun in den Kampf ziehen musste, noch bevor er seinen Besitz gesehen hatte, sie dachte an Herluin.

Würde auch er dem Aufruf folgen? Dann käme er mit Gewissheit nach Rouen, wo sich das herzogliche Heer versammeln würde.

Arlette war seit einigen Monaten von Robert schwanger.

* * *

Es schien, als wolle der späte Sommer alle Glut, die ihm noch geblieben war, darauf richten, das Land ganz und gar zu versengen, bevor er es den kühlen Herbstwinden überlassen musste. Gelblicher Staub erfüllte die Gassen der Stadt Rouen, drang in alle Ritzen, setzte sich auf die schweißigen Hände und Gesichter der Menschen und quoll in dichten Schwaden unter den Bretterbohlen der Wege hervor, wenn die Pferdehufe darüber hinwegtrabten. Die Kämpfer, die sich in Rouen versammelten, fluchten über die Hitze und hielten die Nasen in die Höhe, denn längs der Gassen standen dickflüssige, bräunliche und schwarze Rinnsale, die nicht abfließen wollten und an einigen Stellen stinkende Klumpen gebildet hatten.

»Nicht einmal die Ratten finden noch Geschmack an dieser Brühe«, murmelte ein junger Bursche aus Herluins kleiner Kämpferschar. »Verdammt, es müsste endlich wieder regnen.«

Der Ritter Herluin gab nur durch ein Nicken zu verstehen, dass er der gleichen Meinung war. Regen wäre eine Wohltat, doch um die Ernte dieses Jahres noch zu retten, käme er zu spät. Nachdem der Frühling fast im Wasser ersoffen war, hatte der Sommer die spärlichen Halme auf den Äckern vertrocknen lassen, dünn reckten sich die Ähren in die Höhe, sie trugen keine Frucht. Herluin zügelte sein Pferd, um nicht in den Verkaufsstand eines Bauern zu geraten, der gewässerten Cidre feilbot. Der Bursche machte ein gutes Geschäft: Die zahlreichen Kämpfer, die sich in der Stadt herumtrieben und auf den Abmarsch des Heeres warteten, rissen ihm die gefüllten Becher förmlich aus den Händen, um die staubigen Kehlen zu netzen.

»Reiten wir zum herzoglichen Palast?«, fragte sein junger Begleiter hoffnungsfroh.

»Nein«, gab Herluin kurz angebunden zurück und zog das Tuch, das er sich vors Gesicht gebunden hatte, ein wenig höher. Er litt seit einigen Tagen wieder an einem juckenden Ausschlag, rote Pusteln, die wie aus dem Nichts heraus an seinem Körper wuchsen, eine Zeit lang blühten und schließlich verschorften und abheilten.

»Wir suchen uns ein Quartier in der Stadt.«

Es war nicht schwer für die Ritter, in der Stadt eine Unterkunft zu finden, denn die Bürger wussten, dass sie für Nachtlager, Verpflegung und die Versorgung der Pferde gutes Geld verlangen konnten. Schon an der hölzernen Brücke, die über die Seine führte, spätestens jedoch am Stadttor warteten die alten Weiber, Knaben und Mägde, stießen sich gegenseitig beiseite, um als Erste die neu einreitenden Kämpfer anzureden und ihnen ein Quartier zu weisen. Wohnhäuser, Scheunen und

Ställe waren bereits vermietet, und wessen Geldbeutel nicht groß genug war, der schlief mit seinen Kameraden in einer baufälligen Remise oder gar im Hühnerstall.

Herluin hatte inzwischen die Verpflichtung, zehn Ritter mit Ross und Rüstung samt Verpflegung in den Kampf zu führen – das erforderte der Landbesitz, den Herzog Robert ihm hatte zukommen lassen. Herluin war wenig glücklich darüber, denn er hatte die Männer ausrüsten und Pferde für sie kaufen müssen, so dass seine Mittel fast erschöpft waren. Außerdem sah er kaum noch Sinn in den ständig neu aufflammenden Streitereien, in die der Herzog sich hineinziehen ließ – an einen »gerechten Kampf« glaubte er schon lange nicht mehr. Ein Knabe im geflickten Kittel und mit dicken Schrammen an beiden Knien führte sie nach kurzen Verhandlungen an den Stadtrand, wo dicht an der Mauer die ärmliche Behausung seiner Eltern stand. Der Walker hatte die Gicht in beiden Händen, drei seiner kleinen Buben mussten schon in der Werkstatt mithelfen, der vierte war blödsinnig, er hockte in sich zusammengesunken neben dem Hauseingang und sang mit dünner Stimme vor sich hin.

Das Quartier war eng, und das Futter für die Pferde bestand nur aus Spreu – doch Herluin befahl seinen murrenden Kameraden, abzusatteln und sich hier einzurichten. Er selbst würde den Weg zum Palast nehmen, um dem Herzog seine Ankunft zu melden.

»Da geht er hin«, flüsterte sein Begleiter den Kameraden zu. »Ja, die hohen Herren werden im großen Saal des Herzogs mit Braten und Wein bewirtet. Wir aber hocken hier bei hartem Brot und ein paar dünnen Scheiben Speck.«

Herluin hatte es nicht eilig, den Palast zu erreichen. Er sehnte sich keineswegs nach der Gesellschaft der adeligen Herren, die sich um den Herzog scharten, doch der eigentliche Grund für sein Zögern war die Angst. Herluin war kein Feigling, nie war er vor einem Feind zurückgeschreckt, selbst dem Tod hatte er mutig ins Auge gesehen. Bei dem Gedanken jedoch, Arlette gegenüberzutreten, übermannte ihn eine tückische, nicht zu überwindende Furcht.

Langsam ritt er an der Mauer des Palastes entlang, wich den Bettlern aus, die dort hockten und ihm die Hände entgegenreckten, und verlor sich in der Betrachtung eines kleinen Salamanders, der reglos auf dem Stein klebte und die Hitze in seinen schuppigen, silbrigen Leib einsaugte.

Herluin hatte sehr wohl begriffen, weshalb Arlette ihm nicht nach Conteville hatte folgen wollen. Es war der glänzende Hof, diese Verbindung aus Macht und prächtigem Auftreten, die sie hier fesselten. Sie war die Mutter des einzigen Sohnes, den der Herzog bisher gezeugt hatte – in dieser Stellung erhoffte sie, sich Ansehen bei Hof zu erwerben.

Glanz, Macht, Ansehen – das alles bedeutete ihr unendlich viel, und zum Teil konnte er es verstehen, war sie doch von einfacher Herkunft und hatte Schlimmes in ihrem Leben erdulden müssen.

Er erblickte den gemauerten Torbogen zum Palasthof und spürte, wie sein Herz rascher zu schlagen begann. Geduldig wartete er, bis eine Gruppe Ritter den bewachten Durchgang passiert hatte, und bemühte sich währenddessen, die Unruhe in seinem Inneren zu beschwichtigen. Nein, er würde den düsteren Schatten, die ihn in den Nächten bedrängten, keinen Raum geben. Auch wenn der Verdacht auf der Hand lag und er sich fast sicher war, so wehrte er sich doch mit aller Kraft dagegen.

»Herluin von Conteville«, sagte er mit ruhiger Stimme.

Die Wächter maßen ihn mit prüfenden Blicken und wirkten verunsichert, als sie seine alten Lederschuhe und seinen abgeschabten Rock musterten. Schließlich gewährten sie ihm Einlass, und er ritt ohne Eile in den Hof. Gleichgültig betrachtete er das übliche Durcheinander, die vielen Pferde, Wagen und Maulesel, die umherhastenden Knechte, die Wasser über den Boden sprengten, um den Staub zu bannen, die einherstolzierenden Ritter und Frauen, die ihren Spaß an dem bunten Treiben hatten.

»Herluin!«

Die Stimme seines Freundes riss ihn aus den trüben Gedanken. Wenn es jemanden gab, den er gern und freudig hier begrüßen wollte, dann war es Jean le Païen.

»Du bist also auch wieder dabei!«, stellte Jean fest und fasste Herluins Pferd am Halfter. »Ich habe oft an dich gedacht, Herluin.«

»Das ging mir ebenso.«

Er stieg ab und hätte Jean gern umarmt, doch er wusste, dass der Freund seinen schützenden Panzer nur ablegte, wenn sie allein miteinander waren, deshalb stand er nur vor ihm, grinste ihn an und war zufrieden, dass Jean sein Grinsen erwiderte.

»Du hast dich lange Zeit nicht blicken lassen, Herluin.«

»Ich liebe den herzoglichen Hof nicht.«

»Ich weiß.«

Vor dem Tor zum großen Saal herrschte Gedränge, die einen strebten hinein, andere wollten hinaus, Mägde trugen breite Schüsseln voller Gebäck und schoben sich keuchend an den Entgegenkommenden vorbei, ein Ritter stieß böse Flüche aus, weil ein anderer im Vorüberhetzen sein Schwertgehänge zerrissen hatte, eine junge Magd lachte schrill und schlug sich dann die Hand vor den Mund.

»Komm mit – wir werden schon einen Platz finden.«

Herluin zog wenig in den lärmenden Saal, doch bot er wenigstens Schutz vor der Hitze, die im Hof fast unerträglich war, da die Mauern die Sonnenglut abzustrahlen schienen. Drinnen jedoch war es kaum kühler, dazu kamen die Gerüche der Speisen und die Ausdünstungen der vielen Männer, die in kleinen Gruppen beisammenstanden, auf den steinernen Sitzbänken und in den Fensternischen ausruhten oder an der langen Tafel Platz genommen hatten. Knappen und Mägde liefen zwischen ihnen umher, trugen Speisen und Getränke auf und sorgten dafür, dass die Becher und Trinkschalen der Gäste nicht leer wurden.

Herluin kannte viele der Ritter, hatte Seite an Seite mit ihnen gekämpft, und obgleich er selbst an den Abenden im Lager eher schweigsam gewesen war, hatte er doch den Gesprächen gelauscht und wusste um ihr Schicksal. Nicht wenige hatten während der vergangenen Jahre ihr Glück gemacht, so wie Nigel von Cotentin, der jetzt zu den engsten Getreuen des Herzogs gehörte. Auch Umfrid von Vieilles und sein junger Sohn Robert von Beaumont, die Herren von Montgomery, die Tosnys und allen voran Gilbert von Brionne waren zu Macht und Ansehen gelangt. Doch die meisten der kleinen Herren aus der Niedernormandie, deren Lehen im Westen des Landes gelegen waren, weitab von dem reichen Kernland an der Seine, schienen weniger von den Veränderungen der letzten Jahre profitiert zu haben. Diejenigen, die dem Ruf des Herzogs gefolgt waren, brannten vor Begierde, in den Kampf zu ziehen, da sie sich Beute und Ruhm erwarteten, doch an ihrer Kleidung war zu erkennen, dass sie Mühe gehabt hatten, sich für diesen Kriegszug zu rüsten. Herluin vermisste etliche bekannte Gesichter unter ihnen, und er vermutete, dass viele der jungen Männer die Normandie verlassen hatten. Seitdem bekannt geworden war, dass Rainulf Drengot die Grafschaft Aversa vom Herzog von Neapel zum Lehen erhalten hatte, war eine förmliche Begeisterung unter den jungen Burschen ausgebrochen, vor allem die jüngeren Söhne der Adelsherren, die sich wenig Hoffnung auf ein Erbe machen konnten, zog es in der Hoffnung auf Besitz in die Ferne.

Jean le Païen hatte inzwischen dafür gesorgt, dass man an der Tafel zusammenrückte und für Herluin und ihn Platz machte. Ein blonder Knappe brachte ihnen Trinkschalen und schleppte eine Kanne mit Wein herbei, die fast zu schwer für den kleinen Kerl war.

»Er ist noch ein wenig jung für einen Knappen – gerade erst sieben Jahre alt«, meinte Jean schmunzelnd. »Es ist Wilhelm FitzOsbern, ein Sohn von Osbern von Crépon – ein ehrgeiziger kleiner Kerl, der es nicht erwarten kann, ein Ritter zu werden.«

Wilhelm FitzOsbern kämpfte einen harten Kampf mit der großen Weinkanne, als er sich abmühte, die Kelche zu füllen, ohne allzu viel auf den Tisch zu verschütten. Dann fegte er voller Stolz davon, um andere Ritter zu versorgen. Es bereitete ihm große Freude, hier unter den Männern Dienst tun zu dürfen, anstatt mit Wilhelm und Robert bei dem Erzieher zu sitzen und sich langweilige Geschichten aus der Bibel anhören zu müssen.

»Auf unser Wiedersehen«, sagte Jean und trank Herluin zu.

»Darauf trinke ich gern.«

Herluin hob die Trinkschale und wischte deren Boden mit der Hand ab, da sich trotz der Bemühungen des kleinen Sohnes von Osbern von Crépon eine kleine Weinlache auf dem Tisch gebildet hatte. Er war froh, dass Jean nicht auf die Idee gekommen war, auf den bevorstehenden Kampf zu trinken, so wie es alle anderen an dieser Tafel taten.

Er hatte das Tuch, das sein Gesicht zum Teil verbarg, herabziehen müssen und spürte nun Jeans fragenden Blick.

»Das ist nichts«, erklärte er verlegen. »Es kommt und geht – vielleicht liegt es an der Hitze und dem Staub.«

»Kein Fieber?«, fragte Jean besorgt.

»Ich fühle mich stark und gesund.«

»Das freut mich.«

Er schob dem Freund eine der großen Schüsseln hin, und Herluin nahm sich von dem Gebäck, kaute abwesend darauf herum und spülte es mit dem Wein hinunter. Hätte man ihn gefragt, was er gerade gegessen hatte – er hätte es nicht sagen können. Eine Weile hörte er Jean zu, der ihm umständlich die flandrische Sache schilderte, und er begriff rasch, dass Jean sich bewusst bei diesem Thema aufhielt, um nicht an anderes rühren zu müssen. Sein Herzschlag wurde unruhig, und als er erneut zur Trinkschale griff, sah er, dass seine Hand zitterte.

»Wie steht es mit deiner Burg, Herluin? Ist der Turm schon gemauert? Sind die Wälle geschlossen?«

Herluin blieb die Antwort schuldig, denn in diesem Augenblick betrat Herzog Robert die Halle, an seiner Seite einen breit gebauten, grauhaarigen Mann im lichtblauen Rock – vermutlich der entthronte Balduin IV. Der kräftige Mann hatte sicher schon bessere Tage gesehen, sein Gesicht war von einer dunklen Röte, die Wangen schlaff, die unteren Augenlider hingen hinab und machten seinen Blick seltsam verschwommen. Balduin IV. hatte früher so manchen Zwist mit dem deutschen Kaiser ausgetragen und sich mutig behauptet – nun also tat ihm der eigene Sohn die Schmach an, sich gegen den Vater zu erheben. Herluin hatte Mitleid mit dem König, dem dieser Verrat offensichtlich sehr nahe gegangen war.

Herzog Robert war hingegen in bester Stimmung. Herluin sah, wie er beständig auf seinen Gast einredete und sich dann umwandte, um auch Gilbert von Brionne und den Erzbischof in das Gespräch einzubeziehen, wobei er weit ausholende Gesten mit den Armen vollführte. Ein Heer von Knappen und Mägden war beim Eintritt des Herzogs herbeigelaufen, Osbern von Crépon und der Zeremonienmeister sorgten dafür, dass oben an der Tafel genügend Plätze freigemacht wurden, so dass die hohen Herrschaften sich niederlassen konnten. Nun drängten auch jene Ritter herbei, die bisher noch nicht an der Tafel gesessen hatten, um sich zwischen die anderen zu quetschen. Für eine kurze Weile war der große Saal vom Scharren der Bänke und Hocker erfüllt, die hölzernen Schwertscheiden stießen gegen Tischplatten und Bänke, unwillige Rufe, Gelächter und Flüche waren zu hören, eine Weinkanne kippte um. Am Ende der Tafel saß man jetzt so eng beieinander, dass kaum einer der Männer den Arm heben konnte, ohne sich und seinem Nebenmann das Gewand zu zerreißen, und die Hitze, die auch vorher schon lästig gewesen war, wurde nun unerträglich.

Oben an der Tafel saß man bequem, Herzog Robert hatte den Finger in den Wein getaucht und malte etwas auf die hölzerne Tischplatte – vermutlich wollte er mit seinen Mitstreitern die Etappen der Wegstrecke besprechen, denn er richtete allerlei Fragen an Balduin und tippte auf der Tafel mal hierhin, mal dorthin. Wo waren Verbündete zu erwarten, wo konnte das Heer lagern, ohne sich mit den dort ansässigen Adelsherren Ärger einzuhandeln, auf welchen Burgen und Festungen hielten sich die Gegner auf?

Kurz darauf erhob sich der Herzog, um seine Vasallen zu begrüßen und sie auf das Ziel des Kriegszuges einzuschwören. In zornigen Worten schilderte er den Verrat, verglich den Thronräuber mit dem verlorenen Sohn aus der Bibel und folgerte daraus, dass das normannische Heer die göttliche Ordnung auf Erden wiederherzustellen habe. Nebenbei erwähnte er den Reichtum des Nachbarlandes und die zu erwartende Dankbarkeit seines Schwagers, was seine Vasallen – besonders jene, die aus der Niedernormandie gekommen waren – mit glänzenden Augen vernahmen. Am Ende seiner Rede ereiferte er sich über die Schmach, die seiner Schwester Eleonore und ihrer kleinen Tochter angetan worden war, und er schwor, sie und ihren Ehemann wieder auf den flandrischen Königsthron zu bringen oder im Kampf für sie zu sterben.

Wilde Begeisterungsrufe, Schläge auf die Tischplatten und Fußgetrampel vom unteren Teil der Tafel belohnten diese Rede, und auch Herluin musste neidlos anerkennen, dass Robert seine Sache gut machte. Er war vielleicht ein wenig zu weitschweifig, doch seine Sprache war kraftvoll, und seine Gesten waren lebhaft. Er selbst, Herluin von Conteville, würde niemals im Leben imstande sein, eine solche Anzahl von Männern für einen Kriegszug zu entflammen.

Mitten in der allgemeinen Erregung war jetzt ein Streit entbrannt. Ein Ritter behauptete, sein Nebenmann habe in seinen Wein gespuckt, einige Männer sprangen von ihren Sitzen auf, Schemel kippten polternd um, andere mischten sich in die Auseinandersetzung ein und versuchten, die Kampfhähne zu beschwichtigen. Dann hörte man die dröhnende Stimme Osbern von Crépon, der erklärte, keinen Zwist im herzoglichen Palast zu dulden.

»Gehen wir«, sagte Herluin, den Mund dicht an Jeans Ohr.

Es war nicht so einfach, sich aus der engen Reihe zu lösen, es gelang ihnen nur, weil sie sich gemeinsam erhoben, und kaum waren sie über die Bank gestiegen, da hatte sich die Lücke auch schon wieder geschlossen.

Mittlerweile war es später Nachmittag, und die Schatten der Gebäude bedeckten fast den gesamten Hof. Immer noch herrschte drückende Hitze, dennoch fühlte sich Herluin erleichtert, dem Lärm und der Unruhe im großen Saal entkommen zu sein. Jean rieb sich den Oberschenkel, der Schwertgriff seines Nebenmannes hatte sich hart in seine Muskeln gebohrt, dann lächelte er Herluin zu und nahm ihn am Arm.

»Gehen wir ein wenig umher.«

Knechte liefen an ihnen vorüber, schleppten Eimer mit Wasser und Heubündel, um die Pferde der adeligen Herren zu versorgen; da die Ställe bereits überbelegt waren, hatte man einige der Tiere auf dem Hof angebunden. Auch Frauen waren hinuntergekommen; in kleinen Grüppchen, gefolgt von ihren Mägden, spazierten sie hinüber in den Garten, um dort nach den Beeten zu sehen und die abendliche Abkühlung zu erwarten.

»Schaust du nach Arlette?«, fragte Jean unvermittelt.

Herluin zuckte zusammen und nickte dann. Sein Herz begann zu hämmern.

»Wie geht es ihr?«

Seine Stimme hatte heiser geklungen, wie stets, wenn er aufgeregt war. Jean sah an ihm vorbei, sein Gesicht war unbewegt.

»Warum fragst du sie nicht selbst? Willst du sie nicht aufsuchen?«

»Nicht jetzt ... Ich möchte nicht, dass sie vor mir erschrickt.«

Er zog wieder das Tuch vors Gesicht und spürte den heißen, brennenden Ausschlag.

Jean schwieg eine Weile, betrachtete scheinbar mit großer Aufmerksamkeit einen gelben Hund, der im Mauerschatten döste und mit dem rechten Ohr zuckte, um eine Fliege zu vertreiben.

»Du solltest bald zu ihr gehen, Herluin«, meinte er dann.

Jeans dunkle Augen waren jetzt ernst und groß auf den Freund gerichtet, und Herluin spürte, wie die Angst ihn mit kalter Hand erfasste. Er wollte es nicht wissen, er war feige, suchte Ausflüchte, um Jeans bedeutungsvollem Blick zu entgehen.

»Besser nach dem Kampf. Dann werden diese dummen Pusteln abgeheilt sein, es ist mir peinlich, so vor sie zu treten.«

Doch Jean le Païen blieb unerbittlich.

»Arlette trägt ein Kind«, sagte er mit leiser Stimme und betonte jedes einzelne Wort.

Dann ging er beiseite, um nicht Zeuge der Wirkung seiner Nachricht sein zu müssen.

* * *

Zwei Tage später ritt das herzogliche Heer gen Nordosten. Die Einwohner von Rouen sahen die Kämpfer mit gemischten Gefühlen scheiden. Zwar hatte man gutes Geld an ihnen verdient, doch es war auch zu den üblichen Ärgernissen gekommen: Prügeleien und Übergriffe auf die Vorräte waren gemeldet worden, eine Hure hatte beide Schneidezähne eingebüßt, und so mancher Bursche hatte versucht, sich an die Töchter der Städter heranzumachen – nicht selten mit Erfolg.

Trotz der erbarmungslos herabbrennenden Sonne kam der Heerzug rasch voran, die einen waren begierig auf den Kampf, die anderen hatten es eilig, die Sache hinter sich zu bringen, um so bald wie möglich zurück auf ihre Besitztümer zu gelangen. Es war Zeit, das Getreide zu schneiden, auch dicke Bohnen und Linsen wurden eingebracht, und für viele der kleineren Lehensnehmer war es wichtig, die Abgaben ihrer Bauern genau zu überwachen, zumal es sich um ein schlechtes Erntejahr handelte.

Der Ritter Herluin hielt sich fern von den anderen, nur Jean le Païen ritt manchmal zu ihm auf, reichte ihm den Wasserschlauch hinüber, doch sie wechselten kein einziges Wort.

Herluin war in düstere Gedanken versunken, und der Freund wusste nicht, wie er ihm hätte helfen können.

Gegen Mittag hatte sich der Heerzug weit auseinandergezogen, einige Gruppen, vor allem die Fußkämpfer, hatten gar den Anschluss verloren, dazu machten die schwer beladenen Packpferde und Maulesel den Knechten zu schaffen. Ab und an stießen kleinere Verbände zu ihnen – Vasallen aus dem Nordosten der Normandie, die sich den Weg nach Rouen gespart hatten. Keiner der Kämpfer hatte Kettenhemd oder Helm angelegt, die bei der Hitze nur lästig und zudem unnütz waren, denn der Weg führte vorerst durch das Gebiet des Herzogtums. Erst in einigen Tagen würde man flandrische Besitztümer erreichen, dann allerdings war Vorsicht geboten, denn Balduin V. hatte zahlreiche aufständische Barone um sich geschart, die versuchen könnten, sie in einen Hinterhalt zu locken.

Der Herzog befahl eine kurze Rast am Ufer eines Flüsschens, um das Heer zu sammeln und die Pferde zu tränken, dann bewegte sich der große Zug weiter. Wegen des aufwirbelnden Staubes, der Tiere und Reiter einhüllte, glich er aus der Ferne einer riesigen gelblichen Schlange. Die Hitze hatte das Laub an den Bäumen frühzeitig verdorren lassen, die Weiden waren dürr und die Früchte an den Obstbäumen klein und verschrumpelt, viele waren fleckig und von Maden zerfressen. Auf den Äckern sah man Bauern, die mit der Sichel den Roggen schnitten, die braunen Kittel zwischen den Beinen durchgezogen und festgebunden, um besser arbeiten zu können. Auch die Weiber und Mädchen hatten die langen Gewänder gerafft, sie waren barfuß und banden die Ähren mit Stroh zu Garben. Wenn das Heer vorüberzog, starrten die einfachen Kämpfer gierig auf die entblößten Arme und Beine der Bäuerinnen und riefen ihnen zotige Worte zu. Manche der Frauen blickten auf, wischten sich den Schweiß von Stirn und Wangen und zogen ihre Gewänder herab. Die älteren Männer, die zottige Bärte trugen, machten sich nicht einmal die Mühe, den krummen Rücken gerade zu richten, nur die jungen Burschen starrten sehnsüchtig auf die vorüberziehenden Kämpfer, neideten ihnen die Schwerter und Lanzen und dachten daran, dass so mancher Lehnsherr auch hörige Bauern zu Kämpfern hatte ausbilden lassen.

»Ein Unglücksjahr«, sagte ein Ritter in Herluins Nähe. »Wir werden alle für unsere Sünden bestraft. Was die da ernten, reicht kaum bis zum Christfest. Und bei mir daheim ist es genauso.«

»Ein Grund mehr, auf diesem Kriegszug Beute zu machen!«, rief ein anderer lachend. »Das Königreich Flandern ist nicht arm – wir werden uns die Waffenhilfe gut entlohnen lassen!«

»He, Herluin! Hat der Herzog dir schon den Löwenanteil aus dem Beuteschatz versprochen?«, brüllte ein junger Kerl.

Gelächter folgte, grobe Scherze wurden gemacht, der Ritt war eintönig, und man langweilte sich.

»Bist ein kluger Bursche – lässt dein Weib für dich sorgen!«

»Was schadet schon ein fremdes Ei im Nest, wenn es aus Gold ist!«

Herluin schwieg, er war keiner, der sich gegen solche Bosheit lautstark verteidigen konnte, zudem lähmte ihn die Erkenntnis, dass seine Schande bereits überall bekannt geworden war. Doch Jean le Païen, der vor ihm geritten war, zügelte jetzt sein Pferd und ließ sich zurückfallen; was er sagte, konnte Herluin nicht verstehen, doch die Männer schwiegen.

»Natterngezücht«, zischte Jean, als er wieder zu ihm aufritt. Herluin, der seinen stets beherrschten Freund noch nie zuvor so voller Wut und Verachtung erlebt hatte, war bestürzt.

»Lass sie reden«, sagte er leise. »Sie wissen es nicht besser.«

Herluin war Jeans Rat nicht gefolgt, er hatte Arlette keinen Besuch abgestattet, ihr auch keinen Boten geschickt, hatte nicht einmal mit ihrem Bruder Walter gesprochen. Jeans Eröffnung, dass Arlette schwanger sei, hatte ihn getroffen wie ein Blitzschlag und seine schlimmsten Befürchtungen noch übertroffen. Er sah keinen Grund, an den Worten seines Freundes zu zweifeln, die sich schon bald bestätigt fanden.

Herzog Robert war dem Ritter Herluin am Morgen vor ihrem Aufbruch bei einem Ausritt in der Stadt begegnet, hatte sein Pferd aus der Mitte seiner Getreuen heraus auf Herluin zugelenkt und ihn mit überschwänglichen Worten willkommen geheißen. Sein Eifer war dabei so groß, seine Gesten so ungeschickt, sein Blick so unstet, dass es der verlegenen Gesichter der Getreuen nicht mehr bedurfte, um Herluin die Wahrheit begreifen zu lassen. Er hatte Robert in knappen Worten, doch höflich, geantwortet und eine weitere schlaflose Nacht auf dem schmalen Lager im Haus des Walkers zugebracht.

»Du musst handeln«, beschwor ihn Jean jetzt. »Ich will nicht, dass mein Freund von aller Welt verlacht und geschmäht wird.«

»Das ist nicht so einfach, Jean.«

Herluin hatte zwei Tage und zwei Nächte lang mit sich gerungen, denn er wollte nicht im Zorn handeln. Unzählige Male hatte er Arlette in Gedanken mit wütenden Vorwürfen überschüttet und sogar den Wunsch verspürt, sie zu schlagen. Das war sein gutes Recht, und er konnte ihr noch weit Schlimmeres antun: sie wie eine Verbrecherin an den Haaren durch die Stadt schleifen, sie nackt auf ein Pferd setzen und sie durch die Dörfer und Städte führen, damit jedermann ihre Schande erkannte.

Doch bald schämte er sich dieser Gedanken, und es erschien ihm feige, seinen Zorn an seiner Frau auszutoben. War sie nicht selbst eine Unglückliche?

Lange hatte er um ihre Liebe gekämpft, doch nun erkannte er, dass Arlette, die Tochter des Gerbers, gar nicht fähig war, einen Mann zu lieben. Sie liebte auch Robert nicht, selbst wenn man ihn jetzt den Prächtigen nannte. Sie gab sich ihm hin, weil er der Herzog war, sie hing nicht an ihm, sondern an der Macht und dem Glanz seines Herrschertums. Herluin hatte darüber nachgegrübelt, ob diese Kälte ein Grundzug ihres Wesens war oder ob ein böser Geist ihr Herz hatte verdorren lassen. Doch die Frage war nicht länger von Bedeutung.

Der Abend zog die Schatten in die Länge und ließ sie blasser werden, doch der Sonnenuntergang brachte wenig Abkühlung, denn der Erdboden schien nun alle Hitze auszuströmen, die er den Tag über eingeatmet hatte. Das herzogliche Heer lagerte an einem gewundenen Bachlauf nahe der Ortschaft Longueville – eine Ansammlung niedriger, strohgedeckter Häuser, aus denen dünne, weiße Rauchsäulen aufstiegen – für die Bauern war es Zeit, die Abendsuppe zu bereiten. Die Ortschaft gehörte zum Besitz von Thorold von Pont-Audemer, der mit Osbern von Crépon verwandt war; auch Thorold stellte eine Reihe von Kämpfern und erwartete hier das Heer seines Lehnsherrn, um sich ihm anzuschließen.

Das Lager dehnte sich über mehrere Wiesen und Äcker, die Thorold klugerweise bereits hatte abernten lassen, so dass die Ritter auf den Getreidestoppeln nächtigten. Obgleich der Tag anstrengend gewesen war, waren die Männer guter Dinge, die Kämpfer scharten sich um ihre Lehnsherren, die auch ihre Anführer waren, man ließ die Pferde auf den Weiden grasen, bediente sich an den Holzvorräten der Bauern und kochte die Abendmahlzeit in den mitgeführten Kesseln. Lautes Stimmengewirr, Gelächter und das Kratzen der hölzernen Löffel in den Kesseln erfüllten die Abendluft, die Männer hockten im Schneidersitz am Boden, hatten die engen Gürtel über den farbigen Leibröcken gelockert, und manch einer hatte sich sogar seiner Beinlinge und Schuhe entledigt. Irgendwo begann jemand ein Lied zu singen, andere fielen grölend ein; an anderer Stelle wurde mit Heldentaten vergangener Kriegszüge geprahlt, wieder andere hatten sich auf ihren Decken ausgestreckt, den Sattel als Kopfpolster untergeschoben und schnarchten bereits vor sich hin.

Herluin hatte mit seinen Begleitern aus Conteville nahe des Bachbettes Lager genommen. Auch Jean le Païen gesellte sich zu ihnen, schweigend saßen die beiden Männer zwischen den schwatzenden Kameraden, aßen ein paar Löffel Gerstenbrei mit Speck und sahen einander nicht an.

Man hatte nur wenige Zelte errichtet, eines darunter war größer als die anderen, von dunkelblauer Farbe, mit gelben Bordüren und einem aufgenähten, goldenen Schild geschmückt: das Zelt, in dem der Herzog und seine engsten Getreuen die Nacht verbrachten.

Langsam erhob sich der Ritter Herluin, reichte einem der Kameraden die halb geleerte Schale und ging ohne ein Wort davon. Kaum jemand achtete auf ihn, als er über den schmalen Bachlauf stieg und sich dem Zelt des Herzogs näherte, nur die Augen seines Freundes begleiteten seinen Gang voller Sorge und zugleich mit Befriedigung.

Ein Wachposten verwehrte Herluin den Eingang in das Zelt des Heerführers, drinnen ertönten Stimmen, offenbar waren einige Späher zurückgekehrt, um dem Herzog Bericht zu erstatten.

»Herluin von Conteville. Ich habe eine Botschaft an den Herzog.«

»Tritt ein.«

Herluin schlug die Zeltbahn beiseite, er musste nur leicht den Kopf neigen, um in das hohe, achteckige Zeltinnere zu treten. Gemessen an dem Nachtlager eines einfachen Kämpfers, hatte es sich Herzog Robert ausgesprochen bequem gemacht: Es gab Hocker und einen Tisch, Kerzenleuchter und Trinkschalen, dazu silberne Karaffen für Wasser und Wein, nicht einmal die Schüssel zum Händewaschen fehlte. Auch die Lagerstätten, die man bereits aufgebaut hatte, waren mit Decken und Polstern versehen, ein zusammengeklapptes Tabula-Spiel lag auf einer davon.

Robert schien Herluins Anwesenheit zuerst kaum zu bemerken. Er redete auf Gilbert von Brionne ein, der eine bedenkliche Miene zog, während zwei andere seiner Getreuen, Hugo von Vernon und Umfrid von Vieilles, dem Herzog beizupflichten schienen. Die beiden jungen Kerle, welche abgehetzt und staubbedeckt die Botschaft überbracht hatten, standen abwartend vor dem Tisch, und erst nachdem Robert ihnen durch eine Geste zu verstehen gegeben hatte, dass sie jetzt entlassen waren, fiel sein Blick auf Herluin.

Für einen winzigen Augenblick zuckten seine Lider, als würde er erschrecken, dann lachte er überlaut auf und vollführte eine weit ausholende, einladende Armbewegung.

»Herluin von Conteville! Welch guter Stern führt dich zu mir! Setz dich zu uns, nimm einen Schluck Wein! Gerade jetzt brauche ich den Rat eines besonnenen Mannes. Stell dir nur vor, mein guter Freund und Vasall Gilbert will mich überreden, morgen auf keinen Fall in der Nähe von Eu zu lagern. Er tut das, weil das Gebiet ihm gehört und er nicht will, dass wir seinen Bauern das Holz nehmen. Was hältst du von solcher Vasallentreue, Herluin? Würdest du es mir vielleicht verwehren, mein Heer in Conteville zu lagern, wenn der Krieg es erforderte?«

Schweigend wartete Herluin den Redeschwall ab, ohne Roberts Einladung zu folgen. Der Herzog hörte nicht auf zu lachen und wandte sich, da Herluin keine Antwort gab, wieder Gilbert von Brionne zu, doch der hatte sich zur Seite gedreht. Hugo von Vernon wechselte Blicke mit Umfrid von Vieilles, dann starrten beide mit betretenen Blicken auf die Tischplatte.

»Was ist?«, drängte Robert ungeduldig. »Setz dich endlich zu uns, Herluin. Sind wir nicht alte Kampfgenossen? Denkst du, ich habe vergessen, dass du einer der Ersten warst, der treu zu mir stand, als ich noch nicht Herzog war?«

Sein Redefluss versiegte, er fuhr mit den Händen über den Tisch, kippte dabei eine Weinschale um und versuchte, den verschütteten Wein mit der Hand wegzuwischen.

»Ich habe ein Anliegen an den Herzog der Normandie«, sagte Herluin schließlich. »Eine Sache, die nur ihn und mich etwas angeht.«

Roberts Züge verkrampften sich zu einer seltsamen Grimasse, die Zorn und Angst widerzuspiegeln schien.

»Es wird Zeit bis nach dem Kriegszug haben, Herluin.«

»Nein!«

Gilbert von Brionne erhob sich, erklärte, noch einmal die Runde machen und nachsehen zu wollen, ob alle Wachen auf ihrem Posten seien, die anderen beiden folgten ihm. Keiner der Männer hegte freundschaftliche Gefühle für den Ritter Herluin von Conteville, doch seine Sache war gerecht, und er sollte Gelegenheit haben, sie zu regeln.

Als seine Vasallen das Zelt verlassen hatten, schien Robert ein anderer zu werden. Alle Geschwätzigkeit wich von ihm, stumm, die Arme auf den Tisch gestützt, saß er da und blickte Herluin an wie ein in die Falle geratenes Tier.

»Was willst du?«, stieß er schließlich hervor.

Hass und Verachtung stiegen in Herluin auf, und er musste sich zwingen, Ruhe zu bewahren.

»Das wissen Sie selbst gut genug.«

Langsam erhob sich Robert, taumelnd, als habe er Mühe, sich aufzurichten. Als er Herluin ansah, war sein Blick gequält und voller Verzweiflung.

»Ich habe mich versündigt ... Vor Gott und vor dir, Herluin. Ich konnte nicht von ihr lassen, der Teufel hat meine Seele in seinen Krallen, jede Nacht stieg ihr Bild vor mir auf, verführerisch wie Eva, die Mutter aller Sünderinnen ...«

»Ihre Sünden machen Sie allein mit Gott ab. Sie gehen mich nichts an. Ich fordere mein Recht.«

Robert straffte sich, richtete sich zu voller Größe auf und wirkte fast erleichtert.

»Ich werde für meine Tat einstehen. Fordere mich zum Kampf, wo und wann immer du magst.«

Jetzt konnte Herluin sich nicht mehr beherrschen – dieses Ansinnen war gar zu lächerlich.

»Soll ich den Herzog der Normandie töten?«, rief er und stieß ein hartes Gelächter aus. »Wem wäre damit wohl geholfen?«

»Was willst du sonst?«, murmelte Robert. »Ich kann dich zum Vicomte machen und dir eine Burg geben. Ich kann dir Gold und Silberzeug schenken ...«

Herluin schüttelte stumm den Kopf und spürte heiße Wut in seinem Inneren schwelen.

»Behalten Sie Ihre Geschenke, Herr. Ich will wissen, was mit Arlette geschehen soll, immerhin ist sie meine Frau.«

Robert, der begriff, dass Herluin nicht gekommen war, um sich zu rächen, sondern um die Angelegenheit zu regeln, blickte seinen Lehensmann hoffnungsvoll an. Sein Mund zuckte, dann fing er an, begütigend auf ihn einzuschwatzen.

»Was mit Arlette geschehen soll? Tu mit ihr, was du für richtig hältst. Verstoße sie, das ist dein gutes Recht. Bestrafe sie – allerdings trägt sie ein Kind, deshalb solltest du nicht zu hart mit ihr sein …«

»Richtig. Sie trägt ein Kind von Ihnen.«

Robert stöhnte auf.

»Nimm sie mit nach Conteville und lass sie das Kind dort auf die Welt bringen …«

»Ich soll Ihrem Kind also meinen Namen geben …«

Robert wand sich, ging im Zelt auf und ab, gestikulierte mit den Armen – wie seltsam, dass dieser Mann, der vor seinen Vasallen eine so starke und feurige Rede gehalten hatte, jetzt so jämmerlich um jedes Wort ringen musste.

»Was verlangst du von mir?«, fragte Robert schließlich hilflos.

Herluin war sich selbst noch nicht klar, was zu tun war. Er wollte Arlette nicht verstoßen, denn damit hätte er sie nur in die Arme ihres Liebhabers getrieben. Er wollte sie aber auch nicht mit nach Conteville nehmen, solange sie ein Kind von Robert trug.

»Schwören Sie mir, dass Sie sie nie wieder berühren werden!«

Damit war Robert rasch bei der Hand – er leistete einen langen, feierlichen Eid, rief Gott den Herrn und die Heilige Jungfrau als Zeugen an, schwor bei allen Heiligen, bei seiner Ehre, bei seinem Leben …

»Bist du nun zufrieden?«

Herluin schwieg. Es gab keinen Grund, zufrieden zu sein,

das wusste Robert ebenso gut wie er selbst. Dennoch nickte er, wandte sich um und verließ das Zelt.

Draußen war es dunkel, zahllose Grillen sangen ihre eintönige Weise im Gras, die verglühenden Feuer am Bachufer bildeten zuckende rote Flecken in der Finsternis der Nacht.

In wenigen Tagen würden sie dem Feind gegenüberstehen, und Herluin von Conteville kam der feige Gedanke, dass es vielleicht leichter war, im Kampf zu sterben, als heimzukehren und zu tun, was getan werden musste.

* * *

Schon Anfang Oktober kehrte Robert der Prächtige siegreich nach Rouen zurück, der Kriegszug war leicht und erfolgreich gewesen, denn allein die Nachricht, dass Balduin IV. bei seinem Schwager Unterstützung gefunden hatte und mit dem normannischen Heer gen Flandern zog, bewirkte, dass fast alle Verbündeten von dem Rebellen abfielen. Im Triumph zogen die Normannen durchs Land, überall strömten ihnen die kleinen und größeren Vasallen des Königs zu, schlossen sich dem Heer an, und die Burg Greifenstein, in der Balduins Sohn sich verschanzt hatte, wurde schon nach wenigen Tagen freiwillig übergeben.

Arlette hatte diese Wochen in ungeheurer Anspannung verbracht, und wie stets, wenn sie in Schwierigkeiten war, wurde sie reizbar und ungerecht. Vor allem Godhild hatte unter ihrer Unberechenbarkeit zu leiden, doch auch die Mägde und Pagen. Nichts konnten sie ihr recht machen; ein zerrissener Saum, ein offen stehender Fensterladen, ein leises Lachen reizten sie zu unbeherrschten Wutausbrüchen. Obgleich Roberts Schwester Eleonore, die vertriebene flandrische Königin, ihr freundlich gesinnt war, sogar kleine Gespräche mit ihr führte und ihr die neugeborene Tochter anvertraute, war Arlette insgeheim ärgerlich auf sie. Weshalb machten alle ein solches Aufhebens um die »arme« Eleonore? Stets war sie von mitleidigen Frauen umgeben, jeden Wunsch las man ihr von den Augen ab, trug Gewänder, Schmuck und allerlei Tand zu ihr und sprach ihr pausenlos Mut zu. Hatte früher keine einzige Henne nach der farblosen Eleonore gegackert, so war sie auf einmal die am meisten umworbene Person in den Frauengemächern.

In den Nächten lag Arlette mit offenen Augen auf ihrem Lager, weinte leise vor sich hin und hasste sich selbst. Herluin war nach Rouen gekommen, doch er hatte sie nicht besucht. Gewiss hatten die Gerüchte ihn längst erreicht – weshalb hatte er nichts unternommen? Weshalb fällte er keine Entscheidung? Wenn er sie verstieß – und das würde jeder Ehemann in seiner Lage tun –, wäre sie frei, und Robert könnte sie heiraten.

Es tat ihr leid um Herluin; er war kein bedeutender Mann, und sie liebte ihn nicht, doch was sie ihm antat, war schlimm. Aber schließlich war sie nicht freiwillig seine Frau geworden, man hatte sie dazu gezwungen, und Herluin hatte sehr wohl gewusst, wen er da heiratete. Arlette, die Tochter des Gerbers und die Geliebte des Herzogs.

Der sündhafte Gedanke kam ihr immer wieder, sie schob ihn von sich, schämte sich ihrer Bosheit und betete sogar darum, davon erlöst zu werden – doch natürlich wäre alles viel einfacher, wenn Herluin von Conteville in diesem Kampf sein Leben ließ.

Nie war ein siegreicher Feldzug mit einer so verschwenderischen Pracht gefeiert worden wie dieser, immerhin hatten die Vasallen für den entthronten flandrischen König gekämpft. Robert der Prächtige zog in nicht enden wollendem Triumphzug durch die Stadt, die Kettenhemden und Helme der Ritter glänzten, lange bestickte Mäntel hingen von ihren Schultern herab und bedeckten noch die Rücken der Pferde. Auf hölzernen Sänften, an denen man kleine Glöckchen angebracht hatte, wurden Beutegut und Geschenke durch die Straßen getragen; Ritter und Knappen, Geistliche in langen, leuchtenden Gewändern, Fußkämpfer mit Spießen und Beilen, jubelnde Bürger, Weiber und allerlei Volk waren ausgeströmt, um ausgelassen zu feiern. Hörner wurden geblasen, als ginge es auf die Jagd, die Kämpfer schlugen mit den Beilschäften gegen ihre Schilde, ein Gaukler aus England pfiff auf einem seltsam aussehenden Ledersack eine grelle, wirbelnde Weise, die viele Menschen in Angst versetzte.

Während der langen Dankesmesse in der Kathedrale kniete Arlette zwischen den Frauen, spürte, wie sich das Kind in ihrem Bauch bewegte, und kämpfte gegen den raschen, unruhigen Schlag ihres Herzens. Anstatt andächtig den Gebeten und Gesängen zu lauschen, suchten ihre Augen immer wieder nach Herluin. Er war nicht unter den Rittern, die hier in reich geschmückten Röcken und Mänteln den Worten des Erzbischofs lauschten und ihr Haupt vor Gott dem Herrn beugten.

War er mit seinen Kämpfern schon zurück nach Conteville gezogen? Oder war er im Kampf verwundet worden, vielleicht gar …

Heilige Maria, du Himmelskönigin, betete sie in Gedanken. Lass ihn nicht sterben, denn ich habe mich in meinen Gedanken an ihm versündigt.

Am Abend war die Stadt Rouen voller Fackeln und Lichter, die Bürger der Stadt feierten den Sieg, auch viele der einfachen Kämpfer, die nicht im Palast zugelassen waren, vertrieben sich die Zeit in den Tavernen und trugen Geld und Geschenke zu den Huren.

Mit Kopfschmerzen legte sich Arlette nach der großen Feier auf ihr Lager, trotz der reichlich angebotenen Speisen hatte sie kaum einen Bissen heruntergebracht. Plötzlich kam es ihr so vor, als sei diese ganze verschwenderische Pracht – der Glanz der silbernen Gefäße und Platten, die üppigen Speisen, die großen Worte und Gesten – nichts als ein bunter Geisterschatten, der mit der untergehenden Sonne am Horizont versank. Wie ekelhaft es doch aussah, wenn der Herr Hugo von Vernon das Fleisch mit den Zähnen vom Knochen riss und der Saft dabei aus seinen Mundwinkeln troff. Oder wenn dem greisen Umfrid von Vieilles beim Aufstoßen der Brei wieder hochkam, so dass er ihn auf den Boden spucken musste, wo die Hunde sich darauf stürzten. Viele der Frauen hatten Wein getrunken, und ihre Gesichter waren verschwitzt und aufgedunsen gewesen, die Augen vorgequollen und glänzend, die Blicke, die sie den Rittern zuwarfen, eindeutig. O nein, sie, Arlette, war nicht die Einzige an diesem Hof, die auf fremden Lagern schlief. Nur war sie die Einzige, über die man sich die Mäuler zerriss. Sie hatte versucht, ihre Schwangerschaft unter dem weiten Gewand zu verbergen, doch die Mägde hatten längst ausgeplaudert, dass Arlette, die Ehefrau des Herluin, schon lange keine Monatsblutung mehr gehabt hatte.

Wie sie schon vermutet hatte, war Herluin nicht in der Halle gewesen, doch sie hatte zu ihrer Freude ihren Bruder Walter zwischen den Rittern erblickt. Er schien unverletzt zu sein, und wie er lachte und sich unbekümmert mit der Hand durch das lockige Haar fuhr, hatte er sie an ihren Vater Fulbert erinnert, so wie er damals ausgesehen hatte, als sie noch ein kleines Mädchen gewesen war und die Palisaden des Gerberhofs ihre Kinderwelt sicher umschlossen hatten.

Früh am Morgen weckte sie Godhild aus unruhigem Schlummer.

»Im Hof sind Reiter, Arlette. Sie wollen dich zu deinem Ehemann geleiten.«

Ihr Kopf dröhnte, und sie konnte sich kaum aufsetzen; das Kind bewegte sich so heftig in ihrem Leib, als habe es ihren Schrecken gespürt.

»Was?«, stammelte sie. »Wohin geleiten? Wo ist er?«

»In einer Unterkunft in Rouen. Du sollst ihn dort aufsuchen, er will mit dir sprechen.«

»Wieso kann er nicht hierherkommen?«, murmelte sie mit zusammengebissenen Zähnen. »Ich habe Kopfschmerzen, es geht mir nicht gut …«

Godhild war schlecht gelaunt, denn bei aller Anhänglichkeit hatte sie Arlette die Bosheiten der vergangenen Wochen doch übel genommen.

»Hast du geglaubt, er würde dir noch nachlaufen, nach allem, was geschehen ist? Steh auf und zieh das Gewand über.«

Das Herzklopfen wurde so übermächtig, dass sie am ganzen Körper zitterte, sie verhedderte sich im Stoff, und Godhild musste ihr helfen, ihr Kleid überzustreifen.

»Ruf Walter herbei«, flehte sie Godhild an. »Herluin wird mich verstoßen, vielleicht sogar strafen – dann bin ich allein und ohne Schutz mitten in der Stadt …«

»Ich gehe mit dir, wenn du willst.«

Arlette presste die kalten Hände gegen die brennende Stirn und kam langsam zu sich. Wie lächerlich sie sich benahm. Was immer jetzt mit ihr geschah, sie hatte es selbst zu verantworten. Sie und niemand anders.

»Ich danke dir, Godhild. Aber ich werde allein gehen. Sieh nach den Kindern, wenn sie aufwachen …«

Godhild nickte, und nach langer Zeit zog sich wieder ein schmales Lächeln über ihr Gesicht. Behutsam kämmte sie Arlettes Haar, steckte ihr den Schleier fest und legte ihr einen Mantel über die Schultern.

»Du weißt, dass ich treu zu dir stehe«, sagte sie leise und umarmte Arlette zum Abschied.

Unten im Hof wurden bereits einige Wagen beladen, die Überdachung aus Häuten und Tüchern gespannt und Polster herbeigeschleppt. Heute würde Königin Eleonore Rouen verlassen, um zu ihrem Ehemann zurückzukehren. Arlette hatte wenig Blicke für diese Vorbereitungen, sie war froh, dass Eleonore endlich aus dem Frauengemach auszog und das Getue um sie aufhörte. Es musste an ihrer trüben Stimmung liegen, dass sie so herzlos war, denn Eleonore hatte sie niemals beleidigt, und ihr Schicksal war wenig beneidenswert. Wie lange würde sie noch Königin sein? Balduin IV. war alt und ein gebrochener Mann, der junge Thronfolger war mit Adele von Frankreich verheiratet und hatte einen Sohn und eine kleine Tochter, die man auf den Namen Mathilde getauft hatte. Er stand schon bereit, die Herrschaft zu übernehmen.

Die Männer, die Herluin geschickt hatte, waren ihr nicht unbekannt, es waren junge Burschen aus der Gegend um Conteville, hin und wieder hatte Herluin mit ihnen ritterliche Übungen vollführt und sie auf den Kampf vorbereitet. Es waren einfache, bäurische Gesichter, von naivem Stolz über den ersten, siegreich bestandenen Feldzug erfüllt.

»Seien Sie gegrüßt, Herrin. Wir haben ein Pferd für Sie mitgeführt.«

Sie entschloss sich trotz der Schwangerschaft, aufzusteigen, denn sie wollte nur ungern zu Fuß durch die Stadt gehen. Langsam bewegten sich die Reiter zum Palasttor hinaus, folgten eine kleine Weile dem Fluss bis zum Hafen, dann lenkten sie die Tiere durch allerlei belebte Gassen zur Kathedrale und weiter in nördliche Richtung. Arlette schien es, als habe sie noch nie zuvor so viele Bettler in der Stadt gesehen, vermutlich waren sie gestern nach Rouen gekommen, um an der Armenspeisung teilzuhaben, die Robert der Prächtige anlässlich der Siegesfeier gespendet hatte.

Sie hätte es sich denken können, dass Herluin eine Unterkunft dicht an der Stadtmauer bezogen hatte, dort, wo die ärmeren Leute wohnten, die ihre Häuser wie Schwalbennester an die Mauer klebten und so eine Wand einsparten.

Vor einer heruntergekommenen Hütte hielt die Reitergruppe an, ein schwachsinniger Knabe saß vor dem Eingang, bewegte den Oberkörper in regelmäßigen Abständen vor und zurück und sang dazu mit dünner Stimme. Andere Knaben, zwar gesund, doch in zerschlissenen Kitteln, liefen herbei, um die Pferde zu halten, während die Männer abstiegen.

»Hier herein, Herrin.«

Ihr Kopfschmerz hatte sich zwar gebessert, doch als sie sich dem Eingang der Hütte näherte, schlug ihr ein so widerlicher Geruch von saurer Ziegenmilch und Stallmist entgegen, dass sich ihr der Magen hob. Wie boshaft von Herluin, sie an einen solchen Ort zu bestellen, um das Urteil über sie zu sprechen!

Es gab nur einen einzigen Raum, in dem Mensch und Tier gemeinsam lebten, ein zerschlissener, schmutziger Vorhang trennte den Schlafbereich ab, ein zerzaustes Huhn hockte in einer Ecke, gleich daneben schlief ein grauer Kater. Sitzmöbel gab es keine, der Boden war mit Spreu bedeckt, die seit Wochen nicht mehr ausgewechselt worden war.

Herluin stand dicht neben der Feuerstelle, durch die Rauchöffnung im Dach fiel das Tageslicht ein, und er erschien ihr im Lichtschein ungewöhnlich groß und fremd. Sein rotes, achtlos hinter die Ohren gestrichenes Haar war ungekämmt und fiel bis zum Halsausschnitt seines braunen Rockes hinab, in seinem Gesicht wuchs ein krauser, rötlicher Bart. Auf Schläfen und Stirn waren Flecken wie von verschorften Wunden – rührten sie von dem Kampf in Flandern her?

»Ich habe Ihnen nur wenig zu sagen«, begann er mit leiser Stimme, ohne sie zu grüßen. »Noch heute werden wir aufbrechen, ich werde Sie an einen geheimen Ort bringen, an dem Sie Ihr Kind auf die Welt bringen können. Danach werden Sie nach Conteville zurückkehren, allerdings nicht mehr als Herrin meines Hauses. Sie werden allein leben, getrennt von mir und unserem Sohn. Ich werde für Sie sorgen, denn ich bin Ihr Ehemann, doch es wird niemals wieder eine Gemeinschaft zwischen uns bestehen.«

Während er sprach, kniff er die Augen zu schmalen Schlitzen zusammen, als störe ihn der Rauch eines Feuers, doch die Feuerstelle, neben der er stand, war längst erloschen.

Arlette verschlug es für einen Moment die Sprache. Sie hatte Angst vor seinem Zorn gehabt, vor harten Strafen, hatte sich vor seiner Verzweiflung gefürchtet, stattdessen war er kühl und beherrscht und hatte auf seine Weise über sie entschieden.

»Nein«, stieß sie hervor. »Tun Sie mit mir, was Sie wollen, strafen Sie mich, verstoßen Sie mich – ich habe beides verdient. Aber es wird Ihnen nicht gelingen, mich von hier fortzubringen. Lieber sterbe ich!«

»Sie werden gehorchen!«, sagte er in scharfem Ton.

»Töten Sie mich! Das ist noch tausendmal besser als das, was Sie über mich beschlossen haben!«

Jetzt endlich sah er ihr voll ins Gesicht, und sie erschrak, denn seine Augen waren wund und sein Blick wild.

»Sie sollten mir danken, denn ich verfahre sehr nachsichtig mit Ihnen, Arlette.«

Sie stieß ein Lachen aus, so schrill, dass sie selbst erschrak.

»Nachsichtig? Sie nehmen mir Odo und verdammen mich zu einem Leben in Einsamkeit und Schande. Was wird mit dem Kind geschehen, das ich bald zur Welt bringe?«

»Es ist nicht mein Kind«, entgegnete er gepresst. »Ich werde es nicht auf meiner Burg dulden. Soll der Herzog sich um seinen Bastard kümmern.«

Sie kämpfte mit den aufsteigenden Tränen, doch der heiße Zorn, der ihr immer über alle Not hinweggeholfen hatte, war stärker als die Verzweiflung.

»Gott strafe Sie!«, schrie sie. »Ihre Nachsicht widert mich an, denn sie ist schlimmer als der Tod. Nein, ich werde Ihnen nicht gehorchen – eher lasse ich mich in den Kerker sperren oder laufe davon und ziehe mit den Landstreichern umher …«

Am ganzen Leibe zitternd, taumelte sie einige Schritte zurück und stieß mit dem Rücken gegen die hölzerne Wand.

Keuchend klammerte sie sich an einen Haken in der Wand. Ihr wurde schwarz vor Augen, kleine Feuerfünkchen glommen auf und verschwanden wieder …

»Arlette!«, rief jemand laut und fasste sie an den Schultern. »Arlette! Um des Kindes willen, das Sie tragen – beruhigen Sie sich.«

Sie erblickte Herluins Gesicht dicht vor sich, seine Augen waren jetzt weit geöffnet und von roten Äderchen durchzogen, auf seiner Stirn haftete brauner, harter Schorf. Abscheu erfasste sie, und sie versuchte, sich von ihm zu befreien.

»Ich will für Sie sorgen, Arlette«, sagte er leise und eindringlich. »Es wird Ihnen an nichts fehlen. Vielleicht wird die Zeit alles Unglück heilen, nichts ist unmöglich auf Gottes Erdboden …«

Sie hörte nicht zu, entschlüpfte ihm und eilte zur Tür. Undeutlich sah sie einen Mann an der Schwelle, der erschrocken vor ihr zurückwich. Sie taumelte aus dem Haus und wäre fast über den singenden Knaben gestürzt, doch sie fing sich im letzten Augenblick und lief davon, die Gasse entlang, nur fort, ganz gleich, wohin.

»Arlette! Haltet sie auf! Es darf ihr nichts geschehen! Arlette!«

Palisadenzäune und Hütten glitten an ihr vorüber, Hunde kläfften aufgeregt, sie stieß eine Frau beiseite, die einen Wassereimer trug, hinter ihr waren laute Schritte, Rufe, das zornige Schimpfen der Frau.

Sie lief keuchend, spürte kaum noch den holprigen Weg unter ihren Füßen, bog in schmale Seitengassen ein, trat in ein Rinnsal und bespritzte sich Kleid und Schuhe. Schwer atmend blieb sie stehen, stützte sich gegen eine Mauer, die einen Garten abgrenzte, und rang nach Luft.

»Arlette? Herr des Himmels – was tust du hier?«

Walter! Es war die Stimme ihres Bruders. Gleich darauf stand er vor ihr, fasste sie am Arm, und seine dunklen Augen musterten sie verblüfft und voller Sorge.

»Du bist ja totenblass. Was denkst du dir dabei, ganz allein in der Stadt herumzulaufen? Gerade jetzt …«

Er war nicht allein, zwei Knechte begleiteten ihn, einer von ihnen schob eine Karre vor sich her, auf der Bündel und gefüllte Säcke lagen, außerdem ein hölzernes Tischchen und ein geschnitzter Hocker.

»Geleite mich zum Palast, Walter«, stammelte sie. »Mir ist … nicht gut. Ich hätte nicht ausgehen sollen …«

»Allerdings«, gab er kopfschüttelnd zurück. »Wo ist Godhild? Wieso begleitet sie dich nicht?«

Arlette sah sich ängstlich um, doch sie konnte keinen ihrer Verfolger entdecken. Erleichtert log sie Walter vor, Godhild sei bereits zum Palast vorausgegangen, sah, wie er ungläubig die Stirn kräuselte, doch er schwieg und bot ihr seinen Arm.

»Ich wollte noch einige Dinge einkaufen, bevor ich nach Falaise aufbreche«, erzählte er. »Ein paar hübsche Kleinigkeiten, denn wenn ich erst mein eigenes Haus gebaut habe, soll es darin nicht aussehen, als sei ich ein Bauer.«

Er freute sich auf die Zukunft, die ihm vielversprechend erschien. Zwar umfasste sein Lehen vorerst nur wenige Dörfer, doch er war sich sicher, durch die Gunst des Herzogs bald weitere Besitztümer zu erhalten.

»Wenn das Glück mir hold ist, kann ich vielleicht sogar Burgmann in Falaise werden«, frohlockte er. »Warum denn nicht? So mancher ist in letzter Zeit hoch aufgestiegen, während andere, die früher Macht und Ansehen hatten, verschwunden sind.«

Arlette ging an seiner Seite, warf hin und wieder vorsichtige Blicke nach allen Seiten, doch je weiter sie sich von der Stadtmauer entfernten, desto sicherer fühlte sie sich. Ihr Atem ging nun ruhiger, der erste Schrecken war vorüber, und sie begann, wieder Mut zu fassen. Lächelnd sah sie zu ihrem Bruder auf, hörte ihm zu und spürte die alte Zärtlichkeit für ihn.

»Du Träumer«, wies sie ihn sanft zurecht. »Nur der Adel wird mit solchen Aufgaben betraut. Aber ich denke, du wirst dir einen Hof bauen können, ein festes Wohnhaus aus Stein, Ställe und Scheunen. Du wirst Knechte und Mägde haben und eine Herrin im Haus.«

Er lachte glücklich und drückte ihren Arm. Dann blieb er stehen, wandte sich zu ihr und sah ihr ernst in die Augen.

»Du hast nicht vergessen, was ich dir einmal versprochen habe, nicht wahr? Du bist meine Schwester – in meinem Haus wird immer ein Platz für dich sein. Ganz gleich …«

Er musste sich räuspern, bevor er den Satz beenden konnte.

»Ganz gleich, was geschieht. Ich bin für dich da.«

»Ach, Walter …«, stammelte sie gerührt. »Ich will nicht, dass du …«

Sie konnte nicht fortfahren, denn plötzlich erhob sich Lärm in der Gasse. Gellende Rufe, Kreischen, ein Stein flog dicht an Walters Kopf vorbei, Menschen rannten in wildem Aufruhr auf sie zu.

»Weg hier. Rasch!«

Walter drückte mit der Schulter das Gatter eines Gartens auf, packte Arlette am Arm und stieß sie in die Umfriedung.

»Was ... was ist da los?«

Die beiden Knechte versuchten, die Karre in den Garten zu zerren, doch es war zu spät. Eine brüllende Horde schmutziger, zerlumpter Gestalten brandete durch die schmale Gasse, allen voran ein Mädchen, fast noch ein Kind, die dürren Arme und Beine entblößt, ihr zerrissener Kittel flatterte im raschen Lauf. Sie hielt etwas gegen die Brust gepresst, das Arlette nicht erkennen konnte, denn kaum war sie vorübergehastet, war die Gasse schon von ihren Verfolgern erfüllt.

»Schau nicht hin!«, rief Walter ihr ins Ohr.

Er hatte sich schützend vor Arlette gestellt, doch sie starrte über seine Schulter hinweg auf die geisterhafte Horde. Bettler in zerfetzten Gewändern, Krüppel, Weiber, halbwüchsige Kinder stürzten dem Mädchen nach, stießen einander zur Seite, krallten sich aneinander fest. Walters Knechte wurden zu Boden gerissen, die Karre kippte zur Seite, Säcke und Möbel fielen heraus, und die Irrsinnigen stürzten darüber hinweg.

Ein heller, verzweifelter Schrei übertönte den Lärm, und Arlette sah, dass sich unweit von ihnen ein Knäuel gebildet hatte. Menschen fielen übereinander her, brüllten, tobten, stopften sich etwas in die Münder. Wer einen Bissen ergattert hatte, schlang ihn ungekaut hinunter, stürzte sich dann gierig wieder ins Gedränge, um mehr zu bekommen.

»Was tun die da? Gott im Himmel, was geschieht mit dieser Armen?«

Walter schüttelte nur den Kopf und betrachtete seine zersplitterten Möbel, die zertrampelten Bündel.

»Sie hat vermutlich ein Brot auf dem Markt gestohlen«, sagte er beklommen. »Es sind viele Hungernde in der Stadt, die haben ihr den Fang nicht gegönnt.«

»Aber … wir müssen ihr helfen, Walter. Sie werden sie umbringen. Wegen eines einzigen Brotes! O heilige Maria – wie viele Brotstücke wurden gestern an der Tafel des Herzogs an die Hunde verfüttert!«

»Wir können nichts für sie tun. Komm jetzt, die Gasse ist wieder frei.«

Die Knechte hatten die Säcke und Bündel und auch die traurigen Reste der Möbel wieder auf die Karre geladen. Drüben balgten sich immer noch einige Bettler um die letzten Krümel, doch als scheltend und mit Knüppeln bewaffnet die Anwohner aus ihren Häusern hervorkamen, humpelten sie eilig davon.

Ein Mann im braunen Kittel zerrte den leblosen Körper des Mädchens mit sich fort; sie war nackt, ihre Glieder seltsam verrenkt, ihr blutverschmierter Leib zog eine helle Spur durch den Staub der Gasse. Das Blut versickerte rasch und wurde dunkel, doch für eine Weile leuchtete es in der Morgensonne so rot wie die Gewänder der Bischöfe.

* * *

Gegen Mittag ritt Herluin von Conteville mit seinen Kämpfern in den Palasthof ein, um seine Frau mit sich zu nehmen, notfalls auch gegen ihren Willen.

»Arlette? Die liegt seit Stunden in den Wehen.«

Er wollte es nicht glauben und stieg die Turmtreppen hinauf, bis er vor dem Frauengemach stand. Da hörte er ihre Schreie, ihr verzweifeltes Stöhnen, und er wagte nicht, in das Gemach einzudringen, sondern lief hastig die Stiege wieder hinunter. Unten im Hof traf er auf Walter, der bei einer Gruppe Reiter stand; zwei Wagen, mit Gerätschaften und Säcken beladen, waren angespannt, auch ein Habicht in einem hölzernen Käfig stand dabei, doch niemand schien das Zeichen zum Aufbruch zu geben.

»Es war dieses grausige Geschehen in der Stadt. Es ist ihr so zu Herzen gegangen, dass sie nun das Kind verlieren wird …«

Walter war den Tränen nahe und erzählte eine wirre Geschichte von einem Mädchen, das die Bettler zu Tode gebracht hätten. Seine Schwester sei darüber so erschrocken, dass sie zu bluten begonnen habe, nur mit Mühe sei es ihm gelungen, sie zurück in den Palast zu schaffen und hinauf ins Frauengemach zu tragen. »Ich weiß, was sie dir angetan hat, Herluin. Aber sie ist meine Schwester, und ich liebe sie …«

Herluin war bleich, der Schorf in seinem Gesicht ließ ihn zum Fürchten ausschauen. Die Knechte blickten ihn scheu an, denn man wusste nicht, ob seine Krankheit nicht auch andere anfliegen konnte, weshalb sie sehr froh waren, als der Ritter Herluin nach einer Weile beschloss, unverrichteter Dinge wieder fortzureiten.

Arlette kämpfte verbissen gegen die Wehen an, die sie in kurzen Abständen überkamen; mit aller Kraft wehrte sie sich dagegen, dass ihr Körper das Kind von sich stoßen wollte, das noch zu klein war, um außerhalb seiner schützenden Hülle zu überleben.

»Es hilft nichts«, sagte Godhild, die ihr Kleid und Hemd hochgezogen hatte und sie mit den Händen betastete. »Dein Leib hat sich schon geöffnet, das Kind wird kommen, ob du es willst oder nicht.«

Bei jeder neuen Wehe schrie Arlette vor Schmerz und Verzweiflung und krampfte die Arme um ihren Bauch, wie um das kleine Wesen festzuhalten. Sie versuchte zu beten, flehte, stieß Verwünschungen aus und wehrte sich bis zuletzt gegen das Unvermeidliche.

»Schafft den Kaplan herbei – er muss das Kind rasch taufen, falls noch Leben in ihm ist, damit seine Seele nicht verloren geht!«, hörte sie Joseline rufen.

Auch die anderen Frauen verfolgten das Geschehen, und wenn die Wehen Arlette für eine kurze Zeit Ruhe gönnten, konnte sie die Gespräche mit anhören.

»Wie laut sie jammert! Gott im Himmel, so schlimm kann es doch nicht sein, es ist schließlich nicht ihr erstes Kind!«

»Es ist Gottes gerechte Strafe für die Unzucht und die Sünden. Lasst sie nur schreien. Je mehr sie jetzt büßt, desto leichter wird sie später aus dem Fegefeuer gelangen.«

»Die kann büßen, so viel sie mag – die Hölle ist ihr sicher!«

Erst spät in der Nacht brach Arlettes Widerstand in sich zusammen, das Kind wurde geboren, und Godhild wickelte das leblose, blutverschmierte Wesen in ein Tuch.

»Ein Knabe«, sagte sie tonlos.

Der Kaplan Isembert behauptete, das Neugeborene habe ein Füßlein geregt, es sei also noch Leben in ihm gewesen, und gab ihm die Taufe. Arlette hörte seine Stimme nur schwach, wollte das tote Kind auch nicht sehen; nach dem langen, verzweifelten Kampf war sie nun wie betäubt, alles war ihr gleichgültig, und sie fiel in einen schweren Schlaf. Träume plagten sie, schwarze Vögel mit Menschengesichtern schwebten über sie hinweg und berührten sie mit ihren Schwingen, ein Rudel gefleckter Wölfe fiel über sie her, spitze Zähne schlugen sich in ihren Leib, rissen ihn auf, zogen einen schönen, dunkeläugigen Knaben heraus und schleppten ihn fort. Dann wieder erschien ihr eine weite Ebene aus kahlem Felsgestein, leer und ohne Leben, nur der Wind blies mit hohlem Pfeifen darüber hinweg.

»Mama, machen Sie die Augen auf!«

»Geh weg! Ich war zuerst bei ihr!«

Ihre Lider waren so schwer, dass sie nur blinzelte. Es war heller Tag, man hatte die Fensterläden geöffnet, das Licht fiel in breiten Schleiern in den Raum, Staubkörnchen tanzten darin wie winzige, glitzernde Edelsteine. Die Kinderstimmen klangen seltsam verzerrt, als kämen sie aus großer Ferne.

»Du bist doch bloß ein Mädchen. Geh runter von ihrem Lager!«

»Neiiiiin! Lass mich los! Sonst schreie ich!«

»Ich bin jetzt ein Knappe und darf ein Messer haben. Du darfst gar nichts und kannst nicht einmal reiten.«

»Kann ich doch! Wenn ich nur will, kann ich es!«

Adelheids kleiner Körper, der sie stürmisch umschlang, erschien Arlette in ihrer Erschöpfung wie eine bleierne Last. Wilhelm stand vor ihrem Lager, das runde Gesicht zornrot, die dunklen Augen böse auf die kleine Schwester gerichtet.

»Die lügt. Die kann gar nicht reiten! Die hat viel zu kurze Beine, die kann höchstens auf einem Hund reiten …«

Die Wange ihrer kleinen Tochter schmiegte sich weich an die ihre. Zärtlichkeit wallte in Arlette auf, doch es erforderte unendliche Kraft, auch nur den Arm um das Kind zu legen. Ein schweres Gewicht drückte sie aufs Lager, sie fror und wurde von scheußlicher Übelkeit geplagt.

»Lasst sie in Ruhe, ihr zwei«, sagte Godhilds Stimme. »Sie ist sehr müde und muss sich ausruhen.«

Arlette sank zurück in die dunklen Tiefen des Schlafs, stieg nur manchmal daraus empor, wenn drohende oder auch schöne Bilder sie verfolgten, hörte gelegentlich leise Stimmen und trat dann wieder ein in die andere, schweigende Welt. Bald jedoch verspürte sie zwischen ihren Beinen ein schmerzhaftes Brennen, ein Feuer breitete sich von dort über ihren ganzen Leib aus, und seine Hitze ließ neue, seltsame und erschreckende Visionen vor ihr erstehen.

»Es ist schwer, diese Frau zu heilen, denn ihre Krankheit ist die Strafe für ihre Sündhaftigkeit!«, sagte eine unbekannte Männerstimme. Sie klang hell und musste einem Greis gehören.

»Der Herzog will, dass sie überlebt …«, gab Joseline zu bedenken.

Jemand fasste Arlettes Handgelenk mit zwei Fingern und hielt es eine Weile fest.

»Ihr Puls ist kaum zu fühlen. Habt ihr den Harn aufbewahrt?«

Eine kleine Pause entstand. Fast wäre sie wieder eingedämmert, als sie die Stimme sagen hörte: »Immer noch trübe! Und der Geschmack ist bitter wie Galle. Ich werde sie zur Ader lassen.«

»Zur Ader lassen? Schon wieder?«, nörgelte Godhild.

»Misch dich nicht ein, Weib. Den linken Arm!«

Ein kleiner Stich ließ Arlette zusammenzucken, doch sie begriff nicht, was mit ihr geschah.

»Der Geschmack ist nicht süß, sondern matt. Ich werde ihr eine Arznei zubereiten, die ihre Körpersäfte ins rechte Gleichgewicht bringen wird.«

»Das haben Sie vorgestern schon erzählt, und der Trank hat nichts geholfen«, schimpfte Godhild. »Sie hat ihr Kind zur Unzeit geboren und viel Blut verloren. Geben Sie ihr eine Arznei, die gegen das Fieber wirkt. Weidenrinde und Eschenblätter, Drudenkraut ...«

»Willst du mir sagen, was ich zu tun habe? Ich habe den Hippokrates studiert und Galens Schriften gelesen – schweig endlich, dummes Weib, und rede nur, wenn ich dich frage.«

»Mir ist ganz gleich, was Sie studiert haben«, keifte Godhild. »Ihre Tränke schaden ihr nur, anstatt ihr zu helfen.«

»Wenn meine Tränke nicht helfen können, dann liegt es allein daran, dass ihre Krankheit von Gott kommt und ihr zur Buße ihrer Sünden auferlegt wurde. Solche Krankheiten kann kein Arzt heilen, und wenn er es versuchte, würde er sich selbst dabei versündigen ...«

»Regen Sie sich nicht auf«, schnitt ihm Joseline mit kalter Freundlichkeit das Wort ab. »Wenn Sie selber nicht an die Wirkung Ihrer Tränke glauben, brauchen Sie auch nichts mehr zuzubereiten, und der Herzog muss Sie nicht länger entlohnen.«

Die dünne Greisenstimme begann zu zetern, doch Arlette verstand die Worte nicht mehr. Tiefe Verzweiflung hatte sich in ihrer Brust ausgebreitet, und sie spürte, wie heiße Tränen über ihre Wangen strömten. Ihr Kind war gestorben und begraben – sie hatte es nicht einmal gesehen.

»Arlette! Hörst du mich?«

Ein Becher mit einem heißen Gebräu dampfte direkt vor ihrem Mund, und sie musste würgen, so widerlich war der

Geruch. Godhild hatte einen Arm um ihren Nacken geschlungen und stützte ihren Kopf, damit sie trinken konnte.

»Nein«, murmelte sie und drehte den Kopf. »Lass mich …«

»Nun trink schon. Es wird dir helfen. Ein kleiner Schluck …«

Die Flüssigkeit verbrannte ihr die Lippen, rann ihr übers Kinn den Hals hinab und versickerte in ihrem Hemd.

Sie öffnete ein wenig den Mund, und Godhild nutzte die Gelegenheit, ihr eine gute Portion zu verabreichen. Sie wartete, bis sie schluckte, und hielt ihr ein Tuch vor, als sie husten musste.

»So ist es brav. Noch ein wenig. Ich habe etwas gegen die Schmerzen beigefügt, das wird dir guttun …«

Arlette sah ihre Mutter Doda über die Wiesen gehen und Körbe mit roten Äpfeln füllen, die von den Bäumen ins Gras gefallen waren. Lachend eilte sie der Mutter nach, half ihr, das Fallobst aufzulesen, spürte Dodas Hand, die durch ihr verwuscheltes Haar strich, und blickte zu ihr auf. Wie jung die Mutter war, wie rundlich und froh ihr Gesicht, wie schön es war, sich an sie zu schmiegen und in den Falten ihres weiten Gewandes geborgen zu sein.

Als die wirren Träume ihre Kraft verloren hatten, spürte sie, wie ihr Herz raste. Eine tiefe Mattigkeit hatte sie erfasst, ihr Leib brannte, der Kopf dröhnte. Es war so qualvoll, dass sie sich wünschte, endlich sterben zu können, denn jene andere, stille Welt, das Reich des Schlafes, das dem Tode verbrüdert ist, erschien ihr wie eine angenehme Zuflucht.

»Nun trink schon«, beharrte Godhild ärgerlich. »Ich bin selber todmüde und habe keine Lust, mich umsonst abzuplagen. Das ist Fleischbrühe, sie wird dich kräftigen.«

Arlette spuckte die Brühe aus und hörte, wie Godhild ihre Sturheit verfluchte. Dann lag sie stöhnend auf dem Lager, glaubte, verdorren zu müssen, und rief immer wieder nach ihrer Freundin. Doch Godhild zeigte sich nicht mehr hinter den Vorhängen ihrer Bettstatt, und Arlette war zu schwach, um aufzustehen und nach ihr zu suchen. Sie konnte nicht einmal den Kopf heben, ohne dass alles um sie herum zu kreisen begann und ein durchdringendes Pfeifen ihre Ohren erfüllte.

Irgendwann glaubte sie, Herluins fleckiges, bärtiges Gesicht zwischen den Vorhängen zu erblicken, und sie erschrak so sehr, dass ihr die Sinne schwanden.

»Du wirst sie ums Leben bringen, wenn du sie jetzt mit dir nach Conteville nimmst. Sie ist zu schwach, sie wird auf der Reise sterben«, rief die Stimme ihres Vaters. Oder war es Walters Stimme?

»Sie ist meine Frau, und ich entscheide, was mit ihr geschieht!«

»Sie ist meine Schwester, und ich lasse nicht zu, dass du sie fortschleppst, solange sie siech ist!«

Ihr Vater schien bei ihr zu sein, er beschützte sie, strich ihr sanft über die heiße Stirn und gab ihr kühles Wasser zu trinken.

»Ich weiß, dass du gesund wirst, Arlette«, flüsterte Walter. »Ich weiß es sicher. Gott wird nicht zulassen, dass ich dich verliere. Es war allein meine Schuld, was damals mit dir geschah. Ich hätte dich schützen müssen, stattdessen hast du dich für mich geopfert ...«

Bald erschien auch Godhild wieder bei ihr, sprach in gewohnt ruppiger Weise zu ihr, wusch sie, gab ihr zu trinken und versuchte, ihr Nahrung einzuflößen. Manchmal setzte sich auch Joseline für kurze Zeit neben ihr Lager, betrachtete sie sorgenvoll, seufzte und schwatzte dann allerlei Zeug, um – wie sie meinte – Arlette damit Ablenkung zu verschaffen.

»Zu Ostern wird in Fécamp die Geschichte der Auferstehung des Herrn gesungen und gespielt werden – alle reden schon davon. Ein Priester aus Burgund soll die Worte und Musik erdacht haben; man hat das Stück in Chartres und am Hof von Kaiser Konrad aufgeführt, und es heißt, die Menschen seien vor Freude und Rührung in Tränen ausgebrochen ...«

Sie erzählte auch, dass die Bauern gottlose Heiden geworden seien, es habe Aufruhr im Land gegeben, Priester hätten die Hörigen zum Kampf gegen ihre Grundherren angestachelt und sie mit Knüppeln und Stangen bewaffnet, doch die Ritter hätten sie alle niedergemacht.

»Diese Sklaven haben geglaubt, sich gegen Gottes Willen auflehnen zu müssen – nun liegen sie zur Strafe für ihren Hochmut mit zerschlagenen Gliedern und gespaltenen Schädeln am Boden. Dabei hat der Herzog nie zuvor so viele Arme gespeist wie in diesem Jahr, aber sie können einfach nicht genug bekommen. Diese Scheusale schlachten ihre Hunde und fressen sie – hat man so etwas schon gehört?«

Arlette dachte an den alten, zottigen Korre, den Gefährten ihrer Kindheit, und schüttelte bekümmert den Kopf.

»Ach, weißt du, Arlette«, schwatzte Joseline weiter, »ich bin immer deine Freundin gewesen und bleibe es auch jetzt. Es ist viel über dich geredet worden und ganz gewiss wenig Gutes. Aber ich halte zu dir, zumal dein Ehemann sich offenbar mit dem Herzog geeinigt hat. Er ist mit eurem Sohn nach Conteville zurückgekehrt und hat dich hier bei uns gelassen ...«

Herluin war also ohne sie davongeritten, was sie unsagbar erleichterte, schien er doch seinen Plan aufgegeben zu haben, sie in Conteville wie eine Aussätzige wegzusperren. Doch er hatte Odo mit sich genommen! Arlette liebte jedes einzelne ihrer Kinder mit Inbrunst, und es schnitt ihr ins Herz, den waghalsigen, kleinen Rotschopf, der immer so wild umhertollte, nicht mehr bei sich zu haben. Auch Wilhelm tauchte nur selten an ihrem Lager auf, er wohnte nun mit den anderen Knappen zusammen – Robert hatte beschlossen, seinem Sohn nichts zu ersparen, und obwohl er der Jüngste unter den Knappen war, sollte er hart angefasst werden, härter noch als die anderen.

Nur die kleine Adelheid, die das blonde Haar ihres Vaters, aber den hartnäckigen Willen ihrer Mutter geerbt hatte, blieb treulich an Arlettes Lager, trug all ihre hölzernen Puppen herbei, um mit ihrer Mama zu spielen, und schmiegte in den Nächten ihren zarten, warmen Kinderkörper an Arlettes Seite.

»Lass sie«, meinte Godhild schmunzelnd. »Sie gibt dir Kraft.«

Arlette kam nur langsam wieder auf die Beine, noch an Weihnachten war sie zu schwach, um in der Kathedrale die Messe zu besuchen; in eine Decke gewickelt saß sie fröstelnd auf ihrem Lager, schleppte sich nur selten zum Fenster hinüber, um ein wenig frische Luft zu schnappen, und vermied es, mit den anderen Frauen zu sprechen. An der herzoglichen Tafel zeigte sie sich nicht mehr, sie fühlte sich noch viel zu krank, um sich all den neugierigen Blicken auszusetzen.

Oft weinte sie um ihr Kind und fühlte sich schuldig an seinem Tod, denn sie hatte es in Sünde empfangen. Doch wenn Gott sie und das unschuldige Wesen strafte – weshalb wurde dann Robert keine Strafe zuteil? War er nicht ebenso schuldig wie sie selbst?

Robert schien sie vergessen zu haben. Er schickte ihr weder Botschaften, noch sah er zum Fenster des Frauengemachs hinauf, wenn er sich unten im Palasthof aufhielt, doch er ließ sie auch nicht auffordern, zu ihrem Ehemann nach Conteville zurückzukehren. Er verhielt sich so, als habe es Arlette niemals gegeben.

Erst als der Hof sich darauf vorbereitete, zu den Osterfeierlichkeiten nach Fécamp aufzubrechen, und überall schon die gepackten Kisten und Truhen herumstanden, erhielt Arlette eine Nachricht von Gilbert von Brionne. Er ließ ihr durch einen Boten mitteilen, der Herzog wünsche, dass sie und ihre Tochter in Rouen zurückbleiben sollten. Herzog Robert sei besorgt um ihre Gesundheit und wolle ihr die anstrengende Reise nicht zumuten.

»Er will mich nicht sehen«, sagte sie wütend zu Godhild. »Oh, wie feige er ist.«

* * *

Gilbert von Brionne spürte, wie die Kälte durch die gefütterten Beinlinge drang und sich die Härchen auf seinen Schenkeln aufstellten. Trotz der Polster, die man für die adeligen Herrschaften auf dem Boden der Kathedrale ausgelegt hatte, war das stundenlange Knien lästig und nach Gilberts Ansicht eines adeligen Ritters unwürdig. Sollten doch die Bauern und Mönche auf den Knien herumrutschen – er, Gilbert von Brionne, Herr über umfangreiche Ländereien, Angehöriger des herzoglichen Hauses und enger Vertrauter des Herzogs, wollte sich gern vor Gott beugen, aber nicht vor den Priestern und Bischöfen demütige Kniefälle machen.

Immerhin hatte man sich dieses Jahr etwas Neues einfallen lassen: Einige der älteren Klosterschüler hatten ein Osterspektakel einstudiert, das die Kirchenbesucher in Atem hielt und sie die eisige Kälte vergessen ließ. Zwar behagte Gilbert die Musik überhaupt nicht, denn die Sänger wurden von Flöten, Leiern und Tamburinen begleitet und er konnte diesen ungeordneten Lärm nur schlecht vertragen, doch die Aufführung war sehr weihevoll, von zahlreichen Kerzen in den Wandnischen geheimnisvoll beleuchtet, auch mit der Ausgestaltung des Schauplatzes hatte man sich große Mühe gegeben. In der Apsis war mit Steinen, Hölzern und Tüchern das Grab Christi nachgestellt worden, davor lag ein ansehnlicher Felsblock – der Stein, der von Jesu Grab hinweggerollt worden war. Die beiden Sänger trugen wallende, farbige Gewänder und unterstützten ihren Vortrag mit anmutigen Armbewegungen. Besonders der junge Bursche, der den Engel verkörperte, hob stets den Kopf an, wenn er sein »*Quem quaeritis?*« sang, und sein weißer Atemhauch stieg einer Wolke gleich in den Kirchenraum empor und schien vom Heiligen Geist erfüllt zu sein. Auch der andere Sänger, der die Maria Magdalena darstellte, bemühte sich, mit rasch auf- und abwärts gleitenden Tonfolgen Eindruck zu hinterlassen, doch hatte er es ungleich schwerer, zumal Gilbert es lächerlich fand, dass ein Mann sich in ein Frauengewand kleidete, um mit hoher Stimme zu psalmodieren.

Der Herzog verfolgte die Vorstellung mit großer Andacht, und Gilbert verspürte einen Anflug von Beklommenheit, als er sah, dass Roberts Gesicht vor Begeisterung glühte, wenn der Ruf »*Surrexit Dominus!*« durch die Kathedrale hallte. Robert war einige Wochen lang in eine seiner tiefen Melancholien verfallen, und niemand konnte genau sagen, welche Ursache sie hatte und wie lange sie andauern würde. Dieses Mal mochte der Tod seiner Schwester Mathilde mitgespielt haben, die Anfang November im Frauenkloster ihr Leben ausgehaucht hatte, vielleicht auch die Sache mit Herluin von Conteville, diesem jämmerlichen Burschen, der es nicht fertiggebracht hatte, sein ungetreues Weib zu verstoßen. Wie auch immer – nach einigen Wochen schlimmster Niedergeschlagenheit war Herzog Robert urplötzlich wieder bester Stimmung gewesen, lebhafter und geschwätziger denn je, und er hatte seine Umgebung mit einem seltsamen Einfall verunsichert.

Robert der Prächtige hatte vor Gott das Gelübde abgelegt, einen Pilgerzug nach Jerusalem zu unternehmen.

Er hatte eine seiner feurigen Reden gehalten, war dabei so in Hitze geraten, dass sich einige der Getreuen bedenkliche Blicke zuwarfen, und als er statt der erhofften Begeisterung für seinen großartigen Plan nur höfliches Kopfnicken und sogar Einwände erntete, hatte er seine Zuhörer als feige Verräter beschimpft. Der Erzbischof hatte die Wogen wieder geglättet, indem er Roberts Vorhaben als eine fromme, gottgefällige Tat lobte, die eines Herzogs der Normandie würdig sei. Er vergaß allerdings nicht, darauf hinzuweisen, dass vor Jahren auch Roberts Onkel, Gottfried von Bretagne, nach Jerusalem aufgebrochen und nicht lebend zurückgekehrt war.

In den folgenden Wochen hatten sich alle nach Kräften bemüht, dem Herzog diesen Plan auszureden, doch nichts wollte fruchten. Gilbert war bald ratlos, denn Robert, der sonst so einfach zu lenken war, hing mit eiserner Festigkeit an seinem Vorhaben und wollte sich auch nicht zu einem Bibelorakel überreden lassen. Die Einwände des Erzbischofs, dass er seine Herrschaft nicht verlassen könne, ohne einen Nachfolger für den Fall seines Todes bestimmt zu haben, wischte er lächelnd hinweg. Er habe einen Sohn, der inzwischen sechs Jahre alt sei und den er zum Thronerben bestimmen würde. Abgesehen davon sei er der festen Überzeugung, dass Gott ihn heil und all seiner Sünden ledig aus dem Heiligen Land zurück in die Normandie führen werde.

»Surrexit Dominus vere!«, sang der Engel, und die Mönche fielen in die Psalmodie ein. *»Surrexit Dominus vere, surrexit Christus hodie!«*

Die Zuhörer, besonders die Frauen, waren in Verzückung geraten, Tränen fielen auf die Gewänder, das Husten und Räuspern einiger Kirchenbesucher im hinteren Teil des Kirchenschiffes störte die Andacht kaum. In Roberts großen, vorstehenden Augen spiegelte sich der Kerzenschein, sein Mund war halb geöffnet, als wolle er die Worte in sich einsaugen. Gilbert spürte, dass seine Knie langsam taub vor Kälte wurden. Er machte sich ernste Sorgen um Robert. Und nicht nur um ihn.

Die Normandie litt unter einer Hungersnot, wie man sie schon seit Jahren nicht mehr gekannt hatte. Überall auf den Straßen und in den Städten zog allerlei Volk umher; ganze Familien, die der Hunger aus ihren Hütten getrieben hatte, liefen bettelnd durchs Land, und obgleich man sich bemühte, die Armen zu speisen, starben doch Unzählige an Entkräftung und Krankheit. Auch in den Städten sah es übel aus, dort kamen keine Lebensmittel mehr an, man musste sie teuer im Ausland kaufen. Speck und Käse gelangten aus England in die Normandie, doch der Wein, den die Normannen dafür lieferten, war in diesem Jahr schlecht geraten, so dass auch der Handel litt. Gilbert hatte abscheuliche Dinge gehört: Hungrige Menschen sollten frische Gräber geöffnet und die Leichen gegessen haben, und man sagte, die Hungernden verlören jegliche Scham, Weiber böten sich für eine Schale Brei oder ein Stück Brot zur Unzucht an, die gar auf offener Straße vor aller Augen getrieben wurde.

Auch in diesem Jahr würde es wenig besser werden. Die Februarsonne hatte bereits Blätter und Blüten hervorgebracht, dann war der März mit eisiger Kälte dareingefahren und hatte die verfrühte Baumblüte erfrieren lassen.

So großes Unglück musste einen Grund haben, denn Gott war gerecht und strafte nur die Sünder. Die verdammten Priester hatten die Leute aufgewiegelt, allerlei unzufriedene Adelsherren hatten das Ihrige dazu beigetragen, und so ging inzwischen überall im Land die Rede, dass es der Herzog sein musste, der die grausame Strafe über sein Land gebracht hatte. Es wurde viel dummes Zeug geschwatzt, das Dümmste davon war jedoch die alte Sache um den Mord an Herzog Richard III. Jahrelang waren die Gerüchte verstummt gewesen, überall hatte man die Siege Roberts des Prächtigen gefeiert, ihn hochgelobt und erklärt, dass er ganz und gar seinem Vater, Richard dem Guten, gleiche, seine Stiftungen an die Klöster und seine Freigiebigkeit bewundert. Jetzt, da es den Leuten schlecht ging und sie einen Schuldigen suchten, fiel ihnen ein, Robert den Prächtigen des Brudermordes zu bezichtigen.

Gilbert war mulmig bei diesem Gedanken, doch Robert war niemals auf diese Gerüchte eingegangen, obgleich sie ihm gewiss zu Ohren gekommen waren. Er hatte geschwiegen und das Gerede in sich hineingefressen – möglich, dass er tatsächlich Schuldgefühle hegte. Er war im Grunde zu weich, um einen guten Herrscher abzugeben, zu widersprüchlich und außerdem viel zu leicht zu lenken und zu begeistern.

Bis auf dieses Mal. Roberts beglückter Gesichtsausdruck zeigte nur allzu deutlich, wie sehr ihn dieses Spektakel der Ostergeschichte in seinem Vorhaben bestärkte. Jesus war gekreuzigt worden und gestorben, er war in das Reich des Todes hinabgestiegen – doch der Tod hatte nicht das letzte Wort gehabt. Am dritten Tag war Christus als Sieger aus dem Totenreich wiederauferstanden, um an der Seite Gottes die Erde und den Kosmos zu regieren.

Robert wollte nach Jerusalem pilgern und dort am Heiligen Grab seine Sünden beichten, um dann geläutert und als ein neuer Mensch in seine Herrschaft zurückzukehren.

War das der Grund für diese närrische Idee? Möglich war es.

Gilbert atmete auf, als die Vorstellung endlich beendet war

und die Messe ihren Fortgang nahm, denn inzwischen litt er fürchterlich unter den vielen schrägen Tönen, besonders denen der Flötenspieler. Falls es irgendwo in diesem göttlichen Kosmos himmlische Musik oder Engelschöre geben sollte, dann war zu hoffen, dass sie keine Ähnlichkeit mit diesem Gefiepe hatten.

Nach der Messe erhob man sich erleichtert, denn trotz der vielen Menschen in der Kathedrale war die Kälte durch Kleider und Polster gedrungen. Umfrid von Vieilles musste wegen seiner steifen Knie von seinem Sohn Robert gestützt werden, zwei ältere Frauen wurden in Sänften gehoben und hinausgetragen, eine Tochter von Nigel von Cotentin, die wie viele andere das Spektakel durch beständiges Husten gestört hatte, wäre im Kirchenschiff fast gestürzt, und ihre Mutter erzählte überall, dass dies aus Rührung über das ergreifende Spiel geschehen sei.

Am Abend beging man die Osterfeier im Saal des Palastes mit zahlreichen Gästen, und die Bretter der langen Tafel bogen sich unter den gefüllten Schüsseln und Platten, die das Ende der wochenlangen Fastenzeit anzeigten. Robert der Prächtige präsentierte sich in glänzender Stimmung, er aß und trank mehr als gewöhnlich, erzählte heitere Geschichten, lachte unmäßig, entfachte Redegefechte und versetzte alle durch die Gewandtheit seiner Fragen und Antworten in Erstaunen. Nur wenige der Tischgenossen konnten sich in diesem Kampf mit Robert messen, Alfred Aetheling gehörte zu ihnen, auch der junge Robert von Beaumont, der ein wenig vorwitzig war, und ganz gewiss der Erzbischof von Rouen, welcher lange schwieg und abwartete, um dann im richtigen Augenblick umso zielsicherer zuzuschlagen.

Nachdem die Reste der Speisen auch am unteren Ende des Tisches bei Pfaffen und Dienstleuten angekommen und diese gesättigt waren, erhob sich der Herzog, und der Zeremonienmeister klopfte mit den Fäusten auf die Tischplatte, woraufhin jedes Gespräch verstummte.

Was Robert jetzt von sich gab, verblüffte Gilbert ebenso, wie es ihn entsetzte, und ein kurzer Blick belehrte ihn darüber, dass es dem Erzbischof nicht anders erging. Robert zäumte nun das Pilgerross von der anderen Seite auf.

»Normannische Ritter!«, rief der Herzog der Normandie in den Saal. »An meiner Seite habt ihr gekämpft und gesiegt – weder die Flandern noch die Bretonen, auch nicht die Herren von Blois und Chartres konnten uns widerstehen. Überall auf Gottes Erdboden sind die Normannen als starke und zähe Kämpfer berühmt, in Rom und im Land der Langobarden, im Reich des Kaisers von Konstantinopel und selbst im Lande der Griechen ...«

Worauf will er nur hinaus?, fragte sich Gilbert gespannt und schielte aus dem Augenwinkel zum Erzbischof hinüber, der seine fettigen Hände gerade in eine Schale mit Rosenwasser tauchte, die ihm ein Knappe reichte.

»Deshalb habe ich beschlossen, diese Herrscher aufzusuchen, um mit ihnen Verträge zu schließen, welche unserem Land von Nutzen sein werden ...«

Der Erzbischof hob für einen Moment die buschigen Augenbrauen und tat einen tiefen Atemzug, dann nahm er das Tuch aus den Händen des Knappen und trocknete sich lange und sorgfältig jeden Finger einzeln ab. Gilbert wusste genau, was er dachte, denn der Erzbischof war seit einiger Zeit einer seiner verlässlichsten und klügsten Bundesgenossen. Ausgerechnet Robert Lautmund wollte mit fremden Herrschern Verträge abschließen! Dabei hatte er bislang nur mithilfe seines Onkels erfolgreiche Verhandlungen führen können.

Natürlich war eine Pilgerreise nicht allein eine fromme Tat zum Heil der Seele – man nutzte sie auch, um fremde Länder kennenzulernen und mit deren Herrschern Verbindungen zu knüpfen, vielleicht gar eine Heirat in die Wege zu leiten oder zumindest den Austausch von gelehrten Männern zu vereinbaren.

Von daher gesehen, gelang es Robert schon sehr viel besser, seine Vasallen für dieses Vorhaben zu entflammen. Hatte man nicht gehört, dass irgendwo in Italien ein Normanne eine Grafschaft erworben hatte? Und würde man nicht vom Papst und dem römischen Adel empfangen werden? Ganz zu schweigen von dem prächtigen Hof in Konstantinopel, wo die Säulen aus purem Gold gefertigt sein sollten und die Weiber so schön waren, dass man sie hinter Gittern hielt und kein Fremder sie sehen durfte.

An diesem Abend erhielt Robert der Prächtige das Versprechen einiger seiner Männer, mit ihm zum Heiligen Grab zu pilgern, darunter der Seneschall Thurstan und auch der junge Odon Stigand.

»Ich werde meinen Sohn zum Thronerben einsetzen und ihm verlässliche Vormünder geben«, erklärte Robert stolz, als er sich wieder an seinen Platz gesetzt und die Weinschale in einem Zug geleert hatte. »Dich, mein Freund Gilbert, und natürlich den Erzbischof von Rouen. Dazu Osbern von Crépon, Turchetil, Wilhelms Ausbilder, und allen voran meinen Cousin Alain von Bretagne. Er wird mir diesen Dienst gern erweisen, denn mein Vater nahm auch ihn damals in seine Obhut, als Gottfried von Bretagne seine Pilgerreise antrat.«

»Dein Sohn ist nicht nur minderjährig, er ist auch unehelich«, wandte der Erzbischof ein, der langsam daran verzweifelte, seinem Neffen dieses irrwitzige Unternehmen ausreden zu können. »Wenn Gott der Herr dich nicht zu uns zurückführt – wer soll das Land regieren? Ein sechsjähriger Bastard?«

Robert zeigte sich betroffen ob der harten Worte des Erzbischofs, doch er redete sich die Sache schön, wie immer, wenn er auf ein Ziel lossteuerte.

»Ich habe vor, noch in diesem Sommer aufzubrechen, und bin sicher, mit Gottes Hilfe spätestens im kommenden Frühjahr wieder hier zu sein.«

Er erzählte den beiden im Vertrauen, dass er bereits das Schloss Le Homme an seine Schwester Adelheid verkauft habe, um seinen Pilgerzug mit Geld und Gastgeschenken angemessen ausstatten zu können. Dann schwatzte er von zahlreichen Truhen mit schönen Dingen, kostbaren Mänteln, Gewändern, Pelzen und auch Silbergeräten, die er für die Pilgerreise aus verschiedenen seiner Burgen nach Rouen hatte schaffen lassen. Außerdem habe er den Auftrag gegeben, ein einfaches, graues Pilgergewand nähen zu lassen, dazu die Tasche und den Pilgerstab. Schuhe benötige er keine, da er gedenke, barfuß gen Jerusalem zu pilgern.

Gilbert hörte sich seine Narrheiten an, und da Robert offenbar nicht von seiner Idee abzubringen war, begann sich in Gilberts Schädel einiges in die andere Richtung zu bewegen.

Falls Robert der Prächtige nicht zurückkommen sollte, würde vermutlich der Erzbischof die vormundschaftliche Regierung führen, denn er war der engste Verwandte und als Graf von Evreux der mächtigste Vasall im Land. Doch Robert Evreux war nicht mehr der Jüngste. Nach seinem Tod würde vermutlich der Kampf um die Nachfolge ausbrechen, denn es gab etliche Männer aus der herzoglichen Familie, die Ansprüche auf den Thron erheben konnten.

Jeder Einzelne von ihnen hatte mehr Recht darauf, Herzog der Normandie zu werden, als dieser kleine Bastard, zu dessen Vormund Robert ihn gemacht hatte: Arlettes Sohn.

Sommer 1034

»Wenn du weiter so das Maul aufreißt, wird der Wind hineinfahren und dich heiser machen«, sagte Walter verdrießlich zu seinem Neffen. »Dann bringst du kein Wort mehr heraus, wenn wir erst am Hof des Königs sind.«

Wilhelm blinzelte abschätzend zu ihm hinüber, doch da die anderen Ritter belustigt grinsten, glaubte er Walter kein Wort. Er würde nicht heiser werden, er war niemals heiser, und wenn er noch so laut brüllte, und der Wind, der ihnen in den Rücken blies und in den Mähnen der Pferde wühlte, konnte ihm schon gar nichts anhaben. Er ließ die Zügel fahren und breitete den kurzen Reitmantel aus, bewegte die Arme, als habe er Flügel, und ahmte den hellen, lang gezogenen Ruf eines Raubvogels nach.

»Gleich fliegt er uns davon, der Winzling!«, scherzten die Begleiter. »He, du Knappe, pass auf, dass du nicht vom Pferd fällst!«

»Ich bin kein Knappe«, rief Wilhelm beleidigt. »Ich bin der Herzog der Normandie.«

Die Männer begannen zu lachen und wandten sich im Sattel nach hinten, um auch den nachfolgenden Reitern den Grund ihrer Heiterkeit mitzuteilen, und das Gelächter ging wie ein Lauffeuer durch die Gruppe, bis auch der letzte Knappe hinten bei den Packpferden etwas zu kichern hatte. Wilhelms Selbstbewusstsein fiel in sich zusammen, er ließ die Arme sinken, fasste wieder die Zügel seiner Stute und kniff böse die Augen zusammen. Er hasste es, ausgelacht zu werden.

»Aber mein Vater hat es doch gesagt«, wandte er sich unsicher an Walter. »Er hat mir gesagt, er müsse auf eine Pilgerreise gehen und unterdessen sei ich hier der Herzog.«

»Das hast du falsch verstanden«, erklärte ihm Walter leise. »Dein Vater ist und bleibt der Herzog der Normandie. Du bist der Thronfolger. Und das auch nur, wenn der König von Frankreich damit einverstanden ist.«

Wilhelm drückte sich die Lederkappe fester auf das glatte, braune Haar und stieß seinem Pferd zornig die Fersen in den Bauch, so dass es ein paar Sprünge tat und er es erst wieder zügeln musste. Wieso war jetzt auf einmal alles wieder ganz anders? Noch vor drei Tagen hatte sein Vater ihn am Abend in den Saal führen lassen. Dort waren viele Männer gewesen, Ritter und Bischöfe in farbigen Gewändern und auch Mönche, manche hatte er gekannt, andere waren ihm völlig fremd gewesen. Sein Vater, der Herzog, hatte ihn bei den Schultern genommen und gesagt ... ja, was hatte er eigentlich genau gesagt? Es war alles so verwirrend gewesen, so aufregend und feierlich; die Männer hatten ihn, Wilhelm, angestarrt, als sei er ein seltener Vogel, einige hatten auch die Lippen gekräuselt und sogar die Köpfe geschüttelt. Aber – und jetzt besann er sich wieder genau – der Vater hatte laut vor allen erklärt, dass er, Wilhelm, sein Sohn und Nachfolger sei. Das hatte er ganz deutlich gesagt, und keiner dieser vielen Männer hatte widersprochen. Und das sollte jetzt alles nicht mehr gelten?

»Wieso sollte der König nicht einverstanden sein?«, fragte er daher Walter.

Dieser tat einen Seufzer, und Wilhelm spürte wieder deutlich, dass man ihm etwas verschwieg. Weshalb schauten die anderen Ritter jetzt alle mit verlegenen Mienen zur Seite, wo sie doch eben noch über ihn gelacht hatten?

»Der König von Frankreich ist der Lehnsherr der Normandie, und ein Lehnsherr muss den Thronfolger bestätigen.«

Das wusste Wilhelm längst, denn er wurde von einem Lehrer

unterrichtet, der ihm solche Dinge in aller Ausführlichkeit erklärte und auch dann nicht damit aufhören wollte, wenn Wilhelm den Kern der Sache längst erfasst hatte.

»Und warum glaubt ihr, dass der König dagegen sein könnte?«, beharrte er störrisch auf seiner Frage.

Walter ließ sich tatsächlich jedes Wort aus der Nase ziehen, dabei war er sonst eigentlich immer bereit, seine Fragen zu beantworten.

»Weil du noch sehr jung bist, Wilhelm.«

Das leuchtete ihm ein; er war noch nicht erwachsen, deshalb hatte er ja auch mehrere Vormünder erhalten.

»Der König von Frankreich wird dich gewiss als Thronfolger anerkennen, denn er schuldet deinem Vater einen Gefallen.«

»Weil mein Vater mit den normannischen Rittern für Heinrich I. gekämpft hat, nicht wahr?«

»Genau«, nickte Walter. »Ohne die Hilfe der Normannen, wäre Heinrich I. jetzt nicht König von Frankreich. Ich bin damals auch dabei gewesen.«

Wilhelm nickte zufrieden – anscheinend war doch alles in Ordnung. Es war großartig, der Thronfolger zu sein, und noch besser war es, nach Paris reiten zu dürfen, vor allem, weil er damit für ein paar Tage dem elenden Drill des Turchetil entkam, der die Knappen so hart rannahm, dass er manchmal am Abend vor lauter Beulen und Schrammen kaum einschlafen konnte. Wilhelm hasste Turchetil aus tiefster Seele, weil er ihm, dem Sohn des Herzogs, stets das Gefühl gab, der letzte Idiot zu sein, der rein gar nichts zustande brachte. Nie ließ er eine Gelegenheit aus, ihm eine Strafe aufzubrummen; für ein Lachen oder Flüstern, ein unbedachtes Wort oder eine harmlose Vergesslichkeit durfte er Pferdemist karren, einmal musste er sogar die Kübel im Knappenquartier hinaustragen. Wie die anderen über ihn gespottet hatten! Nein, da war es schon viel angenehmer, mit Walter und dem Erzbischof auf dem alten Handelsweg an der Seine entlangzureiten, auch wenn ihm von dem ungewohnt langen Ritt langsam der Hintern und die Schenkel schmerzten.

»Müde?«, fragte Walter ihn schmunzelnd.

»Kein bisschen!«

Er konnte gar nicht müde werden, zu viele Eindrücke fesselten seine Sinne, und die Gedanken schossen wild in seinem Kopf hin und her. Die Augustsonne spiegelte sich gleißend in den Wellen des Flusses, und er musste blinzeln, um die Schiffe deutlicher sehen zu können. Er liebte Schiffe, hatte sie oft am Hafen in Rouen betrachtet, wo sie vor Anker gingen und entladen wurden. Es gab breite Boote, die Waren, manchmal auch Tiere transportierten; langsam und ruhig schwammen sie im Wasser wie trächtige Kühe, die gemächlich über die Wiese stampften. Viel schöner aber waren die schlanken Schiffe, die manchmal kunstvoll geschnitzte Figuren an Bug und Heck trugen – kühne, schnelle Wellenbeißer, mit denen man über das Meer fahren konnte –, doch die sah man hier leider gar nicht, nur die dicken Lastkähne und mickrige Fischerboote, die nicht einmal ein anständiges Segel hatten und am Ufer entlanggerudert wurden.

»Woher kommen die Boote nach Rouen? Aus Italien? Aus dem Land der Sarazenen?«

»Nicht ganz«, sagte Walter. »Einige kommen aus Burgund, andere aus dem Vexin und den Kronlanden des Königs. Aber diese Straße, auf der wir reiten, führt über die Stadt Paris nach Lyon und von dort aus weiter zur Hafenstadt Marseille, doch die liegt viele Tagesreisen entfernt. Von Marseille aus kann man sich ins Land der Sarazenen einschiffen.«

»Wird das auch mein Vater tun?«, wollte Wilhelm wissen. »Er reist doch zu den Sarazenen, oder?«

»Er wird wohl zuerst nach Rom reiten, um den Papst aufzusuchen – zumindest hat er das gesagt …«

Die Namen der fremden Orte summten wie ein Bienenschwarm durch Wilhelms Kopf, und er begriff plötzlich, dass die Welt größer war, als er bisher geahnt hatte. Er war ein paarmal mit seinem Onkel Walter auf dem Markt in Rouen gewesen, hatte Schwertklingen und sichelförmige Dolche, dicke, goldgelbe Wachskugeln und bunte Pelze bestaunt, außerdem hatte er fremde Sprachen gehört und bemerkt, dass die Händler und Reisenden seltsame Gewänder trugen. Jetzt wurde ihm klar, dass man nur ein Pferd brauchte oder eine Weile auf einem Schiff fuhr, um die ganze Welt sehen zu können. Auch die Orte, die sehr weit entfernt waren, wie die Stadt Rom, wo der Papst lebte, oder das Land der Griechen, wo die Pferde Flügel trugen. Der wunderbarste Ort aber war die Stadt Jerusalem. Dort lag Christus begraben, das hatte ihm Guillaume, sein Lehrer, erzählt. Jerusalem war die Stadt aller Städte, der heiligste Ort für alle Menschen und der Mittelpunkt der ganzen Welt.

»Wie schade, dass mein Vater mich nicht mitnimmt«, sagte er zu Walter. »Ich würde das alles gar zu gern sehen.«

»Du musst doch hierbleiben, damit das Land einen Thronfolger hat, Kleiner.«

Ja, richtig, das hätte er schon fast vergessen. Er musste bleiben und seinen Vater als Herzog vertreten. Immerhin hatte der Vater ihm versprochen, viele schöne Dinge mitzubringen, wenn er heimkehrte. Ein Schwert mit einem silbernen Griff, einen Sattel, wie ihn die Sarazenen hatten, und bunte Fibeln, um den Mantel festzustecken.

»Wirst du auch ins Heilige Land reiten, Walter?«

»Nein, Kleiner. Ich bleibe bei dir.«

Wilhelm war erleichtert, er mochte seinen Onkel Walter, der ihm das Reiten beigebracht hatte und dabei viel geduldiger gewesen war als Turchetil, dieser Schinder. Walter war ein Ritter und hatte schon in einigen Schlachten gekämpft, aber trotzdem kam er nicht hochnäsig daher wie viele der anderen Kämpfer seines Vaters. Er trieb Scherze mit ihm und war immer bereit, sich auf ein Kämpfchen oder ein Spiel mit dem Neffen einzulassen.

Vorn in der Reitergruppe war jetzt die tiefe Stimme des Erzbischofs zu vernehmen, der den Befehl zu einer kurzen Rast gab. Sie ritten zum Flussufer hinab und stiegen von den Pferden, um sie trinken zu lassen, dann erhielten die Tiere eine kleine Ration von dem mitgeführten Heu, denn das Ufergras war von den vielen Reisenden zertreten und taugte höchstens für die Maulesel. Der Erzbischof sah überhaupt nicht aus wie ein Geistlicher; er trug Rock und Wams, hatte helle Beinlinge angelegt und Sporen an den Schuhen befestigt. Wilhelm hielt sich möglichst fern von ihm – er hasste diesen Mann, besonders seitdem man ihm gesagt hatte, er sei sein Großonkel. Vor einigen Monaten war er mit seinen Kameraden durch den Palasthof getobt und dabei dem Erzbischof versehentlich in den Bauch gerannt. Der Alte hatte ihn beim Rock gepackt und wie einen erlegten Hasen gebeutelt. Zwei Maulschellen hatte er sich dabei auch eingehandelt, die hatten gesessen, denn der Erzbischof war zwar alt, aber immer noch kräftig. Viel schlimmer aber noch war es vorgestern gewesen, als sie in der Burg in Evreux übernachtet hatten, da hatte er mit seinem Onkel Walter in einem engen, düsteren Gemach bleiben müssen und hören können, wie die Ritter unten im Saal redeten und tafelten. Als er dann hinaus musste und im Hof in eine Ecke pinkelte, hatte ihm ein Ritter im Vorübergehen einen harten Schlag über den Rücken versetzt.

»Piss woanders, du Bastard!«

Er war vornübergekippt und hatte sich dabei den Rock vollgepieselt, doch er hatte den Kerl an der Stimme erkannt: Es war Ralf, ein Sohn des Erzbischofs, gewesen. Zitternd vor Wut und Scham ob der Demütigung war er zurückgelaufen, kein Wort hatte er Walter davon erzählt, doch insgeheim hatte er sich geschworen, Rache zu nehmen. Wenn er erst erwachsen und stark genug war, würde er Ralf von Gacé für diese Beleidigung mit dem Schwert töten.

Der Erzbischof hatte es sich inzwischen auf einer Decke bequem gemacht, die man für ihn auf dem Boden ausgebreitet hatte, und kaute an einem Stück kaltem Fleisch, das er mit ein paar Schlucken aus dem Weinkrug hinunterspülte.

»Nimm den Kleinen zu dir aufs Pferd«, befahl er Walter. »Wir werden bis zum Abend reiten, da kann er noch ein wenig schlafen.«

»Ich bin nicht müde!«, widersprach Wilhelm trotzig.

Niemand kümmerte sich darum, er musste zu Walter in den Sattel steigen, was für sie beide recht unbequem war. Wilhelm gab sich große Mühe, während des Rittes auf keinen Fall einzuschlafen, doch er schaffte es nicht ganz: Als die Sonne sank und sich die Schatten lang und schmal zum Fluss hin erstreckten, fielen ihm die Augen zu.

Er schlief so fest, dass er erst erwachte, als Walter ihn auf die Füße stellte. Zweimal knickten ihm die Beine weg, dann war er endlich wieder bei sich, rieb sich die Augen und blickte sich um. Sie befanden sich in einem Gemach, das nicht viel anders aussah als die Zimmer des herzoglichen Palasts in Rouen: Verblasste Wandbehänge gab es dort und Polster in den Nischen, Vorhänge teilten die Bettstellen ab, der Fußboden war aus Holz und an manchen Stellen morsch.

»Wo sind wir?«

Walter zerrte ihm den Rock herunter, er hatte die neuen Beinlinge und das schöne Gewand, das man für Wilhelm genäht hatte, aus dem Gepäck hervorgekramt, ein Knappe trug eine Schale mit Wasser herbei, und Wilhelm ahnte schon, was ihm bevorstand.

»Wir haben Glück gehabt, der König ist hier in Poissy. Das erspart uns einen halben Tagesritt. Los, wasch dir den Dreck aus dem Gesicht. Vergiss die Ohren nicht. Den Hals. Deine Finger schauen aus, als hättest du Lehmziegel gebacken.«

Zutiefst enttäuscht rubbelte sich Wilhelm mit den angefeuchteten Händen das Gesicht. Sie würden nicht nach Paris reiten. Was war schon Poissy! Walter gab nicht eher Ruhe, bis seine Ohren innen und außen sauber waren, und zum bösen Ende musste er sich mit dem Rest des Waschwassers auch noch die Füße waschen, bevor er in die Beinlinge stieg. Er fand dieses ganze Getue lästig, schöne Gewänder brauchte er nicht, viel lieber hätte er endlich ein Schwert getragen, doch obgleich er jetzt Thronfolger war, hatte niemand daran gedacht, ihn mit einer solchen Waffe auszustatten.

Der Erzbischof hatte sich mit seinem roten Gewand und einer Stola mit Silberstickerei geschmückt, auf dem Kopf trug er eine runde, rote Kappe.

»Geputzt und blank gewischt?«, fragte er Walter schmunzelnd und fasste Wilhelm beim Ohr.

»Hör zu!«, sagte er, und drückte so fest zu, dass es wehtat.

»Ich werde dich jetzt vor den König führen. Denke daran, dass du deinem Vater und allen Normannen Ehre machen musst. Rede nur, wenn du gefragt wirst, dann aber so, dass der König merkt, dass du kein Dummkopf bist.«

»Ja«, nuschelte Wilhelm, der die Zähne fest aufeinanderbiss, um sich den Schmerz nicht anmerken zu lassen.

»Dann beweg dich jetzt und schlaf nicht beim Gehen ein!«

Er hatte sich diese Audienz beim König sehr viel großartiger vorgestellt, doch das Schloss von Poissy konnte es mit dem Palast seines Vaters in Rouen keinesfalls aufnehmen, genauso wenig wie der große, von runden Säulen gestützte Saal, der zwar mit Teppichen und Wandbildern geschmückt war, ihm aber dennoch kleiner als der seines Vaters erschien. Auch der mit Sammetpolstern belegte Königsthron auf seinem Podest beeindruckte Wilhelm nicht. Die Vorhänge, die ihn umgaben, waren schon ein wenig abgewetzt und glänzten längst nicht so prächtig wie die Tücher, die den Herzogsthron seines Vaters schmückten.

Es war eben nur Poissy. Vielleicht hatte der König in Paris einen besseren Thron.

Ohne Scheu ging Wilhelm an der Seite des Erzbischofs durch die Halle, vorbei an der Hofgesellschaft, die für sie eine Gasse bildete und im flackernden Schein der Kerzen und Wandfackeln neugierig auf den Knaben an der Seite des Geistlichen starrte. Die Hofleute schwatzten untereinander, bemühten sich nicht einmal zu flüstern, einige kicherten sogar, andere gähnten.

König Heinrich I., der etwa so alt wie Wilhelms Vater war, hatte braunes Haar und eine scharf gebogene Nase, seine Augen waren zu Schlitzen zusammengekniffen, während er den Worten des Erzbischofs lauschte. Immer wieder glitt sein Blick zu ihm, Wilhelm, hinüber.

»Was für ein großer Entschluss!«, sagte der König. »Wir alle sollten zum Heiligen Grab pilgern, um dort zu beten, denn niemand unter uns ist ohne Sünde.«

»Gewiss«, sagte der Erzbischof, und Wilhelm, der von einem zum anderen sah, hatte das Gefühl, dass keiner von beiden ernsthaft meinte, was er gesagt hatte.

»Wie alt bist du?«, wandte sich der König an ihn.

»Fast sieben Jahre.«

Der König bemerkte, dass er groß gewachsen sei für sein Alter, und der Erzbischof fügte hinzu, Wilhelm sei seit seiner Geburt gesund und kräftig und habe bereits seine Ausbildung zum Knappen begonnen, bei der er sich unter seinen Kameraden stets durch Kraft und Geschicklichkeit hervortue.

Was für ein Schönredner, dachte Wilhelm. Eben hat er mich noch ins Ohr gekniffen, den roten Fleck sieht man gewiss noch.

»Und seine Mutter?«

»Arlette, die Geliebte des Herzogs.«

»Ein Bastard also …«, sagte König Heinrich nachdenklich.

Wilhelm erstarrte. Da war es wieder, dieses Wort. Diese Beleidigung, die er nicht so recht verstand und die gerade deshalb so schmerzte. Jemand begann leise zu lachen, andere flüsterten, schüttelten die Köpfe. Ein Geistlicher mit dunklem Gewand und Tonsur stieß empört die Luft aus und drehte den Kopf zu dem neben ihm stehenden Ritter. Wilhelm konnte nicht verstehen, was er ihm ins Ohr flüsterte, doch es war sicher eine weitere Gemeinheit, denn der Ritter nickte und sah mit bedenklicher Miene auf Wilhelm hinunter.

»Ich bin kein Bastard«, brach es aus Wilhelm heraus. »Ich bin der Sohn des Herzogs und der Thronfolger – das bin ich. Und wer mich Bastard nennt, der ist ein Lügner …«

Eine heftige Kopfnuss unterbrach sein zorniges Geschrei, versetzt hatte sie ihm der Erzbischof. Doch es war zu spät, Wilhelm hatte so laut gebrüllt, dass man es bis ans äußerste Ende der Halle gehört hatte, und nun ertönten von überall her ärgerliche Rufe, gemischt mit lautem Gelächter.

»Ein hübsch großes Maul hat er.«

»Nannte man seinen Vater nicht Robert Lautmund?«

»Seine Mutter soll die Tochter eines Gerbers sein!«

Wilhelm war selbst über die Wirkung seines Ausbruchs erschrocken, und er verspürte große Lust, durch die versammelte Menge der Hofgesellschaft hindurchzuschlüpfen, um sich irgendwo zu verbergen, wo ihn niemand, vor allem nicht der Erzbischof, finden würde. Doch er blieb stehen, aufrecht, mit glühend roten Wangen und noch röteren Ohren, jeden Moment darauf gefasst, dass die königlichen Knechte ihn auf einen Wink ihres Herrn beim Gewand fassen und in den Kerker schleppen würden.

Nichts dergleichen geschah. Stattdessen musste er niederknien, und der König erhob sich von seinem Thron und hielt ihm die geöffneten Hände vor die Nase, damit Wilhelm die seinen dort hineinlegte. Seine kleinen Hände verschwanden im Griff der großen Finger. Er leierte herunter, was man ihn gelehrt hatte, und als der Erzbischof ihm durch eine weitere Kopfnuss zu verstehen gab, dass er sich nun erheben dürfe, tat er es unwillig.

Später, als sie durch Flure und Gemächer wieder zu ihrem Schlafraum gelangt waren, kroch er zu Walter unter die Decke, zog sich den Stoff bis über den Kopf und schloss die Augen.

»Gott strafe mich«, hörte er den Erzbischof murmeln. »Der Kleine hat das Herz eines Herrschers.«

* * *

Die Gräfin Adelheid weinte. Es war nichts Ungewöhnliches zu weinen, man tat es in der Öffentlichkeit zu allen möglichen Gelegenheiten, die besondere Rührung erforderten, vor allem bei den Totenmessen in der Kathedrale, doch auch bei Prozessionen und Begräbnisfeiern. Alle schluchzten dann laut, auch die Ritter. Doch Adelheild weinte still für sich, wenn sie im Frauengemach über einer Stickarbeit saß, und kam eine Dienerin, der sie Anweisungen erteilen wollte, dann wischte sie die Tränen fort und gab sich ruhig und gelassen.

Der Herzog hatte seine Absicht, noch im Sommer ins Heilige Land aufzubrechen, nicht wahrmachen können, zum einen weil viele seiner Mitstreiter noch unentschlossen waren, zum anderen aber auch, weil heimkehrende Pilger bei Hof berichteten, der Sommer sei eine Zeit großer Dürre im Land der Sarazenen, so dass man Gefahr laufe zu verschmachten.

Als der Herbst gekommen war, war Arlette fest davon überzeugt, dass Robert seine Narrheit nun endlich vergessen hatte. Schließlich kannte sie ihn zur Genüge – hatte er nicht vor Jahren auch Alfred Aetheling geschworen, nach England überzusetzen, um dort für die Rechte der Aethelinge zu kämpfen? Daraus war ebenfalls nichts geworden. Und was war mit seiner Heirat gewesen?

Er hatte Knuts Schwester verstoßen, noch bevor er zu ihr ins Brautbett gestiegen war.

»Er wird reisen«, sagte Adelheid traurig. »Der Erzbischof hat Wilhelm nicht ohne Grund zum französischen König gebracht. Wenn jemand genau weiß, wie die Dinge stehen, dann ist es mein Onkel.«

Arlette war jetzt Mutter des offiziellen Thronfolgers, was ihr einen neuen Status unter den Frauen verlieh, die zwar nicht gerade freundschaftlich mit ihr verkehrten, doch seit Adelheid wieder am Hof weilte, hatten die Bosheiten aufgehört. Arlette hatte gebüßt, ihr Kind war tot zur Welt gekommen, und sie war lange Zeit krank gewesen – nun, da sie wieder genesen war, hielt manch eine sie für geläutert. Ganz offensichtlich hatte ihr Ehemann sie verstoßen, denn er war ohne sie auf seinen Besitz nach Conteville zurückgekehrt. Noch schützte sie der Herzog, gewährte ihr einen Platz an seinem Hof, doch die Gerüchte um ihre heimlichen Liebestreffen waren verstummt – es gab nichts mehr zu erzählen.

Herzog Robert war durch Gottes Kraft auf wunderbare Weise verwandelt, täglich erging er sich in Bußübungen, der Hofkaplan war stets an seiner Seite, las ihm aus der Bibel vor, und angeblich studierte der Herzog lateinische Schriften, wobei ihn der Kaplan unterstützte.

»Der Erzbischof hat ihm ein Buch aus England beschaffen müssen, in dem die heiligen Orte beschrieben sind«, erzählte die Gräfin. »Ein Gelehrter mit Namen Beda Venerabilis – Beda der Ehrwürdige – hat es vor langer Zeit geschrieben. Robert studiert außerdem eine Schrift, die ein Mönch mit Namen Bernhard verfasste, sowie allerlei andere Berichte, die von Pilgerreisen erzählen.«

Der Herzog hatte auch Boten in die Bretagne gesandt, die dort nach Männern forschen sollten, die vor siebenundzwanzig Jahren mit Gottfried von Bretagne in Jerusalem gewesen und noch am Leben waren, doch es hatte sich niemand gefunden, der ihm von jener Pilgerfahrt berichten wollte.

Adelheid rückte ihren Schemel näher an die Hängelampe heran. Wegen der kalten Witterung waren sämtliche Fensterläden fest verriegelt, und das Frauengemach wurde mit Kerzen und Lampen beleuchtet. Die Damen stickten und nähten schon seit Monaten an all den kostbaren Mänteln und Stolen, die der Herzog als Gastgeschenke mit auf die Reise nehmen wollte.

»Er wird schon wieder zur Besinnung kommen«, meinte Arlette zuversichtlich. »Weshalb ein Pilgerzug? Die Hungersnot ist vorüber, es gab reichlich Roggen und Hafer, und auf dem Markt werden wieder gute Geschäfte getätigt.«

»Oh, viele Leute sagen, das sei gerade dem Entschluss des Herzogs zu verdanken«, mischte sich Joseline ein. »Im ganzen Land weiß man von seinem Vorhaben, und es heißt, Gott habe seine strafende Hand von uns genommen, weil der Herzog dieses fromme Gelübde getan hat.«

»So ein Unsinn!«

Ärgerlich erhob sich Arlette und ließ sich einen Umhang bringen – sie hatte die langweilige Näherei und die tristen Gespräche satt, sie brauchte Tageslicht und frische Luft. Ihre Tochter Adelheid schloss sich ihr an, und auch Godhild machte sich bereit, mit in den Hof hinunter zu steigen.

»Wilhelm wird gewiss wieder in den Dreck fallen«, schwatzte die Sechsjährige vergnügt. »Er fällt immer in den Matsch, wenn sie rennen und über die Stöcke springen müssen.«

»Ja, weil dieser Mistkerl Turchetil den Stock extra ein wenig höher hält, wenn Wilhelm an der Reihe ist«, knurrte Godhild. »Als ob er es auf ihn abgesehen hätte.«

»Er ist ja auch der Sohn des Herzogs und muss besser sein als alle anderen«, stellte Adelheid fest und fügte nach einer kleinen Weile mit Stolz hinzu: »Und das ist er ja auch.«

Tatsächlich jagte der dürre, sehnige Turchetil seine Schützlinge trotz des Nieselregens über den Hof, zwei Pferde wurden von den Stallknechten umhergeführt, und die Knaben übten sich in der Kunst, ohne Sattel und Steigbügel aufzusitzen. Nur die Älteren schafften den Sprung auf den nassen, rutschigen Pferderücken; sie klammerten sich mit Armen und Beinen fest, folgten dem Rhythmus des Tieres und kämpften sich dann mit zäher Kraftanstrengung seitlich hinauf in Reitposition. Wilhelms Knie waren mit Schrammen bedeckt, denn er trug keine Beinlinge, dreimal misslang ihm der Sprung, und Arlette hörte Turchetil höhnisch rufen, er fiele wie ein neugeborenes Kalb aus der Kuh. Beim vierten Versuch griff er in die Mähne des Pferdes und schaffte es, sich hochzuziehen, doch er handelte sich kein Lob, sondern einen kräftigen Anraunzer ein, denn es war verboten, sich an die Mähne zu klammern.

Arlette und ihre Begleiterinnen hatten unter einem vorspringenden Dach vor dem Nieselregen Schutz gesucht, sie waren die einzigen Zuschauer, außer ihnen und den Knappen waren nur noch ein paar Knechte auf dem Hof, die Fässer von einem Ochsenwagen abluden. Arlette sah heute seltener auf ihren Sohn Wilhelm, denn ein anderer Knappe fesselte ihre Aufmerksamkeit weit mehr.

Richard war erst vor einigen Tagen aus Brionne an den herzoglichen Hof gekommen, ein schlanker, braunhaariger Knabe mit hellen Augen und schmalen Lippen, die er gern spöttisch in die Breite zog. Er war fast neun, schien sich bisher noch recht fremd zu fühlen, doch er war ehrgeizig, wollte die anderen übertreffen und ihnen zeigen, was er am Hof seines Vaters gelernt hatte.

Er kennt mich nicht, dachte Arlette bekümmert. Ich war so verzweifelt, als man ihn mir fortnahm – und jetzt, da ich ihn wiedersehe, weiß er nicht einmal, dass ich seine Mutter bin.

In der Tat war dem Knaben Arlettes aufmerksamer Blick eher peinlich, misstrauisch blickte er zu ihr hinüber, bückte sich dann, um seinen rechten zerrissenen Beinling zu untersuchen, und wandte sich ab.

»Sag es ihm nicht«, sagte Godhild leise zu ihr. »Es wird ihn nur verwirren, und er hat im Augenblick genügend andere Sorgen.«

»Er wird es ganz sicher bald erfahren«, gab Arlette mit Bitterkeit zurück. »Er ist ein Halbbruder des Thronfolgers – sein Vater wird das nicht verschweigen wollen.«

»Wer weiß?«

Bewegung entstand am Tor, die Wächter kamen aus dem Schutz der beiden Mauertürmchen hervor, doch sie stellten keine Fragen, sondern verzogen sich gleich wieder ins Trockene. Eine Gruppe von fünf Reitern erschien, nur einer davon war ein Ritter in farbigem Rock und mit Schwert an der Seite; drei Knechte in einfachen, knielangen Gewändern und Lederwämsen folgten ihm, dahinter ein Knappe. Alle waren vom Regen durchnässt, die Bäuche der Pferde dreckverkrustet, genau wie die Beinlinge und Schuhe der Reiter.

»Das ist Jean le Païen!«, rief Adelheid aus. »Wie nass er ist, Mama. Ich will ihn begrüßen.«

»Adelheid – nein!«

Arlette verpasste das flatternde Gewand ihrer Tochter um Haaresbreite, auch Godhild reagierte zu spät. Die Kleine rannte mit gerafftem Kleid zwischen den Knappen hindurch, wäre fast mit dem übereifrigen Wilhelm FitzOsbern zusammengeprallt, und hatte gleich darauf Jean le Païen erreicht, der soeben von seinem Pferd stieg.

»Wir sollten uns ein Beispiel an Joseline nehmen«, schimpfte Godhild. »Keine ihrer Töchter hätte das gewagt.«

»Ach was«, erwiderte Arlette zögernd. Sie hatte Joselines Töchter, die beide mittlerweile verheiratet waren, immer sehr bedauert. »Es sieht ja niemand.«

Godhild lachte höhnisch und behauptete, morgen wisse es bereits der ganze Hof.

»Sie hat ihr Herz für diesen Burschen entdeckt, Arlette. Neulich erzählte sie mir, der schwarzhaarige Ritter sei schöner als alle anderen.«

Sorgenvoll spähte Arlette zu den beiden hinüber, während Godhild sich mit energischem Schritt auf den Weg machte, um die Ausreißerin einzufangen und zurechtzuweisen. Adelheid stand vor Jean le Païen, hatte den schützenden Mantel vom Kopf gestreift, so dass ihr langes Haar Regen und Wind ausgesetzt war, und sah mit leuchtender Miene zu dem Ritter empor. Zum Glück hielt sich dieser nicht lange mit ihr auf. Er sagte etwas zu ihr, dann ließ er sie stehen und trat in den Eingang des Palastes, um dort seine Rückkehr zu vermelden.

Die Kleine ließ Godhilds Schelten ungerührt über sich ergehen, dann erst erklärte sie, der Ritter habe eine Botschaft an ihre Mutter ausgerichtet.

»Ich soll Ihnen sagen, dass Odo gesund ist, Mama. Es ist so schade, dass er nicht mehr bei uns ist, er war ein so drolliger Zwerg …«

Jean le Païen war einer der Ersten gewesen, die den Herzog ins Heilige Land begleiten wollten, und er war nach Conteville geritten, um vor der Reise von seinem Freund Herluin Abschied zu nehmen. Arlette spürte, wie ihr Atem rascher ging.

»Sonst lässt er mir nichts ausrichten?«

»Nein – nur das von Odo ...«

Arlette senkte den Kopf und verspürte plötzlich tiefe Scham. Jean le Païen hatte seit langer Zeit kein einziges Wort mehr an sie gerichtet und selbst ihren Gruß nur mit einem kurzen, ungewöhnlich ernsten Nicken beantwortet. Er verachtete sie und vermied den Umgang mit ihr – deshalb hatte er diese kurze Botschaft auch nicht ihr selbst, sondern ihrer Tochter überbracht.

Nach dem Weihnachtsfest geschah, was Arlette immer noch nicht hatte glauben wollen: Herzog Robert der Prächtige traf die letzten Vorkehrungen, um seine Pilgerreise zu anzutreten. Truhen wurden mit Gerätschaften und Gewändern gefüllt, Wagen beladen, Vasallen, die sich ebenfalls dem Pilgerzug anschließen wollten, trafen bei grimmiger Kälte mit ihrem Gefolge in Rouen ein. Die Ritter trugen Pelze über dem Pilgerkleid und saßen zu Pferd; keiner hatte auf Schwert und Dolch verzichtet, denn man hatte von Überfällen auf die Jerusalempilger gehört, bewaffnete Knechte und hoch beladene Packpferde folgten ihnen. Unter den Pilgern waren Dreux von Vexin, der mit Goda, einer Schwester der Aethelinge, verheiratet war, sowie der greise Graf und Bischof Hugo von Chalon, den Richard III. mit den normannischen Rittern vor neun Jahren so schmählich besiegt hatte.

Tagelang empfing Robert der Prächtige Besucher, die von ihm Abschied nehmen wollten, und man hatte Arlette berichtet, dass er dies im einfachen Pilgerkleid tat, mit bloßen Füßen, nur mit einem Strick gegürtet. Man weinte viel, gelobte, für die Pilger zu beten, und die Geistlichen baten den Herzog, für Kirchen und Klöster heilige Reliquien in die Normandie zu bringen wie andere Pilger vor ihm – am liebsten Gebeine der Märtyrer, für die man kostbare, goldene Behältnisse würde schmieden lassen, doch auch Fläschchen mit Öl, die durch die Berührung mit dem Körper eines Heiligen wundertätige Kräfte erlangt hatten, oder gar das Blut Christi, welches in Jerusalem überall im Erdreich zu finden war.

Am Abend vor der Abreise herrschte ein fürchterliches Durcheinander im Palast, denn neben den Besuchern und Gästen waren auch viele Pilger über Nacht geblieben, so dass es im großen Saal, wo die Lagerstätten eng nebeneinander lagen, bald zu Streitigkeiten kam. Weder Knechte noch Mägde kamen in dieser Nacht zur Ruhe, bald gab es Unruhe bei den Pferden, dann wieder vermisste ein Ritter seinen Geldbeutel, und ein Pilger beschwerte sich, dass sein Schlafnachbar eine der Mägde auf sein Lager gezogen habe und mit ihr Unzucht treibe.

Erst spät, als Arlette schon nicht mehr daran glaubte, ließ Robert sie zu sich rufen.

Es war das Gemach, das sie noch so gut kannte, der gleiche geschnitzte Stuhl, die Wandbehänge, die im Licht der Kerzen lebendig zu werden schienen, der Raum, in dem sie sich so oft geliebt hatten, der Raum, in dem Herluin ihr damals auf Roberts Wunsch hin seinen Heiratsantrag gemacht hatte.

»Ich wollte nicht gehen, ohne von dir Abschied genommen zu haben«, sagte Robert salbungsvoll.

Arlette war bei seinem Anblick verblüfft auf der Schwelle stehen geblieben, denn was sie zu sehen bekam, übertraf alles, was man sich über die wunderbare Verwandlung des Herzogs erzählte. Er trug tatsächlich ein braunes, fußlanges Gewand aus grobem Stoff, wie es die Bauern trugen, seine Füße waren bloß, und um seine Mitte war ein aus Hanf gedrehter Strick gebunden. Eine Tasche hing über seiner Schulter, aus dem gleichen Stoff gemacht und mit dem aufgenähten Kreuz der Jerusalempilger versehen. Allerdings lagen auf dem Stuhl gleich neben ihm der schön bestickte Rock, Gürtel und das herzogliche Schwert bereit, über die Rückenlehne hatte man einen kostbar gewirkten und mit Marderfellen besetzten Mantel geworfen, der mit hellblauer Seide gefüttert war.

»Ich hatte sehr darauf gehofft, Herr.«

Sie stand noch immer am selben Fleck, fand keine weiteren Worte und wusste nicht, ob sie dies alles lächerlich oder einfach nur traurig finden sollte. Was war er denn nun eigentlich? Ein Pilger oder ein Prahlhans? Glich er nicht einem dieser Schausteller auf dem Markt, die unter dem Gelächter der Zuschauer mal einen Bischof und mal einen Narren zum Besten gaben?

»Tritt näher, Arlette«, forderte er sie auf. »Du brauchst keine Angst zu haben, ich werde dich nicht berühren.«

Zögerlich machte sie ein paar Schritte auf ihn zu, betrachtete prüfend sein blasses, ernstes Gesicht, das auf seltsame Art von innen her strahlte, als habe er großes Glück gefunden.

»Wir haben schwer gesündigt, Arlette«, sagte er im Tonfall der Priester. »Doch ich nehme deine Schuld auf mich und werde sie zum Heiligen Grab tragen, um dort für uns beide zu beten. Wenn Gott mir meine Sünden vergibt, dann wirst auch du frei von Schuld sein, Arlette.«

»Das ist sehr großherzig von Ihnen ...«

Er lächelte sie euphorisch an und schien sehr stolz auf seinen Edelmut zu sein. Gleich wird er mir erzählen, dass er nur meinetwegen nach Jerusalem pilgert, dachte Arlette unglücklich. Wie kann sich ein Mensch nur derart selbst belügen? Glaubt er denn tatsächlich an das, was er redet?

Sie spürte, wie ihr der Hals eng wurde, und wehrte sich gegen die aufsteigende Verzweiflung, doch die Tränen ließen sich nicht so einfach zurückhalten.

»Weine nicht ...«, murmelte er gerührt. »Wir sehen uns wieder, und dann wird alles anders sein. Wir werden beide neu werden, und die alte teuflische Leidenschaft wird es nicht mehr geben zwischen uns.«

»Es hätte alles anders sein können«, rief sie, gegen die Tränen ankämpfend. »Sie haben mir die Heirat versprochen, Sie könnten Ihr Versprechen auch jetzt noch wahr machen ...«

Er hatte es nie ertragen können, wenn sie weinte – auch jetzt schien er ins Wanken zu geraten, und er wandte sich mit einer hastigen Bewegung zur Seite, so dass die Pilgertasche von seiner Schulter rutschte und zu Boden fiel.

»Es ist unmöglich, Arlette. Herluin will dich nicht verstoßen, und ich kann dich ihm nicht mit Gewalt fortnehmen, denn ich schätze und achte ihn.«

»Also deshalb haben Sie mich damals an ihn verkuppelt!«, rief sie zornig. »Weil Sie ihn schätzen und achten?«

Er hatte ihr den Rücken zugewandt, und sie sah, dass seine Schultern wie unter einem Schlag zusammenzuckten. Langsam drehte er sich zu ihr um. Als sie seine blassen, verzerrten Lippen sah, bereute sie ihre Worte.

»Lass uns in Frieden voneinander Abschied nehmen«, bat er leise. »Ich bitte dich, Arlette!«

»Es ist einfach, davonzulaufen und alles Unglück hinter sich zu lassen«, schimpfte sie.

»Glaubst du wirklich, es ist einfach, was ich mir vorgenommen habe?«

Sie schwieg. Wie seltsam, dass es Männern offenbar leichter fiel, ihr Leben aufs Spiel zu setzen, als eine Entscheidung zu fällen.

»Ich werde für Sie beten«, sagte sie spöttisch. »Aber ich weiß nicht, ob es nutzen wird, denn ich bin eine Sünderin.«

Er gab ihr keine Antwort, sondern bückte sich, hob die Pilgertasche auf und hielt sie lächelnd in den Händen.

»Morgen um diese Zeit werden wir schon in meiner Burg Vaudreuil sein«, sagte er in verändertem Ton. »Ich werde das Osterfest in Rom feiern, Arlette. Und einige Wochen später schiffen wir uns in Bari ein, um nach Konstantinopel zu gelangen …«

Sie fasste es nicht – er war schon wieder mit seiner Pilgerfahrt beschäftigt und träumte von großen Taten.

»Ich wünsche eine gute Reise!«, sagte sie mit erstickter Stimme, drehte sich um und lief hinaus.

* * *

Der Himmel war schneeverhangen, als die Pilger am folgenden Vormittag aufbrachen. Feierlich bewegte sich der lange Zug von Reitern, Fußgängern und Lasttieren durch die Stadt; viele, die am Straßenrand standen, fielen auf die Knie und erflehten sich den Segen der Jerusalempilger, andere aber schüttelten bekümmert die Köpfe, sahen zum grauen Himmel hinauf und gingen schweigend vorüber. Es war ein prächtiger Anblick: Die Ritter trugen Schwert und Mantel, und der Erzbischof begleitete die Pilger bis zum Stadttor, um dort von ihnen Abschied zu nehmen.

Einige Tage später erfuhr man, dass der Herzog in Vaudreuil ein wunderbares Beispiel seiner frommen Gesinnung gab. Am frühen Morgen hatte er den Aufbruch aus der Burg befohlen und ging selbst, als Pilger gekleidet, am Ende des Zuges. Doch der verschlafene Torwärter erkannte den Herrn nicht – verärgert, dass die Pilger gar zu langsam dahinschlichen, gab er dem Herzog einen kräftigen Fußtritt, um ihn rascher durchs Tor nach draußen zu befördern. Nun stürzten die Ritter herbei, um dem Herzog beizustehen, und der unglückliche Knecht zitterte bereits um sein Leben – doch Robert befahl, dass ihm kein Haar gekrümmt werden dürfe. Er, der Herzog der Normannen, sei nicht mehr als jeder andere Pilger; ob seiner Sünden habe er Schlimmeres verdient als diesen Tritt, der ihm mehr wert sei als die Stadt Rouen, denn er nütze dem Heil seiner Seele.

Danach gelangten monatelang keine Nachrichten in die Normandie. Erst im Juni, als man schon das Gras schnitt, kehrte ein Pilger aus dem Heiligen Land zurück, ein rothaariger Bursche aus dem Cotentin, der vor einem guten Jahr gemeinsam mit anderen Normannen aufgebrochen war.

Er war krank und seine Haut von der Sonne an einigen Stellen dunkel verbrannt, so dass nicht alle seiner Rede Glauben schenkten. Doch er schwor bei Gott, dass er Robert den Prächtigen mit eigenen Augen gesehen habe, wie er auf einer Sänfte lag, die von schwarzen Sklaven getragen wurde. Der Herzog habe ihn gegrüßt und lachend gerufen, dass er von einer Horde schwarzer Teufel zu Gott dem Herrn gehoben würde. Dieses Zusammentreffen sei kurz vor Jerusalem erfolgt.

Viele meinten, der rothaarige Pilger müsse in der heißen Gegend den Verstand verloren und Geister gesehen haben, denn weshalb sollte Herzog Robert von seinem Pferd gestiegen sein, um in einer Sänfte zu reisen?

Erst spät im August traf die Todesnachricht ein. Robert der Prächtige war in den ersten Tagen des Monats Juli in Nicäa an einem Fieber gestorben und dort begraben worden.

* * *

Es war Hugo von Chalon, der die traurige Botschaft dem Erzbischof von Rouen und anderen Vasallen des Herzogtums überbrachte, und an seinem Wort war nicht zu zweifeln. Der Herzog sei guten Mutes gewesen, man habe Rom und Papst Benedikt IX. besucht, auch seien die Normannen in Byzanz empfangen worden, zwar nicht von Kaiser Michael, doch von seinem Stellvertreter Johannes Orphanotrophos. Auf dem Weg durch Syrien aber habe man viel Unbill erfahren, es habe kein Brennholz gegeben, so dass der Herzog Nüsse kaufen ließ, um damit Feuer zu machen. Eine große Zahl der Pilger sei erkrankt, man habe sie mit sich getragen, solange es möglich war, dennoch mussten viele Normannen in fremder Erde am Wegesrand begraben werden. Schließlich habe auch der Herzog gefiebert, und er sei so schwach gewesen, dass er nicht mehr reiten konnte, weshalb er auf einer Sänfte in die Heilige Stadt getragen wurde. Am Grab Jesu habe er großzügig Geschenke verteilt, andächtig gebetet und seine Sünden bekannt, dann habe er sich mit seinen Pilgern auf den Rückweg gemacht. Zu diesem Zeitpunkt seien nur noch wenige Getreue um den Herzog gewesen, etliche waren gestorben, andere hatten ihn verlassen. Man habe ihn bis zu dem Ort Nicäa dicht vor der großen Kaiserstadt Konstantinopel getragen, dort habe er das Bewusstsein verloren und sei nach wenigen Tagen gestorben.

Hugo von Chalon versicherte, dem sterbenden Herzog

selbst die letzte Beichte abgenommen und für ein ehrenvolles Begräbnis in der Kirche St. Maria gesorgt zu haben. Man drang nicht weiter in ihn, denn es war deutlich zu sehen, dass der Graf und Erzbischof von Chalon schwer an seinem Kummer trug und selbst todkrank war, und so ließ man ihn endlich zurück in seine Heimat ziehen.

Adelheid, die bei diesem Bericht anwesend war, konnte sich später im Frauengemach kaum fassen vor Zorn und Kummer.

»In der Fremde haben sie ihn verscharrt, diese elenden Verräter. Weshalb haben sie seinen Leichnam nicht zurück in die Normandie getragen, wie es damals mit Gottfried von Bretagne geschah?«

»Vielleicht waren es zu wenige, die übrig blieben?«, mutmaßte Joseline, die die schlimme Nachricht noch am besten verkraftet hatte. »Zudem herrschte gewiss große Hitze – wie sollten sie da einen Toten über eine so weite Strecke tragen?«

Arlette war wie erstarrt. Sie hatte es geahnt, hatte deutlich gespürt, dass sie ihn niemals wiedersehen würde. Nun war es Gewissheit: Er war tot und begraben, und sie hatte ihn zum Abschied nicht einmal mehr in die Arme schließen können. Sie hatte ihn insgeheim verspottet, ihn gescholten, und die letzten Worte, die sie an ihn gerichtet hatte, waren blanker Hohn gewesen.

»Wo sind all die Ritter und Knechte geblieben, die mit ihm gezogen sind?«, fragte sie bitter. »Wo all seine Reichtümer? Er konnte doch nicht alles verschenkt haben, schließlich stand ihm die Rückreise bevor, für die er Geld benötigte.«

»Recht hast du!«, rief Adelheid. »Diese Schufte haben ihn alle verlassen und das, was noch an Geld und Kostbarkeiten übrig war, unter sich aufgeteilt. Wo sind all die Reliquien, die er ohne Zweifel eingekauft hat? Keine einzige kam zu uns – sie haben alles gestohlen und meinen armen Bruder in fremde Erde gelegt. Nie werde ich das vergessen, solange ich lebe!«

Auf Befehl des Erzbischofs von Rouen wurden im ganzen

Land Totenmessen für den verstorbenen Herzog abgehalten, und Arlette sah ihren Sohn Wilhelm im langen, prächtigen Mantel neben Gilbert von Brionne und Osbern von Crépon in der Kathedrale knien. Trotz der schönen Kleidung kam ihr der siebenjährige Herzog der Normandie sehr klein zwischen den beiden hochgewachsenen Rittern vor, er weinte nicht wie die anderen, sein rundes Gesicht war ernst, die Stirn gefurcht und die dunklen Augen fast schwarz. Reglos kniete er während der langen Messe, sang und sprach die lateinischen Texte ohne Mühe mit den anderen mit und tat in allem brav, was seine beiden Mentoren ihm auftrugen.

Als die Hofgesellschaft nach der Messe wieder in den Palast zurückgekehrt war, nahm Adelheid Arlette beiseite.

Die Gräfin von Burgund war immer freundlich zu ihr gewesen, doch sie hatte dabei niemals den Abstand vergessen, der zwischen einer Adeligen von herzoglichem Geblüt und der Tochter eines Gerbers bestand. Jetzt aber war ihr Kummer so groß, dass sie Arlette in ihre Arme zog.

»Gott möge ihn schützen«, sagte sie schluchzend. »Er ist Roberts Sohn, und um meines verstorbenen Bruders willen wünsche ich mir, dass er eines Tages unser Herzog wird. Aber niemand weiß, was geschehen wird.«

Arlette war vollkommen überrascht von dieser unerwarteten Nähe, die einen ganz besonderen Grund haben musste, und eine unbestimmte Furcht stieg in ihr auf.

»Aber was sollte denn geschehen? Wilhelm ist der Thronfolger, das hat sein Vater so bestimmt, und seine Vormünder werden ihn schützen, bis er alt genug ist, den Thron zu besteigen.«

Gleich darauf hatte sich die Gräfin wieder in der Gewalt; sie löste sich von Arlette und wischte sich die Wangen mit dem zerknüllten Tuch, das sie während der Messe reichlich mit ihren Tränen genässt hatte.

»Gewiss«, sagte sie mit einer Stimme, die noch brüchig war und nicht ihr zu gehören schien. »Die herzogliche Familie wird fest zusammenhalten und treu hinter dem jungen Thronfolger stehen. Alles andere würde nur böses Blut und viel Unglück über uns alle bringen.«

Arlette begriff den Sinn ihrer Worte sofort, und sie erzitterte. Hatte sie bisher geglaubt, vor Reue und Kummer über Roberts Tod ganz und gar verzweifeln zu müssen, so spürte sie jetzt, dass sich eine andere, weitaus schlimmere Gefahr vor ihren Augen anbahnte.

»Du glaubst also, dass sich ein anderer des Throns bemächtigen könnte? Dass man Wilhelm sogar …«

»Aber nein!«, fuhr ihr Adelheid ins Wort und wandte sich ungeduldig ab. »Du kannst ganz sicher sein, dass mein Onkel, der Erzbischof von Rouen, Roberts Sohn schützen wird. Und seine Macht ist groß.«

Ein paar Tage später reiste Adelheid zurück nach Dijon in Burgund, wo ihr Ehemann Rainald immer noch im Kampf mit Kaiser Konrad II. lag, der inzwischen fast ganz Burgund unterworfen hatte und auch Rainald zu seinem Vasallen machen wollte.

Indes schien die Gräfin vorerst recht zu behalten. Der Erzbischof von Rouen übernahm die Regierungsgeschäfte, berief alle Vasallen nach Rouen und einigte sie kraft seiner Persönlichkeit und seines Verhandlungsgeschicks. Wer hätte gewagt, gegen den mächtigen Grafen von Evreux und Erzbischof von Rouen aufzumucken, dem Gilbert von Brionne, Nigel von Cotentin und die Herren von Beaumont zur Seite standen? Die Vicomtes, denen die Burgen in den Grenzländern anvertraut waren, standen treu zu dem jungen Herzog, obgleich etliche von ihnen nicht mehr – wie es früher gewesen war – von herzoglichem Geblüt waren. Robert der Prächtige hatte diesen Titel auch an andere Adelsherren vergeben, verbunden mit der Erlaubnis, eine Burg zu errichten, so dass während der vergangenen Jahre zahllose Festungen in der Normandie entstanden waren. Das war gut, denn so waren die Grenzen des Landes vor Feinden geschützt, doch wie damals in Alencon war es immer wieder geschehen, dass dieser oder jener

Vicomte die Burg, welche der Herzog ihm anvertraut hatte, als sein Eigentum beanspruchte oder sich gar mit dem Feind verbündete.

Am herzoglichen Hof allerdings war die Veränderung deutlich zu spüren. Viele der adeligen Ritter hielten sich lieber in Evreux auf, wo der Erzbischof Hof hielt, nur zu besonderen Anlässen wurde am Abend festlich getafelt, und der Glanz, mit dem Robert der Prächtige sich so gern umgeben hatte, verblasste.

Auch das Frauengemach leerte sich: Nun, da die Festlichkeiten so rar wurden und die Gräfin von Burgund abgereist war, kehrte die Langeweile ein.

»Tagein, tagaus sieht man nur die Dienstleute, die sich wichtig machen!«, schimpfte Joseline. »Ministeriale, die sonst froh waren, ein Eckchen am Ende der Tafel zu ergattern, heben jetzt frech ihre Köpfe und glauben, der Palast gehöre ihnen. Sah ich nicht gestern die Beschließerin, die die Tücher und Vorhänge verwahrt, mit einem bunt bestickten Gürtel um den dürren Leib herumlaufen? Nein, das ist nichts für mich, liebe Arlette, ich werde den Hof verlassen.«

Es blieben nur wenige Frauen, entfernte Angehörige der herzoglichen Familie, die keinen anderen Ort hatten, und die Gemahlinnen einiger von Roberts Getreuen, deren Ehemänner nicht so recht wussten, wem sie sich nun anschließen sollten. Arlette hatte eine Weile gefürchtet, der Erzbischof könne ihr befehlen, nach Conteville zurückzukehren, denn der Schutz, den Robert ihr versprochen hatte, brauchte seinen Onkel nicht zu kümmern. Doch der Erzbischof unternahm nichts, und Gilbert von Brionne, der sich hin und wieder in Rouen blicken ließ, grüßte Arlette mit gleichmütiger Höflichkeit.

Offensichtlich hatte man beschlossen, sie in Ruhe zu lassen. Sie beschäftigte sich mit ihrer Tochter Adelheid und genoss es, im Frauengemach nun unbehelligt tun und lassen zu können, was sie für richtig hielt. Schon bald übernahm sie dort die führende Position, sie war es, die den Dienstleuten die Befehle erteilte, kleine Streitigkeiten schlichtete und sich allerlei Beschäftigungen erdachte, um die Langeweile zu bannen.

»An dir ist eine Königin verloren gegangen«, witzelte Godhild, als sie ihr spät am Abend beim Auskleiden half. »Sobald du eine Gelegenheit findest, die Herrin zu spielen, bist du nicht mehr zu halten.«

»Glaub nur nicht, dass es mir immer Vergnügen macht! Aber irgendjemand muss sich doch um alles kümmern!«

Godhild zog die Laken auf der Bettstatt glatt und legte Arlette das Kopfpolster zurecht, dann warf sie einen prüfenden Blick auf die kleine Adelheid, die auf ihrem Lager schon eingeschlafen war.

»Was willst du hier am Hof?«, sagte sie leise zu Arlette. »Du solltest zu deinem Mann zurückkehren, dort bist du besser aufgehoben als hier.«

Arlette saß im langen Hemd auf einem Hocker und kämmte sich das Haar, um es für die Nacht zu flechten. Sie hatte Mühe, nicht laut herauszuplatzen bei Godhilds überraschendem Vorschlag, denn damit hätte sie die anderen Frauen geweckt, von denen sie nur ein Vorhang trennte.

»Wie kannst du an so etwas auch nur denken?«, zischte sie. »Glaubst du, ich will den Rest meines Lebens in einer engen Kammer verbringen? Mich wie eine Aussätzige behandeln lassen? Von meiner Schwägerin täglich beleidigt und angespuckt werden?«

Godhild blieb ruhig, sie war auf diese heftigen Worte vorbereitet gewesen. Sie nahm Arlette den Kamm aus der Hand und begann, ihr das Haar zu zwei Zöpfen zu flechten. Immer noch war Arlettes Haar voll und dunkel, die Zöpfe waren dick, und sie brauchte nicht einmal ein Band um die Enden zu wickeln, denn die Locken hielten auch so bis zum Morgen zusammen.

»Wer weiß, ob Herluin dir nicht längst verziehen hat.«

Arlette schüttelte so heftig den Kopf, dass Godhild mit ihrer Arbeit innehalten musste.

»Weshalb sollte er mir verziehen haben? Weil Robert nun tot ist? Was ändert das an dem, was geschehen ist?«

Sie spürte, wie es ihr eng in der Brust wurde und die Tränen über ihr Unglück wieder aufsteigen wollten. Wie übel hatte man ihr mitgespielt! Robert hatte sein Vergnügen an ihr gehabt und sie dann in eine Ehe abgeschoben, doch anstatt sie endlich zufrieden zu lassen, lockte er sie wieder an den Hof, um sie erneut zu seiner Geliebten zu machen. Und Herluin, dieser Feigling, hatte sie nicht einmal verstoßen, er hatte an dieser erzwungenen Ehe festgehalten, damit Robert sie nicht heiraten konnte. Nun aber, da Robert tot war, würde Herluin sie gewiss bis an ihr Lebensende quälen, um sie für den Ehebruch zu strafen.

»Ich hasse sie alle beide!«, stieß sie leise hervor. »Oh, ich wünschte, ich wäre keinem von ihnen je begegnet!«

Godhild schwieg eine Weile, doch an ihrem schmal gezogenen Mund war deutlich zu erkennen, dass sie Arlettes Meinung nicht teilte. Sie drehte die gelockten Zopfenden um ihren Zeigefinger und erhob sich dann, um das Öl in der flackernden Hängelampe aufzufüllen. Ihr Schatten fiel groß und zitternd gegen die Wand, überdeckte dort den bunten Teppich, und es schien, als nähere sich den gestickten Rittern und Damen eine unförmige, schwarze Riesin.

»Du irrst dich«, sagte Godhild, als die Lampe wieder ruhig brannte. »Es ist Gilbert von Brionne, dem du niemals hättest begegnen dürfen. Als er dir damals Gewalt antat, ist dein Herz in dir gestorben.«

Arlette starrte ihre Freundin an, als sei sie urplötzlich irrsinnig geworden. Ihr Herz? Ihr Herz schlug doch recht kräftig in ihrer Brust, manchmal sogar allzu rasch, so dass sie sich wünschte, es möge ruhiger schlagen.

»Du redest einen solchen Unsinn zusammen«, schalt sie verärgert. »Es tut schon fast weh, dir nur zuzuhören!«

»Dein Herz ist tot seit jener Zeit, Arlette! Wäre dem nicht so, dann hättest du lieben können. Aber du bist kalt geblieben, und das ist schade. Herluin wäre deiner Liebe wert gewesen.«

Arlette wurde unbehaglich zumute, denn sie wusste, dass Godhild stets sagte, was sie dachte, und oft mit kühlem Verstand das Richtige traf. Sie wusste aber auch, dass Godhild mitunter auf ihren eigenen Vorteil aus war, hatte sie sie nicht damals in der Not verlassen, um Eudo zu heiraten?

»Was immer du mit deinen Worten beabsichtigen magst – ich werde auf keinen Fall nach Conteville reisen. Mein Platz ist hier, bei meinem Sohn Wilhelm.«

»Der junge Herzog ist vom Morgen bis zum Abend von seinen Lehrern und Kameraden umgeben – ich glaube nicht, dass er dich braucht!«

»Ich bin seine Mutter!«, beharrte Arlette stur. »Und ich bleibe bei ihm.«

Ohne eine Antwort abzuwarten, kroch sie auf ihr Bett, deckte die Decken und Felle über sich und drehte Godhild den Rücken zu. Es war kalt geworden, und sie fror selbst unter den dicken Pelzen. Arlette zog die Beine an den Körper und schloss die Augen, um nur rasch einzuschlafen, denn sie wollte auf keinen Fall ins Grübeln geraten, doch sie fürchtete sich inzwischen auch vor den Träumen, die sie in den Nächten befielen und über die sie bei aller Willensaufbietung keine Macht gewinnen konnte. Sie waren erschreckend und vollkommen wirr, so dass sie manchmal zitternd und mit rasendem Puls daraus erwachte. Mal sah sie Robert in seinem prächtigen Rock an der Tafel sitzen und ihr lachend zutrinken, doch sein Gesicht war schwarz verbrannt und seine Augen starr. Dann wieder lag er in ihren Armen und weinte, und sie wollte ihn zärtlich umfangen und trösten, doch ihre Arme wurden zu harten Ästen, grau und knorrig, wie man sie im Winter sah. Wieder ein anderes Mal ritt er in Kettenhemd und Helm auf sie zu, stieg vom Pferd und wollte sie umfassen, da sah sie plötzlich eine rote Haarsträhne unter dem Helm des Ritters hervorquellen, und sie begriff, dass unter der Rüstung nicht Robert, sondern Herluin verborgen war.

Am Morgen stand sie früh auf und ging in den Garten

hinaus, um dem stickigen Dämmerlicht des Frauengemachs zu entkommen und für eine kleine Weile allein zu sein. Sie musste sich eng in ihren Mantel wickeln, denn der kühle Nachthauch hatte die Spitzen der Gräser weiß gefärbt und die Spinnweben in den Zweigen zu glitzernden, aus Eisfäden gewebten Gespinsten erstarren lassen. Ein kleiner, schwarzer Käfer hatte sich in einem der Netze verfangen, er summte und zappelte im verzweifelten Überlebenskampf und ließ das weiße Netz erzittern, doch bei jeder Bewegung verwickelte er sich nur umso mehr in den nassen, klebrigen Fäden.

Er tat Arlette leid, und sie reckte sich empor, riss das Netz entzwei und ließ den Käfer von ihrem Finger auf den Boden krabbeln. Zunächst hatte er Mühe, seine Beine zu bewegen, dann putzte er seine verklebten Flügel und hielt schließlich erschöpft inne, um auszuruhen.

»Jetzt wird die arme Spinne verhungern müssen!«, sagte eine leise, spöttische Stimme hinter ihr.

Ihr Sohn Wilhelm hatte sich in den Garten geschlichen, wahrscheinlich schlief sein Lehrer Guillaume noch, genau wie sein Ausbilder Turchetil, denn normalerweise ließ man den jungen Herzog niemals ohne Aufsicht. Er musste ziemlich schlau vorgegangen sein, um ungesehen an den Wächtern vorbeizuschleichen.

»Die ist dick und fett und verhungert nicht so schnell«, gab Arlette lächelnd zurück. »Was treibst du hier um diese Zeit?«

Wilhelm trug das Gewand der Knappen, voller Risse und Flecke, doch er hatte weder Gürtel noch Beinlinge angelegt, vermutlich hatte er sich hastig ankleiden müssen, denn er war auch ohne Mantel. Nachdenklich sah er zu dem Netz hinüber, das Arlette zerrissen hatte, doch die Spinne war geflüchtet und zeigte sich nicht.

»Ich habe Sie vom Fenster aus gesehen«, gestand er. »Und ich muss Sie etwas fragen.«

Er hatte jetzt wieder die Stirn kraus gezogen und blickte sie zweifelnd und zugleich entschlossen an.

»Dann frage rasch, bevor sie dich hier erwischen.«

Diese Sorge schien auch ihn zu drücken; er schaute an der Mauer des Palastes empor und entschied dann: »Gehen wir dichter heran, dann sieht man uns nicht so leicht vom Fenster aus.«

Sie folgte seinem Rat und musste schmunzeln. Ihre eigenen, heimlichen Ausflüge mit ihrem Bruder Walter fielen ihr ein, ihre kleinen Tricks, um ungehört aus dem Wohnhaus zu gelangen, ihre aufregenden Entdeckungen im Wald und auf den Wiesen. Doch Wilhelm würde dieses glückliche, ungebundene Leben niemals kennenlernen, er war der Herzog, jede Stunde seines Tages war ihm vorgeschrieben.

»Was willst du wissen?«

Seine Züge wurden finster, und er stellte ein Bein vor, als müsse er sich festeren Stand verschaffen.

»Weshalb nennen sie mich einen Bastard?«, stieß er hervor.

Arlette erschrak. Die Frage kam unerwartet und war schmerzlich für sie. Mühsam suchte sie nach Worten.

»Wer nennt dich so?«

»Viele«, murmelte er. »Richard, der Sohn von Gilbert von Brionne …«

»Ausgerechnet der!«, entfuhr es Arlette.

»Aber auch andere. Ralf von Gacé und Wilhelm von Arques, der Bruder meines Vaters, haben mich so genannt. Weshalb tun sie das?«

Er starrte sie mit dunklen, vorwurfsvollen Augen an, und sie ahnte, dass er den Grund dafür bei ihr suchte. Zorn wallte in ihr auf – wurden sie und ihr Sohn jetzt dafür bestraft, dass Robert zu feige gewesen war, sie zu heiraten?

»Sie haben kein Recht dazu«, sagte sie. »Es ist ein böses Schimpfwort – niemand darf dich so beleidigen.«

Er nickte, doch er wirkte keineswegs zufrieden, denn er sah immer noch zu ihr auf.

»Ist es, weil mein Vater Sie nicht geheiratet hat? Bin ich deshalb ein Bastard?«

Jetzt musste sie tief Luft holen, um ihren inneren Aufruhr zu unterdrücken. Oben im Gebäude hörte man, wie sich ein Fensterladen quietschend bewegte, und sie zog Wilhelm dichter zu sich heran.

»Hör zu«, flüsterte sie. »Wenn es danach ginge, könnte man viele Männer an diesem Hof Bastarde nennen. Wilhelm von Arques selbst ist ein Bastard, genau wie sein Bruder Mauger, denn sie sind Papias Söhne. Gilbert von Brionne, dessen Vater ein unehelicher Sohn von Richard I. gewesen ist. Es ist wahr, dass dein Vater, der Herzog, mich nicht geheiratet hat, aber er hat dich als seinen Sohn und Thronerben anerkannt, und deshalb hat niemand das Recht, dich einen Bastard zu nennen. Und wer das dennoch tut, ist es nicht wert, dass man ihm zuhört.«

Wilhelm blieb dicht an sie gelehnt stehen und bewegte sich nicht, denn nun waren laute Stimmen zu hören.

»Wo ist der Herzog? Wilhelm, du kleiner Schelm! Er ist nicht auf seinem Lager ...«, jammerte sein Lehrer Guillaume.

»Ich drehe dir den dürren Hals um, du Schlafeule! Schnarcht bis nach Sonnenaufgang und versäumt seine Pflicht ...«

Das war Turchetil, der Knappenausbilder, und er schien mehr als wütend zu sein, denn jetzt krachte es, als habe jemand einen Schemel gegen die Wand getreten.

»Dieser Knabe ist listig wie der Fuchs auf der Wiese und leise wie das Eichhörnchen im Baum!«

»Wenn wir ihn nicht finden, wirst du tot sein wie die Ratte in der Schlinge, Guillaume!«

Arlette legte den Arm um ihren Sohn und zog ihn dichter an sich.

»Vor Jahren habe ich meinen kleinen Bruder unter dem Mantel versteckt, damit er ungesehen zurück ins Wohnhaus gelangen konnte«, flüsterte sie.

»Onkel Walter?«

»Genau den. Sollen wir es versuchen?«

Er schüttelte heftig den Kopf und entzog sich ihren Armen.

Nein, er war keiner, der sich unter dem Mantel einer Frau versteckte, das wäre allzu lächerlich und peinlich obendrein.

Gleich darauf stürzten zwei Knechte und eine Magd in den Garten, gefolgt von dem aufgeregten Lehrer Guillaume, der vor Entsetzen nicht einmal sein Gewand übergezogen hatte und im kurzen Hemd war.

»Gott sei gelobt!«, rief er keuchend und schlug sich die Hand auf die Brust ob des ausgestandenen Schreckens. Gleich darauf jedoch packte ihn der Zorn und er keifte wie ein Waschweib.

»Was zum Teufel haben Sie sich dabei gedacht, Wilhelm? In welche Lage haben Sie mich gebracht!?«

Wilhelms Miene war wenig schuldbewusst, und er zog verächtlich die Oberlippe in die Höhe. Das Gezeter des gelehrten Mannes erschien ihm albern, zumal der rasche Lauf dessen Hemd hatte emporflattern lassen, so dass man die schmutzige Brouche und die Schnüre sehen konnte, an die seine Beinlinge geknüpft waren.

»Ich hatte etwas mit meiner Mutter zu bereden«, erwiderte er selbstherrlich. »Jetzt bin ich damit fertig.«

Turchetil erschien im Garten und stapfte mit den schweren Schritten eines Kriegers über die Beete, sein Gesicht war unbeweglich, nur eine breite Narbe, die sich über seine linke Wange bis hinauf zu den Augen zog, hatte sich tiefrot gefärbt.

»Das wird ein harter Tag werden«, sagte er grimmig. »Hinüber auf den Hof – die anderen warten bereits. Und ich weiß schon jetzt genau, wer heute Abend den Mist karren und die Pferde striegeln wird.«

Arlette konnte ihren Zorn nicht zurückhalten. Sie hasste diesen Mann, der ihren Sohn stets vor allen anderen Knappen demütigte.

»Du hast den jungen Herzog vor dir und keinen Pferdeknecht!«, rief sie wütend.

Doch Turchetil würdigte sie nicht einmal einer Antwort, stattdessen gab er seinem Schutzbefohlenen einen kräftigen

Schubs in den Rücken, um ihn rascher an Ort und Stelle zu befördern.

Kurze Zeit später erschien eine Anzahl rauer Burschen im Palast, die überall Anstoß erregten, denn sie achteten weder die Dienstleute noch die adeligen Damen. Es waren Kämpfer, die der Erzbischof von überall her angeworben hatte, ohne Rücksicht auf Stand und Herkommen, nur eines zählte: dass sie mit den Waffen umgehen konnten. Ihr Auftrag war, den jungen Herzog zu schützen.

Herbst 1037

Herluin ließ sein Pferd galoppieren und fühlte sich erfrischt, als der Wind sein verschwitztes Gesicht kühlte. Ein paar Härchen klebten noch kitzelnd an seiner Stirn. Mit einer raschen Handbewegung strich er sie zurück und merkte zu spät, dass seine Hände schwarz von der Erde waren, in der er den ganzen Tag über gegraben hatte. Er lächelte – nun würde Hawisa wieder etwas zu schelten haben. Es schien ihr wohlzutun, sich um den Bruder zu sorgen, ihn zu pflegen und ihm darüber hinaus Vorschriften zu machen, welche Nahrung er zu meiden hatte, welche Witterung ihm schadete, dass er nicht in Schweiß geraten dürfe, weder Erde noch Staub an seiner Haut dulden und sich täglich mit frischem Brunnenwasser reinigen solle. Manchmal war es recht lästig, doch Herluin wusste, dass sie es gut mit ihm meinte, und so fügte er sich ihrem Willen.

Es war heute spät geworden, denn er war zu einem entfernter liegenden Gehöft geritten, um den Bauern dort beim Ausheben der Gräben zu helfen, die das Land entwässerten. Er hatte mit dieser Maßnahme schon vor einiger Zeit begonnen, zuerst bei seinen eigenen Feldern, später war er umhergeritten, um auch die zinspflichtigen Bauern dazu zu überreden, da auf diese Weise das Wasser leichter ablief und man früher im Jahr mit der Aussaat beginnen konnte. Er wollte, dass sie seinem Anliegen aus Einsicht, nicht aus blindem Gehorsam nachkamen, und es hatte eine Weile gedauert, bis er die Leute überzeugt hatte. Nicht alle hatten den Nutzen der Schinderei begriffen, zumal der Winter nahte und sie sich ausruhen wollten, und zuletzt hatte er doch energisch werden müssen, um seinen Willen durchzusetzen, was ihm im Grunde widerstrebte.

Der Wald wurde jetzt lichter, Eichen und Buchen wuchsen nur noch vereinzelt und wurden von niedrigem Gestrüpp abgelöst, über gestürzte, modernde Stämme wucherte Moos, im Sommer würden dort Gräser und Farne wachsen. Zwischen den kahlen Bäumen hindurch waren die dunklen Mauern und Türme seiner Burg zu erkennen, in der Mitte ragte der steinerne, viereckige Wohnturm in die Höhe, dessen Dach mit hölzernen Schindeln gedeckt war. Herluin bemühte sich, zur Seite zu sehen, dorthin, wo die ersten niedrigen Hecken Felder und Wiesen vom Waldgebiet abgrenzten und wo sich Scharen von Möwen und Krähen versammelt hatten, um in den Äckern nach Würmern zu suchen.

Er liebte seine Burg nicht, war vor zwei Jahren nur widerstrebend dorthin übergesiedelt, denn sie erschien ihm düster wie ein Gefängnis. Nur wenn ihn der Ausschlag wieder befiel, so dass er sich scheute, unter Menschen zu gehen, war er froh um den Schutz der Mauern; dann vergrub er sich in seinem Wohnraum, ließ niemanden außer Hawisa zu sich und versuchte, sich mit Plänen und Grübeleien von der Plage abzulenken. Er kannte den Verlauf der Krankheit inzwischen, denn er war immer gleich. Sie kündigte sich durch einen heftigen Juckreiz an, brachte dann rote Pusteln am ganzen Körper hervor, die blutig wurden, wenn er kratzte. Nach einigen Wochen verschorften sie, und wenn der Schorf abfiel, war die Haut darunter heil und neu.

Die Festung war von einem breiten Graben umgeben, der von einem Bachlauf gespeist wurde. Meist war das Wasser bräunlich und trübe von den einfließenden Abwässern, außerdem kippte man Küchenabfälle und anderes von der Brücke hinein, und dazu kam noch das Laub der Büsche, welches im Herbst in den Burggraben fiel. Im Sommer schwärmten zahllose Mücken über dem Wasser, so dass man nur ungern die

Fensterläden öffnete und die Plagegeister mit Räucherwerk vertrieb.

Das Burgtor war geöffnet, man hatte den Herrn gegen Abend erwartet. Auf dem weitläufigen Hof entdeckte er Fredesinde, die mit einem hölzernen Gerät frisch gebackene Brote aus dem Ofen hob, um sie auf einem langen Brett auskühlen zu lassen. Als sie Herluin sah, hielt sie einen Augenblick in ihrer Beschäftigung inne und lächelte in der ihr eigenen Weise, schüchtern wie ein Kind und zugleich voller Zärtlichkeit. In einiger Entfernung stand die alte Guda, auf einen Stock gestützt und so krumm, dass sie den Kopf heben musste, wenn sie zu einem Erwachsenen redete. Gudas Augenlicht war inzwischen fast erloschen, sie fand sich in der Burg nicht zurecht, fühlte sich überflüssig unter Hawisas Herrschaft. Als sie jedoch den Reiter hörte, wandte sie den Kopf und verzog den Mund zu einem Lächeln.

»Herluin? Spute dich und steig hinauf«, rief sie und wies mit dem Stock zum Turmeingang. »Es ist ein Gast gekommen. Du wirst staunen.«

Es klang so verheißungsvoll, dass Herluin grinsen musste. Vermutlich war es ein Händler, der ihm allerlei Tand verkaufen wollte, den er im Grunde nicht benötigte, doch um Fredesinde und Hawisa eine Freude zu machen, kaufte er meist doch irgendetwas. Auch für seinen Sohn hatte er bunte Kreisel und eine Peitsche erworben, einen Wagen mit geschnitzten Pferdchen und Rittern und zuletzt sogar ein kleines Messer mit einem Griff aus Horn. Odo war jetzt fast acht Jahre alt, ein lebhafter Bursche, sommersprossig, den Kopf voller roter Locken, die Augen dunkelbraun wie die seiner Mutter.

Herluin stieg vom Pferd, ließ sich von Fredesinde einen Eimer Wasser aus dem Brunnen heben und wusch sich Gesicht und Hände, dann kam auch schon Hawisa herbeigelaufen, reichte ihm ein Tuch und verlangte, dass er die Kleider wechselte, da er seinen Gast unmöglich so schmutzig empfangen könne.

»Wer ist denn gekommen?«, fragte er amüsiert. »Der König von Frankreich?«

»Es ist Jean«, gab sie zurück. »Jean le Païen.«

»Gott im Himmel!«

Es war zwei Jahre her, dass sein Freund von ihm Abschied genommen hatte, um mit dem Herzog ins Heilige Land zu ziehen, und Herluin hatte nicht geglaubt, Jean le Païen jemals wiederzusehen. Hastig warf er Fredesinde das Tuch zu und eilte, schmutzig wie er war, die steinerne Turmtreppe hinauf.

Der Ritter hatte seine Schritte gehört und sich von dem Schemel, auf dem er ausgeruht hatte, erhoben. Er lächelte, als Herluin an der Schwelle stehen blieb und ihn anstarrte.

»Ich habe mich verändert, nicht wahr?«

Herluin konnte es nicht leugnen. Schmale Furchen zogen sich über die Stirn seines Freundes, rechts und links seines Mundes waren Kerben entstanden, und an den Schläfen war sein schwarzes Haar silbrig.

»Wir haben uns alle verändert, Jean«, gab Herluin bewegt zur Antwort. »Sei mir von Herzen willkommen, mein Freund.«

Jean trug seine gewohnte Kleidung, den grünen Rock, dazu Gürtel und Schwert, auch den kurzen Mantel, der über der rechten Schulter mit einer Spange gehalten wurde. Als Herluin ihn umarmte, spürte er, wie schmal sein Körper unter diesem Gewand geworden war: Jean schien aus kaum mehr als Sehnen und Knochen zu bestehen.

»Setz dich und lass uns auf deine Rückkehr trinken!«, rief Herluin, um sich aus der Verlegenheit zu retten, und er war froh, dass Hawisa in diesem Augenblick den Raum betrat, Becher und Kanne in den Händen, gefolgt von der zierlichen, blonden Fredesinde, die eine Schale mit Gebäck trug.

Hawisa legte großen Wert darauf, als Herrin der Burg aufzutreten, bot dem Gast Wein an und hieß ihn willkommen. Doch bald begriff sie, dass ihre Gegenwart fehl am Platze war, denn Jean le Païen dankte ihr zwar höflich, doch ein Gespräch kam nicht zustande.

»Wer ist die Blonde?«, fragte Jean, als die beiden Frauen hinausgegangen waren, um, wie Hawisa behauptete, das Mahl zu richten.

Herluin errötete, er wusste, dass Jean nicht aus Neugier fragte, sondern aus freundlicher Anteilnahme, dennoch war die Antwort ihm peinlich.

»Fredesinde ist eine Waise, deren Eltern bei der Hungersnot starben. Ich habe sie bei mir aufgenommen und sorge für sie.«

»Ich verstehe«, gab Jean zurück und lächelte, was die Kerben in seinem Gesicht nur noch schärfer machte. »Du bist ein guter Herr – ich hoffe, deine Bauern wissen das zu schätzen.«

Herluin war nicht dieser Meinung, vor allem nicht, was Fredesinde betraf. Sie hing mit kindlicher Hingabe an ihm, niemals beanspruchte sie etwas für sich und fügte sich willig Hawisas Herrschaft. Sie war ein paarmal in der Nacht zu ihm aufs Lager gekrochen, und er hatte sie genommen, weil er Sehnsucht nach einer Frau verspürt hatte, doch er schämte sich dafür, denn er fürchtete, Hoffnungen in ihr geweckt zu haben, die er nicht erfüllen konnte.

»Manche der Bauern schätzen mich wirklich«, schwatzte er verlegen. »Doch viele versuchen auch, meine Milde auszunutzen, indem sie mich hintergehen. Manche sind der Ansicht, ich sei kein rechter Ritter und nicht in der Lage, das Land zu verteidigen.«

»Und?«, fragte Jean. »Bist du ein rechter Ritter?« Er betrachtete den schmutzigen Rock, die fleckigen Beinlinge, die erdverkrusteten Schuhe seines Freundes.

Herluin lachte ein wenig gezwungen. War er ein Ritter? Es gab etliche junge Burschen unter seinen Bauern, die ihn bedrängten, sie zu Kämpfern auszubilden, einige davon waren inzwischen fortgezogen, um sich anderenorts als Krieger zu verdingen.

»Vor Jahren hatte ich nichts anderes im Kopf. Dumm und einfältig bin ich davongeritten in dem Glauben, mit Ruhm und Ehre bedeckt zurückzukehren. Nun sitze ich hier hinter meinen Mauern und wünsche mir manchmal, niemals fortgegangen zu sein – es wäre mir viel Leid erspart geblieben.«

Jean le Païen schwieg und drehte den Becher in den Händen. Sein Blick schweifte bedächtig über die bunt bestickten Wandbehänge, die blauen Vorhänge, welche die Bettstatt verbargen, die Truhen, den niedrigen Tisch, auf dem ein Schachspiel aus dunklem Holz verstaubte. Er wusste recht gut, für wen Herluin alle diese Dinge damals eingekauft hatte.

»Sei glücklich«, sagte er bedächtig zu Herluin. »Du hast deine Burg und dein Land, du weißt, wo deine Heimat ist. Mir dagegen fehlt ein solcher Ort, Herluin, ich weiß nicht, wohin ich gehöre.«

»Du hast die Heimat, nach der du dich so gesehnt hast, nicht gefunden?«, fragte Herluin mit banger Anteilnahme.

Jean nahm einen tiefen Schluck Wein, dann lachte er kurz und hart auf und musste husten.

»Ich bin ein Normanne, Herluin!«, rief er in bitterem Ton. »Ich sehe nicht so aus, denn mein Haar ist schwarz, meine Haut gebräunt, und mein Kopf birgt die Erinnerung an weiße Kuppeln im roten Wüstensand, doch ich weiß nun, dass ich ein Normanne bin!«

Herluin, der die tiefe Verzweiflung seines Freundes spürte, wusste nicht, was er darauf erwidern sollte.

»Im Innern bin ich ein Normanne«, fuhr Jean fort und schlug sich gegen die Brust. »Hier drinnen, in meinem Herzen. Doch leider kann man das Herz eines Menschen nicht von außen sehen, deshalb bleibe ich auch hier, in der Normandie, ein Fremdling. Jean le Païen – Jean, der Heide!«

Herluin erhob sich. Er verspürte großes Mitleid, doch er wollte nicht, dass Jean das merkte, daher schritt er im Raum auf und ab, trat dann hinter den Freund und legte ihm beide Hände auf die Schultern.

»Ich sehe in dein Herz, Jean«, sagte er leise. »Und ich sehe deine Freundschaft darin – für mich bist du niemals ein Fremdling gewesen.«

Jean fasste seine beiden Hände und drückte sie so fest, dass es fast schmerzte.

»Das weiß ich, Herluin«, murmelte er. »Gott lohne es dir.«

Gleich darauf ließ er Herluins Hände los und beugte sich vor, um den Becher zu nehmen. Er trank einen großen Schluck und begann zu lachen.

»Der Papst«, stieß er hervor. »Der Papst ist kaum älter als ein Knappe, ein Jüngling, der sich täglich der Wollust mit allerlei Dirnen hingibt. Kannst du das glauben, Herluin? Wir haben es gesehen, und es grauste uns.«

Aufgeregt berichtete er, man habe die vornehmsten der normannischen Pilger im Lateran empfangen, wo man ihnen allerlei Speisen und süßen Wein, dazu schöne Musik und verführerische Weiber bot, so dass die Pilger bald nicht mehr wussten, ob sie sich im Palast des Heiligen Vaters oder im biblischen Babylon befanden. Der römische Adel habe viel über die einfältigen Männer aus dem Norden gelacht, und obgleich man ihre Sprache nicht verstand, waren die Normannen doch zornig geworden und alsbald aufgebrochen.

»Es war spät in der Nacht, und wir hatten Wein getrunken, einige von uns schwankten, andere schimpften lauthals über die schlechten Gastgeber, die uns verhöhnten. Als wir um eine Häuserecke bogen, sahen wir plötzlich die Statue des heiligen Kaisers Konstantin, ganz aus Erz gegossen, sowohl das Pferd als auch der Kaiser selbst. Herzog Robert riss sich den Mantel herunter, und wir mussten ihm helfen, auf die Statue zu klettern; dort legte er den Mantel dem Kaiser um und brüllte laut in die Nacht hinaus, dass er, der Normanne, den großen Konstantin mehr achte als den Papst und alle römischen Adelsherren, die dem Kaiser nicht einmal ein anständiges Gewand gönnten.«

Herluin hatte wieder Platz genommen, saß mit angezogenen Knien da und lauschte Jeans Bericht. Beklommen schüttelte er den Kopf.

»Wir waren in Konstantinopel«, fuhr der Freund nach kurzem Zögern fort, »und wir haben lange warten müssen, bis man uns Audienz gewährte. Der Palast gleicht einem riesigen Bienenkorb, ständig gehen Gesandte und fremde Boten ein und aus, jeder Schritt ist vorgeschrieben, jede Geste, jedes Wort. Wir haben unfassbare Pracht gesehen, Säulen, mit glitzernden Edelsteinen verziert, goldene Arkaden, bunte Abbilder von Menschen an den Wänden, die einen anblicken, als wären sie lebendig. Doch unter dem prunkvollen Seidengewand des Regenten steckt ein hässlicher Eunuch mit gierigen Augen und einer Nase wie ein Habicht. Weder Polster noch Stühle gibt man dort den Gästen, man lässt sie auf dem kalten Steinboden sitzen – das ist die Wertschätzung, die Kaiser Michael uns Normannen entgegenbrachte.«

»Und später?«, fragte Herluin bekümmert. »Bist du dort gewesen, wo deine Eltern lebten?«

Jean war nach dem Tod des Herzogs nach Damiette in Ägypten gereist, hatte sich dort einige Zeit aufgehalten und nach seinen Eltern gesucht.

»Ich habe das Dorf gefunden, in dem sie lebten, aber sie sind längst gestorben. Es gab noch einige Verwandte, doch es war schwer, sich mit ihnen zu verständigen. Ich habe die Sprache, in der meine Mutter einst zu mir redete, längst vergessen.«

Jean war jetzt ruhiger geworden, den letzten Bericht gab er mit leiser Stimme, und es klang, als rede er über jemand anderen. Als Hawisa und Fredesinde erschienen, um den Tisch aufzustellen und das Mahl aufzutragen, hatte er wieder jenes Lächeln im Gesicht, hinter dem er stets seine Gefühle verbarg. Er nahm nur wenig zu sich, doch er trank den Wein unvermischt und erzählte den Frauen von weißen Palästen und blauen Gewässern, von geheimnisvollen Städten, die in der Wüste in der heißen Luft flimmerten, und von klaren, kühlen Seen inmitten der Ödnis aus Sand und Stein.

Als Herluin ihn fragte, ob er bei ihm auf seiner Burg leben wolle, schüttelte er den Kopf.

»Ich reite in wenigen Tagen nach Rouen.«

»Du willst an den Hof zurückkehren?«

»Gewiss«, gab er ruhig zurück. »Was hältst du davon, wenn ich deinen Sohn Odo mit mir nehme, er könnte dort zu meinem Knappen ausgebildet werden.«

Herluin glaubte, nicht recht gehört zu haben, auch Hawisa widersprach voll Entsetzen, nur Fredesinde, die sich niemals in Entscheidungen einmischte, schwieg.

»Ich sehe keinen Grund dafür, Jean. Odo ist noch sehr jung, er ist mein einziger Sohn, ich gestehe, dass ich sehr an ihm hänge …«

»Es wäre ein Zeichen«, erklärte Jean lächelnd.

Sommer 1038

Ein Fußtritt ließ den Schemel umkippen, Rock und Mantel, die darauf gelegen hatten, rutschten über den Fußboden bis hinüber zur Wand. Wilhelm hatte die Arme vor der Brust gekreuzt, in seinem Gesicht spiegelte sich trotzige Entschlossenheit.

»Ich will nicht mit nach Jumièges!«

Der blonde, vierschrötige Mann, der soeben auf der Schwelle des Schlafgemachs erschienen war, hatte vorstehende, blaue Augen, wie Robert der Prächtige sie gehabt hatte, doch sein Blick war anders, nicht väterlich, auch nicht streng wie der des Erzbischofs – er war voller Verachtung.

»Du hast zu gehorchen, kleiner Bastard!«, zischte Wilhelm von Arques. »Wenn du nicht gleich reisefertig bist, schlage ich dir den nackten Hintern blutig. Und zwar mitten auf dem Hof, wo es jeder sehen kann!«

Wilhelm erbebte, denn das wäre der Gipfel der Schande gewesen. Würde sein Onkel das tatsächlich tun? Er rührte sich nicht, blieb breitbeinig vor dem großen Mann stehen, ein hochgewachsener, sehniger Knabe von zehn Jahren, der einen harten Schädel hatte.

»Das wagen Sie nicht!«, forderte er den Gegner heraus.

Die Antwort kam blitzschnell, zwei Schläge trafen ihn ins Gesicht, so fest und schmerzhaft, dass er glaubte, helle Blitze vor den Augen zu sehen, und auf die Knie stürzte.

»Das war eine kleine Kostprobe, junger Herr!«, spottete der

Graf. »Du kannst mehr davon bekommen, wenn du uns noch länger warten lässt.«

Wilhelms Kopf dröhnte, warmes Blut rann ihm aus Nase und Mund. Eine Magd stürzte erschrocken herbei, doch Wilhelm von Arques drehte sich gleichmütig um und stieg die Treppe zum Hof hinab.

»Was für ein Tier!«, murmelte die Magd.

Wilhelm biss die Zähne zusammen und gab keinen Laut von sich, als ihn die Magd mit einem nassen Tuch bearbeitete und ihm dann beim Umkleiden half. Der Schmerz wuchs langsam an und breitete sich über den Schädel bis zum Genick hin aus, doch die Tränen, die über seine Wagen liefen, hatten nichts damit zu tun. Schmerzen war er gewohnt; sie gehörten zu den ritterlichen Übungen dazu, niemand machte viel Aufhebens darum. Wenn er jetzt weinte, dann vor ohnmächtiger Wut.

Alles war anders geworden, seit der Erzbischof Robert Evreux gestorben war. Wilhelm hatte seinen Großonkel wenig gemocht, doch am Ende seines Lebens war er gütig zu ihm gewesen, hatte ihn häufig zu sich rufen lassen und ihm allerlei Dinge erzählt, die Wilhelm zwar nicht ganz verstand, die ihm aber so wichtig erschienen, dass er lange darüber nachdachte.

»Vertraue niemandem«, hatte der alte Mann gesagt. »Freund und Feind sind stets im gleichen Menschen verborgen. Zeigt er sich als Feind, so bist du sicher, will er aber dein Freund sein, so sei auf der Hut.«

Wilhelm hatte in das breite, rot angelaufene Gesicht des Großonkels gestarrt und sich ein wenig vor den kleinen Äderchen geekelt, die wie ein Netz das Weiße in seinen Augen durchzogen. Manchmal hatte der Erzbischof ihm auch von Richard dem Guten erzählt, Wilhelms Großvater, dem er so ähnlich sei. Von seinem Vater, Robert dem Prächtigen, redete der Erzbischof wenig, was Wilhelm verdross. Er hatte sich oft nach seinem Vater gesehnt, war noch während der Totenmesse in der Kathedrale der festen Überzeugung gewesen, er könne gar nicht gestorben sein, sondern würde zu ihm zurückkehren. Doch das war er nicht.

Sein Lehrer Guillaume erklärte ihm, der Erzbischof von Rouen habe früh am Morgen tot auf seinem Lager gelegen, Gott der Herr habe ihn in der Nacht zu sich genommen.

»Der Schlag hat ihn getroffen, den Fettsack«, hatte Wilhelm FitzOsbern ihm leise ins Ohr geflüstert, und Wilhelm schämte sich später dafür, dass er in diesem Augenblick blöde gegrinst hatte. Es gab noch mehr Gerede über den Tod des Erzbischofs, das ihm wenig gefiel, immerhin war der alte Mann sein Großonkel gewesen.

»Bei Nacht ist er gestorben – wenn die Teufel und bösen Geister umgehen.«

»Niemand hat ihm die letzte Beichte abgenommen.«

»Eine junge Kebse soll neben ihm gelegen haben, die schreiend davonrannte, als sie spürte, dass ihr Liebhaber kalt und starr geworden war!«

»Ein Heiliger ist er gewiss nicht gewesen!«

Lag es an diesem boshaften Geschwätz, dass sie den Erzbischof Robert Evreux so rasch unter die Erde brachten und die Priester und Bischöfe nur wenig für sein Seelenheil beteten? Nach seinem Tod hatte es viel Unruhe im Palast in Rouen gegeben; man hatte die Vasallen zu Versammlungen berufen, und sie hatten so heftig miteinander gestritten, dass die Knappen und Mägde sich kaum mehr in den großen Saal gewagt hatten. Zu seinem großen Ärger hatte Wilhelm die strenge Anweisung erhalten, in seinem Gemach zu bleiben, wo sein Lehrer Guillaume ihn mit langweiligen lateinischen Schriften plagte, während vier bewaffnete Krieger die Tür bewachten. Es war ungerecht, denn als der Erzbischof noch am Leben war, hatte er den Großneffen zu jeder Versammlung mitgenommen – Wilhelm hatte ihn dort als Knappe bedienen und zugleich hören können, was geredet wurde.

Doch der mächtige Robert Evreux war tot und begraben, an seiner Stelle war Wilhelms Onkel Mauger Erzbischof von

Rouen geworden, und dessen Bruder, der ebenfalls Wilhelm hieß, führte im Palast die Regierungsgeschäfte.

Dieser Mistkerl war nur Graf von Arques, weil er, der unmündige Herzog, ihn mit der Grafschaft hatte belehnen müssen, kaum dass der Erzbischof begraben war.

Noch etwas wackelig auf den Beinen, stieg Wilhelm die Treppe hinunter in den Hof, wo man ein Pferd für ihn gesattelt hatte. Der Graf von Arques, der schon im Sattel saß, wartete nicht einmal, bis er aufgesessen war, sondern gab das Zeichen zum Aufbruch, noch während sich Wilhelm aufs Pferd schwang. Die Kämpfer, die sie begleiteten, setzten sich in Bewegung, und Wilhelm hatte gerade noch Zeit, rasch zu seinen Kameraden hinüberzusehen. Turchetil hetzte die Knappen gnadenlos über den staubigen Platz, ließ sie im Lauf hölzerne Lanzen auf einen prall gefüllten Strohsack werfen, und gerade in diesem Augenblick brüllte er, dass FitzOsbern besser auf das Stalltor zielen solle, das sei leichter zu treffen. Neidische Blicke folgten dem jungen Herzog, keiner seiner Kameraden ahnte, dass er nur allzu gern mit ihnen getauscht hätte.

Der Ritt führte durch die Stadt, wo man dem Grafen und seinem Gefolge ehrfürchtig Platz machte, und Wilhelm sah, dass die Leute miteinander flüsterten und mit dem Finger auf ihn wiesen. Es gefiel ihm, denn schließlich war er der Herzog. Weniger erfreulich war allerdings, dass viele die Köpfe schüttelten und beklommene Gesichter machten. Es gäbe Aufruhr im Land, hatte ihm sein Lehrer Guillaume berichtet, die adeligen Herren fielen wieder einmal übereinander her, doch Wilhelm habe nichts zu befürchten. Seine beiden Onkel schützten ihn, und außerdem gäbe es die herzoglichen Kämpfer, die Ralf von Tosny, ein Sohn des verstorbenen Erzbischofs, befehligte.

Der Fluss lag ruhig und hellgrau in seinem Bett, nur hier und da zeigte eine kleine Welle an, dass das Wasser in Bewegung war. Breite Lastschiffe schleppten sich träge flussabwärts, in der anderen Richtung wurde getreidelt, und man hörte die Rufe der Männer, die in gleichmäßigem Rhythmus an den

Seilen zogen. Sie gingen hintereinander, die Rücken gebeugt, das lange Tau darüber gelegt und ein Leder untergeschoben, damit sie sich nicht wund scheuerten. Alle waren schweißbedeckt und voller Dreck, denn der Treidelpfad am Ufer führte durch sumpfiges Gelände.

Wilhelm hatte Kopfschmerzen, die in der heißen Frühlingssonne nicht gerade besser wurden; auch das gleißende Licht, das der Fluss zurückwarf, tat ihm nicht gut. Er war froh, als sie das Flussufer verließen und durch den Wald ritten, wo die Schatten der hellgrünen Baumkronen über dem Weg angenehme Kühle brachten.

»Thurstan Goz?«, hörte er den Grafen von Arques zu einem seiner Getreuen sagen. »Verfluchter Verräter. Er hat die Festung Tillières in Besitz genommen, anstatt sie für seinen Herzog zu verwalten.«

»Nicht nur er. Es gibt böse Nachrichten aus Alencon, das Ivo von Bellême schon wieder an sich gerissen hat. Und auch Ivry ist abtrünnig geworden, der Bischof von Bayeux treibt dort sein hinterhältiges Spiel!«

»Verdammt sei Herzog Robert – auch wenn er tot ist. Dieser Dummkopf hat jeden Esel zum Vicomte gemacht und ihm erlaubt, eine Burg zu bauen. Jetzt wenden sie sich gegen uns, diese Kerle, die vor zehn Jahren noch kaum mehr als einen Gaul und ein schartiges Schwert besaßen!«

Wilhelm verstand nicht allzu viel von diesem Gespräch, nur dass ein paar verfluchte Vicomtes abtrünnig geworden waren und man die Schuld bei seinem Vater suchte.

»Mein Vater war kein Dummkopf!«, widersprach er laut, doch die Männer hörten ihn gar nicht, sie redeten einfach weiter.

Jumièges kündigte sich schon aus der Ferne durch den Lärm der Bauarbeiten an. Steine wurden mit Hammer und Meißel gespalten und in die rechte Form gehauen, hölzerne Gerüste waren längs der Mauern aufgebaut, darauf arbeiteten Knechte, die wegen der Hitze fast alle nur eine Brouche trugen. Andere standen in breiten Kübeln und stampften den Mörtel mit den Füßen, auch einige Mönche halfen mit: Sie schleppten den Mörtel in hölzernen Eimern zu den Gerüsten. Guillaume hatte ihm erzählt, dass Kirche und Kloster vor vielen Jahren von den Wikingern zerstört wurden, alles war zwar notdürftig wieder instand gesetzt worden, doch bisher hatten die Gebäude nur wenigen Mönchen als Heimat dienen können. Jetzt aber erhielt Jumièges zahlreiche Stiftungen, nicht nur von ihm, dem Herzog, sondern auch von vielen anderen Adeligen.

Wie seltsam, dachte Wilhelm, als er die breiten, viereckigen Türme betrachtete, die den Eingang der Kirche flankierten. Überall im Land werden Kirchen und Klöster gestiftet, die Adeligen sind eifrig dabei, gottgefällige Werke zu tun, und doch sind viele zugleich hinterhältige Verräter, die mir meine Burgen nehmen.

Er musste an das denken, was sein Großonkel, der Erzbischof Robert Evreux, zu ihm gesagt hatte. Stimmte es tatsächlich, dass Freund und Feind im gleichen Menschen hausten? Konnte ein Vasall fromm sein und ein Kloster stiften, zugleich aber seinen Herzog verraten?

Als sie auf das Klostergelände ritten, liefen die Mönche zusammen, um dem hohen Besuch die Pferde zu halten. Es waren auch Knaben aus der neu gegründeten Klosterschule darunter, scheue, kleine Burschen, die Wilhelm mit offenen Mündern anstarrten – vermutlich fanden sie es seltsam, dass er nicht viel älter war als sie selbst und doch zugleich der Herzog.

Robert von Jumièges, der Abt, empfing sie im halb fertigen Refektorium, der Raum war an einem Ende erweitert worden und die Mauer noch frisch und ohne Putz. Wilhelm kannte den Klostervorsteher, der früher Prior in St. Ouen in Rouen gewesen war, ein kleiner, ziemlich redseliger Mann mit buschigen, blonden Augenbrauen. Manchmal war er am Hof gewesen, um Eduard Aetheling, den jüngeren Sohn des unglücklichen englischen Königs, aufzusuchen, der ihn sehr schätzte. Der arme Eduard war immer noch ganz und gar verzweifelt über den

Tod seines Bruders Alfred vor fast zwei Jahren. Als der große Knut gestorben war, war Alfred nach England gereist, und dort hatte ihn Graf Godwin von Wessex im Verein mit Harald Hasenfuß ermordet.

Wilhelm küsste den Ring des Abts, wie es üblich war, darauf verneigte sich Robert von Jumièges vor ihm, denn die Klöster unterstanden dem Herzog. Nicht alle grüßten Wilhelm, wie es sich gehörte, schon gar nicht Wilhelm von Arques, auch nicht Gilbert von Brionne oder Nigel von Cotentin, die schoben ihn nur herum und behandelten ihn wie einen Knecht.

»Sie sehen schlimm aus, junger Herr«, sagte der Abt und trat einen Schritt zurück, um Wilhelms geschwollene Wangen und die eingerissene Lippe zu betrachten.

»Turchetil ist ein harter Ausbilder«, fiel der Graf von Arques rasch ein. »Er macht aus dem jungen Herzog einen vorzüglichen Ritter.«

»Gott lohne es ihm«, meinte Robert von Jumièges. »Wir brauchen einen starken Ritter, der die unseligen Fehden und die blutigen Streitigkeiten schlichtet, welche unser Land zerreißen.«

Wilhelm sagte kein Wort, sondern starrte nur wütend vor sich hin. Am liebsten hätte er dem Grafen seinen Dolch in den Bauch gerammt.

Doch es gab noch weiteres Ungemach. Erzbischof Mauger hielt sich in Jumièges auf; er reiste viel im Land herum, um alle ihm unterstehenden Bistümer zu kontrollieren. Außerdem gefiel es ihm, sich den Menschen in der prächtigen Kleidung des Erzbischofs zu zeigen, denn er hatte es nicht leicht, aus dem mächtigen Schatten des Robert Evreux herauszutreten. Mauger war lang und hager, hatte von Geburt an eine gespaltene Lippe und nur wenig Haare auf dem Kopf, doch er war klug und wusste seinen Willen durchzusetzen. Manchmal schien es Wilhelm, als sei Mauger derjenige, der das Land regierte, denn der Graf von Arques war zwar rasch mit Worten bei der Hand, doch letztlich tat er immer, was sein Bruder Mauger entschied.

Wilhelm hasste den Grafen von Arques, doch Mauger, der ihm zur Begrüßung sanft über den Kopf strich, fürchtete er.

Die Gäste blieben zur Mittagsandacht, und Wilhelm gefiel es, dass das Kirchenschiff noch kein Dach hatte, denn so konnte man in den Himmel sehen, und Gott der Herr schaute von oben auf sie herab. Manchmal fuhr auch ein leichter Windhauch in die Kirche und bewegte die langen Gewänder der Mönche und des Erzbischofs, dann konnte man erkennen, wie dürr Maugers Körper unter dem weiten, roten Kleid war.

Die Mönche sangen grauenhaft, und Wilhelm, der noch nie Freude an Musik gehabt hatte, dachte weiter über die Frage von Freund und Feind nach, während er neben dem Grafen von Arques kniete und den lateinischen Worten und Gesängen lauschte. Wenn sein Großonkel recht gehabt hatte, dann war es auf jeden Fall besser, in jedem Menschen zuerst einmal den Feind zu sehen. Bei dem Grafen von Arques war das leicht, er gab zwar vor, ihn zu schützen, doch zugleich schlug er ihn und – was noch schlimmer war – beschimpfte ihn als Bastard. Auch der Erzbischof Mauger war ein Feind, obgleich er ihn niemals beleidigt hatte. Mauger war glatt und hinterhältig, er ließ keine Gelegenheit aus, den toten Robert Evreux zu schmähen. Auch seine Mutter Arlette hatte ihn vor Mauger gewarnt. Arlette – seine Mutter! Sollte er auch in ihr eine Feindin sehen?

Er starrte zu einer der leeren Fensternischen der Kirche hinauf, wo ein Taubenpärchen auf dem Stein pickte; das Männchen spreizte die bunt schimmernden Federn am Hals und gurrte. Helle Kleckse waren auf dem Stein zu sehen, einer lief an der Wand hinab wie ein weißer Strich.

Nein, dachte er. Arlette nicht. Er liebte seine Mutter und hatte schon öfter Prügel einstecken müssen, weil er sich heimlich zu ihr in den Garten geschlichen hatte. Arlette würde immer auf seiner Seite sein – vielleicht galt die Sache mit Freund und Feind ja auch gar nicht für Frauen.

Der Graf von Arques, der bemerkt hatte, dass Wilhelms Augen in der Gegend herumwanderten, anstatt sich auf den Abt zu richten, der nach Ende der Andacht eine kurze Ansprache hielt, versetzte ihm einen Stoß mit dem Ellenbogen. Wilhelm starrte nach vorn, doch das Geschwätz über das Seelenheil der Stifter war langweilig, denn er hörte es nicht zum ersten Mal.

Und meine Kameraden?, dachte er beklommen. Robert von Montgomery und Wilhelm FitzOsbern sind doch meine Freunde, selbst wenn wir miteinander fechten und manchmal auch streiten. Oder etwa nicht? Er seufzte. Nach dem Rat seines Großonkels hätte er auch diese beiden zuerst einmal als Feinde ansehen müssen. Vielleicht war der Rat doch nicht so gut, oder er passte einfach nicht auf jeden Menschen. Dann musste er sich schon eher vor Richard, dem Sohn von Gilbert von Brionne, in Acht nehmen; der tat zwar freundlich, aber in Wirklichkeit suchte er immer Gelegenheit, Wilhelm seine Überlegenheit zu beweisen.

Und dann war da noch der kleine Odo, sein Halbbruder, den er beschützte. Er mochte den drei Jahre Jüngeren gern, weil er so ein Draufgänger war und selbst dann nicht verzagte, wenn Turchetil ihn arg quälte. War Odo jetzt sein Freund oder sein Feind? Auf jeden Fall war er sein Bruder …

Die Hand des Erzbischofs Mauger legte sich schwer auf seine Schulter, und er fuhr zusammen.

»Es wird jetzt getafelt, kleiner Herzog, und zuvor wirst du deinen Namen unter die Urkunde setzen, wie du es schon gewohnt bist.«

Man ging hinüber in die Klostergebäude, während um sie herum das Gehämmer und Gestampfe der Bauarbeiten wieder begann, die während der Andacht unterbrochen worden waren. Im Refektorium stand ein Mönch am Lesepult, doch er hatte keines der Andachtsbücher vor sich, aus denen während der Mahlzeiten vorgelesen wurde, sondern ein Pergament.

»Lies!«

Der Mönch war jung und sein Gesicht voller Pickel. Er war sehr aufgeregt und versprach sich einige Male, dann wurde er rot bis zum Halsausschnitt seines Gewandes, und seine Hände umkrampften das Holz des Lesepultes. Wilhelm konnte inzwischen genug Latein, um den Sinn der Urkunde zu verstehen: Der Graf von Arques stiftete dem Kloster Jumièges zwei Dörfer mitsamt der Bauern, die dort lebten. Die Dörfer wurden genau genannt, ihre Lage beschrieben, auch die Bauern, ihre Weiber, Kinder, Knechte und Mägde wurden mit Namen aufgelistet, dazu die Gebäude, in denen sie wohnten, und sogar das Vieh, bis auf das letzte Huhn. Land und Besitz gehörten von nun an dem Kloster, die Bauern selbst blieben frei und konnten gehen, wohin sie wollten, doch vermutlich würden sie bleiben, denn die Abgaben, die das Kloster forderte, waren mäßig; sie würden sogar besser dastehen als zuvor, da ihr Land herzoglicher Besitz gewesen war.

Erzbischof Mauger prüfte die Urkunde und gab sie weiter an seinen Bruder, der nur einen flüchtigen Blick darauf warf. Beide waren der lateinischen Sprache mächtig wie fast alle Adeligen, doch nicht so, dass sie diese selbst fehlerfrei hätten sprechen oder gar schreiben können. Vermutlich war ihnen der junge Mönch mit den Pickeln im Gesicht darin weit überlegen; gewiss war er derjenige, der die Urkunde verfasst hatte.

Erzbischof Mauger setzte seinen Namen zuerst unter die Schrift, danach tunkte er den Gänsekiel erneut in das Tintenfässchen, strich ihn sorgfältig ab und reichte ihn Wilhelm mit einer auffordernden Geste, was doppelt boshaft war, denn eigentlich hätte er, Wilhelm, zuerst unterschreiben müssen, schließlich war er der Herzog der Normandie. Dazu tat Mauger auch noch so, als könne er nicht mit Tinte und Feder umgehen und wäre nicht besser als ein dummer Bauer. Wilhelm bemühte sich, gleichmäßig zu schreiben und auf keinen Fall die Tinte zu verklecksen. Wilhelm, Herzog der Normannen, schrieb er. Dann nahm ihm der Graf von Arques das Schreibgerät aus der Hand, um seinerseits die Unterschrift zu leisten. Wilhelm, Graf von Arques, schrieb er und fügte hinzu: Sohn von Herzog Richard dem Guten.

Damit wollte er zeigen, dass er genauso viel wert war wie Robert der Prächtige – aber er war ein Bastard, denn seine Mutter war nicht die Herzogin Judith gewesen, sondern Papia, Herzog Richards Geliebte.

Robert von Jumièges ließ Wachs auf das Pergament tropfen und sah zu, wie der Graf von Arques sein Siegel hineindrückte, dann gab er die Urkunde in die Hände des jungen Mönches, der sie mit einer Verbeugung entgegennahm. Vorsichtig, als halte er eine heilige Reliquie in den Händen, trug er das Pergament aus dem Refektorium, um es in der Schreibstube zu kopieren.

»Man sagt, der junge Beaumont habe Robert von Tosny erschlagen«, meinte der Abt bekümmert.

»Überall herrschen Mord und Blutvergießen«, gab der Graf von Arques zurück und stach sein Messer in eine der gebratenen Tauben, die ein Mönch auf einer Platte hineintrug. »Der Tosny hat das Land seines Vaters, Umfrid von Vieilles, verwüstet, da hat der Sohn den alten Vater gerächt.«

»Gott möge uns erretten«, seufzte der Abt, der sich ebenfalls ein Täubchen gönnte. »Die Adelsherren fallen übereinander her und schlachten sich gegenseitig ab, die Montforts und die Ferrères liegen in ihrem Blut, und die Giroies haben die Echauffours bestialisch gemeuchelt.«

Mauger aß schweigend, verschmähte weder Fleisch noch Roggenbrei, nahm auch Gemüse, süße, eingelegte Früchte und große Mengen Klosterkäse. Es war seltsam, wie viele Speisen dieser dürre Mensch vertilgen konnte, ohne dabei fett wie sein Vorgänger zu werden.

»Wie klug war doch Robert der Prächtige, als er seinem Sohn Vormünder setzte, die nun alle für die Sicherheit dieses Knaben stehen«, meinte der Abt und sah dabei zu Wilhelm hinüber, der mit vollen Backen kaute.

»Gewiss«, knurrte der Graf von Arques und winkte einem der kleinen Klosterschüler, der ihm Wein einschenken sollte.

Wilhelm hatte ebenfalls gehörigen Hunger und stopfte sich

mit allem voll, das an der Tafel geboten wurde. Sein Kopfschmerz war vergangen, es pochte nur noch ein wenig an der rechten Schläfe, und sein Auge war verschwollen. Während er mit halbem Ohr auf die Gespräche lauschte, die sich um grausige Bluttaten und scheußliche Giftmorde drehten, dachte er an seine Kameraden in Rouen, die jetzt wahrscheinlich miteinander am Brunnen hockten, Erbsenbrei mit Brot löffelten und dazu kühles Wasser tranken. Gewiss würde Robert von Montgomery wieder Turchetils heiseren Tonfall nachahmen und damit alle anderen zum Lachen bringen.

Frühjahr 1040

In der Nacht, in der Alain von Bretagne starb, hatte Arlette von einem Habicht geträumt. Er glich nicht jenem hübschen, jungen Vogel, den sie einst in Falaise hatten einfangen wollen und den Walter auf seinen Besitz mitgenommen hatte. Der Habicht in Arlettes Traum war grau und sein Federkleid zerrupft, er strich mit ausgebreiteten Schwingen über den Hof des Palastes und hielt ein zappelndes Tierchen in seinen Krallen, aus dem helles Blut in den Sand des Hofes troff. Sie war schreiend aus diesem Traum erwacht und hatte gleich darauf gespürt, wie ihre Tochter Adelheid zu ihr aufs Lager kroch.

»Es ist nichts – ich habe nur geträumt«, murmelte Arlette beschämt.

»Sie träumen schrecklich viel, Mama. Dauernd wecken Sie uns auf. Ich werde mich ganz dicht zu Ihnen legen und die bösen Traumdämonen vertreiben …«

Es war Jean le Païen, der ihr vom Tod des bretonischen Königs berichtete, und Arlette war sich nicht sicher, ob er es ihretwegen oder wegen der jungen Adelheid tat, denn die Kleine hing nach wie vor mit kindlicher Zärtlichkeit an ihm. Ob auf dem Hof, im Garten oder sogar im Eingang des Palastes – immer fand sie einen Weg, ihm ein Lächeln zu schenken oder einige Sätze mit ihm zu wechseln, und leider hatte inzwischen auch Jean sein Herz für das Mädchen entdeckt. Er näherte sich ihnen häufig, grüßte Arlette und Godhild mit der ihm eigenen, glatten Höflichkeit, und wenn er dann für kurze Zeit ein Gespräch mit ihnen führte, wandte er sich fast nur Adelheid zu. Oft erzählte er dann von brüllenden Löwen und glänzenden, bunten Schlangen, die er im Heiligen Land gesehen hatte, von dem nachtschwarzen Himmel, an dem eine unendliche Menge glitzernder Sterne prangte, und Adelheid lauschte ihm mit solcher Hingabe, dass Arlette beinahe Bedenken bekam.

An diesem Tag jedoch redete Jean von Dingen, die nur wenig für die Ohren eines jungen Mädchens taugten. Der Graf der Bretagne war ohne Anzeichen einer Krankheit gestorben, noch am Abend zuvor hatte man ein Festmahl gehalten, und es gab Leute, die von Gift munkelten. Wie sonst sollte es möglich sein, dass ein Mann, der die vierzig noch nicht überschritten hatte, von einem Tag zum anderen sein Leben aushauchte?

»Alain von Bretagne war einer der Vormünder des jungen Herzogs«, sagte Jean. »Vielleicht sogar der wichtigste, nachdem der Erzbischof Robert Evreux nun tot ist.«

Er war heute nicht geneigt, Adelheid hübsche Geschichten zu erzählen, sondern nickte ihnen nur lächelnd zu und ging davon. Er war ein anderer geworden, seitdem er aus dem Heiligen Land zurückgekehrt war, doch man bemerkte es nur, wenn man genau hinsah. Sein Gang war ein wenig steif, sein Schritt nicht so ausholend wie früher, und seine schwarzen Augen schienen tiefer in den Höhlen zu liegen. Doch er kleidete sich stets mit großer Sorgfalt, trug farbige Beinlinge, und sein Rock war aus bestem grünem Tuch.

»Er sieht mit dem grauen Haar an den Schläfen noch viel schöner aus als je zuvor«, seufzte Adelheid. »Weshalb war er wohl so kurz angebunden? Ist er traurig über den Tod des bretonischen Grafen?«

»Wahrscheinlich …«

Arlette war unsicher, ob Jean vielleicht mehr wusste, als er gesagt hatte. Auf der anderen Seite: Was hätte der Graf der Bretagne schon für ihren Sohn tun können? Die Bretagne war weit, und Wilhelm hatte noch andere Vormünder, die ihn hier in der Normandie schützen würden. Der unangenehme Turchetil war einer von ihnen, doch auch Osbern von Crépon und Gilbert von Brionne. Ihnen allen war der französische König übergeordnet, der den kleinen Wilhelm als seinen Vasallen anerkannt und damit ebenfalls die Vormundschaft übernommen hatte.

Aber auch die augenblicklichen Regenten der Normandie, der Graf von Arques und Mauger, der Erzbischof, schienen fest entschlossen, den elfjährigen Wilhelm als ihren Herzog anzuerkennen – sie taten alles in seinem Namen.

Arlette lebte immer noch unbehelligt am herzoglichen Hof, auch nach dem Tod des Erzbischofs Robert Evreux hatte niemand daran gedacht, sie zurück nach Conteville zu schicken. Möglicherweise lag es an der schrecklichen Unordnung, in der sich der Hof befand, denn obgleich der Graf von Arques und Mauger, der Erzbischof, an Stelle des unmündigen Wilhelm regierten, gab es viel Zwist in der herzoglichen Familie. Vor einem Jahr war die Gräfin Adelheid gestorben, nun erschien häufig ihr Sohn, Guy von Burgund, am Hof, ein aufstrebender und ehrgeiziger junger Mann, der wenig Lust hatte, sich den Regenten zu beugen, da er der Ansicht war, als Neffe des verstorbenen Herzogs Robert größere Rechte auf die Regentschaft zu haben. Auch Gilbert von Brionne – dem niemals zu trauen war – schien mit den beiden Regenten im Zwist zu liegen, denn als Vormund des jungen Herzogs hatte er sich ebenfalls Hoffnungen auf die Position gemacht, die nun Wilhelm von Arques einnahm.

Manchmal schien es Arlette, als schlichen seltsame Schattenwesen durch die Gänge und Gemächer, geisterhafte Schemen, die Menschen, aber auch Tieren glichen. Sie huschten geräuschlos an den Wänden entlang, standen in den Ecken und starrten mit weiten, blassen Augen auf die Vorübergehenden – nächtliche Dämonen, welche in die Körper der Menschen fuhren und ihre Opfer dazu zwangen, bestialische Dinge im Namen des Teufels zu tun. Doch wenn dann die hellen Stimmen der Knaben an ihr Ohr drangen, die unten auf dem Hof von dem unerschütterlichen Turchetil zu allerlei Übungen angetrieben wurden, vergingen die Schatten, und sie schüttelte den Kopf über sich selbst und schalt sich eine Närrin.

Jean le Païen hatte Odo aus Conteville nach Rouen an den Hof gebracht – ein Glück, auf das Arlette nicht mehr gehofft hatte, denn sie hatte den wilden Rotschopf unendlich vermisst. Weshalb Herluin diese Entscheidung getroffen hatte, konnte sie nicht recht begreifen, war ihm der herzogliche Hof doch zutiefst zuwider. Wollte er seinem Sohn dennoch den Weg zu Macht und Ansehen ebnen? Jeder wusste, dass die Knappen, die gemeinsam mit dem jungen Herzog erzogen wurden, oftmals später seine engsten Freunde wurden, deren Treue er mit Lehen und Titeln lohnte.

»Begreifst du es denn immer noch nicht?«, hatte Godhild verärgert gebrummt. »Herluin will dir damit sagen, dass er dir verziehen hat.«

Arlette hatte darüber gelacht – sie wusste, dass Godhild gern nach Conteville zurückgekehrt wäre.

»Du machst es wie die Weiber auf dem Markt und drehst dir den Apfel so, dass die gute Seite vorn ist, wie? Wenn er mir tatsächlich vergeben könnte, dann würde er hierherkommen, um es mir zu sagen.«

»Natürlich!«, hatte Godhild geblafft. »Er könnte nach Rouen reisen mit Geschenken wie bei einer Brautwerbung und vor dir auf die Knie fallen, um dir seine Vergebung zu Füßen zu legen. Was erwartest du denn? Du bist es, die ihn bitten muss, schließlich hast du ihn schmählich betrogen!«

Anders als früher hatte Arlette nicht mit Keifen auf ihre Worte reagiert, sondern geschwiegen. Insgeheim dachte sie über Godhilds Worte nach, wog sie nach allen Seiten hin ab und fragte sich, ob es möglich sei, dass Herluin sie immer noch liebte. Hoffte sie darauf? Sie wagte es nicht, denn sie hätte diese Liebe nicht verdient. Sie hatte ihn verachtet, weil er ihr unbedeutend erschienen war, glanzlos, kein Mann, der sich hervortat und Bewunderung heischte. Jetzt aber, da viele der adeligen Ritter und Vasallen des Herzogs sich als Verräter erwiesen hatten, kam ihr oftmals der Gedanke, dass der sonderbare Träumer Herluin der einzige ehrenhafte Mann an diesem Hof gewesen war. Wie klug er schon damals alle diese Nattern durchschaut hatte! Auch die langen Gespräche, die sie in Conteville an den Abenden miteinander geführt hatten, fielen ihr wieder ein – hatte Herluin ihr nicht Gedanken anvertraut, die er sonst kaum mit einem anderen Menschen teilte? Wann hätte Robert jemals über solche Dinge mit ihr geredet? Hatte er nicht im Gegenteil stets versucht, sein Denken und seine Absichten vor ihr zu verbergen?

Hin und wieder träumte sie von Herluin, sah ihn zu Pferde gegen eine große Anzahl Feinde anstürmen und im Kampfgewühl verschwinden, Nebel hüllten die Kämpfer ein, doch sie glaubte zu wissen, dass er gefallen war. Dann erwachte sie mit tränennassem Gesicht, wunderte sich über die tiefe Sehnsucht, die sie befallen hatte, und spürte, wie ihr Herz klopfte. Wollte sie tatsächlich zu Herluin zurückkehren? Auch auf die Gefahr hin, dass er ihr nicht verziehen hatte, sondern sie einsperren ließ, wie er es ihr angedroht hatte?

Wie sollte er ihr glauben, dass sie inzwischen anders über ihn dachte? Würde er nicht annehmen müssen, sie käme nur deshalb zurück, weil Robert nun tot war, sie am Hof keinen Platz mehr hatte und nicht wusste, wohin sie gehen sollte? Doch war es nicht im Grunde gleich, was er über sie dachte, wenn sie zu ihm zurückkehrte? Selbst wenn er sie kühl und misstrauisch empfing – sie würde ihm die Wahrheit schon beweisen. Und wenn er sie tatsächlich liebte, dann würde er ihr sicher glauben … Doch nur wenige Tage später glaubte sie ganz sicher zu wissen, dass ihr der Rückweg zu Herluin verschlossen war.

Der kleine Odo hatte Unvorstellbares vollbracht – er hatte sich Turchetils Zuneigung erworben. Der beinharte Ausbilder, der nicht von Adel, sondern niederer Herkunft war und sich seine Stellung mit beharrlichem Willen erobert hatte, war von der Unbefangenheit dieses kleinen Burschen bezaubert. Odo fürchtete nichts und niemanden, kein Spott, kein Zornesausbruch seines Ausbilders beeindruckten ihn, Strafen nahm er schulterzuckend hin, und er brachte es fertig, den allseits verhassten Turchetil mit einem Grinsen zu bedenken, während er sich mit der Mistgabel im Pferdestall abmühte.

Turchetils Zuneigung zeigte sich zwar nicht darin, dass er Odo weniger hart bestrafte oder ihn gar bei den Übungen schonte – doch wenn der kleine Rotschopf plötzlich davonlief, um ein wenig mit seiner Mutter und seiner Halbschwester Adelheid zu schwatzen, tat sein Ausbilder, als bemerke er es nicht.

Odo war ein Schalk, der Arlette oft zum Lachen brachte. Er war grundehrlich, niemals log oder schmeichelte er, darin war er Herluin sehr ähnlich. Doch er sagte die Dinge auf eine so harmlose und drollige Art, dass niemand ihm böse sein konnte. Besonders auf Adelheid hatte Odo es abgesehen – die hübsche ältere Schwester gefiel ihm, zumal auch sie nicht auf den Mund gefallen war.

»Ich glaube, du wirst einmal sehr schön werden«, sagte er grinsend, stellte sich breitbeinig vor sie hin und rieb sich eine Beule an der Stirn. »Wenn du noch ein wenig wächst. Überall, meine ich.«

»Überall?«, fragte Adelheid errötend.

»Na, überall da, wo eine Frau wachsen sollte. Natürlich zuerst einmal in die Höhe. Aber dann auch in die Breite. Zumindest an einigen Stellen, du weißt schon …«

»Auch ich wünschte mir, du würdest wachsen, Odo. Höhe und Breite sind nicht so wichtig, wenn nur der Verstand etwas größer würde.«

»Wie soll das gehen?«, fragte er lachend und klopfte seinen schmutzigen Rock ab, dass es staubte. »Wo man mir ständig mit dem Holzschwert auf den Kopf haut! Diesmal war es Wilhelm, aber er hat es nicht mit Absicht getan. Ich hatte nur gerade meinen dummen Kopf dort, wohin sein Schlag ging …«

Beide kicherten, und Arlette stellte wieder einmal fest, dass

Odos rechter Beinling abgerissen und herabgerutscht war. Kümmerte sich denn niemand um die zerrissene Kleidung der Burschen? Doch Odo zog den langen Strumpf gleichmütig wieder hoch, der bald darauf erneut anfing zu rutschen.

Hin und wieder erschien ein Bote, der Odo neue Kleidung und Schuhe brachte.

»Hast du Nachricht von deinem Vater erhalten?«, wollte Arlette dann wissen, und Odo wirkte für einen kurzen Augenblick bekümmert.

»Der langweilt sich gewiss ohne mich«, gab er schließlich zur Antwort, dann schüttelte er den Kopf und fügte fröhlich hinzu: »Aber sonst geht es ihm gut, er hat ja Fredesinde.«

Arlette begriff nicht gleich. Meinte er vielleicht Hawisa? Die wich doch ganz sicher nicht von Herluins Seite, jetzt, da sie den Bruder wieder ganz für sich allein hatte. Aber Odo hatte nicht Hawisa, sondern Fredesinde gesagt …

»Ist Fredesinde eine Tochter von Ainor? Oder von Hawisa?«

Odo kratzte sich unschlüssig eine verschorfte Schnittwunde am Arm.

»Ich glaube nicht«, meinte er. »Fredesinde ist doch schon erwachsen und außerdem viel hübscher als die beiden. Sie kümmert sich um alles und ist niemals zornig, wie es Hawisa oft ist. Ich glaube, mein Vater mag sie sehr gern, weil sie so still und sanft ist. Sie redet fast nie, und es ist mächtig schwer, sie zum Lachen zu bringen.«

»Dann muss sie schon ein hartes Gemüt haben, denn du hast bisher noch jeden zum Lachen gebracht«, bemerkte Adelheid. »Außer vielleicht Turchetil.«

Odo legte den Kopf schräg und blinzelte nachdenklich zu den Kameraden hinüber, die soeben an einem Seil zum Stalldach hinaufklettern mussten. Wer es nicht schaffte, wurde von dem eifrigen Ausbilder als schlaffer Sack beschimpft, der niemals imstande sein würde, eine Festung zu stürmen, und besser gleich im Frauengemach sticken lernen solle.

»Ich glaube schon, dass er lacht«, sagte er schließlich gedehnt. »Er lacht nur nicht außen im Gesicht, sondern mehr innen drin.«

Arlette hatte es eilig, mit Adelheid davonzugehen. Oben im Frauengemach wies sie Godhild an, ihrer Tochter einen lang gehegten Wunsch zu erfüllen und sie die fein gewebten Seidenkleider ihrer Mutter probieren zu lassen. Sie selbst eilte hinunter in den Garten, fand ein Eckchen, in dem sie allein sein konnte, und presste sich dort zitternd an die kalten Steine der Palastmauer.

Wo war der Zorn geblieben, der sie so oft vor dem Kummer gerettet hatte? Sie weinte wie ein Kind, presste die Hände auf den Mund, um nicht laut zu schluchzen, und spürte doch, wie die Verzweiflung sie schüttelte.

Ja, er hatte alles Recht der Erde, sich eine Geliebte zu nehmen. Sie hatte ihn betrogen und verlassen, seine Liebe mit Füßen getreten und ihn sogar verlacht. Und doch glaubte sie, nie in ihrem Leben solchen Schmerz empfunden zu haben wie in diesem Moment, da sie ihn endgültig verloren hatte.

Sie weinte fast die ganze Nacht still vor sich hin und fürchtete schon, man könne sie am Morgen nach ihren geschwollenen Lidern fragen. Doch niemand achtete an diesem Morgen auf sie, denn im Palast hatte sich die Nachricht verbreitet, dass Turchetil, der Lehrer und Vormund des jungen Herzogs, in der Nacht erstochen worden war.

* * *

Eine Magd war am frühen Morgen zum Brunnen gegangen, die Stange mit den beiden Eimern über dem Rücken. Noch schlaftrunken hatte sie geglaubt, einen Mann zu sehen, der in einer Nische zwischen dem Stallgebäude und dem dicht danebenstehenden Vorratsspeicher stand. Zuerst hatte sie geglaubt, er wolle dort nur seine Notdurft verrichten, und war gleichgültig vorübergelaufen. Sie hatte ihre Eimer gefüllt und wollte sich schon auf den Rückweg machen, als sie bemerkte, dass jene Gestalt immer noch dort verharrte, seltsam gekrümmt, den Kopf gegen die Mauer gelehnt und vollkommen reglos. Auch ein Hund saß dort, der jämmerlich zu winseln begann, dann aber plötzlich wütend die Zähne nach ihr fletschte.

Ein erster, schräger Sonnenstrahl fiel über den Hof, und die Magd schrie laut auf vor Entsetzen, als sie das bleiche, verzerrte Gesicht des Toten erblickte. Sie ließ die Stange mit den beiden Eimern fallen und lief kreischend zu dem Unterstand, wo die anderen Frauen bereits die Feuer für die Morgenmahlzeit entzündet hatten.

Es musste kurz vor der Morgendämmerung geschehen sein, denn Turchetil schlief im gleichen Raum wie die meisten der Knappen, nur durch einen Vorhang von ihnen getrennt. Noch in der Nacht war er zornig von seinem Lager gestiegen, um eine Prügelei zwischen den kleinen Burschen zu schlichten. Was ihn in den Hof hinuntergetrieben hatte, wusste niemand zu sagen, doch er hatte sich verzweifelt gegen die Mörder zur Wehr gesetzt, wovon die Wunden zeugten, die er am ganzen Körper davongetragen hatte, sogar Gesicht und Hände waren von Messern zerschnitten.

Als Arlette und Godhild in den Hof hinuntergingen, herrschte dort banges Schweigen. Dienstleute und herzogliche Kämpfer umstanden den Leichnam, den man aus der Nische gezogen und auf eine der langen Tischplatten gelegt hatte. Auch die Knappen waren hinausgelaufen, blass und zitternd streunten sie umher, sahen voller Grauen auf den Toten, nur Odo weinte, die anderen waren stumm. Die Mägde hockten untätig neben den Feuerstellen, hörten immer wieder den Bericht der Unglücklichen, die den Leichnam entdeckt hatte, und flüsterten leise miteinander.

»Weshalb haben die Hunde nicht angeschlagen?«, murmelte Godhild.

Arlette, die kaum geschlafen hatte, erinnerte sich, dass einige Hunde tatsächlich kurz vor Morgengrauen gekläfft hatten, doch niemand hatte darauf geachtet, und sie hatten sich bald wieder beruhigt.

»Sie haben gebellt, weil es einen kurzen Kampf gab«, sagte Godhild. »Doch sie müssen die Mörder gekannt haben – wären es Fremde gewesen, hätten sie mehr Lärm gemacht.«

In diesem Augenblick sah man den Grafen von Arques aus dem Eingang des Palastes treten, begleitet von mehreren Rittern. Ralf von Tosny war darunter, Osbern von Crépon und auch Jean le Païen. Wilhelm von Arques' Gesicht war rot angelaufen, zornig brüllte er Befehle, die Mägde fuhren auf und begaben sich an ihre Arbeit, auch die Dienstleute eilten bis auf einige wenige davon. Arlette und Godhild hörten den Grafen fluchen, als er vor Turchetils Leichnam stand, wütend fuhr er Ralf von Tosny an, den Befehlshaber der herzoglichen Kämpfer, und als dieser ihm nur eine knappe Antwort gab, ließ er seinen Ärger an den Dienstleuten aus und bedachte die herzoglichen Kämpfer mit Schmähworten.

»Er hat Angst«, stellte Godhild fest. »Deshalb schreit er jetzt herum.«

»Dazu hat er allen Grund«, gab Arlette leise zurück.

Es war nicht der zerstochene Leichnam, der die Männer erschreckte, denn jeder von ihnen hatte im Kampf weit Schlimmeres gesehen. Es war die Tatsache, dass Turchetils Mörder ihr Werk so leise und unbehelligt innerhalb der streng bewachten Palastmauern hatten vollbringen können. Entweder gab es Verräter unter den Wächtern, oder die Mörder waren nicht von draußen eingedrungen, sondern in den eigenen Reihen zu suchen. Wenn das die Wahrheit war, dann würde dieser Mord nicht der einzige bleiben. Robert der Prächtige hatte seinem Sohn Wilhelm fünf Männer zu Vormündern gesetzt, drei davon waren nun tot. Erzbischof Robert Evreux war auf seinem Lager gestorben, Alain von Bretagne hatte durch Gift sein Leben verloren, und nun war auch Turchetil nicht mehr. Es blieben nur noch Osbern von Crépon, der Robert ein treuer Freund gewesen war, und Gilbert von Brionne.

Arlette bemerkte, wie verstört Wilhelm aussah. Er kam ihr mit einem Mal schmaler vor, das runde Kindergesicht hatte sich während der vergangenen Monate verändert, die Nase war gewachsen, die Wangenknochen standen kantig hervor. Sie wollte hinübereilen, um ihn und Odo tröstend in die Arme zu schließen, doch in diesem Augenblick befahl der Graf von Arques dem jungen Herzog, auf der Stelle in sein Schlafgemach zu gehen, vier der Kämpfer folgten ihm, in ihren Gesichtern stand finstere Entschlossenheit.

Wilhelm von Arques hatte es eilig, in den Palast zurückzukehren. Noch während er den Hof mit raschen Schritten überquerte, ließ er Boten herbeirufen, kündigte eine strenge Befragung an, drohte mit Kerker und Galgen. Seine Begleiter folgten ihm, auch sie riefen den Dienstleuten und Kämpfern Befehle zu, nur Jean le Païen verweilte bei dem Toten. Er löste die Fibel, nahm den weiten Mantel von seinen Schultern und breitete ihn über den Leichnam. Der halbkreisförmig geschnittene hellblaue Mantel war mit feinen, dunklen Mustern versehen und mit silbernen Fäden verziert – ganz sicher hatte der lebende Turchetil nie ein solch kostbares Kleidungsstück besessen wie jenes, das nun seinen toten Körper bedeckte.

Arlette verbrachte den Tag damit, ihren Sohn Odo zu trösten, was ihr niemand verwehrte, denn der Hof befand sich in heilloser Aufregung. Dienstleute und Kämpfer wurden befragt, Verdächtigungen ausgesprochen, manche der Kämpfer beschuldigten sich gegenseitig, man prügelte und folterte sie – die Wahrheit kam dennoch nicht an den Tag.

»Er war nicht grausam, wie alle sagen«, schluchzte Odo. »Er wollte nur, dass wir niemals aufgeben und tapfere Ritter werden …«

»Er war ein harter Krieger«, sagte Arlette und strich Odo über das kurz geschorene rote Haar, das sich wie krause Wolle anfühlte. »Aber dich hat er gern gehabt, Odo, und deshalb solltest du ihn auch niemals vergessen.«

Odo war anders als Wilhelm, der sich immer geschämt hatte, wenn sie ihn umarmen und streicheln wollte. Herluins Sohn war zutraulich und zärtlich wie ein kleines Mädchen, er schmiegte sich an sie, weinte in ihren Armen und benutzte ihren langen Ärmel, um sich damit die Nase zu schnäuzen. Auch von seiner Halbschwester Adelheid ließ er sich trösten, kaute brav die süßen Küchlein, die sie für ihn aus der Truhe genommen hatte, und ließ sich sogar überreden, ihre Stoffpuppe eine Weile auf seinem Schoß zu halten.

Schon am folgenden Tag trafen Gilbert von Brionne und der Erzbischof Mauger im Palast ein, man beriet sich und fällte Entscheidungen. Der Hof würde zunächst nach Vaudreuil übersiedeln, eine befestigte Anlage, die südlich von Rouen an der Seine gelegen war. Zudem wurde ein Nachfolger für Turchetil bestimmt, und Arlette vernahm voller Freude, dass man ihren Bruder Walter dazu ausersehen hatte. Von nun an würde er die Ausbildung der Knappen leiten, und außerdem hatte er die Pflicht, des Nachts bei dem jungen Herzog zu schlafen, um über ihn zu wachen.

Nicht alle Höflinge reisten mit nach Vaudreuil, einige zogen unter den verschiedensten Vorwänden zurück auf ihre Besitztümer und nahmen auch ihre Frauen und Töchter mit, nur ihre Söhne, die am herzoglichen Hof zu Knappen ausgebildet wurden, ließen sie dort. Hätten sie anders gehandelt, wäre dies eine schlimme Beleidigung gegen Wilhelm von Arques gewesen, die ihnen seinen Zorn eingetragen hätte. Dennoch war nicht zu übersehen, dass die Hofgesellschaft zu dieser Reise weit weniger Wagen als gewöhnlich benötigte, dafür hatte sich die Zahl der Reiter um die herzoglichen Kämpfer vergrößert, welche den Zug begleiteten. Es waren ihrer so viele, dass die Bauern und Händler, denen sie auf der Straße begegneten, erschrocken in die Wälder flüchteten, denn sie glaubten, einer jener Kampftruppen zu begegnen, die zurzeit von überall her unterwegs waren. Welcher Adelsherr gerade gegen wen focht, das begriffen nur wenige der zinspflichtigen Bauern, doch wer den Rittern im Wege war oder gar zwischen die Fronten geriet, dessen Gut und Leben war keinen Denier mehr wert.

Arlette hasste Vaudreuil, kaum dass die Festung nach einer Flussbiegung vor ihnen aufgetaucht war. Mochte es das rötliche Licht der Abendsonne sein, in der die gedrungene Form der Burg noch düsterer und gewaltiger erschien, mochte es an ihrer bedrückten Stimmung liegen – sie glaubte zu spüren, dass dieser klotzige Bau dicht am Ufer des Flusses von Unheil umgeben war.

»Schau dir das an«, murmelte Godhild leise, um die übrigen Frauen nicht zu beunruhigen. »Krähenschwärme ziehen ihre Kreise über der Festung. Als gäbe es dort Futter für sie.«

Als die Wagen über die schmale Brücke zum Mauertor rollten, hielten die Frauen den Atem an, da sie fürchteten, jeden Augenblick in den Burggraben zu stürzen. Auch im Inneren machte Vaudreuil nicht den Eindruck einer wohnlichen Stätte, der Vorhof war eng, da man eine Halle zwischen die kleinen Häuschen gebaut hatte. Eine ganze Weile mussten die Frauen warten, bis wenigstens die Reiter abgestiegen waren und ihre Pferde beiseitegeführt hatten, erst dann konnten sie die Wagen verlassen, um über eine bedenklich knarrende Holzbrücke zur Hauptburg zu gelangen. Dort erwartete sie die übliche Kletterei, denn der viereckige, steinerne Wohnturm war nur über eine hölzerne Leiter zu erklimmen.

»Weshalb konnten wir nicht in Rouen bleiben?«, knurrte Godhild, die dicht hinter Arlette hinaufstieg und dazu noch ein dickes Bündel auf dem Rücken schleppte. »Auch Fécamp lasse ich mir noch gefallen und meinetwegen noch Falaise, aber hier gibt es nicht einmal eine Stadt in der Nähe, keinen Markt, keinen Hafen – gar nichts.«

Das Frauengemach war nicht sehr groß, die Vorhänge zwischen den Bettstellen waren altmodisch, einige schon zerschlissen. Das einzig Gute war, dass sich gleich daneben Wilhelms Schlafraum befand – Arlette würde am späten Abend Gelegenheit finden, ihn und Walter auf einen kurzen Plausch zu besuchen. Als die Frauen nach einigen Streitereien die Bettstellen endlich unter sich verteilt und die muffig riechenden

Wandbehänge durch die mitgeführten ersetzt hatten, kniete sich Arlette auf den steinernen Fenstersims, um nach draußen zu schauen.

Die Vorburg sah von hier oben aus wie ein Gewirr kleiner und größerer Strohdächer, nur die lange Halle, in der man die herzoglichen Kämpfer untergebracht hatte, war mit Schindeln gedeckt. Auf dem engen Burghof wimmelte es von Menschen und allerlei Getier – Pferde, Maultiere, Hunde, ein paar verschreckte Schweine, Hühner und vorwitzige Ziegen, die versuchten, den Stoff der Gepäckstücke anzufressen. Weiter hinten in der Ferne erblickte man nichts als dunkle Wälder, dazwischen hin und wieder Lichtungen, auf denen Gehöfte lagen, von wenigen Wiesen und Äckern umgeben.

»Du hast recht«, sagte sie zu Godhild. »Hier sind wir völlig von allem abgeschnitten – wir werden niemanden als die Hofgesellschaft und diese scheußlichen Kämpfer zu sehen bekommen.«

Sie täuschte sich, denn wenige Tage später erschien ein Ritter mit einer kleinen Gefolgschaft vor dem Burgtor. Herluin hatte beschlossen, seinen Sohn Odo zurück nach Conteville zu holen, und der Zorn des Grafen von Arques war ihm herzlich gleichgültig.

* * *

Die Hofgesellschaft hatte sich im Raum des Burgherren zur abendlichen Tafel versammelt, doch Arlette, die in früheren Zeiten, als noch der Glanz Roberts des Prächtigen die herzogliche Tafel erstrahlen ließ, so gern dort erschienen war, musste sich jetzt fast Gewalt antun, um ihren Platz zwischen den Frauen einzunehmen. An diesem Abend war sie durch den Treppengang bis hinunter zum Raum der Knappen gelaufen, die im Erdgeschoss des Turms wohnten, um vor der langweiligen Mahlzeit mit den Hofleuten noch rasch nach Walter und ihren Söhnen zu sehen. Als sie die letzte Stufe hinabstieg, stand sie urplötzlich vor dem Ritter Herluin.

Es traf sie wie ein Blitzschlag, der unerwartet vom Himmel herniederfährt, und für einen Augenblick glaubte sie, der unstete Schein der Wandfackeln oder ein nächtlicher Dämon habe sie boshaft genarrt. Doch der Mann, der soeben die Leiter zum Turm hinauf erklommen hatte und gerade im Begriff war, sich den Staub aus dem Rock zu klopfen, war zweifellos Herluin von Conteville.

Auch er war bei ihrem Anblick zusammengezuckt, doch fasste er sich rascher, schließlich war er darauf vorbereitet gewesen, sie hier zu treffen. Wenn auch nicht so plötzlich und unvermittelt.

»Arlette«, sagte er und musste sich räuspern, wie immer, wenn er bewegt war. »Ich wollte Sie nicht erschrecken.«

Sie war wie gelähmt, keines Wortes fähig, zu heftig war der Aufruhr in ihrem Inneren. Er hatte ruhig und besonnen das Wort an sie gerichtet, und es klang völlig anders als damals, da er sie nach Rouen in jene abstoßende Hütte bestellt hatte, um ihr die Strafe mitzuteilen, die er über sie verhängt hatte. Sein Gesicht war jetzt glatt und kam ihr voller vor; der kurze, krause Bart, der Wangen und Kinn bedeckte, hatte seinen Zügen den verträumten Ausdruck genommen. Er war kein Jüngling mehr, sondern ein Mann in der Mitte seines Lebens.

Er sah sie nur kurz an, dann glitt sein Blick hinüber zum Eingang des Knappenraums, den eine schadhafte Brettertür verschloss. Von dort war munteres Schwatzen und Gelächter zu hören.

»Ich komme Odos wegen«, erklärte er. »Man brachte mir schlimme Nachrichten aus Rouen, und ich denke, dass mein Sohn in Conteville besser aufgehoben ist.«

Ein Ruck lief durch ihren Körper, und die Starre löste sich. Er war nicht ihretwegen hier – wie hatte sie das auch nur einen einzigen Moment glauben können?

»Odo?«, flüsterte sie. »Sie wollen mir Odo nehmen?«

Sie sah, wie sich kleine Falten unter seinen Augen bildeten – kein Lächeln, nur ein Anflug von Bitterkeit.

»Warum nicht? Sie hatten ihn fast drei Jahre lang, Arlette, doch ich habe niemals eine Botschaft von Ihnen erhalten.«

Eine junge Magd stieg die Leiter empor, wuchtete einen Korb voller Brote nach oben und kletterte dann selbst hinterher. Schnaufend richtete sie sich auf und zog sich das Kopftuch zurecht, dann griff sie nach dem Korb, um ihn durch den engen Treppengang nach oben zu tragen.

Herluin wandte sich zur Tür des Knappenraums; er schien keine Antwort von ihr zu erwarten, denn er hob schon den Arm, um die Tür aufzustoßen.

»Welche Botschaft hätte ich Ihnen auch schicken sollen?«, rief sie hastig, um ihn zurückzuhalten. »Sie hatten beschlossen, mich zu bestrafen, und ich hatte keine Hoffnung, dass Sie mir jemals vergeben könnten.«

Er hielt in seiner Bewegung inne; vielleicht hatte ihn ihr verzweifelter Ton gerührt, der nicht zu der streitbaren Arlette zu gehören schien, die er bisher kannte. Schweigend verharrte er, unschlüssig. Zwei Dienstleute, die dem Kämmerer unterstanden, waren jetzt im Eingang erschienen, grüßten Arlette mit einer leichten Verbeugung und begaben sich sporenklirrend zum Treppengang. Ihnen folgte ein Knecht, eine Schüssel in beiden Händen. Unten am Fuße des Turmes, wo sich die Küche befand, wurden jetzt die Speisen in Schüsseln und auf Platten verteilt, die vom Gesinde nach oben getragen werden mussten.

»Streiten wir nicht darüber«, sagte Herluin, ohne sich zu ihr umzuwenden. »Es ist schade, dass Sie mein Zeichen nicht verstanden haben.«

Sie begann zu zittern und begriff, dass Godhild die Wahrheit erkannt hatte, die sie selbst nicht hatte sehen wollen.

»Ihr Zeichen?«

Er holte tief Luft. Es fiel ihm schwer, ihr sein Handeln zu erklären – er hatte gehofft, sie würde ihn auch ohne Worte verstehen. Außerdem war es ihm unangenehm, solche Dinge gerade hier auszusprechen, wo so viele Menschen ächzend und schwatzend ihre Lasten an ihnen vorüberschleppten und sie beiseitetreten mussten, um nicht im Weg zu stehen.

»Es fiel mir nicht leicht, Odo zu Ihnen zu senden, denn auch ich hänge an ihm, und ich habe nur diesen einen Sohn«, sagte er schließlich so leise, dass sie näher treten musste. Eine stämmige Magd mit einer Schüssel voller Roggenbrei schob sich an ihm vorüber. »Aber er ist auch Ihr Sohn, Arlette, und ich wollte Ihnen zu verstehen geben, dass es noch etwas gibt, das uns verbindet.«

Er sprach im Ton eines Menschen, der eine abgeschlossene, längst vergangene Sache erklärt. Seine Worte klangen hart in Arlettes Ohren, und der Schmerz ließ sie aufbegehren.

»Nur unser Sohn verbindet uns noch?«, fragte sie unglücklich. »Nichts anderes mehr?«

Er richtete den Blick auf sie, forschend, unsicher, als versuche er, in ihren Zügen zu erkennen, wie diese Frage gemeint war.

»Es ist viel geschehen, Arlette ...«

Sie verspürte Enttäuschung. Wenn er noch Liebe zu ihr empfand, weshalb gab er ihr dann keine Hoffnung? Bitterkeit stieg in ihr auf, und der dumme, alte Zorn erhob sich aufs Neue.

»Freilich ist viel geschehen, Herluin. Und Sie wussten sich ja inzwischen auch zu trösten. Sie haben ein sanftes, stilles Mädchen gefunden, das Ihrer Liebe wert ist und Sie niemals betrügen wird. Ich wünsche Ihnen alles Glück der Welt.«

Hatte er wirklich nicht damit gerechnet, dass Odo plaudern könnte? Nein, ganz offensichtlich nicht, denn er schien verblüfft, dann fuhr er sich mit einer fahrigen Bewegung übers Gesicht und schüttelte dabei den Kopf.

»Wenn Sie so sicher sind, die Wahrheit zu kennen, Arlette, dann ist zwischen uns alles gesagt ...«

Aus dem Treppengang drang jetzt lautes Schelten, der Zeremonienmeister in festlich grünem Rock und gemusterten Beinlingen kam vom ersten Stock hinuntergelaufen, sein Gesicht war zornrot. Arlette wusste, dass er auf dem Weg zum

Knappenraum war, denn einige der kleinen Burschen sollten an der Tafel bedienen, und er musste sich davon überzeugen, dass ihre Finger sauber waren und die Kleidung einigermaßen in Ordnung. Gleich würde er dort die Tür aufreißen, dann würden die Knaben herauslaufen, Odo würde seinen Vater erblicken und ihm vermutlich jubelnd in die Arme fallen. Dann würde sie ihr Gespräch mit Herluin nicht fortsetzen können, vielleicht nie mehr.

»Nein!«, stieß sie laut hervor. »Es ist noch lange nicht alles gesagt, Herluin.«

Alles war ihr jetzt gleich, so riesig war ihre Verzweiflung. Sie stieß den Zeremonienmeister beiseite, dass er ins Stolpern kam, fasste Herluins Arm und zerrte ihn zum Treppengang. Er wehrte sich überrascht, doch sie hielt sein Handgelenk fest umklammert, und er wollte keine Gewalt anwenden, um sich von ihr zu lösen. Also gab er schließlich nach und folgte ihr in den zweiten Stock hinauf ins Frauengemach.

Hier oben war es dämmrig, eine einzige Hängelampe verströmte ein flackerndes, gelbes Licht und erleuchtete eine geöffnete Truhe, aus der bunte Tücher und halb entfaltete Hemden quollen. Lange, dunkle Vorhänge bauschten sich sacht in der Zugluft und erschlafften, als Arlette die Tür hinter ihnen schloss.

»Es ist nur die alte Emilia hier«, flüsterte Arlette. »Sie ist krank und kann nicht zur herzoglichen Tafel gehen. Wahrscheinlich schläft sie auf ihrem Lager …«

Er stand noch immer auf der Schwelle und atmete schwer, beschämt, ihr gegen seinen Willen gefolgt zu sein, hatte er sich doch vorgenommen, bei dieser Begegnung stark und gelassen zu bleiben.

»Weshalb schleppen Sie mich hierher? Was wollen Sie?«

Sie wusste selbst nicht, was sie nun tun sollte, doch sie spürte ihre Sehnsucht, härter und schmerzhafter denn je zuvor. Die Worte kamen ohne Nachdenken über ihre Lippen, als habe sie sie lange schon aussprechen wollen, wie sie es in ihren Träumen auch oft getan hatte.

»Ich will nicht, dass wir so auseinandergehen, Herluin«, sagte sie. »Sie sollen wissen, wie sehr ich bereue, was ich Ihnen angetan habe. Wenn ich das Recht darauf hätte, würde ich Sie um Vergebung bitten, aber ich wage es nicht, dazu sind meine Sünden zu groß …«

Langsam trat er in den halbdunklen Raum, blieb dicht vor ihr stehen und sah, dass ihr Gesicht tränenüberströmt war. Mitleid ergriff ihn.

»Wenn es Ihnen um die Sünde zu tun ist, Arlette«, sagte er leise. »Ich habe Ihnen längst vergeben, denn auch ich bin nicht ohne Schuld. Ich habe Sie zu einer Heirat gezwungen …«

»Nein!«, unterbrach sie und fasste seine Hände. »Sie haben mich nicht gezwungen, ich war mit dieser Ehe einverstanden.«

Seine Hände waren warm, doch er überließ sie ihr ungern, da sich auf den Handrücken schon wieder breite, rote Flecke abzeichneten.

»Ich hatte gehofft, Ihre Liebe zu gewinnen, Arlette, aber es war vergeblich. Weshalb sollte ich noch zornig sein? Was geschehen ist, ist geschehen.«

»Sind Sie sicher, dass es vergeblich war?«, fragte sie leise. »Wäre es nicht möglich, dass Sie sich getäuscht haben?«

Schweigend blickte er sie an und kämpfte mit sich selbst. Er wusste, dass er doppelten Schmerz erleiden würde, wenn er sich falscher Hoffnung hingab.

»Es ist meine gerechte Strafe«, sagte sie traurig, »denn nun lieben Sie eine andere, Herluin. Ich aber habe erst jetzt begonnen, Sie zu lieben, da es zu spät ist.«

Herluin hatte viele Enttäuschungen erlitten, und doch war in seinem Herzen noch der Mut jenes jungen Ritters lebendig, der in Falaise ohne Hoffnung und dennoch voller Zuversicht in den Kampf geritten war. Er legte die Arme um Arlette, überwältigt von ihrer Trauer. Zunächst glaubte er noch, sie nur trösten zu wollen, doch zugleich wurde er von heftiger Sehnsucht erfasst.

»Was tun Sie?«

Er küsste ihr nasses Gesicht, ihren Mund, berührte ihren Körper, der ihm vertraut und doch so fremd war.

»Wenn jemand hinaufkommt …«

»Sie sind meine Frau, Arlette …«

Er zog sie auf eine der schmalen Bettstellen, ohne den Vorhang zu schließen, und zerrte Arlette die Kleider vom Leib, um ihren Körper ganz und gar zu besitzen. Von unten drangen die Stimmen der Hofgesellschaft zu ihnen hinauf, einige Bettstätten weiter schnarchte die alte Emilia. Überrascht und atemlos ob der Hitze ihrer Leidenschaft gaben sie sich einander hin; Herluins Liebkosungen waren nicht sanft, sie erzeugten Schmerz, und als er endlich in sie eindrang, tat er es hart und voller Zorn. Und doch spürte Arlette in dieser kurzen Liebesbegegnung zum ersten Mal die Lust, die ein Mann einer Frau verschaffen kann.

* * *

»Vergeben Sie mir«, flüsterte er beschämt. »Ich wollte es nicht so, aber ich war nicht Herr meiner selbst.«

Er schien nicht bemerkt zu haben, welche Lust er ihr bereitet hatte, und ihr fehlten die Worte, es ihm zu erklären.

»Bleiben Sie bei mir, Herluin. Lassen Sie mich jetzt nicht allein.«

Es war dunkel, die Hängelampe erloschen, doch sie ahnte, dass er lächelte. Sie spürte seine Hand auf ihrer Stirn; er strich ihr das wirre, feuchte Haar zurück, und es ziepte ein wenig, als er sich in ihren Locken verfing.

»Hier im Frauengemach?«

Er lachte leise, dann richtete er sich zum Sitzen auf und tastete nach Hemd und Rock. Was ihm zuerst in die Finger geriet, waren Arlettes Gewänder, er schob sie zu ihr hinüber und fand endlich einen seiner Beinlinge und den rechten Schuh. Die alte Frau schnarchte nicht mehr, doch vom ersten Stock drangen nun lautes Lachen und Grölen herauf, der Wein hatte seine Wirkung getan.

»Es wird Zeit, dass ich hinuntergehe, um meine Ankunft zu melden und mein Anliegen vorzutragen«, sagte Herluin. »Schon morgen will ich nach Conteville zurückreiten.«

Sie spürte seine Bewegungen, er schlüpfte in sein Hemd, zog die Brouche hoch und band die Schnüre fest. Die enge Vertrautheit ihrer bloßen Körper war vorüber, sie begann zu frieren und empfand Angst.

»Schon morgen …«, murmelte sie und presste ihre zerknüllten Gewänder an sich.

Er trug bereits seinen Rock, knüpfte die Beinlinge an die Brouche und suchte nach dem linken Schuh.

»Sagen Sie mir, was Sie tun wollen, Arlette.«

Es gab nur eine Antwort, dennoch zögerte sie.

»Lieben Sie sie?«

Er hielt in der Bewegung inne, und sie hörte ihn atmen.

»Ich habe Fredesinde in meiner Burg aufgenommen, Arlette, und werde sie auch nicht fortschicken. Wenn Sie zu mir zurückkommen, werden Sie als Herrin der Burg auch für sie sorgen, das verlange ich von Ihnen.«

»Lieben Sie sie?«, beharrte sie.

»Auf meine Weise ja, denn ich schulde ihr Dank.«

Sie schwieg enttäuscht. Er schuldete diesem Mädchen Dank – ihr, Arlette, schuldete er keinen Dank. Im Gegenteil.

Was soll's, dachte sie trotzig. Ich werde ihn schon für mich gewinnen, wenn ich erst bei ihm bin. Er wird mir gehören, ganz und gar, mit Haut und Haaren, Herz und Sinnen – daran wird sie nichts ändern können.

»Ich werde mit Ihnen reisen, Herluin. Morgen früh bin ich bereit.«

Er musste große Furcht gehabt haben, sie könne sich anders entscheiden, denn er neigte sich über sie, legte beide Hände an ihre Wangen und küsste sie auf Stirn und Mund.

»Schlafen Sie jetzt, Arlette. Ich sorge für alles. Schlafen Sie und ruhen Sie sich aus, wir haben eine weite Reise vor uns.«

Als er die Tür öffnete, drang der Lärm der Hofleute über

den Treppenaufgang in den Raum hinein, Fäuste schlugen auf die Tischbretter, Frauen kreischten und lachten. Einen Moment lang sah sie Herluin im Licht einer Wandfackel auf der Schwelle stehen, er glättete sich mit den Händen das rote Haar und lächelte sie an. Dann schloss sich die Tür, und sie blieb in der Dunkelheit zurück.

War es Glück, das sie jetzt erfüllte? Sie wusste es nicht, doch sie sank mit einem Gefühl der Erleichterung zurück in die Polster, ihr Körper entspannte sich, und zugleich war sie verwundert, denn sie hatte etwas empfunden, das sie noch nie zuvor gekannt hatte. War es das, was ein Mann fühlte, wenn er eine Frau nahm? Zuerst war sie erschrocken, als es wie ein Krampf durch ihren Leib fuhr, wie eine pulsierende Kraft, die in ihr arbeitete, doch nicht schmerzhaft wie die Geburt eines Kindes, sondern beglückend und unfassbar süß.

Unruhe erfasste sie, sie stützte den Ellenbogen auf und begann, Pläne zu schmieden. Morgen würde sie nach Conteville reisen, dazu war sie fest entschlossen. Doch sie würde auf jeden Fall darum kämpfen, ihre Tochter mit sich zu nehmen, weshalb auch sollte Wilhelm von Arques es ihr verwehren? Niemand hatte sich bisher um Adelheid Gedanken gemacht, denn sie war ein Mädchen und ebenso wie Wilhelm unehelich. Bitter war nur, dass sie Richard nicht mehr sehen würde, der immer noch nicht ahnte, dass sie seine Mutter war. Auch von Wilhelm würde sie Abschied nehmen müssen, das schmerzte sie am meisten, doch wenigstens war Walter in seiner Nähe. Sie würden Boten austauschen, Geschenke senden, und vielleicht würde sie ihre beiden Söhne schon zu Ostern in Fécamp treffen.

Langsam beruhigte sie sich und spürte ein warmes, erlösendes Glücksgefühl in sich aufsteigen. Sie liebte Herluin, wie eine Frau ihren Mann nur lieben konnte, mit all ihren Gedanken und Sinnen, mit all ihrer Zärtlichkeit. Sie würde an seiner Seite leben und ihm ihre Liebe beweisen, so musste es sein, so war es richtig und gut.

Als sie die ersten Frauen den Treppengang hinaufsteigen hörte, streifte sie rasch das Hemd über und zog den Vorhang zu, denn sie hatte wenig Lust, sich ihren neugierigen Fragen zu stellen, weshalb sie nicht an der Tafel erschienen war. Für eine kleine Weile wurde es nun geräuschvoll im Gemach, die Lampen wurden angezündet, man hörte die Frauen schwatzen und kichern, der Deckel einer Truhe schlug zu, und die alte Emilia beschwerte sich krächzend, dass man ihr nichts zu essen und auch keinen Wein heraufgebracht habe. Godhild, die mit Adelheid unten an der Tafel gewesen war, schickte das Mädchen auf sein Lager und zog dann den Vorhang von Arlettes Bettstatt zur Seite.

»Er schläft in der Vorburg bei den Kriegern«, wisperte sie. »Ich soll dir sagen, dass alles geregelt ist – wir reisen gemeinsam, Arlette, denn er will auch mich mit nach Conteville nehmen.«

Godhilds sonst so blasse Wangen hatten rote Flecke bekommen, ihre Nase war fast weiß – ein sicheres Zeichen, dass sie vor Aufregung fast verging.

»Komm zu mir, ich werde doch nicht schlafen können.«

Godhild schlüpfte in die Bettstatt, eine Weile stritten sie kichernd um die Decken, dann lagen sie ruhig, flüsterten miteinander, beratschlagten, was alles einzupacken war und ob Herluin nicht besser einen Platz auf einem Schiff mieten solle – dies sei bei diesen gefahrvollen Zeiten wohl sicherer als eine Reise auf der Handelsstraße.

Erst sehr spät, weit nach Mitternacht, schlief Godhild ein, zusammengekauert wie ein Säugling, die Decke fest um sich gewickelt. Arlette, für die nur noch ein Zipfel übrig geblieben war, streifte ihr Gewand über, um in dem kalten Turmgemach nicht frieren zu müssen. Schlafen konnte sie nicht, doch sie glitt in einen schwebenden Zustand, halb Wachen, halb Traum, sah sich neben Herluin über eine Wiese voller gelber und rosa Blüten reiten, hinter ihnen rauschte das Meer, ihr langer Mantel flatterte im Wind und verfing sich in Herluins Sporen, die aus blank gescheuertem Eisen waren.

Plötzlich zuckte sie zusammen und fuhr hellwach vom Lager hoch. Ihr Herz hämmerte, ihr Puls raste.

»Was ist …«, murmelte Godhild schlaftrunken neben ihr.

Ein Schrei unterbrach sie. Er glich dem Brüllen eines zu Tode getroffenen Tieres, ein wildes, verzweifeltes Aufbegehren, das in einem seltsamen Gurgeln endete und dann ganz erstarb.

»Mörder! Zu Hilfe! Mörder!«

Walters Stimme. Sie kam von drüben, aus Wilhelms Schlafzimmer. Arlette sprang auf und wollte schon hinüberlaufen, doch Godhild klammerte sich an ihr Gewand.

»Bleib hier! Willst du dich etwa abstechen lassen?«

Im Treppengang waren Schritte zu hören, unten knarrte eine hölzerne Pforte, jemand fluchte laut und gotteslästerlich.

Arlette stürzte davon und schleifte Godhild, die sie nicht loslassen wollte, mit sich zur Tür. Dann war sie auch schon im Treppengang und sah, dass der Schlafraum ihres Sohnes offen stand. Im rötlichen Licht einer Wandfackel rangen Gestalten miteinander, rollten am Boden zwischen Kästen und Truhen, ein Dolch blitzte auf, und Arlette erkannte das bleiche, wutverzerrte Gesicht ihres Bruders.

Wilhelm kniete auf seinem Lager und starrte mit weiten, fassungslosen Augen auf die Kämpfenden. Als sich Arlette mit einem Schrei über ihn warf, kippte er verblüfft nach hinten, dann stemmte er die Fäuste gegen ihre Brust und versuchte, sich unter ihr hervorzuarbeiten.

»Gehen Sie weg, Mama! Ich kann mich schon verteidigen!«

»Lieg still!«

Sie schloss die Arme um ihn, rang mit dem Zwölfjährigen, der sich zornig gegen ihren Schutz wehrte. Plötzlich riss eine harte Faust an ihrem Haar, fasste ihr Kleid am Rücken, um sie von dem Knaben wegzuzerren, und sie spürte, wie der Stoff nachgab. Eine Klinge bohrte sich in ihre Schulter, kalt und heiß zugleich, sie spürte keinen Schmerz, nur das warme Blut, das aus der Wunde über ihren Rücken quoll. Ein Mann stieß einen lang gezogenen, heiseren Wutschrei aus, ein Körper fiel schwer über sie, Hände krallten sich in ihren Rücken, in ihre Arme, der Körper über ihr zuckte, röchelte, blieb leblos auf ihr liegen, ohne den Griff der Hände zu lockern.

»Lambert«, sagte Walters Stimme. »Du dreckiges Schwein – jetzt hast du deinen Lohn.«

Der Tote wurde zur Seite gewälzt, und Walter musste Arlette mit Gewalt dazu zwingen, ihren Sohn freizugeben, den sie mit verzweifeltem Mut umfasst hielt. Als Wilhelm sich endlich aus der Umarmung seiner Mutter lösen konnte, war er voller Blut, so dass man zunächst glaubte, ein Dolch habe ihn getroffen. Doch es war Arlettes Blut, das aus einer tiefen Schnittwunde in ihrer Schulter auf ihn herabgesickert war – Wilhelm selbst war unverletzt.

»Ich kam zu spät, Arlette«, sagte Walter mit vor Aufregung heiserer Stimme. »Wärest du nicht gewesen, hätte der Mörder Wilhelm getötet.«

»Hätte er nicht«, sagte Wilhelm trotzig. »Ich hätte ihn niedergemacht, den feigen Kerl!«

Arlette starrte auf die Männer, die blutüberströmt und mit zerrissener Kleidung am Boden lagen – sie erkannte Osbern von Crépon, der auf dem Rücken lag, das Kinn nach oben gereckt, aus einer tiefen Wunde am Hals schoss helles Blut, das seinen Rock an der Brust rot färbte. Die beiden Wächter, die unten am Turmeingang gestanden hatten, waren hinaufgelaufen und schlugen jetzt blindwütig auf die leblosen Körper der Mörder ein, traten sie mit den Füßen, brachen ihnen die Knochen. Wilhelm von Arques stürzte in den Raum, gefolgt von einigen seiner Getreuen, das Gemach füllte sich mit immer mehr Menschen, deren Stimmen sich zu einem unverständlichen Gewirr vermischten. Arlette zitterte und spürte, wie die Geräusche um sie herum dumpfer wurden, selbst das laute Fluchen des Grafen von Arques hörte sich an, als stünde er hinter einer dicken Mauer aus Stein. Ihr wurde schwarz vor Augen.

»Dreht die Mörder um, ich will ihre Gesichter sehen. Was ist mit Osbern? Ist er tot? Beim Teufel, ich habe diese Fratzen noch nie gesehen – wie kamen sie in die Burg? Schlagt ihnen die Köpfe ab und spießt sie über dem Burgtor auf, dass die Krähen ihnen die Augen aushacken …«

Walter trug seine Schwester hinüber ins Frauengemach, wo Godhild schon auf sie wartete. Sie beugte sich über die Freundin und schalt sie eine Verrückte, eine Irrsinnige, die sich ohne Not in tödliche Gefahr gebracht habe …

* * *

Arlette saß mit verbundener Schulter auf ihrem Lager, es war längst Nachmittag, doch sie hatte immer noch keinen Schlaf gefunden. Um sie herum vernahm sie angstvolles Geflüster, die Frauen hockten eng beieinander, wagten sich nur zitternd in den Treppengang und liefen immer wieder zum Fenster hinüber, um zu sehen, was auf der Vorburg geschah.

»Sie haben die Wächter gerichtet – mit einem einzigen Schlag den Kopf abgetrennt.«

»Die armen Burschen – wer weiß, ob sie überhaupt schuldig sind.«

»Natürlich sind sie das! Wie sollen die Mörder denn in den Turm gekommen sein, wenn nicht von unten über die Leiter!«

»Und wo sind die vier Kämpfer geblieben, die den jungen Herzog vor seinem Schlafraum bewachen sollten?«

»Niemand weiß es – sie sind wie vom Erdboden verschwunden.«

Arlettes Kopf dröhnte, sie fühlte sich krank, die Wunde brannte trotz der Kräutersalbe, die Godhild ihr aufgelegt hatte.

»Es war Lambert«, flüsterte sie Godhild zu. »Ich kenne ihn, er war früher ein Knappe von Gilbert von Brionne. Walter kannte ihn auch, er hatte eine alte Rechnung mit ihm, die nun beglichen wurde.«

»Gilbert von Brionne?«, murmelte Godhild. »Diesem Burschen ist alles zuzutrauen. Aber weshalb sollte er den jungen Herzog töten lassen? Er ist sein Vormund.«

»Der letzte und einzige, den Wilhelm nun noch hat.«

»Außer dem französischen König. Doch Paris ist weit.«

Godhild war bekümmert, denn zu allem Unglück kam, dass Arlette mit einer solchen Wunde auf keinen Fall reisen konnte.

»Reisen?«, fragte Arlette. »Wohin sollte ich jetzt wohl reisen!«

Am Abend schleppte sie sich hinunter zum Eingang, der inzwischen von der doppelten Anzahl Kämpfern bewacht wurde. Dort traf sie Herluin.

»Ich kann Sie nicht begleiten«, sagte sie. »Vergeben Sie mir.«

Herluin war erschüttert. Man hatte ihm berichtet, dass sie den Dolchstoß, der für ihren Sohn bestimmt gewesen war, mit dem eigenen Körper abgefangen hatte. Sie war sehr bleich, ihre Augen waren umschattet, und er fürchtete um sie, denn er wusste selbst nur allzu gut, was eine tiefe Wunde bewirkte.

»Ich werde am Hof bleiben, bis Sie wieder zu Kräften gekommen sind, Arlette. Wir werden reisen, wenn es Ihnen besser geht.«

Sie hob den Blick zu ihm, und er sah, wie unglücklich sie war.

»Verstehen Sie mich doch«, sagte sie flehend. »Man will ihn töten. Wie könnte ich Wilhelm jetzt verlassen?«

Er begriff erst jetzt – sie hatte ihr Versprechen zurückgenommen. Sie hing an diesem Kind mehr als an allen anderen, denn Wilhelm war Roberts Sohn. Die Erkenntnis tat weh. Es war Robert, immer noch Robert, der selbst nach seinem Tod noch über sie herrschte. Die alte Eifersucht kam zurück, wenngleich Herluin versuchte, dagegen anzukämpfen, da er nicht ungerecht gegen Arlette werden wollte.

»Was könnten Sie für ihn tun?«, rief er. »Es ist Sache der Männer, ihn zu schützen, nicht Sache seiner Mutter!«

Sie lächelte, denn er wusste recht gut, dass die vergangene Nacht das Gegenteil bewiesen hatte.

»Sie würden sich für ihn töten lassen«, brach es aus ihm heraus. »Für Roberts Sohn würden Sie mit Freuden sterben!«

Sie wollte erwidern, dass sie jedes ihrer Kinder mit ihrem

Leben schützen würde, doch er ließ sie nicht mehr zu Wort kommen.

»Bleiben Sie bei ihm!«, rief er mit harter Stimme. »Tun Sie, was Sie nicht lassen können. Ich aber werde morgen reiten, und Odo werde ich mit mir nehmen.«

»Ich werde zu Ihnen kommen, Herluin, das schwöre ich. Ich komme nach Conteville, sobald ich Wilhelm in Sicherheit weiß.«

Er glaubte ihr nicht und wandte sich ohne eine Antwort zum Gehen.

Godhild bereitete der aufgelösten Freundin einen Trank zu, und als Herluin am folgenden Morgen in aller Frühe mit dem heulenden Odo davonritt, lag Arlette in tiefem Schlaf.

Der Hof begann zu zerfallen, es wurden keine Hoftage mehr abgehalten, an der abendlichen Tafel saß neben den Ministerialen des herzoglichen Hofes nur noch Wilhelm von Arques mit seinen Getreuen; hin und wieder gesellte sich Gilbert von Brionne zu ihm, der jedoch selbst in blutige Händel verstrickt war. Was viele insgeheim längst befürchtet hatten, war nun eingetreten: Die herzogliche Familie hatte sich in mehrere Parteien gespalten, nur wenige standen noch hinter Roberts Sohn, stattdessen gab es manch einen, der den kleinen Bastard beseitigen und sich selbst auf den Thron setzen wollte.

Doch wer genau konnte das sein? Gerüchte gingen um, die niemand laut auszusprechen wagte, um nicht selbst in Gefahr zu geraten. War es Guy von Burgund, der Sohn der Gräfin Adelheid? Oder Ralf von Gacé, der Sohn des verstorbenen Erzbischofs und Befehlshaber der herzoglichen Kämpfer? Oder gar Wilhelm von Arques selbst? Auch Gilbert von Brionne geriet in Verdacht, war sein Knappe Lambert doch unter den Mördern gewesen. Doch der Graf von Brionne wusste zu erklären, dass Lambert schon lange nicht mehr in seinen Diensten stand, schließlich sei er längst erwachsen und schon vor einigen Jahren davongezogen. Wohin, das wusste Gilbert nicht zu sagen.

Arlette hatte ihren Kummer durch Trotz besiegt: Wenn Herluin nicht verstehen konnte, dass sie ihren Sohn schützen musste, dann sollte er eben allein nach Conteville zurückkehren. Dennoch litt sie sehr unter dieser Trennung, denn sie ahnte, dass sie nun die allerletzte Chance vergeben hatte, sich Herluins Liebe zu bewahren. Sie konnte diese Liebe nicht leben, wenn Wilhelms Tod der Preis dafür war!

Kaum dass ihre Wunde zu heilen begann, begab sie sich zu dem Grafen von Arques, um ein Anliegen vorzutragen.

Der Graf saß in seinem Wohnraum an einem Tisch, vor sich einen Kerzenleuchter und eine Kassette aus schwarzem Holz, die mit zahlreichen, nebeneinander verlaufenden Eisenbändern gesichert war. Ein junger Ministerialer stand an der anderen Seite des Tisches, hatte den Kopf geneigt und drehte eine Kappe in den Händen, in seinem vollwangigen Gesicht stand die übliche Mischung aus Schlauheit und Untertänigkeit, die fast allen Dienstleuten eigen war.

Wilhelm von Arques winkte dem Beamten, die Kassette zu öffnen und die Münzen auf den Tisch zu kippen. Arlette sah schweigend zu, wie die Geldstücke aus dem Kasten auf die hölzerne Platte glitten, es rauschte und klimperte, zwei Deniers rollten über den Rand hinweg, und der Ministeriale beeilte sich, unter den Tisch zu kriechen, um sie aufzuheben. Trotz der vielen Fehden und Adelskriege arbeitete die herzogliche Verwaltung immer noch hervorragend, die Beamten saßen überall, überwachten die Einnahmen in Kirchen, an den Zollstellen und auf den Märkten und trugen das Geld in die herzogliche Kämmerei.

»Was willst du?«, fragte sie Wilhelm von Arques.

Er sah nicht zu Arlette hinüber, sondern hatte die Augen auf den Ministerialen gerichtet, der die beiden Deniers aufgehoben hatte und nun im Schein der Kerzen begann, die Münzen zu zählen.

»Ich bitte darum, im Schlafzimmer meines Sohnes übernachten zu dürfen.«

Der Graf starrte sie in unverhohlener Verblüffung an, dann verzog er den Mund und stieß ein kurzes Gelächter aus.

»Reicht es dir nicht, dass dein Bruder den Herzog behütet?«

»Eine Mutter sieht und hört mehr als jeder Mann.«

Er blähte die schmalen Nasenflügel auf und schwieg eine Weile, seine Hände fuhren dabei ruhelos auf der Tischkante hin und her. Der Graf von Arques zählte knapp dreißig Jahre, doch er schien in den vergangenen Monaten gealtert zu sein, feine Linien hatten sich unter seinen Augen gebildet, die Mundwinkel hingen herab.

»Es ist nicht üblich, dass eine Frau sich dort aufhält, selbst wenn sie die Mutter des jungen Herzogs ist.«

»Ich habe meinem Sohn das Leben gerettet!«

Das konnte er nicht leugnen, wollte es auch nicht, denn überall am Hof lobte man den Mut und die Liebe der Gerbertochter zu ihrem Bastard. Nachdenklich starrte er auf die fleißigen Finger des Ministerialen, der die Münzen jetzt zu kleinen Häufchen ordnete, um besser zählen zu können. Es war nur ein kleiner Teil des Geldes, das er noch erwartete, und er würde es vor allem brauchen, um für seine Sicherheit zu sorgen.

Auch Arlette, die einer Antwort harrte, hatte die Augen auf die schimmernden, kleinen Münzen gerichtet, und sie dachte daran, wie sie damals als Mädchen auf dem Markt für ihren Vater geschachert und gehandelt hatte. Wie ängstlich hatte Doda ihre Deniers in einer Schatulle verschlossen, um den Schatz für Notzeiten aufzubewahren! Doch sie war dumm gewesen, denn man durfte das Geld nicht verschließen, sondern musste damit Waren oder Land kaufen. In Rouen gab es inzwischen sogar Händler, die ihr Geld verliehen und es mit Zins zurückverlangten, so wie ein Bauer ein Gerstenkorn in den Boden legte, damit eine Ähre daraus wuchs. Wer Geld besaß, konnte Grund erwerben und Burgen errichten, er konnte Kämpfer anwerben und sie ausrüsten, er konnte Kirchen und Klöster stiften und so auch in Gottes Reich für seinen Vorteil sorgen. Robert der Prächtige hatte seinen Reichtum mit vollen Händen verschenkt, damit geprotzt und zuletzt viel davon ins Heilige Land getragen, wo es auf immer verschwunden war. Ihr Sohn würde einmal klüger mit diesem Reichtum umgehen – das Geld würde ihm Macht geben und ihn zu einem großen Herrscher machen.

Wenn er am Leben blieb …

»Nun, meinetwegen«, brummte Wilhelm von Arques unwillig. »Bekanntlich hört ein Weib ja die Flöhe husten und die Spinne ihr Netz weben. Leg dich dort schlafen, wenn es deinem Sohn so gefällt. Mir in seinem Alter hätte es wenig Vergnügen bereitet.«

Er lachte höhnisch und griff nach den Silbermünzen, auch der Ministeriale ließ ein meckerndes Gelächter ertönen, denn es war wichtig, Heiterkeit zu zeigen, wenn der Herrscher gut gelaunt war. Dabei bewegte er jedoch in einem fort stumm seine Lippen und machte mit einem Stück weißer Kreide Striche auf den Tisch, um beim Zählen nicht durcheinanderzukommen.

* * *

»Nein, Mama«, wehrte sich Wilhelm. »Das will ich nicht. Alle werden über mich lachen. Sie sagen jetzt schon, ich hätte mich unter Ihrem Kleid vor den Kerlen versteckt.«

Doch Arlette ließ sich nicht zurückweisen, schon gar nicht von ihrem eigenen Sohn.

»Ich werde nicht in deiner Nähe, sondern gleich bei der Tür schlafen. Und außerdem tue ich es nur Walter zuliebe. Du weißt doch, dass Walter und ich früher immer zusammengesteckt und allerlei dumme Streiche ausgeheckt haben.«

»Was für Streiche?«

Sie erzählte ihm von den heimlichen Ausflügen in den Wald, früh am Morgen, wenn es noch dämmerte und die Tiere erwachten. Von der Nachbarin hatten sie Eier und süße Pflaumen mitgenommen, doch da hatte der dumme Korre sie verraten, der einer Katze hinterhergejagt war.

Wilhelm hörte gern zu, wenn sie erzählte; es tat ihm gut,

denn die grausigen Geschehnisse am Hof hatten Spuren in seinem Gemüt hinterlassen. Bei den ritterlichen Übungen mit den anderen Knappen focht er mit wütender Kraft, besiegte sogar jene, die älter waren als er, und geriet in Zorn, wenn er einen Kampf verlor. Er konnte unbarmherzig sein, trat den besiegten Gegner mit dem Fuß, verhöhnte ihn laut, und einmal hatte er einem kleineren Knaben mit einem Faustschlag die Nase gebrochen und darüber gespottet, dass der nun mit einem Gesicht wie ein Brotfladen umherlaufen müsse. Doch in den Nächten lag er lange Zeit wach, zuckte bei jedem Geräusch zusammen und hatte stets sein Messer unter dem Kopfpolster liegen. Er sprach nie über Osbern von Crépon, der in seinem Zimmer so schrecklich zu Tode gekommen war, doch Arlette wusste, dass Wilhelm Osbern sehr geliebt hatte. Er war der Vater seines Kameraden Wilhelm FitzOsbern gewesen, einer der wenigen Knaben, mit denen Wilhelm sich angefreundet hatte.

»Sie bleiben bei mir, nicht wahr?«, sagte Wilhelm an einem solchen Abend nachdenklich zu Arlette. »Sie und Walter – auf euch kann ich mich verlassen.«

Arlette und ihr Bruder wechselten einen kurzen Blick, dann lächelten sie beide, denn sie waren Verbündete seit dem Tag, da Walter geboren war.

»Ja«, gab sie mit großem Ernst zurück. »Wir drei halten zusammen.«

Nur wenige Monate später zog der Hof wieder nach Rouen. Alle waren froh darüber, zumal die Festung Vaudreuil, wo noch immer die gebleichten Schädel der Mörder über dem Toreingang hingen, niemandem ans Herz gewachsen war.

»Die verdammten Krähen ziehen hinter uns her«, sagte Godhild, die zwischen Arlette und deren Tochter Adelheid auf dem Wagen saß und ein Bündel mit ihren Besitztümern auf dem Schoß hielt. »Als ob sie ein neues Opfer suchten.«

Arlette hatte kein Dach über den Wagen spannen lassen, der späte Sommer zeigte sich warm, nur selten hatte es geregnet, außerdem konnte sie so besser zu Wilhelm hinübersehen, der inmitten einer Gruppe von Kämpfern ritt. Jetzt bereute sie diese Entscheidung, denn Godhild wollte in allem, das sie zu sehen bekamen, düstere Vorzeichen erkennen.

»Erst eine dunkle Wolke, dann eine tote Maus am Wegesrand, jetzt die Krähen! Herr des Himmels – wenn sie nach Opfern suchen, dann finden sie sie überall im Land.«

»Wer weiß?«, gab Godhild düster zurück und presste ihr Bündel an sich. »Die Adelsherren in der Niedernormandie sollen sich mit Guy von Burgund zusammengetan haben. Er will Herzog werden, denn er ist Adelheids Sohn und damit Roberts Neffe. Und er ist kein Bastard.«

»Verdammt! Nimm niemals wieder dieses Wort in den Mund!«, fauchte Arlette.

»Es ist, wie es ist!«

»Und wenn schon«, schimpfte Arlette. »Die Adeligen in der Niedernormandie sind ein Haufen armseliger Habenichtse – was können sie schon ausrichten gegen die herzoglichen Kämpfer?«

»Nigel von Cotentin ist kein Habenichts.«

Die Nachricht war neu, und sie hörte sich nicht gut an.

»Also auch Joselines Ehemann«, sagte Arlette bitter. »Wie bekümmert sie damals war, als Nigel für eine Weile in Ungnade fiel. Und wie eifrig schwor er Robert seine Treue, als der ihn wieder an den Hof rief und ihn zum Vicomte machte! Nun also lohnt Nigel Roberts Güte, indem er zum Verräter an seinem Sohn wird.«

Oh, wie sehr hatte Herluin doch recht gehabt! All die großen Herren, die in ihren glänzenden Mänteln und bunten Beinlingen umherstolzierten und die sie früher so bewundert hatte – sie schienen ihr jetzt wie die boshaften Fabelwesen, von denen die alte Guda erzählt hatte. Behaarte Tierkörper mit den gebogenen Krallen des Greifs, die menschliche Gesichter hatten. Wolfsköpfe mit gelben Augen und großen Reißzähnen auf Menschenkörpern. Ihnen allen war ihr Sohn ausgeliefert, ein zwölfjähriger Knabe in der Gewalt einer geifernden, Zähne fletschenden Menagerie von Bestien.

Der Einzug in den Palast in Rouen geschah ungewöhnlich hastig. Während man in früheren Zeiten gemächlich durch die Stadt geritten war, damit Bewohner und Fremde den prächtigen Zug bewundern konnten, wählte Wilhelm von Arques nun den kürzesten Weg zum Palast, und auch vor dem breiten Tor in der Mauer zum Innenhof gab es nur einen kurzen Aufenthalt. Dennoch war der Hofgesellschaft nicht entgangen, dass sich zahlreiche Ritter in der Stadt aufhielten. Die einen glaubten, Gilbert von Brionne erkannt zu haben, andere Robert von Beaumont, wieder andere versicherten, sie hätten den jungen Guy von Burgund gesehen, wie er mit seinen Getreuen über den Markt geschlendert war.

In Rouen erhielt Wilhelm ein Schlafgemach, das einen geheimen Ausgang zum Garten hin besaß, eine kleine Tür nur, die von innen mit einem eisernen Riegel geschlossen war und in der Not eine Flucht ermöglichte. Auch hier bestand Arlette darauf, im Gemach ihres Sohnes zu übernachten, und niemand verwehrte es ihr. Wilhelm von Arques hatte andere Sorgen. Die Lage in Falaise war allzu unübersichtlich geworden, und er beschloss, Ralf von Gacé mit einem Teil der herzoglichen Kämpfer dorthin zu schicken, um die Burg endgültig wieder einzunehmen.

»Sie werden kämpfen und meine Dörfer zerstören«, sagte Walter verzweifelt zu Arlette. »Auch unser Bruder Osbern und seine Familie sind in Gefahr – aber was kann ich schon für sie tun?«

Walter hatte den strengen Befehl, seinen Neffen auf keinen Fall zu verlassen, und Arlette war trotz allem froh darüber. Täglich überwachte er die Übungen der Knappen, trieb sie über den Hof, wie Turchetil es getan hatte, sparte nicht mit Schelten oder Strafen, doch noch weniger mit Lob. In der kurzen Zeit war es ihm gelungen, sich viele der Knabenherzen zu erobern, kaum einer vermisste noch den harschen Ton des ehemaligen Lehrers, nur manchmal murrten einige Burschen und behaupteten, Turchetil habe den jungen Herzog niemals bevorteilt, Walter aber sei mit seinem Neffen Wilhelm milder, als der es verdient habe.

Arlette nahm jede Gelegenheit wahr, gemeinsam mit Godhild und ihrer Tochter Adelheid auf den Hof oder in den Garten zu gehen, um von dort aus dem bunten Treiben der Knaben zuzuschauen.

»Wie sie herumtoben, diese Ritterlein«, meinte Godhild. »So unbefangen und wild, als gäbe es nichts auf der Welt, das ihnen Angst machen könnte.«

Arlette lächelte und hielt ihren Schleier fest, in den eine Windböe gefahren war. Godhild hatte recht, es tat wohl, den kleinen Burschen zuzuschauen, zu hören, wie sie sich anfeuerten, schrille Kampfrufe ausstießen, die seltsam hell und ein wenig lächerlich klangen, besonders wenn einem von den Älteren die Stimme kippte.

»Immer kümmern Sie sich nur um Wilhelm«, schmollte Adelheid. »Weshalb zeigen Sie mir nicht, wie man schöne Teppiche stickt und Gewänder näht? Irgendwann werde ich heiraten, und dann weiß ich nichts von dem, was eine Ehefrau wissen muss.«

Arlette war betroffen – sie hatte ihre Tochter tatsächlich vernachlässigt. Vor allem jedoch war sie selbst eine ziemlich schlechte Stickerin, und auch in der Kunst des Nähens hatte sie sich niemals hervorgetan.

»Wilhelm braucht mich mehr als du«, versuchte Arlette ihr vorsichtig zu erklären. »Er ist in Gefahr, und ich muss ihn schützen.«

Adelheid blinzelte zu den Knappen hinüber, wo Wilhelm gerade mit einer hölzernen Stange gegen einen Gegner focht, der ein ganzes Stück größer war als er selbst.

»Wilhelm kann sich selbst verteidigen, Mama. Schauen Sie doch – er hat Richard von Brionne einen Schlag verpasst, dass er jetzt an der Wange blutet.«

Erschrocken blickte Arlette hinüber – tatsächlich, Wilhelms Gegner war Richard von Brionne. Wie wütend sie gegeneinander fochten, auch Wilhelm bekam seinen Teil ab, doch er scherte sich nicht darum, sondern drang brüllend auf seinen Gegner ein. Beide hatten den gleichen Zorn im Leib, die gleichen blitzenden, dunklen Augen, vielleicht sogar den gleichen, unversöhnlichen Hass – sie waren Brüder und wussten es nicht.

Ob Robert Lautmund vor vielen Jahren auch so erbittert gegen seinen älteren Bruder Richard Kühlauge gekämpft hatte? Auf jeden Fall hatte ihr Zwist später viel Unheil über das Land gebracht.

»Jean!«

Adelheids begeisterter Ruf riss Arlette aus ihren Gedanken.

»Jean le Païen! Ich habe Sie vermisst – Sie wollten mir doch das Lateinische erklären.«

Der schwarzhaarige Ritter, dessen Schläfen nun weiß geworden waren, grüßte Arlette und Godhild mit einer leichten Neigung des Kopfes, sein Lächeln jedoch galt Adelheid – ein Lächeln, das nicht Teil der glatten Maske war, hinter der er sich für gewöhnlich verbarg, sondern echt und voller Wärme.

»Wenn deine Mutter es erlaubt, werde ich das gern tun.«

Arlette war froh, dem schwierigen Gespräch entkommen zu sein, und ließ die beiden gewähren. Langsam schritten sie nebeneinander her, der schwarzhaarige Ritter sprach ruhig, den Blick stets aufmerksam auf Adelheid gerichtet, die ihm nun fast bis zur Schulter reichte. Das Mädchen jedoch unterbrach ihn immer wieder, stellte aufgeregte Fragen, kicherte fröhlich und fasste manchmal sogar seinen Arm, wenn er nicht rasch genug auf ihre Wünsche einging. Jean hatte sich schon in Vaudreuil um Adelheid gekümmert, Godhild hatte es Arlette erzählt und spöttisch behauptet, der schwarze Rabe mit den weißen Federchen habe ihre Tochter unter seine Fittiche genommen.

»Ich wusste gar nicht, dass er Latein versteht«, murmelte Arlette unsicher.

»Er versteht wohl überhaupt sehr viel mehr, als wir ahnen«, mutmaßte Godhild. »Vielleicht wird er ja um sie anhalten.«

Arlette hatte sich schon wieder zu den Knappen umgewendet, wo Walter damit beschäftigt war, die beiden Kampfhähne zu trennen, die sich schon einige harte Schläge versetzt hatten, ohne dass einer von ihnen ans Nachgeben dachte.

»Jean?«, rief Arlette empört. »Er ist doch viel zu alt! Was könnte er ihr schon bieten? Er besitzt nicht einmal ein Lehen.«

»Er scheint sie zu lieben. Ist das nicht mehr wert als ein Grafentitel und ein großes Lehen?«

»Du magst recht haben«, seufzte Arlette. »Ja, ich bin mir sogar sicher, dass du recht hast. Warten wir ab, was geschieht.«

Drüben bei den Knappen hatte Wilhelm seinem Gegner noch rasch einen harten Tritt versetzt, und Richard krümmte sich vor Schmerz. Walter musste seinem Neffen eine ordentliche Strafe verpassen.

»Wie boshaft er sein kann«, murmelte Arlette bekümmert. »Manchmal habe ich fast Angst, was aus ihm werden wird. Lass uns hineingehen, Godhild. Mir ist nicht gut.«

Godhild hob die Augenbrauen und sah Arlette aufmerksam ins Gesicht, doch sie schwieg.

Am Abend war Wilhelm ein anderer, aller Zorn war aus ihm gewichen, und er freute sich auf das Zusammensein mit Arlette und Walter, denn nach dem langweiligen Nachmittagsunterricht bei seinem Lehrer Guillaume gefiel es ihm, sich mit seinem Onkel im Tricktrack zu messen. Er liebte dieses Spiel, noch mehr aber das Schachspiel, das er schon besser beherrschte als Walter, der viel zu wenig Geduld hatte, um seine Züge klug und weitsichtig vorzubereiten. Wilhelm jedoch zeigte, dass er Eigenschaften seines Onkels, des Erzbischofs von Rouen, in sich trug. So zornig er im Kampf mit seinen Kameraden werden konnte, hier war er beherrscht, wartete ab, belauerte seinen Gegner und tat im rechten Moment den entscheidenden Zug.

»Schon wieder verloren!«, stöhnte Walter und grinste dabei,

denn im Gegensatz zu Wilhelm war es ihm völlig gleich, ob er im Spiel gewann oder verlor.

»Dreimal besiegt gibt einmal Straferlass für morgen!«, forderte Wilhelm ungeniert und schob das Schachbrett zu Arlette hinüber, die sich daranmachte, Schah und Großwesir, die Streitelefanten und Streitwagen, die berittenen Krieger und endlich auch die Bauern wieder an ihre Plätze zu setzen.

»Mal sehen, ob du auch gegen mich gewinnen kannst, Angeber«, forderte sie ihn lächelnd heraus, und Wilhelm verzog kampflustig den Mund.

Arlette hatte das Spiel schon mit Robert hin und wieder versucht, doch der war ungeduldig gewesen, und wenn er Gefahr lief, gegen sie zu verlieren, brach er die Partie gern unter einem Vorwand ab. Wilhelm jedoch hatte die gleiche Beharrlichkeit und den Willen zu siegen wie seine Mutter; ihre Spiele konnten lange andauern, manchmal saßen sie bis spät in die Nacht über den kleinen Figürchen aus Hirschhorn, und keiner wollte sich geschlagen geben.

Auch an diesem Abend endete die Partie mit einem Remis, was daran lag, dass beiden schon fast die Augen zufielen. Walter hatte längst nachgesehen, ob die Wächter vor der Tür auf dem Posten waren, dann war er auf seinem Lager eingeschlummert, das blanke Schwert griffbereit neben sich.

Es wurde still im Schlafgemach, Wilhelm hatte sich auf die Seite gedreht, er schlief ohne Decke. Wie auch Walter kleidete er sich seit dem Überfall nachts nicht mehr aus, denn er fürchtete nichts mehr, als einem Gegner im bloßen Hemd entgegentreten zu müssen. Arlette, die neben der Tür nächtigte, vernahm bald seine regelmäßigen Atemzüge, nur hin und wieder schnaufte er, zuckte mit Armen und Beinen und wälzte sich auf die andere Seite. Sie selbst hatte mehr Mühe einzuschlafen, denn immer wieder quälte sie die lästige Übelkeit, die sie nur allzu gut kannte. Bisher hatte sie bei Hof noch verheimlichen können, was Godhild natürlich wieder als Erste bemerkt hatte, noch bevor Arlette selbst sich darüber klar geworden war: Sie erwartete ein Kind.

Warum war Gott der Herr so grausam? Dieses kleine Wesen, das sie in nie gekannter Leidenschaft empfangen hatte, hätte das Unterpfand ihrer Liebe zu Herluin sein können – doch nun, da er sie zornig verlassen hatte, würde sie allein damit bleiben. Möglicherweise würde er nie erfahren, dass sie ihm einen Sohn oder eine Tochter geboren hatte.

Was gräme ich mich darüber?, dachte sie trotzig. Er hat die sanfte, stille Fredesinde, die ihm gewiss Kinder schenken wird, wahrscheinlich sogar einen ganzen Stall davon.

Eine graue Maus huschte an der Wand entlang und verschwand hinter einer Truhe, eifrige Nagegeräusche waren zu vernehmen, und Arlette erhob sich seufzend, um zu verhindern, dass die Maus ihr Nest in der schön geschnitzten Truhe baute.

Plötzlich erfüllte Lärm den Treppengang, Männer fluchten, keuchten in der Anstrengung des Kampfes, und es ertönte der helle Klang von aufeinandertreffenden Schwertern. Der Schrecken ließ Arlette für einen Augenblick erstarren, hinter ihr sprang Walter von seinem Lager, das Schwert bereits in der Rechten, Wilhelm kniete auf seinem Bett und grub unter dem Kopfpolster nach dem Messer.

»Es müssen viele sein – sie kämpfen mit den Wächtern«, flüsterte Arlette. »Ihr müsst fliehen.«

»Ich laufe nicht davon«, widersprach Wilhelm starrsinnig.

»Du tust, was wir sagen!«

Sie hatte sich jetzt wieder in der Gewalt, hielt einen Span an die Flamme der Hängelampe, um eine der Laternen zu entzünden, und eilte zu der kleinen Pforte. Walter zögerte. Unten im Treppengang waren Schritte zu vernehmen und scharrende Geräusche, als würden Schwerter aus ihren hölzernen Scheiden gezogen. Es waren Helfer unterwegs. Ein schwerer Schlag erschütterte die von innen verriegelte Tür, das Holz knarrte, die Tür zitterte in ihren Angeln. Ein weiterer Schlag folgte, der die Türbretter spaltete. Wer auch immer da zu ihnen eindringen wollte – er hatte sich gut vorbereitet und eine Axt mitgebracht.

»Fort!«, zischte Walter und stieß Wilhelm zur Pforte hinüber. Der Knabe weigerte sich nun nicht mehr, die Angst vor der allzu großen Übermacht hatte ihn gepackt.

»Lasst mich vorangehen!«, flüsterte Arlette. »Es könnte sein, dass sie uns im Garten abfangen wollen.«

Walter schob den Riegel auf. Die Pforte ließ sich nur schwer öffnen, das Holz war verquollen und die Türangeln waren lange nicht geölt worden. Moder und Kälte wehten ihnen entgegen; wer hier hinuntersteigen wollte, musste schmal und klein wie ein Kind sein, ein erwachsener Mann konnte sich nur in gebückter Haltung hindurchquetschen. Arlette ging zuerst, Wilhelm folgte ihr, Walter sicherte den Rückzug.

»Gehen Sie nicht zu rasch, Mama!«, zischte Wilhelm ihr ins Ohr. »Unten müssen Sie stehen bleiben, hören Sie? Wenn dort einer auf uns wartet, machen Walter und ich ihn nieder.«

Der Treppengang endete an einer hölzernen Pforte, die ebenfalls mit einem Riegel von innen gesichert war. Von oben drangen Geräusche an ihre Ohren, dumpf zwar, doch deshalb nur umso bedrohlicher.

»Ich kann den verdammten Riegel nicht öffnen«, fluchte Arlette.

Aufgeregtes Geflüster erhob sich. Walter versuchte, sich an Wilhelm vorbeizuschieben, doch der Gang war zu eng, er steckte ohnehin fast fest.

»Du musstest ja unbedingt als Erste hinunterlaufen!«

»Lassen Sie mich, Mama, ich bin stärker als Sie!«

»Du musst daran rütteln, dann löst sich der Rost.«

»Nimm den Griff von deinem Messer und schlag damit auf den Schieber!«

»Halten Sie doch die Laterne ruhig, Mama!«

»Wir stecken hier fest wie die Maus im Loch. Ich kann nicht einmal das Schwert führen, so eng ist es.«

Mit einem knirschenden Geräusch gab der Riegel nach, Wilhelm steckte sich den blutenden Daumen in den Mund, Arlette blies rasch die Laterne aus.

Vom Hof her, wo jetzt Rufe und eilige Schritte ertönten, fiel schwacher Fackelschein über einen Teil des Gartens. Eine Magd schrie mit schriller Stimme um Hilfe, die Torwächter verließen ihre Posten, um in den Palast zu laufen, dann hörte man Reiter, die durch das Tor in den Palasthof eintrabten.

»Hier im Garten ist niemand – weg mit euch!«, zischte Arlette.

Walter und sein Schützling eilten in gebückter Haltung über die Beete zu einem der runden Mauertürme. Von dort aus führte ein Gang hinunter zum Fluss, den die Mägde benutzten, um dort das Wasser zu holen oder die Wäsche zu waschen.

Arlette blieb im Garten zurück, jetzt, da die größte Gefahr gebannt war, zitterte sie plötzlich am ganzen Körper, ihr Magen krampfte sich zusammen und sie musste sich so heftig übergeben, dass sie glaubte, sterben zu müssen. Plötzlich leuchtete hinter ihr Fackelschein auf. Kräftige Hände packten sie, doch es war ihr völlig gleich, was nun mit ihr geschah.

Zwei herzogliche Kämpfer, die den Garten nach dem jungen Herzog absuchten, nachdem die offen stehende Pforte in seinem Schlafzimmer entdeckt worden war, fragten sie nach ihrem Sohn.

Sie schwieg, denn es war niemandem zu trauen. Als sie sich von Neuem erbrechen musste, ließen die beiden sie in Ruhe.

Herbst 1040

Die Nacht hatte den ersten Frost gebracht, die Äcker mit feinen Eisfäden übersponnen und dem bunten Laub, das noch an den Bäumen hing, glitzernde Ränder wachsen lassen. In der Morgensonne wehten zarte Nebel in den Wäldern, und aus dem tauenden Erdreich stieg der scharfe Geruch des Herbstes auf, der pilzige Duft nach moderndem Blattwerk und fauligem Holz.

Gilbert von Brionne war früh aus dem Gehöft hinausgeritten, um auf seine Burg zurückzukehren, doch während er jetzt sein Pferd über den feuchten Wiesenweg galoppieren ließ und der weiße Atemhauch des Tieres in der Morgenluft wehte, bedauerte er seinen Entschluss. Wozu die Eile? Er war kurz nach Morgengrauen erwacht, als es unten im Wohnhaus des Bauern lebendig wurde, die Knechte schlurften herum, ein fader Brei aus Gerste wurde gekocht, und zu allem Überfluss stieg die fetthüftige Bäuerin zu ihnen auf den Dachboden, um nach seinen Befehlen zu fragen. Er hatte sie fortgeschickt und sich schlaftrunken umgewendet, dann hatte er unter der kratzigen Decke den nackten Körper des Mädchen ertastet und sich über sie geschoben. Doch die Kleine war noch halb im Schlaf gewesen, und da er ungeduldig war, hatte das Ganze kaum länger gedauert als ein Hammelsprung, was schade war, denn das Mädel war zart wie ein junges Kätzchen, dabei ebenso kratzbürstig, und ihre spitzen Brüste verlockten dazu, sie zwischen die Zähne zu nehmen. In ein paar Jahren würde sie vermutlich ihrer Mutter ähneln, die lange, hängende Brüste und Hüften wie eine trächtige Stute hatte.

Weshalb war er nicht noch ein Weilchen geblieben, um sich die kleine Hexe in aller Ruhe vorzunehmen? Niemand hätte ihn gestört; die Eltern glaubten, ihr Glück zu machen, indem sie ihm die Tochter zuschoben. Er ließ das Pferd langsamer laufen und sah zu dem Gehöft zurück. Dunkler Rauch stieg aus der Dachöffnung senkrecht in den Himmel auf, kein Lüftchen wehte, der Raureif auf dem Zaun taute zu funkelnden Wassertröpfchen.

Er blinzelte in die Sonnenstrahlen und war nahe daran, das Pferd zu wenden und zurückzureiten, doch im letzten Augenblick besann er sich eines Besseren.

Es gab nur wenige Felder und Wiesen bei dem Gehöft, ringsum war dichter Eichen- und Buchenwald, der stets dazu neigte, die gerodeten Flächen zurückzuerobern. Die Apfelbäume auf den Wiesen waren längst abgeerntet, im schwarzen Gewirr ihrer kahlen Äste zitterten noch ein paar letzte Blättchen, die in der Sonne wie gelbe und blutrote Früchte leuchteten. Unter den Bäumen grasten Kühe und Ziegen, zwei Hütejungen hockten auf einem Mäuerchen und bliesen scheußliche schnarrende Töne auf Grashalmen, die sie zwischen die Finger geklemmt hatten.

Der Missklang brachte ihn wieder zu sich. Er schüttelte die Gedanken an das Mädchen ab, und sein Kopf wurde wieder klar. Aufmerksam musterte er die knorrigen Eichenstämme am Waldrand, die ihn – vom Morgennebel umwölkt – an greisenhafte Krieger mit langen, ausgestreckten Armen erinnerten. Dort, wo der schmale Pfad in den Wald hineinführte, hatten sich ein paar Vögel erhoben, darunter offenbar auch ein Häher, sein warnender Ruf war durch das Schnarren der Hütejungen hindurch zu vernehmen. Vermutlich waren einige seiner Getreuen auf die Jagd geritten und kehrten jetzt zur Burg zurück. Hoffentlich mit guter Jagdbeute – ein zartes Reh oder wenigstens ein paar Hasen wären eine willkommene Abwechslung.

Das Leben auf der Burg langweilte ihn, und ihm war jedes Vergnügen recht.

Die Lage im Land hatte sich verändert. König Heinrich I. war mit seinem Heer in die Normandie eingedrungen, hatte die Festung Tillières-sur-Avre belagert, und Gilbert Crispin, der die Festung hielt, hatte sich unterwerfen müssen. Dann war Heinrich I. ins Hiémois gezogen, hatte Falaise erobert und damit den abtrünnigen Vasallen deutlich gemacht, dass der König und Lehnsherr der Normandie bereit war, alle Revolten gegen den jungen Herzog zu ersticken. Vermutlich dachte Heinrich I. noch dankbar an den verstorbenen Robert den Prächtigen zurück, der ihm vor Jahren im Kampf um den Königsthron zur Seite gestanden hatte, vielleicht hatte er aber auch einen Narren an dem kleinen Wilhelm gefressen, der Bursche war kein Feigling und hatte seinen eigenen Kopf.

Solange sich der König mit seinem Heer in der Normandie aufhielt, wollte Gilbert auf jeden Fall in Brionne bleiben, um die Lage abzuwarten. Es war berichtet worden, dass sich zahlreiche rebellische Vasallen plötzlich besonnen hatten, ihre Treue zu dem jungen Herzog neu entdeckten und sich dem königlichen Heer anschlossen. Thurstan Goz, der sich stets wie ein Rohr im Winde drehte, hatte das getan, doch Gilbert wusste recht gut, dass Thurstans Treue nur so lange währte, bis er seinen Vorteil an anderer Stelle zu erblicken glaubte.

Er selbst hatte eine Weile geschwankt, welcher Partei er sich anschließen sollte. Das Brüderpaar Wilhelm von Arques und der dürre Erzbischof Mauger hatten die Macht fest an sich gerissen – noch besaß er selbst einigen Einfluss, schließlich war er der Vormund des jungen Herzogs, doch wie lange würde dieser Einfluss währen? Noch vor wenigen Tagen schien es, als sei die Regentschaft der beiden Brüder am Ende. Guy von Burgund hatte fast die ganze Niedernormandie hinter sich gehabt, und er hatte vor, den kleinen Wilhelm zu töten. Dieser Bastard, den der französische König als künftigen Herzog anerkannt hatte, war für Guy das entscheidende Hindernis zum

Thron. Zeitweise hätte Gilbert keinen Denier für das Leben des jungen Herzogs gegeben, und wieder und wieder überlegte er, sich der Rebellion des jungen Guy von Burgund anzuschließen. Er hatte schon einen Boten ausgesandt, um Guy zu einem Treffen zu veranlassen, doch das Eingreifen des französischen Königs hatte die Zusammenkunft verhindert.

Er hatte großes Glück gehabt, denn nachdem König Heinrich I. mit seinem Heer die Rechte seines Schützlings Wilhelm verteidigte, wäre es vermutlich besser, treu zu dem jungen Herzog zu stehen. In ein paar Tagen würde er den Hof in Rouen aufsuchen und nach dem Knaben sehen.

Er hatte fast den Waldrand erreicht, als sich plötzlich ein großer Vogel aus einer Eiche löste, mit raschen Flügelschlägen Höhe gewann und schwebend über Wiesen und Äckern kreiste. Gilbert beschattete die Augen vor den schräg einfallenden Sonnenstrahlen und erkannte den Habicht an seinem langen Schwanz und den kurzen, breiten Flügeln. Er war groß, kein junges Tier mehr, ein kraftvoller, einsamer Jäger. Jetzt strich er dicht über eine Wiese, schien seinen eigenen Schatten zu jagen und stieß dann plötzlich herab. Die ausgestreckten Klauen berührten kaum das Gras, da fuhr das Tier schon mit mächtigem Flügelschlag wieder empor – die Maus in seinen Krallen war in Todesangst erstarrt.

Prächtiger Bursche, dachte Gilbert anerkennend und wandte den Blick dann zum Wald hinüber, wo jetzt dumpfe Hufschläge zu vernehmen waren. Ein Reiter war zwischen den kahlen Eichen aufgetaucht. Ohne Eile ritt er auf Gilbert zu. Hinter ihm war ein zweiter zu erkennen, Pferd und Gestalt des Mannes noch undeutlich im Morgennebel.

Gilbert von Brionne wusste augenblicklich, dass ihm Unheil drohte, denn die beiden waren keinesfalls auf der Jagd. Sie trugen weder Bogen noch Köcher, dafür jedoch die langen Schwerter an der Seite.

»Gilbert von Brionne!«, rief der erste Reiter.

Es klang wie ein erfreuter Ausruf, ein Gruß, mit dem man

einen Freund oder Bekannten empfängt, doch Gilbert wusste es besser. Dieser Ruf diente dazu, ihn zu täuschen. Ein dritter Reiter war aus dem Wald herausgeritten, ihm folgten weitere. Kettenhemden blitzten auf, einer trug sogar einen Helm, ein anderer hatte bereits das Schwert aus der Scheide gezogen. Dann erkannte er eines der Gesichter, und er glaubte für einen Augenblick, sich getäuscht zu haben, gehörte dieser Mann doch zu den herzoglichen Kämpfern.

»Gilbert von Brionne!«

Der Ruf klang jetzt bedrohlich, er schien nicht ihm, sondern den Begleitern zu gelten, und er schien zu sagen: Ja, es ist der Rechte. Wir haben ihn!

Er hatte nicht die mindeste Chance, gegen diese Übermacht zu bestehen, hastig wendete er sein Pferd, galoppierte vom Weg ab in die Wiesen hinein, um das Gehöft, wo er Deckung und Unterschlupf finden würde, auf dem kürzesten Weg zu erreichen. Doch die Meute folgte ihm, er hörte das dumpfe Schlagen der Hufe, dann die Kriegsrufe der Männer, Schwerter fuhren zischend aus den Scheiden, blitzten neben ihm im Sonnenlicht.

»Gilbert von Brionne! Stirb, feiger Mörder!«

Man schlug ihm das Schwert mitsamt der rechten Hand herunter, brüllend vor Schmerz warf er sich im Sattel nach vorn. Mehrere Schwerter droschen von drei Seiten auf ihn ein. Er sah schwarze Flecken vor einer roten Sonne, spürte nicht, dass er vom Pferd stürzte, spürte auch die Fußtritte der Mörder nicht mehr, als er am Boden lag, wusste nicht einmal, dass man ihm den linken Arm und beide Unterschenkel vom Körper getrennt hatte.

»Ralf von Gacé, der Sohn des Erzbischofs Robert Evreux, ist es, der dich zur Hölle schickt, gottverfluchter Verräter!«

Doch Gilbert von Brionne vernahm diese Worte nicht mehr; er hatte bereits die Barke betreten, die über das dunkle Wasser ins Land der Toten fährt.

* * *

Kaum jemand am herzoglichen Hof betrauerte den Tod des Grafen von Brionne, am wenigsten Arlette, die ihn immer gehasst hatte. Nur Gilberts Sohn Richard war bekümmert, er verfluchte die feige Mörderbande und schwor, den Vater zu rächen. Für eine kurze Weile ruhte der Streit zwischen Wilhelm und seinem Halbbruder, die Knappen achteten Richards Schmerz, denn viele von ihnen hatten ebenfalls den Vater, den Onkel oder den älteren Bruder in den blutigen Fehden der Adelsfamilien verloren. Als nach einigen Wochen das Gerücht aufkam, dass es der Befehlshaber der herzoglichen Kämpfer, Ralf von Gacé, gewesen sei, der den Auftrag zu diesem Mord gegeben hatte, reiste Richard auf Bitten seiner Mutter zurück nach Brionne. Er war fünfzehn Jahre alt, ein großgewachsener, sehniger Knabe, leidenschaftlich und voller Hass – in nur wenigen Jahren würde man mit ihm zu rechnen haben.

Das entschiedene Eingreifen des französischen Königs hatte die Pläne der Rebellen durchkreuzt, zwar flammten nach Abzug des königlichen Heeres allerorten wieder die alten Fehden und Grenzstreitigkeiten unter dem Adel auf, doch Guy von Burgund scheute sich, die offene Rebellion zu wagen. Er hielt sich im Schloss Le Homme auf, das Robert der Prächtige einst an seine Schwester Adelheid verkauft hatte, um den Erlös für seine Pilgerreise zu verwenden. Noch kurz vor Adelheids Tod hatte sich ihr Sohn Guy von Burgund gegen den Willen seiner Mutter gewaltsam in den Besitz der Festung gesetzt.

Eine trügerische Ruhe breitete sich am herzoglichen Hof aus, Wilhelm von Arques und sein Bruder Mauger schienen wieder Herren der Lage zu sein, es wurden Hoftage abgehalten, wenn auch mit weniger Pracht und Aufwand als früher, dennoch wurden wie ehedem die Feste der Heiligen mit feierlichen Prozessionen gefeiert.

Weder Walter noch Arlette trauten der scheinbaren Sicherheit, nach wie vor wachten sie voller Sorge über Wilhelms Leben, fuhren beim geringsten Geräusch aus dem Schlaf, und

Arlette prüfte sorgfältig jede Mahlzeit und jeden Trank, den ihr Sohn zu sich nahm. Zum Osterfest zog der Hof wieder nach Fécamp, und es schien, als wollten die Gegner dem jungen Herzog eine Atempause gönnen, denn die langen Osterfeierlichkeiten wurden weder durch Unruhen noch durch heimtückische Anschläge gestört. Gleich nach dem Fest war Jean le Païen nach Conteville aufgebrochen, wo er einige Tage verweilte. Nach seiner Rückkehr ließ er Arlette um eine Unterredung bitten.

Sie fand im Garten statt, bei kühlem Wind und wolkenverhangenem Himmel, Möwen segelten über den Palast oder hockten auf den Mauern, über die die Küchenmägde die Kübel mit den Abfällen kippten. Arlette fühlte sich schwerfällig. Ihre Schwangerschaft ging dem Ende entgegen, zudem hatte sie wenig geschlafen und sich obendrein mit Adelheid gestritten. Die Tochter hatte unbedingt mit ihr gehen wollen, um Jean le Païen zu begrüßen, doch Arlette war unnachgiebig geblieben, hatte nur Godhild zu ihrer Begleiterin gewählt, und Adelheid, die den gleichen Dickschädel hatte wie Arlette, war nun zornig auf die Mutter. Wie sollte sie auch die Aufregung begreifen, die Arlette erfasste, als der Page ihr Jeans Bitte ausrichtete? Sie hatte Herluin mehrere Boten geschickt, ihm von ihrer Schwangerschaft berichtet, ihm versichert, dass sie zu ihm reisen würde, sobald es ihr möglich war, doch bisher war keine Antwort gekommen.

Jean schien in der kühlen Witterung zu frösteln; seine Hand, mit der er den Mantel zusammenhielt, zitterte leicht. Er stand gegen die Ummauerung gelehnt, das gewohnte Lächeln verbarg, was er fühlte und dachte.

»Verzeihen Sie, dass ich Sie bei diesem scheußlichen Wetter in den Garten bat, Arlette. Meine Botschaft ist nur für Sie bestimmt, und der Palast hat überall Augen und Ohren.«

»Es ist nicht schlimm – ich bin gern draußen an der frischen Luft.«

Ihr erwartungsvoller Blick schien ihn zu verunsichern, er sah zur Seite, wo zwei Mägde die Beete jäteten, um das wuchernde Unkraut einzudämmen. Godhild, die fürchtete, die dummen Mädchen könnten die falschen Pflanzen heraushacken, hatte sich zu ihnen gesellt.

»Ich bringe Ihnen Grüße von Ihrem Sohn Odo«, begann Jean le Païen. »Er ist wohlauf und lernt das Handwerk des Ritters bei seinem Vater. Auch sorgt Ihr Ehemann dafür, dass Odo im Schreiben und Lesen ausgebildet wird, er lernt das Lateinische und ist darin schon weit fortgeschritten.«

Odo war jetzt elf Jahre alt – Arlette spürte wieder den Kummer, ihn nicht bei sich zu haben, gerade diesen Sohn, der ein so unbekümmertes, heiteres Gemüt hatte.

»Haben Sie ihn gesehen?«, fragte sie bang.

Jean nickte, doch er schien ihr nicht von Odo erzählen zu wollen. Stattdessen zog er ein schmales Bündel aus der Innentasche seines Mantels und reichte es ihr.

»Er hat die Marderfelle selbst erbeutet und will, dass Sie damit Ihren Mantel schmücken.«

Arlette dankte ihm, es beglückte sie, dass Odo noch an sie dachte und sie sogar beschenkte. Mehr wollte sie nicht, mehr konnte sie nicht erwarten. Eine kräftige Windböe schüttelte die Zweige der Obstbäume, die voller rötlicher Blattknospen waren.

»Ich habe auch eine Botschaft von Ihrem Ehemann auszurichten«, fuhr Jean fort.

Arlette zuckte zusammen und barg das kleine Bündel rasch unter ihrem Mantel. Jeans Lächeln war nach wie vor unergründlich, die Falten um seinen Mund tief eingegraben – musste er so viel Kraft aufwenden, sein Inneres vor ihr zu verbergen?

»Wenn das Kind ein Mädchen sein sollte, dann wünscht er, dass es Arlette heißt. Wird es aber ein Knabe, dann soll es den Namen Robert tragen.«

»Robert?«, entfuhr es ihr. »Er will, dass ich seinen Sohn Robert nenne?«

Es verschlug ihr die Sprache. War das wieder ein solches Zeichen wie damals, als er Odo zu ihr sandte? Und was sollte sie daraus erkennen? Es klang zornig in ihren Ohren – wenn Sie Robert noch über seinen Tod hinaus lieben, dann geben Sie auch meinem Sohn seinen Namen.

Wollte er ihr das sagen? Das wäre boshaft und ungerecht, denn es entsprach nicht der Wahrheit. Hatte sie Herluin nicht gesagt, dass sie ihn liebte?

Jean schien nicht geneigt, weiter mit ihr zu sprechen – er neigte höflich den Kopf und verabschiedete sich. Seine Bewegungen waren seltsam steif, er musste sich ein wenig nach vorn beugen, um dem Wind zu begegnen, und er war offenbar sehr bemüht, seine Schuhe auf den feuchten Wegen nicht zu beschmutzen. Dort, wo der Garten auf den Palasthof stieß, blieb er für einen Moment stehen, stützte sich mit einem Arm gegen die Mauer, und Arlette sah, dass sein schmaler Körper unter dem Mantel bebte.

»Er muss schrecklich frieren«, murmelte sie.

»Wenn du mich fragst«, sagte Godhild schnaufend und bückte sich, um die schmutzigen Hände an ihrem Rocksaum abzuwischen, »hat er Fieber.«

»Fieber?«

»Er wäre nicht der Erste, der sich ein solches Fieber aus dem Heiligen Land mitgebracht hat. Es kommt und vergeht, Dreux von Vexin und Hugo von Chalon ging es nicht anders.«

Hugo von Chalon lebte nicht mehr. Arlette war erschrocken, denn obgleich Jean le Païen sich ihr gegenüber immer kühl verhalten hatte, hing sie doch an ihm. Er hatte sie damals auf die Burg geführt, er war stets in ihrer Nähe gewesen, schweigend meist, lächelnd, aber doch niemals feindselig. Vor allem aber war er Herluins Freund, und auch Adelheid hing zärtlich an ihm.

»Kannst du ihn nicht heilen?«

»Nein«, gab Godhild kurz angebunden zurück. »Komm jetzt – es ist wirklich kalt hier draußen.«

Kurz darauf wurde das Kind geboren – es war ein Knabe, und Arlette ließ ihn auf den Namen taufen, den ihr Ehemann ausgewählt hatte. Dann schickte sie einen Boten nach Conteville, um Herluin die Geburt seines Sohnes zu vermelden. Es kam keine Antwort.

Sommer 1044

Wilhelm sah, dass der Graf von Arques die Hand zur Faust ballte; der vierschrötige Mann beugte sich über die Tischplatte und starrte seinen Bruder hasserfüllt an.

»Wieso diese doppelte Heirat? Wozu sollte das nützlich sein?«

Erzbischof Mauger blieb ruhig, er kannte seinen Bruder, der leicht in Hitze geriet, und wusste, dass dessen Zorn nicht mehr taugte als das Gekläff eines Hundes.

»Ponthieu und Aumale liegen im Osten zu Flandern hin – es ist für uns alle wichtig, diese Grafschaften eng mit der Normandie zu verbinden!«

Wilhelm gelang es, seine gefüllte Trinkschale rechtzeitig vom Tisch zu heben, bevor der Graf von Arques mit der Faust auf die Platte schlug. Das Holz vibrierte, die Schale des Erzbischofs schwappte über, ein Diener lief mit einem Tuch herbei, um zu verhindern, dass der vergossene Wein auf das lange Gewand des Würdenträgers floss.

»Dazu genügt es vollauf, wenn ich Ingelrams Schwester heirate. Es gibt keinen Grund dafür, dass er sich gleichzeitig mit Adelheid verbinden muss!«

Wilhelm nahm in aller Ruhe einen Schluck Wein, stellte die Schale ab und begann sein Spiel.

»Ich bin der Meinung, dass der Erzbischof recht hat«, bemerkte er mit freundlicher Gelassenheit. »Zweimal verheiratet bindet besser, es ist wie eine doppelte Eisenklammer, die zwei Mauerteile fest und sicher zusammenhält.«

Wilhelm war jetzt sechzehn Jahre alt und in den vergangenen Monaten um einiges gewachsen. Er überragte inzwischen den Grafen von Arques und konnte sich an Körpergröße auch mit Mauger messen. Vor allem aber hatte er gelernt, die schwelenden Feindseligkeiten zwischen den Brüdern für seine Zwecke zu nutzen. Falls der Graf von Arques jemals darauf gehofft hatte, sich zum Herzog der Normandie zu machen, dann hatte er seine Chance verpasst, denn er, Wilhelm, der junge Herzog, war am Leben geblieben. Jetzt versuchte der Graf, seine Macht wenigstens durch eine günstige Heirat zu vergrößern, was sein Bruder Mauger ihm jedoch missgönnte. Eine blendende Gelegenheit für Wilhelm, seinen Vorteil daraus zu ziehen. Die Ehe zwischen seiner kleinen Schwester Adelheid und dem Grafen Ingelram von Ponthieu würde auch ihm, dem Herzog, Einfluss in dieser Grafschaft sichern und seinen Onkel daran hindern, eigene böse Absichten auszubrüten.

Wilhelm kannte Ingelram – er war kein übler Bursche, ein wenig raubeinig, aber Adelheid war keine, die sich so leicht einschüchtern ließ. Er liebte seine kleine Schwester, so wie er auch seine Mutter liebte, sonst allerdings gab es keinen einzigen Menschen auf Erden, dem er vertraute – der Rat seines Großonkels hatte sich auf fatale Weise bewährt. Nur auf die Feindschaft der Menschen konnte man sich fest verlassen – Wilhelm hatte gelernt, dies zu nutzen.

Es war nett anzusehen, wie der Graf von Arques in der Schlinge zappelte, denn nun hatte er beide gegen sich: den Bruder und den jungen Herzog.

»Ich weigere mich!«, tobte der Graf von Arques. »Ich weiß recht genau, weshalb ihr mir die Suppe versalzen wollt! Vielleicht möchtest du Ingelrams Schwester ja selbst gern heiraten, Mauger?«

»Ich bin nicht Robert Evreux, der Erzbischof und zugleich Ehemann war!«, bemerkte Mauger spitz.

Wilhelm war amüsiert, doch er zeigte es nicht. Stattdessen wies er darauf hin, dass auch die Bretagne einst durch eine zweifache Eheschließung an die Normandie gebunden wurde. Seine Großmutter sei Judith von Bretagne gewesen, deren Bruder Gottfried wiederum Hawisa von Normandie, eine Schwester Richards des Guten, heiratete. Eine kluge Maßnahme, der Frieden und gegenseitige Unterstützung erwachsen seien.

Er hatte seine Lektionen bei seinem Lehrer Guillaume zwar unwillig, aber dennoch gut gelernt, und er wusste sie überzeugend vorzutragen.

Der Graf von Arques schwieg verbiestert und goss sich Wein in die Schale, Mauger langte nach der Schüssel mit den gefüllten Teigtaschen und kaute lange und umständlich. Der Erzbischof war klug genug, das Spiel des jungen Burschen zu durchschauen, und es stieß ihm übel auf, denn nicht selten war er, Mauger, der Verlierer. Aber Mauger dachte inzwischen weiter. In knapp zwei Jahren schon konnte Wilhelm die Regierung in seine eigenen Hände nehmen, dann würde es gut sein, sich mit ihm zu einigen.

»Ich denke, die Sache ist entschieden«, behauptete Wilhelm kühn und erhob sich von seinem Schemel. »Es sind Bittsteller in der Halle – ich werde mir ihre Anliegen anhören.«

Er ließ die halb volle Trinkschale stehen, denn er hatte die berauschende Wirkung des Weins schon vor einem Jahr erfahren und hütete sich nun davor. Die halbe Nacht hatte er über einem hölzernen Eimer gehangen und sich am Tag danach gefühlt wie eines der nassen Hemden, das die Weiber bei der Wäsche auf die Steine schlugen. Schlimmer aber war die Scham über all die Dummheiten gewesen, die er in seiner Trunkenheit begangen hatte – er hatte sich gründlich lächerlich gemacht.

Unten in der Halle hatte man einen Tisch aufgebaut, dahinter saßen mehrere Dienstleute, die sich mit farbigen Röcken herausgeputzt hatten und streng dreinblickten, um den Bittstellern ihre Macht zu demonstrieren. Als ein Knappe das Erscheinen des jungen Herzogs ankündigte, wendeten die Beamten die Köpfe, zwei standen von ihren Schemeln auf und verneigten sich vor ihm, die anderen blieben sitzen und taten, als wäre nichts geschehen.

Wilhelm hatte die Gewohnheit angenommen, den Bittstellern zuzuhören, auch wenn er nur selten in die Entscheidung der Dienstleute eingriff. Was er hier erfuhr, sagte oft mehr über die schwierige Lage im Land als die Berichte der Boten, Gäste oder Kaufleute. Zudem war es spannend zu sehen, wie die Leute ihre Sache vortrugen, denn nicht alle Anliegen waren berechtigt, und mancher versuchte, sich durch Lügen und falsche Beschuldigungen Vorteile zu verschaffen. Wilhelm verabscheute die Ministerialen, denn fast alle von ihnen waren glatt und bestechlich – doch er hatte auch gelernt, dass sie schlau waren und sich nicht leicht an der Nase herumführen ließen. So hatte neulich ein junger Kerl gejammert, das königliche Heer habe sein Anwesen zerstört und ihn um seinen gesamten Besitz gebracht, doch zwei der Beamten hatten herausgefunden, dass der Bursche sein Hab und Gut längst vor dem Durchzug des königlichen Heeres versoffen und verkauft hatte.

Trotzdem ärgerte es Wilhelm, dass viele dieser hochnäsigen Dienstleute ihn nicht mit dem Respekt behandelten, der dem künftigen Herrscher zukam. Noch hatte er nicht den Thron bestiegen, noch hatte Wilhelm von Arques die Regentschaft inne – und die feinen Nasen der Beamten rochen ganz genau, woher der Wind der Macht wehte.

Er blieb eine Weile, verfolgte den Auftritt einer Fischhändlerin, die fünf Kinder von drei verschiedenen Vätern durchbringen musste und nun um ihren ältesten Sohn kämpfte, der wegen eines Diebstahls im Kerker saß. Sie war fett und ihr Gesicht grob geschnitten, und als die Beamten auf ihre Bitte nicht eingehen wollten, begann sie zu kreischen, stemmte die Hände in die Hüften und bezeichnete sie als ein Rudel kläffender Köter. Wilhelm musste grinsen – der Vergleich war nicht übel. Dennoch setzte er sich nicht für sie ein, denn er war sich sicher, dass ihr Sohn ein verdammter Mistkerl war, der seiner Mutter nichts als Unglück brachte.

Während zwei Knechte das tobende Weib aus der Halle schafften, erhob sich Wilhelm und trat durch die Nebentür auf den Hof hinaus.

Flimmernde Hitze empfing ihn, der Sommer lastete mit unbarmherziger Glut auf dem Land, der Boden war aufgebrochen vor Trockenheit, die Seine führte so wenig Wasser wie selten. Er wischte sich mit dem Handrücken den Schweiß von der Oberlippe und sah zu den Knechten hinüber, die sich keuchend mühten, prall gefüllte Säcke von einem Karren zu laden. Wahrscheinlich hatte man den Roggen in der Mühle nahe der Stadt zu Mehl mahlen lassen.

Drüben, wo die Mauern einen schmalen Schatten warfen, übten sich die Knappen im Schwertkampf, Walter stand dabei, sprang hin und wieder zwischen die Kämpfer, um ihnen Anweisungen zu geben, doch sogar die jungen Burschen wirkten matt, und die hölzernen Schwerter trafen nur schwach aufeinander. Wilhelm schaute ihnen zu und bekam Lust, mitzutun, doch er unterließ es, denn er war zu alt für solche Kindereien. Er hatte längst seinen ersten Tjost geritten und etliche seiner Gegner besiegt, was ihn mit Genugtuung erfüllte. Inzwischen umgab er sich mit einer Reihe auserwählter Kameraden, ritt mit ihnen zur Jagd und durchstreifte auch die Stadt. Er hatte eine Weile gebraucht, um die Schatten der Angst zu überwinden, jene verfluchte Panik, die ihn noch immer packte, wenn er in der Nacht durch irgendein Geräusch erwachte. Im Kreise seiner Kameraden jedoch fühlte er sich sicher, der junge FitzOsbern gehörte dazu, Robert von Montgomery, der junge Beaumont und zwei von den Tosnys – eine unbeschwerte, aufschneiderische Bande. Sie hielten sich für die Herren der Welt, erprobten lautstark ihre kürzlich erlangten Männerstimmen und machten herzlose Witze über alles und jeden. Vor allem über den Grafen von Arques und den Erzbischof, an dem die langen Gewänder wie an einem dürren Zweig hingen. Auch über den greisen Hofkaplan Isembert, dem alle Zähne ausgefallen waren, so dass er nun mümmelte wie ein Hase. Manchmal auch über seinen Onkel Walter, der nicht allzu rasch mit dem Verstand war und sich von den Knappen nicht selten an der Nase herumführen ließ.

Nur ein einziges Mal hatte Robert von Beaumont einen Scherz über Arlette gewagt – er war ihm ziemlich übel bekommen, die Narbe zierte immer noch seine linke Wange. Wilhelm achtete seine Mutter, er hatte durchgesetzt, dass sie bei festlichen Anlässen als erste der Frauen in die Halle trat und oben an der Tafel in seiner Nähe saß. Wer sie beleidigte, der verletzte auch seine Ehre, und Wilhelm war ausgesprochen empfindlich in diesem Punkt.

Niemand am Hof nannte ihn noch offen einen Bastard, selbst der Graf von Arques nicht, obgleich Wilhelm wusste, dass er es heimlich tat. Er hasste ihn dafür, genau wie er den doppelzüngigen Mauger hasste, den hinterhältigen Ralf von Gacé und auch Guy von Burgund, diesen hochnäsigen Burschen. Er kannte Guy, der, mehrere Jahre älter als er selbst, seine Erziehung als Knappe am herzoglichen Hof beendet hatte, als er, Wilhelm, noch ein siebenjähriger Knabe gewesen war. Damals hatte er den schlanken, blonden Guy, dem die selbstverständliche Hoheit des adeligen Ritters innewohnte, sehr bewundert. Viele der kleineren Knappen verehrten den schönen Guy geradezu und eiferten ihm nach. Doch bald darauf hatte dieser Lump sein wahres Gesicht gezeigt, ihn, Wilhelm, einen Bastard genannt und Ansprüche auf den Herzogthron gestellt. König Heinrich I. hatte seine Pläne vorerst vereitelt, doch leider war Guy nach dem Tod von Gilbert von Brionne mit der Grafschaft Brionne belehnt worden. Eine der größten Dummheiten des Grafen von Arques, der sich eingebildet hatte, Guy damit an sich zu binden.

Wilhelm nickte seinem Onkel Walter einen kurzen Gruß zu und beschloss, erst am Abend, wenn es kühler wäre, mit seinen Kameraden auszureiten. Inzwischen würde er eine Partie Schach mit seiner Mutter spielen, ein Vergnügen, das er sich fast täglich gönnte.

Immer noch war sie eine verflucht gute Gegnerin, und er

musste sich anstrengen, um sie zu bezwingen. Sie schien seine Gedanken lesen zu können, was ihn fürchterlich ärgerte, denn er bildete sich viel darauf ein, seine Absichten geheim zu halten. Wenn er zornig wurde, lachte sie ihn aus, doch niemals war ihr Lachen höhnisch, es klang fröhlich, und er spürte darin ihre Zuneigung.

Er sprach niemals über den Grafen von Arques oder Mauger mit ihr, doch er hatte sie oft nach seinem Vater befragt. Auch ihn hasste er inzwischen. Mehr als jeden anderen sogar, denn Robert der Prächtige hatte Schuld an allem Übel.

»Du darfst ihn nicht hassen – er ist dein Vater!«, beschwor sie ihn.

»Was für ein Vater ist das, der davonreitet und seinen Sohn den Mördern ausliefert?«

Arlette schüttelte energisch den Kopf und behauptete, Robert der Prächtige hätte ja nicht ahnen können, dass er im Heiligen Land sterben würde. Als wäre nicht jeder Pilger – gleich ob Adeliger oder Handwerker – auf seinen Tod vorbereitet, wenn er die Heimat verließ!

»Er hat dir Vormünder gesetzt, die dich schützen sollten. Und er hat dafür gesorgt, dass der Lehnsherr der Normandie, der französische König, dich als den künftigen Herzog der Normandie anerkennt.«

Wilhelm erinnerte sich noch gut an das Geschehen in Poissy.

»Er hat mich einen Bastard genannt«, zischte er wütend.

»Er hat dich geschützt, Wilhelm. Wäre Heinrich I. nicht mit seinem Heer in die Normandie gezogen – vielleicht wärest du jetzt nicht mehr am Leben.«

Das alles hätte sein Vater vermeiden können, wenn er diese lächerliche Pilgerfahrt nicht unternommen hätte. Hatte man nicht berichtet, dass die herzogliche Macht gefestigt war, bevor Robert der Prächtige davonzog, um nie mehr zurückzukehren?

»Das ist nicht wahr. Auch dein Vater musste gegen den aufmüpfigen Adel kämpfen.«

Sie fand doch immer eine Ausrede! Jetzt verlegte er sich darauf, ihr zu beweisen, dass sein Vater immer hart zu ihm gewesen sei. Turchetil, dieser Schinder, habe Anweisung erhalten, ihn, Wilhelm, ganz besonders unbarmherzig anzupacken.

»Er wollte dir nichts ersparen«, erwiderte sie lächelnd. »Gerade weil du sein Sohn bist, solltest du lernen, dich durchzukämpfen und niemals aufzugeben.«

Wenn das die Absicht seines Vaters gewesen war, dann war sie gelungen. Dankbar war er ihm nicht dafür.

»Er hat dich geliebt, Wilhelm«, sagte sie eindringlich. »Als du ein kleiner Knabe warst, kroch er auf dem Boden herum, damit du auf seinem Rücken reiten konntest. Hast du das ganz und gar vergessen?«

Er konnte sich nicht erinnern. Nur die blonde Kinderfrau, die ihn beaufsichtigen sollte und dabei immer weinte und jammerte – die war ihm noch im Gedächtnis.

»Er war so stolz, einen Sohn zu haben, dass er damals wie ein Verrückter ins Frauengemach rannte und dich aus deiner Wiege riss …«

Es gefiel ihm nicht, wenn sie solche Geschichten erzählte, denn sie rüttelten an seinem Hass. Niemals wollte er seinem Vater gleichen, lieber hielt er sich an seinen Großvater, Richard den Guten, oder an Robert Evreux, den Erzbischof von Rouen. An den ganz besonders, von ihm hatte er viel gelernt.

Als er in das Gemach trat, das er inzwischen allein bewohnte, saß seine Mutter an seinem Spieltisch und erwartete ihn schon. Sie hatte den Fensterladen geöffnet, so dass das Sonnenlicht wie ein gleißender Schleier in den Raum einfiel; ein paar Staubkörnchen tanzten darin, eine silberne Kanne blitzte so heftig, dass er blinzeln musste.

»Du kommst gerade recht!«, rief sie siegesgewiss. »Ich habe mir eine Strategie ausgedacht, auf die du nicht kommen wirst.«

»Da bin ich aber gespannt!«

Er zog sich mit dem Fuß einen Schemel herbei und setzte

sich ihr kampfbereit gegenüber. Auch er wusste ihre Gedanken zu erraten.

Sie tat den ersten Zug und blickte ihn herausfordernd an. Wilhelm grinste. Es störte ihn nicht, dass er auf dem niedrigen Schemel etwas albern aussah, denn er wusste nicht, wohin mit seinen langen Beinen. Bisher hatte er wenig Erfolg bei den Mädchen gehabt, vielleicht auch deshalb, weil er es nie ernsthaft darauf angelegt hatte.

»Keine Gefahr«, meinte sie verschmitzt. »Du kannst beruhigt deinen Streitwagen setzen.«

Sie war noch immer schön, seine Mutter. Ihre Haut war glatt, und das Haar, das der Schleier nur teilweise verbarg, war dunkel, ohne ein einziges graues Fädchen. Wenn er einmal heiratete, müsste seine Ehefrau ihr gleichen, nicht nur die Haare und die Augen – auch ihre Art müsste sie haben.

Er würde sich niemals eine Geliebte nehmen, wie sein Vater es getan hatte, da war er sich ganz sicher.

»Meinen Streitwagen? Ich werde mich fein hüten!«

* * *

Jean le Païen nahm die Nachricht von Adelheids Verlobung mit lächelnder Gleichmut auf – niemand hatte anderes von ihm erwartet. Nur Godhild ereiferte sich über die Machenschaften der beiden Regenten, und sie fügte ärgerlich hinzu, dass auch der junge Herzog ganz offensichtlich rasch bereit gewesen war, seine Schwester zu verhandeln.

»Was redest du nur, Godhild?«, widersprach Arlette kopfschüttelnd. »Meine Tochter wird Gräfin von Ponthieu und Aumale – ist das nicht sehr viel besser, als die Ehefrau eines Ritters zu sein, der weder von Adel ist noch über einen Besitz verfügt?«

»Er liebt sie!«

»Möglich. Aber Ingelram wird sie auch lieben, dessen bin ich mir sicher.«

»Es gefällt dir, dass deine Tochter einen Grafen heiraten

wird«, stellte Godhild verbittert fest. »Du hast dich nicht verändert, Arlette. Macht und Ansehen – das ist es, was für dich zählt.«

»Was willst du eigentlich von mir?«, regte sich Arlette auf. »Kann ich die Heirat vielleicht verhindern?«

»Natürlich. Du könntest mit Wilhelm reden.«

Was für ein Vorschlag. Ihr Sohn Wilhelm war weit davon entfernt, sich von ihr beeinflussen zu lassen. In diesem Punkt glich er ganz und gar seinem Vater – seine Vorhaben und Pläne behielt er für sich. Es konnte höchstens sein, dass er Arlette über dies oder jenes ausfragte, sich ihre Meinung anhörte, ein paar Gedanken dazu äußerte und sich dann rasch wieder dem Schachspiel zuwandte.

»Weshalb sollte ich mit ihm reden? Adelheid ist begeistert davon, bald heiraten zu dürfen.«

Das Mädchen war jetzt fast sechzehn, und wenn Odo seine Halbschwester hätte sehen können, wäre er mehr als zufrieden gewesen, denn sie war genau so gewachsen, wie eine verlockende, junge Frau sein musste. Sie hatte das stürmische, ungeduldige Wesen ihrer Mutter, auch Arlettes fröhliches Lachen und ihren beharrlichen Willen. Doch Adelheid schoss niemals über das Ziel hinaus, wenn sie ärgerlich war: Sie keifte und zankte nicht, sondern wusste einzulenken und ihre Wünsche später auf andere Art durchzusetzen.

Seitdem sie von ihrer Verlobung wusste, verbrachte sie die meiste Zeit im Frauengemach und sorgte dafür, dass die Gewänder, Schleier, Gürtel, Schuhe und Wandteppiche, die sie mitnehmen würde, genauso genäht und bestickt wurden, wie sie es wünschte. Auch Arlette wurde hinzugezogen, sie fertigte Zeichnungen für die Wandteppiche nach den Wünschen ihrer Tochter an, entwarf verschlungene Muster für die bestickten Borten und Gürtel und ließ sich einige ihrer seidenen Gewänder abschwatzen, die Robert ihr einst geschenkt hatte.

In ihrer Aufregung fand Adelheid nur noch wenig Zeit für die gemeinsamen Spaziergänge im Hof mit Jean le Païen. Das

Lesen der lateinischen Bücher geriet in Vergessenheit, die schönen Folianten, die Jean ihr zum Geschenk gemacht hatte, lagen unbeachtet auf dem Grund einer Truhe, darüber häuften sich neu genähte Hemden, Tücher und fein gewirkte Strümpfe.

Spürte sie den Kummer, den Jean ihretwegen empfand? Hatte sie überhaupt jemals begriffen, dass er sie liebte? Er kaufte auf dem Markt einen kleinen Kasten für sie, der ganz und gar mit weißem Elfenbein verkleidet und mit silbernen Halbmonden und Sternen verziert war. Sie bedankte sich artig, schenkte ihm ein glückliches Lächeln und schwatzte dann von den kleinen Pantöffelchen, die man für sie nähte, und von einem Wandteppich, den ihre Mutter vorgezeichnet habe. Darauf sei eine Landschaft abgebildet, so wie Jean sie ihr immer geschildert habe: rote Hügel von Sand, ein Palast mit weißen Kuppeln und langen, spitzen Türmen, dazu das blaue Meer und allerlei fremdartige Bäume und Pflanzen, die Arlette sich ausgedacht hatte.

»Sie tut das, damit ich Sie nicht vergesse«, sagte Adelheid. »Aber das ist ganz unnötig, Jean, denn ich werde mich immer an Sie erinnern. So lange ich lebe.«

Jean wurde hin und wieder von seinem Fieber heimgesucht, dann verschwand er für einige Zeit aus dem Hofleben, zog sich in irgendeine Ecke zurück, doch immer tauchte er wieder auf, sorgfältig gekleidet, das Haar geschnitten, Wangen und Kinn glatt geschoren. Er war einsamer denn je, denn die jungen Adeligen, die inzwischen an Wilhelms Seite den Hof erobert hatten, sahen in ihm einen merkwürdigen Sonderling und machten ihre Scherze über ihn.

Wenn er nicht fieberte, ritt er häufig nach Conteville, nicht ohne Arlette zuvor zu fragen, ob er eine Botschaft für sie überbringen solle. Sie bejahte jedes Mal, bat ihn, von Robert zu berichten, der inzwischen fünf Jahre alt war und im Frauengemach als Page diente, oft gab sie Jean auch Geschenke für Odo mit: einen Gürtel, eine schöne Fibel oder einen mit Einlegearbeiten verzierten Dolch.

»Sagen Sie Herluin, dass ich zu ihm kommen werde, so wie ich es versprochen habe. Falls er es überhaupt hören will.«

Jean versprach, alles auszurichten, wie ihm aufgetragen wurde. Er brachte Grüße und Geschenke von Odo zurück, doch er sprach niemals darüber, wie Herluin ihre Botschaft aufgenommen hatte.

Er hat mich endgültig vergessen und lebt mit Fredesinde, dachte Arlette bekümmert. Sechs Jahre waren vergangen, seit sie sich in Vaudreuil zum letzten Mal gesehen hatten, wie konnte sie da erwarten, dass sich ein Mann seine Liebe über so lange Zeit und so viele Enttäuschungen hinweg bewahrte?

Im späten Sommer feierte man in Rouen die beiden Hochzeiten so prächtig und aufwendig, wie lange kein Fest mehr begangen worden war. Beide Paare würden einige Wochen später in Ponthieu noch einmal vermählt werden, auch dort würde es Festlichkeiten und Umzüge geben, denn Graf Ingelram wollte die Verbindung mit der Normandie öffentlich dartun. Es war das erste Mal, dass der junge Herzog sein Amt in eigener Machtvollkommenheit ausübte. Wilhelm gab seine Schwester vor den Augen der Hofgesellschaft, der kirchlichen Würdenträger und vieler Lehensnehmer in den Schutz ihres Ehemannes, er tat es als ihr älterer Bruder und Vormund und zugleich als Herzog der Normandie.

Alle Fehden und Streitigkeiten ruhten an diesen Festtagen, und die Stadt Rouen konnte die vielen Fremden, die die Feiern miterleben wollten, kaum aufnehmen. Dicht an dicht lagen die breiten Lastschiffe im Hafen, wer zu spät eintraf, musste weitab am Ufer festmachen und durch seichtes Wasser und Schlick an Land waten. Herzogliche Knechte hatten den Weg, den der Festzug durch die Stadt bis zur Kathedrale zurücklegen würde, tags zuvor mit Gewalt geräumt: Kein Händler durfte dort seine Ware anbieten, Fuhrwerke hatten einen Umweg zu fahren, was immer die Prozession behindern konnte – ob Karre, Zaun oder Hütte –, wurde zerschlagen oder abgerissen. Dennoch drängten sich in jeder Ecke fremde Händler, die eigens wegen der Feierlichkeiten gekommen waren und auf gute Geschäfte mit allerlei Räucherwerk, magischen Tränken, Figürchen und Amuletten hofften, und die Stadt war voller Schausteller und Spielleute, die sich schon Tage zuvor eingenistet hatten und überall ihre Künste vorführten.

So prächtig die Ritter und Würdenträger einherzogen – die Menschen am Wegesrand jubelten vor allem den beiden Bräuten zu. Man hatte jede auf einen reich geschmückten Wagen gesetzt, die eine unter einen blauen, die andere unter einen gelben Baldachin, ihre Stühle waren durch hölzerne, mit Teppichen und blühenden Zweigen verdeckte Podeste erhöht. Arlette, die mit den Frauen der Hofgesellschaft fuhr, dachte voller Sorge daran, wie anstrengend diese Fahrt für ihre Tochter sein musste, denn sie war nicht nur ständig aller Augen ausgesetzt, sie litt auch unter dem Geruckel des Wagens, dem Staub, den die vielen Füße, Räder und Pferdehufe aufwirbelten, und vor allem unter dem Lärm. Von allen Seiten wurde geschrien und geklappert, Hörner wurden geblasen, Trommeln geschlagen, Hunde kläfften, Kinder brüllten, Bettler drängten sich vor und streckten den Reitern mit lautem Jammern die Hände entgegen.

Arlette selbst saß in der Mitte des Wagens auf dem Ehrenplatz, flankiert von zwei Frauen aus der herzoglichen Verwandtschaft, doch immerhin war sie die Einzige, die ihre Dienerin Godhild in der Nähe haben durfte. Früher wäre sie stolz auf solche Ehren gewesen – jetzt waren ihr diese Dinge reichlich gleichgültig geworden. Hin und wieder versuchte sie, an den Reitern vorbei einen Blick auf ihre Tochter zu werfen: Adelheid thronte trotz aller Anspannung lächelnd auf ihrem Stuhl und schien die allgemeine Aufmerksamkeit zu genießen.

»Sie ist ganz ohne Zweifel die schönere Braut«, bemerkte Godhild so laut, dass es auch die übrigen Frauen hörten. »Ingelrams Schwester ist ihrem Bruder wie aus dem Gesicht geschnitten – mehr muss man dazu nicht sagen.«

Adelheid hatte ihren Bräutigam vor wenigen Tagen zum ersten Mal gesehen, als er mit seinem Gefolge in den Palasthof einritt. Aufgeregt hatte sie mit Arlette am Fenster gestanden, und beide hatten sich Bemerkungen zugeflüstert, während die Ritter unten von ihren Rössern stiegen und man Ingelrams Schwester und ihren Frauen aus dem Wagen half.

»Stattlich ist er schon – ein wenig vierschrötig vielleicht.«

»Er trägt einen Schnurrbart – am Ende hat er eine gespaltene Oberlippe oder schlechte Zähne.«

»Wie er vom Pferd steigt – als habe man einen Sack Korn losgeschnitten.«

»Aber wenn er schreitet, hat er eine hoheitliche Haltung.«

»Ja – gerade so, als habe er eine Lanze zum Frühmahl genommen.«

»Dennoch: Alles in allem scheint er mir nicht übel zu sein.«

»Nun ja – er hätte ja auch klein, verwachsen und schiefmäulig sein können.«

Sie hatten beide albern gekichert, und doch waren sie zugleich dem Weinen nahe gewesen, denn Adelheid würde diesem Mann in wenigen Tagen nach Ponthieu folgen – wer wusste schon, wann Mutter und Tochter einander wiedersahen.

Am Abend des Hochzeitstages war der Palast voller Narren und übermütiger Zecher, denn nach dem feierlichen Umzug und der ausgiebigen Messe in der Kathedrale brachen sich nun Spottlust und Überschwang die Bahn. Schon in der Stadt war eine Gruppe Kinder und Schausteller dem Zug gefolgt, hatten Braut, Bräutigam und Erzbischof in grotesker Verkleidung und greller Schminke nachgeahmt und viel Gelächter geerntet. Nun herrschte auch in der großen Halle an allen Tafeln tosender Lärm, zotige Scherze wurden schon während der Mahlzeit gerissen, eindeutige Gesten sorgten für grobes Gelächter. Die Frauen hatten Grund zu erröten, die beiden frisch vermählten Ehemänner grinsten dazu, machten gute Miene zum boshaften Spiel und waren froh, dass der junge Herzog hin und wieder die lautesten Schreihälse unter den Dienstleuten ermahnen ließ.

Oben waren zwei Gemächer hergerichtet und geschmückt worden, dort wurden die jungen Ehefrauen inzwischen von Freundinnen und Dienerinnen umgekleidet und auf die kommenden Geschehnisse vorbereitet. Die Hochzeitsnacht würde unruhig werden, denn draußen vor den Gemächern liefen nach altem Brauch allerlei Spaßvögel auf und ab, klopften gegen die Tür, grölten allerlei Lieder und Sprüche und versuchten mitunter sogar, in das Gemach einzudringen.

Arlette hatte auch heute den Ehrenplatz unter den Frauen – Wilhelm hatte seinen Willen durchgesetzt, wie er es inzwischen immer tat. Er selbst saß inmitten seiner Getreuen – junge Burschen in seinem Alter, für die manch altgedienter Höfling seinen Platz hatte räumen müssen. Ein neuer Wind wehte am Hof, seit der junge Herzog die Tafel führte; er hatte ein Auge auf jeden in seiner Nähe und scheute sich nicht, mit kurzen, energischen Worten in ein Gespräch einzubrechen. Wilhelm glich seinem Vater nur wenig, er war kein Schwätzer und liebte es auch nicht, seine Umgebung mit heiteren Geschichten und ausgedachten Spielen zu unterhalten. Er war schweigsam, ließ lieber andere reden und hörte ihnen zu; wenn er jedoch sprach, dann forderte er unbedingte Aufmerksamkeit, und was er sagte, war gut überlegt.

Arlette fühlte sich fremd inmitten der ausufernden Fröhlichkeit im Saal; sie fand die Scherze abgeschmackt, versuchte, nicht darauf zu hören, und versank stattdessen in schwermütige Gedanken. Hier auf diesem Platz hatte sie damals gesessen, als Robert der Prächtige über die Normandie herrschte und sie seine Geliebte war. Wie jung und glücklich war sie damals gewesen, wie viele Hoffnungen hatte sie für ihre Zukunft gehegt und wie vielen Irrtümern war sie seitdem erlegen! Durch all den Lärm hindurch, der ihr in den Ohren schmerzte und der nichts mehr mit ihr zu tun hatte, verspürte sie die leisen, traurigen Töne des Abschieds. Ihr Sohn brauchte ihren Schutz schon lange nicht mehr, und nun würde auch Adelheid sie verlassen, schon morgen würde ihre Tochter die Reise nach Ponthieu antreten. Und sie selbst? Was hielt sie noch an diesem Hof?

»Sie sind bekümmert«, sagte Wilhelm leise zu ihr, der sie schon eine Weile beobachtet hatte. »Ich habe eine Überraschung für Sie, Mama. Sie wird Sie aufheitern.«

Er fasste einen der vorbeiflitzenden Knappen bei der Schulter und sagte einige Worte zu ihm, doch da sich in diesem Augenblick die Unruhe im Saal um ein Weiteres steigerte, konnte Arlette nichts verstehen.

Der Graf von Arques hatte sich entschlossen, nun endlich seine junge Ehefrau aufzusuchen; er wischte sich das Bratenfett aus den Mundwinkeln, leerte noch rasch eine Schale Wein und wurde von einem ganzen Schwarm Getreuer unter Gefeixe und Gelächter aus dem Saal begleitet. Ingelram würde ihm vermutlich bald folgten, bisher hockte er noch beim Wein, stärkte sich mit gebratenem Hühnchen und hielt sich an seinem Messer fest.

Eine kräftige, tiefe Männerstimme riss Arlette aus ihrer Betrachtung.

»Mama! Ich war so gespannt auf Sie – Sie haben sich seit damals kein bisschen verändert!«

Ein junger Mann stand vor ihr und grinste. Verwirrt schaute sie zu ihm auf und brach dann in frohes Gelächter aus.

»Odo! Herr des Himmels – fast hätte ich dich nicht wiedererkannt!«

Das unbefangene Lachen verriet ihn, auch das krause, rötliche Haar, das er nun im Nacken kurz geschoren trug. Von dem wilden, kleinen Burschen, dem fröhlichen Lausbuben, war nicht viel geblieben. Hoch aufgeschossen war er, schlaksig, wie sein Vater es einst gewesen war, nur lange nicht so schüchtern und verträumt.

»Ich wollte die Hochzeit unbedingt miterleben«, erzählte er vergnügt, während Wilhelm mit kurzem Befehl dafür sorgte, dass man einen Platz für seinen Halbbruder freimachte.

»Sie ist eine Schönheit geworden«, schwärmte er. »Wäre sie

nicht meine Halbschwester – ich hätte sie sofort selbst geheiratet! Wissen Sie, wem sie ähnelt, Mama?«

»Ihrem Bruder Wilhelm natürlich!«

»Gott sei Dank tut sie das nicht!«

Odo lachte so ausgiebig, dass auch Wilhelm grinsen musste.

»Du hast mir gefehlt, kleiner Schwätzer«, sagte er und schlug Odo so heftig auf den Rücken, dass er fast mit der Nase in die Weinschale eintauchte. Odo nahm die brüderliche Liebkosung mit glücklichem Stolz hin und verkündete freimütig, er habe beschlossen, von nun an in der Umgebung seines Halbbruders, des Herzogs der Normandie, zu bleiben.

»Ich bin fast siebzehn und ein Kämpfer, wie du ihn nur selten finden wirst«, lobte er sich schamlos selbst. »Wenn du einen Mann brauchen kannst, der treu an dir hängt und sein Leben für dich einsetzt – dann findest du ihn in Odo von Conteville!«

»Gut«, gab Wilhelm ernst zurück. »Morgen wird ein Tjost geritten, kleiner Bruder. Da kannst du zeigen, was du als Ritter taugst.«

Arlette, die Odo mit mütterlichem Stolz und ein wenig Wehmut betrachtete, musste sich gedulden, denn auch Wilhelms Getreue beschäftigten sich nun mit dem Neuankömmling. Man kannte sich noch recht gut, Robert von Montgomery scherzte über Odos tiefe Männerstimme, der junge FitzOsbern grölte, Odo werde im Tjost gewinnen, weil er so dünn sei, dass alle Lanzen an ihm vorbeigingen.

Erst nach einer Weile wandte sich Odo seiner Mutter zu.

»Es war nicht einfach, den Vater zu überzeugen«, erzählte er. »Er wollte mich zuerst nicht gehen lassen.«

Es sei in der Burg noch stiller als früher, die alte Guda war tot, auch Heimo war seiner Frau gefolgt, und Hawisa lasse ihre schlechte Laune nach wie vor an Fredesinde und der armen Ainor aus.

»Gibt es keine Kinder?«

Odo, der seiner Mutter nicht wehtun wollte, zögerte ein wenig, doch da sie die Frage gestellt hatte, mochte er nicht lügen.

»Fredesinde hat vor zwei Jahren ein totes Mädchen geboren. Dann einen Knaben, der ist noch am Leben. Er heißt Ralf.«

Arlette nahm die Nachricht gelassen auf, sie hatte damit gerechnet, weshalb sollte Fredesinde auch unfruchtbar sein?

»Und dein Vater? Wie lebt er? Was tut er?«

Odo hatte ein Stück Fleisch aufgespießt, doch anstatt es sich in den Mund zu stecken, schaute er missgünstig auf Ingelram, der sich nun von seinem Sitz erhob, den Gürtel straffte und sich anschickte, seine junge Frau zu beglücken.

»Vater?«, fragte Odo zerstreut. »Der will wohl ein Einsiedler werden. Er hat immer wieder diese seltsame Krankheit, dann ist er überall voller roter Pusteln und versteckt sich vor den Leuten. Nicht einmal Fredesinde darf dann zu ihm.«

Arlette hatte nichts davon gewusst. Jetzt erinnerte sie sich an den Schorf in Herluins Gesicht, den sie für die Überbleibsel einer Verletzung gehalten hatte. Vermutlich hatte Herluin seinem Freund Jean verboten, ihr davon zu erzählen. War diese entstellende Krankheit gar der Grund, weshalb er ihr nie geantwortet hatte? Schämte er sich, ihr so gegenüberzutreten?

Sie hörte schweigend zu, was Odo, der nun mit vollen Backen kaute, redete, lobte seine Pläne, warnte ihn davor, allzu rasch und unbesonnen in einen Streit zu reiten, und goss ihm reichlich Wasser in die Weinschale.

Was auch immer Herluins Gründe waren – sie würde sie herausfinden.

Januar 1047

Wilhelm erwachte, noch bevor der Diener den Raum betrat, denn er hatte die Hunde auf dem Gehöft bellen hören.

»Herr, der Narr Goles ist an der Tür. Er lässt uns keine Ruhe … Ein Anschlag auf Ihr Leben sei geplant …«

Im trüben Licht der Öllampe erschien das Gesicht des Dieners ungewöhnlich bleich. Schweiß perlte auf seiner Stirn, das dünne, gelbliche Haar stand ihm auf groteske Weise in die Höhe, als habe ein Windstoß es emporgepustet.

»Ein … Anschlag?«

Ein lähmender Schrecken erfasste Wilhelm. Unversehens stiegen wieder die verfluchten Erinnerungen aus der Kindheit auf, die Fußtritte der Mörder im dunklen Schlafraum, seine Mutter, die sich schützend über ihn warf, der gurgelnde Laut, als der Dolch Osberns Kehle durchbohrte …

»Welcher Teufel hat uns geritten, ausgerechnet in Valognes zu jagen, mitten im Cotentin, wo sich die Verräter sammeln«, krächzte FitzOsbern auf dem Lager neben ihm. Er hatte am Abend heftig gebechert, und sein Atem roch immer noch nach Wein.

Die Stimme seines Freundes brach den Bann der Angst, und Wilhelm kam zu sich. Er schämte sich seiner Schwäche und war froh, dass FitzOsbern jetzt im dämmrigen Zimmer nach Rock und Gürtel suchte und nichts davon bemerkt hatte.

»Bist du sicher, dass der Narr das nicht erfunden hat?«

»Ich fürchte, Herr, er sagt die Wahrheit.«

Odo von Conteville stolperte in den Raum, er war bereits in Waffen, das krause, rote Haar glühte, als er in den Schein der Lampe eintauchte.

»Sie werden zahlreich sein«, rief er aufgeregt. »Und wir haben hier in diesem elenden Gehöft keinen Schutz, weder Wall noch Mauern … Aber wir werden sie empfangen! Ich wecke die anderen, jetzt können sich deine Freunde bewähren …«

Wilhelm war nun ruhig, und sein Verstand arbeitete klar. Mit raschen Bewegungen kleidete er sich an, gürtete sich und legte die Sporen an.

»Das Nest wird leer sein«, sagte er schlicht.

»Wir sollen … fliehen?«

»Ihr bleibt – auf mich haben sie es abgesehen.«

Als er befahl, kein Licht im Gebäude zu entzünden und ihm ein gutes Pferd zu satteln, begriffen die beiden. Das grausige Schicksal des jungen Aethelings Alfred fiel ihnen wieder ein, dem man die Augen ausgestochen hatte, um ihn dann elend krepieren zu lassen. Mit Wilhelm würde Guy von Burgund nicht milder umspringen, falls er seiner habhaft werden konnte.

»Ich reite mit Ihnen, Wilhelm«, sagte FitzOsbern entschlossen. »Ich lasse Sie nicht allein.«

»Ich noch weniger!«, versicherte ihm Odo.

Ein warmes Gefühl stieg in ihm auf. Er war von Verrätern umzingelt, sein Leben war keinen Denier wert, und doch hatte er treue Freunde an seiner Seite. Leise weckten sie die anderen, Robert von Montgomery würde sie befehligen, sie sollten harmlos tun, sich nicht unnötig auf Gefechte einlassen – der Herzog sei bei einem Mädchen, irgendwo im Dorf …

Zu dritt ritten sie in die Nacht hinaus, hielten nach Nordosten, aufs Meer zu, da sie an der Küste entlang fliehen mussten – weiter südlich, auf der breiten Handelsstraße nach Falaise, hätte man sie rasch entdeckt. Eine steife Brise ließ ihre Mäntel flattern, hin und wieder rissen die Wolken auseinander, so dass das Licht der schmalen Mondsichel ihnen für einige Augenblicke half, den Weg zu erkennen. Die Pferde waren unwillig, sahen kaum, wohin sie die Hufe setzten, und wenn sie in eine Kolonie am Boden hockender Seevögel gerieten, hatten die Männer Mühe, die scheuenden Reittiere zu beruhigen. Es war lebensgefährlich, sich auf diese Weise den Steilklippen zu nähern – ein falscher Tritt konnte das Ende von Pferd und Reiter bedeuten. Als sich für kurze Zeit der Mond blicken ließ, fluchte Wilhelm leise, denn die schroffe Felskante zeichnete sich nur wenige Schritte entfernt als harte, dunkle Linie vor dem matten Himmel ab. Sie lenkten die Tiere nach rechts, gen Osten, und trieben sie trotz der Dunkelheit unbarmherzig an.

»Habt ihr daran gedacht, dass wir die verdammte Flussmündung überqueren müssen?«

Jenseits der Klippen herrschte Stille. Wenn die Küste im Mondlicht für einen Moment auftauchte, sah man nichts als die feuchte, spiegelnde Sandfläche. Noch war Ebbe.

Sie ließen die Steilküste hinter sich und galoppierten am Strand entlang – bevor die Flut wiederkehrte, mussten sie die Mündung der Vire überquert haben, sonst war ihnen der Weg nach Osten abgeschnitten und sie saßen in der Falle.

Wilhelm hatte die Zähne fest zusammengebissen und mühte sich, seine Wut im Zaum zu halten. Wie einfältig war er doch gewesen! Während er in Rouen in aller Ruhe das Weihnachtsfest feierte, hatte er seinem Cousin und Widersacher Guy von Burgund Gelegenheit gegeben, die Rebellion vorzubereiten. Guy besaß Brionne und Vernon sur Seine, zwei wichtige Festungen, die er nach dem Tod von Gilbert von Brionne an sich gebracht hatte. Nigel von Cotentin hatte sich ihm angeschlossen – wahrscheinlich hatte der dreckige Hund inzwischen die gesamte Niedernormandie hinter sich und zusätzlich einige der großen Lehensnehmer aus dem Osten des Landes. Ralf von Tesson, Grimald von Plessis und Haimo von Creully waren längst auf der Seite der Aufständischen. Wem konnte man überhaupt noch trauen? War Wilhelm von Arques noch auf seiner Seite, oder hatte auch er sich bereits mit Guy verbündet? Wie würde sich Erzbischof Mauger verhalten?

Sie waren wohl zwei Stunden unterwegs, da rissen die Wolken auf, und vor ihnen lag das weite Mündungsdelta der Vire. Schwarz starrten die Ufer, die weite, leicht silbrige Sandfläche war von dunklen Wasseradern durchzogen, die sich zusehends verbreiterten.

»Die Flut kommt, wir müssen uns sputen!«

Im gleichen Augenblick erblickten sie hinter sich die Fackeln der Verfolger – man hatte ihre List erraten und war ihnen auf den Fersen. Hastig trieben sie ihre Pferde auf die schlickige Sandfläche hinaus. Möwen flatterten kreischend auf, und die Wolken wollten sich nicht wieder vor den verdammten Mond schieben, so dass Reiter und Pferde in seinem fahlen Schein deutlich zu sehen waren. Wenn sie die schmalen Ströme durchritten, umwirbelte das Wasser die Beine der Pferde und bespritzte den Reitern die Schuhe, doch sie kamen gut voran.

Plötzlich aber versank Odos Stute mit der Hinterhand im sandigen Priel; das Tier geriet in Panik, ruderte verzweifelt mit den Vorderhufen und sackte immer weiter in den Sand ein. Wilhelm hörte den überraschten Ruf seines Halbbruders, sah, wie Odo aus dem Sattel rutschte und in die schwarzen Fluten eintauchte. Die Strömung war stärker geworden, Odo kämpfte, versuchte, sich an seinem Pferd festzuhalten, doch der Priel riss ihn ein Stück mit sich fort.

»Lasst mich zurück – ihr schafft es sonst nicht!«

Die Fackeln der Verfolger kamen näher.

»Halt's Maul und fass zu!«

Wilhelm war abgestiegen, rannte am Priel entlang und erwischte die Hand seines Halbbruders. Mit einem festen Ruck zog er ihn aus der Strömung. Odo kroch fluchend aus dem Schlick, spuckte das salzige Meerwasser aus und wischte sich den Dreck aus den Augen. Wilhelm FitzOsbern hatte Odos Gaul eingefangen, doch als alle wieder aufgesessen waren, konnten sie schon die triumphierenden Rufe der Verfolger in der Ferne vernehmen.

»Dass ihr allesamt in der Flut ersauft«, brüllte Odo und

musste husten. Wilhelm und FitzOsbern waren längst davongesprengt, und er beeilte sich, den beiden zu folgen. Kurz darauf schoben sich Wolken vor den Mond; die Fläche versank in Dunkelheit, und nur die Lichtpunkte der Fackeln zeigten an, dass ihnen die Feinde dicht auf den Fersen waren.

Sie stießen den erschöpften Pferden unbarmherzig die Sporen in die Bäuche, verließen sich auf den Instinkt der Tiere, und erst als der trockene Ufersand zu ihnen aufstob, begriffen sie, dass sie die andere Seite der Flussmündung erreicht hatten. Weit, sehr weit hinter ihnen schimmerten einige wenige Lichtpünktchen – das auflaufende Wasser hatte den Verfolgern den Weg abgeschnitten.

Erst nach einer Weile gestatteten sie den Pferden eine kurze Rast, warfen sich ins harte Seegras und ließen den Wind über sich hinwegbrausen. Odos Zähne schlugen aufeinander, er fror erbärmlich in den nassen Kleidern und schämte sich seines Missgeschickes.

»Ich hätte mich nach vorn neigen müssen, um der Stute zu helfen. Stattdessen habe ich mich wie ein verdammter Sack voll Grütze ins Wasser fallen lassen …«

FitzOsbern hatte Mitleid und gab ihm seinen Mantel, Odo zog den triefenden Rock aus und wickelte sich in das trockene Kleidungsstück. Wärmer wurde ihm davon nicht.

»Was ist mit Bayeux?«, fragte Wilhelm.

»Besser nicht«, warnte FitzOsbern. »Hordez von Bayeux ist mit den Verschwörern im Bunde – ein übler Bursche.«

»Dann nach Ryes!«

Weiße Schaumfetzen troffen von den Mäulern der Pferde, als sie ihren Weg fortsetzten. Im Morgengrauen begegneten ihnen Fischer, die weiten Kittel wie Hosen zwischen den Beinen hochgebunden, Netze aus gedrehten Hanffasern über den Schultern. Sie wollten die Flut nutzen, um aufs Meer hinauszufahren, und starrten voller Neugier auf die drei erschöpften Reiter. Einige erkannten den jungen Herzog und grüßten untertänig, doch sie erhielten nur ein kurzes Nicken zum Gegengruß. Kurz vor dem Ziel brach FitzOsberns Pferd mitten im Lauf zusammen, lag einen Moment mit zuckenden Beinen und wilden, verzweifelten Augen am Boden und verendete dann – um ein Haar wäre er unter dem Tier begraben worden.

»Reitet weiter – ich laufe.«

Er verbiss sich den Jammer, der ihn beim Anblick des sterbenden Tieres befallen hatte, und fluchte leise vor sich hin. Sie wechselten sich beim Reiten ab, überspielten den Ernst ihrer Lage, indem sie Witze rissen und sich an den gestrengen Turchetil erinnerten, der gewiss sein Vergnügen daran gehabt hätte. An einer kleinen Kapelle nahe der Dünen hielten sie an, stolperten in den winzigen Raum des Fachwerkgebäudes und sanken vor der Statue der Maria auf die Knie, um zu beten. Danach war es kaum noch möglich, die zu Tode erschöpften Pferde von der Stelle zu bringen. Sie mussten sie brutal schlagen und zogen sie schließlich hinter sich her, während sie selbst kaum noch ihre Füße spürten.

Endlich erhob sich vor dem gleißenden Licht des aufbrechenden Morgenhimmels die dunkle, kantige Form der Burg von Ryes.

»Wenn Guy von Burgund inzwischen auch hier Verrat gesät hat, sind wir verloren«, murmelte FitzOsbern düster.

»Die Herren von Ryes sind mir treu!«

Es gab keine andere Möglichkeit – sie waren vollkommen erschöpft, ihre Pferde mehr tot als lebendig. Die Aussicht auf ein Bett, trockene Kleidung und ein wärmendes Feuer war übermächtig.

»Gott gebe, dass du recht hast!«

* * *

Arlette war mit wenig Gepäck aufgebrochen, denn das, was sie nach Conteville mitnehmen wollte, passte in eine einzige Truhe. Die schönen Fibeln und Ketten, die seidenen Gewänder, Handspiegel und in Silber gefassten Kämme – alles hatte sie ihrer Tochter geschenkt, dazu auch den weißen, mit Perlen bestickten Schleier, den Mathilde ihr einst gegeben hatte. Sollte Adelheid ihn von nun an tragen, er war ein Erbstück ihrer Großmutter, Judith von Bretagne, und es war nur richtig, dass sie ihn bekam.

Sie hatte das Christfest verstreichen lassen und Wilhelm ihren Entschluss nach einer Partie Schach mitgeteilt, der letzten für längere Zeit, denn der junge Herzog hatte vor, Rouen für eine Weile zu verlassen, um mit einem Teil der Hofgesellschaft auf Reisen zu gehen. Über Evreux und Montgomery wollte er nach Falaise reiten, von dort in den Cotentin nach Valognes, dann über Bayeux und Lisieux zurück nach Rouen. Wilhelm würde überall Gericht halten, wie es seine Aufgabe war, vor allem aber würde er seinen Widersachern beweisen, dass er, Wilhelm II. von der Normandie, sich von niemandem abhalten ließ, seine herzogliche Macht auszuüben.

Wilhelm hörte sich ruhig an, was seine Mutter zu sagen hatte, unterbrach sie auch nicht, doch sie sah recht gut, dass sich seine Miene verdüsterte. Es gefiel ihm nicht, dass sie den Hof verlassen wollte, denn obgleich er inzwischen erwachsen war, hing er an Arlette und wollte sie in seiner Nähe wissen. Zumal sie vorhatte, auch seinen kleinen Halbbruder Robert mit sich zu nehmen, doch er hütete sich wohl, ihr diese Fahrt zu verbieten.

»Ich werde Ihnen einige Ritter zu Ihrem Schutz mitgeben«, meinte er, nachdem er eine kleine Weile überlegt hatte. »Sie werden Sie nach Conteville geleiten und dort warten.«

»Auf was sollen sie warten?«

Er hatte die dunklen Brauen gefurcht und sah sie unzufrieden an.

»Es könnte ja sein, dass Sie nicht lange dort verweilen mögen – dann werden sie Ihren Rückweg sichern.«

»Das ist unnötig!«, widersprach sie verärgert.

Er grinste, denn er hatte erwartet, dass sie zornig werden würde, doch es beeindruckte ihn wenig. Sanft legte er seine Hand auf die ihre.

»Ich habe es nun einmal so beschlossen, Mama.«

Seine Hand war breit, die Finger kurz mit geraden Fingernägeln – sie musste an die kräftigen Hände ihres Vaters, des Gerbers Fulbert, denken, wie er das trockene, gegerbte Leder anpackte, um es mit dem Hammer weich zu schlagen.

Tags drauf war Wilhelm mit seinem Gefolge aufgebrochen, nur wenige der Ministerialen gehörten dazu, auch keine Frauen, dafür jedoch alle seine Getreuen, eine angeberische, übermütige Bande junger Burschen, in deren Kreis nun auch Odo aufgenommen war.

Die Begleitung, die Wilhelm für seine Mutter zusammengestellt hatte, bestand aus zehn erfahrenen Kämpfern, die von ihrem Bruder Walter angeführt wurden. Auch Jean le Païen gesellte sich zu ihnen, und Walter bot dem Älteren an, die Gruppe an seiner statt zu befehligen, doch Jean lehnte lächelnd ab.

»Du bist vor Jahren einmal mein Knappe gewesen – nun wirst du zeigen, was du bei mir gelernt hast«, scherzte er.

Arlette schien es, als sei Jean ungewöhnlich heiter – wann hatte er jemals Scherze gemacht? Höchstens damals, als er noch mit der zwölfjährigen Adelheid über den Hof spazierte. Später, als ihre Tochter älter war, verliefen die Gespräche des ungleichen Paares sehr viel ruhiger und ernster. Nun – er schien Adelheid wenig nachzutrauern, vielleicht hatte Godhild sich ja doch geirrt, und Jean war niemals in ihre Tochter verliebt gewesen.

Als die kleine Reisegesellschaft den Palasthof in Rouen verließ, zerrte ein kalter Wind an den Häuten, die Gepäck und Insassen des Wagens schützten. Dunkle, vom Wind zerrissene Wolken zogen über den mattblauen Himmel, und wenn die Wintersonne für einen kurzen Moment durchbrach, so war ihr Schein kalt und blendete die Augen. Kaum jemand schien ihre Abfahrt zu kümmern. In Abwesenheit des Herzogs verlief das Leben im Palast gemächlich, nur ein paar Knechte schleppten Holz herbei, drüben, wo die Morgenmahlzeit bereitet worden war, verloschen jetzt die Feuer. Zwei gelbe Hunde folgten der

Reisegesellschaft neugierig bis zum Tor, einer von ihnen hob das Bein an dem geöffneten Torflügel, der andere beschnüffelte die Stelle und wollte es seinem Genossen gleichtun, doch in diesem Augenblick sprengten zwei berittene Boten durch das Tor in den Palasthof, und die Hunde rannten mit lautem Gekläff hinter ihnen her.

Arlette hatte nicht zurückgesehen. Vor zwanzig Jahren war sie aus Falaise hierher geführt worden, Arlette, die Tochter des Gerbers, die junge, strahlend schöne Geliebte des Herzogs. Jedes Gemach, jede Stufe der steinernen Treppe, jedes Sandkorn auf dem Platz barg zahllose Erinnerungen an Glück und Unglück dieser Jahre. Roberts leidenschaftliche Liebe, sein Verrat an ihr und sein trauriges Sterben in der Ferne. Herluins schüchternes Werben um ihre Hand und ihre Untreue. Das Glück, ihre Kinder heranwachsen zu sehen, und die entsetzliche Angst um Wilhelms Leben. Nein, sie wollte nicht mehr zurückblicken, all dies würde sie in ihrem Herzen verschließen und nur noch auf die Zukunft hoffen.

»Bin ich alt geworden?«, fragte sie Godhild, als der Wagen über die hölzerne Brücke am Hafen ratterte. »Sag mir die Wahrheit – kann ich Herluin überhaupt noch gefallen?«

»Hättest du deinen Spiegel nicht deiner Tochter geschenkt, könntest du dir diese Frage jetzt selbst beantworten!«

Sie hatten sich beide mit Decken und Fellen gegen die Kälte geschützt – Godhild lehnte gegen Arlettes Truhe, die mit Seilen festgebunden und dick gepolstert war. Godhild hatte die Häute ein wenig zur Seite gehoben und blinzelte in die Sonne.

»Jetzt rede endlich!«, schalt Arlette sie. »Ich muss es wissen.«

»Himmlische Jungfrau! Du hast ein paar kleine Fältchen um Mund und Augen, aber die grauen Haare habe ich dir erst gestern alle ausgerissen – drei oder vier sind es gewesen.«

»Es werden immer mehr«, seufzte Arlette.

»Was willst du?«, erwiderte Godhild ungeduldig. »Deine älteren Söhne sind erwachsene Männer, und deine Tochter ist verheiratet.«

Arlette seufzte und sah auf ihren Sohn Robert, der still und traurig auf seinem Polster hockte, denn er hatte gehofft, bald zum Knappen ausgebildet zu werden, und litt unter der Trennung von seinen Kameraden. Er war jetzt fast sechs, und seine Glieder hatten sich gestreckt – auch er bereitete sich darauf vor, erwachsen zu werden.

Wie hinterlistig die Zeit war! Jeden Tag, jede Nacht nahm sie einem ein winziges Stück seiner Jugend, grub hier eine Falte, färbte das ein oder andere Haar weiß, machte den Blick ein wenig matter, die Lippen schmaler, den Gang schwerfälliger. Auf leisen Sohlen schlich sie hinter einem her, nahm niemals viel, doch was sie einem geraubt hatte, das gab sie nicht mehr zurück.

»Weshalb glaubst du, jung und schön sein zu müssen, um Herluin wieder zu erobern? Er selbst ist auch kein junger Bursche mehr.«

»Er ist ein Mann«, gab Arlette nachdenklich zurück.

Godhild schob die Häute vor dem Wind zusammen, der durch jede kleine Ritze ins Wageninnere fuhr. Dann lehnte sie sich zurück und lächelte – und Arlette fand, dass ihre Freundin heute fast hübsch aussah. Godhild war ein paar Jahre älter als sie selbst, schön war sie niemals gewesen, dafür schien sie jedoch kaum zu altern. Heute hatte sie das Haar fest in ein Tuch eingebunden, und die übergroße Nase störte nur, wenn man sie von der Seite betrachtete.

»Er liebt dich«, sagte Godhild mit Überzeugung. »Und er ist einer der wenigen Männer, die nur ein einziges Mal in ihrem Leben lieben.«

Arlette dachte an Fredesinde, doch sie schwieg. Es war müßig, sich mit Ängsten und Bedenken herumzuschlagen, zumal ihr Entschluss längst gefasst war.

Die Reisenden kamen auf den über Nacht gefrorenen Wegen zunächst gut voran. Eis stand in den Fahrrinnen, das hin und wieder knackte und zerbrach, wenn der Wagen darüber hinwegrumpelte. Sie folgten dem linken Seineufer, bis der Fluss wieder nach Osten mäanderte, dann durchquerten sie die

Waldgebiete nach Westen, passierten hin und wieder die Äcker und Wiesen kleiner Ortschaften und Gehöfte, um endlich bei Pont-Authou die Risle zu überqueren. Gegen Mittag jedoch hatte die Sonne das Erdreich aufgetaut, die Fahrrinne verwandelte sich in eine Ansammlung bräunlicher Pfützen, auf denen nur noch hier und da eine dünne, zerbrechliche Eisschicht glänzte. Schlamm und Wasser spritzten empor, das Gefährt schlingerte einige Male, auch die Pferde setzten nun die Hufe vorsichtig, denn der Boden war glitschig und auf den Waldwegen streckten sich dicke Baumwurzeln über den Weg.

Arlette hatte sich fest in die Decken eingewickelt und war bei dem Geruckel des Wagens eingeschlummert, als sie plötzlich durch lautes Gelächter geweckt wurde. Auch Godhild und der kleine Robert, die durch einen Spalt zwischen den Häuten spähten, kicherten vergnügt.

»Walter wäre um ein Haar in den Matsch gefallen, Mama!«

»Das Pferdchen strauchelte«, witzelte Godhild albern. »Aber unser stolzer Anführer hat rasch den Hals der Stute umarmt und sie zärtlich auf die Mähne geküsst.«

»Wie schadenfroh ihr seid!«, knurrte Arlette verschlafen. »Sind wir schon in Pont-Authou?«

Godhild nestelte an den Häuten herum, um besser sehen zu können, und Arlette zog unwillig die Felle höher, da nun wieder der Wind unter die Abdeckung fuhr.

»Weit kann es nicht mehr …«

In diesem Augenblick hörte man den scharfen Ruf und das Zischen des Fuhrmanns, der die Pferde zum Stehen brachte, der Wagen schwankte ein wenig und kam dann zum Stillstand.

Robert krabbelte flink wie ein Wiesel in den vorderen Teil des Wagens, schlug die Häute auseinander und brüllte dann aufgeregt: »Kämpfer, Mama! Eine ganze Rotte!«

»Komm sofort wieder in den Wagen!«, rief Arlette, zerrte den Knaben am Rock zurück und kletterte nun selbst neben den Fuhrmann, um hinauszusehen.

»Da vorn!«, sagte der Fuhrmann und streckte den Arm aus. »Sie scheinen auf dem Weg nach Rouen zu sein.«

Seine Armbewegung war überflüssig, denn die Reitergruppe war zwischen den braunen Äckern gut zu sehen. Einige trugen Helme, ihre bunten Mäntel hoben sich im Wind und gaben den Blick auf blank geputzte Kettenhemden frei. Schmale Lanzen, an denen farbige, dreigezackte Wimpel wehten, ragten in den grauen Himmel. Die Gruppe näherte sich rasch, und Walter gab seinen Männern vorsichtshalber den Befehl, sich um den Wagen zu scharen und die Frauen zu verteidigen, falls es zum Kampf kommen sollte. Gleichzeitig versuchten sie, gegen das gleißende Sonnenlicht blinzelnd, die Wimpel und die Bemalung der langen Schilde genauer zu erkennen, um herauszufinden, ob man Freund oder Feind gegenüberstand.

»Das ist Thurstan von Bastemburg – ich erkenne sein Zeichen!«, rief einer.

»Was faselst du? Der ist längst tot.«

»Dann kann es nur sein Enkel sein, Hugo von Montfort!«

»Der Montfort hält treu zu Herzog Wilhelm«, sagte Walter erleichtert. »Es besteht also keine Gefahr.«

Die Anspannung löste sich, denn eine feindliche Begegnung wäre vermutlich schlimm ausgegangen. Die Reiter stürmten auf sie zu, schon war das Hufgetrappel zu vernehmen, Pferde schnaubten, Lanzen stießen gegen die hölzernen Schwertscheiden, jemand brüllte drohend eine Parole.

»Herzog Wilhelm von der Normandie!«

»Er lebe lang!«, rief Walter laut zurück.

Dann waren sie schon umringt, die Männer ritten so dicht an ihnen vorüber, dass ihre Füße den Wagen streiften. Nur wenige Graubärte waren unter den Kämpfern, die meisten waren junge Burschen, denen Begeisterung und Ehrgeiz in den Gesichtern stand, mehrere Knappen begleiteten sie, stolz darauf, mit in den Kampf ziehen zu dürfen. Neugierige Blicke ruhten auf Arlette, die neben dem Fuhrmann auf dem Wagen stand. Einige fragten, wohin sie unterwegs sei, andere beugten sich vor, um ins Wageninnere zu spähen – vielleicht glaubten sie, dass dort reiche Schätze verborgen waren.

Hugo von Montfort war noch sehr jung, kaum älter als Wilhelm, und Arlette erkannte ihn sofort, denn er war einige Jahre am Hof in Rouen erzogen worden. Er hatte ein paar Worte mit Walter gewechselt, der ihn zum Ritter ausgebildet hatte, nun ritt er zu dem Wagen auf und grüßte Arlette mit solcher Ehrerbietung, dass seine Kämpfer verblüfft dreinschauten.

»Ich wünschte, Sie an einem glücklicheren Tag wiederzusehen, Herrin«, sagte er betrübt. »Aber wie es scheint, haben sich Tod und Teufel gegen Herzog Wilhelm verbündet.«

Der Schrecken durchfuhr sie mit solcher Heftigkeit, dass ihr Gesprächspartner seine Worte fast bereute. Aufruhr herrschte schon eine ganze Weile im Land – fast hatte man sich daran gewöhnt und die Bedrohung nicht mehr ernst genommen.

»Tod und Teufel? Sie wollen vermutlich sagen: Guy von Burgund und Nigel von Cotentin?«

Hugo rieb sich die Oberlippe und sah fragend zu Walter hinüber, der Arlette ungewöhnlich blass und ernst erschien. Walter nickte Hugo von Montfort zu – wenn jemand die Wahrheit vertrug, dann war es seine Schwester.

»Sie wissen es noch nicht, Herrin? Vor ein paar Tagen hat man unseren Herzog in Valognes fast erwischt, doch er war gewitzt und konnte entkommen. Grimald von Plessis war das dreckige Schwein, doch er wird seinen Lohn erhalten.«

Arlette erstarrte. Ein Anschlag – wieder hatte man Wilhelm töten wollen.

»Wo ist mein Sohn jetzt?«

»Der Herzog hat in Ryes und in Falaise treue Helfer gefunden und ist inzwischen nach Poissy geritten, Herrin. Und es gibt gute Botschaft: Der König von Frankreich wird seinen Lehensnehmer nicht im Stich lassen. Heinrich I. wird in wenigen Tagen mit dem königlichen Heer in die Normandie ziehen und gemeinsam mit Herzog Wilhelm die Rebellen niedermachen.«

Sie begriff, dass es zu schrecklichen Kämpfen kommen

würde. Schon einmal war Heinrich I. in die Normandie gezogen, um die Herrschaft seines Vasallen Wilhelm zu stützen, er hatte Burgen eingenommen und Ländereien verwüstet, damals wurde die aufkeimende Rebellion erstickt. Nun aber waren die Gegner zahlreicher denn je zuvor, und Wilhelm war kein Kind mehr – er würde selbst mit in den Kampf ziehen.

»Im ganzen Land sind Boten unterwegs, um die Anhänger unseres Herzogs in Rouen zu sammeln«, berichtete Hugo von Montfort voll Begeisterung. »Wir sind nicht viele, Herrin, aber jeder Einzelne von uns brennt darauf, sein Leben für Ihren Sohn zu riskieren. Geben Sie mir Ihren Segen – er wird uns den Sieg bringen.«

Verblüfft sah sie, wie er vom Pferd stieg und vor sie hintrat, den Kopf neigte und zugleich die Rechte an den Griff seines Schwertes legte. Sie zögerte verwirrt, noch nie hatte jemand Ähnliches von ihr verlangt, doch seine erwartungsvolle Geste duldete keine Zurückweisung, also streckte sie eine zitternde Hand aus und legte sie vorsichtig auf sein kurzes, hellblondes Haar.

»Nimm all meine Wünsche und meine Gebete«, sagte sie leise, als redete sie zu ihrem Sohn. »All meine Kraft und meine Liebe – was auch immer ich dir geben kann – es soll dich beschützen und deine Feinde vernichten.«

Er nahm diese Worte mit großem Ernst entgegen, verbeugte sich vor ihr und sah dann mit strahlender Miene zu ihr auf. Offensichtlich hatte sie genau das gesagt, was er sich erhofft hatte, und vielleicht würde es ihm ja tatsächlich helfen – wahrscheinlicher war jedoch, dass er in diesem Kampf sein Leben ließ.

Die Ritter zogen an ihnen vorüber, um noch heute Rouen zu erreichen, und auch Walter befahl die Weiterreise. Langsam setzte sich der Wagen wieder in Bewegung, zuckelte an Äckern und Wiesen vorbei, rumpelte weiter auf einem schmalen Waldweg, wo kahle, überhängende Zweige gegen hölzerne Verstrebungen schlugen und an den Häuten kratzten.

Robert wollte nicht aufhören zu schwatzen, er hatte zwar

nicht alles verstanden, doch die Knappen, die bei den Kämpfern gewesen waren, konnten nur wenig älter als er selbst gewesen sein.

»Mama, die reiten für Wilhelm in den Kampf!«

»Ja, Robert …«

»Gegen wen werden sie streiten? Werden sie ganz Rouen verteidigen? Oder nur den Palast?«

»Das weiß ich nicht …«

»Ich wünschte, wir wären dort geblieben, Mama. Ich will auch für Wilhelm kämpfen. Er ist mein Halbbruder, ich muss ihn doch vor seinen Feinden schützen …«

»Halt endlich deinen Mund!«, blaffte ihn Godhild an, und der Kleine verstummte erschrocken.

Arlette war wie betäubt. Ein ums andere Mal fragte sie sich, ob sie nicht tatsächlich nach Rouen zurückkehren sollte, doch was hätte sie dort ausrichten können? Wilhelm war erwachsen, er fällte seine eigenen Entscheidungen, sie konnte ihm nicht helfen. Erst nach einer Weile bemerkte sie, dass Godhild leise vor sich hin weinte.

»Er wird fortreiten und im Kampf sterben«, flüsterte sie. »Nichts wird ihn davon abhalten – täte er es nicht, würde er sich selbst auf ewig verachten …«

»Natürlich wird er das«, gab Arlette unglücklich zurück. »Wilhelm muss seinen Thron verteidigen, auch wenn …«

»Wer redet von dem Herzog?«, fuhr Godhild zornig dazwischen und schnäuzte sich die Nase an einem Zipfel ihres Gewandes. »Hast du vergessen, dass du auch einen Bruder hast? Walter hat den Herzog zum Ritter ausgebildet – er wird ihm ganz sicher auch in den Kampf folgen.«

Arlette starrte sie an, und erst jetzt wurde ihr das ganze Ausmaß der Katastrophe bewusst. Ja natürlich – auch Walter und Jean le Païen würden an der Seite ihres Sohnes sein, genau wie die zehn Kämpfer, die Wilhelm ihr mitgegeben hatte.

»Aber … sie können uns doch jetzt nicht einfach verlassen?«

»Glaubst du, sie werden uns in aller Ruhe nach Conteville begleiten, während der Herzog seine Männer um sich sammelt?«

Godhild krümmte sich zusammen und vergrub ihr Gesicht in den Händen, ihre Schultern zuckten heftig.

»Wir wollten es dir erst in Conteville sagen … Walter hat um meine Hand angehalten … in Falaise auf seinem Land wollten wir miteinander leben …«

Bei allem Unglück packte Arlette heiße Empörung. Zum zweiten Mal hatte Godhild sie verraten. Damals war es Eudo, mit dem sie sich heimlich verheiratet hatte – nun Walter, ihr eigener Bruder.

»Du … du willst Walters Frau werden?«, platzte Arlette heraus. »Ja, seid ihr denn noch bei Sinnen …«

Doch Godhilds Verzweiflung rührte sie und ließ sie verstummen. Was half es jetzt noch, Godhild vorzuhalten, dass sie gut zehn Jahre älter als ihr Bruder war? Dass Walter ein Ritter war und um eine Adelige hätte anhalten können? Ach, das alles war nicht mehr wichtig, denn Godhild hatte recht: Walter würde in den Kampf reiten, und nur Gott allein wusste, ob er lebend zurückkehrte.

Ihr Bruder geleitete die Reisegesellschaft noch bis Pont-Authou, dort verkündete er, mit fünf Kämpfern zurück nach Rouen zu reiten. Die Übrigen würden die Frauen unter dem Befehl von Jean le Païen nach Conteville führen.

Er nahm zärtlich von Godhild Abschied und küsste sie so lange, dass Arlette sich vor Ärger abwenden musste. Auf Godhilds flehende Bitte, ihn bis Rouen begleiten zu dürfen, ging Walter nicht ein.

* * *

Jean gestattete ihnen keinen Aufenthalt, ritt an Dörfern und Gehöften vorbei, ohne um ein Nachtlager zu bitten, und als die Dunkelheit hereinbrach, wurden Fackeln entzündet, damit sie nicht vom Weg abkamen. Robert schlummerte längst unter den Fellen, den Kopf in den Schoß seiner Mutter gebettet, Godhild hockte zusammengekauert auf dem Polster, versunken in ihren Kummer. Nur Arlette saß aufrecht da und starrte auf das unruhige Spiel des Fackelscheins, der durch die Ritzen zwischen den Häuten ins Innere des Wagens drang. Das Licht irrte hin und her, fiel als zitternder Kreis auf Godhilds verrutschtes Kopftuch, brannte wie ein Flämmchen auf dem blank gescheuerten Schloss der Truhe und legte sich wie ein rötliches Mal über Nase und Wangen des schlafenden Knaben.

Tod und Teufel haben sich zusammengefunden, dachte sie schaudernd. Und meine Söhne werden mitten unter sie reiten. Auch Odo, der für Wilhelm kämpfen wird. Gott im Himmel – gewiss wird auch Richard in die Schlacht ziehen, und ich weiß nicht einmal, auf wessen Seite er streiten wird. Und erst Walter, dieser Dummkopf, der sich mit Godhild verheiraten wollte und nun stattdessen in den Krieg zieht …

Was sollen sie auch anderes tun?, dachte sie verbittert. Sie sind Ritter, lernen ihr Handwerk schon als Kinder – wen wundert es, wenn sie es später ausüben? Wie viele Schmerzen erträgt eine Frau, um ein Kind auf die Welt zu bringen! Wie viel Sorge und Mühe kostet es sie, um es großzuziehen, und mit welcher Liebe hängt sie an ihrem Kind! Kein Ritter kümmert sich darum – alles, was er erlernt, womit er sich jahrelang herumplagt, wofür er Demütigungen, Schrammen und Beulen in Kauf nimmt, ist auf Kampf und Tod ausgerichtet.

Als der Wagen endlich über eine Holzrücke ratterte, war es spät in der Nacht. Godhild hob nicht einmal den Kopf, als Jeans Stimme die Wächter aufforderte, das Tor zu öffnen. Robert drehte sich grunzend auf die andere Seite.

Es dauerte eine ganze Weile, bis man bereit war, die Reisenden in die Burg einzulassen, offenbar stand nur ein einziger Wächter im Torturm auf Posten, und Jean musste ihm mehrfach erklären, wer sie waren und weshalb sie Einlass begehrten. Als man endlich das Knarren der schweren Torflügel vernahm, stieß Godhild einen tiefen Seufzer aus.

»Ich wünschte, sie hätten uns nicht geöffnet«, murmelte sie. »Dann hätten wir zurück nach Rouen fahren können.«

»Jetzt, mitten in der Nacht«, gab Arlette spöttisch zur Antwort, und Godhild schwieg. Langsam rumpelte der Wagen in den Burghof hinein. Arlette versuchte, den schlafenden Knaben zu wecken, doch der rollte sich unter den Fellen zusammen und machte keine Anstalten, das warme Lager zu verlassen.

Jean war abgestiegen, als Arlette aus dem Gefährt kletterte, reichte er ihr seine Hand.

»Sie werden uns das Nachtlager bereiten«, sagte er. »Es fällt ihnen nicht ganz leicht, doch ich habe darauf bestanden. Hawisa scheint nicht gerade Ihre Freundin zu sein.«

Auch im Wagen war es kalt gewesen, doch jetzt, als sie im Hof stand, spürte Arlette erst, wie eisig die Luft war, der die Reiter schon seit Stunden ausgesetzt waren. Im Licht der Fackeln sah sie, dass Jean le Païens dunkle Augenbrauen weißen Reif trugen, seine Finger waren noch gekrümmt, so wie er den Zügel gehalten hatte.

»Nein, sie ist nicht meine Freundin«, gestand Arlette. »Aber es ist nicht Hawisa, die entscheidet. Hat man Herluin nicht geweckt?«

»Herluin ist nicht hier.«

Ihr Herzschlag setzte für einen Moment aus. Er war nicht hier? Wie konnte das sein? Sie war den ganzen Tag über gefahren, hatte Schrecken und Ängste ausgestanden, hatte ihren Sohn verlassen, um zu Herluin zurückzukehren, ihn neu für sich zu gewinnen …

»Er ist nicht hier?«, stammelte sie. »Aber wo ist er dann?«

Der Wind ließ die Fackeln heftig flattern, doch sie konnte erkennen, dass Jeans Züge voller Trauer waren.

»Am Nachmittag traf der Bote des Herzogs ein, und kurz darauf ist Herluin mit seinen Männern losgeritten …«

»Losgeritten? Aber wohin denn? Herluin ist doch nicht etwa …«

Er nickte schweigend, bestätigte, was ihr unmöglich erschien.

»Er will für Wilhelm kämpfen«, flüsterte sie ungläubig. »Für Roberts Sohn will er sein Leben einsetzen?«

»Für den Herzog der Normandie und seinen Lehnsherrn.«

Sie schlug die Hände vors Gesicht und taumelte rückwärts gegen den Wagen. O wie boshaft, wie grausam konnten Gottes Strafen sein! Am gleichen Tag, da sie endlich den Mut gefasst hatte, zu ihm zurückzukehren, musste er davonreiten, um im Kampf zu sterben. Krämpfe schüttelten sie, sie weinte laut und voller Verzweiflung, krümmte sich unter dem abgrundtiefen Jammer ihrer vergeblichen Hoffnung.

»Arlette«, sagte Jeans Stimme ungewohnt sanft. »Ich bitte Sie, beruhigen Sie sich.«

Er musste sie bei den Schultern nehmen, zog sie schließlich an sich und hielt sie fest, bis sie nur noch schluchzte und langsam wieder zur Besinnung kam.

»Sie warten auf uns«, sagte er ihr leise ins Ohr. »Wir haben ihre Nachtruhe gestört und sollten nun nicht allzu lange säumen.«

»Wohin ist er geritten?«, schniefte sie. »Wir müssten ihm doch begegnet sein, wenn er den Weg nach Rouen genommen hat. Wieso haben wir ihn nicht gesehen?«

Er gab sie frei und wollte ihr ins Gesicht schauen, doch sie wandte sich ab.

»Herluin ist nicht nach Rouen unterwegs, Arlette. Der Torwächter sagte, er sei nach Westen geritten. Es scheint, dass die Heere dort zusammenstoßen werden …«

Sie wischte sich mit dem nassen Schleier übers Gesicht. Ihre Hände zitterten, und die Tränen begannen erneut zu fließen, ohne dass sie es hätte verhindern können.

»Nach Westen? O Jean, es ist mir ganz gleich, wohin er geritten ist, ich werde ihm folgen. Selbst in die Schlacht werde ich ihm folgen …«

»Kommen Sie jetzt«, sagte er und legte den Arm um ihre

Schultern. »Steigen wir in den Turm. Heute Nacht wird niemand von uns diese Burg wieder verlassen.«

»Außer mir!«, stieß sie hartnäckig hervor. »Ich brauche nur ein Pferd …«

»Wie wollen Sie ihn finden, in der finsteren Nacht, wenn Sie nicht einmal genau wissen, wohin er geritten ist?«

Sie musste einsehen, dass er recht hatte. Inzwischen hatte auch Godhild den Wagen verlassen, und Jean wandte sich lächelnd dem vor Kälte schlotternden Robert zu, neckte ihn und schob ihn dann vor sich her zum Wohnturm.

Dort wartete Hawisa auf sie, doppelt wütend, da sie so lange hatte in der Kälte stehen müssen. Herluins Schwester war die Leiter hinabgestiegen, hielt jetzt die Fackel in die Höhe und verstellte ihnen den Weg.

»Nicht hier«, sagte sie boshaft. »Drüben im Stall haben wir für die Hure das Lager gerichtet, denn dorthin gehört sie.«

Arlette war zu erschöpft, um etwas zu entgegnen; hilflos blieb sie stehen.

»Das ist nicht Herluins Wille«, widersprach Jean. »Arlette ist seine Ehefrau und hat das Recht, oben im Turm zu wohnen.«

»Mein Bruder ritt davon, um für den Bastard dieser Hure sein Leben zu wagen – solange er nicht hier ist, geschieht, was ich bestimme. Sie, Jean, können gern im Turm wohnen, die anderen bei den Schweinen.«

Jean schüttelte den Kopf, er war selbst am Rande der Erschöpfung und suchte nach Worten, um Hawisa zu überzeugen. Doch bevor er noch etwas sagen konnte, hatte sich plötzlich Godhild an ihnen vorbeigeschoben und zerrte den verstörten Robert hinter sich her.

»Hör zu, du dürres Nachtgespenst«, keifte sie Hawisa an. »Wir sind müde von der Reise, und keiner hat Lust, sich mit dir abzugeben. Geh aus dem Weg, oder ich kratze dir die Augen aus!«

Godhild sah furchterregend aus, ihre Wangen waren bleich, das Haar vom Weinen nass und strähnig, das Tuch hing auf ihrem rechten Ohr. Voller Entsetzen wich Hawisa zurück, als Arlettes Freundin mit drohend vorgerecktem Kopf auf sie zuging, und wagte nicht einmal die Hand zu heben, als die ungebetenen Gäste die Leiter emporstiegen.

»Satansbrut, verfluchte«, zischte sie wütend. »Verdorren und verfaulen sollt ihr, und euer Gebein soll in der Sonne bleichen.«

Dann machte sie sich daran, ebenfalls nach oben zu klettern, denn sie traute Godhild durchaus zu, die Leiter einzuziehen und sie, Hawisa, unten stehen zu lassen.

Jean, der sich in Herluins Burg auskannte, führte die beiden Frauen und den Knaben in Herluins Gemach, wünschte ihnen einen ruhigen Schlaf und versprach, am Morgen zu ihrer Verfügung zu stehen, dann ging er davon, um für sich selbst ein Lager zu suchen.

Godhild und Arlette verbrachten den Rest der Nacht auf Herluins Lagerstätte, zwischen ihnen lag Robert, zusammengerollt wie ein Säugling und von beiden Seiten gewärmt. Der Tag war schon angebrochen, als sie durch das Geräusch der knarrenden Torflügel geweckt wurden, gleich darauf ertönte Hufschlag.

Arlette fuhr vom Lager hoch, taumelte zum Fenster und zerrte eine Weile an dem fest verriegelten, mit Werg verstopften Fensterladen. Als sie ihn endlich geöffnet hatte, sah sie gerade noch, wie eine Gruppe von sechs Reitern jenseits der hölzernen Brücke davonstob.

Es war Jean le Païen, der seinem Freund Herluin in den Kampf folgte.

* * *

»Verräter! Lügner!«, rief Arlette, von Zorn und Enttäuschung überwältigt. »Ich wollte mit euch reiten!«

Er hatte sich in aller Frühe davongemacht, um sie nicht mitnehmen zu müssen. Was für ein feiner Beschützer! Auch er ließ sie im Stich.

»Du kannst den Männern nicht in die Schlacht folgen«, sagte eine leise Stimme hinter ihr. »Wir können nichts tun, als für sie alle zu beten.«

Die Frau, die hinter ihr den Raum betreten hatte, war zierlich. In ihren blauen Augen lag ein sanfter Ausdruck. Sie hatte das Haar in ein weißes Tuch eingebunden und trug einen Schleier darüber, so dass nur ihr Gesicht zu sehen war, das trotz ihrer Jugend einen ältlichen Zug hatte.

»Du bist Fredesinde, nicht wahr?«

Arlette starrte sie feindselig an. Das also war Herluins Geliebte, eine blassäugige, verhärmt aussehende Bäuerin.

»Du hast keinen Grund, mich zu hassen, Arlette«, sagte Fredesinde mit ihrer leisen Stimme, die Arlette an die kleine Mathilde erinnerte. »Herluin hat viel Gutes an mir getan, er nahm mich auf, als ich Waise wurde, und sorgte für mich. Dafür gab ich ihm Trost, denn er war sehr einsam und litt unter seiner Krankheit.«

»Trost!«

»Es war alles, was ich für ihn tun konnte, obgleich ich gern mehr getan hätte.«

Mit einer zornigen Bewegung klappte Arlette den Fensterladen zu und biss sich auf die Lippen, damit ihr nicht eine unbedachte Antwort entschlüpfte. Doch Fredesinde schien ihren Ärger nicht zu bemerken; sie sprach weiter, ruhig und sehr langsam und wie zu sich selbst.

»Ist es nicht seltsam, Arlette? Du hast ihn verlassen und betrogen, du hast seine Liebe missachtet, ihm Kummer und Schmerz bereitet – ich hingegen gab ihm alles, was ich bin, wie ein Hündchen folgte ich ihm, ja ich wäre bereit gewesen, für ihn zu sterben.«

Sie hielt einen Moment inne und lächelte vor sich hin. Arlette schnappte nach Luft. So einfach war das also: Fredesinde war ein Engel, Arlette eine Teufelin.

»Dennoch hat sein Herz immer dir gehört«, fuhr Fredesinde unvermittelt fort. »Das konnte ich nie begreifen, und ich verstehe es auch jetzt noch nicht. Aber es ist so.«

Sie machte eine kleine Verbeugung wie eine Dienerin vor ihrer Herrin, dann durchquerte sie ohne Eile das Zimmer, wobei sie die Füße so behutsam setzte, dass man kaum ihre Schritte hören konnte. Erst als sie die Tür öffnete und das Geschrei eines Kleinkindes hörbar wurde, ging sie schneller und war gleich darauf verschwunden.

Arlette rührte sich nicht vom Fleck. Vollkommen verblüfft stand sie da und starrte auf die geschlossene Tür.

»Da hast du es!«, knurrte Godhild unter den Fellen hervor. Sie setzte sich auf und suchte nach ihrem Tuch, um es um das verfilzte Haar zu binden. »Sie scheint alles in allem ein liebes Wesen zu sein, sonst wäre sie nicht gekommen, um dir das zu sagen.«

»Schulde ich ihr etwa noch Dank?«, fragte Arlette spitz.

»Vielleicht. Eine andere hätte Herluin überredet, dich zu verstoßen.«

»Hör auf!«, rief Arlette und setzte sich neben Godhild auf das Lager. »Wir müssen überlegen, was wir tun wollen. Sag mir, ob du mit mir reiten wirst.«

Godhild knotete schweigend das Tuch um den Kopf und rieb sich dann die Wangen, die sich jedoch nur für einen kleinen Augenblick röteten. Blass war sie immer gewesen, doch jetzt sah sie krank aus; ihre Lippen waren schmal und trocken, die Augen lagen tief in ihren dunklen Höhlen. Arlette verspürte Mitleid und legte sanft den Arm um die Freundin. Wieder einmal waren sie Leidensgenossinnen, in ihrem Kummer vereint.

»Es hat keinen Sinn, Arlette«, murmelte Godhild unglücklich. »Ich würde alles tun, um Walter nahe zu sein – doch keine Frau kann einen Mann begleiten, der in die Schlacht reitet.«

»Herluin soll nicht in diese Schlacht ziehen«, begehrte Arlette auf. »Ich habe schon einmal gesehen, wie er fast in den Tod geritten ist – ich will nicht, dass er es noch einmal tut!«

»Wir können es nicht ändern«, sagte Godhild und seufzte. »Geh lieber zu Fredesinde und bitte sie um Salbei und Holunder, vielleicht auch Birkenrinde.«

»Weshalb sollte ich das tun?«

Der kleine Robert glühte vor Fieber, er hatte sich vermutlich auf der Reise erkältet. Den Rest des Tages verbrachten die Frauen damit, den Kranken zu pflegen, ihm Tränke einzuflößen, damit er schwitzte, ihn warm einzupacken und dann wieder kalt abzuwaschen. Das Fieber hielt bis in die Nacht an, und Arlette hörte den Knaben im Schlaf allerlei seltsames Zeug murmeln. Am Morgen jedoch waren seine Augen klar, und das Fieber war gesunken.

Fredesinde hatte sich als freundlich und hilfsbereit erwiesen – doch es war offensichtlich, dass sie auf der Burg nicht viel zu sagen hatte. Die alte Guda und Heimo waren gestorben – Arlette wusste recht gut, dass Hawisa die uneingeschränkte Herrin war und jede Gelegenheit nutzen würde, um ihr zu schaden. Die wenigen Mägde und Knechte starrten sie feindselig an, die Mahlzeiten, die man ihnen brachte, waren kläglich, und sie wagten nicht einmal, den Mägden ihre verschmutzten Gewänder zum Waschen zu geben, da sie fürchteten, sie niemals zurückzuerhalten.

»Morgen werde ich reiten«, sagte Arlette entschlossen zu Godhild, als sie am Abend zu dritt unter den Fellen lagen.

»Du weißt, was einer Frau geschehen kann, wenn Krieg im Land herrscht«, widersprach Godhild. »Was ist, wenn Herluin heil zurückkehrt und erfahren muss, dass du auf der Suche nach ihm vergewaltigt und erschlagen wurdest?«

»Ich komme mit Ihnen, Mama«, krächzte Robert und hustete. »Ich beschütze Sie!«

»Wenigstens einer!«, seufzte Arlette und setzte sich auf, um dem Knaben einen Schluck von Godhilds Honigsud gegen den Husten zu geben. »Schlaf jetzt, kleiner Mann. Du wirst mich beschützen, wenn du wieder gesund bist.«

Doch Godhilds Warnung hatte ihren Entschluss ins Wanken gebracht. Sie verbrachte mehrere Tage damit, in Herluins Truhen zu wühlen, besah seine Gewänder, die Folianten, fand auch einen Kasten, in dem er allerlei hübsche Dinge aufbewahrte, die für eine Frau bestimmt waren. Einiges davon hatten sie damals gemeinsam in Honfleur gekauft, anderes war ihr unbekannt, ein zierlicher Armreif aus Silber war darunter, ein mit Intarsien versehenes Kästchen aus schwarzem Ebenholz, ein Schachspiel mit zierlich geschnitzten Figürchen. Auch die Wandbehänge, die sie einst so unwillig entworfen hatte, hingen in seinem Gemach, ein wenig verblichen schon, doch unversehrt. Das geschnitzte Tischlein war mitten entzweigebrochen, doch jemand hatte es sorgfältig wieder zusammengefügt.

Eine Woche war vergangen, da begehrte ein Händler Einlass in die Burg, ein armer Kerl, der mit einem Karren voller Töpfe, Krüge und allerlei Krimskrams durch die Gegend zog und dessen mageres Pferdchen gewiss schon bessere Tage gesehen hatte. Auch er selbst war dürr wie ein Stöckchen, und die Schale Brei, die ihm unten im Saal vorgesetzt wurde, schien für ihn ein Festessen zu sein. Er leerte sie bis auf den letzten Löffel und leckte sich anschließend schmatzend die Finger.

»Es ist grauenhaft, Herrin«, sagte er und wischte sich einen Spritzer Brei aus dem Bart. »Ich war in Caen und bin davongezogen, so rasch mein Stütchen nur laufen konnte. Die Orne soll rot sein vom Blut der Kämpfer, und ich hörte sogar, dass die Mühlen in Le Bouillon nicht mehr mahlen können, weil so viele Leichen im Wasser schwimmen.«

Arlette und Godhild waren ohne Rücksicht auf Hawisas finstere Miene hinunter in die Halle gelaufen – jetzt saßen alle Frauen bleich und voller Entsetzen um den Händler, der aufgeregt weiterschwatzte. Es gäbe Leute, die die toten Ritter aus dem Wasser zögen, um sie zu berauben; die nackten Leichname überließen sie anschließend den Vögeln. Auch sei allerlei Volk unterwegs zum Ort der Schlacht, um nachzuschauen, ob die Sieger nicht noch dieses oder jenes übersehen hatten – einen Gürtel, ein Messer, ein Hemd oder gar einen schönen Rock, den man noch flicken könne.

»Gott der Herr wird sie strafen, diese habgierige Brut, die

den Toten noch das letzte Hemd vom Leibe reißt. Ich jedenfalls bin gottesfürchtig und will nichts mit unrechtem Gut zu tun haben …«

Noch vor Mittag brachen Arlette und Godhild auf, beiden war die Gefahr nun vollkommen gleich, denn was sie gehört hatten, war entsetzlich. Selbst wenn jene, die sie liebten, in dieser Schlacht gefallen sein sollten – sie würden nach ihnen suchen und zumindest dafür sorgen, dass sie in Gottes Erdboden ihre letzte Ruhestätte fänden.

Der Schrecken hatte auch Hawisa, Ainor und Fredesinde erfasst, und plötzlich war die Feindschaft zwischen den Frauen bedeutungslos geworden, denn sie alle vergingen vor Angst und Sorge. Bereitwillig hatte Hawisa die Pferde satteln lassen, Lebensmittel zusammengepackt und zwei ihrer Knechte zur Begleitung befohlen. Dann hatte sie weinend erklärt, für den kleinen Robert sorgen zu wollen, denn er sei Herluins Sohn und ihr genauso lieb, wie es einst Odo gewesen war. Ainor versprach, für sie zu beten, und Fredesinde saß bleich und verhärmt in der Halle, unfähig, auch nur ein Glied zu rühren.

»Lasst mich mit euch reiten«, hatte sie gefleht, doch weder Arlette noch Godhild glaubten daran, dass ihre Worte ernst gemeint waren, denn sie zitterte am ganzen Leib.

»Vielleicht will sie gern für Herluin sterben«, sagte Arlette boshaft, während sie nach Westen ritten. »Aber sie möchte dabei auf ihrem Hocker sitzen bleiben.«

»Du hast immer noch ein schlimmes Maul«, gab Godhild mürrisch zurück.

Arlette war sich dessen bewusst, doch der Spott half ihr, die Panik zu besiegen, die immer wieder in ihr aufsteigen wollte. Die Leichname der Männer, die in der Orne trieben – waren ihre Söhne darunter? Herluin? Ihr Bruder Walter? Was würde sie tun, wenn sie sie fanden, im Wasser aufgequollen, den Leib von Wunden entstellt, Köpfe oder Glieder abgetrennt und im Wasser ausgeblutet?

Der Tag war sonnig, von Westen blies ihnen ein frühlingshaft milder Wind entgegen. Weiße Wolkenfelder trieben über den Himmel, manche dicht zusammengeballt, andere zu feinen Fäden zerrissen, als sei eine Spinnerin am Werk, die die Wolle zurechtzupfte. Der Ritt führte durch winterkahle Wälder und feuchte Wiesen, mehrfach mussten sie durch hoch angeschwollene Bachläufe reiten, und sie sahen ungläubig, dass die ersten gelben Frühlingsblüten bereits ihre Köpfe reckten.

Sie schwiegen, denn keine der Frauen hatte Lust zu schwatzen, auch die beiden Knechte – junge Bauernburschen, die lieber mit ihrem Herrn in den Kampf geritten wären, als zwei Frauen zu begleiten – wechselten nur selten ein Wort. Arlette und Godhild saßen nach Männerart im Sattel; die Gewänder waren ihnen bis zu den Waden hochgerutscht, und sie waren froh, dass sie dicke, wollene Strümpfe angezogen hatten. Nur selten gönnten sie den Pferden eine kurze Rast; sie selbst stiegen nicht ab, denn das Reiten war ihnen ungewohnt, und sie fürchteten, nicht so rasch wieder in den Sattel zu gelangen, wenn sie erst einmal unten waren. Gegen Abend erreichten sie die Siedlung Pont-l'Evêques, wo eine Brücke über die Touques führte, und sie fanden in einem Gehöft Unterkunft für die Nacht.

Die Knechte wurden in die Scheune geschickt; Arlette steckte dem Bauern ein paar Deniers für die Unterbringung zu, und man bereitete den beiden Frauen ein Lager auf dem Dachboden des Wohnhauses. Sie verbrachten allerdings nur wenige Stunden auf ihrer Lagerstätte, denn kaum dass sie den Hof betreten hatten, füllte sich das Wohnhaus des Bauern mit Nachbarn, Freunden und Reisenden, die allesamt über die neusten Ereignisse schwatzten.

Atemlos hockten Arlette und Godhild in der erstickenden Enge neben dem Feuer, denn auch Ziegen, Kälber, Hühner und Gänse verbrachten die Nacht drinnen. Beißender Rauch erfüllte den Raum, man konnte kaum etwas erkennen, und überall wurde gehustet.

»Der Erdboden hat gezittert, als sie aufeinander zu ritten. Unzählige waren es – noch nie hat es eine solche Schlacht gegeben! Das ganze Korn haben sie niedergetrampelt und den Boden mit Blut durchtränkt.«

»In den Dörfern Airan und Serqueville haben die Leute die Köpfe eingezogen, und manche sind mit Sack und Pack geflohen, weil sie fürchteten, zerstampft zu werden. Da trampelten die Pferde, die Lanzen krachten gegen die Schilde, Schwerter klirrten aufeinander. Und dann erst das Geschrei der Ritter, die ihre Kampfrufe ausstießen …«

»›Saint-Sauveur!‹, haben Nigel und seine Ritter gebrüllt – aber der Schlachtruf hat ihm nichts geholfen. Wie die Hasen sind sie geflüchtet, zu zweit, zu dritt haben sie versucht, über die Orne nach Westen zu gelangen, aber fast alle sind im Fluss ersoffen.«

»Du Strohkopf weißt gar nichts. Nigel von Cotentin hat den König von Frankreich aus dem Sattel gehoben. Heinrich I. fiel auf den Boden, dort lag er wie ein Mistkäfer auf dem Rücken und zappelte mit Armen und Beinen, als die Pferde über ihn hinwegtrampelten …«

»Der König ist tot?«

»Na ja – sie haben ihn wieder aufgehoben und aufs Ross gesetzt, alle Ritter des Königs schrien ›Montjoie!‹, und weiter ging's. Aber es war einer aus dem Cotentin, der den König gefällt hat, und darauf bin ich stolz, denn ich komme auch daher …«

»Was ist schon Heinrich I. gegen unseren jungen Herzog! Wie ein Berserker ist er über das Schlachtfeld gestoben, und wo er erschien, da flohen alle Feinde. Ralf von Tesson, der soll gar nicht erst gegen ihn gekämpft haben, denn als er Herzog Wilhelm und seine Ritter sah, schloss er sich ihnen gleich an.«

»Der Schlaukopf hat gesehen, dass König Heinrich I. mit seinem Heer gekommen war, um dem Herzog zu helfen.«

»Freilich – der Tesson ist nicht dumm, der dreht sich rechtzeitig mit dem Wind!«

Verwirrt hörten die Frauen zu und begriffen nur wenig, denn die Männer redeten alle durcheinander, einer wollte lauter als der andere sein, manchmal gerieten sie auch in Streit. Dazwischen meckerten die Ziegen, ein Kälbchen muhte, der Topf auf dem Dreibein brodelte und zischte.

»Wer hat denn in der Schlacht gesiegt?«, rief Arlette schließlich ungeduldig in das Getöse. Sie musste die Frage dreimal wiederholen, denn die Männer hörten gar nicht auf sie, sondern stritten längst darüber, ob der König von Frankreich mit seinem Heer nun endlich heimkehren oder gar noch weiter durch die Normandie ziehen und das Land verwüsten würde.

Schließlich erbarmte sich die Bäuerin ihres Gastes und murmelte: »Ist doch gleich, wer gesiegt hat, wenn nur endlich Frieden wäre. Guy von Burgund oder Wilhelm der Bastard – mir ist's egal. Aber wie es scheint, hat der Bastard den Sieg davongetragen.«

Arlette verspürte namenlose Erleichterung – Wilhelm war am Leben und hatte seinen Thron verteidigt. Gleich darauf stieg Begeisterung in ihr auf, und sie wurde von Stolz erfüllt. Nur, dass man ihn »den Bastard« nannte, verletzte sie.

»Der Herzog der Normandie ist kein Bastard!«, schimpfte sie.

»Was sonst?«, gab die Bäuerin seelenruhig zurück und erhob sich, um den Brei in ihrem Kessel zu rühren. »Seine Mutter war eine Hure, die Herzog Robert später an einen seiner Getreuen gegeben hat. Also ist er ein Bastard.«

Arlette spürte, wie Godhild fest auf ihren linken Fuß trat, und sie begriff, dass es besser war, nicht weiter zu streiten. Stattdessen versuchten die beiden Frauen nun, etwas über Walter, Odo und Herluins Schicksal herauszufinden, doch die Bäuerin schüttelte nur den Kopf, sie hatte diese Namen noch nie zuvor gehört.

»Wenn ihr morgen weiter nach Westen reitet, werdet ihr gewiss Leute treffen, die euch Auskunft geben. Überall ziehen sie herum, Knechte, Ritter, sogar Frauen und übles Volk, das auf Beute aus ist.«

»Aber wo genau ist der Ort, an dem die Schlacht geschlagen wurde?«

»An dem Dorf Airan vorbei und dann immer den Krähen und Raben nach – die wissen den Weg!«

Früh am Morgen quälten sich Arlette und Godhild mühsam von der Lagerstätte, denn beide spürten den ungewohnten, langen Ritt in den Beinen. Die zwei jungen Knechte waren schon munter. Aufgerüttelt von dem, was sie am Abend zuvor gehört hatten, brannten sie darauf, den Ort zu sehen, an dem solch gewaltige Taten vollbracht worden waren.

Das Land war flach, nur wenige kleine Wäldchen unterbrachen Äcker und ödes Grasland, am niedrigen Buschwerk knospten winzige hellgrüne Blätter. Über der Ebene wölbte sich der taubenblaue Himmel, berührte erst weit in der Ferne den Horizont, und Arlette schien es, als habe sie noch nie zuvor so bedrohliche Wolkenbilder gesehen. Wie graue Ungeheuer wuchsen sie im Norden empor, schoben sich in immer neuen, furchterregenden Gestalten über sie hinweg, glichen mal fliegenden Drachen mit aufgerissenen Mäulern, dann wieder krallenfüßigen Greifen oder schwarzen, galoppierenden Schlachtrössern.

Die Bäuerin hatte recht gehabt – bald waren sie nicht mehr allein auf den Wegen. Boten preschten an ihnen vorüber, bespritzten ihre Gewänder mit dem Wasser der Pfützen, und schon fand sich allerlei Gesindel ein: zerlumpte Landstreicher, mit Stricken gegürtet, in denen Messer steckten. Auch Weiber waren darunter, die Gesichter hohlwangig, manche hatten Narben, andere humpelten. Sie trugen Körbe auf dem Rücken und zerrten Karren hinter sich her, die immer wieder im Schlamm stecken blieben.

Arlette war jetzt froh über die beiden Knechte, die mit Äxten und Knüppeln gut gerüstet waren, außerdem hatten sie Pferde, die sie rasch an den Leuten vorübertrugen.

Gegen Mittag kam ihnen eine Gruppe Reiter entgegen, und

sie fingen beide an zu zittern, denn schon aus der Ferne war zu erkennen, dass es sich um heimkehrende Kämpfer handelte. Einige trugen noch ihre Helme und Kettenhemden, die meisten jedoch hatten die Wehr abgelegt, die Schilde baumelten von den Sätteln, kaum einer besaß noch eine Lanze, kein Wimpel wehte mehr im Wind. Sie bewegten sich langsam voran, etliche hingen vornübergebeugt im Sattel und hielten sich nur mühsam auf den Pferden. Dunkle Flecken waren auf ihren Gewändern zu erkennen, um Köpfe und Gliedmaßen hatten sie Tücher gebunden.

»Kannst du Walter sehen? Herluin?«, fragte Godhild mit vor Aufregung heiserer Stimme.

Doch Arlette erkannte keinen. Als sie näher kamen, sahen sie, dass in ihrer Mitte Männer zu Fuß liefen – junge Knappen, die nicht mit in die Schlacht geritten waren, trugen Bahren mit Verwundeten. Deren Stöhnen war bald zu vernehmen, einige schienen im Fieber zu liegen; sie riefen nach Wasser, nach ihren Müttern, flehten die Heiligen an.

»Wie stolz sind sie davongezogen«, murmelte Arlette bitter. »Und so kehren sie zurück.«

Sie hielten auf die Ritter zu, fragten nach ihrem Anführer und erkannten endlich Robert von Montgomery, einen von Wilhelms Kameraden. Er trug noch den spitz zulaufenden Helm, das Kettenhemd lag vor ihm über dem Sattel, seine Beinlinge waren blutgetränkt.

»Herrin! Sie setzen sich großer Gefahr aus – überall ziehen die Rotten jetzt heimwärts, und die Besiegten sind unberechenbar. Was suchen Sie hier? Ihr Sohn Wilhelm ist längst wieder in Rouen.«

»Was ist mit Odo? Herluin von Conteville, meinem Bruder Walter, Jean le Païen?«

Er lächelte und wies mit der Hand nach hinten.

»Walter ist bei uns – verwundet, doch er lebt …«

Godhild stieß einen Schrei aus und rutschte vom Pferd herunter. Wie eine Besessene drängte sie sich zwischen den Reitern hindurch, drang bis zu den Verwundeten vor, und gleich darauf hörte Arlette sie laut weinen.

»Odo ist wohlauf, Herrin«, fuhr Robert fort. »Er ist mit dem Herzog nach Rouen geritten. Von den anderen beiden weiß ich nichts.«

»Bedeutet das … sie sind nicht mehr am Leben?«, fragte Arlette mit zitternder Stimme.

»Ich weiß es nicht. Viele sind auf dem Schlachtfeld beerdigt worden, ich habe nicht alle gesehen. Die Verwundeten werden in ihre Heimat getragen – Sie sollten wieder zurückreiten und warten, wie es einer Frau geziemt. Das Schlachtfeld ist kein Ort für Sie, Herrin.«

»Zieht in Frieden – ich muss tun, was ich mir vorgenommen habe«, gab sie zurück.

Sie blickte zu Godhild hinüber, die sich über eine Bahre beugte und einen Verwundeten in den Armen hielt. Langsam lenkte sie ihr Pferd zu ihr hinüber, die Ritter machten ihr Platz, einige schalten sie, dass sie den Zug aufhielt, denn man wollte bis zum Abend in Montgomery sein.

Walters Gesicht war verquollen, er musste einen heftigen Schlag gegen die Wange erhalten haben, sein Körper war mit seinem Mantel bedeckt, dunkle Flecke breiteten sich darauf aus.

»Du wirst einen Krüppel zum Mann bekommen«, sagte er und stöhnte vor Schmerz, als Godhild den Stoff hob, um nach seinen Wunden zu sehen.

»Wenn du nur lebst«, schluchzte Godhild. »Ich werde dich schon pflegen.«

»Deck mich zu, bitte!«

Er machte eine müde Bewegung, um den Mantel wieder über sich zu ziehen, da er nicht wollte, dass Arlette über seine Wunde erschrak. Doch sie hatte längst gesehen, dass sein rechtes Bein vom Knie an nur noch ein blutiger Stumpf war.

»So werde ich dir nie wieder davonlaufen können«, scherzte er und tastete nach Godhilds Schulter. Er strich ein paarmal zärtlich darüber, dann fiel sein Arm kraftlos herab.

Arlette setzte ihren Weg allein fort, denn Godhild wich nicht mehr von Walters Seite. Sie würde ihn bis Montgomery begleiten, um ihn dort zu pflegen, bis sie es wagen konnten, auf sein Land bei Falaise zurückzukehren.

Immer häufiger kamen Arlette kleine Gruppen von Reitern entgegen, doch ihre angstvollen Fragen konnte keiner von ihnen beantworten. Ja, Herluin von Conteville sei mit in die Schlacht geritten, auch Jean le Païen hatte man gesehen. Doch was aus ihnen geworden war – die Männer zuckten die Schultern. Gegen Abend fuhr ein Wagen an ihnen vorüber. Drei Frauen saßen darauf, fest in Mäntel und Tücher gehüllt, die Gesichter bleich und vom Kummer gezeichnet. Wen sie auf dem Wagen in die Heimat brachten, wusste Arlette nicht zu sagen, denn der Leichnam des Mannes war von seinem großen Schild bedeckt, und sie kannte die Zeichen nicht, die darauf gemalt waren.

Schweigend ließen sie die Trauernden vorüberziehen; auch die beiden jungen Knechte, die am Morgen noch so begierig gewesen waren, das Schlachtfeld zu sehen, blickten jetzt sorgenvoll drein, denn am dunkler werdenden Himmel zogen Krähenschwärme gen Westen.

Es dämmerte schon, als sie den kleinen Ort Airan erreichten. Er war voller Menschen, die ohne Scheu durch die Gärten liefen, in die Höfe eindrangen und sich in Scheunen eingerichtet hatten. Viele waren aus der Umgebung herbeigeströmt, um schaudernd zu erfahren, was geschehen war. Junge Burschen, fast noch Kinder, wollten die Ritter sehen und vielleicht sogar einen Helm oder ein zerbrochenes Schwert erbeuten. Auf den Wiesen standen die Karren der Händler, die herbeigereist waren, um heilende Tränke, Amulette und allerlei Kräuter zu verkaufen; den Siegern wurden Beutestücke abgehandelt, die man auf den Märkten mit Gewinn losschlagen wollte. Zahlreiche Pferde, die auf dem Schlachtfeld reiterlos umhergeirrt waren, waren eingefangen worden und wurden den Bauern für ein Spottgeld angeboten, doch viele der armen

Tiere waren verletzt, so dass sich kein neuer Besitzer für sie finden wollte.

Die Dämmerung brach herein. Auf den Wiesen wurden Feuer entzündet, Kessel ausgepackt, einige kochten sich eine Mahlzeit, während andere beieinanderstanden, ihre Beutestücke zeigten und Tauschgeschäfte machten. Arlette ließ die Pferde in der Obhut eines der Knechte und lief mit dem anderen zwischen den Menschen umher, fragte überall, erhielt die widersprüchlichsten Auskünfte, einer bot ihr eine silberne Fibel zum Kauf, ein anderer behauptete, den Herrn von Conteville zu kennen, doch er wollte sein Wissen nicht umsonst preisgeben und verlangte ihren Mantel dafür.

»Tun Sie es nicht, Herrin«, warnte sie der junge Knecht. »Der Bursche lügt uns an.«

Arlette war so ermattet, dass sie fast auf den Handel eingegangen wäre, doch sie stimmte dem Knecht zu – dem Burschen glomm die Gier in den Augen, ganz sicher wollte er sie betrügen.

Sie hatte kaum noch Hoffnung, und nun kroch auch noch die Kälte durch Gewand und Mantel und ließ sie erzittern. Dennoch eilte sie unermüdlich weiter, beugte sich zu den an den Feuern hockenden Menschen, stellte ihre Fragen, bat um Auskünfte.

Viel war nicht zu erfahren. Der französische König hatte alle seine toten Ritter beerdigen lassen, am Morgen in Mézidon die Messe gehört und lange gebetet, danach war das Heer wieder gen Paris gezogen. Auch viele andere Herren waren längst heimgekehrt, auf der breiten Ebene bei dem Dörfchen Val-ès-Dunes lag Grab an Grab; wer jetzt noch nicht unter der Erde war, der hatte weder Freund noch Angehörige.

»Die Bauern werden Mühe haben, das Land zu pflügen«, bemerkte einer der Händler mit bösem Grinsen. »Aber man sagt ja, dass aus jedem Blutstropfen ein Halm wächst. Wenn das stimmt, dann werden sie in diesem Herbst reiche Ernte einfahren.«

Plötzlich fasste der junge Knecht Arlette beim Mantel, und sie hörte, wie er aufgeregt nach Luft schnappte.

»Das ist die Stute, die mein Herr geritten hat!«, rief er. »Ich kenne sie gut, ich habe sie selbst versorgt.«

Er lief davon. Arlette spürte, wie ihr die Knie wankten. Sein Pferd. Man hatte es eingefangen. Reiterlos. Wahrscheinlich wollte man es hier verhandeln, hatte es wohl schon verkauft …

Undeutlich sah sie, wie sich der junge Bursche durch die Leute drängte, ein Pferd am Halfter hinter sich herzog und dabei lauthals schimpfte.

»An einen Pflock angebunden. Kein Wasser hat sie bekommen und gewiss auch kein Futter. Da schauen Sie, Herrin. Sie ist noch gesattelt, nur ein Steigbügel ist gerissen …«

Arlette spürte das samtige Maul der Stute, strich über ihre Nüstern und hörte, wie das Tier leise schnaubte. Von Schmerz überwältigt, legte sie schluchzend die Arme um den Hals des Pferdes. Herluin war tot, nun war es sicher, denn lebte er noch, dann hätte er niemals sein Pferd hier zurückgelassen. Die Stute schüttelte unwillig den Kopf und machte einige Schritte zurück, um sich aus Arlettes Umklammerung zu lösen.

»Das Pferd ist nicht zu haben, es gehört mir!«

Arlettes Körper verkrampfte sich, und sie glaubte für einen Moment, ein böser Geist habe Macht über sie gewonnen und lasse die Stimmen der Toten zu ihr sprechen.

»Dominik!«, rief die Stimme dem Knecht zu. »Was tust du hier? Wer ist …«

Arlette musste sich Gewalt antun; die Angst, einer Täuschung zu erliegen, war übermächtig groß. Als sie sich umwandte, erblickte sie einen bärtigen Mann mit leicht vornübergebeugtem Oberkörper, sein Rock war fleckig und zerrissen. Im Schein der Feuer leuchtete sein von Grau durchzogenes Haar matt rötlich.

»Arlette?«

Es klang ungläubig, fast ärgerlich, und sie wusste kaum, ihm zu antworten.

»Ich … ich habe nach Ihnen gesucht, Herluin …«

Er trat näher, und sie sah, dass Wangen, Nase und Stirn fleckig waren, seine Schritte schwer und müde.

»Gesucht? Weshalb?«

O Gott, was sollte sie nur sagen? Was würde er ihr glauben?

»Ich wollte Sie nach Hause bringen, Herluin. Alle warten auf Sie, auch Ihr Sohn Robert ist in Conteville. Ich wollte … ich hoffte …«

Er schwieg eine Weile, als hätte er ihre Worte nicht verstanden, und blickte an ihr vorbei über die glimmenden Feuer hinweg in die Dunkelheit.

»Ich habe meinen Freund begraben«, sagte er langsam und voller Kummer. »Eine Lanze durchbohrte seine Brust, er war ohne Schild und ritt auf den Feind zu, als suche er den Tod.«

»Jean le Païen«, flüsterte sie. »Gott sei seiner Seele gnädig und führe sie ins Himmelreich.«

Er nickte und hob die Hand, wie um sie zu berühren, doch dann hielt er inne, wandte sich rasch zur Seite und nestelte am Sattel seines Pferdes.

»Es ist spät, wir sollten jetzt aufbrechen.«

Fragend blickte sie ihn an, die Augen noch voller Tränen.

»Nach Conteville?«

Schweigend beugte er sich zu einem der Feuer und zog einen langen Ast heraus, um ihn als Fackel zu benutzen.

»Da Sie es so beschlossen haben, Arlette, will ich Ihnen folgen«, sagte er ernst. »Lassen Sie uns also nehmen, was von unserer Liebe noch übrig ist.«